U0644750

压抑与躁动

—— 明代文学论集

廖可斌 著

生活·讀書·新知
三联书店

Chinese Copyright © 2020 by SDX Joint Publishing Company.
All Right Reserved.

本作品中文版权由生活·读书·新知三联书店所有。

未经许可，不得翻印。

图书在版编目(CIP)数据

压抑与躁动：明代文学论集/廖可斌著. -- 北京：
生活·读书·新知三联书店，2020.8
（北大中文系名家名作自选集）
ISBN 978-7-108-05824-9

Ⅰ.①压… Ⅱ.①廖… Ⅲ.①中国文学—古典文学研
究—明代—文集 Ⅳ.① I206.2-53

中国版本图书馆 CIP 数据核字 (2016) 第 234067 号

责任编辑	朱利国
封扉设计	大　铭
责任印制	李思佳

出版发行　生活·讀書·新知 三联书店
　　　　　（北京市东城区美术馆东街22号）

网　　址	www.sdxjpc.com
邮　　编	100010
经　　销	新华书店
印　　刷	北京建宏印刷有限公司
版　　次	2020年8月北京第1版
	2020年8月北京第1次印刷
开　　本	635毫米×965毫米 1/16　印张28
字　　数	380千字
定　　价	98.00元

（印装查询：010-64002715；邮购查询：010-84010542）

目 录

自　序

中国古代每个主要王朝在历史发展过程中都有重要的地位与意义，因此都值得深入研究。明朝立国近三百年，它在中国历史发展过程中的特殊地位与意义可以从内、外两个方面进行探讨。从外部来观察，即把明朝放在全球发展的大背景中，放在与西欧等地区的比较中来观察，呈现在我们眼前的图景更清晰，也更令人震撼：在明朝建国之初的十四世纪中叶，中国总体上在全世界还居于前列，与较为发达的西欧相比也并不逊色，某些方面甚或过之；而到明朝灭亡时的十七世纪中叶，中国在物质生产、科学技术、制度创新、思想解放等方面已经全面落后了。美国学者彭慕兰（K. Pomeranz）将这一现象称为中国与欧洲及世界发展的"大分流"（the Great Divergence）。从此中国一直落后于西方，以致再过两百年后，当中西方开始大规模碰撞时，中国被西方打败，并从此长期饱受欺凌。"大分流"是中国与世界发展中的大事件，它就发生在明朝，这就使直到今天仍在为追赶西方而进行着艰难努力的华夏子孙们，在回望中国历史时，不免对明朝怀有特别复杂的感情，同时也予以特别的关注。

从中国历史发展过程本身来看，明朝也是一个特殊的阶段。尽管明朝没有像同一时期的西欧那样发生革命性的变化，而是相对停滞，但三百年里社会不可能凝固不动。明朝社会内部的变化主要包含了两种力量的增强及其相互之间的冲击。一种力量是，在经历了元朝野蛮与开放并存的社会发展过程之后，出于自身的农民意识，同时受强大的中原文化传统的制约，朱元璋在政治、经济、军事、文化、伦理等方面采取了一系列措施，强化了以小农经济和君主专制为主要特征的中国传统社会体制，开创了所谓的"洪武模式"。这种模式通过前所未有的强有力的体制机制，渗透到社会的每个角落，固化了社会形态，限制了它的发展和蜕变。另一种力量是，明中叶以后，由于"洪武模式"的控制力有所减弱，由于社会恢复性增长以后带来的人口压力，由于生产技术的某些进步，更由于人们追求比较富足生活的本能驱使，环太湖地区手工业和商业得到较快发展，市镇繁荣，人们的生活方式和生活观念发生较大变化，追求富有、享乐和一定自由的思想意识形态也逐步形成并弥漫开来。虽然这种现象还仅仅发生于庞大帝国的一个小小角落，虽然这种新的经济和思想意识力量本身的真实性质和潜在发展趋势还有待研究，美国学者黄宗智（P. C. Huang）就认为它仅仅属于一种小农经济的"过密化"，因此是一种"没有发展的增长"，不同于通向现代社会的"现代经济增长"等等，但它们与传统的小农经济及与之相适应的思想观念之间的差别还是很明显的，它对整个社会生活和思想意识形态的冲击也还是比较强烈的。顺便指出，明代中晚期，海外贸易得到一定程度的发展，欧洲传教士络绎来华，传播基督教思想和西方科技，在少数士民之间产生一定影响。但这种影响对庞大而古老的帝国来说还极为微弱。现代有些学者，如《白银资本》的作者弗兰克及受其启发的海内外许多研究者，出于将中国与世界的发展历程结合起来进行考察的动机，特别强调这一因素对明代特别是晚明社会发展的作用，似略有过头之嫌。明代社会的演进，主要还是体现为上述两种内生力量的发展。这两种力量之间自然产生矛盾冲突，这种矛盾冲突可以概括为"压抑与躁动"，它们之间的矛盾运动构成明代社会发展的主旋律。就这一点而论，十四世纪中叶到十七世纪中叶的中国与西欧社会的发展，确实出现了某种奇妙的"同步共振"现象。只不过中国社会体内躁动的这个胎儿，不管它的性别面相如何，最后是胎死腹中了。

如果做更细致的观察和分析，它们之间矛盾冲突的情形，就不止一方压制、另一方冲击这么简单。压制的一方，为应对后者的出现和发展，除一般正常的压制外，还会演化出种种新的形态，如极度严苛不近情理的禁锢以及由此必然造成的虚伪，和有时的妥协调适以及由此造成的某种不自觉的蜕变等。冲击的一方，因为前者的存在，除一般正常的冲击外，也会演化出种种形态，如极度激烈夸张的怪诞言行，以及力求与前者之间达成调适的自我约束或自欺欺人，等等。总之，研究明代社会政治、经济、文化等方面的发展变化，都可以这种"压抑与躁动"的主流及其分化延伸出来的种种支流作为基本讨论框架。

历史研究不能过于实用主义，不能过分强调为现实服务，但历史与现实之间的内在联系，毕竟是历史研究的主要动力来源。一百多年来海内外对明代历史文化的研究，大多都直接或间接地与对"大分流"现象的关注有关。"大分流"问题可以说是隐藏在众声喧哗的明代历史文化研究中的主旋律。明代历史文化研究的巨大魅力和重大意义也在于此。我之所以不知不觉撞进明代文学研究领域，也是受此驱使。与从政治、经济、军事、科技等角度切入的相关研究相比，文学研究往往因为不够实证而缺乏强大的解释力和说服力。但文学研究自有其优势和价值，因为文学能最敏锐、全面、生动地展现社会生活状态及其变化，并直接指向人们的生存方式和心灵世界。因此，明代文学研究理应成为观察、解释包括"大分流"现象在内的明代社会历史过程的一个重要侧面。

然而，确定远大的研究宗旨是一回事，从事具体的研究又是另外一回事。一旦进入实际研究过程，就要面对各种各样的历史现象，处理各种各样的具体问题，包括文学本身的种种问题，战线越拉越长，分工越来越细，以致最后几乎看不到某种具体的研究与原定的根本宗旨之间有何直接关系。但离开了种种微观的甚至有些琐碎的研究，那个巨大的历史之谜也不可能解开。而且，怀抱着一个遥远的梦想进行的研究，总比那些不知道为什么研究而做的所谓研究要好。本书收录的二十一篇文章，显然也只能归入这种微观的甚至有些琐碎的研究之列，但我自始至终怀有叩问"大分流"历史之谜的梦想，力图从文学角度探寻明代社会历史发展的脉搏，因此以"压抑与躁动"作为书名。抚卷自叹，自知卑之无甚高论，在为自己的精力有限、智力尤其贫乏深感惭愧的同时，对那些能为漫长的社会历史进程做出深刻分析和解释，甚至只是对一些比较重要的历史现象做出透彻说明，能给人们带来某种启迪，从而能对社会历史发展产生一定积极作用的智者，都充满由衷的敬意。

本书出版，得到三联书店副总编辑常绍民编审的热情关心，谨致谢忱。

廖可斌

2016 年 4 月 10 日于燕园

地域文人集团的兴替与元末明初文学思潮的变迁

一、元代的知识分子政策和文化政策与元末文学中心的南移

总观元代文学的发展，大致包括两种倾向。一是正统化倾向，主要表现为受程朱理学影响较深的诗文创作及"文以明道"的文学主张。二是非正统化倾向，主要表现为具有一定离经叛道性质的诗文、词曲及小说戏剧等通俗文学形式的创作。二者之中，后者显然更具有生命力，因此终元之世，这种倾向的文学创作得到了长足发展，主要体现为通俗戏曲小说的繁荣，以及带有一定离经叛道色彩的诗文创作风尚的流行。然而在明代初年，情况却发生了根本转变。正统的文学主张和文学创作垄断了整个文坛，非正统的文学思想和文学创作则受到严厉打击和压制。元末明初文学思潮的这一变化，不仅带来了明前期文坛长达百年的沉寂，也造成了整个中国古典文学发展史上的一次重大停滞。因此，无论从考察明代文学思潮演变过程的角度来看，还是从总结整个中国古典文学发展规律的角度来看，它都是一个不容忽视的历史现象。

发生这一变化的根本原因，自然在于君主专制社会制度此时已步入晚期，已变得越来越不合理，君权专制统治者为了维护自身的统治，不得不在政治上实行高度专制的同时，加强在思想文化方面的统治。但是，规律并不能包括所有的现象，它本身也必须通过一系列偶然事件和具体契机才能实现。因此，规律性的一般论述并不能代替对具体历史事实和历史过程的详细考察。我认为，元末明初文学思潮的变迁，显然与当时由于政治、

军事等方面的原因而造成的几种地域文化及地域文人集团的兴替有关。对后者进行深入研究，必将有助于我们认识这一变迁的历史真相。

所谓元末明初几种地域文化及地域文人集团的兴替，又以各种地域文化及地域文人集团在有元一代的分化为前提。这种分化大致包括两个方面，一是南北文化及文人集团的分化，二是南方各地域文化及文人集团的分化。中国自古幅员辽阔，不同地域文化的风格特征及发展水平存在较大差异。在国家长期处于分裂状态，或虽然统一，但中央政权没有充分推行统一文化政策的时期，这种差异就变得更加显著。春秋战国时期和南北朝可以看成是前一种类型的例子，元朝则是后一种情况的代表。元王朝是蒙古人建立的政权，它对思想文化方面的统治总的来说比较疏略。作为推行统一文化政策的重要手段的科举考试也长期废置不行，使不同地域间文化交流失去了一条重要纽带。于是各个地域的文化就基本上处于相互隔绝、自然发展的状态。与此同时，元朝统治者还在政治上实行民族歧视政策，排挤打击汉族特别是南方的知识分子。北方士子特别是蒙古、色目人，不必读书作文，由刀笔吏出身，便可飞黄腾达。而南方士子不仅因为科举考试的废置失去了登上仕途的机会，而且即使进入仕途，也只能担任一些佐贰卑职，永无致身通显的希望。在这种情况下，大量南方知识分子都选择了隐居不仕的生活道路。那些家境富裕者，不做官照样锦衣玉食。因为不必穷年累月钻研科举考试之道，又没有官场公务和种种格套的束缚，他们反而有了充分的时间和精力，从事与个人兴趣和信仰相关的事业。有的遂专心致志地讲习践履两宋以来得到广泛传播的程朱理学，有的则从事诗文、散曲和戏剧的创作以自娱。于是有元一代，特别是元代末年，南方理学名家辈出，诗人猬兴。本来随着宋室南渡，文化中心已经南移。经过有元一代的发展，南北文化的差距就拉得更大了。陶安在《送易生序》中描写道：

　　国朝重惜名爵，而铨选优视中州人。刀笔致身，入拜宰相。出自科第，往往登崇台，参大政。才学隐居，辄征聘授官。下至一技一能，

牵援推荐，取绯紫不难，中州人遂布满中外，荣耀于时。唯南人见厄
于铨选，省部枢宥、风纪显要之职悉置而不用，仕者何寥寥焉。山林
草泽之士，甘心晦道，穷理高尚，终老文学。故近年四书五经，论释
益粹，纂附益精，其书遍天下。圣贤之道，如日月丽天，江河行地，
辉光润泽，无所不至。使朱子理学之绪益盛以昌，其渊源有自来也哉。
以是观于今之世，南士志于名爵者，率往求乎北；北士志于文学者，
率来求乎南。[1]

　　叶子奇《草木子》中也有类似的记载。[2]应该肯定他们的这种说法是
符合事实的。明初宋濂、王祎主持编纂的《元史》打破前代史书体例，合"儒
林传""文苑传"为一，立"儒学传"，共收28人（附传者不计），其分布
情况如下表（行政区划按今制）：

浙江	江西	江苏	福建	安徽	陕西	河北	河南	总计
11	6	3	1	1	2	3	1	28

　　清邵远平《元史类编》将《儒学传》与《文翰传》分列，其《儒学传》
共收45人（附传者不计），其分布情况如下表（行政区划按今制）：

浙江	江西	江苏	福建	安徽	河北	河南	山东	山西	陕西	总计
6	16	1	4	3	6	3	2	1	3	45

　　其《文翰传》共收188人（附传者不计），其分布情况如下表（行政
区划按今制）：

---

[1] 黄宗羲《明文海》卷二百八十六，中华书局1987年影印清涵芬楼钞本，第2969页。
[2] 叶子奇《草木子》卷三上、卷四下，中华书局1959年版，第49、81页。

浙江	江西	江苏	福建	安徽	河北	河南	山东	山西	湖北	湖南	广东	四川	陕西	辽宁	内蒙古	维吾尔	不明	总计
69	41	19	8	3	13	2	3	3	3	5	1	6	2	1	1	2	6	188

从以上三表可以看出，当时南北文化的发展确实存在很大差异。实际上这还是综合整个元代的情况而论，若只就元末而言，则文化中心向南倾斜的现象显得更加突出。在南方各地中，文化事业又相对集中于现在的浙江、江西、江苏、福建、安徽五地。分别言之，理学方面以浙江、江西最为重要，福建、安徽次之；文学方面以浙江、江苏、江西最为重要，福建次之。这几个理学中心的学术旨趣各有特色，而几个文学中心的宗旨和风格更是大不相同。元末明初地域文化及地域文人集团的兴替，即在它们之间展开。

二、元末吴中派

1.吴中派与张士诚集团

当时的吴中地区，以平江（今苏州）为中心，西及无锡、江阴等地，东至松江，以及现属浙江的嘉兴、湖州等地。这一带是全国著名的粮食和桑麻产区，又兼有渔盐之利，人口众多，交通便利，城镇繁荣，商业发达。元代末年，各地农民起义军蜂起。至正十三年（1353）五月，盐贩张士诚起兵，十六年（1356）二月破平江，二十三年（1363）九月自立为吴王，二十七年（1367）九月为朱元璋集团所灭。在这十余年间，元朝的军队与农民起义军之间，元军的各个派系之间，农民起义军的各个派系之间，正在中原、关陕、楚中和江西等地鏖战。张士诚则与元朝保持着时叛时降、若即若离的关系，又没有远大志向，不想出兵与群雄争锋，只图保境自守，故吴中一直比较安定，外地避兵者多流寓于此。张士诚为人宽和，轻财好施。起事不久，即筑景贤楼，开弘文馆，招礼儒士，信用文史。其弟士德封楚国公，官平章，总揽军政，尤能礼贤下士。其他重臣如左丞潘元绍、参政饶介等，周围也集中着大批文人。瞿佑《归田诗话》卷下载：

> 张氏据有浙西富饶地，而好养士。凡不得志于前元者，争趋附之。美官丰禄，富贵赫然。有为北乐府讥之云：罗幞儿紧扎梢，头戴方檐帽，穿领阔袖衫，坐个四人轿，又是张吴王米虫儿来到了。[1]

文征明《题七姬权厝志后》曰：

> 伪周据吴日，开宾贤馆，以致天下豪杰，故海内文章技能之士，悉萃于吴。其陪臣潘元绍，以国戚元勋，位重宰相，虽酗酒嗜杀，而特能礼下文士。[2]

《列朝诗集小传》记释道衍（姚广孝）语云：

> （饶）介之为人，倜傥豪放。一时俊流，如陈庶子、姜羽仪、宋仲温、高季迪、陈惟寅、惟允、杨孟载辈皆与交，衍亦与焉。书似怀素，诗似李白，气焰光芒，烨烨逼人。[3]

在张士诚及其陪臣们的招揽下，许多文士都入藩府任职。如杨基曾任记室，徐贲、张羽都曾被辟为属，陈基任学士院学士，张宪任枢密院都事，陈汝言任参谋，张经任松江府判官，钱用壬任参政，苏大年为参谋，陈秀

〔1〕瞿佑《归田诗话》"哀姑苏"条，中华书局1985年版，第40页。
〔2〕文征明《甫田集》卷二十一，台北商务印书馆景印文渊阁《四库全书》本，第150页。
〔3〕钱谦益《列朝诗集小传》甲前集"饶右丞介"条，上海古籍出版社1983年版，第40页。

民任翰林学士，姜渐任行省都事等。高启、余尧臣、宋克等可能也曾受职[1]。杨维桢、王逢等虽未受职，但都是张氏集团的座上客，曾为其出谋划策。总之，当时居留在吴中的著名文人，几乎被张氏集团囊括无遗。

与此同时，吴中的大地主、大盐商们，也都建筑园亭池馆、养女优、玩古董、招延名流、咏诗作文。各方文士荟萃于此，廪饩既厚，遂得以专心讲求艺事，互相观摩品评。不少人既是诗人，又是书法家、画家、古董鉴赏家。《明诗纪事》载：

> 元季吴中好客者，称昆山顾仲瑛、无锡倪元镇、吴县徐良夫，鼎峙二百里间，海内贤士大夫闻风景附。一时高人胜流、佚民遗老、迁客寓公，锱衣黄冠，与于斯文者，靡不望三家以为归。[2]

《明史·文苑传》中说：

> 顾德辉，字仲瑛，昆山人。家世素封，轻财结客，豪宕自喜。年三十，始折节读书，购古书、名画、彝鼎、秘玩，筑别业于茜泾西，曰“玉山佳处”，晨夕与客置酒赋诗其中。四方文学士，河东张翥、会稽杨维桢、天台柯九思、永嘉李孝光，方外士张雨、于彦、成琦、元璞辈，咸主其家。园池亭榭之盛，图史之富，暨饩馆声伎，并冠绝一时。而德辉才情妙丽，与诸名士亦略相当。[3]

---

[1] 徐贲《北郭集》卷四《丙午中秋与余左司王山人高记室同过张文学宅看月》，商务印书馆1936年《四部丛刊》三编景明成化刻本卷四，第1页。此诗作于平江被围时，则余、高等曾被张士诚授职可知。当时诸人与张氏关系若即若离，授职不受亦不辞。张氏败亡后，诸人皆讳言事张之事，故多谓曾拒绝张氏征辟云云。

[2] 陈田《明诗纪事》(甲签)卷二十五，上海古籍出版社1993年版，第一册，第504页。

[3] 《明史》卷二百八十五《文苑传》一“顾德辉传”，中华书局1974年版，第7325页。

据《列朝诗集》统计，顾德辉相与酬唱者，仅其所编《玉山雅集》中可考者就有三十七人。李日华《紫桃轩杂缀》又载：

> 华亭杨竹西，住张堰，家有不碍云山楼，与曹云西、顾金粟、倪元镇诸公游。吴绎写其像，元镇为布树石，而诸名士题咏之。余家有杨铁崖书《竹西记》，赵仲穆作图，而马文璧诸公皆有咏，盖风流文雅之侠也。元季士君子不乐仕，而法网宽，田赋三十税一，故野处者得以赀雄，而乐其志如此。[1]

在一些有钱有势之人的倡导下，当时吴中还定期举行诗社活动。李东阳《怀麓堂诗话》：

> 元季国初，东南人士重诗社，每一有力者为主，聘诗人为考官。隔岁封题于诸郡之能诗者，期以明春集卷，私试开榜次名，仍刻其优者，略如科举之法。[2]

王世贞《艺苑卮言》卷六中也有类似的记载：

> 当胜国时，法网宽，人不必仕宦。浙中每岁有诗社，聘一二名宿如廉夫辈主之，刻其尤者为式。饶介之仕伪吴，求诸彦作《醉樵歌》，以张仲简第一，季迪次之，赠仲简黄金十两，季迪白金三斤。[3]

何良俊《四友斋丛说》卷十六记松江的情况云：

---

[1] 陈田《明诗纪事》（甲签）卷十九"马琬"条引，上海古籍出版社1993年版，第一册，第393页。
[2] 李东阳著、李庆立校释《怀麓堂诗话校释》，人民文学出版社2009年版，第152页。
[3] 王世贞著、罗仲鼎校注《艺苑卮言校注》卷六，齐鲁书社1992年版，第292页。

> 吾松不但文物之盛可与苏州并称，虽富繁亦不减于苏。胜国时……
> 吕巷有吕璜溪家……即开应奎文会者是也。走金帛聘四方能诗之士，
> 请杨铁崖为主考。试毕，铁崖第甲乙。一时文士毕至，倾动三吴。[1]

总之，当时吴中地区经济的繁荣和社会的相对安定，为文学活动的开展提供了条件；而张士诚集团及当地大地主、大盐商们的扶助，又对之起了促进作用，于是吴中的文学创作趋于繁荣。当元代末年遍地战火、满目狼烟之时，吴中俨然成为新的"稷下""邺下"，成为全国文学活动的中心。虽然同时浙东和江西文人的数量也相当可观，但由于不具备吴中地区那样优越的经济和政治条件，这些文人基本上都分散野处于穷乡僻壤之间，缺乏必要的联系和创作氛围，其声势远不能与吴中派相比。

2. 吴中派的文学主张和创作风格

在吴中派作家中，成就较突出，影响较大，因而也最有代表性的诗人，是杨维桢和"吴中四杰"。杨维桢本为山阴人，泰定四年（1327）成进士，署天台尹，改钱塘盐场司令，狷直忤物，十年不调。后因得罪元行省丞相达识帖睦尔，徙居松江之上，"海内荐绅大夫与东南才俊之士，造门纳履无虚日"（《明史·文苑传》）。王世贞《艺苑卮言》卷六云："吾昆山顾仲瑛、无锡倪元镇，俱以猗卓之资，更挟才藻，风流豪赏，为东南之冠，而杨廉夫实主斯盟。"[2]据陆容《菽园杂记》，杨维桢倡为《西湖竹枝词》，南北名士属和者，虞集以下凡122人，其中吴郡人士26人。[3]姚桐寿《乐郊私语》又载：

---

〔1〕何良俊《四友斋丛说》卷十六，中华书局1959年版，第136页。

〔2〕王世贞著、罗仲鼎校注《艺苑卮言校注》卷六，第291页。

〔3〕陆容《菽园杂记》卷十三，中华书局1985年版，第148页。

　　杨铁崖至嘉禾，贝廷臣以书币乞吴越两山亭志，并选诸词人题咏，杨即为命笔。稿将就，夜已过半，俄门外有剥啄声，启视，则皆嘉禾能诗者也。率人人持金缯，乞留选其诗。杨笑曰：生平三尺法，亦有时以情少借。若诗文则心欲借眼，眼不从心，未尝敢欺当世。遂运笔批选，止取鲍恂、张翥、顾文弈、金绹四首，谓诸人曰：四诗尤为彼善于此，诸什尚须脱胎耳。然被选者无一人在。诸人相目惊骇，固乞宽假得与姓名，至有涕泣长跪者，俱挥出门外，闭关藏烛，曰：风雅扫地矣。[1]

　　杨维桢在当时声望之高，由此可窥见一斑。实际上当时吴中的大多数诗人都曾师事杨维桢，将其指点奉为圭臬。著名诗人贝琼、杨基、袁凯、袁华、瞿佑、张宪、郭翼等都是他的弟子。如杨基曾因模仿杨维桢的诗歌风格，为之作《铁笛歌》，深得杨维桢赞许。[2]如袁凯，也因作《白燕诗》得到杨维桢的"惊赏"。[3]杨维桢诗学李贺，号称"铁崖体"，其特点是秾丽妖冶，纵横奇诡，拗语僻词，凌纸怪发。他的朋友道士张雨曾评其咏史乐府诗云："上法汉魏，而出入少陵、二李之间，故其所作古乐府词隐然有旷世金石声。人之望而畏者，又时出龙鬼蛇神，以眩荡一世之耳目，斯亦

---

[1] 陈田《明诗纪事》（甲签）卷三"鲍恂"小传引清沈季友《檇李诗系》，上海古籍出版社1993年版，第一册，第100页。

[2] 陈田《明诗纪事》（甲签）卷七"杨基"条："孟载少负诗名，杨铁崖来吴下，于坐上属赋《铁笛歌》，即效铁体歌云：'铁崖道人吹铁笛……'铁崖得此诗大喜，挟与俱东，谓从游者曰：'吾在吴又得一铁，优于老铁矣'。"上海古籍出版社1993年版，第一册，第171页。

[3] 《明史》卷二百八十五《文苑传》一"袁凯传"："凯工诗，有盛名。性诙谐，自号海叟。背戴乌巾，倒骑黑牛，游行九峰间，好事者至绘为图。初，在杨维桢座，客出所赋《白燕诗》，凯微笑，别作一篇以献，维桢大惊赏，遍示座客，人遂呼'袁白燕'云。"中华书局1974年版，第7327—7328页。按袁凯《白燕诗》见《袁凯集编年校注》（万德敬校注），上海古籍出版社2015年版，第7页。

奇矣。"[1] 杨维桢还写过不少艳情诗，如七律《香奁八咏》、七绝《续香奁二十首》等，所咏不外"金盆沐发""月奁匀面""玉颊啼痕"之类，一般色泽秾艳，奇思窈眇，与其咏史乐府诗风格一致。当时吴中诗人多沉迷诗酒之中，逃避社会现实。杨维桢就曾把妓女的绣鞋脱下来，放酒杯于其中，使座客传饮，名曰"鞋杯"。他的诗歌风格，就是他和吴中文人这种特定的生活内容和创作活动的产物，因而也符合当时许多文人墨客的口味，并为不少吴中诗人所仿效。"承学之徒，流传沿袭，槎枒钩棘，号为铁体，靡靡成风，久而未艾。"[2] 于是所谓"铁崖体"，便成为吴中派诗歌创作风格的一个重要方面。

高启、杨基、张羽、徐贲号称"吴中四杰"，其中杨基受杨维桢影响较深，诗歌风格亦颇近"铁崖体"。《四库全书总目》杨基《眉庵集》"提要"云：

> 史称基少以《铁笛歌》为杨维桢所称……其诗颇沿元季秾纤之习……李东阳《怀麓堂诗话》谓孟载"春草"诗最传，然"绿迷歌扇""红衬舞裙"，已不能脱元诗气习。至"帘为看山尽卷西"，更过纤巧；"春来帘幕怕朝东"，直艳词耳。故徐泰《诗谈》谓其天机云锦，自然美丽，独时出纤巧，不及高启之冲雅。

张羽的诗作也有受"铁崖体"影响的痕迹。徐贲则天性端谨，不逾规矩。故其诗才气不及高、杨、张，而律法谨严，字句熨帖，长篇短什，并首尾温丽，而不免平熟之弊。

"四杰"中成就最高的是高启，后世多推他为有明一代诗人之冠。其诗歌理论主张主要见于《独庵集序》等文。《独庵集序》云：

---

[1] 张雨《铁崖古乐府原序》，见杨维桢撰、吴复编《铁崖古乐府》卷首，台北商务印书馆景印文渊阁《四库全书》本，第3页。

[2] 钱谦益《列朝诗集小传》甲前集"铁崖先生杨维桢"条，上海古籍出版社1983年版，第20页。

诗之要有三，曰格曰意曰趣而已。格以辨其体，意以达其情，趣以臻其妙也。体不辨则入于邪陋，而师古之义乖；情不达则堕于浮虚，而感人之实浅；妙不臻则流入凡近，而超俗之风微。三者既得，而后典雅冲淡、豪俊秾缛、幽婉奇险之辞，变化不一，随所宜而赋焉。如万物之生，洪纤各具乎天；四序之行，荣惨各适其职。又能声不违节，言必止义，如是而诗之道备矣。[1]

这是真正诗人的诗论！他强调的是格调、情感、趣味、文采、声律等，所谓"言必止义"只是附带提及。在《缶鸣集序》中，他认为诗歌的功用在于抒发性情，歌吟自适，也不谈什么厚教化、美人伦之类，与理学家的诗论形成鲜明对照。

总的来看，元末吴中派诗人有着基本一致的创作特色，就是较少受理学思想的束缚，大都侧重于抒发个人的情思，描写文人日常生活，如饮酒、作画、写字、烹茶、游园、听曲、夜话、送别、赏花、观雪等，一般都很讲究诗歌的技巧和文采。虽然这些作品往往与现实社会生活相脱离，没有反映时代的脉搏，缺乏高尚的旨趣，但秾丽之色，怪奇之象，颇可娱目；窈眇之思，情至之词，亦足赏心，故仍具有一定的审美价值。由于吴中派作家在当时整个文坛的重要地位和影响，吴中派的创作特色实际上成为整个元末文学创作特别是诗歌创作风格的代表。后人往往把元末文学创作特别是诗歌创作的风格特征归纳为"奇博""炫露""纤秾""瑰丽"等，都主要是针对吴中派的诗文创作而立论的。

3. 朱元璋集团——明王朝对吴中派的打击

明王朝是一个地地道道由农民起义军建立的王朝。朱元璋集团的主要军

---

[1] 高启《凫藻集》卷二，商务印书馆 1922 年《四部丛刊》初编景明正统刊本，第 37—38 页。

事政治领袖，都是淮西一带的下层贫民。他们经过长期浴血奋战，削平群雄，赶走了蒙古统治者。淮西地区当时十分贫瘠，朱元璋等人青少年时期都曾饱受饥寒流离之苦。长期的军旅生活，也使他们养成了艰苦朴素的生活作风。这种淮西农民和武人的身份经历，使他们对贵族地主阶级奢侈豪华生活有一种本能的痛恨，对大多出身于富裕家庭的知识分子有一种根深蒂固的敌视心理。他们掌握政权后，便用一种近似恶作剧的方式来作弄、折辱士大夫，摧挫其自尊心。洪武初，朝廷曾多次大量征召儒士，其实很多人都是被地方官催押上道，形同犯人。至京师后任职或高或卑，全无准则。登上仕途后动辄有杀身之祸，终日提心吊胆。[1]吴中当时富甲天下，吴中世族向以生活奢华著称。而且朱元璋认为张士诚之所以失败，就因为他和他的部下耽于享乐，天天与一班文人墨客在一起，流连诗酒。朱元璋攻下平江后，即召集投降和被俘的张氏僚属予以训斥，警告他们不得故态重演。[2]这样，朱元璋集团——明王朝对士大夫的残酷打击，吴中文人无疑要首当其冲。

朱元璋集团的成员一般文化水平不高，他们不大懂得文学艺术的价值，对比较高雅的诗文书画更没有兴趣，对之往往采取轻视或实用主义的态度。他们推翻元朝带有民族斗争的性质，曾以"恢复中华礼乐衣冠"，即恢复儒家正统文化为旗帜。因此，他们强调文学艺术的教化作用，要求文学艺术为维护君主专制统治服务，如要求戏剧只能演义夫节妇、孝子顺孙的事迹等，而厌恶华丽的辞藻和表现文人情趣的东西。据解缙说，朱元璋本人就"喜诵古人铿鍧炳朗之作，尤恶寒酸咿嘤龌龊鄙陋，以为衰世之为，不足观"。[3]洪武九年（1376），刑部主事茹太素应诏上言，长达一万

---

〔1〕 以上参见叶居升《上万言书疏》，黄宗羲《明文海》卷四十七，中华书局1987年影印清涵芬楼钞本，第344—347页；解缙《文毅集》卷一《大庖西上封事》，台北商务印书馆景印文渊阁《四库全书》本，第599页。

〔2〕《明太祖实录》卷二十五，台北历史语言研究所据国立北平图书馆红格钞本《明实录》微缩影印本，第10页。

〔3〕 钱谦益《列朝诗集小传》乾集上"太祖高皇帝"条，上海古籍出版社1983年版，第1页。

七千字，朱元璋嫌其过于烦琐，命将茹太素加以拷打，并颁布建言格式，要求臣下为文只许直陈事实，不得繁文。[1]据《殿阁词林记》，洪武二年（1369）三月、六年（1373）九月、二十九年（1396）八月，朱元璋还多次下诏禁止"奇巧浮艳""深怪险僻"的文体。[2]在这种情况下，吴中派作家的诗文风格显然已不合时宜。

张士诚据吴，没有给当地世族造成太多危害。朱元璋军队包围平江，吴人为张固守十月。城破之前，张士诚将征收赋税的鱼鳞图册全部烧毁，意欲保护吴中百姓。故张氏灭亡后，吴中人都很怀念他。朱元璋对此极为恼怒。他取当地富豪沈万三家的租簿定额，额外加赋。据陆容《菽园杂记》卷五载：

> 苏州自汉历唐，其赋皆轻。宋元丰间，为斛者止三十四万九千有奇。元虽互有增损，亦不相远。至我朝止增崇明一县耳，其赋加至二百六十二万五千九百三十五石。地非加辟于前，谷非倍收于昔，特以国初籍入伪吴张士诚义兵头目之田，及拨赐功臣，与夫豪强兼并没入者，悉依租科税，故官田每亩有九斗八斗七斗之额，吴民世受其患。洪武间，运粮不远，故耗轻易举。永乐中，建都北平，漕运转输，始倍其耗，由是民不堪命，逋负死亡者多矣。[3]

朱元璋还下令进行大规模移民。攻破平江后，即籍录张氏陪臣、苏州富民及流寓之人共二十万，谪佃徙居于濠州。洪武三年（1370），又移

〔1〕朱元璋《明太祖文集》卷十五《建言格式序》，台北商务印书馆景印文渊阁《四库全书》本，第157—158页。

〔2〕廖道南《殿阁词林记》卷十三"表笺"、卷十四"正体"，台北商务印书馆景印文渊阁《四库全书》本，第305—306、322页。

〔3〕陆容《菽园杂记》卷五，中华书局1985年版，第53—54页；又见（正德）《姑苏志》卷十五，台北商务印书馆景印文渊阁《四库全书》本，第308页。

江南民十四万户于凤阳，其中大多是苏、松、嘉、湖一带的地主。此后还多次移江南特别是吴中富民于凤阳、南京等地。迁徙之民不许私自回原籍，往往家产荡然。顾德辉等人即卒于凤阳。[1]贝琼《横塘农诗序》称："三吴巨姓享农之利而不亲其劳，数年之中，既盈而覆，或死或徙，无一存者。"[2]吴宽《莫处士传》中说："皇明受命，政令一新。豪民巨族，划削殆尽。"又《先世事略》中称："洪武之世，乡人多被谪徙，或死于刑，邻里殆空。"[3]

元末群雄大致分两类，一类是打红巾旗号的农民起义军将领，另一类是借帮助朝廷镇压红巾军为名起兵割据的所谓"义兵"头目。张士诚属于"义兵"系，而且曾接受元朝所封的"太尉"官职，因此吴中士大夫多认为追随张氏，也就是效忠元朝。蒙古统治者被赶出中原后，仍在北疆游弋，有些元朝遗老仍对之怀有幻想。今天许多人认为，明王朝以"驱除鞑虏，恢复中华"为口号，肯定得到了所有汉族知识分子的积极支持，这种看法是想当然的。实际上，当时的知识分子，脑海里的君臣观念远比民族观念牢固，他们对元王朝是有感情的。如徐贲尝赋《秋虫三谏》以自讽，其《秋萤》云："龙舟一去汴河东，空吐余光表寸衷。此夜不堪秋寂寞，景阳宫阙又西风。"《秋蝶》云："花间心事已蹉跎，每怨春多恨转多。赖有黄花相慰藉，不知风雨又如何。"《秋蝉》云："愁断齐奴一寸心，谁知青女怨尤深。长吟莫恋宫前柳，黄叶秋风自不禁。"[4]这些作品就明显表露出对旧朝的怀念。杨基的《听老京妓宜时秀歌慢曲》《题宋周曾秋塘图》等作品，也流

---

〔1〕（正德）《姑苏志》卷三十四，台北商务印书馆景印文渊阁《四库全书》本，第635页。

〔2〕贝琼《清江文集》卷十九，商务印书馆1922年《四部丛刊》初编景清赵氏亦有生斋本，第6页。

〔3〕吴宽《家藏集》卷五十八、五十七，上海商务印书馆1922年《四部丛刊》初编景明正德刊本，第26、24页。

〔4〕徐贲《北郭集》卷九，商务印书馆1936年《四部丛刊》三编景明成化刻本，第5页。按徐伯龄撰《蟫精隽》卷八亦收此三诗，字句微异。台北商务印书馆影印文渊阁《四库全书》本，第867册，第124页。

露出同样的感情。[1] 至于属红巾军系的朱元璋集团，吴中士大夫都曾把他们看作"犯上作乱""信奉魔教（明教）"的"妖贼"。陈基极力丑诋朱元璋集团的文章，终明之世一直保存在他的《夷白斋集》中，流传至今。朱元璋占据集庆时，贝琼就有诗道："两河兵合尽红巾，岂有桃源可避秦。马上短衣多楚客，城中高髻半淮人。"[2] 反映了吴中士大夫对红巾军和淮人的敌视态度。对明朝开国之初的一些"不成体统"的政治措施，他们也表示鄙夷。如袁凯《咏蚊》诗讽刺明王朝之建立是"东方日出苦未明"，故"老夫闭门不敢行"。[3] 明王朝对士大夫特别是吴中士大夫的种种打击，更使他们产生对立情绪，不愿与新朝合作。如苏州人姚润、王谟拒绝任职，被处死刑，全家籍没。寄寓苏州的戴良辞官忤旨，自裁于馆舍。王逢、丁鹤年、杨维桢等累受征辟，皆坚辞不就。高启被征修《元史》，最初曾兴奋过一阵子，后来目睹朝廷中种种景象，热情骤减，旋亦与谢徽一起借故辞官归里。朱元璋由此对吴中士大夫更加反感，进而大肆迫害。下面是明初遭到杀害的部分吴中文人的姓名：

饶介，吴亡后俘至京师伏诛。

高启，因为魏观作《上梁文》被腰斩。

徐贲，坐犒劳军队不时，下狱死。

张羽，坐事窜岭南，未半道召还，自知不免，投龙江死。

王行，坐蓝玉党死。

谢肃，以事下狱，狱吏用布囊压死。

金绹，洪武初知苏州府，以请减赋额赐死。

王蒙，坐胡惟庸党诛。

---

〔1〕 杨基《眉庵集》卷二，商务印书馆 1936 年《四部丛刊》三编景明成化刻本，第 15、24 页。

〔2〕 贝琼《清江诗集》卷五《秋思》，商务印书馆 1922 年《四部丛刊》初编景清赵氏亦有生斋本，第 31 页。

〔3〕 何良俊《四友斋丛说》卷二十六，中华书局 1959 年版，第 233 页。

陈汝言，坐法死。

卢熊，坐累死，籍其家。

袁华，其子为吏得罪，并逮系京师卒。

其他如杨基以事夺官输作，卒于工所；袁凯将被祸，装疯方免一死。至于有过谪徙、下狱经历的就更多了。终洪武一朝，苏州一直是一个敏感地区。31年间，知府可考者就换了31任，其中得罪可考者就有15人。[1] 应该承认，明初对文士的迫害是全国性的，其他地方的知识分子受害者也很多，但受祸程度都不及吴中剧烈。

当时吴中文人的处境十分悲惨，心境亦极为悲凉。洪武初，徐贲、杨基同谪濠上，结屋四楹，徐居东，杨居西。徐贲有《记梦》诗云："梦里绿荫幽草，画中春水人家。昨夜纱窗细雨，银灯独照梨花。"因题其室曰"梦绿"。徐又有《听歌》诗云："才得听歌便泪垂，眼前不似旧听时。青春多半遭离乱，白发能消几度悲。"[2] 陈汝言临刑时从容染翰作画，画毕就刑。张羽等人皆有题咏之作，以李斯、陆机相比，极蕴悲愤之感。[3] 高启遇害后，杨基、徐贲、张羽等人皆有哀悼之诗。杨基诗云："鹦鹉才高竟殒身，思君别我愈伤神。每怜四海无知己，顿觉中年少故人。祝托友生香稻糈，魂归丘陇杜鹃春。文章穿壤成何用，哽咽东风泪满巾。"[4] 当时吴中文人凄苦怨郁的心情，由此可窥一斑。

《四库全书总目》于高启"大全集"条下有这样一段著名的评述："启天才高逸，实据明一代诗人之上。其于诗，拟汉魏似汉魏，拟六朝似六朝，拟唐似唐，拟宋似宋。凡古人之所长，无不兼之。振元末纤秾褥丽之习，而反之于古，启实为有力。然行世太早，殒折太速，未能熔铸变化，自为

---

〔1〕（正德）《姑苏志》卷三，台北商务印书馆景印文渊阁《四库全书》本，第68—69页。

〔2〕徐贲《北郭集》卷八、九，商务印书馆1936年《四部丛刊》三编景明成化刻本，第5、18页。《明诗纪事》（甲签）卷八"徐贲"条所引有异，见上海古籍出版社1993年版，第一册，第181页。

〔3〕张羽《静居集》卷一，商务印书馆1936年《四部丛刊》三编景明成化刻本，第52页。

〔4〕杨基《眉庵集》卷九，商务印书馆1936年《四部丛刊》三编景明成化刻本，第4页。

一家，故备有古人之格，而反不能名启为何格。此则天实限之，非启过也。"
这里对高启诗歌创作特色、成就、局限及其在明代诗歌史上的地位的评价
非常准确，获得后世研究者高度认可。连带着人们也接受了四库馆臣对高
启的诗歌创作未能取得更高成就的原因的分析，深为高启中年夭折惋惜。
左东岭教授对此提出异议，指出：高启入明以后诗歌创作之所以未能取得
更高成就，根本原因在于明初的高压政策。即使高启活得更长，假如他活
到台阁体兴起的永乐年间，他的诗歌创作也不可能取得更大成就，而只会
进一步萎缩，这是非常深刻的。[1]

　　总之，张士诚集团的瓦解，使吴中文人失去了政治上的靠山；明王朝
对吴中地区经济上的打击，使吴中文人失去了优越的生活条件；明王朝对
吴中士大夫的直接迫害，更使吴中文学集团变得七零八落，精英丧失殆尽。
剩下的一些成员，如张宪、郭翼等，也在高压统治下战战兢兢，吞声而不
敢言，郁郁以终。于是曾经一度繁盛的吴中派文学创作活动骤然归于消歇。

三、浙东派

1. 浙东派与朱元璋集团——明王朝

　　吴中文人拥戴张士诚集团，朱元璋集团则得到了浙东文人的支持。元
顺帝至正十八年（1358），朱元璋的军队攻下婺州，次年设立郡学，聘金
华人叶仪、宋濂为五经师，范祖干为谘议。李文忠守浙东，又荐许元、王
天锡、王祎、胡翰等至南京，同处礼贤馆。朱元璋初置中书省，召许元、
胡翰等十余人会食省中，日令二人进讲经史，敷陈治道。继克处州等地，
丽水叶琛、龙泉章溢、青田刘基先后来见。此后，由于他们的辗转推荐，
更多的浙东文士投入了朱明阵营，其中著名者尚有吴沉（兰溪人）、朱右（临

---

[1] 左东岭《高启之死与元明之际文学思潮的转折》，《文学评论》2006 年第 3 期。

海人）、苏伯衡（金华人）、陶凯（乐清人）、张孟兼（浦江人）、桂彦良（慈溪人）、方孝孺（台州人）等。这些人为朱元璋集团削平群雄、驱除蒙古出谋划策，为明朝政治、经济、军事等一系列制度的制定，特别是为明王朝的思想文化建设做出了重要贡献。他们用一整套儒家思想去改造、引导朱元璋集团，使之由起义的农民转变为新王朝的统治者。明王朝的建立，在一定程度上可以说就是淮西武力集团与浙东文人集团相结合的产物。没有后者的参与，朱元璋集团的成功和明朝的建立几乎是难以想象的。

2．浙东派的理学渊源

元代特定的社会历史背景，是元末明初浙东文人集团形成的外部条件。而浙东理学的发展，则是浙东文人集团产生的基础。因为浙东文人集团不仅是一个文学流派，同时也是一个理学宗派，它是从浙东理学统绪中蜕变衍生出来的。浙东理学的统绪可上溯至南宋"婺学"和"永嘉之学"，他们推崇"伊洛正源"，实为理学别派。另外，范浚（兰溪人）、唐仲友（金华人）等亦以理学名世，不为关洛之学而自相合。稍后，金华人何基与其父、兄、子等先后师事朱熹门人黄榦，得朱子嫡传，遂以其学传于金华一带，是为朱学传于浙东之始。何氏的门人有王柏、汪开之、王相、倪公晦、张润之、王侃（俱金华人）、季镛（龙昶人）、吴梅（丽水人）、金履祥（兰溪人）、方逢辰（淳安人）等。这些人又各自发展了一批门徒，其中门派最兴旺的是王柏、方逢辰、金履祥三家。王柏的门人有王佖、王城、闻人诜（俱金华人）、周敬孙、杨珏、陈天瑞（俱临海人）、黄超然、盛象翁（俱黄岩人）、朱致中、薛松年（俱台州人）、樊万（缙云人）、王贲（天台人）等。方逢辰的门人有魏新之（桐庐人）、邵桂士、汪斗健（俱淳安人）等。金履祥的门人有许谦（金华人）、柳贯（浦江人）、唐良骥（兰溪人）等。被称为许谦"学侣"的还有张枢（金华人）、吴师道（兰溪人）等，他们已经是朱熹的第四代弟子了。这些人中传人最多的要数许谦。他的门人除我们后面还要提到的诸人外，尚有唐怀德、苏友龙、王余庆、戚崇僧、赵子浙、张匡敬、何宗诚、何宗映、何宗瑞、何凤（俱金华人）、方用（望江人）、朱震亨、朱同善、刘涓（俱义乌人）、吕溥、吕洙、吕权、吕机（俱永康人）、李唐、李裕、李序、蒋元、楼巨卿、马道贯（俱东阳人）、卫富益（崇德人）等。当时浙东同属这一系的理学家尚有多人，如吴莱、黄溍等。作为文学流派的浙东派即开创于柳贯、黄溍、吴师道、吴莱等人。而浙东派的发展达到繁盛时期的主要作家，大多都是许谦等人的弟子和再传弟子，都是正宗的理学门徒。如叶仪、范祖干是许谦的亲传弟子；叶琛、章溢、朱右、陶凯是许谦的再传弟子；宋濂从学于闻人诜之子闻人梦吉、柳贯，又师事于吴莱、黄溍；戴良是黄溍、柳贯、吴莱的弟子；王祎学于黄溍，胡翰学于许谦，又师事吴莱、吴师道；许元即许谦之子；吴沉即吴师道之子；苏伯衡即苏友龙之子；方孝孺则是宋濂门人等。[1] 可以说，没有浙东理学的发展，就没有浙东派。而浙东派的文人们，也津津乐道乡邦的学术之盛，念念不忘自己的师授渊源。如王祎《宋景濂文集序》在历叙金华理学与文学源流后说道：“故近世言理学者，婺为最盛。”胡翰在《王忠文前集原序》中也有类似的叙述。[2]

3. 浙东派的文学主张和创作风格

　　浙东派文人既然多为理学门徒，信奉的自然是理学家的文学理论。首先，他们特别强调“文以明道”，即文学必须宣扬封建伦理道德规范，为教化人心，维护君主专制统治服务。如宋濂就认为：“明道之谓文，立教之谓文，可以辅俗化民之谓文。”[3]

---

〔1〕 参见黄宗羲著、全祖望补修《宋元学案》卷四十五《范许诸儒学案》、卷五十一《东莱学案》、卷五十二《艮斋学案》、卷五十四《水心学案》、卷五十六《龙川学案》、卷六十《说斋学案》、卷六十一《徐陈诸儒学案》、卷六十三《勉斋学案》、卷七十二《丽泽诸儒学案》、卷八十二《北山四先生学案》，中华书局 1986 年版。

〔2〕 王祎《王忠文公集》卷五、卷首，台北商务印书馆景印文渊阁《四库全书》本，第 90、6 页。

〔3〕 宋濂著、黄灵庚点校《宋濂全集》，人民文学出版社 2014 年版，第 1961 页。

　　强调"文以明道"的结果，必定是主张"征圣""宗经"，重视所谓"道统""文统"。宋濂在《徐教授文集序》一文中说道："是故天地未判，道在天地；天地既分，道在圣贤；圣贤之殁，道在六经。……后之立言者，必期无背于经，始可以言文，不然不足以与此也。"[1]刘勰在《文心雕龙》中曾提出，后世各种文体都源于六经，宋濂对这种说法还不满意。他在此基础上再进一步，认为"五经各备文之众法，非可以一事而指名也"，[2]就是说任何一种经典中，即具备了各种文体的法度。这便把"征圣""宗经"的传统主张推到了极端。

　　过分重"理"，势必忽视情感的价值；一味强调"明道"，也势必会忽视文学的技巧、文采等的重要意义。被奉为儒家经典的《诗经》中收有许多描写男女情爱的民歌，曾令后世许多理学家头痛。但由于《诗经》相传经孔子删定，所以他们一般不敢轻动手脚。浙东理学家王柏则悍然欲加删削，并以此闻名。另一位浙东理学家金履祥则编选两宋以来理学家们论道吟性的理学诗为《濂洛风雅》，以为诗学正宗。总之，在他们看来，只有"道"才是文学的命脉所在，至于情感、文采等，则无关紧要，甚至是有害的。只要于"明道"有益，便是好作品。浙东派文人继承了这种观念，如宋濂就说过："文之至者，文外无道，道外无文……道积于厥躬，文不期工而自工"；"大抵为文者，欲其辞达而道明耳。吾道既明，何问其余哉！"[3]有人认为，包括浙东派在内的理学家们是将诗与文分别对待的。他们强调"文以明道"，只是针对文而言；对诗则提"诗以言志"，两者并行而不悖。其实，说其他文学理论家作如是观则可，说理学们也作如是观则不可。后者的诗论与文论是统一的，其"文以明道"的宗旨是一以贯之的。如宋濂即认为，"宫羽相变，低昂殊节，而浮声切响，前后不差"，

---

[1]　宋濂著、黄灵庚点校《宋濂全集》，人民文学出版社2014年版，第633页。
[2]　同上，第471页。
[3]　同上，第634、2004页。

与"辞气浩瀚，若春云满空，倏聚而忽散"，以及"斟酌二者之间，不拘不纵，而臻夫厥中"，都不是"诗之美者"。只有"发乎情，止乎礼义"，才是诗歌的最高境界。然"情之所触，随物而变迁。其所遭也怵以郁，则其辞幽；其所处也乐而艳，则其辞荒。推类而言，何莫不然，此其贵乎止于礼义也欤？止于礼义，则幽者能平而荒者知戒矣"。[1]这就是说，在"发乎情"与"止于礼义"二者之中，后者更为重要。按照这种说法，诗虽"发乎情"，但此"情"必须经过"礼义"的矫正过滤，去其"怵"者"郁"者"乐"者"艳"者，而务求与"礼义"一一相合，则它实际上与邵雍《伊川击壤集序》中所说的"性情"一样，不过是"性理""道"的代名词罢了。

受这种文学观念的束缚，浙东派大多数作家都能文而不能诗。如胡翰《胡仲子集》十卷中，诗只有寥寥数首。王祎《王忠文公集》二十四卷，诗赋合起来只占三卷。宋濂《文宪集》三十二卷，其中诗只有两卷。[2]就是这点少得可怜的诗作也多杂理语，寡于情致，质木无文。如宋濂的诗作基本上都是应制、应酬之作，咏孝子节妇之类的占了相当比例。几乎每首诗都有"序"，诗不过是缀于"序"后的"赞"而已，严格说来算不上是诗。

不过，浙东派毕竟主要是一个文学流派，其文学观和创作风尚，也毕竟与纯粹理学家有所不同。这种区别首先仍然体现在他们对"文"与"道"、"文统"与"道统"的关系的看法上。纯粹理学家们不仅强调"文以明道"，把文学看成是"明道"的工具，取消文学的独立性，而且往往认为"诗文害道"，根本否认文学存在的必要性。浙东派虽然也以道为本，以文为末，但至少不否认文学存在的必要性，而是认为文学可以有益于明道，力求文道合一。与此相应，纯粹理学家将"道统"与"文统"严加区分，重道统

---

〔1〕宋濂著、黄灵庚点校《宋濂全集》，人民文学出版社 2014 年版，第 714 页。

〔2〕最近发现宋濂元末时的文集《萝山集》，其中有 300 多首诗作，可见宋濂早期还是比较注重写诗的，后来则较少写诗，且将元末的文集（包括诗作）销毁了。参见宋濂著、黄灵庚点校《宋濂全集》第一册《卷首序》；徐永明《不同处境下宋濂的活动及创作》，《浙江大学学报（人文社会科学版）》2005 年第 5 期。

而轻文统。浙东派则兼重道统与文统，并力求将二者合一。他们认为司马迁、班固以至韩、柳、欧、苏之文都足为师法。如宋濂一方面声称"余之所谓文者，乃尧、舜、文王、孔子之文，非流俗之文也"，一方面又赞同唐子西的说法："六经之后，便有司马迁、班固。六经不可学，学文者舍迁、固将奚取法？"并感叹道："呜呼，斯言至矣。濂尝讽二家书，迁之文如神龙行天，电雷惚恍，而风雨骤至，万物承其瀣泽，各致余妍。固之文类法驾整队，黄麾后前，万马夹伏，六引分旌，而循规蹈矩，不敢越尺寸。呜呼，法之固堪法，其能以易致哉？然而渊冲之容可以揽结，雄毅之气可以掇拾。"[1]浙东派另一位作家朱右也一方面大谈"文所以载道也。立言不本于道，其所谓文者妄焉耳"；一方面又编选《六先生文集》（实为八家），以为韩愈、柳宗元、欧阳修、曾巩、王安石和苏氏父子的古文"备三才之道，适万汇之宜"，"断断乎足为世准绳而不可尚矣"。[2]这些说法纯粹理学家们就必定不以为然。说到底，这是因为浙东派毕竟是文人，他们的着眼点终究与理学家有异。虽然"明道"的调子唱得很响，内心深处关注的却还是如何写出好文章。而在这方面，纯粹理学家们的建树实在不敢恭维，要学就自然还得学庄、屈、迁、固、韩、柳、欧、苏。

　　文学与理学本质上是两个不同的东西。用今人的眼光看，浙东派力求文道合一、文统与道统合一，仍然是削弱了文学的独立地位，使文学创作受到了很大限制。但与纯粹理学家的文学观相比，它又不乏可取之处。首先，由于浙东派作家用意于文，而不是专心致志地探究理道，于是对性理之学所得就不深不纯，甚至对儒学正宗与异端的界限也分得不很清楚。黄百家在《宋元学案》卷八十二《北山四先生学案》的按语中说："金华之学，自白云（许谦）一辈而下，多流而为文人。夫文与道不相离，文显而道薄耳。虽然，道之不亡也，犹幸有斯。"所谓"文显而道薄"，据全祖望《宋文宪

---

〔1〕宋濂著、黄灵庚点校《宋濂全集》，第2002、547页。
〔2〕朱右《白云稿》卷五《新编六先生文集序》，台北商务印书馆景印文渊阁《四库全库》本，第64页。

公画像记》中的解释，是指宋濂等人于"道""未有深造自得之语"。宋濂多与释道中人往还，《未刻集》中有不少为和尚道士写的碑铭之作，也颇招后来理学家们非议，明代的郑瑗甚至批评他"鄙拙乱道"。[1]然而这正说明宋濂等人的思想还比较活跃，还没有完全为程朱理学所牢笼。

同时，文学本质上要求广泛地反映丰富多彩的社会现实生活。浙东派既然重文，他们对"文"中之"道"的含义的理解就势必比较宽泛。宋濂在《文原》中指出：凡"天衷民彝之叙，礼乐刑政之施，师旅征伐之法，井牧州里之辨，华夷内外之别"，以及"有关民用"的"一切弥纶范围之具"，都是文学应该"则而象之"予以反映的对象。[2]戴良也认为："诗之道，行事其根也，政治其干也，学其培也。"[3]这样理解的"文"中之"道"的含义就相当丰富，与纯粹理学家所说的专指"心性义理"的"道"很不相同。

其次，理学家们除了不厌其烦地重复"文以明道"的陈词滥调外，几乎再也谈不出什么有关文学的见解，而仅靠这样一句空话，显然写不出好文章。浙东派既然重文，就不能不汲取文学理论家的一些观点，来补充和修正理学家的文学观。吕祖谦曾编选《古文关键》一书，取韩愈、柳宗元、欧阳修、曾巩、苏洵、苏轼、张耒之文凡六十余篇，各标举其命意布局之处，示学者门径，并在"卷首冠以总论看文作文之法"（《四库全书总目》语）。自黄溍、柳贯、吴莱而下的浙东作家，更重视对文学特别是古文的特点、体裁、作法等的探究。宋濂《叶夷仲文集序》云："昔者先师黄文献公尝有言曰：作文之法，以群经为本根，迁、固二史为波澜。本根不蕃，则无以

---

[1] 郑瑗《井观琐言》卷一："宋潜溪赅博群书，才气汪洋不竭，学者靡然尚之。但于吾儒性命之学，不甚理会，却好去理会异教，然亦只得其言语皮肤之末。虽平日著书，立言自任，不为不重，终是泛博。其文亦多浮辞胜理。所著《龙门子》，尤鄙拙乱道。为苏平仲作文集序，讥近世为文者合喙比声，不能稍自凌厉，以震荡人之耳目。此是其本趣发见处。凡其所作，大抵只是欲凌厉以震荡人之耳目而已。"台北商务印书馆景印文渊阁《四库全库》本，第 237 页。

[2] 宋濂著、黄灵庚点校《宋濂全集》，人民文学出版社 2014 年版，第 2002—2005 页。

[3] 戴良《九灵山房集》卷十二《玉笥集序》，商务印书馆 1922 年《四部丛刊》初编景明正统本，第 19 页。

造道之源；波澜不广，则无以尽事之变。舍此二者而为文，则槁木死灰而已。"他又在《评浦阳人物·元处士吴莱》中记述吴莱传授给他的作文之法是"有篇联欲其脉络贯通，有段联欲其奇偶叠生，有句联欲其长短合节，有字联欲其宾主对待"；"有音法欲其倡和阖辟，有韵法欲其清浊谐协，有辞法欲其呼吸相应，有章法欲其布置谨严"等等。宋濂自称拳拳服膺师说，苦用心四十年。(《白云稿序》)其体会是："为文必在养气"；"气得其养"，则可以"管摄万汇"，"无所不参，无所不包"。发而为文章，就可以为雷霆之鼓舞、风云之翕张、雨露之润泽、鬼神之恍惚等等(《文原》)。[1]戴良也认为："文主于气，而气之所充，非本于学不可也。"[2]由此可见，浙东派虽也倡言"道胜者文不难而自至"，但并非完全忽视对文学特别是古文的具体写作技巧等的探究。而创作之前注重积学养气，创作之时发为波澜纵横，尤为浙东派内递相传授之心法。

受上述文学观念的支配，更受元末大动乱社会现实的感召，浙东派作家没有以空谈心性而自安。在他们的诗文创作特别是早期作品中，还有不少反映社会现实、关心民生疾苦、抒写个人感慨的作品，刘基的创作是其代表。他论诗论文强调"美刺风戒""以达穷而在下者之情"。[3]其作于元末的《覆瓿集》悲愤淋漓，激昂慷慨，具有很强的感染力。入明以后所作的《犁眉集》虽已不如，但怀谗忧讥，感叹咨嗟，也很动人。总的来看，浙东派作家在作品中所体现的，还是一种对现实积极参与的态度。在艺术风格上，从宋濂、刘基、王祎到方孝孺等，为文都很注重气势，讲究开合纵横之法。宋濂的散文虽以典雅从容为主格调，但同时也给人以雄浑浩博

---

〔1〕宋濂《叶夷仲文集序》、《评浦阳人物·元处士吴莱》、《白云稿序》、《文原》，分别见宋濂著、黄灵庚点校《宋濂全集》，人民文学出版社 2014 年版，第 581—582、1946、471、2002—2005 页。

〔2〕戴良《九灵山房集》卷二十九《密庵文集序》，商务印书馆 1922 年《四部丛刊》初编景明正统本，第 6 页。

〔3〕刘基《诚意伯文集》卷五《照玄上人诗集序》，商务印书馆 1922 年《四部丛刊》初编景明本，第 27 页。

之感。如《文原》等气势充沛,《送陈庭学序》等气韵流畅,《王冕传》刻画人物生动传神,《人虎说》《猿说》等风格颇近刘基《郁离子》,《秦士录》等也虎虎有生气。方孝孺的文章尤以气势见长。《四库全书总目》指出:"(方)孝孺学术醇正,而文章乃纵横豪放,颇出入于东坡、龙川之间。盖其志在于驾轶汉、唐,锐复三代,故其毅然自命之气,发扬蹈厉,时露于笔墨之间。"[1]他们的这些作品,虽内容枯燥,文采情韵不足,但蕴含一种阳刚之气,也还能给人以一定的审美享受。

　　总之,文道合一,可以看作是浙东派文学主张的宗旨。而两者本质是矛盾的,于是浙东派的文学主张内部也存在矛盾。他们一方面尊奉理学家的文学观,一方面又不尽为其所束缚。他们在诗歌散文创作中所取得的成就及存在的局限,都可以由此得到解释。

4. 浙东派对吴中派的攻击与元末明初文学思潮的变迁

　　从生活氛围、思想情趣到创作风格,浙东派都与吴中派迥然不同。因此早在元末,浙东派就对吴中派进行了猛烈抨击。浙东派与淮西武力集团结合后,前者的一系列思想观念倒很合后者的口味,因此很快为后者所接受。明王朝建立后,浙东派文人与吴中派文人的交往似乎仍不多,各有各的圈子。出于"统战"的考虑,浙东文人和吴中文人也有一些交往,甚至在为对方文集作序时说上一些客气话,但也往往言不由衷,避重就轻。如果说淮西武力集团是在军事上、政治上、经济上打击吴中派,那么浙东文人集团则是在思想文化上对他们展开攻击。宋濂在《杏庭摘稿序》中说:

　　　濂颇观今人之所谓诗矣。其上焉者傲睨八极,呼吸风雷,专以意气奔放自豪;其次也造为艰深之辞,如病心者乱言,使人三四读终不

---

〔1〕《四库全书总目提要》三十三《集部·别集类二十三》"《逊志斋集》提要",商务印书馆1933年版,第3609页。

能通其意；又其次也，傅粉施朱颜，燕姬越女，巧自衒鬻于春风之前，冀长安少年为之一顾。诗而至斯，亦可哀矣。[1]

这些话显然是针对杨维桢及其他吴中派诗人而发的。至王彝则指名道姓，直斥杨维桢为"文妖"。据都穆《王常宗诗序》，王彝早年读书天台山中，曾师事孟梦恂，而孟梦恂乃是金履祥的弟子。所以王彝虽然家居嘉定，思想渊源上实属浙东派。他在《文妖》一文中说道：

> 文者道之所在，抑曷为而妖哉！浙之西有言文者，必曰杨先生。余观杨之文，以淫辞怪语，裂仁义，反名实，浊乱先圣之道。顾乃柔曼倾衍黛绿朱白，而狡狯幻化，奄焉以自媚，是狐而女妇，则宜乎世之男子者之惑之也。余故曰：会稽杨维桢之文，狐也，文妖也。噫，狐之妖至于杀人之身，而文之妖往往使后生小子群趋而竞习焉，其足以为斯文祸非浅小。文而可妖哉？然妖固非文也。世盖有男子而弗惑者，何忧焉！[2]

方孝孺在《赠郑显则序》中也说：

> 近代文士有好奇者，以诞涩之词饰其浅易之意，攻讦当世之文，昧者群和而从之，而三吴诸郡为尤甚。此皆挟鬼燐而訾日月者也。其力虽不足为斯文害，然不除灭而禁斥之，何由复古之盛乎？[3]

由于政治上的失势，吴中派文人对这种"禁斥""除灭"毫无反击之力。洪武初年，浙东派文人凭借其政治上的优势，基本上垄断了文坛。宋

---

[1] 宋濂著、黄灵庚点校《宋濂全集》，人民文学出版社2014年版，第434页。
[2] 王彝《王常宗集》卷三，台北商务印书馆景印文渊阁《四库全书》本，第423页。
[3] 方孝孺《逊志斋集》卷十四，台北商务印书馆景印文渊阁《四库全书》本，第409—410页。

濂被朱元璋称为"开国文臣之首";刘基与朱元璋论当世文章,推宋濂第一,己居第二,而许张孟兼为第三,根本不提及吴中作家。随着文学队伍的兴衰消长,文学观念亦发生变化。浙东派的文学思想,在明朝统治者的支持和浙东派作家的大力倡导下,成为占统治地位的文学观,元末明初文学思潮的转变遂告实现。

不过,浙东派文人后来的命运也很悲惨。首先,明王朝建立不久,淮西武力集团与浙东文人集团便展开了权力斗争。淮西人李善长和胡惟庸相继任丞相,执掌朝政,浙东文人集团受到排挤打击。如刘基洪武四年(1371)初就被迫告老回乡闲住,洪武八年(1375)又被胡惟庸毒死,长子刘琏亦遇害。其次,朱元璋对功臣和知识分子的一系列迫害,浙东派也未能幸免。洪武十三年(1380),宋濂因长孙宋慎与胡惟庸一案有牵连,举家流放茂州,行至夔州病死,次子宋璲与宋慎均被处死。苏伯衡以表笺忤旨死于狱中。二子苏恬、苏怡愿代父受刑,竟同被杀。陶凯以自号耐久道人为朱元璋所恶,借故处死。张孟兼因得罪朱元璋的亲信吴印,被逮至京捶死。吴沉以懿文太子故,被谗死于狱中。王彝坐魏观事,与高启并诛。王祎则在出使云南招降梁王时遇害。建文末,燕王朱棣篡位,浙东派的殿军方孝孺因不肯从命被杀,亲友门人皆受株连,浙东派主宰文坛的时代遂告结束。

浙东派与吴中派本来都兴起于元末,入明以后,受到迫害打击的时间相距也不远。其区别在于:第一,元代末年,吴中派依靠吴中的经济条件和张士诚集团的礼遇,已经非常兴盛,而浙东派则显得相对平静。第二,吴中派自至正二十七年(1367)张士诚集团被消灭后就恹恹不振。洪武初,虽许多成员尚存,但或隐或徙,已经不成气候。浙东文人则此时云集朝廷,声势达到高潮。第三,吴中派消歇后,吴中文化元气大伤,至成化、弘治间才逐渐复原,吴中派的风格才有了继承者。浙东派衰落后,其文学思想却继续被奉为正统,为紧接着兴起的江西派所继承。

(原刊于《社会科学战线》1993年第4期)

论宋濂前后期思想的变化及其他

元顺帝至正二十年（1360），宋濂与刘基、叶琛、章溢应朱元璋之聘至应天，时年五十一。大致以此为界，宋濂的生活道路可分为前后两个阶段。在此以前，他隐居乡里，以教授著述为业。虽有志用世，但"屡践科场，曾不能沾分寸之禄"（四部备要本《宋文宪公全集》卷二十一《致政谢恩表》，以下引此书只标卷次篇名）。至正九年，元朝曾征他为国史编修，他也因种种原因"固辞"，甚至入仙华山做了道士。在此之后，他成为朱元璋的文学侍从，教授皇太子及诸子，主持编撰《元史》等，举凡朝廷大著作皆出其手，官至翰林学士承旨，屡被明太祖称为"开国文臣之首"，外国贡使亦知其名，父祖皆得封赠，子孙俱以荫得官。前后相比，其遭际境遇可谓悬若霄壤。

评价人的一生可以有各种角度和不同的标准。一个人所获得的外在的功名富贵是一个方面，其内心的自由和愉悦又是另一个方面。作为一个知识分子，他对现实政治所起的直接作用是一个方面，他在思想文化方面的建树及其深远影响又是另一个方面。综合这些方面来观察宋濂的一生，我们会产生这样一种感觉：从前期到后期，他的政治地位及对朝廷的贡献呈上升态势，而他的心灵自由及对宇宙人生社会历史之哲理思考探索则显示出下滑的轨迹。前人在评价屈原、司马迁、柳宗元等文学家时，都认为他们在政治上的不幸恰好成就了他们在思想文化方面的丰功伟业。我们自然不能由此机械地推断出相反的结论，但包括宋濂在内的许多文学家的经历又一再证实了这种结论成立的可能性。当然，他们的具体表现各不一样，所昭示的意义即给予人们的启迪也各自不同。

一

　　具有强烈的批判精神，这是宋濂前期思想的第一个显著特点。当时正值元朝末年，朝政腐败，吏治黑暗，民不聊生，终于导致红巾起义爆发，各地军阀豪强纷纷割据，干戈遍于宇内。宋濂虽僻处山野，却系念天下。他的妹妹宋新女为乱兵所执，跳崖而死。他自己为避兵祸，辗转逃匿于浦阳、金华、诸暨等地山中，"见一夫负戟而趋，心辄惊怖，若杵击下上，面无色泽，口噤不能对人"（卷三十七《答郡守聘五经师书》）。这些经历使他对动乱的社会现实有了更痛切的感受，从而写下了许多抨击时事的作品。如《诸子辩》（卷三十六）评价《孙子》《吴子》《尉缭子》等古代兵书时，对春秋战国时期"干戈相寻"，"无所不用其至"的历史事实感慨万千，愤激之情溢于言表，显然是有感而发。《书客言二首》（卷三十八）记述当时两桩冤案，其中描写官吏昏庸愚昧、颠倒黑白、诬良为盗的情景，令人触目惊心。作者不由感叹道："汉张释之为廷尉，天下无冤民。呜呼，今之从政者，其释之也哉？"

　　荒谬的时代往往是杂文勃兴的时代。宋濂像刘基等其他元末作家一样，也写了许多针砭时弊的杂文。这些作品所揭示的问题往往带有一定的普遍性，但它们又毕竟是那个特定历史时代的产物，具有鲜明的时代色彩。《燕书》（卷三十七）中的一则记西王须出海贸易遇风暴落水，幸得猩猩救护。后有友人来接，他便要恩将仇报，杀猩猩取其血以卖高价，友人不平，将他杀死。《龙门子凝道记·秋风枢》（卷五十一）谓有晋人好利，白昼入市，攫取人物，为市伯所缚。有人嘲笑他，他戟手骂曰："世人好利甚于我，往往百计而阴夺之，吾犹取之白昼，岂不又贤于彼哉？何哂之有？"另一则写卫人束氏畜狸狌以捕鼠，始甚称职。然束氏每天都买肉喂它们，久而久之，狸狌不仅不能捕鼠，反而畏鼠如虎了。作者最后感叹道："噫，武士世享重禄，遇盗辄窜者，其亦狸牲哉！"这显然是针对曾经所向披靡而最后变得不堪一击的蒙古军队而发的。宋濂的这类作品大都有所本，如"晋人好利"一则即源于《列子·说符》，但宋濂往往对故事原型作了新的补充拓展，使它们具有更深刻的意蕴，更具有时代气息。这些作品精警或不如刘基的《卖柑者言》等，但它们批判黑暗社会现实的旨趣是完全一致的。

在抨击黑暗现实的同时，宋濂反复陈述了自己的政治理想，这就是实行"仁政"。后来许多研究者都对宋濂的主张颇有微词，认为他疏阔不切实际。其实宋濂并不是一介迂儒，恰恰相反，他对那种死执"仁义"之说、不辨时势的迂腐行为是持批判态度的。《燕书》"宋襄公"条谓宋襄公欲与楚王会盟，以为当以仁义相交，不设兵卫，臣下谏阻不听，终为楚王所擒。作者评道："宋襄公为万世笑者，以胶柱而鼓瑟也。"同书"宋大心钩"条写大心钩、公玉乘、无庸伯仇三人分别学内圣外王之术、假仁定霸之术和纵横捭阖之术，结果无庸伯仇得为秦国上大夫，与闻国政；公玉乘虽屡不遇，最后也做了晋国大夫；唯大心钩"辙环诸侯皆不售，老死垂丘"。宋濂最后写道："大心钩欲行先王之道于春秋之世，难矣哉！"春秋之世已然，降及元末自然更不待言，这表明宋濂对自己所处之世不可能真正实行仁政已有清醒认识。他之所以还要反复强调统治者要有仁慈之心，强调"民为君之天"，乃是针对当时敲骨吸髓压榨老百姓的元朝统治者及以杀人为乐的各路军阀豪强而发的。他极力呼唤仁义，是因为当时社会充满着残暴不仁，因此这反映了下层民众的愿望，是对黑暗社会现实的一种控诉。

及至后期，由于自身身份的变化，宋濂虽然撰述日富，但其中所蕴含的批判现实的精神明显减弱。当然，这时天下由分裂归于一统，由战乱趋于安定，情形远非元末可比。但明初的秕政仍然不少，如朱元璋对文人士大夫的迫害，如武人跋扈横行等，但宋濂对这些现象很少正面揭露。我们只能从他当时撰写的大量传记文章的某些缝隙中，略略窥见一斑。另外，宋濂此时还为朱元璋及明王朝作了大量歌功颂德的文字，有些赞颂是出于真诚，有些则是言不由衷的。如古人视为祥瑞的所谓甘露，其实是某些昆虫的粪便，在《禄命辨》（卷八）等文中，宋濂表示自己对祥瑞运命之类是不大相信的。但当洪武二年十月朱元璋君臣搬演天降甘露的闹剧时，宋濂也作了《天降甘露颂》加以歌颂。对朱元璋的一言一行，包括他信口胡诌半通不通的打油诗，心血来潮索笔题写的字迹等，宋濂都要引经据典大肆颂美一番。不管宋濂有多少作为御用文人不得不作这类东西的理由，它们终究是没有什么价值的。

二

前期的宋濂不仅关注现实政治，而且致力于对哲学、伦理学等理论问题的探讨。其《萝山杂言·自叙》（卷三十八）云：“濂自居青萝山，山深无来者，辄日玩天人之理，久之似觉粗有所得。”除《萝山杂言》外，他还撰写了《七儒解》《六经论》《诸子辩》《燕书》《寓言》《演连珠》《龙门子凝道记》等思辨性的著作。虽然宋濂在哲学、伦理学、政治学等领域缺乏独到深刻的见解，其代表性著作《龙门子凝道记》内容亦嫌芜杂，缺乏系统性，用他自己的话来说，是“天地之理欲穷之而未尽也，圣贤之道欲凝之而未成也”（卷四十《白牛生传》）；“所著之书，玭珠鱼目杂然而陈之”（卷五十二《龙门子凝道记·令狐微》），有些主张甚至荒谬，如欲实行均田之法，并“不许质鬻”（卷五十二《龙门子凝道记·林勋微》），即不准转卖等。但是，这种积极探索思考的精神无疑是可取的。而更值得肯定的是，宋濂此时的思考较少受宗派或正统观念的束缚，具有独立自由的性质。

汉魏以下特别是唐宋以后，自命儒家正统的士大夫们多斥佛老为异端，极力排抵。宋濂的思想虽以儒学为宗，但并不排斥佛老。他出生在金华潜溪，村旁有禅定院，晨钟暮鼓可闻，使他从孩提时代起即对佛学产生了浓厚兴趣。长大以后师事黄溍、柳贯、吴莱等，这些人虽讲理学，但又嗜于佛学，宋濂无疑受到他们的影响，从此阅尽三藏，对佛学钻研更深。

刘基《潜溪集序》说宋濂为文"主圣经而奴百氏","驰骋之余，时取老佛语以资嬉戏，则犹饫粱肉而茹苦荼、饮茗汁也"，这还是因刘基本人更偏重儒家并以此为立足点而观察所得出的结论。王袆为宋濂作《传》称他"于天下之书无不读，而析理精微。百氏之说，悉得其指要。至于佛老氏之学，尤所研究，用其义趣，制为经论，绝类其语言，置诸其书中无辨也"。这庶几乎符合宋濂思想的真实状况。在宋濂看来，儒学与佛老之学几乎没有什么正外主次之分。他往往谈佛学时则不谈儒学，即使有所批判，作为对立面的也只是佛学中偏执教义或沉溺禅宗、划禅、教为鸿沟的种种现象；言儒学则不言佛学，即使有所批判，作为对立面的不是佛道两家，而往往只是儒学本身中一些舍本逐末的现象或诸子百家中一些倡导权诈机变的主张。这不失为他在对待儒学与佛老之学上一个两全其美互不抵触的好办法。由《释氏护教编后记》《送慧日师入下竺灵山教寺受经序》（俱见卷三十五）等，可见宋濂对佛学源流及理论宗旨造诣之深。宋濂为和尚所作的塔铭和赠行序及为佛教典籍所作的序跋等数量之多，它们在宋濂整个创作中所占比例之大，在所有中国古代文人及其创作中恐怕是空前绝后的。明代理学家郑瑗以儒学卫道士自居，曾对宋濂"好理会异教"大为不满，指责他"鄙拙乱道"（四库全书本《井观琐言》卷一）。但这恰好从反面说明了宋濂的思想还比较活跃。

　　就儒学本身而言，入宋以后发展为理学，理学又有濂、洛、关、闽、蜀、湘等多个学派。仅在宋濂的家乡浙东一带，就有吕祖谦的婺学，唐仲友、陈亮、叶适等人的永嘉之学，何基等所传授的程朱之学。在这诸多理学流派中，程朱一派经过南宋理宗等的表彰和元朝统治者的倡导，渐渐被奉为"正宗"，但直至元末，它还没有取得独尊并使其他各派遭到罢黜的地位。

　　要在宋濂前期的著作中找到赞颂程朱之学得孔孟之正传、为理学之正宗的文字是毫不困难的，《宋元学案》也将宋濂列为何基的第三代弟子，因此后来研究者多笼统地把宋濂视为程朱理学的传人。实际上宋濂前期的思想相当自由。虽然不能说他不尊奉程朱，但他至少没有完全为程朱之学所牢笼。恰恰相反，他常常对程朱之学的某些方面不以为然，甚至提出批评。当然由于当时程朱一派的势力影响越来越大，对它稍表异议都可能"招拳惹踢"（朱熹语），所以宋濂的这些批评往往是间接微妙的，不细心辨析往往难以察觉。例如，程朱之学功夫苛密，求全责备，不近人情，结果是造就了大量表里不一的伪道学。宋濂在《萝山杂言》中指出："阴阳相摩，昼夜相环，善恶相形，枭凤相峙，粱藜相茂，势也，亦理也。君子欲尽绝小人，得乎哉？"《燕书》"蔡人有列宗子泓"则写列宗子泓有洁癖，却喜欢嗅女人的臭脚。宋濂最后总结说："大洁者必有大污。"同书"楚有斗子般"则写斗子般"貌肃而言庄，言则必称先生，国人皆以为修洁也"，而他实际上是一个勾搭妇女的好色之徒。宋濂的这些言论，很可能即对程朱学派而发，更明显的例子是：宋濂作《题天台陈献肃公行状后》（卷四十五）认为朱熹所撰陈良翰行状取舍不当；《题北山先生尺牍后》（卷四十五）认为朱熹之文也不值得收录无遗；《跋东莱止斋与龙川尺牍后》（卷四十六）更借吕祖谦之口批评朱熹之学不免过于"迫狭""细碎"。

实际上，宋濂更倾心于同乡前辈所开创的浙东学派，特别是吕祖谦的"婺学"。婺学与程朱之学大同小异，相对来说较注重文献的传授，理论上持论要通达一些。宋濂专门作《思媺人辞》（卷四十），表达对吕祖谦的无限仰慕。他在序中说："吾乡吕成公实接中原文献之传，公殁始余百年，而其学殆绝，濂窃病之。然公之所学弗畔于孔子之道者也，欲学孔子，当必自公始。"王祎所作《小传》也说："宋南渡后，新安朱文公、东莱吕成公并时而作，皆以斯道为己任。婺实吕氏倡道之邦，而其学不大传……景濂即因许氏（谦）门人而究其（朱熹）说，独念吕氏之传且坠，奋然思继其绝学，每与人言而深慨之，识者又足以知其志之所存。"按宋濂如一意尊奉程朱，或认为程朱与吕氏无所异，则所谓"奋然思继其绝学"纯属无谓。而他实际上孜孜不忘光大吕氏之学，则他对程朱之学与吕氏之学的异同优劣必有自己的看法。浙东学派的其他几位重要成员如陈亮、唐仲友、叶适等都与朱熹的思想有分歧，而宋濂对他们及其传人多予表彰（参见卷四十八《杂传九首》等）。唐仲友曾任台州知州，朱熹借故弹劾他，疏凡六上，当时人多对朱氏之举不以为然，宋濂《题朱文公自书虞帝庙乐歌辞后》（卷四十五）也对此微微透露出揶揄之意。他和王袆等不止一次对唐氏之学表示过肯定（参见卷首王袆撰《小传》、卷四十八《叶秀发传》等）。

至于论学宗旨，宋濂则实接近陆九渊心学的一派，认为"心即理也"，强调自存本心。一般认为陆九渊创立心学是接受了佛教禅宗的启发，宋濂的思想宗旨接近心学也应该与他深受佛学思想的影响有关。《白牛生传》自述云："生学在治心，道在五伦，自以为至易至简。"《萝山杂言》云："世求圣人于人，求圣人之道于经，斯远已。我可圣人也，我言可经也，弗之思耳。天下之事，或小或大，或简或烦，或亏或赢，或同或异，难一矣。君子以方寸摄之，了然不见其有余。"《龙门子凝道记·天下枢》（卷五十一）更说："天地之所以位，由此心也；万物之所以育，由此心也。能体此心之量而贱之者，圣人之事也。""心一立，四海国家可以治；心不立，则不足以存一身。使人人知心若是，则家可颜孟也，人可尧舜也，六经不必作矣。"

对于宋濂的学术宗旨与陆九渊的心学理论若合符契这一事实，历来似乎只有明中期阳明心学的重要人物薛应旂察觉到。他在为宋濂撰写的《祠堂碑记》中认为，世人对宋濂存在两个误解，一是只叹羡其君臣际遇荣宠功业而忽视其道术；二是在道术方面指认他为朱学世嫡而不知他实际上心仪陆九渊之学。薛氏说：

　　况究观先生之学，在宋则有若陆子静，在元则有若吴幼清。盖皆圣学正传，后先一辙，其与前四贤（按指朱学嫡传弟子何基、王柏、金履祥、许谦）之繁简纡直，世必有能辨之者。而俎豆独后，品侪未当，岂所以表先正而示后学哉。苟但知先生之显而不知先生之微，知先生之用而不知先生之体，则是见光华者忘日月，睹溪渤者失原泉，而精一无二之指，无怪乎其未究也。[1]

按薛氏能抉发宋濂学术思想之隐微，可谓别具只眼。但他因此而把宋濂划归心学营垒，则又未免失之于偏。我们认为，儒学、佛老之学，进而理学中的程朱学派、陆王心学或浙东学派，都是传统文化的组成部分，没有必要奉某家某派为正宗，而斥其他各家各派为异端邪说。宋濂前期的思想是相当复杂的，也是相当自由的，而我们所肯定的正是这种独立自由的性质。因为历史的经验告诉我们，只有兼收并蓄，自由思考，百家争鸣，才能促进学术的繁荣与发展。

及至后期，在长达二十年的时间里，宋濂再也没有撰写过专门的理论思辨著作。他依然对佛道两教兴趣深厚，但着眼点已从其所蕴含的人生哲理转到以神道设教、辅俗化民的实用功能上。明王朝建立后，在加强政治上的君主专制的同时，也强化了思想文化方面的统治，程朱一派的理学得到大力倡导。从洪武到永乐的几十年，是程朱理学的独尊地位得以最终确立的关键时期。宋濂作为当时思想文化界的领袖人物，自觉不自觉地顺随客观政治需要，为将程朱理学奉上独尊地位鸣锣开道。如他为朱熹《理学纂言》作序云："自孟子之殁，大道晦冥，世人摛埴而索途者千有余载。天生濂、洛、关、闽四夫子，始揭白日于中天，万象森列，无不毕见，其功固伟矣。而集其大成者，唯考亭朱子而已。"（卷二十六）这样，他就实现了由一个自由思想者向官方思想代言人的角色转变，抛弃了前期多元化的思想格局，在力图僵化整个社会思想的同时，自己的思想也逐渐趋于僵化。

三

从前期到后期，宋濂的文学主张及创作风格也发生了比较明显的变

---

[1] 薛应旂《方山先生文录》卷十三《浦江宋先生祠堂碑记》，明嘉靖东吴书林刻本。

化。浙东学派的理学门徒有重文的传统，因此黄百家在《宋元学案》卷八十二《北山四先生学案》的按语中说："金华之学，自白云（许谦）一辈而下，多流而为文人。"〔1〕所谓重文有两层意思：一是指他们不像另外一些理学门徒那样极言"作文害道"，而是肯定文学创作的意义与价值，并致力于写作实践。二是在文学创作过程中，他们不像另一些理学门徒那样空喊一句"文以明道"了事，而是对文学的体裁、结构、语言等进行认真的探究。宋濂继承了这一传统。在前期，他虽然也有许多"文以明道"甚至斥辞章为末技的言论，但对文学创作及对文学创作技巧的探究实际上是很注重的，并乐于将自己的心得体会传授给后进。《浦阳人物记》（卷五十三）引宋代浦阳籍文学家于房之言曰："阳开阴阖，俯仰变化，出无入有，其妙若神。"然后肯定道："何其言之善也。盖文主于变，变而无迹之可寻，则神矣。"同书又载："濂尝受学于立夫（吴莱），问其作文之法，则谓有篇联欲其脉络贯通，有段联欲其奇偶叠生，有句联欲其长短合节，有字联欲其宾主对待。又问其作赋之法，则谓有音法欲其倡和阖辟，有韵法欲其清浊谐协，有辞法欲其呼吸相应，有章法欲其布置谨严。总而言之，皆不越生、承、还三者而已。然而辞有不齐，体亦不一，须必随其类而附之，不使玉瓒与瓦缶并陈，斯为得之，此又在乎三者之外，而非精择不能到也。"

及至后期，宋濂越来越片面强调"文以明道""征圣""宗经"等，并认为只要"道""明"，则文章自然就写得好，从而否定探讨文学创作技巧的必要性。于是，他的文学观便越来越靠近保守的理学门徒们的文学主张。他在洪武初年作的《赠梁建中序》（卷二）里说："余自十七八时，辄以古文辞为事，自以为有得也。至三十时，顿觉用心之殊，微悔之。及逾四十，辄大悔之。然如猩猩之嗜屐，虽深自惩戒，时复一践之。五十以后（按大致即应朱元璋之聘之后），非唯悔之，辄在愧之；非唯愧之，辄大恨之。

〔1〕 黄宗羲著，黄百家、全祖望补修《宋元学案》，中华书局 1986 年版，第 2801 页。

自以为七尺之躯，参于三才，而与周公、仲尼同一恒性，乃溺于文辞，流荡忘返，不知老之将至，其可乎哉。自此焚毁笔砚，而游心于沂泗之滨矣。"这一段自述未免言过其实，但还是大致反映了他前后期对待文学态度的变化。刘勰《文心雕龙》曾提出，后世各种文体都源于六经。宋濂对此还不满意。他在同作于洪武初的《白云稿序》（卷二）中认为任何一种经典即具备了各种文体的法度，从而把"征圣""宗经"的传统主张推到了极端。致仕家居后写的《文原》（卷二十六）、《文说赠王生黼》（卷二十九），比较集中地表述了他后期的文学观。前者云："余之所谓文者，乃尧、舜、文王、孔子之文，非流俗之文也。""大抵为文者欲其辞达而道明耳，吾道既明，何问其余哉。"又后者中说："明道之谓文，立教之谓文，可以辅俗化民之谓文。斯文也，果谁之文也？圣贤之文也。非圣贤之文也，圣贤之道充乎中、著乎外、形乎言，不求其成文而文生焉者也。不求其成文而文生焉者，文之至也。"在这里，宋濂的口气是越来越大，越来越正统了，然而所言实不过为理学门徒论文的老生常谈。宋濂似乎也感觉到自己居言无当，不免空泛，故在《文原》自跋中自我辩解："予既作《文原》上下篇，言虽大而非夸，唯智者然后能择焉。"

　　宋濂的文学观由活泼变为正统的显著例证之一，是他对《史记》《汉书》态度的变化。他曾不止一次地回忆说："先师黄文献公（溍）尝有言曰：作文之法，以群经为本根，迁、固二史为波澜。本根不蕃，则无以造道之原；波澜不广，则无以尽事之变。舍此二者而为文，则槁木死灰而已。予窃识之不敢忘。"（卷十六《叶夷仲文集序》）按黄溍之说实本于宋代文学家唐庚。即使在翰林院任职期间，宋濂对这一说法仍然是肯定的："唐子西云：六经之后，便有司马迁、班固。六经不可学，学文者舍迁、固将奚取法？呜呼，斯言至矣。濂尝讽二家书，迁之文如神龙行天，电雷惚恍，而风雨骤至，万物承其溉泽，各致余妍。固之文类法驾整队，黄麾后前，万马夹仗，六引分旌，而循规蹈矩，不敢越尺寸。呜呼，法之固堪法，其能以易致哉，然而渊冲之容可以揽结，雄毅之气可以掇拾。"（卷十二《吴潍州文集序》）然而到作《文原》时，他却说："世之论文者有二，曰载道，曰纪事。纪事之文当本之司马迁、班固，而载道之文舍六籍吾将焉从。虽然，六籍者本与根也，迁、固者枝与叶也。此固近代唐子西之论，而予之所见，则有异于是也。六籍之外，当以孟子为宗，韩子次之，欧阳子又次之，此则国之通衢，无榛荆之塞，无蛇虎之祸，可以直趋圣贤之大道。去此则曲狭僻径耳，荦确邪蹊耳，胡可行哉。"按宋氏之所以要去掉迁、固而代以孟、韩、欧阳，就是因为前者思想还不够"纯正"。照他说来，学《史记》《汉书》也成了"曲狭僻径""荦确邪蹊"了。

　　总而言之，宋濂后期的文学观重视作家的主观修养，强调作家、社会责任感，具有一定合理性，对纠正元末文坛过重技巧、格调不高的创作倾向有一定积极意义。但它又很容易将文学导入另一歧途，即为理学所吞灭，迷失本身的特质和独立地位。明前期文坛曾出现一个长达一百多年的低谷，它的形成虽有多方面的原因，但宋濂显然也不能辞其咎。

　　就宋濂本人的文学创作而言，他前期的诗文虽然已经以醇和从容为主格调，但还时见别调。如《桃花涧修禊诗序》（卷三十五）襟怀潇洒，《秦士录》（卷三十八）虎虎有生气，《王氏乐善集序》（卷四十四）文采斐然，《咨目童文》（卷四十五）笔调恣肆，以文为戏等等。不是说只有这样写才算好作品，也不是说这些作品本身意蕴如何深刻。只是借此可以看出，宋濂前期创作的艺术手法是相当自由的，风格也是丰富多彩、富于变化的。后期宋濂也有一些好的作品，如脍炙人口的《送东阳马生序》（卷三十二）等，但大都以说理取胜，饶有情采的篇章是不多见了。也就是说，他后期创作的手法和风格是越来越单调了。宋濂的诗歌创作前后期发生的变化更为明显。他本长于文而短于诗，但前期诗作大多托物起兴，有些篇章情致含蓄蕴藉，如《杂体五首》《静室二首》等。有些甚至风姿绰约，如《古辞四首》《寄远曲四首》等（俱见卷四十七）。这些作品即使不许为上乘之作，也允称当行之作。及至后期，他作诗越来越少，即使偶尔拈韵，也多为应酬之用。他致仕家居后作的《题方方壶画钟山隐居图》（卷三十）诗"小序"云：

"予十年不作诗";《题玄麓山八景》(卷四十七)"小序"也说:"予不作诗者十年。"这里所说的"十年",即指明朝建立后他在朝廷任职的十年。与散文相比,诗歌更要求作者袒露真心,展示个性。由此看来,宋濂在任职朝廷的十年里不作诗,表面的原因是他忙于撰写应用文字,无暇顾及,而深层的原因,恐怕还在于他的思想感情日趋禁锢封闭,丧失了心灵的自由。

四

上述宋濂前后期思想的变化,固然与本人因身份、年龄等的变化而产生的主观心态的变化有关,但决定性的因素还是客观社会环境的变化,尤其是元末明初思想文化环境的不同。后人多强调元朝的民族歧视政策及汉族知识分子社会地位的下降,这些无疑都是事实。但与此相表里的还有另一层事实,那就是蒙古族统治者思想文化方面的统治总的来说比较疏略,当时的知识分子进行学术探讨和文学创作几乎没有什么禁忌。那些家境富裕的知识分子,不做官照样锦衣玉食,反而有了充分的时间和精力,从事与个人兴趣和信仰相关的事业,并取得一定成就。明王朝建立后,大批知识分子被迫地或自愿地走上仕途,从此不再是自由之身,终日战战兢兢,如履薄冰,如临深渊。正因为主要是客观社会环境迫使人们的思想状况发生变化,所以宋濂前后期思想的变化在当时就不是个别现象。即如与宋濂同受朱元璋之聘的刘基,钱谦益《列朝诗集小传》云:"公自编其诗文曰《覆瓿集》者,元季作也;曰《犁眉公集》者,国初作也。公负命世之才,丁有元之季,沉沦下僚,筹策龃龉,哀时愤世,几欲草野自屏。然其在幕府,与石抹艰危共事,遇知己,郊驰驱,作为歌诗,魁垒顿挫,使读者贲张兴起,如欲奋臂出其间者。遭逢圣祖,佐命帷幄,列爵五等,蔚为宗臣,斯可谓得志大行矣。乃其为诗,悲穷叹老,咨嗟幽忧,昔年飞扬碑砺之气,澌然无有存者……呜呼,其可感也。……百世之下,必有论世而知公之心者。"[1]

由于宋濂出仕后一直随侍在朱元璋左右，他与朱元璋的关系对他后期思想的变化具有直接影响。从贫民、军人而成为君王的朱元璋，对作为富人、文人和臣僚的宋濂这一类知识分子，态度是极为矛盾复杂的，并且前后发生了很大变化。他一方面羡慕敬重这些人具有很高的文化艺术修养，并为此暗暗感到自卑；一方面又鄙视他们的迂腐无能，并通过贬斥他们以恢复心理平衡，获得自我优越感。一方面他想做一个"圣明"的君主，享有礼贤下士的美名；一方面又对臣僚疑忌重重，要时时施展严厉手段以维护自己的权威。大约登基以前，他还比较能克制自己，对宋濂等以敬重为主，因此从至正二十年应聘到二十五年返家的数年中，宋濂未受到任何惩处。朱元璋谓"为天下屈四先生"，"称先生而不名"。至正二十三、二十四年皆有赐诗，称宋濂为"醇谨君子"。二十五年宋濂以疾归金华，有金帛、安车之赐。宋濂抵家后上《谢恩笺》，朱元璋遣使答书，复赐文绮白缯。及至登基以后，朱元璋对宋濂等人的态度便日趋严厉。洪武二年宋濂应召至京修《元史》，三年正月除翰林学士知制诰，七月即以失朝参降编修。四年二月迁国子司业，八月又以考祀孔子礼不及时上奏谪安远知县。不久召为礼部主事，仍与原职品级相差悬殊。洪武九年六月授宋濂翰林学士承旨，诰文中说："尔濂虽博通古今，惜乎临事无为，每事牵制勿决，若使检阅则有余，用之于施行则甚有不足。"[2]这不啻是对宋濂的一通训斥。即使宋濂这样的"诚谨"之人，朱元璋也不放心。宋濂"尝与客饮，帝密使人侦视。翼日问濂昨饮酒否，坐客为谁，馔何物。濂具以实对。笑曰：'诚然，卿不朕欺。'"[3]朱元璋此举的潜台词，是足以让宋濂出一身冷汗的。这期间朱元璋对宋濂也有过一些恩宠的表示，但它们越来越具有随心所欲

---

[1] 钱谦益《列朝诗集小传》甲前集"刘诚意基"条，上海古籍出版社 1983 年版，第 13—14 页。

[2] 谈迁著、张宗祥校点《国榷》卷六，中华书局 1958 年版，第 535 页。

[3] 《明史》卷一百二十八《宋濂传》，中华书局 1974 年版，第 3786—3787 页。

的性质。如"濂不能饮，帝尝强之至三觞，行不成步，帝大欢乐，御制《楚辞》一章，命词臣赋《醉学士诗》"。[1]这简直是一出戏弄宋濂以取乐的恶作剧。宋濂"官内庭久，未尝讦人过。所居室署曰'温树'，客问禁中语，即指示之"。[2]洪武十年正月致仕家居后，辟一室曰"静轩"，终日闭户撰述，诫子孙毋入城市。与人接，或及时事，辄不语。可见宋濂已视政治为畏途。但尽管他如此谨慎小心，洪武十三年还是因长孙宋慎与胡惟庸一案有牵连，次子宋璲与宋慎被诛，宋濂也险些被杀，赖马皇后救免，全家安置茂州，并于次年卒于夔州僧寺。总之，由于宋濂直接与朱元璋接触，长期笼罩在他的淫威之下，宋濂前期思想的圭角至此几乎荡然无存就丝毫不难理解了。

<h2 style="text-align:center">五</h2>

通过对宋濂生平思想的考察，人们很容易再次发出这样的感叹：知识分子还是不卷入政治为好。这一看法自然不免偏颇，但它确实不能不引起我们对中国古代知识分子的命运及其人生道路的选择等问题的思考。

所谓"知识分子"本是一个发展的概念。在人类社会初期，整个社会文化水平低下，有一定经验和知识的人即可算是知识分子。随着社会的发展和文明程度的提高，知识分子的队伍日益扩大，其内部又渐渐分化出几个不同的层次或曰不同类型。大致说来，有一部分人适宜从事物质生产活动，有一部分人适宜从事政治军事等方面的活动，还有一部分人则适宜从事思想文化方面的活动。就整个社会而言，这几类知识分子都不可缺少。但就每个知识分子而言，则应根据自己的情况做出正确的抉择。在中国封建社会里，由于"学而优则仕"的观念深入人心，更由于科举制度的推行，几乎所有知识分子都涌向从事政治军事活动这一条路。结果不仅使与物质

---

[1]《明史》卷一百二十八《宋濂传》，中华书局1974年版，第3787页。
[2] 同上，第3786页。

生产活动密切相关的科学技术和思想文化的发展受到严重影响，也使仕途上平添了许多失意者与不幸者。这既是中国古代知识分子的悲剧，也是中华民族的悲剧。

所谓适宜从事思想文化工作的知识分子，是指这样一种类型的知识分子：他们感情丰富，想象力强，或者具有很强的逻辑思维能力。他们的思绪可以在幻想王国和高度抽象的概念世界里自由翱翔，而对现实的日常生活、人情物态却可能近乎无知。他们漠视世人斤斤计较、孜孜以求的感官享乐，而把自己呕心沥血而得的思想结晶视同性命。他们可以说是知识分子中的知识分子。回过头来看宋濂，我们发现他正属于这一类知识分子。他在《答郡守聘五经师书》（卷三十七）中自述道："濂以轻浮浅躁之资，习懒成癖。近益之以疏顽，不耐修饰。乱发被肩，累日不冠。时同二三友徒跣梅花之下，轰笑竟日。不然则解衣偃卧，看云出崖扉中，有类麋鹿然。见人至辄惊遁，欲危坐一刻亦不可得。""濂虽不能造文，性乐之甚。当操觚沉思时，阖扉凝坐，不欲闻步履声，虽犬猫不使之近，即近辄拊几大呼，人咸指为狂易，传以为笑。倘章不能就，击磬绕室中行，或使小苍头简发如捕虱状，或摩搔膺腹，使气隆然降升乃已。若一入城市，众人丛居，又无邃房曲阁可下关牡，未书半行，狙伺猿视，大鸣小噪，败人兴趣。宁失万金之产乃不怨，苟废此乐，不如无生。"郑涛撰《小传》云："（宋濂）性尤旷达，视一切外物澹如也。年三十，即以家事授之侄，朝夕惟从事书册间。稍有余暇，或支颐看云，或被发行松间。遇得意时，辄击缶浩歌，声振林木，翛翛然如尘外人。"王祎撰《小传》也说："景濂状貌丰厚，美须髯，然目短视，寻丈之外不能辨人形，而雪边月下蝇头之字可读也。……与人交，任真无钩距，视人世百为变眩捭阖，漫若不知，知之亦弗与较。纵为人所卖，不复恤，而人亦无忍欺之者。"凡此种种皆活画出一个典型的适宜"饮水著书"的知识分子形象。

然而受传统人生理想的影响，宋濂又急于用世，力图做到立德、立功、立言三不朽。在《龙门子凝道记》等文中，他大谈"古之人非乐隐也，隐盖不得已也",反复咏叹自己欲为帝王师平治天下的理想不得实现的苦闷。至正二十年应聘而起,虽带有一定被迫性质,但在一定程度上也未尝不出于自愿。只有经历了仕途上的种种急流险滩后,特别是最后飞来横祸降临时,他才真正意识到自己并不适宜也不应该从政。他在踏上流放的漫漫长途之际,以遗稿、画像付门生义门郑柏,并作别诗云:"平生无别念,念念在麟溪。生则长相思,死当复来归。"(卷四十七《别义门》)这是生离死别时吐露的肺腑之言。回首平生,真正令他留恋的不是金马玉堂,而是浦阳江畔的青山碧水;不是珥笔侍君的无限荣光,而是在家乡著书讲学的生活。临终之前,他实际上对自己后期的生活做了自我否定。他的人生轨迹绕过一道弧形,最后又回到了原有的轨道。这里也许没有绝对的得与失或是与非,唯在人们自忖与自择而已。

(原刊于《中国文学研究》1995 年第 3 期)

论台阁体

在明代文学史上，从成祖永乐（1403—1424）到孝宗弘治（1488—1505）年间，是所谓台阁体占统治地位的时代。台阁体作家继承了明初浙东派宋濂等人所倡导的文学主张，推尊诗、古文等正统文学体裁，而蔑弃宋元以来已获得长足发展的小说、戏曲等通俗文学样式。在诗文内容方面，他们以替统治者歌功颂德、粉饰太平、宣扬程朱理学、维护封建礼教为能事，忽视了文学反映社会现实，表达人们丰富复杂的思想感情的功能。在艺术上，则一味追求所谓雍容平易、典雅正大的风格，缺乏审美情趣和艺术个性，以致流于枯燥呆板，萎靡不振。从艺术评判的角度来看，台阁体的理论和创作都不值得我们花过多的精力去梳理。但作为一种特殊的文学现象，却应引起研究者的深思。探讨这种文学现象为什么会产生，对总结中国古典文学发展的历史经验，认识文学兴衰的客观规律，都将不无裨益；而对考察整个明代文学思潮的演变过程，更是必不可少。

然而迄今为止，学术界对台阁体尚缺乏深入的研究。以往的评论者，一般把台阁体的形成和流行，归因于当时社会的安定与台阁文人生活的优裕，这还是停留在表面观照所得出的结论。实际上当时的社会政治并不像后人想象的那样安定，当时文人士大夫的生活尤其不像后人想象的那样平静。台阁体的形成和流行，主要并非社会安定、文人生活优裕的产物。恰恰相反，它主要是明初以来的高压政治，特别是高压知识分子政策和文化政策的结果。其次，台阁体的形成与流行，除受总的社会历史背景影响外，还有许多具体的条件和契机，如官僚制度的变更、地域文化的参与等。只有对这些因素进行全面考察，才能准确把握台阁体这一历史现象。

一、台阁与台阁体

"台"本指三台星，即上台、中台、下台，共六星，两两相比，位于紫微宫帝座前。中国古代用天象比附人事，以紫微宫帝座喻皇帝，而以三台星喻与皇帝相接近的三公宰辅大臣。这种说法起源很早，至迟在秦汉间已经流行。"阁"则专指明朝永乐初开始设置的作为皇帝办事机构的内阁。入内阁办事的大臣虽无宰辅之名，而职权与历代宰辅相似，故当时及后来人以"台阁"称之。台阁体，顾名思义，就是内阁大臣们所创立并倡导的一种文体或曰诗文模式。没有内阁，也就没有台阁体。

明朝开国之初，承元制设中书省以总百政，置左右丞相、平章政事、左右丞、参知政事等官。其后省臣李善长、汪广洋等多获罪被谴。洪武十三年（1380）正月，丞相胡惟庸以谋反被诛，太祖遂罢中书省，并告诫子孙永远不得复设丞相一职。析中书省之政归六部，以尚书任天下事，而皇帝亲自总揽大权。然而皇帝毕竟应付不了纷杂繁芜的政务，于是于当年九月，仿《周礼》之义，置四辅官，以儒士王本等为之，不久即罢。十五年（1382）十一月戊午，又仿宋代殿阁大学士之制，以刘仲质为华盖殿大学士，宋讷为文渊阁大学士，吴伯宗为武英殿大学士，吴沉为东阁大学士。是月辛酉，复命耆儒鲍恂、余诠、张长年为文华殿大学士，以辅导太子，秩皆正五品，皆辞不拜。不久又征全思诚为文华殿大学士，亦辞而放还。其时太祖自操威柄，而以翰林、春坊官员协助详看诸司奏启，兼司平驳。殿阁大学士仅侍左右、备顾问而已，亦不常设。建文中，改大学士为学士。建文四年（1402）八月，朱棣篡位成功，是为成祖。九月，特简解缙、胡广、杨士奇、杨荣、金幼孜、胡俨、黄淮七人入值文渊阁，参与机务。阁臣参与机务自此始，内阁之名亦自此始。及仁宗、宣宗即位，殿阁大学士杨士奇等因为曾经做过他们的老师，被累加至三孤，位望益尊。宣宗政务不分大小，悉下杨士奇等参决可否，于是内阁职权日重，超过六部。至明朝中后期，皇帝多居深宫，荒嬉不理政事，于是殿阁大学士夏言、严嵩、张居正等遂成为名副其实的宰相。总之，明代内阁具雏形于洪武年间，而正式诞生于永乐初。以后各代因之，唯仁宗即位时增设谨身殿大学士；世宗时以新建三殿成，改华盖殿为中极殿，谨身殿为建极殿而已。[1]据此，我们也把洪武年间看成是台阁体的萌芽阶段，而将它正式产生的时期定在永乐初年。

明前期的内阁大臣何以能普遍从事文学创作，以至创立一种特定的文体？这与内阁的性质有关。明代内阁的设立，归根到底，乃是中国君主专制社会后期皇权逐步加强的产物。这时的最高统治者，不能容忍有一个总揽朝政的宰相存在，害怕他分割夺取自己的权力，于是废中书省而设内阁。内阁虽取代了中书省的主要功能，但名义上却不再是总揽朝政的宰相府，而只是皇帝的私人秘书班子。内阁大臣虽被人目为宰辅，但他们——特别是明朝前期的内阁大臣——名义上却只是皇帝的文学侍从之臣。他们不像历代宰相那样，具有独立处理政务的权力和任务，主要职责乃是备顾问、参机务、开经筵讲读、替皇帝拟旨、草写诰敕、陪从游燕、应制倡和、传问事义、考订声音文字、修史、编撰其他书籍、辅导太子、主持考试、教养庶吉士等。内阁的这种性质，从它与"专以供奉文字为职"的翰林院的密切关系中可窥一斑。成祖初设内阁时，在简解缙、杨士奇等入阁前，分别给他们授以翰林侍讲、翰林侍读、翰林编修、翰林检讨等职衔。入阁后，内阁中也不另设官属。其意盖谓内阁并不是一个独立的衙门，诸人入阁办事属于临时抽调性质，他们的本来身份仍是翰林院的官员。《明史》卷七十三《职官志》二载：

---

〔1〕参见《明史》卷七十二《职官志》一，中华书局1974年版，第1732—1734页；廖道南《殿阁词林记》卷九、卷十一等，台北商务印书馆景印文渊阁《四库全书》本，第266、284—285页等。

（成祖）特简讲、读、编、检等官参预机务，谓之内阁。然解缙、胡广等既直文渊阁，犹相继署院事。至洪熙以后，杨士奇等加至师保，礼绝百僚，始不复署。正统七年，翰林院落成，学士钱习礼不设杨士奇、杨溥公座，曰：此非三公府也。二杨以闻，乃命工部具椅案，礼部定位次，以内阁固翰林职也。嘉、隆以前，文移关白犹称翰林院，以后则竟称内阁矣。[1]

这就是说，仁宗洪熙以后，人们已普遍把内阁大臣看成宰辅三公，但他们仍然要求在翰林院保留自己的座位。因为在他们心目中，自己的本来身份仍是翰林院官员。明代内阁大臣们的这种观念，一直保持到嘉靖、隆庆年间，才逐渐淡化以至消失。在这种意识的支配下，明前期的内阁大臣们一直把"供奉文字"作为自己的本职，经常应制倡和，咏讽著述不辍。于是明前朝的"宰辅"——内阁大臣们，乃能与历代的宰辅不同，在参与政务之外，共同创作了不少诗文，以至形成一种特定的文体——台阁体。

及至明中叶，部分内阁大臣尚能继承杨士奇等人开创的传统。如邱濬毅然以一代文宗自命，致力于学术研究和文学创作。李东阳亦"以文章领袖缙绅"，[2]"天下翕然宗之"。[3]正、嘉以后，如前所述，内阁逐步演化为真正的宰相府，内阁大臣逐步变成名副其实的宰相。于是内阁大臣们专以政事为本职，以争权夺利为能事，目诗文为雕虫小技，无暇顾及。偶有内阁大臣留意于翰墨，反而会遭到时人的非难。如嘉靖初费宏为首辅，与世宗倡和，"帝尝御平台，特赐御制七言一章，命辑倡和诗集，署其衔曰：内阁掌参机务辅导首臣。其见尊礼，前此未有也。（张）璁、（桂）萼滋害宏宠。萼言：诗文小技，不足劳圣心，且使宏得凭宠灵凌压朝士。帝置不

---

[1]《明史》卷七十三《职官志》二，中华书局1974年版，第1787页。
[2]《明史》卷一百八十一《李东阳传》，中华书局1974年版，第4824页。
[3]《明史》卷二百八十六《李梦阳传》，中华书局1974年版，第7348页。

省"[1]。总之，这时内阁的性质变了，内阁大臣及时人心目中的观念也变了。台阁体的衰落，原因很复杂，但显然与此不无关系。

台阁体虽由内阁大臣们所创立和倡导，并因之而得名，但它的作家队伍却并不限于内阁大臣，而至少还应包括翰林院和詹事府的官员。罗玘《圭峰集》卷一《馆阁寿诗序》："今言馆，合翰林、詹事、二春坊、司经局皆馆也，非必谓史馆也。今言阁，东阁也。凡馆之官晨必会于斯，故亦曰阁也，非必谓内阁也。然内阁之官亦必由馆阁入，故人亦蒙冒概目之曰馆阁云。"[2]翰林院的官员又分三种：一是掌院官，包括学士一人（正五品），侍读学士、侍讲学士各二人（并从五品），侍读、侍讲各二人（并正六品）等。二是史官，包括修撰（从六品）、编修（正七品）、检讨（从七品）等。洪武十四年（1381）定修撰三人，编修、检讨各四人。其后由一甲进士除授及庶吉士留馆授职者，往往溢额，遂无定员。三是庶吉士，即从新科进士中选拔入翰林院读书进修者。这里需要给予特别注意的是庶吉士。

选拔庶吉士和设内阁一样，也是明朝的一项创举，为前朝所未有。洪武初，采《尚书·立政》"庶常吉士"之义，置庶吉士，六科及中书省皆有之。洪武十八年（1385），以新科进士分拨在翰林院、承敕监等衙门者皆称庶吉士。新科进士为庶吉士自此始，庶吉士入翰林院亦自此始，然当时庶吉士尚不专属翰林院。永乐二年（1404）廷试后，既授一甲曾棨、周述、周孟简三人官，复命于二甲进士中择文学优等杨相等五十人，及善书法者汤流等十人，俱为翰林院庶吉士，庶吉士遂专属翰林院。又命学士解缙等就中选才资英敏者，就学文渊阁。缙等选曾棨、周述、周孟简、杨相等共二十八人，以应二十八宿之数。庶吉士周忱自陈少年愿学，成祖喜而允之，增为二十九人。其后或间科一选，或连科屡选，或数科不选，或合三科同选。所选亦无定额，如永乐十三年（1415）选六十二人，宣德二年

---

〔1〕《明史》卷一百九十三《费宏传》，中华书局 1974 年版，第 5109 页。

〔2〕 罗玘《圭峰集》卷一，台北商务印书馆景印文渊阁《四库全书》本，第 7 页。

（1427）则只选一人。弘治以后方立为定制，基本上每科皆选，所选不过二十人。被选中者谓之馆选。正统以前，庶吉士进修处或在文华殿，或在文渊阁，或在东阁。由殿阁大学士领之，皇帝尝亲至训示。正统以后，庶吉士始定在翰林院公署教习，以翰林院詹事府官高资深者一人教之。三年卒业，优者留翰林院为编修、检讨，次者出为给事中、御史等，谓之散馆。[1]

据《明史》卷七十《选举志》二，永乐二年选拔庶吉士，即以"文学优等"为标准。又据《殿阁词林记》卷十，正统以后，选拔之事付内阁，例取新科进士平日所为诗文，或翻阅试卷，兼采名实，礼部会同吏部试以古文暨诗，合试者改送吏部读书。则文学才能的优劣一直是取舍的主要依据。弘治四年（1491），以大学士徐溥请，将选拔庶吉士之事立为定制，"令新进士录平日所作论、策、诗、赋、序、记等文字，限十五篇以上，呈之礼部，送翰林考订。少年有新作五篇，亦许投试翰林院，择其词藻文理可取者，按号行取，礼以糊名试卷偕阁臣出题考试于东阁，试卷与所投之文相称，即收预选"。即文学才能成为选拔庶吉士的唯一标准。早期庶吉士尚得入禁中，间承顾问，以涵养道德、熟悉政体为务。正统以后，庶吉士改在外公署教习，于是"舍大纲，先末艺，以诗文记诵为学，而道德政事则忽弃焉"；"在公署读书者，大都从事词章。内阁按月考试，则诗文各一篇，第其高下，具揭帖，开列名氏，发本院以为去留地"。[2]可见庶吉士被录取入院以后，主要任务也就是从事诗文创作。据李东阳《怀麓堂诗话》："曩时诸翰林斋居，闭户作诗，有僮仆窥之，见面目皆作青色。彭敩五以'青'字韵嘲之，几致反目。予为解之，有曰：'拟向麻池争白战，瘦来鸡肋岂胜拳。'闻者皆笑。"[3]这条记载生动地反映了当时翰林院人士的生活状况。

---

[1]《明史》卷七十三《职官志》二，中华书局1974年版，第1788页。

[2] 参见《明史》卷七十《选举志》二、卷七十三《职官志》二，中华书局1974年版，第1700—1701、1788页；廖道南《殿阁词林记》卷十"考选""教书"等，台北商务印书馆景印文渊阁《四库全书》本，第279—280页。

[3] 李东阳著、李庆立校释《怀麓堂诗话校释》，人民文学出版社2009年版，第292页。

　　詹事府是负责辅导太子的机构。洪武初，太子辅导官多由勋旧大臣兼领。二十二年（1389）设詹事院，二十五年（1392）改为府，设詹事、少詹事、府丞等官。下辖左、右春坊，各有大学士、庶子、谕德、中允、赞善等官。又辖司经局，有洗马、校书、正字等官。詹事府多由他官兼掌，成化以后，一般礼部尚书或侍郎由翰林出身者兼掌之。坊、局官亦多与翰林院职互相兼。其专任詹事府暨坊、局官者，视其品级，亦必带翰林院衔。詹事、少詹事带学士衔；春坊大学士不常设；谕德、中允、赞善、洗马等则带讲、读学士以下至编、检衔。嘉靖以后，太子出阁讲读，每点别员。詹事府暨坊、局更仅成为翰林院官的迁转之所。总之，詹事府与翰林院基本上是二而一的东西，故当时人每每以"翰、詹"连言。

　　还有一些在六部及其他大、小九卿衙门任职的官僚，如王英、王直、吴宽、程敏政等，也应算是台阁体作家。他们虽然既未入阁，又非一直在翰林院、詹事府任职，却大多由翰林院出身。而且在出任他职后，也仍然不忘自己的本来身份。据《明史·职官志》，"其在六部，自成化时周洪谟以后，礼部尚书、侍郎必由翰林，吏部两侍郎必有一由于翰林。其由翰林者，尚书则兼学士，六部皆然。侍郎则兼侍读、侍讲学士"。[1]所以，这部分作家，实可看作翰林院作家群的别支。

　　另外，洪武三年（1370）四月，尝置弘文馆，以胡铉为学士，又命刘基、危素、王本中、睢稼皆兼学士，未几罢。宣德间，复置弘文阁，以翰林学士杨溥掌阁印，寻并入文渊阁。[2]弘文馆存在的时间不长，其性质亦介乎内阁与翰林院之间，故可略而不论。值得指出的是，因弘文馆与翰林院性质相近，故当时人有以弘文馆代指翰林院，而称"台阁体"为"馆阁体"者。表面上看，弘文馆旋设即废，称"馆阁体"似有不妥。但就实质而言，它倒比"台阁体"一词能更准确地揭示"台阁体"并非仅由内阁大臣创作，

〔1〕《明史》卷七十三《职官志》二，中华书局1974年版，第1788—1789页。
〔2〕同上。

而是由翰林院官员与内阁大臣共同创作的事实。

内阁本脱胎于翰林院，或者说仍属翰林院的一个特殊组成部分，两者关系十分密切。当时人合言之则"殿阁词林"连举，分言之则举"翰林"即包括内阁在内。正统之前，庶吉士多在殿阁进修，内阁大臣往往直接参与教习。正统以后，庶吉士一般由翰林院、詹事府官高资深者教习，但内阁大臣还要负责按月对之加以考试。所以内阁大臣与翰林院庶吉士及由庶吉士选留升迁的翰林院史官和掌院官等往往有师生之谊。翰林院官员多秉承师法，追随内阁大臣的文学主张，模仿他们的风格。如弘治中，刘健、谢迁、李东阳在内阁，王九思等人在翰林院为检讨，"宗习诵法"李东阳等人的文风，时人语曰："上有三老，下有三讨。"[1]又如弘治、正德间，李东阳的一批门生，其中主要是他在翰林院任职时教过的庶吉士，如邵宝、石珤、罗玘、顾清、鲁铎、何孟春等，师法李氏文体，被后来的钱谦益称为李氏门下"六君子"。[2]

当然，翰林院官员师法内阁大臣的文体，除了师生关系这一因素外，还有更具体实在的原因。据《明史》卷七十《选举志》二：

> 成祖初年，内阁七人，非翰林者居其半。翰林纂修，亦诸色参用。自天顺二年，李贤奏定纂修专选进士，由是非进士不入翰林，非翰林不入内阁。南、北礼部尚书、侍郎及吏部右侍郎非翰林不任，而庶吉士始进之时，已群目为储相。通计明一代宰辅一百七十余人，由翰林者十九。[3]

〔1〕张治道《渼陂先生续集序》，见王九思《渼陂集·渼陂续集》，台北伟文图书出版有限公司1976年《明代论著丛刊》影印明嘉靖刻崇祯补修本，第671页。

〔2〕钱谦益《列朝诗集小传》丙集"王新建守仁"条："百年以来，士大夫学知本原，词尚体要，彬彬焉，或彧焉，未有不出于长沙之门者也。藁城以下六公，其苏门六君子之选乎。"上海古籍出版社1983年版，第269页。

〔3〕《明史》卷七十《选举志》二，中华书局1974年版，第1701—1702页。

　　这就是说，自永乐初确立内阁与翰林院一系列制度后，特别是天顺以后，入阁基本上成为翰林院官员的特权。由翰林院庶吉士到纂修官、掌院官再到内阁大臣，已成为一条特定的也是最优越的升迁途径。而翰林院官员的去留进退，又取决于内阁大臣（宦官及皇帝本人的意愿也起相当大的作用）。只要受到内阁大臣的赏识推荐，就有希望循至卿相，飞黄腾达；而一旦得罪了阁臣，则会被淘汰外放，失去这种难得的机会。在这种情况下，绝大多数翰林院官员都极力讨好内阁大臣，包括追随他们的文风。康海指出当时的情形是："翰林虽皆北面事君，而勤渠阁老门下者以为贤能。"[1]又据何良俊《四友斋丛说》卷十五：

　　　　李西涯（东阳）长于诗文，力以主张斯道为己任。后进有文者，如汪石潭、邵二泉、钱鹤滩、顾东江、储柴墟、何燕泉辈，皆出其门。独李空同、康浒西、何大复、徐昌毂自立门户，不为其所牢笼，而诸人在仕路亦遂偃蹇不达。[2]

　　总之，由翰林院官员到内阁大臣，不仅形成了政治上的梯队，也形成了一个文学上的梯队。能够入阁的人毕竟有限。没有翰林院官员，特别是为前代所未有、无专门职掌、而唯以诗文为事的为数众多的翰林院庶吉士的追随和继承，明代台阁体就不可能形成那么大的声势，也不可能延续那么长的时间。可以说，台阁体的创立和倡导者是内阁大臣，而主要作家队伍则在翰林院。明代翰林院庶吉士制度的确立与台阁体的兴起基本同时，这不仅仅是一个巧合。明中叶以后，社会现实生活与思想潮流发生了种种

---

〔1〕康海《对山文集》卷二《与彭济物》，台北伟文图书出版有限公司1976年《明代论著丛刊》影印清乾隆二十六年刻本《对山文集》，第82页。

〔2〕何良俊《四友斋丛说》卷十五，中华书局1985年版，第127页。

变化，这些变化的影响也渗透进了翰林院这座"人间仙署"。翰林院内部的部分成员开始对台阁体那种歌功颂德、粉饰现实、格调平庸的诗风文风产生不满，纷纷违弃传统，背离师教。如成化三年（1467），编修章懋、黄仲昭和检讨庄昶上书谏止元宵灯火，并拒绝按惯例作应制咏灯火诗；弘治末年，修撰康海力讥李东阳之文"萎弱"等等[1]，而台阁体也就到了衰落瓦解的时候了。

内阁、翰林院与台阁体的密切关系，不仅表现在前者的设立是后者产生的基础，而且表现在前者制约规定了后者的基本风格特征。李东阳《倪文僖公集序》中说：

> 文一也，而所施异地，故体裁亦随之。馆阁之文，铺典章，裨道化，其体盖典则正大，明而不晦，达而不滞，而惟适于用。山林之文尚志节，远声利，其体则清耸奇峻，涤陈薙冗，以成一家之论。二者固皆天下所不可无，而要其极有不能合者。[2]

对于这种观念，当时人心目中是极为明确的。内阁翰林之臣既身在馆阁，他们便自觉地用"馆阁之文"的标准来衡量自己的创作，把写作那种"铺典章，裨道化"而风格则雍容平易的诗文看作是自己的责任，尤其把应制赋咏颂美看成是自己的天职。永、宣之间，皇帝时常召内阁翰苑诸臣陪从宴游，饮酒赋诗。如《殿阁词林记》卷十三载："宣德中，每遇令节，各令词臣应制赋诗。是时太平无事，上留意词艺，翰林儒臣常常命赋京师八景以献，曰琼岛春云，曰太液晴波，曰西山霁雪，曰玉泉垂虹，曰卢沟晓月，曰蓟门烟树，曰金台夕照，曰居庸叠翠。英宗增其二曰：南苑秋风、

---

[1] 张治道《翰林院修撰对山康先生行状》，见黄宗羲《明文海》卷四百三十三，中华书局1987年影印清涵芬楼钞本，第4545页。
[2] 李东阳著、周寅宾校点《李东阳集》，岳麓书社2008年版，第二册，第497页。

东郊时雨，为十景焉。"又同书卷十三载："宣德二年三月，驺虞复见，大学士杨荣献颂，上褒赏之。三年九月，荣扈从北征凯还，进《平边诗》凡十篇，各立题命意，上览之喜，屡沐白金钞币之赐。自是每同游，荣与杨士奇等多以诗进。遇令节，被召宴游，亦多以诗谢恩。"于是在台阁体作家的诗文集中，这类应制进献之作便占了相当大的比例。它们的内容无非是阿谀君王，粉饰太平，感恩戴德。词句则华赡典雅，千篇一律，自然没有什么艺术价值可言。

由于内阁与翰林院的特殊关系，和它们在当时官僚体制中的特殊地位，内阁大臣与翰林院官员自然形成当时士大夫集团中的一个特定的小圈子，彼此之间也经常聚会酬唱。于是在台阁体作家的诗文集中，除了应制之作外，这类应酬之作也占了不小的比例。据《翰林记》卷十九："本院官凡奉使、给假侍亲养疾、致事、迁官、贺寿暨之任南京，馆阁中推一人相厚者为序，余皆赋诗赠之，谓之例赠。"[1]这样一来，每个人的应酬之作数量便相当可观了。又《殿阁词林记》卷十一引李东阳语：

> 今之诸曹百执事，各有长属，以法相视事，有禀白，唯唯而退。候事竣，辄俛首去，不敢漫及他，其势分悬绝固殊也。惟馆阁以道德文字为事，虽师保耆宿位尊望重，亦与后进相宾主，訚訚侃侃，各中其度，喜有庆，行有饯，倡和联属，亹亹不厌，此词林盛事也。[2]

至于酬唱的内容，无非是馆阁题吟、公署题吟、赏花倡和（如景泰中赏芍药；成化末徐溥等人赏芍药，本院官皆和之）、节会倡和〔如永乐七年（1409）胡广等于中秋与同院之士会于北京城南公寓之后，酒酣分韵赋诗成卷，学士王景作序；天顺八年（1464）庶吉士同馆者修撰罗璟等为同

---

〔1〕黄佐《翰林记》卷十九，中华书局 1985 年版，第 343 页。
〔2〕廖道南《殿阁词林记》卷十一"会坐"条，台北商务印书馆景印文渊阁《四库全书》本，第 292 页。

年宴会，一年中令节皆会，有诗成卷]等。[1]由于馆阁之臣很少接触具体的社会现实，这些作品又大多是应景之作，因此大多内容空洞，牵率凑合。至于他们日常所作的其他篇章，也往往以"观画""书扇""饮酒""对雪"等文人情趣为主要题材，甚至有为"猫忽被踏以死""馈瓜""鱼瓶遂坏""堕马伤足"等而作者。[2]总的来说缺乏现实意义，格调不高。

如前所述，明代非翰林不入内阁，而新科进士一旦被选入翰林，便有入阁之望，时人亦以储相目之。这一点虽然终明之世并无明文规定，但实际上已成惯例。它对翰林院官员的心态行为以及诗文风格也产生了重要影响。钱谦益指出有明一代的情况是："凡史官在禁近者，皆媛媛姝姝，俯躬低声，涵养相体，谓之女儿官。"[3]翰林院官员只要四平八稳，就保证能官运亨通，稳步升迁。因此他们平时生怕露出锋芒，招人非议。为人如此，为诗为文亦然。于是他们皆以所谓典则正大、春容雅赡相尚，而流入散缓拖沓，萎弱不振。

明前期还有一个不成文的规矩，也是内阁翰林院制度确立带来的副产品，它对台阁体创作的影响亦不可忽视。陆容《菽园杂记》卷十五：

> 古人诗集中有哀挽哭悼之作，大率施于交亲之厚，或企慕之深，而其情不能已者，不待人之请也。今仕者有父母之丧，辄遍求挽诗为册，士大夫亦勉强以副其意，举世同然也。盖卿大夫之丧，有当为神道碑者，有当为墓表者。如内阁大臣三人，一人请为神道，一人请为葬志，余一人恐其以为遗己也，则以挽诗序为请。皆有重币入赘，且以为后会张本。既有诗序，则不能无诗，于是而遍求诗章以成之。亦有仕未通显，持此归示其乡人，以为平昔见重于名人，而人之爱敬其亲如此。以为

---

[1] 黄佐《翰林记》卷二十，中华书局1985年版，第351页。
[2] 参见李东阳著、周寅宾校点《李东阳集》，岳麓书社2008年版，第一册，第140、248、261、267页等。
[3] 钱谦益《列朝诗集小传》丁集中"少师孙文正公承宗"条，上海古籍出版社1983年版，第553页。

不如是，则于其亲之丧有缺然矣。于是人人务为此举，而不知其非所
当急。甚至江南铜臭之家，与朝绅素不相识，亦必夤缘所交，投赘求挽。
受其赘者，不问其人贤否，漫而应之……有利其赘而餍其求者，为活
套诗若干首以备应付。及其印行，则彼此一律，此其最可笑者也。[1]

前引罗玘《圭峰集》卷一《馆阁寿诗序》亦言及当时人的习尚：

> 有大制作，曰：此馆阁笔也。有欲记其亭台、铭其器物者，必之
> 馆阁；有欲荐道其先功德者，必之馆阁；有欲为其亲寿者，必之馆阁。
> 由是之馆阁之门者，始恐其弗纳焉；幸既纳矣，乃恐其弗得焉。故有
> 积一二岁而弗得者，有积十余岁而弗得者，有终生而弗得者。噫，其
> 岂故自珍哉，为之之不敢轻，而不胜其求之之众也。[2]

按陆容卒于弘治九年（1496），《菽园杂记》最后一卷（十五卷）"京
师东厂"条及"弘治"条记至弘治六年（1493）事。看来请内阁大臣及其
他士大夫（主要是翰林院官员）为父母写碑传志铭及挽诗等是"老传统"了。
与此相类似的还有请这些人为家谱、族谱作序。馆阁诸臣写这类东西既可
传播名声，又能得"重币"，何乐而不为？难怪"三杨"、"二王"、李东
阳等台阁体代表作家的诗文集中，连篇累牍尽是这类"大作"。如据《翰
林记》卷十九，"杨士奇平生所叙谱几五十余家。自昔文人序谱，莫盛于
此"。若就篇幅而论，这类碑传志铭谱序比他们所作的应制和酬唱两类作品的总
和还要多；而将这三类作品加在一起，则约占他们作品总量的十之八九！
这类作品不仅毫无艺术价值可言，而且就作为一种应用文字来看，也是浮
辞为多，不足征信。甚至连台阁体的重要作家之一胡广也觉得当时的家谱

---

[1] 陆容《菽园杂记》卷十五，中华书局1985年版，第174页。
[2] 罗玘《圭峰集》卷一，台北商务印书馆景印文渊阁《四库全书》本，第7页。

序"多牵合不实",因此不愿多作。

还必须指出的是,台阁体的主要创作基地虽在内阁和翰林院,它的影响却并不止于此。有的研究者认为,台阁体只是在内阁和翰林院这个特定范围内创作和流行的文体,将它看成一个时代的文体,是犯了概念性的错误。台湾学者简锦松即持这种看法。[1]我认为简君的这种观点对人们认清台阁体之"源"不无裨益,但他对台阁体的影响的估计和对当时整个文坛状况的把握似尚不够准确。经过元末明初的大动乱,社会生产力遭到严重破坏,下层文化受到很大创伤。当时不仅普通百姓救死扶伤之不暇,富裕家庭也往往家产荡然,因此读书向学的人很少。洪武年间,尚有部分由元末而来的诗文作家在山边水际哀吟低唱,不久他们便纷纷凋谢。永、宣之间,社会经济已得到恢复和发展,但文化的复苏相对缓慢。当时有力读书者,一般以考试做官为唯一目的,很少留意诗文;而进入仕途的人,也一心以政事为重,不大染指文学创作。赵贞吉《刘文简公文集后序》云:

> 闻长老言,先朝居侍从禁林之臣,皆尚质守法兢兢耳。僦屋以居,借马以出,酾数十钱而饮,杜门简交游,人人知自慎重。循至秉用日,尤避权势,远形迹。祖法国是,心心目目,畏毫发离去,即皇恐大罪不可赦。洁清负重,不事表暴。嗟乎,若此即文事可知已。是时诸司勤于案牍,止重吏事,至著作尽诿,曰:此翰林事,非吾业。虽诸翰林亦曰:文章吾职也,而不让。质直厚温,畅正而无枝叶。操觚指事,辞若不足,而气常有余。[2]

赵贞吉这里所描写的即是成、弘以前的情形。由此可知,从永乐到成、弘间,文坛确实基本上掌握在馆阁文人手中。"山林文学"和"科道郎署

〔1〕见简锦松著《明代文学批评研究》,台湾学生书局1989年版。
〔2〕黄宗羲《明文海》卷二百三十七,中华书局1987年影印清涵芬楼钞本,第2435页。

文学"的兴起，乃是成、弘以后的事。

　　从另一角度来看，台阁体作家不仅以自己在政坛的地位和在文坛的声望自然影响下层文人，而且还通过主持科举考试等途径，倡行其文学主张。明代士子一生命运全系于一第，读书作文无不以此为中心。明前期人读书更以考试做官为唯一目的，而且当时人们对举业文字、应用文字与文学创作的界限也似乎还不像明中晚期人分得那样清楚，因此其时文学风尚与举业风习尤为密切相关。按明制，乡试以南、北两京最为重要，而这两地主考必从翰林院官及出身翰林院的官僚中选派；会试考官以翰林院官为主体；殿试时读卷等官以内阁大臣为主，而以翰林院官为辅。总之，明代科举考试大权基本上掌握在内阁大臣、翰林院官及由翰林院出身的其他官僚手中。他们可以通过黜陟考生、刻程文、作试录等手段来"正文体""变士习"。如《殿阁词林记》卷十四载，永乐十九年（1421）杨士奇任会试同考官，"务先典实之作，以洗浮腐之弊。喜曾鹤龄诸作，多梓行之"。[1]正统乙未（1439）会试，主考官是王直。第二名张穆《兵马策》原卷起句是："兵本以卫民，非兵无以安夫民之生；马所以资兵，非马无以足夫兵之用。"《会试录》出，改为"兵以卫民，非兵无以安生；马以资兵，非马无以足兵用。"两句减去八字，即出于王直手笔。"自是举子以造语简严典重为尚。"[2]同书又载："天顺间，晚宋文字盛行于时，如《论范》《论学绳尺》之类，士子翕然宗之，文遂一变。侍讲学士邱濬每考试，凡怪词险语皆痛斥之，众不恤也。及为祭酒，尤谆谆为学者言之，文体乃复浑厚。成化乙未（十一年，1475）会试，《学》以'至乎圣人之道论'。举子桑悦卷有'我去而夫子来也'等句，濬黜之。他日会试，悦《策》有曰'腹中有长剑，一日几回磨'，检讨吴汝贤复黜之。"[3]同书卷四还载，成化十四年（1478）

〔1〕廖道南《殿阁词林记》卷十四，台北商务印书馆景印文渊阁《四库全书》本，第321页。

〔2〕同上，第320—321页。

〔3〕同上，第317—318页。

廷试，"时执政欲矫时弊，捄文以质"，江西人曾彦"所对简约，遂置之魁选"，邱濬还"作春联以赠之，彦年已近六十余矣"。[1]台阁诸臣挥舞科举考试这根指挥棒，下层文人自然只好靡然向风。

总之，说台阁体是那个时代文坛上占统治地位的文体，并不过分。

二、江西派与台阁体

元代末年，文学中心南移，形成了吴中和浙东两个中心，而吴中派的创作尤为繁荣，成为元末诗风文风的代表。明洪武初，吴中派因与张士诚集团的关系等原因，在经济、政治和文化上都受到新王朝的沉重打击；而早就拥戴朱元璋集团、为明王朝的建立做了重大贡献的浙东派文人，遂凭借其政治上的优势，垄断了整个文坛。永乐以后，文坛的领导权再次发生转移，又落到了江西派文人手中。

江西派的崛起，有多方面的原因。首先，自朱元璋集团鄱阳湖一战打败陈友谅集团后，江西就全部进入朱元璋的势力范围，江西士大夫较早就与朱明王朝建立了密切联系。洪武初，江西人在朝廷中的地位仅次于淮西人和浙东人。当淮西武人和浙东文人在明王朝建立不久就开始的争权斗争及朱元璋对元老重臣的迫害打击中两败俱伤，又在"靖难之变"中大量被杀后，江西人在政治舞台和文坛上的地位变得更加重要。朱棣篡位后，对前朝旧臣，特别是与朱元璋、朱允炆关系最深的淮西、浙东勋贵存有戒心。他自己的亲信中猛将不少，但文臣奇缺。唯一的重要谋士姚广孝（释道衍）又不愿还俗理事。于是他不得不重用在前朝任职不太高的非淮西、浙东系官僚，其中便有不少是江西人。

其次，江西地方土地瘠薄，物产贫乏，士子以科举考试为唯一出路，

---

[1] 廖道南《殿阁词林记》卷四，台北商务印书馆景印文渊阁《四库全书》本，第199页。

肯下苦功，故有长于科举的传统。隋唐之世虽实行科举考试，但取录与否与名次排列多由推荐而定。宋代科举考试始重弥封之禁，考生平等竞争，于是江西士子的长处便显现出来。有宋一代，江西科第独盛，涌现了欧阳修、曾巩、王安石、黄庭坚、文天祥等大批名流。明朝恢复科举考试之后，江西士子立即发挥这一传统，在科举考试中显示出优势。洪武四年（1371）开国第一科状元吴伯宗就是江西金溪人。自此以后，江西人中甲科取高第者接踵而至。永乐以后，由元末而来主要通过荐举征辟进入仕途的人才或死或老，本朝科举考试选拔的人才逐渐成为官僚阶层的主体。大量脱青换紫的江西士子，遂成为士大夫队伍中的一支骨干力量。杨士奇《送徐金宪致仕序》中称当时："四方出仕者之众莫盛江西；江西为县六十有九，莫盛吉水。"[1]嘉靖年间的罗洪先在《吉安进士录序》中也说："我朝开科一百七十九年，吉安一郡举进士者七百有九十人，可谓盛矣。"[2]

　　吉水人解缙洪武二十年（1387）中江西乡试第一名，次年与其兄解纶、妹婿黄金华同中进士，深受朱元璋宠爱，一时声誉鹊起。建文四年（1402），浙东派的最后一位代表人物方孝孺因拒绝为朱棣草登极诏被诛，解缙俨然成为一代文宗，开启了江西派主宰文坛的时代。他担任过《永乐大典》和《太祖实录》的总裁，这是当时文化界的最高职位。永乐八年（1410），解缙被捕下狱，十三年死于狱中，杨士奇（泰和人）接替了他的位置。杨士奇建文初以史才被荐入翰林院，成祖即位，擢编修，与解缙等同入直内阁，官至少傅、华盖殿大学士兼兵部尚书。杨氏领袖文坛长达三十多年，直到正统九年（1444）去世。这期间，除解缙、杨士奇两人以外，江西文人集团的主要成员还有：

　　胡俨，南昌人，洪武末进士乙科。永乐初直内阁，升国子祭酒，兼侍讲，掌翰林院。洪熙元年（1425）加太子宾客致仕，家居二十余年卒。

---

〔1〕黄宗羲《明文海》卷二百八十七，中华书局 1987 年影印清涵芬楼钞本，第 2981 页。

〔2〕同上，卷三百一，第 3113 页。

梁潜，泰和人，洪武二十九年（1396）举人。永乐初官翰林修撰，兼左春坊右赞善，十六年（1418）坐罪诛。

金幼孜，新淦人，建文元年（1399）进士乙科。永乐初直内阁，升文渊阁大学士，居内阁近三十年，官至太子少保礼部尚书。宣德六年（1431）卒，赠少保，谥文靖。

胡广，庐陵人，建文二年（1400）状元。永乐初直内阁，历侍讲、侍读、翰林学士，进文渊阁大学士。卒赠礼部尚书，谥文穆。

邹缉，吉水人，建文二年进士。永乐初入为翰林检讨，官至左春坊左庶子。

吴溥，崇仁人，建文二年会试第一，永乐初官翰林修撰，迁国子司业。

曾棨，永丰人，永乐二年（1404）状元。历侍讲、侍读学士、右春坊大学士。宣德初进少詹事，直文渊阁，卒于官。

王英，金溪人，永乐二年进士，选庶吉士。久在馆阁，自侍讲学士累迁至南京礼部尚书。景泰元年（1450）卒。

王直，泰和人，永乐二年进士，选庶吉士。在翰林三十余年，与王英并称"二王"，累官至太子少保吏部尚书。天顺中卒，赠太保，谥文端。

周忱，庐陵人，永乐二年进士，选庶吉士。官至工部尚书，谥文襄。

李时勉，安福人，永乐二年进士，选庶吉士。官至国子祭酒，谥忠文。

周述，吉水人，永乐二年榜眼，授翰林编修，累官至左春坊左庶子。

周孟简，吉水人，周述之弟，永乐二年探花，当时人至以"大、小苏"拟之。授编修，进詹事府丞，改襄王府长史。

余学夔，泰和人，永乐二年进士，选庶吉士。官至侍讲学士。

李昌祺，庐陵人，永乐二年进士，选庶吉士。官至河南左布政使。

张彻，新淦人，永乐二年进士，官至吏部郎中。

罗汝敬，吉水人，永乐二年进士，选庶吉士。历翰林修撰。官至工部侍郎。

钱习礼，庐陵人，永乐九年（1411）进士，选庶吉士。除检讨，官至礼部右侍郎。

熊概，吉水人，永乐九年进士，官至南京都察院右都御史。

陈循，泰和人，永乐十三年（1415）状元，授翰林修撰。以翰林学士直内阁，官至少保、尚书，兼华盖殿大学士。天顺初谪戍铁岭，五年（1461）放还。

周叙，吉水人，永乐十六年（1418）进士，官至翰林侍讲学士，居禁近二十余年。

曾鹤龄，泰和人，永乐十九年（1421）状元，授翰林修撰，官至侍讲学士。

刘球，安福人，永乐十九年进士，官至翰林侍讲。正统中忤宦官王振，被处死。

萧镃，泰和人，宣德二年（1427）进士，入翰林。景泰中，以祭酒、学士入直内阁，加太子少师户部尚书。天顺初削为民。成化初卒，复其官。

吴节，安福人，宣德四年（1429）会试第一，次年成进士，选庶吉士，授编修。成化中官至太常卿兼侍讲学士。

李绍，安福人，宣德八年（1433）进士，选庶吉士，授检讨。天顺中官至侍讲学士礼部侍郎。

刘定之，永新人，正统元年（1436）会试第一，殿试第三，授编修。成化中以太常少卿、侍读学士直内阁，进侍郎。卒谥文安。

刘俨，吉水人，正统七年（1442）状元，授修撰。景泰中官至太常卿兼侍讲学士。

彭时，安福人，正统十三年（1448）状元，授修撰。正统末入直文渊阁，官至少保、吏部尚书、文渊阁大学士。成化中卒，赠太师。

由上述可见，江西人不仅多中甲科，而且不少人都职居禁近，专司文翰。建文四年（1402）八月初立内阁，入阁者七人，江西籍的就占了五人。永乐二年三月始选首甲进士及庶吉士入文渊阁读书，二十九人中江西籍的就有十二人，而卒业后官翰林者七人。江西派的崛起与内阁、翰林院制度的确立及台阁体的诞生大致同时，这也不仅仅是一个巧合。据《列朝诗集小传》乙集"周叙"条："国初馆阁，莫盛于江右，故有'翰林多吉水，朝士半江西'之语。"《翰林记》卷十九也载："邱濬曰：国朝文运盛于江西……宣德甲寅（九年）合丁未、庚戌、癸丑三科选之（按指选庶吉士），亦如甲申（永乐二年）之数，出江西者七人，留翰林者四人。奉敕教之者，前则吉水解公大绅（缙），后则西昌王公行俭（直），是又皆江西人也。盖当时有'翰林多吉安'之谣。首甲三人，或纯出江西者凡数科，间亦有连出福建者，士论或以为杨士奇、（杨）荣互相植党，岂其然耶？"[1]

从台阁体的创作情况来看，当时在内阁与杨士奇齐名的还有杨荣（福建建安人）、杨溥（湖广石首人），合称"三杨"。但他们在文坛的影响都不及杨士奇，所以当时有"西杨（士奇）文学，东杨（荣）政事，南杨（溥）雅操"的说法。《殿阁词林记》卷十二曰："洪武、永乐、洪熙、宣德四朝，近侍官轮班入直，若本院官则日在馆阁。吴沉、刘三吾、胡广、杨士奇、胡俨、王英、王直辈尝有内直倡和诗。"[2]台阁体的不少作品就是这样产生的，而这里提到的八人中就有六人属江西。正统二年（1437）三月一日，馆阁诸公会于杨荣家之杏园，饮酒赋诗，有《杏园雅集图》，杨士奇、杨荣等人皆有序。[3]这是台阁体作家的一次非常重要的聚会。六十年后，李东阳作《书杏园雅集图卷后》，犹啧啧叹羡不置。这次聚会正式参加者九人（三杨、二王、钱习礼、李时勉、周述、陈循），江西籍的就占了七人。又据萧镃《抑庵文集序》，永乐二年三月入文渊阁读书的二十九人，宣德初还少有通显者，独曾棨、王英、王直三人偕拜少詹事，"于时三公之文章内而京邑，外而远方，不独缙绅士，虽庸人小子往往传诵之，而三詹事

〔1〕黄佐《翰林记》卷十九，中华书局1985年版，第342页。

〔2〕廖道南《殿阁词林记》卷十二，台北商务印书馆景印文渊阁《四库全书》本，第298页。

〔3〕见杨士奇《东里集·东里续集》卷十五，台北商务印书馆景印文渊阁《四库全书》本，第571—572页；杨荣《文敏集》卷十四，台北商务印书馆景印文渊阁《四库全书》本，第204页。

之名隐然擅天下。既而曾公先物故。正统中，先生（王直）与临川王公（英）先后由馆阁出任列卿，其位益尊，其文益重，于是当时称二王者无间言焉。无何临川王公又物故。景泰以来，独步当世，先生一人而已"。[1]这样看来，二十九人的佼佼者又都是江西人。而三杨去世［杨荣正统五年（1440）卒，杨士奇正统九年（1444）卒，杨溥正统十一年（1446）卒］后，王直又隐然成了文坛盟主。王直之后，江西人主宰文坛的统绪似方断绝，而台阁体最兴盛的时代也已过去了。因此，我们可以毫不夸张地说，在很大程度上，台阁派就是江西派，台阁体就是"江西体"。

那么，江西派有何特色？它的兴起又对当时文坛特别是台阁体的创作产生了什么影响呢？

首先，除了状元进士出得多外，江西的另一特产便是理学。北宋著名理学家周敦颐是道州（今湖南道县）人，晚年则在庐山莲花峰下建濂溪书院讲学，号濂溪先生。另两位著名理学家程颢、程颐兄弟（洛阳人），即在这里从学于周敦颐。故解缙不无自豪地说："庐陵螺江，二程之从周子实始于此，则庐陵固濂、洛之渊源也。"[2]南宋的两位理学大师，陆九渊就是抚州金溪人；朱熹虽出生在福建，但原籍是江西婺源，一生中在江西活动的时间也不少。由吕祖谦组织，朱熹、陆九渊参加辩论的"鹅湖大会"，即在江西铅山鹅湖寺举行。元代江西有饶鲁（馀干人），从学于朱熹门人黄榦，弟子和再传弟子有程钜夫、揭傒斯和号称元代江右大儒的吴澄（抚州崇仁人）等。吴澄的弟子和再传弟子有虞集、吴当、元明善、危素、解观、苏天爵、陈伯柔、熊本、黄昺等。[3]元代末年，江西理学之盛仅次于浙东。杨士奇《蟂囷集序》称：

---

〔1〕黄宗羲《明文海》卷二百三十四，中华书局1987年影印清涵芬楼钞本，第2412页。

〔2〕解缙《文毅集》卷八《送刘孝章归庐陵序》，台北商务印书馆景印文渊阁《四库全书》本，第700页。

〔3〕见黄宗羲著，黄百家、全祖望补修《宋元学案》卷八十三《双峰学案》、卷九十三《草庐学案》，中华书局1986年版。

> 元之世，江右经师为四方所推服，五经皆有专门，精深明彻，讲授外各有著书以惠来学。当时齐、鲁、秦、蜀之士，道川陆奔走数千里以来受业者，前后相望。迨国朝龙兴，江右老师宿儒往往多在，学者有所依归，如南昌包鲁伯、傅拱辰，临江梁孟敬、胡行简，庐陵陈心吾、刘云章、欧阳师尹、萧自省、刘允恭、刘伯琛、陈村民，临川吴大任、何伯善，皆肖巍浩博，而凡有志经学者所必之焉。[1]

这里说的是经学，但南宋以后，经学基本上就是理学。顺便指出，终明之世，江西一直是科举与理学并盛。明代最早独立开创门派的理学家，是抚州崇仁人吴与弼及其门人胡居仁、娄谅。陈献章出于吴与弼之门，王守仁则曾问学于娄谅。迨王守仁心学兴起，江西又成为它的两大基地之一（另一处是浙东），而且是王学中偏于保守的右翼。[2]

特别值得注意的是，元末明初的浙东派文人大多都是理学门徒。他们通过为明王朝制定推行一系列思想文化政策、批判吴中派诗风文风等手段，实现了元末明初文学思潮的变迁。而江西派文人与浙东派文人的关系相当密切。江西的"双峰（饶鲁）学派"和浙东的"北山（何基）学派"同源于"勉斋（黄榦）学派"，有着嫡亲血缘。江西与浙东境地相接，往来方便，故两地学者交往切磋的机会很多。较早者如浙东的柳贯曾"受知于"吴澄、程钜夫。[3]柳贯做江西儒学提举时，还是诸生的危素又得到了他的"训诱奖励"。[4]元末明初之际，这种交往更加频繁。仅以浙东作家王祎为例，他与庐陵胡行简相知甚深，胡为王的《华川前集》作过序（见《四库全书》本《王忠文公集》卷首）；王祎又曾纳交危素、曾子白，并为吴澄的门人

---

〔1〕杨士奇《东里集·东里续集》卷十四，台北商务印书馆景印文渊阁《四库全书》本，第543—544页。
〔2〕见黄宗羲《明儒学案》，中华书局1985年版。
〔3〕宋濂《元故翰林待制承务郎兼国史院编修官柳先生行状》，见宋濂著、黄灵庚点校《宋濂全集》，人民文学出版社2014年版，第1841页。
〔4〕危素《说学斋稿》卷四《柳待制文集序》，台北商务印书馆景印文渊阁《四库全书》本，第733页。

朱元会（俱金溪人）的文集作序（同上卷五《朱元会文集序》）；王祎还与吴澄和虞集的门人崇仁人陈伯柔、虞集和揭傒斯的友人安仁人郑士夔，以及新淦人练高、豫章人郑士亨、杨铸、临川人王伯达、庐陵人胡山立相交（同上卷五《赠陈伯柔序》、卷八《郑氏水木居记》、卷五《练伯上诗序》《送郑君序》《杨季子诗序》、卷六《送伯达王君序》、卷十七《书山立先生诗稿后》）。其后，解缙曾师事浙东人苏伯衡；[1] 杨士奇与方孝孺也曾有过"相益之乐"。[2] 江西派与浙东派的这种密切关系，是它能够成为浙东派的继承者的重要原因之一。

　　在乡邦学术传统和浙东派的影响下，江西派的文学思想与理学结下了不解之缘。巧妙的是，台阁体的另一位作家杨溥也是理学家，而且还是吴与弼的启蒙师。[3] 这就使整个台阁体的文学主张和创作带上了浓厚的理学色彩。

　　理学家的文论，首先总不外乎"明道""征圣""宗经"那一套，江西派也不例外。在人们的印象中，解缙是一个恣纵放逸、不拘礼法的才子，实际上这至多只是他的一个侧面。他的父亲解开，是黄溍、揭傒斯、欧阳玄的弟子，并且很注意对解缙等人的教育，因此解缙是一个有着正统的家学渊源和系统的理学家文学观的人物。他在《送刘孝章归庐陵序》一文中自叙道：

　　　　余少时，先君子……及教以为文，辄举黄文献公、欧阳文公之说，

〔1〕解缙《文毅集》卷八《送刘孝章归庐陵序》，台北商务印书馆影印文渊阁《四库全书》本，第700页。

〔2〕杨士奇《东里集·东里诗集》卷二《送陈公余赴台州教授诗序》："公余今升教授，将赴台州，盖予又有感者。始予至京师，台之文学老成在词林学省者，皆与予厚，有相益之乐，而沦谢尽矣。每一追念，怅然无已。"台北商务印书馆景印文渊阁《四库全书》本，第329页。

〔3〕黄宗羲《明儒学案》卷一《崇仁学案一》："吴与弼……十九岁（永乐乙丑），觐亲于京师（金陵），从洗马杨文定溥学，读《伊洛渊源录》，慨然有志于道。"中华书局1985年版，第14页。

而泝其源于曾、王、欧、苏、柳、韩、班、马、董、贾，先秦以上，极于六经之奥，未尝自为臆说也；及进而语诸道德，辄举所闻于大父竹梧公，而泝其源于刘静春、杨伯子，以达于关、闽、濂、洛，又未尝为之臆说也。是以一得之遇，间有所见，实先君子师友之传、讲习之余之所及也。继而登朝，以所为文求正于平仲苏先生。先生与先君子受业于黄、欧为同门，于是倾竭所蕴为余言，余始益有所见焉。[1]

《廖自勤文集序》一文，比较集中地阐述了解缙在文学上的"所见"，即"明道""征圣""宗经"云云：

> 充充乎文哉！《诗》《书》六艺之文，礼乐法度之文，与凡立言垂训之文，堪以载道者，皆可谓之经天纬地之文也。所以维持人心，扶植世教，事事物物，各有条理，非苟为是无用之具而已。故皆自圣人发之，后世学焉。譬诸由道以入国，所由入者正大深远而不可测，则其出也无穷。
>
> 昔者仲尼……删《诗》《书》，定礼乐，赞《周易》，修《春秋》，以为学文者所归往。舍是而他求者，非惟不足经天纬地，而且有害焉。庄周之学入于遁世，其出也荒唐而已；申、韩之学入于刑名，其出也惨刻而已；苏、张之学入于利害，其出也纵横而已。其为天下之害可胜言哉！庄周簧鼓老氏之说，因以起虚无之教；而贾谊亦学申、韩之文，观其《鵩赋》已深有释氏之微意，岂非人心世教之害至于今尤烈欤？若夫学圣人之文者，沛然而莫能御，粹然而入于正，邹孟氏而已耳。其他所入者可量，则其出也有限，驳而无以议为也……
>
> 近世为文者尤甚患此，反从事《史》、《汉》、《战国》、百家方外之书，

---

[1] 解缙《文毅集》卷八，台北商务印书馆景印文渊阁《四库全书》本，第700页。

剽窃奇漏，纵横腐败，神鬼荒忽，极其镌巧形容，以为此古文也。论
及性理则以时文鄙之，援及《诗》《书》则以经生目之，是将为天地人
心世教之害，有不胜言者，此予之所甚忧也……

　　予厥后稍喜观欧、曾之文，得其优游峻洁，其原固出于六经，于
予心溉乎其有合也。[1]

　　连杨士奇也认为解缙文章的风格是"雄劲奇古，新意叠出，叙事高处
逼司马子长、韩退之"。[2]但此处却将《史记》也排斥在取法的范围之外。
其思想之冬烘，其攻击非儒家学术与非正统文学态度之激烈，只读过他的
《大庖西封事》(《万言书》)、《太平十策》、《代王国用论韩国公冤事状》等
佳作的人，也许觉得简直难以置信。

　　解缙的这些观点，得到了江西派其他成员的拥护和继承。如杨士奇在
《蟏闇集序》中说："为学不求诸经，为教不本诸经，皆苟焉而已。经者圣
人之精也。不明诸经，则不达圣人之道。"[3]据《殿阁词林记》卷一，赞善
王璲（长洲人）曾与杨士奇讨论诗法，杨开口即是"诗以言志。'明良'、
'喜起'之歌，'南薰'、'解阜'之诗，唐、虞之君之志尚矣"云云。南宋
理学家真德秀编的《文章正宗》，贯彻道学家的文学观，以"明义理切世
用"为唯一标准，"否则辞虽工亦不录"。[4]几百年间多遭抨击，如《四库
全书总目》云："四五百年以来，自讲学家外，未有尊而用之者，岂非不近
人情之事，终不能强行于天下欤？"然而杨士奇却特别"尊而用之"。他
有《书文章正宗》一文，记载一套《文章正宗》和《大学衍义》几次幸免
于火灾的经历，以为此中有"定数"，简直把这两本书看成了有神灵护佑

〔1〕解缙《文毅集》卷七，台北商务印书馆景印文渊阁《四库全书》本，第678—679页。
〔2〕同上《文毅集》后附《朝列大夫交趾布政使司参议春雨解先生墓碣铭》，第841页。
〔3〕杨士奇《东里集·东里续集》卷十四，台北商务印书馆景印文渊阁《四库全书》本，第543页。
〔4〕真德秀《文章正宗纲目》，见《西山先生真文忠公文章正宗》，明正德刊本。

的圣物。[1]他在另一篇《文章正宗三集跋》中又称赞此书"非明理切用源流之正者不与，盖前后集录文章未有谨严若此者。学者用志于此，斯识趣正而言不倍矣"。[2]胡广在《颐庵文选原序》中，敷陈周敦颐等道学家的"有德者必有言""有言者不必有德""文所以载道"等观点，抨击"若夫战国先秦之文，务为险僻奇怪艰深诡异捭阖纵横以趋时好，言非不美而支离畔道矣"，[3]唱的也是同一调子。

总之，当时在江西的大地上及在会聚于馆阁的江西作家群中，都弥漫着浓厚的理学气息。据《殿阁词林记》卷三，天顺初，理学家薛瑄主会试，以复性为问，得第一名的便是江西人刘定之。又据《菽园杂记》卷十三，都御史韩雍巡抚江西时，"尝进庐陵国初以来诸名公于乡贤祠"。李昌祺为官"素著耿介廉慎之称"，就因为作过传奇小说《剪灯余话》，乃为"清议"所黜。江西士大夫受理学思想浸染之深，从这两件事中可窥见一斑。

其次，江西派在文学创作风格上也有自己的传统。江西诗派的历史可上溯至陶渊明（浔阳柴桑，今江西九江人）。[4]陶氏的作品"文体省静，殆无长语，笃意真古，辞兴婉惬……世叹其质直"，[5]奠定了江西诗派传统风格的基调。至宋代而有以黄庭坚（洪州分宁，今江西修水人）为代表的"江西诗派"。黄庭坚在《赠高子勉》中于古今诗人独推"拾遗""彭泽"；[6]

---

〔1〕黄宗羲《明文海》卷二百一十一，中华书局1987年影印清涵芬楼钞本，第2111页。

〔2〕杨士奇《东里集·东里续集》卷十八，第602页。又廖道南《殿阁词林记》卷十四："仁宗监国视朝之暇，专意文事。因览《文章正宗》，一日谕士奇曰：真德秀学识甚正，选辑此书有益学者。对曰：真德秀是道学之儒，所以志识端正。"台北商务印书馆景印文渊阁《四库全书》本，第322页。

〔3〕胡广《颐庵文选》卷首，台北商务印书馆景印文渊阁《四库全书》本，第548—549页。

〔4〕郑之玄《熊公远诗序》："豫章人士之言曰：江右诗派肇自渊明。"见《明文海》卷二百七十三，中华书局1987年影印清涵芬楼钞本，第2846页。

〔5〕锺嵘著、曹旭集注《〈诗品〉集注》，上海古籍出版社1994年版，第260页。

〔6〕黄庭坚《豫章黄先生文集》卷十二《赠高子勉》："拾遗句中有眼，彭泽意在无弦。顾我今六十老，付公以二百年。"商务印书馆1922年《四部丛刊》初编影宋乾道刊本，第14页。

释惠洪《冷斋夜话》也载他将陶渊明、杜甫并提，[1]他对陶渊明及其诗歌风格的崇尚由此可见。黄庭坚重视艺术技巧，曾提出过"夺胎换骨""点铁成金"之说，但他并不主张诗文风格趋奇变怪，而是追求一种用工精深而又"无斧凿痕"的"简易""平淡"之境。如他在《与王观复三首之一》中说："好作奇语，自是文章病。但当以理为主。理得而辞顺，文章自然出群拔萃。"[2]南宋年间，"江西诗派"的后进诸人更以"参活句"之说为契机，摆脱用工精深之苦，讲究"惟意所出，万变不穷"，[3]一以平淡自然为宗。杨万里（吉水人）的"诚斋体"、范成大的田园诗以及陆游的许多作品莫不皆然。

　　虞集、杨载、揭傒斯、范梈称"元诗四大家"，江西就占了三人（杨为杭州人），其中影响较大的是虞集。他年轻时与胞弟虞槃同学，辟书舍为二室，左室书陶渊明诗，题曰"陶庵"，虞槃居住；右室书北宋理学家邵雍诗，题曰"邵庵"，虞集居住，则其诗学渊源和宗旨与风格可知。胡应麟《诗薮》外编卷六评云："虞奎章在元中叶，一代斗山。所传《道园集》，浑厚典重，足扫晚宋尖新之习。第其才力不能远过诸人，故制作规模，边幅窘迫，宏逸沉深之轨，殊自杳然。"及至元末，江西诗人最著名者为危素、刘崧。他们都是台阁体中江西诸子的前辈，后者多亲承其指授诗法。而危素在《武伯威诗集叙》中自述其诗歌理论主张则云："诗之作，夫焉有格律之可言；发乎情，止乎礼义而已。"他对邵雍极力推崇："余读邵子自序其《击壤集》，深有感于斯言也，盖尝欲效其体而为之。"他又称赞武伯

---

〔1〕释惠洪著、陈新点校《冷斋夜话》："山谷言：诗意无穷而人才有限，以有限之才追无穷之思，虽渊明、少陵不得工也。"中华书局1988年版，第15页。

〔2〕黄庭坚《豫章黄先生文集》卷十九，商务印书馆1922年《四部丛刊》初编影宋乾道刊本，第35—36页。

〔3〕厉鹗辑撰《宋诗纪事》卷三十三"吕本中"条引《江西宗派图录》："（吕）居仁（本中）尝序《诗社宗派图》谓：诗有活法，如灵均自得，忽然有入，然后惟意所出，万变不穷。"上海古籍出版社1983年版，第862页。

威的诗作能承邵子余绪，可以"兴起人之善心，惩创人之逸志"，并批评后世为诗者"代变新声，益趋于浮靡"；"雕琢章句，流连光景"。[1] 重理、重道、学邵雍、轻视文采等等，危素倡导的仍是江西诗派的传统风格。

　　研究明诗的著作一般都把刘崧视为明初江西诗派的代表。刘现存《槎翁诗集》八卷，其诗题不外《贫居二首》《园居杂兴八首》《晨兴》《养牛》《悯旱》《出门》《述怀》《过刘氏废圃阮生携酒共酌》《造田父》之类，一望而知为刻意学陶者。风格亦以平易自然为宗，时流于散缓拖沓。属于明初江西诗派的还有陈谟、梁兰、曾鲁、练高、王沂、朱善、揭轨等人，风格都与刘崧大致相同。如《四库全书总目》谓陈谟"文体简洁，诗格春容。则东里渊源，实出于是"。《明诗纪事》谓梁兰为陈谟弟子，"才调不及其师，而音节和粹，乃复相似"。[2]《列朝诗集小传》指出："国初诗派，西江则刘泰和（崧），闽中则张古田（以宁）。泰和以雅正标宗，古田以雄丽树帜。江西之派，中降而归东里（杨士奇），步趋台阁，其流也卑冗而不振；闽中之派，旁出而宗膳部（林鸿），规模唐音，其流也肤弱而无理。"[3] 这里对明初江西诗派与台阁体之间关系的描述是准确的。不过"卑冗而不振"的情形并不是到台阁体才出现，而是明初江西诗派已然，或者说江西诗派历来就有此弊。

　　台阁体的诗歌创作，除继承江西诗派的传统风格外，还兼受到高棅所选《唐诗品汇》一书及闽中诗派的影响。高棅与林鸿、郑定、王恭、王偁等号称"闽中十才子"，论诗主张模仿盛唐兴象，而不免流于肤廓。《唐诗品汇》也反映了闽中诗派的这种倾向。它成书于洪武年间，《明史·文苑传》称"终明之世，馆阁以此书为宗"。《列朝诗集小传》乙集"高棅"条亦谓

---

〔1〕 危素《说学斋稿》卷二，台北商务印书馆景印文渊阁《四库全书》本，第 700—701 页。

〔2〕 陈田《明诗纪事》（甲签）卷二十三，上海古籍出版社 1993 年版，第一册，第 473 页。

〔3〕 钱谦益《列朝诗集小传》甲集"刘司业崧"条，上海古籍出版社 1983 年版，第 89 页。

"自闽诗一派盛行永、天之际，六十余载，柔音曼节，卑靡成风"。[1]则盛行于这一时期的台阁体实深受其影响。闽中派诸子洪武、永乐间多在朝廷任职，江西人士与之颇多交往。如刘崧曾为林鸿诗集作序，甚为推崇；[2]解缙与王恭相知；与王偁更是互相推许，最为相得。王偁后竟坐解缙党，同下狱死。[3]因此，台阁体诗歌在某种程度上可以说是并祧江西、闽中两派，而集所谓"卑冗不振"与"肤弱无理"于一身。[4]

在散文方面，江西派的渊源可上溯至欧阳修（吉州永丰，今江西永丰人）、曾巩（建昌南丰，今江西南丰人）、王安石（临川，今江西抚州人）。唐宋八大家中，韩愈文以气势胜，苏轼文以才情胜，气不充才不足者颇难入门。欧、曾散文则以纡徐委备、条理明畅为特色，较有法度可寻。故后世古文作家多以之为师，江西作家尤喜仿效。虞集散文的特点是雍容平易；王懋竑跋危素文集，亦称其文"演迤澄泓，视之若平易而实不可几及"。[5]解缙也说自己"喜观欧、曾之文"（见前引）。杨士奇同样是欧、曾散文的崇拜者。《东里续集》卷十八备录历代各家文集，对韩愈文颇有微词，对柳宗元、苏轼文也无一赞语，独对曾巩文推崇备至，且曰：

先生之文，所为可贵，非独文之工。言于濂、洛之学未著之先，而往往相合，亦由学之正也。古之君子为文皆本于学，学博矣又必贵乎正。故先生之文，与苏氏虽皆传于世，而学则不可以概论也。[6]

---

〔1〕钱谦益《列朝诗集小传》乙集"高典籍棅"条，上海古籍出版社 1983 年版，第 180 页。

〔2〕陈田《明诗纪事》（甲签）卷十，第一册，第 211 页。

〔3〕钱谦益《列朝诗集小传》乙集"王检讨偁"条，第 179 页。

〔4〕陈广宏《明初闽诗派与台阁文学》对闽中诗派在明初被纳入正统文学主流后的变化及其与台阁体的关系有详细论述，《文学遗产》2007 年第 5 期。

〔5〕王懋竑《白田杂著》卷八《书危太仆集后》，台北商务印书馆景印文渊阁《四库全书》本，第 768 页。

〔6〕杨士奇《东里集·东里续集》卷十八，台北商务印书馆景印文渊阁《四库全书》本，第 605 页。

据《列朝诗集小传》载：

> 仁宗在东宫久，圣学最为渊博。酷好宋欧阳修之文，乙夜翻阅，每至达旦。杨士奇，欧之乡人，熟于欧文，帝以此深契之。[1]

杨士奇在《滁州重建醉翁亭记》中也说：

> 我仁宗皇帝在东宫，览公奏议，爱重不已，有生不同时之叹。尝举公所以事君者勉群臣，又曰：三代以下之文，唯欧阳文忠有雍容醇厚气象。既尽取公文集，命儒臣校定刻之。[2]

上有好者，下必甚焉。于是模仿欧、曾成为一时的风气。大约当时台阁体创作所取法的范本不外两类：在诗方面是《唐诗品汇》，在文方面就是欧、曾文集。

三　明前期的文化政策和知识分子政策与台阁体

对台阁体（江西派）作家的文学创作起决定性影响的，还不是官僚制度的变更或乡邦文化传统，而是当时的现实政治背景，特别是当时的文化政策和知识分子政策。

明王朝是一个地地道道由农民起义军建立的王朝。中国历史上的王朝更替，多由农民起义等原因引起，但最后建立新王朝的，却往往是乘机夺权的、与旧王朝有密切关系的大贵族，如魏、晋、南朝宋、齐、梁、陈及隋、唐、宋等。这些新王朝的统治者一般具有较高的文化修养，并与在旧王朝

---

〔1〕钱谦益《列朝诗集小传》乾集上"仁宗昭皇帝"条，上海古籍出版社1983年版，第3页。
〔2〕杨士奇《东里集·东里文集》卷二，台北商务印书馆景印文渊阁《四库全书》本，第18页。

供职的士大夫关系密切，往往要靠这些人的支持夺取政权。因此在建立新王朝后，往往对之采取优容政策。明王朝则不然，它完全是一个由军人和农民建立的王朝，与在旧王朝供职的士大夫几乎没有什么联系。这些军人和农民本身的文化素质又很差。夺取政权、掌握生杀予夺大权的强烈优越感、过去长期积压在心底的对贵族士大夫的痛恨，以及文化修养上的深层次的自卑感交织在一起，必然导致对文化的毁坏，对知识分子的折辱。他们在这种近似变态的行为中获得一种心理解脱和满足。在这种心理动机的驱使下，明初统治者推行了一种严酷的知识分子政策和文化政策，知识分子陷入一种可怕的灾难之中。当时统治者为了制定法度和政策，管理国家，不得不任用一部分知识分子，但他们的处境就好像被放上刀俎的鱼肉。叶居升《上万言书疏》云：

> 古之为士者，以登仕版为荣，以罢职不叙为辱。今之为士者，以混迹无闻为福，以受玷不辱为幸，以屯田工役为必获之罪，以鞭笞棰楚为寻常之辱。其始也，朝廷取天下之士，网罗捃摭，务无遗逸。有司催迫上道，如捕重囚。比至京师，而除官名以貌选，故所学或非其所闻，而其所用或非其所学。洎乎居官，言动一跌于法，苟免诛戮，则必屯田工役之科，所谓取之尽锱铢，用之如泥沙，率是为常，少不顾惜。[1]

朱元璋集团以杀伐得天下，故开国之初武人地位大大优越于文士。武人往往居功自傲，飞扬跋扈，而文士则成为他们肆意侵犯凌辱的对象。"吴中四杰"之一的诗人徐贲，居官谨慎。奉命按察晋冀还，朱元璋派人搜查其行李，囊中唯纪行诗数首而已，朱亦叹其廉洁。后任河南左布政使，大

---

〔1〕 见黄宗羲《明文海》卷四十七，中华书局 1987 年影印清涵芬楼钞本，第 346 页。

军征岷、洮，往返中原，诉地方官犒劳不时，徐贲因此下狱死。[1]洪武五年（1372），原任侍读学士、国子祭酒魏观被任为苏州知府。观已近七十，年位俱尊，对苏州卫的军官不甚加礼，军官们衔之次骨。当时的苏州府治狭窄潮湿，原府治元末被张士诚改为王宫。魏观乃将原府治重加修葺，以便迁回。而原府治正在苏州卫署的左边，苏州卫军官又不愿让府治居于其上，于是诬告魏观图谋不轨，魏观被捕至京处死，府治仍留旧处。著名诗人高启亦因为改修府治撰《上梁文》被腰斩。[2]明初抑文右武的情形由此可见一斑。

那些以旧王朝贵族而做新王朝皇帝的统治者，往往比较自信，从而能较妥善地处理与臣下的关系。像朱元璋这样出身低贱的君主，有一种深藏的自卑心理，总是疑心臣下会看不起他，会夺他或他的子孙的位。因此新王朝建立后，他便像同样出身下层的汉高祖刘邦那样，不断兴大狱，大肆屠戮功臣。洪武十三年（1380），胡惟庸谋反案发，死者甚众。十五年（1382），空印案发，死者数万人。十七年（1384），李文忠被毒死。十八年（1385），徐达被毒死。户部侍郎郭桓盗官粮案发，死者数万人。二十三年（1390），李善长党胡惟庸案发，坐诛，牵连死者甚众。二十六年（1393），蓝玉被杀，功臣死者甚众。二十七年（1394），傅友德坐诛。二十八年（1395），冯胜坐诛。至此，长期跟随朱元璋南征北战的功臣宿将已被诛戮殆尽。朱元璋尤其害怕功臣与文士相交结，担心文士给武将出谋划策，那样威胁就更大。因此他每次杀戮功臣，都要株连一大批文士。如朱文正被鞭死的罪状是"亲近儒生，胸怀怨望"。李文忠被毒死的原因也是他左右多儒生，礼贤下士。据《皇明史概》：

王（李文忠）好文，门多宾客，常以客所言言上，请少诛戮。胡

---

[1] 钱谦益《列朝诗集小传》甲集"徐布政贲"条，上海古籍出版社 1983 年版，第 77 页。

[2] 高启著、金檀注《青邱诗集注》卷首附吕勉撰《高启传》，清雍正间刊本。

惟庸之死，谓通日本，上欲讨之，文忠谏；又官宦者太盛，非天子不
近刑人之义。上曰：此儒生家言，何从出尔口。使人尽杀其客。文忠出归，
见馆客横尸牖下，病悸不治。上幸其第抚之，十七年三月薨，年四十
六。〔1〕

　　朱元璋还大兴文字狱，直接屠杀文士。他早年做过和尚，参加红巾军
也被人称作贼，做皇帝后唯恐有人讥笑他，故忌讳特别多。当时地方官所
上表笺，多由学官代拟，稍为不慎，就会触忌获罪。如有的学官以所拟表
笺中有"作则垂宪"之句被诛；有的以有"睿性生知"之句被诛；有的以
有"遥瞻帝扉"之句被诛；有的以有"天下有道"之句被诛。因为"则"与"贼"
谐音，"生"与"僧"谐音，"帝扉"与"帝非"谐音，"有道"与"有盗"
谐音。而更多的则是根本不知道什么缘故。当时有"广文御囚，撰表墓志"
之谣。经过朱元璋的一系列残酷迫害，明初文坛的精英被斩芟殆尽。前面
已经提到作为当时文化界两支主要力量的吴中派和浙东派文人，即几乎被
摧毁无遗。又如当时粤中黄哲、李德、王佐、赵介、孙蕡结诗社，号"南
园五先生"，其中就有三人被祸：孙蕡坐蓝玉党死；黄哲坐法死；赵介逮
赴京途中卒。及至洪武末年，朝中文臣剩下的便只有刘三吾之类的老朽了。
　　建文帝有礼贤好士之称，文人至是稍稍吐气，但这段时光极其短暂。
建文四年（1402）八月朱棣篡位后，对文化和知识分子问题采用了两面政
策。一是在所谓"右文"的招牌下，加强在思想文化方面的统治和对知识
分子精神自由的禁锢。他即位不久，即命解缙等人汇集历代典籍，编为《文
献大成》。以其不够完备，命姚广孝等重修，永乐五年（1407）完成，更
名《永乐大典》。这是一项巨大的文化工程，吸收了大量知名学者和文人
参加。永乐十二年（1414）十一月，朱棣又命胡广、杨荣、金幼孜等纂辑

〔1〕朱国祯辑《皇明史概》第一种《开国臣传》卷一《岐阳李武靖王》，台北文海出版社1988年影
　　印崇祯间原刻本，第十四册，第6916—6917页。

历代关于《五经》《四书》的传注，十三年（1415）九月书成，命名为《五经大全》《四书大全》，颁行全国各地学校。以后明代士子作八股文以应科举考试者，都以它为本。同时还命采集宋代理学家的著作，编为《性理大全》。于是历代各家关于《四书》《五经》的不同解释尽废，而程朱理学则更广泛地盛行起来。在进行正面倡导的同时，他们还对敢于倡言"异端邪说"者予以毫不留情的打击。《殿阁词林记》卷十四载：

> 永乐中，饶州士朱季支（一作友）献所著书，斥濂、洛、关、闽之说。上览之，怒曰：此儒之贼也。时礼部尚书李至刚、学士解缙、侍读胡广、侍讲杨士奇侍侧，上示以其书，缙曰：惑世诬民，莫甚于此。至刚曰：不罪之无以示徵，宜杖之，屏诸四裔。士奇曰：当尽毁所著书，庶几不误后人。广曰：闻其人年已七十，毁书示徵足矣。上曰：谤先贤，毁正道，治之可拘常例耶？遗行人押季支还饶州，会布政司及府州县官与其乡士人，明谕其罪，而笞以示罚，悉索其所著书。[1]

另一方面是对士大夫继续进行残酷迫害。朱棣长期生活在军旅中，重武轻文，果于诛戮，有乃父之风。靖难之变，建文帝主要靠一班文臣辅佐，而他则靠手下骁勇善战的将士取得成功。因此他在为起兵发布的一系列檄令中，都以"诛左班文职奸臣"为口号。[2]建文帝大臣齐泰、黄子澄、方孝孺、练子宁、卓敬、铁铉、景清等皆遇害。其中铁铉妻女为奴，父母戍海南；齐、黄、练的族人无论男女老幼皆斩，姻戚戍边；卓敬夷三族；方孝孺宗族亲友门人牵连而死者数百人；景清既死，又籍其乡，转相攀染，谓之"瓜蔓

---

〔1〕廖道南《殿阁词林记》卷十四"屏裔"，台北商务印书馆景印文渊阁《四库全书》本，第323页。

〔2〕《皇明诏令》卷四"成祖文皇帝上"：《初起兵檄》《靖难兵兴令旨》等，台北文海出版社1984年影印嘉靖刊本，第243—244页。

抄"，村里为墟。当时为建文帝殉难，或被杀或自杀的朝臣很多，其中不少是著名文人，如王艮、周是修、程本立、茅大方、胡闰、王叔英、陈继之、郑居贞、黄观、楼琏、张纮、唐之淳、胡子昭、林嘉猷、章朴、叶惠仲等。如胡闰之狱，受连累者也有几百家。《明诗纪事》（乙签）卷二"陈继之"小传引《兰陔诗话》云：

> 长陵杀戮革除诸臣，备极惨毒。雪庵（陈继之）之死，碎骨扬灰，呜呼酷矣。[1]

沈季友《檇李诗系》卷十五"屠副使叔方"小传亦云：

> 逊国诸臣疏属，一丁一地，分戍剧边。一遇绝丁，辄行勾补。飞符所到，冤结二百余年。[2]

朱棣篡位后，恐朝臣不服，乃以严法重典进行恐吓。亲信陈瑛被任为都御史，迎合旨意，唯以搏击为能，倾陷不可胜计。永乐九年（1411）陈瑛得罪处死，朱棣又宠信锦衣卫指挥纪纲，专门伺察朝臣细过，轻则下狱，重则杀身。当时所谓"谤讪"之禁极严。因谏迁都北京不便，萧仪被杀，李时勉下狱；因谏民穷财尽，不当大举北征，户部尚书夏原吉与刑部尚书吴中下狱，兵部尚书方宾自杀。

"靖难之变"的血雨腥风尚未停息，储位之争又使许多文人，特别是负责辅导太子的内阁、翰林院、詹事府官员卷进了灾难的漩涡。永乐二年（1404），朱棣立子高炽为太子，封高煦为汉王，高燧为赵王。高炽为人懦弱，高煦则随朱棣起兵作战有功，颇受宠爱，因而有夺嫡的野心，并得到

---

〔1〕陈田《明诗纪事》（乙签）卷二，古籍出版社1993年版，第二册，第604页。
〔2〕沈季友编《檇李诗系》卷十五，台北商务印书馆景印文渊阁《四库全书》本，第360页。

了众武将的拥护。朱棣一直犹豫不决，在解缙等文臣的坚持下，才勉强放弃易储的念头。但高煦仍不死心，不断进谗。于是解缙永乐五年被谪，八年（1410）以私谒太子故下狱。先后牵连被捕的还有王偁、王璲、徐善述、高得旸、李贯、朱纮、萧引高、汤宗等。除汤宗外，其余皆死于狱中。永乐十二年（1414），又因高煦诬陷，负责辅导太子的东宫官员黄淮、杨士奇、杨溥、金问俱下狱。除杨士奇不久获释外，其余三人系狱长达十年，屡濒于死。十六年（1418）七月，当时高煦已得罪徙封乐安州，高燧又打储位的主意，并得到宦官们的支持，东宫官员梁潜、周冕因谗被杀。永乐二十年（1422）九月，杨士奇、蹇义等又以太子之故下狱。

朱高炽（仁宗）当上皇帝后，对为他受罪的大臣十分感激，立即将还在狱中的黄淮、杨溥、夏原吉、金问、吴中，以及同系狱十余年的李至刚、刑部右侍郎杨勉等释放，并加官晋爵。仁宗在位不到一年即死，宣宗即位，台阁诸臣继续受到优礼。宣德十年（1435）正月宣宗死，英宗即位，时方九岁。宦官王振掌司礼监，开始用事。不过仁宗的张皇后（时为太皇太后）还在，尚能加以约制。不久张皇后患病，王振更加肆无忌惮，"三杨"对此也无可奈何。正统七年张皇后死，朝政大权遂尽落入王振之手。开矿、增税不断，国事日非，农民起义渐起，边患日益严重，终于酿成了"土木堡之变"。

综上所述，明前期社会政治安定、台阁文人生活比较优裕的阶段，即后代史学家所赞美的"洪、宣之治"，存在的时间前后不过十几年。它的出现，无法冲淡整个明前期知识分子命运上笼罩着的浓烈悲惨气氛。经过洪武年间朱元璋的残酷杀戮，知识分子们已成惊弓之鸟。他们惊魂未定，又成了最高统治者争权夺利斗争的牺牲品。台阁体作家们目睹了那一幕幕残酷的景象，其中的许多成员先后命丧黄泉，幸存的人也多有过身陷囹圄的经历，这一切自然对这一群体的心态产生了重要影响。在暴君的淫威之下，文人士大夫除了杀身、灭族以外，就只有向他屈服这一条路。而能够在历次事变中侥幸活下来并保住了官位的人，自然也难有什么气节人格可言。朱棣的军队逼近南京时，解缙、胡广与王艮会于吴溥家中。解陈说大义，胡也激愤慷慨，王独流泪不言。吴溥之子与弼其时尚幼，赞叹胡广能死节，其父不以为然。不久即听到胡广叫家人把猪看好，吴溥说：一只猪尚且不舍，还能舍命吗？后来果然只有王艮殉难。胡、解又曾与杨荣、杨士奇、金幼孜、周是修相约同死。朱棣入城，胡广等争先拥戴，只有周是修自杀。解缙为作墓志铭，只载周"预翰林纂修以死"，竟不提及殉难事。胡广建文年间殿试时指斥藩王朱棣等，建文帝亲拔第一。朱棣后来对凡是倡议过削藩的人都杀无赦，唯独胡广反而成了他的宠臣，时人比之汉代胡广，其善于柔佞取容可知。廖道南在《殿阁词林记》卷一中说："予观《沙羡稿》及《石台稿》，见文贞蚤岁跻弛魁岸，视天下莫己若。及观国史暨《三朝圣谕录》，乃知管仲之才优于召忽，魏征之绩多于王珪，视诸诡随无良者不侔矣。"[1]这乃是对杨士奇人格前后发生变化发出的微妙感叹。又据《菽园杂记》卷四，明前期姓名避讳之禁不严，如朱棣之"棣"，士大夫诗文中多犯之。杨士奇则注意到了，书"棠棣"作"棠杕"。其小心谨慎一至于此。[2]朱棣曾命将修于建文年间的《太祖实录》一改再改，目的是为了辨明自己是马皇后所生，朱元璋本来准备立他做太子，从而为篡位张本，同时贬斥建文帝及死难诸臣。杨士奇参与了二修三修，所载多不符合事实。尤以诬蔑方孝孺一事，为后人抨击最烈。郑晓《今言》卷一第六十五条载：

> 彭惠安公（韶）《哀江南词》，叙述建文死义之臣，至方逊志乃云："后来奸佞儒，巧言自粉饰。叩头乞余生，无乃非直笔。"盖指西杨辈修《实录》，书方再三叩头乞生者非实事也。

同书卷三第二百一十三条：

---

〔1〕廖道南《殿阁词林记》卷一，台北商务印书馆景印文渊阁《四库全书》本，第130页。

〔2〕陆容《菽园杂记》卷四，中华书局1985年版，第49页。

> 方逊志在翰林宠任时，荐西杨。西杨修实录，乃谤方叩头乞余生。[1]

沈德符《万历野获编》卷一：

> 《太祖实录》初修再修时杨文贞俱为纂修官，则前后三史，皆曾握管，是非何所取裁，真是厚颜。[2]

全祖望《鲒埼亭集·移明史馆帖子》：

> 《太祖实录》已为杨士奇芟改失实。至纂修《书传会选》诸臣姓名，因其中有殉让帝难者，尽削去之，则文籍之不足凭如此。[3]

总之，台阁体的作家们不敢描述他们所看到的事实，不敢抒写自己的真实感受。或者说，在经受一系列打击后，他们本来已深受理学熏陶的心灵更彻底麻木，根本不再具有自己的独立人格。稍后一段比较安逸的生活，也不可能唤醒他们的自我意识，而只能引起他们的感激涕零。在这种精神状态下创作出来的诗文，自然不可能有什么审美价值。与之相比，浙东派作家虽深受理学思想影响，也遭到了明初统治者的打击，但毕竟经历过元末一段思想文化统治比较疏略的时期，故还创作了一些反映社会现实、抒写个人感慨的发弘凌厉之作。台阁体作家则变为一味地对最高统治者歌功颂德，应制、应酬之作占的比例更大。除解缙的部分散文、杨士奇作于早年的极少数几篇诗歌外，我们从台阁体作品中既看不到当时社会生活的真实面目，也无法窥见他们的内心世界。黄淮无辜坐牢十年，所作诗文却题

---

〔1〕郑晓著、李致忠点校《今言》，中华书局 1984 年版，第 36、121 页。
〔2〕沈德符《万历野获编》卷一，中华书局 1959 年版，第 6 页。
〔3〕全祖望《鲒埼亭集》外编卷四十二《移明史馆帖子》，清嘉庆十六年刻本。

名为《省愆集》，内容也确实不出"君王圣明，微臣有罪"一套。在艺术
风格上，台阁体作家一以欧、曾为师。宋濂在《张侍讲翠屏集序》里曾指出：
"学欧阳氏而不至者，其失也纤以弱；学曾氏而不至者，其失也缓而驰。"[1]
对于台阁体来说，宋濂可谓不幸而言中。《东里集》中，似乎只有一些短
小的序跋文字较为可读，其他则千篇一律，使人昏昏欲睡。台阁体其他作
家的文集更是等而下之。连极力诋毁反台阁体的复古派，因而极力回护台
阁体的钱谦益也不得不承认："国初馆阁，莫盛于江右。……而文集流传，
自东里、西墅、颐庵之外，可观者绝少。"[2] 王士禛《池北偶谈》引海盐徐
丰厓（咸）《诗谈》云："本朝诗……莫衰宣、正。"[3] 沈德潜《明诗别裁集》
亦云："永乐以还，尚台阁体，诸大老倡之，众人靡然和之，相习成风，而
真诗渐亡矣。"[4]

不可否认，明王朝建立后，曾推行过一些有利于社会安定、恢复和发
展生产、减轻农民负担的政策。但是，明王朝加强君主专制、实行残暴统
治的一系列做法，对此后中国社会的发展产生深刻影响，其负面作用不可
低估。同时，直接影响一个时代文学发展的是当时的文化政策和知识分子
政策。明代初年对文人士大夫的迫害，其残酷程度在中国历史上是少见的。
它不仅使大批文学家夭折，使文化事业蒙受重大损失，也使幸免于难的文
人噤若寒蝉，于是整个文学界万马齐喑，生气都尽。所谓"台阁体"的繁荣，
乃是在文学的悲剧时代，在无数文学家的祭坛前，被迫上演的一出贫乏苍
白、丝毫不能提起人们兴致的闹剧。

（原刊于《中华文史论丛》1990 年第 1 期）

〔1〕宋濂著、黄灵庚点校《宋濂全集》，人民文学出版社 2014 年版，第 717 页。

〔2〕钱谦益《列朝诗集小传》乙集"周讲学叙"条，上海古籍出版社 1983 年版，第 172 页。

〔3〕王士禛《池北偶谈》卷十四"徐丰厓论诗"条，见王士禛著、袁世硕主编《王士禛全集》，齐
鲁书社 2007 年版，第 3183 页。

〔4〕沈德潜《明诗别裁集》卷三"解缙"条，上海古籍出版社 1979 年版，第 59 页。

论景泰至弘治中期的文学思潮

在明代文学史上，从永乐初到正统末年，是台阁体垄断文坛的时期。而前后七子复古运动占主导地位的时间，则是弘治末到万历中叶。在这两者之间，即从景泰初到弘治中期，实际上还有一个过渡阶段。明代文学研究向来存在着重戏曲小说而轻诗文、重后而轻前的情况。如果说人们对台阁体和复古运动虽也不甚了了，甚至存在种种误解，但至少还时时予以提及的话，那么它们之间的过渡阶段则几乎成了一个被遗忘的角落。有鉴于此，本文拟对这一阶段文学思潮发展的状况略加勾勒。

一、台阁体的衰落

以往人们一般把永乐初到弘治中期都笼统地划为台阁体盛行的时期，其实台阁体真正垄断文坛的时间，只是从永乐初到正统末的四十多年。此后台阁体文学虽仍在文坛占统治地位，但实际上已趋于衰落。台阁体前期的著名领袖人物"三杨"都在正统年间谢世［杨荣正统五年（1440）卒；杨士奇正统九年（1444）卒；杨溥正统十一年（1446）卒］，自然是台阁体趋于衰落的一个标志。但其主要原因，还在于社会现实生活已发生种种变化，从而引起了台阁体文学内部以及整个文坛的一系列变化。

正统十四年（1449）八月发生的"土木堡之变"，是明前期与中期之间的分水岭。它像一个晴天霹雳，震撼了明王朝，也震撼了当时文坛。在这次事变中，明朝五十万大军溃败，大臣五十余人丧生，英宗被掳，举国上下陷入一片混乱之中。接着强寇逼于国门，形势极度危急，只是由于于谦等人奋力抗击，鞑靼也先部才终于放弃了对北京的包围，但仍游弋在北疆一带，不时侵扰，并随时有再次大举入犯的可能，所以危险依然存在。不久英宗被放还朝，为了皇位，又与代宗展开明争暗斗。围绕对待英宗的问题和易储问题（英宗子见深先已被立为太子，代宗欲废之而立己子），朝中的政治形势又变得非常复杂，朝臣们的神经又处于高度紧张状态。人人都在窥探形势，以图保住自己的官位性命，或伺机一逞以求飞黄腾达。景泰八年（1457），代宗病重，文臣徐有贞、武将石亨与宦官曹吉祥等发动宫廷政变，拥英宗复辟，于谦等一大批朝臣或被杀或被遣。石、曹等恃功横暴，士大夫多奔走其门。天顺四年（1460）石亨下狱死，五年曹吉祥谋反被诛。嗣后英宗又与太子之间产生矛盾。天顺八年（1464）英宗死，朱见深继位，是为宪宗。他长期不见臣僚，迷信术士、番僧，封国师、法王、真人、高士者不可胜计，又任用刘吉、万安等奸佞，秕政百出。总之，正统初年以来，特别是"土木堡之变"之后，各种社会矛盾日益加剧，所谓"永、宣盛世"的局面已不复存在，以歌功颂德为职志的台阁体文学失去了客观基础，自然趋于衰落。

从创作情况来看，台阁大臣是台阁体文学创作队伍的骨干，而翰林院的官僚和在翰林院进修的庶吉士则是其主力军。在这一阶段内，朝中大故迭起，不仅处于朝廷中枢的台阁大臣们都忙于政治斗争，没有心思吟诗作文，就是新进翰林院的庶吉士们也不能安心涵泳于文墨。按明制每从新科进士中选拔优秀者入翰林院为庶吉士，派内阁大臣或翰林院长官负责教习，俾其究竟名理，熟悉朝廷掌故。大约三年后散馆，优者留翰林院任职，其余派充各部寺科道官。永、宣间的庶吉士基本上按规定修业，接受程朱理学的熏陶和政务的培养。他们的诗文创作，也就一依台阁体之轨辙，以"鼓吹名理"和"宣扬休明"为目的。但正统之后，情况已有所变化。据《殿阁词林记》卷十：

正统以来，在公署读书者大都从事辞章，内阁按月考试，则诗文各一篇，第其高下，具揭贴，开列名氏，发本院以为去留地，致使卑陋者多至奔竞，有志者甚或谢病而去，不能去者多称病不往。将近三年，则纷然计议邀求解馆，最可笑也。弘治癸丑，学士李东阳、程敏政教庶吉士，至院阅会簿，悉注病假而去，乃赋一绝云："回廊寂寂锁斋居，白日都消病历余。窃食大官无寸补，绿荫亭上勘医书。"其流弊一至于此。又闻之前辈云，天顺甲申庶吉士次年相率入内阁解馆，大学士李贤谓曰："贤辈教养未久，奈何遽欲入仕？"有计礼者抗声对曰："今日比永乐时何等教养，且老先生从何处教养来？"贤稍责之，即曰："吾辈教习，虽例该三年，已烧却一年矣。"谓癸未春闱灾故也。贤怒甚，明日请旨各授职，罚礼观政刑部，又数月，授南京刑部主事。礼之言虽近不恭，然不可谓无稽者。观此，则教法不克复旧久矣。[1]

从"以道德政事为本"到"大都从事辞章"，反映了翰林院学风的变化。这种变化势必导致翰林院以至整个台阁体文风的变化，即由一味地宣扬程朱理学和为统治者歌功颂德，变为比较注重诗文本身的审美要求和审美特征。这种趋势最终又必将发展到台阁体的反面，即扬弃台阁体那种毫无审美价值的诗风文风，而追求一种新的创作风格。因此，正统以后翰林院学风的变化，预示着台阁体文学已面临危机。而当时翰林院庶吉士们不再安心于翰林院的读书创作生活，急于到各衙门去任职，也表明台阁体文学的创作队伍后继乏人。

明太祖朱元璋和成祖朱棣为加强君主专制，推行了高压的文化政策和知识分子政策。洪武、永乐两朝对士大夫的迫害和杀戮，其残酷程度在中国历史上是少见的。它不仅使大批文学家夭折，也使幸免于难的文人噤若

---

〔1〕廖道南《殿阁词林记》卷十"公署"，台北商务印书馆景印文渊阁《四库全书》本，第 279 页。

寒蝉，吞声而不敢言。与此同时，他们还大力倡导程朱理学，对敢于申言
"异端邪说"者严加惩处，以禁锢知识分子的精神自由。于是广大知识分
子的思想变得更加麻木呆板。内容贫乏、思想陈腐的台阁体文学，就是在
这种窒息的环境中孕育出来的一个怪胎。"土木堡之变"之后，君主虽仍
然时施强暴，但已不复有朱元璋、朱棣父子那样的开国君主的绝对权威，
士大夫的境遇有所改善，地位有所提高。《菽园杂记》卷二载：

> 僧慧暕涉猎儒书，而有戒行，永乐中尝预修《大典》，归老太仓兴
> 福寺，予弱冠犹及见之[按《菽园杂记》作者陆容生于正统元年（1436），
> 见慧暕当在景泰七年（1456）前后]，时年八十余矣。尝语坐客云："此
> 等秀才，皆是讨债者。"客问其故，曰："洪武间，秀才做官吃多少辛苦，
> 受多少惊怕，与朝廷出多少心力。到头来，小有过犯，轻则充军，重
> 则刑戮，善终者十二三耳。其时士大夫无负国家，国家负天下士大夫
> 多矣，这便是还债的。近来圣恩宽大，法网疏阔，秀才做官，饮食衣服，
> 舆马官室，子女妻妾，多少好受用，干得几许好事来？到头全无一些
> 罪过。今日国家无负士大夫，天下士大夫负国家多矣，这便是讨债者。"[1]

随着政治环境的松动，思想方面的统治也开始解冻。士大夫们不再像
"永、宣之世"的先辈们那样，"祖法国是，心心目目，畏毫发离去，即皇
恐大罪不可赦"；"视周、程、朱子之说如四体然，惟恐伤之"，[2] 而是开始
进行独立的思考，并对程朱理学提出种种质疑和不满。黄佐《翰林记》中
即载："成化以后，学者多肆其胸臆，以为自得。虽馆阁中亦有改易经籍以

---

〔1〕陆容《菽园杂记》卷二，中华书局 1985 年版，第 16 页。
〔2〕黄宗羲《明文海》卷二百三十七赵贞吉《刘文简公集后序》；卷二百三十九黄佐《眉轩存稿序》，
　　中华书局 1987 年影印清涵芬楼钞本，第 2435、2461 页。

私于家者，此天下所以风靡也夫。"[1]思想领域的这种新动向，无疑也是对台阁体文学的一种挑战。

　　一种文学风尚的盛行，除要有大量创作者的自觉参与外，还必须得到整个社会广大欣赏者的认同。"永、宣之世"，台阁体被人们认作是那个时代理所当然的正宗文体，因而被广大欣赏者共同接受，并有大量模仿者起而仿效。台阁诸臣也被人们尊为国之大老，受到普遍的尊敬。正统以后社会现实的变化，引起了人们审美趣味的变化。"土木堡之变"对当时人们的心态的影响尤其不可低估。它像一个晴天霹雳，震撼了明王朝，使所谓"太平盛世"露出本来面目，也使人们从"太平盛世"的梦幻中惊醒过来。目睹种种社会现实，人们的心情再也无法保持平静。台阁体那种所谓"雍容典雅"的诗文风格，此时便暴露出其虚伪贫乏的本质，因而渐渐遭到人们的厌弃。章铿《上杨先生镜川公》文中说：

　　　　我朝杨文贞（士奇）为文，亦负重名。正统间有《东里集》行世，人皆愿见而乐得之。近者其子导刊其全集，人厌其烦，未及展卷，而先已欠伸矣。[2]

　　这里描述的是成化年间的情况，但人们开始对台阁体文学失去兴趣，应该更在此前。这也并不仅是文集繁简不同的问题，而是因为人们的现实感受、心境和审美趣味都发生了变化。杨士奇文集的遭遇，可视为文学思潮发生转变的一个标志。

　　不仅如此，"土木堡之变"后，人们在痛定思痛之时，不免要思考探究这场灾难形成的原因，于是自然而然地对"三杨"等人的所作所为及其人品也产生怀疑。后来论明代贤相，往往首推"三杨"。其实"永、宣之

---

[1] 黄佐《翰林记》卷十一，中华书局 1985 年版，第 147 页。
[2] 黄宗羲《明文海》卷一百五十一，中华书局 1987 年影印清涵芬楼钞本，第 1513 页。

世"比较安定的社会局面，乃是明初以来社会生产力逐步恢复和发展的结果，"三杨"等人不过是适逢其会罢了。细考"三杨"等人一生行事，实际上颇多可议之处。如杨士奇本由方孝孺推荐进入翰林院，后来方孝孺因坚决反对朱棣篡位惨遭杀害。杨士奇在参加纂修《太祖实录》时，竟阿顺朱棣旨意，诬蔑方孝孺曾再三叩头以乞余生，其颠倒黑白一至于此。"三杨"及胡广等人多纵容子侄辈在家乡倚势横行，杨士奇之子杨稷尤其暴虐不法。他占人田产，夺人妻女，杀害无辜。泰和知县吴景春不惧杨士奇的权势，对杨稷的行为予以制止，杨士奇竟听信杨稷的挑唆，将吴景春罢官。后来杨稷更加肆无忌惮，民愤也越来越大。杨士奇为了保全恶子，同时保住自己的官位，只好向宦官王振卑躬屈膝，王振遂得为所欲为。[1]"土木堡之变"后，人们一致得出了这样的结论，即这场灾难的直接原因是王振擅权，而王振得以擅权的原因又在于"三杨"等人的妥协退让，因此他们对这场灾难负有不可推卸的责任。如张弼［成化二年（1466）进士］在《跋杨文贞公与泰和尹吴景春书后》中说："夫潜能入公者，亦爱之蔽欤？尹亦有以来之欤？厥后稷益大肆，死于诏狱，公则由是而屈馆阁政柄移于大珰，遂为厉阶不可言矣。呜呼，公之不幸而有此子哉！乃天下之不幸哉！古之君子必由修齐以致治平，信非迂也。"[2]王鏊［成化十一年（1475）进士］也说："予在翰林，与陆廉伯语及杨文贞，廉伯曰：文贞功之首、罪之魁也……廉伯之言不知何所从授，天下皆传之。"[3]彭韶［天顺元年（1457）进士］对杨士奇诬蔑方孝孺一事尤为不满，并直斥杨为"奸佞"。他作《临江词》悼念方孝孺，结尾说道："后来奸佞儒，巧言自粉饰。叩头乞余生，无乃非直笔。"[4]总之，"土木堡之变"后，杨士奇等人已颇为时论所不值，

〔1〕参见沈德符《万历野获编》卷十八"三杨子孙"条，中华书局1959年版，第458页。

〔2〕张弼《张东海诗文集》文集卷四，正德十三年周文仪刻本。

〔3〕王鏊《震泽长语》卷上，中华书局1985年版，第17页。

〔4〕朱彝尊《明诗综》卷二十二"彭韶"条，中华书局2007年版，第1095页。

其诗文创作也不复享有往日的声誉，台阁体文学的地位已经开始动摇。

二、"景泰十子"等与新的诗文风尚的出现

1. "景泰十子"等

　　与台阁体文学的衰落相表里的是新的诗文风尚的出现。受社会现实的感召，这一阶段中部分上层官僚和台阁文人的生活态度和创作风格也发生变化，变歌功颂德为指斥时弊。正统十四年（1449），在福建镇压农民起义的佥都御史张楷作《除夕》诗云："静夜深山动鼓鼙，生民何苦际斯时。"又云："乱离何处觅屠苏，浊酒三杯也胜无。"又云："庭院不须烧爆竹，四山烽火照人红。"结果为给事中王诏所劾罢官。[1]张楷的这种诗作，在台阁体占垄断地位的当时文坛上，无疑是一种不和谐的音符。李东阳《怀麓堂诗话》中说："杨文贞公……尤精鉴识，慎许可。……序张式之（楷）诗，称'勖哉乎楷'而已。"[2]其实杨士奇对张楷的诗不予首肯，恐怕不仅仅是"慎许可"的问题。"土木堡之变"发生后，于谦、郭登等人积极投身于抗击侵略者的斗争之中，戎马倥偬之余，作为诗章，抒写怀抱，其格调慷慨激昂，自然与台阁体诗风文风迥异。成化二年（1466），罗伦中状元，授翰林修撰，以谏大学士李贤夺情事，贬福建市舶司副提举。成化三年（1467）元宵，宪宗命翰林院官进奉咏元宵灯火文字，这本是台阁体文学创作的惯例，与罗伦同年中进士的翰林编修章懋、黄仲昭和检讨庄㫤却拒不奉诏，且上书谏止元宵灯火，并贬外任，时称"翰林四谏"。章懋在翰林院作庶吉士时，刘定之为教习，一日以《玉堂蔬圃》为试题，章懋诗中有"贤哉公仪休，拔却园中菜"之句，刘认为他轻薄。后又以《中秋赏月赋》为试题，按惯例不外是"敷扬休明"一番，章作中却说：天下的人，有罹悲愁羁患

---

〔1〕沈德符《万历野获编》卷二十五"诗祸"条，中华书局1959年版，第635页。
〔2〕李东阳著、李庆立校释《怀麓堂诗话校释》，人民文学出版社2009年版，第198页。

贫穷孤寡者，见月则不乐；惟高官厚禄身享富贵者，见月则乐也。刘对此更为恼怒。[1]罗伦、章懋等人的这种言行，在翰林院是前所未有的。张弼也是他们的同年，授兵部主事，曾作《假髻曲》讽刺当时权贵，一时广为传诵。诗曰：

> 东家美人发委地，辛苦朝朝理高髻；西家美人发及肩，买妆假髻亦峨然。金钗宝钿围朱翠，眼底何人辨真伪。夭桃窗下来春风，假髻美人归上公。[2]

张弼因此受到权贵的排挤，调外任广东南安太守。当时妖人王臣靠宦官的推荐，得到宪宗宠信，以采药为名，四出骚扰，民不堪命。张弼目睹其骄横之状，作有《偶赋》诗。当时还有达官贵人借赈荒为名，大肆搜刮，致使边疆兵民苦上加苦，张弼又作了《昔有行》一诗，皆直陈时弊，风格沉痛忧愤。他还作有《养马行》：

> 领马易，养马难，妻子冻馁俱尪羸。若有菽豆且自餐，安能养马望息蕃。平原草尽风色寒，羸马散放声嘶酸。忽然倒地全家哭，便拟赔偿卖茅屋。茅屋无多赔不足，更牵儿女街头鬻。邻翁走慰不须悲，我家已鬻两三儿。[3]

据陆容《菽园杂记》卷四，正统以后，朝廷将部分军马寄养于民间，规定每年要生殖一定数量的马驹，否则赔补。因为达不到限额，养马之家

---

〔1〕此赋见《枫山集》卷四，台北商务印书馆景印文渊阁《四库全书》本，第140—141页。参见《明诗纪事》（丙签）卷五"章懋"条，上海古籍出版社1993年版，第二册，第1009页。

〔2〕张弼《张东海诗文集》诗集卷一，正德十三年周文仪刻本。

〔3〕同上，卷三。

往往倾家荡产。张弼此诗，即反映了这一现象。当时有人以之与杜甫的《兵车行》等作品相比。

马中锡成化十一年（1475）中进士，授刑科给事中。他居官任事敢言，关心民瘼，成化后期曾弹劾宪宗宠妃之弟万通，以及太监梁芳、汪直等。嘉祥长公主霸占民田，他勘定归还原主。孙绪《马东田漫稿序》称其"屡犯宸威，屡濒于死，而烈衷直节，愈老愈劲"；"其诗类其为人，悯时痛俗，以极于体物尽性而要诸变。雄浑深沉，无急蹙狭小之病。间于闺情幽思、旅怀宫怨以自况，而闲情逸兴，时得之讽咏之外"。[1]如他的《过慈恩寺》二首：

> 碧眼胡僧势绝伦，中华盘踞已根深。大官饱馈中牢肉，常侍亲颁内帑金。不见渡江能折苇，只闻持钵诳吞针。微臣蚍虱天门远，感此空怀报国心。

> 少年抱璞老亡羊，与世浮沉亦可伤。十有九旬常结舌，百无一事敢刚肠。贾生此日惟应哭，阮籍当时岂是狂。信马独归萧寺掩，冷云寒日下西廊。[2]

宪宗终年闲居深宫，沉迷于房中术和长生术之中，方士胡僧深受宠信，他们服食器用奢侈过于王侯，出入都有卫卒执金吾仗开道，声势显赫。马中锡此诗，即针对这种现实而作。诗中为自己"结舌"不敢"刚肠"感到羞愧，正表明他是一个刚肠敢言之人。末尾"信马独归"一语，正如孙绪所评，"有多少忧愤在"。[3]

在写作技巧和艺术风格方面，"土木堡之变"后的诗文作家也已经突

---

〔1〕孙绪《沙溪集》卷一，台北商务印书馆景印文渊阁《四库全书》本，第37—38页。
〔2〕马中锡《东田漫稿》卷一，嘉靖十七年文三畏刻本。
〔3〕同上。

破台阁体创作一味追求所谓雍容平易风格的局面，开始进行新的尝试。据王世贞《艺苑卮言》等载，景泰中有所谓"景泰十子"者，其诗有名于世。他们是：刘溥（长洲人，曾官太医院吏目）、汤胤绩（濠梁人，汤和曾孙，官至参将，守延绥战死）、苏平（海宁人）、苏正（苏平之弟）、沈愚（昆山人）、晏铎（富顺人，官御史，以言事谪上高典史）、王淮（慈溪人）、邹亮（长洲人，用荐授吏部司务，官至御史）、蒋主忠（仪真人）、王贞庆（定远人，驸马都尉王宁子）。另外，钱谦益《列朝诗集》以徐震亦为"十子"之一，徐为吴人。这些人的情况有两个共同点，一是多为吴越人；二是多不仕，或仕宦不达。他们的创作风格自然与台阁诸人异趣，大致有两种类型，一是奇怪，二是艳丽。前者如刘溥，《明史·文苑传》称"其诗初学西昆，后更奇纵"。据王锜《寓圃杂记》：

> 刘廷美为刑部主事，居京师，与徐武功（有贞）、刘原博（溥）诸公为诗友。每相遇，必谈论达日。尝岁除，廷美旅邸无聊，原博邀之守岁，廷美因挟所藏钟馗画像求题，原博遂援笔大书一诗于上。明旦持归，悬之中堂。京师风俗，每正旦主人皆出贺，惟置白纸簿并笔砚于几，贺客至书其名，无迎送也。是日朝罢，刘定之、黄廷臣两学士首至，见此诗，各摘簿一叶，录之以去。朝士继至者，皆摘录之，顷间簿已尽矣。廷美晚回，索簿阅贺客，以图往报，家人告其故。明日复置一簿，亦如之。中书舍人金本清戏谓廷美曰：此钟馗乃耗纸鬼也。一时京师传为奇事。

刘溥之诗如下：

> 长空湖云夜风起，不分成群跳狂鬼。倒提三尺黄河冰，血洒莲花舞秋水。飞萤负火明月羞，栎窠影黑啼鸺鹠。绿袍乌帽逞行事，磔脑剞肠天亦愁。中有巨妖诛未得，盍驾飙轮驱霹雳。如何袖手便忘机，

回首东方又生白。[1]

此诗模仿李贺诗歌的风格，但想象颇为奇特，词采亦复瑰丽，能令人耳目一新，所以得到了众人的喜爱。因为台阁体那种枯燥乏味的诗文流传日久，已遭到人们的厌弃。因此这件事也是人们的审美趣味发生变化的一个信号，值得我们注意。

汤胤绩的诗尤以怪奇著称。他为人豪迈倜傥，好谈兵事，程敏政称其诗"豪迈奇倔，如风雨晦冥中电光翕焱，使人不敢正视；又如雷斧断崖石下坠不测之渊，观者褫魄"。[2]其他如晏铎的《登黄鹤楼》诗，意境壮阔，格调沉郁，在台阁体诗作中也是见不到的。[3]

沈愚则是"十子"中艳丽一派的代表。据《寓圃杂记》，他有《吴宫词》诸篇，当时脍炙人口。又有《续香奁》诗四卷，专写艳情，乃仿韩偓"香奁体"而作。他的《追和杨眉庵次韵李义山无题诗》颇能体现其宗旨和风格。

　　　兰桨双欹倚桂舟，隔花临水思夷犹。香囊玉佩劳相赠，绣幄银屏惜共留。
　　　愁绕凤台秦树暝，梦回巫峡楚云秋。多才苦被春情恼，镜里潘郎雪满头。[4]

当时吴越一带的诗人，大多继承了吴越诗文的传统风格，描绘个人日常生活，抒写文士情怀，辞藻华美。除"景泰十子"中数人外，还有邱吉（归安人）、怀悦（嘉兴人）、朱翰（嘉兴人）、刘泰（钱塘人）、马洪（仁和人）、

---

〔1〕陈田《明诗纪事》(乙签)卷二十"刘溥"条，上海古籍出版社1993年版，第二册，第893—894页。

〔2〕黄宗羲《明文海》卷四百五《汤胤绩传》，中华书局1987年影印清涵芬楼钞本，第4218页。

〔3〕陈田《明诗纪事》(乙签)卷二十"晏铎"条，上海古籍出版社1993年版，第二册，第899页。

〔4〕同上"沈愚"条，第898页。

刘英（钱塘人）等。总的来看，他们的创作成就都不高。其意义在于，这些人已在一定程度上摆脱程朱理学的束缚，开始在诗歌中表达情感，抒写志向，以其怪奇和艳丽的文风，引起了人们的注意，从而打破了台阁体垄断文坛的局面。

　　在散文方面，比较值得注意的是罗玘。他于成化二十二年（1486）中举，次年成进士，选庶吉士。罗玘中举时年已四十余，文风已经基本形成，且已享有一定的文誉。黄省曾《与陆芝秀才书》中说罗玘为文"好为奇古，而率多怪险恒饤之辞。居金陵时，每有所造，必栖居于乔树之颠，霞思天想以构脉意。或时闭坐一室，客有于隙间窥者，见其容色灰槁有死人气，皆缓屦以出。吾苏都公少卿与伊乞厥考墓铭，铭成，告少卿曰：吾为此铭，暝去四五度矣"。[1]罗玘如此刻意追求"奇古"，其诗文风格自然与萎靡不振的台阁体文风不同。后来的评论家都很注重他在复古运动兴起过程中的地位，如崔铣叙述明代文学源流，就认为罗玘上振台阁体之"颓靡"，下启前七子之复古，为明代诗文风格转变之关键人物。[2]

2.道学家诗派

　　从景泰到弘治初，道学家诗派曾甚嚣尘上，主要人物有薛瑄［山西河津人，生于洪武二十二年（1389），永乐十九年（1421）进士，天顺八年（1464）卒］、吴与弼［江西崇仁人，生于洪武二十三年（1390），天顺初被荐至朝，成化五年（1469）卒］、陈献章［广东新会人，生于宣德二年（1427），正统十二年（1447）举人，弘治十三年（1500）卒］、庄昶［南直江浦人，成化二年（1466）进士，弘治十二年（1499）卒］。薛瑄、吴

〔1〕见黄宗羲《明文海》卷一百五十四，中华书局 1987 年影印清涵芬楼钞本，第 1540—1541 页。又见陈田《明诗纪事》（丙签）卷九"罗玘"条引，上海古籍出版社 1993 年版，第二册，第1089 页。

〔2〕陈田《明诗纪事》（丙签）卷九"罗玘"条，上海古籍出版社 1993 年版，第二册，第 1089 页；（丁签）卷十三"崔铣"条，第三册，第 1342 页。

与弸集中存诗都在千首以上。但当时影响最大的还是陈、庄两家。他们都模仿邵雍，以玩物为道，以诗言理。《明儒学案》卷四十五论庄昶云：

> 先生以无言自得为宗。受用于"浴沂"之趣，山峙川流之妙，鸢飞鱼跃之机，略见源头，打成一片。……先生形容道理，多见之诗，白沙所谓"百炼不如庄定山"是也。……先生之谈道，多在风云月露傍花随柳之间，而气象跃如。[1]

不可否认，这种以物寓理的思维方法，有时也能创造出一些颇有诗味的作品，但它根本上以表达理性观念为唯一目的，因此并不注重意象的统一，物象的选择、遣词造句等一般十分随意草率，往往把很多理学词汇掺进诗中，使其变得不伦不类。如庄昶《游茅山》诗有句"山教太极圈中阔，天放先生帽顶高"，《与王汝昌魏仲瞻雨夜小酌》有句"赠我一杯陶靖节，答君几首邵尧夫"等，[2]就曾受到后人的嘲笑。王世贞《艺苑卮言》卷五说："庄孔旸佳处不必言，恶处如村巫降神，里老骂坐。"

陈献章似乎比庄昶稍为讲究一些，但基本思维方法并无二致，因此他对庄昶诗特别赞赏。他的《白沙子》中，也有"但闻司马衣裳古，更见伊川帽桶高"[3]之类的句子。杨慎指出：

〔1〕黄宗羲《明儒学案》卷四十五"郎中庄定山先生昶"，中华书局 1985 年版，第 1081 页。

〔2〕庄昶《定山集》卷四，台北商务印书馆影印文渊阁《四库全书》本，第 211 页。又如《定山集》开卷第二、三、四首诗分别为，《梅花卷》："老矣孤山中，那复他料理。惟兹太极心，点缀寒梅几。《暗香》《疏影》诗，戏剧乃如此。安得无极翁，共此无极旨。"《江湖胜览卷》："沧溟水一沤，天地一芥子。我问具眼人，此眼何处使。从今打扑破，此眼吾眼耳。"《雪梅》："太极图偶封，天地若混沌。不知藤六谁，乃打无极诨。安得邵尧夫，闲与一究竟。"台北商务印书馆景印文渊阁《四库全书》本，第 146 页。

〔3〕陈献章《白沙子》卷八《寄定山》，商务印书馆 1936 年《四部丛刊》三编景明嘉靖刻本，第 1—2 页。

> 白沙之诗，五言冲淡，有陶靖节遗意，然赏者少。徒见其七言近体，效简斋、康节之渣滓，至于筋斗、样子、打乖、个里，如禅家呵佛骂祖之语，殆是《传灯录》偈子，非诗也。[1]

然而当时的理学信徒们，津津乐道的恰恰就是那些类似佛教偈语的篇什。如杨廉就认为庄昶的诗超过了唐诗，杜甫的诗句"穿花蛱蝶深深见，点水蜻蜓款款飞"，比起庄昶的诗句"溪边鸟共天机语，担上梅挑太极行"，尚隔几层。北宋以来，虽有邵雍等人作这种理学诗，并衍为流派，但影响毕竟有限。明代一下子出了这么多道学诗人，并有一大批追随者，还被奉为诗家正宗，这是前所未有的。它使诗歌理性化的倾向发展到极端的地步，也使它的弊端更充分地暴露出来，从而从反面促进了此后文学复古运动的兴起。

3. 吴中派的复兴

吴中文化景泰、天顺间已得到较大恢复，成化、弘治时又得到更大发展，涌现了大批知名的文人学士，代表人物是沈周、吴宽、王鏊、文征明、祝允明、杨循吉、唐寅等。他们仍然继承吴中文人的传统，除诗文创作外，大都精于书法、绘画艺术等。在思想上，吴中派的显著特点是明确抨击理学。沈周、吴宽、王鏊等人尚比较节制，杨循吉、祝允明、唐寅等则是一些不拘礼法之士。钱府《合刻杨南峰先生全集序》称杨循吉"于书无所不好，无所不窥，博览冥搜，饮食都废。自经史而外，稗官小说、佛老方志、星家历数，罔不罗列胸中，咀菁猎华，漱芳泅润，贯事融通，徐而出之，自运机轴，务去陈言，故其文简洁严整，意尽而止；诗清婉爽亮，自成一家。四方请乞者踵至，而先生性僻，好侮弄世人，不一一应之。虽应之，亦不曲徇其情，故人亦畏而不敢近。雅不喜宋人议论，而于考亭尤多掊击。

---

[1] 杨慎《升庵诗话》卷七"陈白沙诗"条，见丁福保《历代诗话续编》，中华书局1983年版，第779页。

又最恶近世学术，不然其说。"[1]祝允明生于天顺四年（1460），弘治元年
（1488）二十八岁时出版《读书笔记》，对道学即多有掊击。在《学坏于宋论》
中，他更对宋学（主要是理学）展开了猛烈批判，以为古代经典的"古说"，
"宋人都掩废之"；"凡学术尽变于宋，变辄坏之"。[2]他还有《祝子罪知录》
十卷，专门是非前人，自商汤、周武、伊尹、周公、孟轲而下至于程颐、
朱熹、许衡、吴澄等，莫不弹击。其议论不无偏颇之处，但在当时思想学
术界万马齐喑之时，这无疑具有振聋发聩的作用。对于理学家，他主要揭
露了他们的口是心非、虚伪："道学之名甚尊，伪学之利甚厚，莫不小祸于
初，而大获于后。官不峻而势益张，权愈失而力转重，时君通国莫敢撄其
锋，以是黠子从之如狂。从古以来，窃声利者，无若此徒之捷也。"[3]文征
明则主要批评了理学家们的不学无术、孤陋寡闻：

> 宋之末季，学者习于性命之说，深中厚貌，端居无为，谓足以涵
> 养性真，变化气质。而究厥所存，多可议者。是虽师授渊源，惑于所见。
> 亦惟简便日趋，偷薄自画，假美言以护所不足，甘于面墙，而不自知其
> 堕于庸劣焉尔。呜呼，玩物丧志之一言，遂为后学深痼，君子盖尝惜之。[4]

在诗文创作方面，沈周等人也继承了吴中诗人的传统风格。后来徐学
谟曾对明代吴中诗歌作过一个总结："吴人之诗，自国初高、杨诸公以婉
丽倡之，稍祖唐调。二百年来，作者辈出。即其人才力殊禀，然皆以吴人
作吴语，务极其所偏至，各自能名家。虽间以弱诎，要不至浣其质而漓之

---

〔1〕见黄宗羲《明文海》卷二百五十二，中华书局 1987 年影印清涵芬楼钞本，第 2644 页。

〔2〕祝允明《怀星堂集》卷十，台北商务印书馆景印文渊阁《四库全书》本，第 510—511 页。

〔3〕祝允明《祝子罪知录》卷五，明刻本。

〔4〕文征明《何氏语林叙》，见黄宗羲《明文海》卷二百一十二，中华书局 1987 年影印清涵芬楼钞本，
　　　第 2129 页。

也。"[1]这个概括是大致符合事实的。吴中诗歌的特定风格，是由吴中诗人特定的生活和创作氛围决定的。吴宽描写沈周创作状况的一段话，实可借来概指吴中派：

> 其宅居江湖间，不减甫里之胜。宾客满坐，尊俎常设；谈笑之际，落笔成篇。随物赋形，缘情叙事。古今诸体，各臻其妙。溪风渚月，谷霭岫云，形迹若空，姿态倏变。玩之而愈佳，揽之而无尽。[2]

钱谦益《石田诗钞序》对沈周的生活状况也有很精到的描绘：

> 窃惟石田生于天顺，长于成、弘，老于正德初，当国家昌明敦盛、重熙累洽之世，其高曾祖父为文士，为隐君子，既富方谷，涵养百年，而石田乃含章挺生。其产则中吴，文物土风清嘉之地；其居则相城，有水有竹，菰芦虾菜之乡；其所事则宗臣元老，周文襄、王端毅之伦；其师友则伟望硕儒，东原、完庵、钦谟、原博、明古之属；其风流弘长，则文人名士，伯虎、昌国、征明之徒。有三吴、西浙新安佳山水，以供其游览；有图书子史充栋溢杼，以资其诵读；有金石彝鼎法书名画，以博其见闻；有春花秋月名香佳茗，以陶写其性情。烟云月露，莺花鱼鸟，揽结吞吐于毫素行墨之间，声而为诗歌，绘而为图画，经营挥洒，匠心独妙。

钱谦益接着概括沈周之创作风尚曰：

> 石田之诗，才情风发，天真熳烂，抒写性情，牢笼物态，少壮模

---

〔1〕徐学谟《二卢先生诗集序》，见黄宗羲《明文海》卷二百六十九，中华书局1987年影印清涵芬楼钞本，第2801页。

〔2〕吴宽《家藏集》卷四十三《石田稿序》，商务印书馆1922年《四部丛刊》初编景明正德刊本，第14页。

仿唐人，间拟长吉，分刌比度，守而未化。晚而出入于少陵、香山、眉山、剑南之间，踔厉顿挫，沉郁苍老，文章之老境尽，而作者之能事毕。其或沿袭宋元，沉浸理学，典而近腐，质而近俚，则断烂朝报与村夫子"兔园册"，亦时所不免。[1]

　　像这样"不经意写出"，于题材、格调都不复留意，便往往不免落入俗化一路。文征明叙沈周作诗经历是："初学唐人，雅意白傅。既而师眉山为长句，已又为放翁近体，所拟莫不合作。"[2]文征明又曾对何良俊说："我少年学诗，从陆放翁入门。故格调卑弱，不若诸君皆唐声也。"[3]《四库全书总目提要》认为文氏之语是"如鱼饮水，冷暖自知，皎然不诬其本志"[4]。李东阳把吴中派的这种特点称作"吴中习尚"，认为吴宽诗作已摆脱了它的影响。其实吴宽之作只不过稍为谨严一点而已，本质上并无区别。在祝允明、唐寅等的作品中，这种俗化特征就表现得更为突出。顾璘《国宝新编传赞》评祝允明诗："有触斯应，不事猥鄙。"评唐寅诗："托兴歌谣，徇情体物，务谐里耳，罔避俳文。虽作者不尚其辞，君子可以观其度矣。"[5]王世贞则说道："祝希哲如盲贾人张肆，颇有珍玩，位置总杂不堪"；"唐伯虎如乞儿唱《莲花落》，其少时亦复玉楼金埒"。[6]就冲破理学思想的束缚而言，吴中派的理论和创作是具有积极意义的，对复古派的兴起也是有利的。但就古典诗歌的审美特征而言，吴中派则是在向俗化的方向继续发展，它在成、弘之间影响相当广泛，也从反面刺激了复古派的兴起。

---

〔1〕沈周撰、汤志波点校《沈周集》附录，浙江人民美术出版社 2013 年版，第 1697—1698 页。

〔2〕文征明《甫田集》卷二十五《沈先生行状》，台北商务印书馆景印文渊阁《四库全书》本，第 184 页。

〔3〕何良俊《四友斋丛说》卷二十六，中华书局 1959 年版，第 237 页。

〔4〕《四库全书总目提要》三十三《集部·别集类二十五》《甫田集》提要"，商务印书馆 1933 年版，第 3666 页。

〔5〕见黄宗羲《明文海》卷一百二十三，中华书局 1987 年影印清涵芬楼钞本，第 1239、1241 页。

〔6〕王世贞著、罗仲鼎校注《艺苑卮言校注》卷五，齐鲁书社 1992 年版，第 259 页。

三、复古理论的滥觞

这一阶段内的部分作家，除在创作实践上进行新的尝试外，还开始在理论方面进行独立的思考和探索。他们在对台阁体等表示不满的同时，也对它的渊源以至整个中国古典诗歌的发展历程做了初步反思，并提出了某些接近复古派理论的观点，其中最值得注意的是桑悦。

桑悦，常熟人，自号江南才子，又"以孟轲自况，班、马、屈、宋以下不论也"。成化元年（1465）中举，三次参加会试，都因文体奇特被黜（见本书《论台阁体》第一节）。当时桑悦才二十九岁，礼部误填为六十九岁，按当时规定，年老举人选授学官，不得再参加会试，将他派任泰和县训导。桑悦自往申辩，邱濬等人因忌其"狂"，故意不予改正。后升长沙通判，又以催科无绩调柳州，会父丧归，遂不出。在当时文坛上，他与李东阳交谊颇深。

如果说"景泰十子"等对台阁体的冲击还是不自觉的，那么桑悦则对台阁体提出了明确而尖锐的批评。当时有人向他问起翰林文学，他答道："虚无人。举天下亦惟悦最高耳，其次祝允明，其次罗玘。"邱濬是台阁体后期的领袖人物，曾让桑悦评阅自己的文章，托为另外某人所作，桑悦心里明白，故意说道：您难道认为我桑悦不怕脏吗，怎么让我看这样的文章呢？邱濬十分尴尬，请桑悦自己写，桑悦一挥而就。[1]

台阁体的诗论文论，反复强调的就是要"皆出于性情之正"，如杨荣《省愆集序》云："君子之于诗，贵适性情之正而已。""苟非出于性情之正，其得谓之善于诗者哉？"[2]其实质就是要求人们在诗歌中只能抒写与封建伦理道德规范完全一致的所谓平和之思。桑悦对此提出了异议：

---

〔1〕见桑悦《思玄集》附录管一德《桑悦传》、杨循吉《墓志铭》、李东阳《送桑民怿训导泰和》诗小序等，万历重刻本。

〔2〕杨荣《文敏集》卷十一，台北商务印书馆景印文渊阁《四库全书》本，第168—169页。

正《风》、正《雅》皆作于周之盛时，是时诗人皆饮天地之和以发声，故其辞盎然太虚，摹画无迹。《九罭》《伐柯》诸诗，略申情志，其风遂变，翅《风》《雅》变之之极，安得不愤激风云而气撼山岳哉？就以周公所作论之，《大明》《东山》之间，又自不能无升降矣，况其下者乎？继而《离骚》之作，比兴略备，真有三百篇遗意。盖原之词本为爱国畏谗郁抑不平而作，又安得不驰骛于变《风》《雅》之末流哉。……降至魏晋，乱日多而治日少，则能诗如曹子建、阮嗣宗、张茂先、陶渊明辈，将何所饮以发和平之音耶？大抵三百篇以后，取其诗之上薄《风》《雅》，当味其意之浅深如何，不可专论其辞之平不平也。[1]

这种观点与台阁体的主张形成鲜明对照，显然是有为而发。它明确地为"不平之鸣"张本，反映了当时社会现实的变化对文学提出的要求，也为"土木堡之变"后部分清醒的文学家直陈时弊、愤激不平的诗文创作实践提供了理论依据。

台阁体的诗歌创作曾受到《唐诗品汇》影响。当时人除此书所选外，几乎不知道别的唐诗，更遑论汉魏六朝之作。针对这种情况，桑悦指出：《唐诗品汇》所选，只不过得唐诗中"柔熟之一体，唐人诗技要不止此"；"是诗盛行，学者终生钻研，吐语相协，不过得唐人之一支耳"；并认为"欲为全唐者，当于三百家全集观之"（《跋唐诗品汇》）。在《又跋》中他进一步指出："唐人诗三百余家，大抵赋多而比兴少，句多而意少，其杰出者陈子昂、李太白、杜子美、韩昌黎四家耳。并唐三百余家之意，不如陈、李、杜、韩四家；并陈、李、杜、韩之意，又不如阮籍《咏怀诗》、汉古诗数十首；并汉、晋数十首之意，又不如《清庙》《生民》之数篇。《清庙》《生民》之诗，所谓言有尽而意无穷者也。"[2]在《唐诗分韵精选后序》中他还说：

---

[1] 桑悦《思玄集》卷五《唐诗分类精选后序》，万历重刻本。
[2] 桑悦《思玄集》卷九，万历重刻本。

> 诗犹海也，三百篇为其蓬岛，汉、魏、晋为其弱流，而唐则犹其中之亶、夷诸洲。学操舟之士至海门而震叠，苟望洲之畔岸，心意俱饱，复何有希冀者乎？吕侯之选此诗，盖剪其荆棘，去其旁岐，诱人至止是洲。而予申以是言，又欲过此而往，直溯弱流而至蓬岛也。况我朝治隆唐、虞，尚何古之不可复哉！[1]

凡此种种，都是超宋元而往、取法乎上的意思，这已与复古派的主张非常相似。他在这里还明确提出了"复古"的口号，尤其值得重视。

在创作上，桑悦可以说部分实践了自己的理论主张。他以长于作赋擅名一时。他认为作赋"当师司马相如、扬雄"，六朝则"格卑甚不足为"；"当尽变陈言，若肤浅率易，则不足为赋矣"。关于赋这种体裁，后来复古派的意见似乎即不出桑悦所论。桑悦运用宋以后已很少有人问津的汉大赋体，作了洋洋数万言的《两都赋》，一时被叹为奇观。他又有仿阮籍之作的《感怀诗》五十四首，仿郭璞之作的《游仙诗》五首等，抒写平生感慨，"意思深长"，可视为明中叶复古派诗文创作之先声。

综上所述，从景泰到弘治中，在明代文学发展史上既是一个比较沉闷的时代，又是一个非常复杂充满变化的时代，它是明代文学思潮由前期向中期发展的不可缺少的过渡阶段。虽然这时文学创作和文学理论领域中出现的种种新的迹象还显得相当微弱、零星，但它们就像朵朵云团、阵阵轻风，已预示着一场文学变革的风暴即将到来。

（原刊于《杭州大学学报》1991年第3期）

---

[1] 桑悦《思玄集》卷五，万历重刻本。

论茶陵派

　　明代景泰至弘治中期的部分文学家，比较敏锐地感受到社会现实和人们审美趣味的变化，因而比较早地唱出了不同于台阁体的异样的曲调。不过，这些作家还比较零散，影响也不够大，还没有形成比较系统的理论，特别是建设性的理论，因此还不足以转移一时之风气。这是因为，明初以来，理学家文学观一直占统治地位。作为理学的附庸，文学已被弄得面目全非。人们要从这种文学观念中觉醒过来，重新认识文学的本质，认识中国古典诗歌的审美特征，需要一个比较长的反思和摸索的过程。这种反思和摸索，通过以李东阳为代表的"茶陵派"作家的努力，终于取得了可喜的进展。

一、茶陵派的形成

　　李东阳是茶陵派的领袖，他的祖籍在茶陵（今属湖南），茶陵派由此而得名。明英宗正统十二年（1447），李东阳出生于北京，英宗天顺八年（1464）中进士，选庶吉士，此后长期在馆阁任职，循升至礼部右侍郎兼侍读学士。弘治八年（1495），孝宗命他兼文渊阁大学士，进入内阁，参与机务，这是他进入内阁的开始。由于李东阳政治地位很高，又喜爱文学，热心奖掖后进，所以周围集中了一大批文学之士。何良俊《四友斋丛说》卷八：

> 李文正当国时，每日朝罢，则门生群集其家，皆海内名流，其坐上常满，殆无虚日，谈文讲艺，绝口不及势利，其文章亦足领袖一时。正恐兴事建功或自有人，若论风流儒雅，虽前代宰相中亦罕见其比也。[1]

李东阳的《怀麓堂诗话》，可以说是茶陵派的理论纲领。它首次刊行于正德初，但它并非一时一地所作。李东阳的文学理论主张，在弘治中应已基本成熟。所以，茶陵派形成的上限，当即在弘治八年左右。弘治末年，"前七子"复古派兴起。正德七年（1512），李东阳退休，四年后去世，前七子遂在文坛上占领袖地位。虽然茶陵派的许多成员嘉靖年间尚在世，但该派的文学宗旨和风格比较流行的状况在正德中已告结束，前后约十余年。

在明前期文坛上先后占主导地位的浙东派和台阁体作家，都带有明显的地域色彩。台阁体作家以江西作家为主体。浙东派作家多是得朱子嫡传的浙东"北山学派"的传人，江西派则多承也得朱子嫡传的江西"双峰学派"的余泽。[2]因此这两派又是兼"道统"和"文统"于一身。随着科举考试的推行，朝中士大夫无论在政治上还是学术文化上的地域色彩逐渐淡化，科甲年第成为士大夫之间最重要的联系纽带。江西派已与科甲年第有一定关系，它基本上以永乐二年（1404）中进士而又选为庶吉士的人为主体。不过这些人中进士前后都受过乡邦学术传统的熏陶，所以仍以地方性为主要特征。台阁体的最后一位重要作家杨溥卒于正统十一年（1446），次年李东阳才出生，他们之间没有什么师承关系。茶陵派的主要成员有两批，一批是与李东阳同年中进士并同入翰林院者，主要有谢铎（太平人）、张泰（太仓人）、陆釴（太仓人）、陈音（莆田人）等；另一批是李东阳的

---

〔1〕何良俊《四友斋丛说》卷八，中华书局1959年版，第67页。

〔2〕见黄宗羲著，黄百家、全祖望补修《宋元学案》卷八十二《北山四先生学案》、卷八十三《双峰学案》、卷九十三《草庐学案》等，中华书局1986年版。

门生，即他担任乡试、会试考官和殿试读卷官时所录取的士子，以及他在翰林院教过的庶吉士，主要有邵宝（无锡人）、石珤（藁城人）、罗玘（南城人）、顾清（华亭人）、鲁铎（竟陵人）、何孟春（郴州人）、储巏（泰州人）、陆深（上海人）、钱福（华亭人）。[1] 由以上可以看出，茶陵派来自全国各地，而以吴中人士居多，与浙东派、江西派则很少瓜葛。其次，从《殿阁词林记》等所记载的情况来看，作为台阁体的主要创作基地的翰林院的学风和文风，正统以后实已发生显著变化。正统以前，翰林院庶吉士多在内阁教习，皇帝还时常亲自过问培养情况，教学内容以“究竟名理、涵养道德、熟悉政事”为本。故其时翰林诸人为文，乃一依台阁体之轨辙，以宣扬程朱理学、歌功颂德、粉饰现实为能事。正统以后，庶吉士改在翰林院内教习，皇帝及内阁大臣不再过问，思想方面的控制也不像以往那样严密，于是庶吉士们“大都从事词章”，“而道德政事则忽弃焉”。[2] 总之，在总的政治和思想文化背景有所松动的条件下，摆脱了理学统绪，因而能在一定程度上突破程朱理学文学观的束缚，对文学特别是诗歌本身的审美特征和要求进行探讨，是茶陵派有别于台阁体的主要特征。

二、茶陵派的诗歌理论

茶陵派的文学主张，主要见于李东阳的著作，其要点如下。

1.诗文有别

李东阳最重要的文学主张，就是诗文有别。他在《镜川先生诗集序》中说：

---

〔1〕 陈田《明诗纪事》“戊签序”：“自茶陵崛起，笼罩才俊，然当时倡和袭其体者，不过门生执友十数辈而已。”上海古籍出版社1993年版，第三册，第1395页。

〔2〕 廖道南《殿阁词林记》卷十“公署”，台北商务印书馆景印文渊阁《四库全书》本，第278—279页。

《诗》与诸经同名而体异，盖兼比兴、协音律、言志厉俗乃其所尚。后之文皆出诸经，而所谓诗者，其名固未改也，但限以声韵，例以格式，名虽同而体尚亦各异。[1]

在《沧洲诗集序》中他又说：

诗之体与文异，故有长于记述，短于吟讽，终其身而不能变者，其难如此。……盖其所谓有异于文者，以其有声律讽咏，能使人反覆讽咏以畅达情思，感发志气。[2]

几乎在他所有比较重要的论文的文章中，李东阳都要把这一观点阐述一遍。并且这不是他一人的主张，而是茶陵派作家的共同主张。[3]我们知道，在我国古代文论中，广义的"文"包括诗歌与散文两大类，散文又包括文艺性散文和各种应用文。道学家的文学观注重的是"文以载道"，根本就不注意"文"内部的这些区别，并且有意利用"文"的含义的模糊性，首先将文学散文与各种应用文混为一团，然后又将诗与散文混为一团，实际上是以应用文（主要是论理文与纪事文）吞灭了文艺性散文和诗歌，从而抹杀了诗歌和文艺散文的本质，从整体上否定了文学的独立性。诗歌是文艺性的"文"的代表，因此所谓"诗"与"文"的关系，实质上就是文学与非文学的关系。李东阳强调诗文有别，实质上就是强调文学与非文学的区别，强调文学的独立性。

诗与文最明显的区别，就是诗必须讲究声律节奏，因此李东阳反复强

---

〔1〕李东阳著、周寅宾校点《李东阳集》，岳麓书社 2008 年版，第二册，第 483 页。

〔2〕同上，第 443 页。

〔3〕李东阳《春雨堂稿序》、《匏翁家藏集序》，见李东阳著、周寅宾校点《李东阳集》，第三册，第 959、979 页。

调:"夫文者,言之成章,而诗又其成声者也。"[1]值得注意的是,李东阳所强调的诗之"声",并不仅仅指声律节奏,而是有更深的含义:

> 诗在六经中别是一教,盖六艺中之乐也。乐始于诗,终于律,人声和则乐声和。又取其声之和者,以陶写情性,感发志意,动荡血脉,流通精神,有至于手舞足蹈而不自觉者。后世诗与乐判而为二,虽有格律,而无音韵,是不过为排偶之文而已。[2]

这就是说,"声"主要指的是乐。如果有"格律"而无乐,则作品仍不过是"排偶之文"。如前所述,诗乐结合是中国古典审美理想和古典诗歌审美特征的要点之一,它实际上凝聚了两者的全部要求,如美与善的统一,情与理的统一,意与象的统一等。李东阳通过对诗的音乐特征的把握,实际上已朦胧触及了中国古典审美理想和古典诗歌审美特征的主要内容,虽然他并没有自觉意识到这一点。

因此,把李东阳的诗歌理论仅仅概括为重声律的理论,还是一种比较表面的认识。李东阳对中国古典诗歌审美特征的把握,并不止于这一方面。如前引各段中,他就还强调了诗歌"言志""畅达情思""陶写情性,感发志意,动荡血脉,流通精神"的功能,即诗歌言情的特征。他的这些分析,都立足于文学艺术本身的角度,因此与理学家的论调就很不相同。他还对古典诗歌意象统一的特征进行了探索,认为"诗贵意,意贵远不贵近,贵淡不贵浓","意象"不能"太著",要"超脱"等。

因为李东阳也是在诗歌理化倾向泛滥的情况下重新探讨中国古典诗歌的审美特征,他的体会看法便往往与严羽的观点不谋而合。他认为:"唐人

---

〔1〕李东阳《春雨堂稿序》,见李东阳著、周寅宾校点《李东阳集》,第三册,第959页。
〔2〕李东阳著、李庆立校释《怀麓堂诗话校释》,人民文学出版社2009年版,第1页。本文引此书不再注。

不言诗法。诗法多出宋，而宋人于诗无所得。所谓法者，不过一字一句，对偶雕琢之工，而天真兴致，则未可与道。其高者失之捕风捉影，而卑者坐于粘皮带骨，至于江西诗派极矣。唯严沧浪所论超离尘俗，真若有所自得，反覆譬说，未尝有失。"李东阳与严羽两人的诗歌理论一脉相承这一事实，很早就有人指出来了。如王铎的《麓堂诗话序》就单将严、李二人并提。

2.批评诗的理化与俗化

在探讨古典诗歌审美特征的同时，李东阳对中唐以后特别是宋元以下诗歌的理化俗化倾向进行了批评。他指出："诗太拙则近于文，太巧则近于词。宋之拙者，皆文也；元之巧者，皆词也。"二者之中，他对以理化为主要特点的宋诗尤为不满，认为"宋人于诗无所得"；认为"宋诗深，却去唐远；元诗浅，去唐却近"。又批评欧阳修诗"视格调为深，然较之唐诗，似与不似，亦门墙藩篱之间耳"；批评苏轼诗伤于"快直"；批评黄庭坚诗"筋骨有余，肉味绝少"。诗的理化主要有两种表现，一是以诗言理，一是以诗叙事。针对这两种情况，李东阳指出，诗应该"贵情思而轻事实"，若"正言直述，则易于穷尽，而难于感发"，并引述严羽的话说：

> 诗有别材，非关书也；诗有别趣，非关理也。然非读书之多、明理之至者，则不能作。论诗者无以易此矣。彼小夫贱隶妇人女子，真情实意，暗合而偶中，固不待于教。而所谓骚人墨客学士大夫者，疲神思，弊精力，穷壮至老而不能得其妙，正坐是哉。

这就是说，"真情实意"是诗歌的根本。只要有了它，读书不多明理不至也还能暗合而偶中；如果没有这个根本，以堆砌事实论述道理为能事，则永远不可能达到诗歌的妙境。

关于俗化问题，李东阳认为，"质而不俚，是诗家难事。……至白乐天令老妪解之，遂失之浅俗"；"杨廷秀学李义山，更觉细碎；陆务观学白乐天，更觉直率，概之唐调皆有所未闻也"。他描绘当时的诗坛是"俗句俗字"充斥，恨不得以盛唐诗法"为之点化"。对于过分讲究技巧的倾向，如李贺诗"过于劖刻，无天真自然之趣"等，李东阳也提出了批评。

3.主张学古

通过对古典诗歌审美特征的体认，以及对这种审美特征变迁过程的考察，李东阳自然而然地得出了诗的"时代格调"各自不同的结论，他指出：

> 今之歌诗者，其声调有轻重清浊长短高下缓急之异，听之者不问而知其为吴为越也。汉以上古诗弗论。所谓律者，非独字数之同，而凡声之平仄，亦无不同也，然其调之为唐为宋为元者，亦较然明甚。

李东阳也像严羽一样，相信只要经过了"熟参"，具备了"具眼"和"具耳"，眼主格，耳主调，就能从一首诗的格调上辨出它是哪个朝代哪一诗人所作。《麓堂诗话》就记载着他辨别唐代白居易和同时代的陆钺的诗，两次均无差错。

通过这种熟参，也就自然会发现，盛唐是中国古典审美理想实现最完满的时期，中国古典诗歌的审美特征，是从中唐特别是宋代以后开始丧失的。因此，李东阳也提出了近似严羽"第一义"之说的观点，主张超宋元而上，以汉唐为师：

> 汉唐及宋，格与代殊。逮乎元季，则愈杂矣。今之为诗者，能轶宋窥唐，已为极致。两汉之体，已不复讲。
>
> 宋诗深，却去唐远；元诗浅，去唐却近。顾元不可为法，所谓"取法乎中，仅得其下"耳。
>
> 六朝宋元诗，就其佳者，亦各有兴致，但非本色，只是禅家所谓"小

乘"，道家所谓"尸解仙"耳。[1]

这种不同时代的不同格调，是由许多种因素共同构成的，包括不同的生活内容、思维方式、语言习惯，以至某字的读音等。这些因素，有的可以分辨，有的则难以指认。因此，凡是熟悉中国古典诗歌的人，都能感觉出不同时代的诗歌格调味道不同，但要仔细解释其所以然则又很不容易，学习古诗的格调也往往难以着手。其中比较明显的是一些语言因素，人们在寻找接近古代诗歌的途径时，也就往往在它上面下功夫，探究古代诗人是怎样安排字、句、音韵，以构成那种特殊的格调的。李东阳虽然反对"粘皮带骨"地谈一些过"卑"的诗法，但也不知不觉地把目光落在这些因素上，从而对如何学古提出了许多具体的意见，如：

> 古诗与律不同体，必各用其体乃为合格。然律犹可间出古意，古不可涉律。古涉律调，如谢灵运"池塘生春草""红药当阶翻"，虽一时传诵，固已移于流俗而不自觉。
>
> 长篇中须有节奏，有操、有纵、有正、有变，若平铺稳布，虽多无益。唐诗类有委曲可喜之处，惟杜子美顿挫起伏，变化不测，可骇可愕，盖其音响与格律正相称。回视诸作，皆在下风。
>
> 诗用实字易，用虚字难。盛唐人善用虚，其开合呼唤，悠扬委曲，皆在于此。用之不善，则柔弱缓散，不复可振，亦当深戒，此予所独得者。夏正夫尝谓人曰："李西涯专在虚字上用工夫，如何当得？"予闻而服之。
>
> 人但知律诗起结之难，而不知转语之难，第五第七句尤宜著力。
>
> 五七言古诗仄韵者，上句末字类用平声，惟杜子美多用仄，如《玉

---

[1] 李东阳《镜川先生诗集序》，见李东阳著、周寅宾校点《李东阳集》，岳麓书社 2008 年版，第二册，第 483 页。

华官》《哀江头》诸作，概亦可见。其音调起伏顿挫，独为矫健，似别出一格，回视纯用平字者，便觉萎弱无生气。自后则韩退之、苏子瞻有之，故亦健于诸作。此虽细故末节，盖举世历代而不之觉也。偶一启钥，为知音者道之。若用此太多，过于生硬，则又矫枉之失，不可不戒也。

　　不过，李东阳并不主张完全模仿古人。他认为只要"博学以聚乎理，取物以广乎才，而比之以声韵，和之以节奏，则其为辞高可讽，长可咏"，不必"必为唐必为宋，规规焉俯首缩步，至不敢易一辞出一语"，"必模某家、效某代，然后谓之诗"。如果这样，"纵使似之，亦不足贵矣，况未必似乎？"[1]他认为最可取的是守法而不泥于法，拟议之中有变化。例如，"律诗起承转合，不为无法，但不可泥。泥于法而为之，则撑拄对待，四方八角，无圆活生动之意。然必待法度既定，从容闲习之余，或溢而为波，或变而为奇，乃有自然之妙，是不可以强致也。若并而废之，亦奚以律为哉？"。

　　李东阳的这种主张，在他的拟古乐府诗创作中得到了集中体现。拟古乐府是李东阳用力最深的一种体裁，他对此也颇为自豪。他认为，乐府诗当以汉魏之作为师。汉魏以后的乐府诗有两种情况，一是"重袭故常"，即袭用古题，模仿古调；另一种是"无复本义"，用新题，而且"于声与调"也"不暇恤"。他认为前者"泥古诗之成声，平侧短长，句句字字，摹仿而不敢失，非惟格调有限，亦无以发人之情性"。后者则失去了古乐府诗那种特殊的韵味，也不可取。他的主张是，在题目上不必因袭古题，可以"因人命题"，"缘事立义"；在声调上也不必字字句句生硬地模仿汉魏之作，只要"往复讽咏，久而自有所得，得于心而发之乎声，则虽千变万化，如珠之走盘，自不越乎法度之外矣。如李太白《远别离》，杜子美《桃竹杖》，

<hr />

[1] 李东阳《镜川先生诗集序》，见李东阳著、周寅宾校点《李东阳集》，岳麓书社2008年版，第二册，第483页。

皆极其操纵，曷尝按古人声调，而和顺委曲乃如此"。这样，学了古人，却又有自己的自由创造。不是亦步亦趋，作品的句式声律等不一定与汉魏之作相同，却继承了其内在特质。汉魏以下，关于乐府诗的创作，许多诗人做过种种尝试，应该说，李东阳的主张确实是有得之言，是比较合理的。他的拟古乐府诗创作实践了这种主张，从艺术角度来看，也较有特色。

综上所述，李东阳及茶陵派的文学主张，是文学家的文学主张，与浙东派、江西派的理学家文学主张是不同的。其核心就是要把文学从理学思想的统治下解放出来，超明代台阁体以至整个宋元诗歌而上，直以汉唐为师，恢复古典诗歌的审美特征，因此基本上就是复古的主张。但茶陵派在理论和创作上都还存在很多局限。首先，它虽然已在很大程度上摆脱了理学的束缚，并对诗歌的理化倾向提出了批评，但态度还不够明朗。它把矛头对准整个宋元诗特别是宋诗，却没有将之直接对准理学。相反，李东阳还对朱熹、陈献章、庄昶的诗给予了较多的赞扬，这就使他对理学及诗的理化倾向的批评更加缺少力度。其次，茶陵派与台阁体没有完全划清界限。它的成员大多是内阁与翰林院的上层官僚，因此在一定程度上可以说是新的台阁派。人很难跳出自己所处的圈子说话，李东阳在《倪文僖公集序》等文中，就多次把"馆阁之文"与"山林之文"并提，以为不可偏废。[1]从实用的角度看，"馆阁之文"自然是每个时代都似乎少不了的。但从文学的角度来看，它们是没有什么价值的。将二者混在一起，就势必对文学本质的认识不够明晰，对文学风格的理解也会出现偏差，往往单纯强调"典则正大"一体。

在创作上，茶陵派作家对社会的关注不够，基本上是把诗歌当成个人怡情娱志的工具。因此他们的作品字句或许很典雅，精神上则不免流入俗化。李东阳"历官馆阁，四十年不出国门"，很少接触具体的社会现实。

---

[1] 见李东阳著、周寅宾校点《李东阳集》，岳麓书社 2008 年版，第二册，第 497 页。

他的有些诗，乃为"猫忽被踏以死""鱼瓶遂坏""堕马伤足"之类事件而作。茶陵派其他作家的情况也差不多，只能在书卷中寻生活，作品大多出于应制或应酬，往往以"观画""书扇""饮酒""对雪"等文人情趣为主要题材。《怀麓堂诗话》载："曩时诸翰林斋居，闭户作诗，有僮仆窥之，见面目皆作青色。彭敷五以'青'字韵嘲之，几致反目。予为解之，有曰：'拟向麻池争白战，瘦来鸡肋岂胜拳。'闻者皆笑。"这一记载生动反映了当时茶陵派诗人的生活和创作状况。在艺术风格方面，茶陵派作家也基本上沿袭台阁体追求雍容典雅的风尚，只是少了一些腐气，增添了少许秀润。其中罗玘走得稍远一点，他为文"好为奇古，而率多怪险饫饤之辞。居金陵时，每有所造，必栖居于乔树之颠，霞思天想以构脉意。或时闭坐一室，客有于隙间窥者，见其容色灰槁有死人气，皆缓屦以出"。他曾为都穆之父作墓志铭，"铭成，告少卿（都穆）曰：吾为此铭，暝去四五度矣"。[1]罗玘如此刻意追求"奇古"，其诗文风格自然与萎靡不振的台阁体文风不同。但他的行为基本上还属于一种对台阁体的反拨，尚未达到系统而明确的正面建树。以上这些因素，致使茶陵派不可能彻底清除"台阁体"的影响，全面掀起恢复古典审美理想的运动，从而根本改变文坛的面貌。这些任务，有待于复古派来完成。

三、茶陵派与复古派

茶陵派与复古派的关系，是一个历来聚讼纷纭的问题。复古派前七子的代表人物李梦阳一方面说，"我师崛起杨与李，力挽一发回千钧"，[2]肯

---

〔1〕黄省曾《与陆芝秀才书》，见黄宗羲《明文海》卷一百五十四，中华书局1987年影印清涵芬楼钞本，第1540—1541页。

〔2〕李梦阳《空同集》卷二十《徐子将适湖湘余实恋恋难别走笔长句述一代人文之盛兼寓祝望焉耳》，台北商务印书馆景印文渊阁《四库全书》本，第154—155页。

定李东阳是复古派的开路人；一方面又对李东阳的文学理论和创作给予过批评，说他"承弊袭常"，"工雕浮靡丽之词，取媚时眼"。[1]前七子中的其他人如康海、王九思等也批评过李东阳，后来的人往往抓住这些言词做文章，其中最突出者是钱谦益。复古派所要否定的明明主要是台阁体以至整个中唐以后的诗文，钱谦益为了攻击复古派，却不惜歪曲事实，把复古派说成是一些"倜背师门"之徒，给人们造成一种假象，似乎复古派攻击的主要目标就是茶陵派。其实，复古派阵营中的人，对茶陵派与前七子之间的关系是清楚的。如王世贞一方面指出李东阳等人"趣不及古，中道便止；搜不入深，遇境随就"，同时也认为"长沙之于何、李"，犹"陈涉之启汉高"。[2]胡应麟也强调："成化以还，诗道旁落，唐人风致，几于尽隳。独李文正才具宏通，格律严整，高步一时，兴起李、何，厥功甚伟。是时中、晚、宋、元诸调杂兴，此老砥柱其间，故不易也。"[3]钱谦益之后的清代评论家，只要是尊重历史者，也都肯定复古派与茶陵派之间的继承关系，而对钱谦益的歪曲表示不满。如王士禛即指出："海盐徐丰厓咸泰《诗谈》云：本朝诗莫盛国初，莫衰宣、正。至弘治西涯倡之，空同、大复继之，自是作者森起，于今为烈。当时前辈之论如此。盖空同、大复皆及西涯之门。虞山撰《列朝诗选》者，乃力分左右祖，长沙、何李，界若鸿沟，后生小子，竟不知源流所自，误后学不浅。"[4]

前七子对李东阳的抨击，主要是由于政治方面的原因。这留待后面详述。在文学方面，一方面，他们确实受到了李东阳及茶陵派的启发。他们

---

〔1〕 李梦阳《空同集》卷四十七《凌溪先生墓志铭》，台北商务印书馆景印文渊阁《四库全书》本，第 429 页。

〔2〕 王世贞著、罗仲鼎校注《艺苑卮言校注》卷五、卷六，齐鲁书社 1992 年版，第 231、300 页。

〔3〕 胡应麟《诗薮·续编》卷一，上海古籍出版社 1979 年版，第 345 页。

〔4〕 王士禛《池北偶谈》卷十四"徐丰厓论诗"条，见王士禛著、袁世硕主编《王士禛全集》，齐鲁书社 2007 年版，第 3183 页。

的许多观点，就是直承李东阳的主张而来的。正是靠李东阳等人开始清扫近世诗坛的迷雾，把人们的目光重新引到宋元以前，前七子才得以渐渐深入以至后出转精。但另一方面，复古派在理论和创作上又确实超越了茶陵派。反过来看，他们当然又会对李东阳及茶陵派的理论和创作不满。某些运动的后起者超越了前驱者，进而对之提出批评，乃是常见的现象。复古派继承了茶陵派又批评过茶陵派，这两者并不矛盾。

　　总之，在文学方面，特别是在文学理论主张方面，茶陵派与复古派一致的地方是主要的，不一致的地方是次要的。它们的矛盾分歧，主要在政治方面。某些在文学上的相互攻击，实亦挟带有政治因素在内。没有后一方面的原因，它们的整个关系至少不会恶化到那种地步。我们对它们在这两个方面的关系要予以分别对待，既不能因为强调它们在文学理论主张上的一致而回避它们在政治上的矛盾，也不能因为后者而忽视前者，这样庶几可以澄清茶陵派与复古派的关系这桩文学史上的公案。

（原刊于《求索》1991 年第 2 期）

李何之争：学古主张的二律背反

认为复古是明代文学复古运动的唯一宗旨，属于望文生义。但复古无疑是前七子的重要文学理论主张之一，其领袖人物李梦阳与何景明还为此进行过一场激烈争论。后代人对复古理论以至整个明代文学复古运动，基本上持全盘否定态度，甚或以为不值一顾。然而，任何历史现象的产生，都不可能纯粹只是某些个人的偶然的失误。一种文学主张能令几代无数位才识卓绝的文学家深信不疑，并前仆后继为之贡献毕生精力，其中就没有任何合理因素或历史必然性吗？如果有，那么它们与复古主张的谬误性又怎样纽结在一起，换句话说，复古主张又呈现出一种怎样的二律背反呢？其次，复古实际上是文学中一个带有普遍性规律性的重要问题。各个民族的文学，在不同的发展阶段，都曾出现过复古的思潮。解剖前七子的复古主张，总结明代文学复古运动的历史经验，对我们合理看待文学史上常见的复古现象，以及加深对与此密切关联的文学的内容与形式、继承与革新等问题的理解，都将不无裨益。有鉴于此，本文拟对前七子的复古理论做一初步探讨。

一

首先，关于前七子的复古理论本身，有几种沿袭已久的说法须予辨正。

第一，过去人们一般把前七子的复古主张概括为"文必秦汉，诗必盛唐"。其中"文必秦汉"之说只有康海、王九思两人提过，前七子其他成员大多只注重论诗，其成就也主要在诗歌方面，故这里暂不加详细讨论。至于"诗必盛唐"这种说法则是不太准确的，它容易使人产生错觉，以为前七子在诗歌方面不取前，不取后，仅仅取法"盛唐"。其实前七子中从来没有人提过"诗必盛唐"的口号，他们取法的范围也不是这样狭窄。李梦阳的看法是："三代以下，汉魏最近古"（《空同集》卷六十二《与徐氏论文书》）；六朝诗可学，但必须"择而取之"（《空同集》卷五十六《章园饯会诗引》）；元、白、韩、孟、皮、陆以下不足学（《与徐氏论文书》）。[1]何景明自称"学歌行近体，有取于（李白、杜甫）二家，旁及唐初盛唐诸人，而古作必从汉、魏求之"（《大复集》卷三十四《海叟诗序》）。[2]康海、王九思两人意见完全相同，都主张"文必先秦两汉，诗必汉魏盛唐"。[3]徐祯卿《谈艺录》未涉及近体诗。在古体诗方面，他认为："魏诗，门户也；汉诗，堂奥也"；"惟汉氏不远逾古"。[4]王廷相说："余尝谓诗至三谢，当为诗变之极，可佳亦可恨耳，惟留意五言古者始知之"；"律句，唐体也。天宝、大历以还，等而上之。晚唐不复言。苏、黄有高才远意，格调风韵则失之。元人铺叙藻丽耳，古雅含蓄，恶能相续"。[5]

从上面所引可以看出，对于学古应取法的榜样，前七子的看法基本一致，即古诗以汉魏为师，旁及六朝；近体诗以盛唐为师，旁及初唐。中唐特别是宋元以下则不足法。如要对此加以概括，那么比较准确的说法应是"诗必汉魏盛唐"，或"诗必盛唐以上"。

第二，前七子标举汉魏盛唐，是就学古应取的最佳典范而言，并不是

---

〔1〕李梦阳《空同集》，台北商务印书馆景印文渊阁《四库全书》本。

〔2〕何景明《大复集》，台北商务印书馆景印文渊阁《四库全书》本。

〔3〕王九思《渼陂集·渼陂续集》卷中《明翰林院修撰儒林郎康公神道之碑》，台北伟文图书出版有限公司1976年《明代论著丛刊》影印明嘉靖刻崇祯补修本，第913页。

〔4〕徐祯卿著、范志新编年校注《徐祯卿全集编年校注》卷六《谈艺录》、卷五《与李献吉论文书》，人民文学出版社2009年版，第762、696页。

〔5〕王廷相《王氏家藏集》卷二十七《答黄省曾秀才》、《寄孟望之》，见王廷相著、王孝鱼点校《王廷相集》，中华书局1989年版，第二册，第480、474页。

说除此之外的诗歌就一无可取。他们是在对中国古典诗歌的发展变迁轨迹进行深入体认的基础上做出这一抉择的。大约从中唐开始，随着社会生活和人们的思维方式、审美趣味的变化，中国古典诗歌内部分化出两种倾向。一是理性化，以诗言理叙事。以诗代论，特别是以诗为史成为最高目标。在语言方面，按照散文的思辨的方式改造诗句，多用抽象词、虚词，使之变得枯瘠而散缓。另一种是感性化、俗化。或自适，或自伤，或颓然自放。倾诉个人的情绪，描写琐碎的日常生活，把曾经被前代诗人视为粗俗而拒于门外的种种题材、物象、意念、词汇等都拉进诗歌中，使诗歌的格调变浅变俗。从中唐历宋元到明中叶，中国古典诗歌大致就沿着这两条轨道滑落。明代复古运动就是在这种背景下诞生的。它的根本宗旨就是力图摆脱中唐特别是宋元以来诗歌创作中理性化和感性化倾向的影响，恢复中国古典诗歌那种浑朴圆融的审美特征。复古派作家之所以要取法汉魏盛唐，是因为入门须正，必须取法乎上。好比现代的教科书，必须精选名家名篇，不可能稍有价值的就入选。李梦阳曾说："且夫图高不成，不失为高；趋下者，未有能振者也。"（《空同集》卷六十二《与徐氏论文书》）又说："学其似，不至矣，所谓法上而仅中也。过则至且超矣。"[1]这已把他们的意图交代得很清楚。至于中唐特别是宋元以来的诗歌创作，虽不乏优秀篇章，但大多已不免浸染理性化或感性化之风，已部分丧失了古典诗歌的审美特征。从它们入手，起点就不高。有如现代的文学或音乐教学，如首先就让学生接触大量浅薄庸俗的作品，其影响往往根深蒂固，很难消除。然而，对后代人来说，宋元以来的生活内容、思维方式、语言习惯等，无疑要比汉魏盛唐时代的生活内容、思维方式、语言习惯等接近得多，因此人们又最容易受其影响。一旦入乎其中，便很难自拔。复古派诸子对此有深切体会，因此他们主张在选取师法的榜样时，一定要严格划清界限。

---

〔1〕王廷相《王氏家藏集》卷二十三《李空同集序》，见王廷相著、王孝鱼点校《王廷相集》，中华书局1989年版，第二册，第424页。

在前七子之前，严羽、李东阳等就已对诗歌的理性化和感性化倾向进行过批评，并提出了与前七子主张相似的观点。如严羽曾指出："学诗者以识为主，入门须正，立志须高，以汉魏晋盛唐为师，不作开元、天宝以下人物。若自退屈，即有下劣诗魔入其肺腑之间，由立志之不高也。行有未至，可加工力；路头一差，愈骛愈远，由入门之不正也。"[1]李东阳也说："宋诗深，却去唐远；元诗浅，去唐却近。顾元不可为法，所谓'取法乎中，仅得其下'耳。"[2]"近日儿童村学教以胡曾《咏史诗》，入门先坏了声口矣。"[3]在前七子之后，王世贞说："李献吉劝人勿读唐以后文，吾始甚狭之，今乃信其然耳。记闻既杂，下笔之际，自然于笔端搅扰，驱斥为难。"[4]《红楼梦》第四十八回写香菱向黛玉学诗："香菱笑道：'我只爱陆放翁的诗：重帘不卷留香久，古砚微凹聚墨多。说的真有趣。'黛玉道：'断不可学这样的诗。你们因不知诗，所以见了这浅近的就爱，一入了这个格局，再学不出来的。'"黛玉之语，表达的应是作者曹雪芹的见解。以上各家所言，都是经验之谈，足见严格选取师法榜样之重要。

至于一般地评论诗文，复古派并不总是这样严分界域。六朝、初唐还被不少复古派作家奉为取法的榜样，固不必论。中唐以下的诗文也常为他们旁采泛览。王世贞《艺苑卮言》卷六说："惟《空同集》是献吉自选，然亦多驳杂可删者。余见李嵩宪长称其'黄河水绕汉宫墙，河上秋风雁几行。客子过壕追野马，将军韬箭射天狼。黄尘古渡迷飞挽，白月横空冷战场。闻道朔方多勇略，只今谁是郭汾阳'一首，李开先少卿诵其逸诗几十余首，极有雄浑流丽，胜其集中存者。尔时不见选，何也？余往被酒跌宕，

---

〔1〕严羽著，郭绍虞校释《沧浪诗话校释》，人民文学出版社1983年版，第1页。

〔2〕李东阳《怀麓堂诗话》，见李东阳著、周寅宾校点《李东阳集》，岳麓书社2008年版，第三册，第1503页。

〔3〕杨慎著、王仲镛笺证《升庵诗话笺证》卷十一"胡曾咏史"条引，上海古籍出版社1987年版，第383页。

〔4〕王世贞《艺苑卮言》卷一，《历代诗话续编》本。

不能请录之，深以为恨。"[1]按李梦阳自选集究竟为何不收"黄河水绕汉宫墙"一诗，王世贞并未交代。清初周亮工《书影》乃解释说，这是因为诗中用了郭汾阳（子仪）的典故，属于中唐之事，与李梦阳本人倡导的不读中唐以后书的主张自相矛盾，怕贻人口实，故削之不载云。《四库总目提要》又转引周亮工之说，以为李梦阳自坚门户之证。实际上李梦阳诗作中用中唐以后典故者岂止于此。即就郭子仪的典故而言，他的力作《石将军战场歌》中就有"岂说唐朝郭子仪"之句，又有"天生李晟为社稷"之句，李晟亦与郭子仪同时而稍后之人。《空同集》卷二十九还有《无题戏效李义山体》一首，可见李商隐等人的作品李梦阳也曾寓目。周亮工之说只不过是一种传闻猜测之词，并不可靠。后代人却爱其新颖，转相引述，至成定论。能够在社会上广泛流行的往往是一些最简单的口号、最新奇的传说，而它们往往最容易厚诬古人。附会在明代复古派身上的这类口号传说实在太多，可惜在此不能一一予以辨正。

李梦阳尚且如此，复古派其他作家更不曾自缚手脚。何景明《大复集》卷二十四《寄君山》有"旧井潮深柳毅井"之句，用中唐李朝威小说《柳颜传》的典故。卷二十六《寿西涯相公》有"十年天下先忧泪"之句，《奉寄泉山先生》有"苍生尚系裴公望，白发宁忘范老忧"之句，皆用宋范仲淹《岳阳楼记》典故。后一例"裴公"指裴度，也是中唐人物。[2]康海、王九思虽在前七子中最明确地提出了"文必先秦两汉，诗必汉魏盛唐"的主张，但他们在泛览旁采上几乎没有什么禁忌，据王九思《康公神道碑》，康海"喜唐宋韩、苏诸作，尤喜《嘉祐集》"。[3]又据何良俊《四友斋丛说》卷二十三，康海曾批评苏轼《范增论》结尾处"忙杀"，即过于急促，

〔1〕王世贞《艺苑卮言》卷六，《历代诗话续编》本。
〔2〕参见钱钟书《谈艺录》，中华书局 1984 年版，第 410 页。
〔3〕王九思《渼陂集・渼陂续集》卷中《明翰林院修撰儒林郎康公神道之碑》，台北伟文图书出版有限公司 1976 年《明代论著丛刊》影印明嘉靖刻崇祯补修本，第 910 页。

而前七子的同道之一朱应登则为苏轼辩护，[1]可见他们都曾于苏轼集用心。王九思《渼陂集》卷二有《读寒山子诗四首》，《渼陂续集》卷上有《林居杂吟学寒山子五首》《再次韵学寒山子二首》等，可见他对中唐诗僧寒山的诗颇感兴趣。

总之，前七子标举汉魏盛唐，而否定中唐以下特别是宋元以来的诗歌，都是就学古应取的榜样而论的。这不仅是复古派的主张，也是大多数有过学习古典诗歌的亲身经历的人的共同看法，是符合学习古典诗歌的实际的，因此无可厚非。为了强调中唐以下诗歌虽有可取但不足为法，复古派对它们的批评不免有过激之处，但当时复古派要转移风气，把古典诗歌从严重理性化和感性化的状态中挽救出来，出现这种情况并不难理解。即使如此，他们对中唐以下诗文的态度，也不像后人所认为的那样绝对。后代评论者一是没有把他们论取法的典范和一般地评论诗文两种情况区别开来，认为复古派是将中唐以下诗文一笔抹杀，觉得不能接受；二是大多缺乏真正学习古典诗歌创作的实践经验，不能充分体会到"入门须正""取法乎上"的重要性，于是将这种主张轻易否定了。

二

关于李何之争，后来有一种观点相当流行，即认为这只是一场名利之争。如钱谦益就说："仲默初与献吉创复古学，名成之后，互相诋毁，两家坚垒，屹不相下。"[2]文士好名，文人相轻，自古而然，李、何当也难免。不过他们主要还是为了共同的事业。世俗中人骤见其词气之激烈，必以为他们的关系已严重恶化，然而事实并非如此。李开先《闲居集》卷十《何大复传》、王世贞《艺苑卮言》卷六都记载，何景明临卒时遗嘱墓文必出

---

〔1〕　何良俊《四友斋丛说》卷二十三，中华书局1959年版，第208—209页。
〔2〕　钱谦益《列朝诗集小传》丙集"何副使景明"条，上海古籍出版社1983年版，第323页。

李梦阳手，只是因为何氏的门人亲友自作主张才未果，可见李、何始终还是相互信任的。知名人物交恶事件闹得满城风雨，往往是其一些不识大体的追随者及一些从中渔利的人拨弄的结果，李、何之争亦然。我们不否认这场争论与名利有关，但如果把它看成一场纯粹的名利之争，则有诬二人之本心，且将忽略这场争论的实际意义。

　　另一种观点是将李、何之间的分歧概括为李主模拟、何主变化。或者说李由古入，仍由古出；何由古入，不由古出。这些说法有一定道理，但都不够准确。何景明在《与李空同论诗书》（《大复集》卷三十二）中，提出的学古原则是"拟议以成其变化""以有求似"。在《述归赋序》（《大复集》卷一）中，他又说自己对作品"矩法"的态度是"闭户造车，出门合辙"。所谓"拟议""求似""合辙"等，表明何景明不是不重模拟，未尝"不由古出"。李梦阳也不是不重变化，未尝不把"成一家之言"当作最高目标。在《驳何氏论文书》（《空同集》卷六十二）中，他表示也反对那种"窃古之意，盗古形，剪截古辞以为文"，即纯粹从事模拟、剽窃的做法。认为这样"创作"出来的东西，"谓之影子诚可"。他主张诗文创作应遵循古典诗文内在的普遍的规律，即大量古典作品中"所必同"的规则。在此基础上，每个作家都可以自由创造，形成自己的个性风格："获所必同，寂可也，幽可见，侈以丽可也；峭可也，巨可也。守之不易，久而推移，因质顺势，融熔而不自知。于是为曹为刘为阮为陆为李为杜，即今为何大复，何不可哉！此变化之要也。故不泥法而法尝由，不求异而其言人人殊。"在《答周子书》（《空同集》卷六十二）中，他又说学古的最高境界是"积久而用成，变化叵测矣。斯古之人所以始同而终异，异而未尝不同也"。

　　总之，在学古的一般原则上，李、何之间仍无重大分歧。他们争论的焦点，实在学古的具体方法问题上。学习前人的创作，历来有两种方法。一是注重其中的体裁法度，从揣摩模仿具体的字法、句法、篇法等入手，以达到对众体众法的熟练掌握。临创作时，根据所要表达的内容的具体情况，选择运用适当的体裁法度，加以灵活的变化组合。所作无一不合于古人，但并不与古人雷同。另一种方法则是不斤斤于具体的体裁法度，广采可为楷模的前人名作，涵泳熟参，从总体上领会其神情意象，而体裁法度已包含在其中。久之自然悟入，心神俱化。临创作时，自由吐属，而宛然合于古人。李梦阳倡导的是前者，何景明倡导的则是后者。

由于两人都主张学古，所以都强调学习前人创作中之"法"。但因所主学古方法不同，李、何所强调的"法"的具体含义也就不同。"法"本身有许多层次。李梦阳所强调的，是与古典诗歌审美特征相适应的具体字法、句法、章法，如所谓"前疏者后必密，半阔者半必细，一实者必一虚，叠景者意必二"（《空同集》卷六十二《再与何氏书》）；"开阖照应，倒插顿挫"（《空同集》卷六十二《答周子书》）之法等等。必须承认，李梦阳对古典诗歌特定法度的概括是比较狭窄、机械的。但我们又不得不肯定，这几条也确实是中国古典诗歌特别是近体诗中常用的法则。

何景明所强调的"法"，则是所谓"辞断而意属，联类而比物"（《大复集》卷三十二《与李空同论诗书》）。前者是说一篇作品虽然分句、分段，但文气要连贯，内容要统一，结构要完整。后一句出自《韩非子·难言》，指文章须运用大量事例为证，并应把同类例证安排在一起。很明显，这种"法"几乎适用于一切写作，没有突出文学创作的特点，更未触及古典诗歌的审美特征及特定法度要求。因此，在李梦阳看来，要实现复古，仅以此为"法"是远远不够的。

由于学古的方法不同，所遵循的"法"不同，学古的结果也就有异。按照何氏的主张，模拟的痕迹就不太明显。然因没有具体的体裁法度可依凭，所谓总体感受的可塑性就很大。临创作时，就很容易随创作者的思维习惯等而变形，从而违离古法。更值得注意的是，这种主张还为学古者开了一个方便之门。人们可以"领会神情""自开户牖"为借口，不对前人创作的体裁法度进行细致钻研，临创作时师心独造，任意挥洒。李梦阳指出，按何氏的主张推演下去，就有"扇破前美"、使"古之学废"的危险。这种担心不是没有理由的。

按照李氏的主张，学古便落到实处，复古便有了一些具体保障。但因谨守古法，模拟痕迹便很明显。虽然作者对前人作品的法度做了一些变化组合，如所谓"班圆倕之圆，倕方班之方"（《空同集》卷六十二《驳何氏论文书》）等等，但还是一望而知某体效某家，某句来自某篇。而且，时时都要把"法"放在优先考虑位置，便不免为"法"而损害内容。于是，虽然李梦阳也赞同"拟议以成其变化"（《大复集》卷三十二《与李空同论诗书》）的原则，强调"积久而用成，变化叵测"，但实现的只是"拟议"，"变化"则成了一句空话。何景明批评李氏的作品"高者不能外前人"，"徒叙其已陈，修饰成文，稍离旧本，便自杌。如小儿倚物能行，独趋颠仆"，（《大复集》卷三十二《与李空同论诗书》）也是符合事实的。

总之，"拟议以成其变化"，可以看成李、何以至整个复古派的共同纲领，但这一纲领内部存在着根本矛盾。在当时历史条件下，要谨守与古典诗歌审美特征相适应的一系列古"法"，就势必妨碍现实生活内容和思想感情的自由表达，要摆脱模拟，因任质性，又不免损害古典诗歌的审美特征。这就是明代复古派所面临的一种困境。李梦阳与何景明的相互辩难，无意中暴露了复古派学古主张内部的二律背反，并揭示出古典诗歌的审美特征以至古典诗歌这种艺术形式本身，已经与当时的社会生活及人们的思想感情、思维习惯相当不适应这一事实，这才是李、何之争的深刻意义所在。

三

复古派的创作为什么会出现种种弊端，复古运动为何在总体上归于失败，历来的解释不外如下：一是说复古派只重形式不重内容。这种看法纯粹出于想当然。复古派的成员，大都属于当时统治集团中比较正直的士大夫。前七子复古阵营的作家，就与昏君、外戚，特别是刘瑾为首的宦官集团等腐败势力做过顽强斗争。后七子复古运动，也与反对权相严嵩及其党羽的政治斗争紧密联系在一起。明代复古运动的第三次浪潮，即明末以陈子龙为代表的"云间派"的大部分成员，更积极投身到了抗清救国的民族斗争中去。复古派作家热诚关注现实，积极参与现实。就对重大现实问题的揭露和对腐朽势力的批评而言，复古派不仅远远超过浙东派、江西派（台阁体）、茶陵派，也超过后人所称道的公安派。因此，在明代诗文领域内，复古派创作乃是其现实主义的主流。认为复古派只重形式而忽视内容者，大概没有认真阅读复古派作家的文集，不知道其中大量现实主义之作的存在。在理论方面，他们也大约只读到流行选本所录的《与李空同论诗书》《驳何氏论文书》等，以为复古派的文学理论全在于此。殊不知复古派最重要的文学主张，乃是批判程朱理学，批评诗歌的理性化倾向，主张诗必写"真情"；批评诗歌的感性化倾向，重"格调"，主张诗歌必须反映重大社会现实问题等等。[1]李、何等人在这些方面观点完全一致。他们只是在学古方法问题上意见有分歧，故只就这个问题产生争论。仅据此而评估复古派的理论主张并猜度复古派的创作，难怪会得出与事实大相径庭的结论。

　　持这种观点的人，在理论上还有一种错觉，即认为内容永远决定形式。无论在什么条件下，只要重视了内容，形式便一定会与之相适应，便一定会创作出内容与形式完美统一的作品来。如果没有达到这一目标，则只能是忽视了内容的缘故。这种错觉的形成，与我们的文学理论长期以来偏重强调思想内容，而忽视对文学形式的研究有关。实际上，重视思想内容，或者说具有了比较充实的思想内容，而没有找到与之相适应的艺术形式，则仍不可能创作出内容与形式完美统一的作品。而且，受不相适应的形式的制约和束缚，本来具有的比较充实的思想内容，也会在表达过程中受到削弱，变得苍白、软弱、模糊。复古派作家的创作就存在这种现象。他们

----

〔1〕参见本书《关于李梦阳"晚年自悔"问题》。

往往将一些相当具有战斗锋芒、相当鲜活的思想感情，按照古典诗歌审美特征的要求，加以压缩修饰，然后装进古色古貌的古典诗歌艺术形式中，使之面目全非。如果说复古派的创作被人误解为内容空虚、思想陈腐，其本身也有责任，那么很大程度上即是因为这一点。后来的公安派则利用了小品文这一体裁，加以改造，使之成为表达当时进步知识分子思想感情的最佳载体，从而创作出了一批思想活泼、形式自由的好作品。两相比较可以得出这样的结论：复古运动总体上归于失败，并非复古派偏重形式之故，恰恰是因为他们忽视了艺术形式上的创新，没有着力探寻新的形式。

　　然而，表面上与这个结论相似的另一种观点又是似是而非的。持这种观点的人也批评复古派在艺术形式上只重模仿，不重变化。但其意思是说复古派在古典诗歌这种艺术形式内部没有做充分的改造变化。他们似乎抱有如下设想，即复古派若对古典诗歌这种艺术形式做了充分的改造变化，或者说要是运用了何景明在理论上所倡导的那种学古方法，就肯定能创作出完美的古典诗歌来。这种设想又以下面的观念为前提，即任何一种艺术形式，都可以永远不断地加以变化改造，从而永远与新的思想内容相适应，它本身也因此而永葆生命力。这种观念显然是荒谬的。中国古典诗歌，也像人类文学艺术史上其他所有艺术形式一样，有它特定的审美规范，以及一系列体裁、法度、语言等方面的特殊要求。它们具有一定的伸缩性，并有一个发展变化过程，但也有很强的封闭性和稳定性。其中的一些基本原则非遵守不可，否则就不称其为古典诗歌了。复古派在社会生活、人们的思想感情、思维方式、审美趣味、语言习惯等发生很大变化的情况下，还力图保持和恢复古典诗歌那种浑朴圆融的审美特征，这是保守的、不现实的，甚至是荒谬的。但我们又必须承认，他们对古典诗歌审美特征的体认反思，强调写作古典诗歌必须遵守一系列体裁、法度等方面的特殊要求，都有其深刻合理的一面。公安派曾批评复古派过于因袭古人，主张信口信腔，皆成律度。然而公安派自己的创作，成就主要在小品文方面。至于他们按照自己的理论创作的古典诗歌，真正符合古典诗歌审美规范的就很少。连他们自己也承认这些作品往往"近平近俚近俳",[1]后代评论家似乎也未予首肯。现代某些人想运用古典诗歌的艺术形式,却全然不顾其特定的审美规范以及体裁、法度、语言等方面的要求,生拉硬凑,非驴非马,就更不值得一提了。这些都从反面进一步证实了复古派主张的合理性。

与此相关联的还有文学史观的问题。人们往往指责复古派的文学史观是"一代不如一代论"。就整个文学而言,日新月异,自然不能说今不如古。但就某种特定的文学形式而言,则又另当别论。任何一种文学艺术形式,都与每个民族特定历史阶段的生活内容及思想感情相适应。中国古典诗歌这种文学形式,与中国君主专制时代的社会生活及人们的思想感情相适应。随着后者的发展演变,它也经历了一个由兴起发展到繁荣然后又走向衰落的过程。汉、魏、唐是它最兴盛的时期,中唐以后则开始走下坡路。复古派在古典诗歌领域内倡言今不如古,并非没有道理。在这里,简单援引某些现成的教条,笼统强调文学的"发展"与"变化",以批评复古派,同样不中肯綮。

没有意识到古典诗歌这种艺术形式已不可能重现昔日盛况,而将毕生精力倾注在力图恢复古典诗歌审美特征的事业中,这是复古派的悲剧。醉心于古典审美理想,不能辩证地评价古典诗文以至整个文学领域中发生的种种变化,将之一律视为卑俗凡近,加以排斥,没有从中探寻新的文学艺术形式的雏形,这是复古派的失误。创造一种新的文学形式,这是复古派及当时文学家唯一有远大前途的出路。然而又谈何容易!首先,这需要有宏远的历史眼光,能跳出整个中国古典诗歌以至整个古典文学的圈子,认识到它们也不过是诗歌史文学史上的一种特定形式和形态。不仅它的内部经历过种种蜕变,而且它最终还要彻底衰亡,还将整个地被新的诗歌形式

---

[1] 袁宏道著、钱伯城笺校《袁宏道集笺校》卷十八《雪涛阁集序》,上海古籍出版社2008年版,第710页。

和文学形态所替代、超越。这对受历史的局限，还只看到古典诗歌及古典文学这种特定形式和形态内部的发展变化，因而自然相信它们是诗歌和文学的永恒形式和形态的明代文学家来说，几乎完全不可能做到。

其次，新的文学艺术形式往往应新的思想内容的强烈召唤而生。文体的革命不仅是文学形式的变换，而且是审美理想的革命、思想观念的革命。复古派批判程朱理学，强调"情"的地位和价值，打破明前期思想界程朱理学一统天下的局面，开启了明中晚期进步思想潮流的先河。但是，他们的最高目标仍是"情"与"理"的统一，即在社会生活中萌生的新的生活要求与封建伦理道德规范之间寻求调和。复古派的这种思想状态，还不足以使他们冲破旧的审美理想，建立新的审美理想；抛弃旧的文学形式，创造新的文学形式。即使是后来的公安派，也只是改造利用了小品文这一旧有的文学艺术形式，至多只是倡导了戏曲小说等文学艺术形式，而没有向更高的层次，如提倡白话文、大量写作新体的诗歌、小说、戏剧、散文迈进，可见他们的思想仍有相当大的局限性。代替古典诗歌的应该是新体自由诗，作为其间之过渡的应该是民歌民谣。复古派、公安派作家都曾推崇过民歌民谣，还进行过写作的初步尝试。他们几乎已经找到并跨上了通向新的诗歌形式的桥梁。但是，民歌民谣那种"但淫艳亵狎，不堪入耳"；[1] "并桑濮之音亦离去已远"，[2] 形式上也非常自由的风格情趣，终于为尚未从根本上摆脱古典审美理想的束缚的诗文作家们所难于接受，他们终于止步。李梦阳模仿民歌民谣写作过《郭公谣》《空城雀》《欸乃歌》（分别见《空同集》卷六、卷七、卷八）等作品，但他没有将它们写成自己热烈赞赏过的《琐南枝》《山坡羊》那种新兴民间歌谣的形式，而是把它们打扮得古装古貌，写成属于古典诗歌范围内的汉乐府的形式。复古派对旧的艺术形式恋

---

〔1〕《李中麓闲居集》卷六《市井艳词序》，见李开先著、卜键笺校《李开先全集》，上海古籍出版社2014年版，第565—566页。

〔2〕沈德符《万历野获编》卷二十五"时尚小令"条，中华书局1959年版，第647页。

恋不舍，不能勇敢探寻新的艺术形式，根本上是因为他们的审美理想和思想观念还存在较大局限性。而归根到底，这又是由当时社会历史发展的特定状况决定的。因此，明代复古运动在总体上归于失败，实有着深刻的历史原因。

（原刊于《中国文学研究》1992 年第 1 期）

关于李梦阳"晚年自悔"问题

　　李梦阳是明代复古派前七子的领袖，他在晚年所作的《诗集自序》中提出了诗歌以情为本，"今真诗乃在民间"的说法。后来人们一般都认为复古派的文学主张不外是模拟古人、注重形式技巧等等，于是很自然地便把这些话理解为李梦阳的晚年自悔之词。然而这基本上是一个误会。由于这一问题牵涉到对整个明代文学复古运动的真实性质及历史意义的认识与评价，因此有必要加以澄清。

一

　　明代的文学复古运动，论直接原因，是对明中叶日趋尖锐的种种社会矛盾的反映；远而言之，则是对明初以来思想文化的高压政策和萎靡不振之诗风文风的反动。关于这两点，以前的研究者大都或多或少地认识到了。

　　然而复古运动的出现，还有更深刻的历史原因。它实际上是整个中国古典文学特别是古典诗歌发展变迁的必然产物。中国古典诗歌的发展至盛唐时代达到高峰。与此同时，蕴含在诗歌中的主体精神和客观世界、情与理、意与象等也达到了相当完美的统一。大约从中唐开始，随着中国君主专制社会开始走下坡路，人们的生活内容、生活观念、思维方式和审美心态等都发生了一系列变化，作为它们的外在物化形态之一的诗歌创作也分化出两种倾向。一是理性化的倾向，即以诗言理叙事。以诗代论，用诗进行道德说教；以诗为史尤成为众人追求的最高目标。在语言方面，按照散文的思辨的方式改造诗句，多用抽象词、虚词，使之变得枯涩而散缓。另一种是俗化倾向，即侧重于倾诉个人的情绪，描写琐碎的日常小事，或自适，或自伤，或颓然自放，把曾经被前代诗人视为粗鄙而拒之门外的种种题材、物象、意念、词汇等都拉进诗歌中，有些诗人则刻意讲究诗歌的形式技巧，使诗歌的格调变浅变俗、变奇变怪。从中唐到明前期的几百年间，古典诗歌基本上就沿着这两个方向滑落。虽然其间曾有严羽等人发出过呐喊，但并没有引起人们的注意。只是宋代理学诞生后，对文学发生深刻影响，诗歌创作中的理性化倾向遂成为更占主导地位的倾向罢了。在明前期文坛上占垄断地位的，首先是浙东派，接着是以江西派作家为主体的"台阁体"。他们的诗作都以宣扬程朱理学，为统治者歌功颂德为能事，是中唐以来诗歌理性化倾向发展到极端的产物。成化、弘治间流行的以薛瑄、吴与弼、陈献章、庄昶等理学家的诗作为代表的"陈、庄体"，满口理学话头，"太极、帽桶、筋斗、样子、打乖、个里"之类触目皆是，更使中国古典诗歌陷入了"极鄙极靡、极卑极滥"的境地。明中叶的文学复古运动就是在这种历史背景下产生的，它实质上就是一场力图恢复古典文学特别是古典诗歌审美特征的文学运动。复古派作家对"台阁体""陈、庄体"的诗风文风给了猛烈抨击，并进而对中国古典诗歌的美审特征及其发展变迁轨迹做了反思，对中唐以来诗歌创作中的理性化倾向和俗化倾向进行了批评。作为正面主张，他们提出了超宋元而上、以汉魏盛唐为师的口号，强调诗文必须反映重大社会现实问题，表达真情实感，注重作品的文采和形式技巧，力图使诗歌重新具有高尚之"格"和流美之"调"。针对宋元以来特别是明前期诗坛上理性化倾向尤为泛滥的情况，复古派作家更把强调诗歌的情感特征放到了自己的文学理论主张的首位。李梦阳在《梅月先生诗序》中指出：

> 情者，动乎遇者也。……故遇者物也，物者情也。情动则会心，会则契神，契则音所谓随寓而发者也；故天下无不根之萌，君子无不

根之情。忧乐潜之中而后感触应之外。故遇者因乎情，诗者形乎遇。[1]

在《鸣春集序》中他又说：

> 天下有窍则声，有情则吟。窍而情，人与物同也。然必春焉者，时使之也。[2]

情以物迁，辞以情发，情由物见；诗歌的本源就是情，情又是客观社会现实生活感触的产物，它最终又必须通过所感触的物象表现出来。这里对“物（遇、时）”“情”“诗”三者之间关系的描述是相当准确的。

徐祯卿在前七子中以善作深湛之思著称，《谈艺录》便是他刻苦思索成果的结晶，其中对诗歌的情感特征，从各个侧面进行了相当全面的阐述。他认为，从诗歌的本源和本质来看，“诗以言其情”，“诗者，所以宣玄郁之思，光神妙之化者也”；从文学史的角度来看，诗歌兴衰的历史，在某种意义上就是诗歌的情感特征显晦的历史；从具体创作过程中的艺术思维活动来看，“情”既是它的源泉，又在整个过程中起支配作用：

> 情者，心之精也。情无定位，触感而兴。既动于中，必形于声，故喜则为笑哑，忧则为吁戲，怒则为叱咤。然引而成音，气实为佐；引音成词，文实与功。盖因情以发气，因气以成声，因声而绘词，因词而定韵，此诗之源也。
>
> ……
>
> 朦胧萌坼，情之来也；汪洋漫衍，情之沛也；连翩络属，情之一也；驰轶步骤，气之达也；简练揣摩，思之约也；颉颃累贯，韵之齐

---

〔1〕李梦阳《空同集》卷五十一，台北商务印书馆景印文渊阁《四库全书》本。
〔2〕同上。

也；混沌贞淬，质之检也；明隽清圆，词之藻也。高才闲拟，濡笔求工，发旨立意，虽旁出多门，未有不由斯户者也。[1]

从作品的既成形态来看，徐祯卿认为，不同的诗歌体裁，如"歌""行""吟""曲""引"等，只是为了表达不同种类情感的需要，"因情立格"而设立的。"夫情既异其形，故辞当因其势"，"合是而视，则情之体备矣"。而从文学的欣赏接受过程来看，诗歌之所以能感动人，也就是因为它蕴含着丰富而真挚的情感：

> 夫情能动物，故诗足以感人。荆轲变徵，壮士瞋目；延年婉歌，汉武慕叹。凡厥含生，情本一贯，所以同忧相瘁，同乐相倾者也。故诗者风也，风之所至，草必偃焉。……若乃歔欷无涕，行路必不为之兴哀；诉难不肤，闻者必不为之变色。故夫直愬之词，譬之无音之弦耳，何所取闻于人哉！[2]

由此可见，作为前七子复古运动主要文学理论著作之一的《谈艺录》，已建构了一个相当完整的以"情"为核心的诗歌理论体系，它与倡导文由道生、文随道而盛衰、道胜者文不期然而自至、文以明道的理学家文学观形成鲜明对照。

与文学的情感特征密切相关的还有文学的形象性特征和风格问题。情感直接与外在物象相关联。特定的情感，往往由特定的物象引起，于是后者就成为前者特定的表征。情感的内涵往往非常复杂微妙，很难用准确的概念予以表述。只有特定的耐人寻味的物象，才能传达出它的生动丰富

---

[1] 徐祯卿著、范志新编年校注《徐祯卿全集编年校注》卷六《谈艺录》，人民文学出版社 2009 年版，第 760、767 页。

[2] 同上，第 764 页。

性。总之，文学的情感特征，决定了文学的形象性特征。复古派强调文学特别是诗歌必须以情为本，也就自然会重视它的形象性。据谢榛《四溟诗话》载：

> 空同子曰："古诗妙在形容，所谓水月镜花，言外之言。宋以后，则直陈言矣。求工于字句，心劳而日拙也。"
>
> 黄司务问诗法于李空同，因指场圃中菽豆而言曰："颜色而已。"此即陆机所谓"诗缘情而绮靡"是也。[1]

"诗缘情而绮靡"之说，确实比较准确地揭示了诗歌的情感特征与形象性特征之间的关系。而"颜色而已"一语，则足见在李梦阳看来，形象性对于文学特别是诗歌来说是何等重要。

重视文学特别是诗歌的形象性特征，也是复古派作家共同的主张。"前七子"之一王廷相的诗歌理论主张主要见于《与郭介夫学士论诗书》，这也是一篇很有分量，并在当时产生过很大影响的文章。复古派的另一位重要作家郑善夫从未与王廷相见面，但所作《漫兴》诗中有句云"海内谈诗王子衡，春风坐遍鲁诸生"，当即指此文。[2]文中说：

> 夫诗贵意象透莹，不喜事实粘著。古谓水中之月，镜中之影，可以目睹，难以实求是也。《三百篇》比兴杂出，意在辞表；《离骚》引喻借论，不露本情。……斯皆包蕴本根，标显色相，鸿才之妙拟，哲匠之冥造也。
>
> 言征实则寡余味也，情直致而难动物也。故示以意象，使人思而

---

[1] 谢榛《四溟诗话》卷二，中华书局 1985 年影印《丛书集成初编》本，第 34、35 页。
[2] 王世贞《艺苑卮言》卷五，《历代诗话续编》本。

咀之，感而契之，邈哉深矣，此诗之大致也。[1]

　　关于文学的内容，理学家文学观反复强调的就是"道"。关于文学的风格，理学家文学观也只倡导所谓雍容平易一体，而对其他各种风格，特别是偏于激昂悲怨的风格，则尽力排斥。如台阁体的领袖之一杨荣就认为："君子之于诗，贵适性情之正而已。""苟非出于性情之正，其得谓之善于诗者哉？"[2]强调以情为本的复古派文学理论则不同。它认为，人有七情，情因感遇而生，人们的感遇又千差万别，因此人们的情感是多种多样的，文学的风格也应该随之而多种多样。李梦阳在《张生诗序》中说：

　　　　夫诗发之情乎，声气其区乎，正变者时乎。夫诗以言志，志有通塞，则悲欢以之，二者小大之共由也。……夫雁均也，声唤唤而秋，雍雍而春，非时使之然邪？故声时则易，情时则迁；常则正，迁则变；正则典，变则激；典则和，激则愤。故正之世，"二南"铿于房中，"雅""颂"铿乎庙廷。而其变也，风刺忧惧之音作，而"来仪""率舞"之奏亡矣。[3]

　　康海在《题紫阁山人〈子美游春〉传奇》中也认为：

　　　　夫抉精抽思，尽理极情者，激之所使也；从容舒徐，不迫不露者，安之所应也。故杞妻善哀，阮生善啸，非异物也。情有所激，则声随而迁；事有所感，则性随而决，其分然也。[4]

---

[1]　王廷相《王氏家藏集》卷二十八《与郭介夫大学士论诗书》，见王廷相著、王孝鱼点校《王廷相集》，中华书局1989年版，第二册，第502、503页。
[2]　杨荣《杨文敏集》卷十一《省愆集序》，台北商务印书馆景印文渊阁《四库全书》本。
[3]　李梦阳《空同集》卷五十一，台北商务印书馆景印文渊阁《四库全书》本。
[4]　王九思《渼陂集·杜子美游春记》卷首，台北伟文图书出版有限公司1976年《明代论著丛刊》影印明嘉靖刻崇祯补修本，第1431页。

李、康等人表面上是强调各种创作风格的合理性，实际上则侧重于为"风刺忧惧""怨激不平"的风格张目。这既是针对台阁体那种雍容平易的诗文风尚而发，也与明中叶各种社会矛盾逐步加剧的现实有关。

二

在大力强调古典诗歌的情感特征的同时，复古派作家对中唐以来诗歌创作中的理性化倾向进行了分析和批评。被称为中国古典诗歌发展史上的里程碑的伟大诗人杜甫，正生活在盛中唐之交。他既是盛唐以前中国古典诗歌发展的集大成者，又是中唐以后中国古典诗歌发展变化的开路人。古典诗歌的分化，即从他的创作开始。唯其处于将分而未分的阶段，所以几种倾向都在他的诗作里有了萌芽。他的作品中有说理而近腐的，有过于琐碎而俗的，也有过分讲究字法句法声律而巧的。明代复古派作家大多把杜甫诗歌当作主要学习目标之一，但并不迷信杜甫。对杜甫诗中显露出来的理性化和俗化倾向，尤其是对他大量以诗言理叙事的做法，复古派作家就普遍表示不满，认为这违背了"诗言情"的传统，开启了后世以诗言理叙事的现象泛滥成灾之源。何景明在《明月篇序》中说：

> 仆读杜子七言诗歌，爱其陈事切实，布词沉著，鄙心窃效之，以为长篇圣于子美矣。既而读汉、魏以来歌诗，及唐初四子者之所为，而反复之，则知汉、魏固承三百篇之后，流风犹可征焉。而四子者虽工富丽，去古远甚，至其音节，往往可歌。乃知子美辞固沉著，而调失流传，虽成一家语，实则诗歌之变体也。夫诗本性情之发者也，其切而易见者，莫如夫妇之间。是以三百篇首乎"雎鸠"，六义首乎"风"。而汉、魏作者义关君臣朋友，辞必托诸夫妇，以宣郁而达情焉，其旨远矣。由是观之，子美之诗博涉世故，出入夫妇者常少；致兼"雅""颂"，

　　而风人之义或缺，此其调反在四子之下与？〔1〕

　　杜甫在宋代以后被尊为"诗圣"，人们一般不敢对他的诗作提出非议。何景明的这篇文章提出了与传统说法明显不同的见解，因而引起了当时及后来评论者的广泛注意。但人们大都把它的意义理解得很狭窄。对它持否定态度者不必论。对它持肯定态度者，也认为它只是针对"七言歌行"这一种体裁而言，讨论的也只是七言歌行的音调问题，如四库馆臣即作如是观。〔2〕实际上本文是从谈七言歌行入手，而涉及整个诗歌；其中所说的"调"，也不只是与音韵有关，而是还包括诗歌的情感、文采等因素。不这样理解，就不能解释何景明为何不专谈七言歌行，不专谈音韵问题，而是上升到整个"诗"的高度，把话题转到"性情""陈事""博涉世故"以及"风、雅、颂"三义等问题上。只有音韵和谐而又情真意切、文采灿然的作品，才会给人以"流转"的美感。杜甫的七言歌行以及其他体裁的部分作品，之所以"调失流转"，根本原因并不在音韵，而在于它们近于"雅、颂"之体，以"陈事""博涉世故"，即言理叙事为能，在一定程度上丧失了"风人之义"，违背了诗缘情的传统。因此，何景明这篇文章的主要意义，在于它表达了作者对中国古典诗歌审美特征及其发展变迁过程的探索和反思，在于它重新强调了诗歌言情的本质特征。

　　复古派其他作家对杜甫的批评，也大都集中在他的某些作品"事理填塞"〔3〕，在一定程度上丧失了诗歌的情感特征这一问题上。何景明《明月篇序》的重要意义，由此可以得到印证。如王廷相在对古典诗歌的审美特征做过一系列分析后指出："若夫子美《北征》之篇……漫敷繁叙，填事委实，言多趁帖，情出附辏，此则诗人之变体，骚坛之旁轨也。浅学曲士，志乏

----

〔1〕何景明《大复集》卷十四，台北商务印书馆景印文渊阁《四库全书》本。
〔2〕同上，卷首提要。
〔3〕钱允治《国朝诗余序》，见黄宗羲《明文海》卷二百七十一，清涵芬楼钞本。

尚友，性寡神识，心惊目骇，遂区畛不能辨矣。"[1]又如郑善夫在复古派作家中学杜最为用力，然据焦竑《笔乘》："予家有善夫批点杜诗，其指摘疵颣，不遗余力，然实子美之知己。……尝记其数则，一云：诗之妙处，正在不必说尽，不必写到真，而其欲说欲写者，自宛然可想。虽可想而又不可道，斯得风人之旨。杜公往往要到真处尽处，所以失之。一云：长篇沈著顿挫，指事陈情，有根节骨格，此杜老独擅之能，唐人皆出其下，然正不以此为贵，但可以为难而已。宋人学之，往往以文为诗，雅道大坏，由杜老启之也。"[2]

　　不过，对后世诗歌创作的理性化倾向影响最大的，还不是杜诗，而是理学。宋代理学诞生后，从思想内容、思维方式等各方面向诗坛发起全面渗透，于是诗歌创作领域中的理性化倾向更加广泛地蔓延开来。复古派作家在反思古典诗歌审美特征的发展变迁轨迹时，注意到了宋诗与唐诗之间的这种显著差异，也注意到了这一变化的发生与理学的关系。因此，他们在批评中唐以后诗歌创作中的理性化和俗化倾向时，都把矛头对准宋诗及理学，抨击最烈。李梦阳在《缶音序》中说：

> 　　诗至唐，古调亡矣，然自有唐调，可歌咏，高者犹足被管弦。宋人主理不主调，于是唐调亦亡。黄、陈师法杜甫，号大家。今其词艰涩，不香色流动，如入神庙，坐土木骸，即冠服与人等，谓之人可乎？
>
> 　　夫诗比兴错杂，假物以神变者也。难言不测之妙，感触突发，流动情思，故其气柔厚，其声悠扬，其言切而不迫。故歌之心畅，而闻之者动也。
>
> 　　宋人主理作理语，于是薄风云月露，一切铲去不为。又作诗话教人，

---

〔1〕王廷相《王氏家藏集》卷二十八《与郭介夫学士论诗书》，见王廷相著、王孝鱼点校《王廷相集》，中华书局1989年版，第二册，第503页。

〔2〕转引自陈田《明诗纪事》（丁签）卷四"郑善夫"条，上海古籍出版社1993年版，第二册，第1181页。

人不复知诗矣。诗何尝无理，若专作理语，何不作文而诗为邪？今人有作性气诗，辄自贤于"穿花蛱蝶""点水蜻蜓"等句，此何异痴人前说梦也。即以理言，则所谓"深深""款款"者何物邪？《诗》云"鸢飞戾天，鱼跃于渊"，又何说也？[1]

按所谓"自贤于'穿花蛱蝶''点水蜻蜓'等句"者，指北宋理学家程颐。《河南程氏遗书》卷十八记程颐语云："某素不作诗，亦非是禁止不作，但不欲为此闲言语。且如今言诗无如杜甫，如云'穿花蛱蝶深深见，点水蜻蜓款款飞'，如此闲言语，道出做甚。"自程颐生出这番议论后，历代的理学门徒们奉为名言。作诗者专门咏叹"太极圈儿大"之类，以为这才不是"闲言语"；不能作诗者则利用它来护短，表示对诗人和诗歌的轻蔑。李梦阳的犀利讽刺，表现了复古派的文学主张与理学家文学观的尖锐对立。

理学家们在文学上倡理而贬情、重道而轻文，是以其"道在物先"的哲学本体论和"理在气先"的人性论为依据的。他们认为，"道"脱离天地万物而存在，天地万物由它而生。与此相应，人性也分成"道理之性"和"气质之性"两个方面。前者可脱离后者而存在，它是天赋的，当道而生的；后者则是后天的。"道理之性"受到"气质之性"（情、欲）的蒙蔽就会产生恶，文学的功用就在于表现和倡导这种"道理之性"，劝善去恶。王廷相是一个理学家，但他的思想具有唯物主义倾向。他认为，先天地万物的"道"是不存在的，"道"就在物中；与此相应，脱离"气质之性"（或曰情、欲）的"道理之性"（或曰性、理）也是不存在的，性、理就在气、情、欲之中：

人具形气而后性出焉。今曰性与气合，是性别是一物，不从气出，

---

[1] 李梦阳《空同集》卷五十二，台北商务印书馆景印文渊阁《四库全书》本。

人有生之后，各相来附合耳，此理然乎？人有生气则性存，无生气则性灭矣。[1]

这样，文学要单独反映所谓"道"，专门表现和倡导所谓"道理之性"便是不可能的，或者是不真实的。文学要展示人性，就必须描写其丰富复杂的感情生活。王廷相的哲学思想与重情的文学主张之间，应该有内在联系。这表明，复古派对中唐以来特别是宋代以后诗歌创作中理性化倾向的批判，以及进而对程朱理学的批判，已经进入哲学的层次，达到了相当的深度。

三

不管理学家们如何倡理而贬情，人的感情都是禁灭不了的。宋以后文人创作的诗文中越来越没有情感的位置，于是情感乃通过民间歌谣及种种新兴的通俗文学形式表现出来。民间歌谣等较少受封建伦理道德观念的束缚，辞以情发，出自天然，因此往往感情深永，真挚动人。拿它们与文人学士填塞事实、牵率道理、堆砌辞藻、玩弄技巧的作品相比，真假判然。复古派作家在回顾了文人诗歌逐步丧失言情的根本特征的历史后，自然对情真意切的民间歌谣等产生兴趣，并发出由衷的赞美。沈德符《万历野获编》载：

> 元人小令，行于燕赵，后浸淫日盛。自宣、正至成、弘后，中原又行《锁南枝》《傍妆台》《山坡羊》之属。李空同先生初自庆阳徙居汴梁，闻之以为可继《国风》之后。何大复继至，亦酷爱之。[2]

〔1〕王廷相《雅述》上篇，见王廷相著、王孝鱼点校《王廷相集》，中华书局1989年版，第三册，第851页。

〔2〕沈德符《万历野获编》卷二十五"时尚小令"条，中华书局1959年版，第647页。

　　由于喜爱民间歌谣及其他同样具有感情真挚的特点的民间文艺，复古派作家往往对之进行整理，并加以学习模仿。据说有人向李梦阳请教作诗之法，李梦阳告诉他，只要到外面去听听《锁南枝》之类的歌谣，就会明白作诗的奥秘。[1] 李梦阳本人的诗作中，有不少模仿民间歌谣几乎达到惟妙惟肖程度的作品，如《郭公谣》《空城雀》《欸乃歌》（分别见《空同集》卷六、卷七、卷八）等。何景明曾搜集上古至汉代的民间歌诗九十三首，编为《古乐府》三卷。[2] 正、嘉之际南京散曲创作兴盛，与复古派作家边贡、顾璘等人的倡导不无关系。康海、王九思更是大量从事散曲戏剧创作，康有《游东乐府》，王有《碧山乐府》。两人都作过以中山狼故事为题材的杂剧，王另外还有《杜子美游春记》杂剧。嘉靖初，李开先当时流行的《傍妆台》曲调写了一百支新体小令，王九思一一和之。[3] 康海尤妙于挝鼓歌曲，老乐工自叹弗如。临卒别无长物，大小鼓却有三百余副。王九思将学填曲，以厚币延请名师，杜门学唱三年而后出手。[4] 可以说，明代中晚期通俗文学兴盛的局面，就是由前七子始开风气的。

　　了解了上述情况，回过头来看李梦阳的《诗集自序》，问题就很清楚了。序中说：

　　　　李子曰：曹县盖有王叔武云。其言曰："夫诗者，天地自然之音也。今途咢而巷讴，劳呻而康吟，一唱而群和者，其真也，斯之谓'风'也。孔子曰：'礼失而求诸野。'今真诗乃在民间。而文人学子，顾往往为韵言，谓之诗……"

〔1〕李开先《词谑》"时调"条，见李开先著、卜键笺校《李开先全集》，上海古籍出版社 2014 年版，第 1552 页。

〔2〕何景明《大复集》卷三十四《古乐府叙例》，台北商务印书馆景印文渊阁《四库全书》本。

〔3〕王九思《渼陂集·南曲次韵》，台北伟文图书出版有限公司 1976 年《明代论著丛刊》影印明嘉靖刻崇祯补修本，第 1363—1430 页。

〔4〕沈德符《万历野获编》卷二十五"南北散套"条，中华书局 1959 年版，第 640 页。

......

李子于是怃然失，已洒然醒也。于是废唐近体诸篇，而为李、杜歌行。王子曰：“斯驰骋之技也。”李子于是为六朝诗，王子曰：“斯绮丽之余也。”于是为晋、魏诗，曰：“比辞而属义，斯谓有意。”于是为骚、赋，曰：“异其意而袭其言，斯谓有蹊。”于是为琴操、古歌诗，曰：“似矣，然糟粕也。”于是为四言，入“风”出“雅”，曰：“近之矣，然无所用之矣，子其休矣。”李子闻之，暗然无以难也。自录其诗，藏箧笥中，今二十年矣。乃有刻而布者，李子闻之，惧且惭，曰：“予之诗，非真也，王子所谓文人学子韵言耳，出之情寡而工之词多者也。然又弘治、正德间诗耳，故自题曰《弘德集》。每自欲改之以求其真，然今老矣。”曾子曰：“时有所弗及。”学之谓哉！[1]

按《万历野获编》卷二十五说：“李空同先生初自庆阳徙居汴梁，闻之以为可继《国风》之后。何大复继至，亦酷爱之。”李梦阳之父李正成化十八年（1482）任周王府封丘王教授，即携梦阳居汴梁。弘治三年（1490），李梦阳十九岁，与周王府广武郡君的仪宾左梦麟之女成婚于汴梁。[2]是李梦阳至迟在弘治年间就对民间歌谣产生了兴趣。何景明初至汴梁的时间不可确考，但至迟不晚于弘治十一年（1498）中举时。又《诗集自序》中提到的王叔武，与李梦阳同于弘治六年中进士，又同在户部任职。[3]序中又说，作该序时距听到王叔武的那番话已“二十年”，是李梦阳在弘治中就已深信“真诗乃在民间”之说。序中也说得很明白，李梦阳确实有过“怃然失”“洒然醒”的经历，但那是在早年，而非晚年；他不

〔1〕李梦阳《诗集自序》，见黄宗羲《明文海》卷二百六十二。

〔2〕见李梦阳《空同集》卷三十九《家谱》、卷四十五《左氏墓志铭》，台北商务印书馆景印文渊阁《四库全书》本。

〔3〕同上，卷五十五《送梁处州序》。

是复古二十年后才"洒然醒",而恰恰是在"洒然醒",即明白了诗必须写真情、真诗乃在民间之后,才开始复古的。而复古的目的也就是为了不作后代常见的文人学子之韵语,摆脱以诗言理叙事倾向的影响,恢复诗缘情的传统。李梦阳最后说自己的诗仍属"文人学子韵言",则是对自己的努力或者说整个复古运动的成果还不满意而已,并不意味着对复古运动的否定。

总之,批评中唐以后诗歌创作中的理性化倾向,批判理学家倡理而贬情的观念,强调诗歌的情感特征,重视民间歌谣等,乃是李梦阳以及前七子共同的、一贯的,也是最重要的文学主张。复古运动的根本目的,就是为了恢复古典诗歌表达真情实感的优良传统及其他一系列审美特征,或者说是力图以古典诗歌特别是民间歌谣等表达真情实感的优良传统,来矫正中唐以来文人诗歌创作中的理性化倾向。因此,复古派强调复古和强调诗歌必须表达真情实感这两者是相互统一的,强调复古并不等于倡导形式主义。在创作上,尽管前七子的一些作品确实存在着生硬模仿前人的弊端,但他们仍基本上实践了自己重情的文学主张,注重描绘丰富多彩的感情世界,展示自己的人格,许多作品都个性鲜明,感情真挚动人,远非枯燥呆板地谈道说性的台阁体和道学家诗文所可同日而语。特别值得注意的是,复古派成员大多属于当时比较正直的士大夫,与外戚、昏君,特别是宦官刘瑾集团做过坚决斗争。他们积极参与现实,揭露批判社会中的黑暗腐败现象,抒发自己的感慨,写下了不少内容充实、情调激昂慷慨的佳作,也远非那些一味地歌功颂德,或专门沉溺于咏叹狭隘卑琐的个人情绪的作品所可比拟。其次,前七子强调主体情感的地位与价值,实际上是明中叶社会生活中一系列新变化在文学领域里的反映,是明前期高压思想统治开始解冻的结果。因此,他们实际上是以复古的形式,不自觉地反映了新的历史要求。虽然由于历史条件的限制,复古派的理论主张还存在较大局限性。他们只是在程朱理学及其文学观倡理而贬情的具体情况下,才特别侧重于强调情感的地位与价值,其最高目标还是为了达到情与理的和谐统一。这样，他们对"理"及程朱理学的批判就还不够有力，对"情"的倡导也就还不够大胆。与明后期的进步思想家相比，复古派的主张就显得还很保守。但是，他们毕竟突破了程朱理学的束缚，打破了明前期文坛以至整个意识形态领域程朱理学一统天下的沉寂局面。因此，明中叶的复古运动虽被明后期的进步文学思潮超越、扬弃，却是后者不可缺少的先导，是明代思想界由倡理而贬情的程朱理学占统治地位的时期向倡导"以情反理"的进步思想潮流蓬勃兴起的时期演进的重要过渡阶段。历来评论复古派者，一是多没有将它放到明代文学思潮以至整个中国古典诗歌发展史的背景中进行考察，对它产生的历史根源及真实性质不甚了了；二是无暇去翻阅复古派作家们卷帙繁多的著作，没有全面把握其理论和创作的真实状况，只看到某些选本所选的何景明《与李空同论诗书》、李梦阳《驳何氏论文书》等文，以为复古派的文学理论已尽于此，于是对它作了"形式主义""复古倒退"之类的评判，复古派重情等文学主张被忽视，复古派的本来面目被画歪，复古运动的历史意义和地位得不到公正合理的评价，明代文学思潮发展的线索也变得模糊不清了。这种状况应该得到改变。

（原刊于《文艺理论研究》1991 年第 2 期）

严嵩与嘉靖中后期文坛

严嵩在《明史》中被列入《奸臣传》。近年来，海内外有些人士提出要为他翻案。严嵩究竟是"奸"是"忠"，此不具论。他算不算得上一位政治家，人们也可以各自有不同的看法。不过，严嵩自嘉靖二十一年（1542）八月入阁，嘉靖二十三年八月成为首辅，直到嘉靖四十一年五月罢职，执掌朝政长达二十年，说他是一位对嘉靖中后期的政治产生过重要影响，并相当留意于文人和文学的人物，应该是没有问题的。

嘉靖中后期的文坛，总体上呈现为唐宋派与"后七子"复古派对峙的局面。唐宋派的代表人物是唐顺之、王慎中、茅坤、归有光。他们力矫以李梦阳、何景明为首的"前七子"的复古模拟之风，主张向唐宋散文家学习，讲求文从字顺、平淡自然的文风。"后七子"包括李攀龙、王世贞、谢榛、梁有誉、徐中行、宗臣、吴国伦。他们则继承了"前七子"文学先秦两汉、诗学汉魏盛唐的主张，追求古雅的诗风文风。两派的文学宗旨和风格，可谓针锋相对。严嵩对当时文坛的干预，是通过压一派扶一派的方式实现的。具体地说，就是打击"后七子"，扶持唐宋派。明末黄尊素、吴应箕在总结明中晚叶朝廷党争的情况时，都指出："张江陵（居正）以前，嗣相位者必反前人之政，进其所忌，退其所暱。"[1] 这种情形在嘉靖一朝张璁、夏言、严嵩、徐阶等人相继当政时表现得最为明显。唐宋派诸人大多先为夏言所

〔1〕见黄尊素《黄忠端公集》卷二《隆万两朝列卿记序》，清康熙十五年许三礼刻本；吴应箕《东林本末》卷中，见《东林始末》，上海书店出版社1982年《中国历史研究资料丛书》本，第14页。

黜，继为严嵩所收，后又为徐阶所黜。"后七子"则基本上都受到过严嵩的迫害，又得到了徐阶的照顾。

就个人的文学宗旨和风格而言，严嵩本与复古派为近。他于弘治十八年（1505）中进士，与"前七子"复古派的重要成员徐祯卿、王韦、郑善夫、孟洋、崔铣、殷云霄等人是同年。当时正值"前七子"复古运动蓬勃高涨之际。严嵩中进士后，也受到时风影响，精心琢磨诗文创作，与复古派诸子倡和。如果不是因为他不久便请疾归里，在钤山堂僻居十年，他也许可能成为"前七子"复古派阵营中的重要一员。居家期间，他继续专心探究诗文的写作，作品以"秀丽清警"著称，获得复古派诸子的一致好评。如"前七子"的领袖之一李梦阳就曾说："如今词章之学，翰林诸公，严惟中（嵩）为最。"〔1〕后来，严嵩官位日崇，一心招权纳贿，精力不再放到诗文创作上，早期诗文那种"秀丽清警"的风格也不复存在。王世贞谓："近一江右贵人，强仕之始，诗颇清淡。既涉贵显，虽篇什日繁，而恶道坌出。人怪其故，予曰：此不能歌《渭城》也。"〔2〕在政治上，他也与复古派诸子渐不相投，终至分道扬镳。

及至"后七子"崛起，严嵩这个复古派的"前辈"不能容忍这些年轻人在文坛上大出风头。他不仅想在政治上一手遮天，而且还想与以前的大学士杨士奇、李东阳一样，兼做文坛盟主，于是处心积虑对"后七子"进行压制。王世贞回忆诸子结社方盛时，"分宜氏当国，自谓得旁采风雅权。谗者间之，眈眈虎视，俱不免矣"。〔3〕王世懋《徐方伯子与传》也说："相嵩者贪而忮，亦自负能诗，谓诸郎皆轻薄子，敢出乃公上，相继外补或斥逐。"〔4〕

---

〔1〕 见何良俊《四友斋丛说》卷二十六，中华书局1959年版，第239页。
〔2〕 王世贞《艺苑厄言》卷八，《历代诗话续编》本。
〔3〕 同上，卷七。
〔4〕 王世懋《王奉常集》卷十四，明万历刻本。

不过，严嵩打击"后七子"的主要原因还不是争文名，而是因为"后七子"在政治上与他唱对台戏。"后七子"结社之始就与严嵩及其党羽发生了冲突。嘉靖二十九年（1550）十二月，刑部郎中徐学诗上疏，请罢严嵩及其子严世蕃，被杖削籍为民。日暮负创疾驰出都，亲友无一人相送。"俄闻有策蹇朗吟'去国一身轻似叶，高名千古重如山'者"，原来是"后七子"之一谢榛。[1]嘉靖三十年，李攀龙任刑部郎中，"有边将触法不至死者，柄臣子（严世蕃）怒其不赂，必欲置诸辟，而竟不能夺之于鳞（李攀龙）从末减。后其人至大帅，果大著勋伐云"。[2]徐中行在京中颇受其妻之舅父刑部尚书顾应祥的庇护。他加入"后七子"诗社，即由于顾应祥的劝告。而顾应祥乃是严嵩的政敌。总之，"后七子"与严嵩及其党羽的关系，一开始就颇不合拍。

嘉靖三十二年（1553）一月，兵部员外郎杨继盛上疏论严嵩"十大罪""五奸"，"后七子"坚决站在杨继盛一边，遂与严嵩集团公开对立。杨继盛下狱后，王世贞曾找接近严嵩的人，图为营救，为严嵩父子所拒绝。王世贞、徐中行、宗臣、吴国伦等时时带上食物到狱中看望杨继盛，"间一人相慰语，慷慨歔欷，泣数行下"。[3]杨继盛于嘉靖三十四年十月被杀。临刑前，其妻张氏上疏请求代夫受刑，据说疏草即出王世贞之手。行刑时，王世贞、宗臣、吴国伦又哭祭于刑场，并为之料理后事。这场事变之后，"后七子"已视严嵩集团如同鬼蜮，严嵩集团也恨"后七子"入骨了。

嘉靖三十五年春，吏部尚书李默因严嵩及其党羽赵文华的构陷下狱，竟拷死狱中。李默一直是严嵩的政敌，在一定程度上可以说是"后七子"的保护人之一。嘉靖三十年宗臣由刑部主事调为吏部主事，即出于李默的

---

〔1〕陈田《明诗纪事》(己)签卷八"徐学诗"条，上海古籍出版社 1993 年版，第四册，第 1996 页。

〔2〕殷士儋《明故嘉议大夫河南按察司按察使李公墓志铭》，见李攀龙著、包敬第标校《沧溟先生集》附录二，上海古籍出版社 1992 年版，第 718 页。

〔3〕王世贞《弇州续稿》卷一百三十四《中奉大夫江西布政使司左布政天目徐公墓碑》，《四库全书》本。

赏拔。王世贞等人在杨继盛事件中的表现，深受李默赞许。李默下狱后，徐中行正好办理此案。他感李默之恩，拟轻典，严嵩、赵文华等怂恿世宗不允，竟杀之。王世贞作有《纪戊午正月李公事有感》四首，悼念李默。

李默一倒，复古派诸子之祸旋踵而至。吴国伦嘉靖三十三年初由中书舍人升兵科给事中，本出于严嵩父子的汲引。严氏的目的大概是想分化瓦解这个团体，于是首先争取入社最迟、当时还未得列名作为"七子"前身的"五子"名目中的吴国伦。可吴国伦却不领严氏父子这份情，杨继盛事件中坚决与其他诸子站在一起。严氏父子大怒，遂于嘉靖三十五年春首谪之为江西布政使司经历，三十六年量移南康推官。严氏父子意犹未释，欲乘当年京察斥逐之。因徐阶力争，得再谪为归德推官。又是两年不调，只好自请罢归。王世贞在刑部任职时间最长，早该转官，吏部两次推为提学副使，皆为严嵩父子所阻。三十五年十月，才任命为青州兵备副使。吴、王既出，严氏打击的目标转向宗、徐。宗臣当时写信给王世贞说："我辈已触诸贵人大怒，李与足下幸远，吴又谪，独日夜急者仆也。"[1]三十六年，徐中行在出使途中被任命为汀州知府，宗臣由吏部郎中出为福建参议。张佳胤（"后五子"之一）也因与王世贞等人相交往的缘故，由礼部郎中谪为陈州同知。复古派的主要成员遂被全部排挤出京（梁有誉已于嘉靖三十三年十一月卒于南海）。

嘉靖三十八、三十九年间，严嵩集团借王忬事件对"后七子"进行了最后也是最残酷的一次打击。王忬即王世贞、王世懋之父，时任蓟辽总督。他在军中听到杨继盛遇害的消息，曾表示愤慨。严氏父子因此对王家更怀恨在心。嘉靖三十八年二月，蒙古军队突破蓟辽防线，渡过滦河，大惊内地五日，京师震动，严嵩党羽都御史鄢懋卿遂起草弹章，命属下御史方辂劾忬，逮下锦衣卫狱。锦衣卫狱送上审讯记录，严世蕃削去其中提及王忬

---

〔1〕宗臣《宗子相集》卷十四《报元美》，台北伟文图书出版有限公司1976年版，第977—978页。

所立功劳的部分，交给刑部。王忬系文臣，法不当死。刑部尚书郑晓拟谪
戍，再驳，乃比守边武将守备不设失陷城寨律，于嘉靖三十九年十月弃市。
王忬亦以能诗文著称，曾任湖广提学副使，实际上也是复古派的政治靠山
之一。王忬的惨死，不仅使王世贞、王世懋兄弟心灵上蒙受了终生难以愈
合的巨大创伤，从此归家隐居多年，也使整个复古派的政治处境更加不利。

　　嘉靖四十一年（1562）严嵩倒台前，"后七子"除梁、宗已逝（宗臣
嘉靖三十九年卒于福建），谢榛以布衣仍在各地游历外，李攀龙、吴国伦、
王世贞兄弟都闲居在家，徐中行、张佳胤、张九一等都在谪所。严嵩倒台后，
在徐阶的引荐下，他们才纷纷复出或升迁，复古运动重新兴盛起来。

　　严嵩懂得，文人是以文学创作作用于社会的。即使他们在政治上都被
打倒了，甚至从肉体上被消灭了，只要他们的文学创作还在流行，他们的
影响就依然存在。因此，严嵩在利用手中的政治权力打击"后七子"的同时，
也着意拉拢扶植另一批文人，企图使之成为一股足以抵消"后七子"在文
坛的影响的文学力量。当时文坛耆宿杨慎僻处滇中，对"后七子"在内地
文坛声誉鹊起颇不以为然。皇甫四兄弟（冲、涍、汸、濂）和何氏兄弟（良
俊、良傅）都是吴地人，才名甚著。当他们的同乡王世贞兄弟等在文坛影
响日广时，双方的关系就变得有些微妙了。严嵩对这些人都着意结纳。如
皇甫涍在礼部为郎时，严嵩正任尚书，所上章奏皆托皇甫涍起草。皇浦汸
在《司勋集》的《寿介溪序》《谢严相公分惠大官攒品》《谒钤麓书院》《严
公解相还豫章追送松陵》诸诗文中，都对严嵩颂扬备至。何良傅早年以文
受知于任南京国子监祭酒的严嵩。后来严嵩入阁，良傅遂得官翰林。二何
集中，对严氏的感恩之作也不一而足。张燮在《书钤山堂集后》中说："（严
嵩）交欢名流，同时如杨用修、皇甫子循，嵩俱折节为衿契。时有撰著，
辄万里寄相点定，此亦辇上人所难。"[1]

────────────

〔1〕见黄宗羲《明文海》卷二百五十四，清涵芬楼钞本。

　　不过，上述诸人力量分散，影响还不够大。当时文坛上唯一可与"后七子"复古派相抗的文学群体就是唐宋派，而他们与严嵩集团的关系非同一般。唐宋派由"嘉靖八才子"演化而来，"嘉靖八才子"指王慎中、唐顺之、熊过、陈束、任瀚、吕高、赵时春、李开先。他们在嘉靖十四年至二十一年间相继罢官，大多都与夏言有关。后来严嵩排挤夏言，致使夏身死西市，他们当然拍手称快，并很自然地与严氏建立密切关系，甚至投到他的门下，成为他的亲信。

　　唐宋派的领袖人物是唐顺之，他与严嵩集团的关系不同寻常，更是众所周知的事实。唐顺之曾削籍为民，赋闲家居十几年。嘉靖三十三年（1554），赵文华请祷海神镇倭，视师浙江，荐起唐顺之为兵部主事，唐因父丧未赴。三十七年赴京，改任兵部职方郎中，派往蓟镇核兵籍，查出缺伍三万有奇，现存士兵亦老弱不任战。世宗大怒，降总督王忬俸二级。后来王忬因滦河失事被杀，亦与此事有关，则唐顺之在一定程度上成了王世贞兄弟的杀父仇人。嘉靖三十七年秋，唐顺之返里，诏升太仆少卿，与浙闽总督胡宗宪计议抗倭。继又以胡荐，升右通政。三十八年六月再升佥都御史巡抚凤阳，三十九年四月卒于扬州。唐顺之此次出山，抗倭的成绩不佳，却因此与严嵩、赵文华等人搅在一起了。两年中四擢，显然与严嵩有关。其《南奉使集》中，与严氏父子往还书札甚多，感恩戴德之语时有流露。胡宗宪于嘉靖四十一年十一月以严嵩党被逮，削籍；四十二年五月复逮至京，自杀。倘若唐顺之此时未死，很可能免不了被列入严嵩党羽。

　　茅坤嘉靖十七年（1538）中进士，先后任青阳县令、丹徒县令。二十五年初，因受到严嵩亲信吏部尚书唐龙的赏识，入为礼部主事，寻改吏部主事。茅坤此后二十年一直与严嵩集团荣辱与共。如茅坤被贬回到浙江归安家中，与他同年中进士的胡宗宪正任巡按浙江御史，负责抗倭，茅坤遂参与谋划。作为回报，胡把本属杭州军卫的一些土地送给茅坤，并为他在杭州建了房子。嘉靖四十一年胡宗宪被逮时，茅坤曾上书讼其冤。又作《海寇后编》《纪剿徐海本末》等，匿名或署名印行，为胡宗宪辩白。四十五年，巡按浙江御史庞尚鹏弹劾几名乡宦居乡不法，茅坤名在其中，被削籍为民。其子茅翁积也被逮死于狱中。

综上所述，嘉靖中后期文坛上"后七子"复古派与唐宋派的对峙，有着特定的政治背景。两个文学流派的消长盛衰，它们不同的政治倾向的形成，与当时朝廷中的政治斗争息息相关。严嵩在一定程度上可以说是这场文坛之争的导演者，但他的导演总的来说是失败的。他要压制的终于没有彻底压下去，他要扶植的也没有充分扶起来。晚明学者陈懿典在《郭张虚诗稿序》中指出："永陵（嘉靖）中，李历城（攀龙）、王娄东（世贞）六七人执牛耳而号海内，海内靡然向风。当其时，分宜（严嵩）秉重，自以为作者。所推毂毗陵（唐顺之）、晋江（王慎中）皆一时名流，而竟不能夺王、李六七人之气而拔其帜。"[1]这样一来，严嵩自己的身后之名也就大受影响。后世一般读者，大多是通过宗臣脍炙人口的《报刘一丈书》、王世贞的《袁江流钤山冈当庐江小吏行》，以及显然是站在"后七子"这一边的文人所作的传奇《鸣凤记》等，来认识严嵩其人的。后来的史学家给严嵩作传，也大多以王世贞的《嘉靖以来首辅传》等为蓝本。于是严嵩的"奸臣"帽子便一直戴到今天。

中国古代文学与政治的关系特别密切，严嵩对嘉靖中后期文坛的影响，还只是其中一个不算很典型的例子。为什么会如此？我想可能与中国古代文人的特殊身份有关。西方的文学艺术家，从贵族、经院学者、贵族的门客到靠版税维持生计的作家等，专业化程度似一直比较高。中国古代的文人却兼官员与学者或作家两重身份，大多都曾进入仕途，有的甚至在宦海上浮沉了一辈子。在政治上飞黄腾达、光辉门楣，是他们的首要人生目标。而且功名利禄、子女玉帛之奉等等，也毕竟是生活中最实在的东西。于是他们就自然要卷入官场的角逐。政治斗争便成为他们的整个生活——

---

〔1〕 见黄宗羲《明文海》卷二百七十一，清涵芬楼钞本。

包括文学活动——中起支配作用的因素。不了解他们所处的政治背景及所参与的政治事件，就不可能准确把握其文学活动和文学创作的复杂动机和真实意义。政治对文人和文学的影响大致包括两个层面：一是重大的社会变革或总的政治氛围等对文人和文学的影响；二是某些政治制度的确立、某种政治事件的发生，甚至是某个重要政治人物的进退等对文人和文学的影响。这些年来的文学研究并非没有注意到政治与文学的关系，问题是大多还停留在对前一层面的一般性描述上。如果我们对每个历史环节中文学与政治的关系进行深入具体的考察，许多文学现象将会得到更透彻的说明。

（原刊于《文史知识》1993 年第 7 期）

唐宋派与阳明心学

近些年来的明代文学研究，一直存在重小说戏曲而轻诗文、重后期而轻前中期的状况。活跃于明中叶嘉靖年间的唐宋派，就是因此而遭到不同程度忽视的重要文学现象之一。人们在纵览明代文学发展的历史长廊时，虽未完全遗忘唐宋派，但基本上是一晃而过，缺乏定格特写式的详细考察和深度透视。唐宋派的真实面目，包括它兴起和盛行的原因、内部构成和发展过程、主导倾向及创作得失等，至今还掩映在一层薄雾般的帷幔之中，明代文学思潮发展史的一个重要环节也因此显得模糊不清。我认为，要对这些问题做出圆满回答，必须对唐宋派与阳明心学的关系、唐宋派与嘉靖年间八股文风尚的关系、唐宋派与严嵩及嘉靖中后期朝廷党争的关系、归有光与唐宋派的关系等进行全面研究。限于篇幅，本文只拟对第一个问题略抒浅见，以为引玉之砖。

一、阳明心学与唐宋派的形成

研究唐宋派，不能不对它与阳明心学的关系予以特别注意，这首先是因为，唐宋派是在阳明心学的直接影响下形成的。

唐宋派之前，在明代文坛上占主导地位的，是以李梦阳、何景明为代表的"前七子"复古派。"前七子"复古运动正式兴起于弘治末，正德年间达到高潮，嘉靖前期势头犹健。只是作为对其文学先秦两汉、诗学汉魏盛唐的早期主张的修正，其后继者杨慎、薛蕙、高叔嗣等稍稍扩大了取法的范围，转而更着力于学习六朝、初唐和中唐的诗风文风。唐宋派由"嘉靖八才子"脱胎而来，"嘉靖八才子"指李开先、唐顺之、陈束、任瀚、吕高、熊过、赵时春、王慎中。前六人是嘉靖八年（1529）的同年进士，后两人则于嘉靖五年（1526）登第。他们早年都曾是"前七子"复古派的信徒。"嘉靖八才子"这一名目起于嘉靖十年（1531）左右，[1]得名之由仍是因为他们信奉复古派特别是其后继者的主张，诗学六朝初唐，文仿先秦两汉。例如：

李开先嘉靖十年饷军宁夏，路过关中，曾与复古派主要成员康海、王九思等相得甚欢，亦讥李东阳之诗文"萎弱"。王九思《漫兴十首》之八："进士东山李伯华，相逢亦笑李西涯。不知尔辈缘何事，四海英豪本一家。"[2]李开先在《题〈高秋怅离卷〉》诗序中说："诗须唐调，词必元声，然后为至。如水之源、射之的、修养家之玄关妙窍也。"[3]这与复古派取法乎上的主张一致。在《昆仑张诗人传》中他更说："物不古不灵，人不古不名，文不古不行，诗不古不成。"[4]唯古是嗜，这比起前七子的主张来，简直是有过之而无不及了。

陈束，李开先《后冈陈提学传》云："擢居高第……改翰林院编修，日与少洲所述数子并熊南沙、屠渐山、田豫阳游衍，竞为奇古诗文。士方守常袭陋，见其作惊讶，谓为捉鬼弩神之手，姗且笑之者十人而八九矣。后冈时或闻之，佯若不闻。有劝之者，虚谢其劝，而故态则略不省改。""多才而诗更精，文宗六朝，亦非今之学六朝者可比。诗则有难言者……大抵李、何振委靡之弊而尊杜甫，后冈则又矫李、何之偏而尚初唐。"[5]

---

〔1〕《李中麓闲居集》之五《吕江峰集序》："今嘉靖十年后，更有八才子之称。"见李开先著、卜键笺校《李开先全集》，上海古籍出版社2014年版，第537页。

〔2〕王九思《渼陂集》卷六，台北伟文图书出版有限公司1976年《明代论著丛刊》影印明嘉靖刻崇祯补修本，第228页。

〔3〕《李中麓闲居集》之三《题〈高秋怅离卷〉》，见李开先著、卜键笺校《李开先全集》，上海古籍出版社2014年版，第266页。

〔4〕《李中麓闲居集》之十《昆仑张诗人传》，见李开先著、卜键笺校《李开先全集》，上海古籍出版社2014年版，第900页。

〔5〕《李中麓闲居集》之十《后冈陈提学传》，见李开先著、卜键笺校《李开先全集》，上海古籍出版社2014年版，第936—938页。

王慎中，李开先《遵岩王参政传》："作为诗文，俱秦汉魏唐风骨。""曩唯好古，汉以下著作无取焉。"[1]

唐顺之，李开先《荆川唐都御史传》："素爱峣峒诗文，篇篇成诵，且一一仿效之。"[2]

任瀚在《孙山甫学集序》中，对李梦阳、何景明等皆赞不绝口。[3]

茅坤嘉靖十七年（1538）中进士，后来也成为唐宋派的重要成员。他在《与蔡白石太守论文书》中回忆道："仆少喜为文，每谓当跌宕激射似司马子长，字而比之，句而亿之。苟一字一句不中其垒黍之度，即惨恻悲凄也。唐以后若薄不足为者。"[4]

"嘉靖八才子"的文学宗旨和风格发生转变的时间，大约在嘉靖十二年（1533）至十五年（1536）之间，而对这一转变起直接推动作用的，即是阳明心学。

王守仁开创的阳明心学，初步形成于他正德初谪居贵州龙场驿时，正德中在南京和江西任职时得到进一步完善。但当时从学者尚少，相与切磋者不过许璋、王文辕、徐爱等同乡亲故而已。正德末，阳明平定宁王朱宸濠的叛乱，声名大振。继因受廷臣排挤，回越中家居七年，此时门人大进。如阳明大弟子钱德洪，就是在阳明"平濠归越"时，才与同邑范引年、管州等数十人"会于中天阁，同禀学焉"。[5]但当时王阳明的学说仅流行于浙东一隅，影响还不够大。《明儒学案》卷十二记阳明大弟子王畿欲不赴嘉靖五年会试，"文成（王守仁）曰：'吾非以一第为子荣也，顾吾之学，疑信者半，子之京师，可以发明耳。'先生乃行，中是年会试。时当国者

〔1〕《李中麓闲居集》之十《遵岩王参政传》，见李开先著、卜键笺校《李开先全集》，上海古籍出版社 2014 年版，第 944—945 页。

〔2〕《李中麓闲居集》之十《荆川唐都御史传》，见李开先著、卜键笺校《李开先全集》，上海古籍出版社 2014 年版，第 951 页。

〔3〕见黄宗羲《明文海》卷二百四十五，中华书局 1987 年影印清涵芬楼钞本，第 2546 页。

〔4〕茅坤著，张梦新、张大芝点校《茅坤集》，浙江古籍出版社 2012 年版，第 196 页。

〔5〕黄宗羲《明儒学案》卷十一"员外钱绪山先生德洪"，中华书局 1985 年版，第 225 页。

不说学（按当时辅臣为杨一清、费宏等），先生谓钱绪山（德洪）曰：'此岂吾与子仕之时也？'皆不廷试而归"。[1] 这里即透露出当时阳明心学遭到抑制不甚流行的信息。嘉靖六年（1527），朝廷重新起用王守仁为左都御史总督两广兼巡抚，平息广西思恩、田州等地农民起义。随着他的复出，加上众多门人广泛宣传，阳明心学的影响迅速蔓延。同时，因"议大礼"受到世宗青睐的张璁、桂萼、方献夫等人相继入阁，并迅速将杨一清等排挤去位。张璁做举人时便喜欢讲学。在"议大礼"中，阳明弟子大多站在最初曾处于劣势的张璁等人一边，所以张璁等对阳明师徒很有好感，他们对阳明心学的广泛流行也起了推波助澜作用。嘉靖七年十一月，王守仁卒于南安（今江西大余县）舟中。他去世后，声教愈广。归有光《送王子敬之任建宁序》云："近世……余姚（王守仁）之说尤甚，中间暂息，而复大昌。"[2] 嘉靖十年（1531）左右，阳明心学即已风靡于士大夫之间，并引起了整个社会士风、学风和文学风尚的变化。

"嘉靖八才子"中，转变的先锋人物是王慎中，但转变最彻底、影响最大的是唐顺之。转变的内容包括从迷恋文学到醉心阳明心学，从注重文学作品的情采到注重阐说义理，从取法秦汉盛唐到取法唐宋特别是宋人，从追求整练奇古的诗文风格到追求平淡自然的诗文风格等。这一系列转变有如连锁反应，几乎同时发生，而其中的关键则在接受阳明心学的影响。王慎中嘉靖五年（1526）中进士后，授户部主事，监税通州。改礼部主事。嘉靖十年充广东乡试主考，回京后升员外郎。十二年（1533），朝议选部属充翰林院职，王的呼声甚高，以拒绝往谒大学士张璁落选。改吏部员外郎，升郎中，为执政不喜，同列所忌，十四年（1535）三月，以覆张衍庆为父请封本失例，谪常州通判，署江阴令。寻升南京户部主事、礼部员外郎、郎中。十五年（1536）升山东提学佥事。据李开先《遵岩王参政传》，

〔1〕黄宗羲《明儒学案》卷十二"郎中王龙溪先生畿"，中华书局1985年版，第238页。
〔2〕归有光著、周本淳校点《震川先生集》卷十，上海古籍出版社2007年版，第223页。

王慎中在南京任职时，曹事闲简，"益得肆力问学，与龙溪王畿讲解王阳明遗说，参以己见，于圣贤奥旨微言，多所契合。曩唯好古，汉以下著作无取焉。至是始尽发宋儒之书读之，觉其味长，而曾、王、欧氏文尤可喜，眉山兄弟犹以为过于豪而失之放。以此自信，乃取旧所为文如汉人者悉焚之。但有应酬之作，悉出入曾、王之间。唐荆川见之，以为头巾气。仲子（王慎中）言：'此大难事也，君试举笔自知之。'未久，唐亦变而随之矣。尝以书寄予：'新来独得为文之妙，兄虽海内极相契，而于此文有不能共其味者矣！'然不知其正相同也"。[1] 据此，则王慎中之转向乃在嘉靖十四至十五年间在南京任职时。顾璘《赠别王道思序》亦载："道思弱冠举进士为郎，读书过目成诵，文词烂然。尝主广东试事，刻文甚奇，余以故志其名。今年来为南京礼部主客郎中，会余，余称其试文，乃蹙然曰：'公囧某邪。某初学文好拟古，最先六经语，已而学左氏，又之迁、固，试文则是物也，殆扬雄所谓雕虫技乎。近乃爱昌黎为文，日见其难及，不知昔者何视之易也。'璘惊曰：'有是哉，今英贤并易昌黎文，而浅晦庵于道。子睿质强气，乃逊志如此乎。"[2] 这也可以作为李《传》的旁证，证明王慎中嘉靖十年主广东乡试时尚未转向，变化在十四、十五年间在南京任职时。约嘉靖十六年，王慎中由山东提学佥事转江西参议，李《传》云：江西"乃阳明政教所及之地，故老犹能道其详。仲子则寻陈迹，讲新知，往来白鹿、鹅湖间，公事不废，而士子闻所未闻矣。更与双江聂司马（豹）、东廓邹司成（守益）、念庵罗殿撰（洪先）、南野欧阳大宗伯（德）交游讲学"。[3] 上述诸人是江右王门学派的主要人物，王慎中由此浸润王学更深。后升河南参政，嘉靖二十年（1541）罢官归。在晋江家居期间，他继续与各地理学家书信往还

---

〔1〕《李中麓闲居集》之十《遵岩王参政传》，见李开先著、卜键笺校《李开先全集》，上海古籍出版社 2014 年版，第 945 页。

〔2〕 见黄宗羲《明文海》卷二百八十三，中华书局 1987 年影印清涵芬楼钞本，第 2936 页。

〔3〕《李中麓闲居集》之十《遵岩王参政传》，见李开先著、卜键笺校《李开先全集》，上海古籍出版社 2014 年版，第 945—946 页。

辨析义理，还聚众讲学，并因此受到当地仍恪守程朱理学的理学家的非难，"辄蒙诋诮"。[1]三十八年（1559）卒于家，年五十一。

唐顺之嘉靖八年（1529）中进士后，选翰林院庶吉士，改兵部主事，嘉靖九年乞病归。十一年（1532）返京，改吏部主事。王畿于本年赴京参加殿试，唐顺之与他相交，略知阳明心学端绪。十二年八月，唐顺之由部属选充翰林院编修，十四年二月因病乞休，着以原职致仕。在武进家居期间，与王慎中交往频繁。李开先《荆川唐都御史传》云："素爱崆峒（李梦阳）诗文，篇篇成诵，且一一仿效之。及遇王遵岩，告以自有正法妙意，何必雄豪亢硬也。唐子已有将变之机，闻此如决江河，沛然莫之能御矣。故癸巳（嘉靖十二年）以后之作，别是一机杼，有高出今人者，有可比古人者，未尝不多遵岩之功也。"[2]嘉靖十八年（1539），唐顺之复官为翰林编修兼春坊右司谏。十九年与罗洪先上疏，请于来年正旦百官朝见皇太子于文华殿，世宗大怒，两人俱削籍。唐顺之自此闲居家乡十八年。自言四十岁后思想文风发生根本变化，专心学道，"将四十年前伎俩头头放舍，四十年前意见种种抹杀"，[3]并称对王龙溪（畿）只少一拜。按唐氏生于正德二年（1507），四十岁当嘉靖二十五年（1546）。

后来史籍关于王慎中、唐顺之的记载，多依据李开先的两篇传。李与王、唐为同时人，且交谊甚深，故所述翔实可靠。但两传中言及两人文学宗旨和风格转变处微有牴牾。《遵岩王参政传》说王慎中转向在嘉靖十四、十五年间，唐顺之是在王慎中影响下转向的；《荆川唐都御史传》中却说唐嘉靖十二年以后之作，"别是一机轴"。对此只可能有一种解释，即李开先意在强调唐顺之嘉靖十一年在京中与王畿结识后，文学宗旨和风格实即已

〔1〕王慎中《遵岩集》卷二十三《与张考堂》，上海古籍出版社1993年版，第545页。

〔2〕《李中麓闲居集》之十《荆川唐都御史传》，见李开先著、卜键笺校《李开先全集》，上海古籍出版社2014年版，第951页。

〔3〕唐顺之《答王遵岩》，见唐顺之著，马美信、黄毅点校《唐顺之集》，浙江古籍出版社2014年版，第275页。

发生变化。若然，则我们更可以由此看出阳明心学对唐宋派的直接影响。

茅坤又是在唐顺之引导下转向的，他的《与蔡白石太守论文书》在前引回忆自己早年追随复古派的一段话后接着说："独怪荆川疾呼曰：唐之韩犹汉之马迁，宋之欧、曾、二苏犹唐之韩子，不得致其至，而何轻议为也？仆闻而疑之，疑而不得，又蓄之于心，而徐求之，今且三年矣。近乃取百家之文之深者按覆之，卧且吟，而餐且噎焉，然后徐得其所谓万物之情，自各有其至。……而唐司谏及仆所自持，始两相印而无复同异。"[1]根据茅坤嘉靖十七年（1538）中进士，此文中言"三年"，称"唐司谏"等情况判断，茅坤的文学宗旨和风格发生变化在嘉靖二十年（1541）左右。

至于归有光，后人将他归入唐宋派，甚至视为该派魁首，这都不无道理。因他虽取法较广，对《史记》用功尤深，但主张"变秦、汉为欧、曾"，主要师法的对象还是唐宋诸家。不过，归有光与唐顺之、王慎中等没有直接交往。他生于正德元年（1506），嘉靖十九年（1540）中举，自此有名公车间，但主要还是以擅长八股文著称，在文坛的地位和影响很有限。李攀龙、王世贞在嘉靖三十年前后所写的一系列抨击唐宋派的文章，都只提"毗陵、晋江二君子"，即唐顺之、王慎中两人，从未涉及归有光。归有光嘉靖四十四年（1565）才中进士，而唐、王是时均已去世数年了。归有光缺乏明确而系统的文学主张，他作《项思尧文集序》批评复古派，并斥王世贞为"庸妄巨子"，事在嘉靖后期，且主要出于意气之争。[2]总之，在

〔1〕 茅坤著，张梦新、张大芝点校《茅坤集》，浙江古籍出版社2012年版，第196页。

〔2〕 王世贞《读书后》卷四《书归熙甫文集后》："余成进士时［按王世贞嘉靖二十六年（1547）中进士］，归熙甫则已大有公车间名，而积数年不第。……而同年朱检讨者，佻人也。数问余得归生古文辞否，余谢无有。一日忽以一编掷余面……退读之，果熙甫文，凡二十余章，多率略应酬语。……而又数年，熙甫之客中表陆明谟忽贻书责数余以不能推毂熙甫，不知其说所自。余方盛年憍气，漫尔应之，齿牙之锷，颇及吴下前辈。中谓陆浚明差强人意，熙甫小胜浚明，然亦未满语。又数年而熙甫始第，又数年而卒。客有梓其集贻余者……熙甫集中有一篇盛推宋人，而目我辈为蜉蝣之撼不容口，当是于陆生所见报书故。无言不酬，吾又何憾哉？吾又何憾哉？"台北商务印书馆景印文渊阁《四库全书》，第1285册，第55—56页。

嘉靖前中期，归有光的文学活动是独立的，基本上没有卷进当时文坛主流相互冲突的漩涡。

唐宋派究竟包括哪些作家，历来论者语焉不详。最早对王慎中、唐顺之新的文学主张遥致声援的，就是"嘉靖八才子"的其他成员。有人因此把他们全归入唐宋派，这不无道理，但他们的具体情况各有不同。陈束早卒，基本上未改信奉复古主张的初衷。他一直对理学不感兴趣，比较重视文学本身的价值和文学作品的文采技巧等的意义，与王、唐的观点存在分歧，并因此遭到两人的批评。[1] 吕高、熊过、任瀚皆早谪家居，不复起官。吕高文学才望"不堪与诸子骖乘"。[2] 熊过、任瀚晚年都沉溺于道教服食炼形飞升之术，且任瀚诗作"音节抗朗，在嘉靖八子中自为一派，与前、后七子略近"；[3] 熊过文章以"奥博"见长，"不欲居王、唐下"，[4] 创作风尚都与王、唐有异。他们声援王、唐，主要是出于早年的交情。李开先、赵时春地位较高（李官至太常寺少卿提督四夷馆，赵官至山西巡抚），而且都花了较多精力从事文学创作，因此是王、唐的有力支持者。但赵时春欲以事功立名，诗文多慷慨自喜，也与王、唐异趣。李开先曾对复古派专学李、杜"一格"的诗歌主张提出批评，强调"本色""真情"，接近王、唐的观点。但总的来看，他的文学主张和创作风格始终徘徊于复古派与唐宋派之间，没有从根本上摆脱复古理论的影响。换言之，没有接受阳明心学的深刻影响，是"嘉靖八才子"其他成员的文学宗旨和风格不能与王、唐达到完全一致的主要原因。

除"嘉靖八才子"外，王、唐的文学主张还得到当时另一部分知名文

---

〔1〕 见王慎中《遵岩集》卷二十一《与陈约之》，上海古籍出版社 1993 年版，第 521 页；唐顺之《与陈后冈参议》，见唐顺之著、马美信、黄毅点校《唐顺之集》，浙江古籍出版社 2014 年版，第 204—205 页。

〔2〕 钱谦益《列朝诗集小传》丁集上"吕少卿高"条，上海古籍出版社 1983 年版，第 379 页。

〔3〕 陈田《明诗纪事》（戊签）卷九"任瀚"条，上海古籍出版社 1993 年版，第三册，第 1542 页。

〔4〕 钱谦益《列朝诗集小传》丁集上"吕少卿高"条，上海古籍出版社 1983 年版，第 379 页。

士的响应，他们是项乔、蔡汝楠、侯一元、洪朝选、王宗沐等。这些人往往与王、唐有着同年或同乡的关系，早年也大都迷恋过一阵复古派的文学主张，后来则在王、唐等人的引导下，或浅或深地受到阳明心学的影响，并因此或早或迟地发生文学宗旨和风格的转变。唐宋派当时之所以能形成全国性的声势，与他们的积极追随和摇旗呐喊是分不开的。就对唐宋派兴盛所起的作用而言，他们实超过"嘉靖八才子"中的吕高等人。因此，这些大多已被今人遗忘的作家，实为当时唐宋派阵营中的重要成员。

另外，当时还有大量阳明心学的理学家，主要兴趣在讲学，但也染指文学创作。他们与王慎中、唐顺之等交往密切，姓名屡见于王、唐等人文集，如王畿、罗洪先、邹守益、欧阳德、聂豹、程文德、刘文敏、张邦奇、张岳、何迁、万表、薛应旂、李元阳等。这些人大多附和或赞赏王、唐的文学主张，属于唐宋派作家群的外围。由于当时人们对理学（家）与文学（家）的界限区分得并不十分清楚，而这些人在当时士大夫阶层中都是呼风唤雨的人物，所以他们对唐宋派的兴盛所起的作用也不可低估。

李梦阳于嘉靖八年（1529）去世，这可视为"前七子"复古运动高潮已过的一个标志。王慎中、唐顺之等人文学宗旨和风格的转变，则意味着文坛上一股新的文学风潮的兴起，他们也因此成为唐宋派的领袖人物。唐宋派流行的时间，即起于嘉靖十四、十五年，而止于嘉靖末。但嘉靖二十年（1541）以前，前七子复古运动余波逶迤不息，仍有一定影响。从嘉靖二十年左右到三十几年，则是唐宋派最为盛行的阶段。用"后七子"领袖人物李攀龙、王世贞等人的话来说，是"家传户诵""晋江（王慎中）、毗陵（唐顺之）二三君子"之作。[1]按钱谦益的说法，则是"王道思、唐应德倡论，尽洗一时剽拟之习。伯华（李开先）与罗达夫（洪先）、赵景仁（时春）诸人左提右挈，李（梦阳）、何（景明）文集，几于遏而不行"。[2]此

---

〔1〕李攀龙《沧溟先生集》卷十六《送王元美序》，上海古籍出版社2014年版，第491页。
〔2〕钱谦益《列朝诗集小传》丁集上"李开先"条，上海古籍出版社1983年版，第377页。

后，由于李攀龙、王世贞等"后七子"复古运动崛起，唐宋派的影响逐渐削弱，文坛上呈现唐宋派与"后七子"复古派分庭抗礼的局面。嘉靖末年以后，随着"后七子"复古运动日益高涨，唐宋派在文坛的主导地位又被它所取代。仍用钱谦益的话来说，"嘉靖末，王、李诸人，号'七才子'，'八才子'之名遂为所掩"。[1]

总之，从唐宋派作家特别是其骨干成员的创作道路来看，阳明心学的影响是促使他们的文学宗旨和风格发生转变的根本动力；从唐宋派作家的相互关系来看，对阳明心学的共同信奉是他们得以凝聚为一体的重要纽带；从外部环境看，则阳明心学的流行，构成了唐宋派兴盛的特定时代氛围。当然，唐宋派的兴盛还与当时政治、文化以及文学本身的发展等多方面因素有关，但阳明心学的直接影响无疑是其中的首要原因。

二、阳明心学与唐宋派的主导倾向

阳明心学不仅对唐宋派的形成起了重要作用，而且也制约着唐宋派的主导倾向，前者可以说是后者的思想基础。只有从阳明心学对唐宋派的影响入手，才能把握唐宋派文学主张的实质。

阳明心学与"前七子"复古运动同兴起于明弘、正之际，在此之前，思想界是程朱理学的一统天下，文坛上流行的是台阁体。它们片面强调主体对客观社会、主体的感性对理性的服从，造成了整个思想文化界万马齐喑的局面。阳明心学与"前七子"复古运动的出现打破了这种局面。它们都具有摆脱束缚、张扬自我的特征，都是当时思想文化领域解冻的产物，标志着主体精神经历明前期高压统治的漫漫寒夜之后的复苏，共同反映了明中叶因一系列社会生活新因素的出现而萌生的新的时代要求，因此两者

---

〔1〕钱谦益《列朝诗集小传》丁集上"吕少卿高"条，上海古籍出版社1983年版，第379页。

曾"并行而不背"。[1]但是，复古派的目标是恢复个人与社会、情与理完美统一的古典审美理想，因此它摆脱束缚、张扬主体精神的程度就有较大局限。阳明心学则大力倡导人的"良知""心"，即主体精神，它在追求主体精神的独立上便先走了一步。回过头来看，复古派的理想就不免显得落后过时了。因此，阳明心学与"前七子"复古运动联袂走过很短一段路程后，便撇后者而去，并将复古派成员何景明、徐祯卿、郑善夫等纷纷吸引过去，最后几乎吞灭了"前七子"复古运动。而在它孕育下诞生的唐宋派，则走到了复古派的反面，成为与之相对抗的文学流派。

　　望文生义地说复古派与"唐宋派"的区别在于一学秦汉，一学唐宋；或者说一学古代作家作品的"气象""音节"，一学古代作家作品的"抑扬开阖起伏呼照之法"等等，都还是比较表面的看法。两派的根本区别，实在于他们的美学理想不同。复古派也强调文章要表现主体精神，表达主体情感，但其最高理想是个人与社会、感情与理性达到完美统一。他们不求主体精神、主体情感得到过分凸现，相反，他们认为这是应该避免的。与此相应，在艺术上，他们也追求文章的意蕴与物象完美地融为一体，做到"理苞塞不喻"，反对过分直露地表达主体所体认到的理性观念或情感。唐宋派则力图突出地表现主体精神，把是否具足独立的主体精神看作衡量作品价值的首要标准。王慎中说，"文字法度规矩一不敢背于古，而卒归于自为其言"；[2]归有光说，作文应"出于意之所诚然，而不能已者"；[3]茅坤说，"文章之或盛或衰，特视其道何如耳"；"文特以道相盛衰，时非所论也"。[4]所谓"自为其言""意之所诚""道"等，都是强调主体精神。在

〔1〕参见钱钟书《谈艺录》，中华书局 1984 年版，第 303、613 页。

〔2〕王慎中《遵岩集》卷二十三《与江午坡书一》，上海古籍出版社 1993 年版，第 538 页。

〔3〕归有光著、周本淳校点《震川先生集》卷七《答俞质甫书》，上海古籍出版社 2007 年版，第 146 页。

〔4〕茅坤《八大家文钞总序》，见茅坤著，张梦新、张大芝点校《茅坤集》，浙江古籍出版社 2012 年版，第 483 页。

这一点上，唐顺之的论述更为显豁：

> 只就文章家论之，虽其绳墨布置，奇正转折，自有专门师法。至于中一段精神命脉骨髓，则非洗涤心源，独立物表，具古今只眼者，不足以与此。今有两人，其一人心地超然，所谓具千古只眼人也，即使未尝操纸笔呻吟，学为文章，但直抒胸臆，信手写出，如写家书，虽或疏卤，然绝无烟火酸馅习气，便是宇宙间一样绝好文字。其一人犹然尘中人也，虽其专专学为文章，其于所谓绳墨布置，则尽是矣。然翻来覆去，不过是这几句婆子舌头语，索其所谓真精神与千古不可磨灭之见，绝无有也。则文虽工，而不免为下格，此文章本色也。
>
> 且夫两汉而下，文之不如古者，岂其所谓绳墨转折之精之不尽如哉？秦、汉以前，儒家者有儒家本色，至于老、庄家有老、庄本色，纵横家有纵横本色，名家、墨家、阴阳家皆有本色，虽其为术也驳，而莫不皆有一段千古不可磨灭之见。是以老家必不肯剿儒家之说，纵横必不肯借墨家之谈，各自其本色而鸣之为言。其所言者，其本色也，是以精光注焉，而其言遂不泯于世。[1]

这里对所谓"一段精神命脉骨髓""千古只眼""千古不可磨灭之见""本色"的推崇，与阳明心学对"良知""人心一点灵明"的张扬如出一辙。其中如"老、庄家有老、庄本色……而其言遂不泯于世"云云，与王守仁所说"居今之时，而有学仁义，求性命，外记诵辞章而不为者，虽其陷于杨、墨、老、释之偏，吾犹且以为贤"，[2]也若合符契。

---

〔1〕唐顺之《答茅鹿门知县二》，唐顺之著，马美信、黄毅点校《唐顺之集》，浙江古籍出版社2014年版，第294—295页。

〔2〕王守仁《别湛甘泉序》，见黄宗羲《明文海》卷二百八十九，中华书局1987年影印清涵芬楼钞本，第2995页。

　　复古派和唐宋派都是根据自己的审美理想来确定师法的榜样，而不是相反。我们弄清了复古派和唐宋派审美理想的不同，再来分析它们分别取法秦汉与唐宋的原因，问题就迎刃而解了。首先，秦汉之文的语言与明代语言差距较大，学秦汉之文，就不得不尽力学习它们的词汇、语法，否则就不像。同时，秦汉散文是有其结构法度的，但当时的作家还没有特别注意文章的章法句法，有时甚至好像是散漫无宗、浑浑噩噩，给人一种似有法似无法的感觉。对于有规律法度可寻的事物，人们可以掌握这些规律法度，并在此基础上进行自由变化创造。对于好像没有规律法度可寻的事物，人们除了一招一式生硬模仿以外，没有别的办法。学秦汉散文，既把词汇、语法、章法等的模仿摆在首要位置，主观思想感情的表达势必受到影响，往往写出一些外表上肖似古代作家作品，而内在思想感情却相当贫乏、苍白、模糊的作品来。复古派作家本来就不主张主观思想感情得到特别凸现，因而对这一点并不很在意。唐宋派作家就不同了，他们的审美理想是充分展示独立的主体精神，他们便视此为莫大束缚，觉得无法忍受，于是将学习的目标转向唐宋散文。与秦汉散文不同，唐宋散文的语言与明代语言差距较小。学唐宋散文，就用不着时刻留心词汇、语法是否露了马脚，尽可把注意力放在表达思想感情上。同时，唐宋散文的结构章法已十分规范。罗万藻代人作《韩临之制艺序》云："文字之规矩绳墨，自唐宋而下，所谓抑扬开阖起伏呼照之法，晋汉以上，绝无所闻，而韩、柳、欧、苏诸大儒设之，遂以为家。出入有度，而神气自流，故自上古之文至此而别为一界。"[1]"前七子"代表人物何景明《与李空同论诗书》中曾说"夫文靡于隋，韩力振之，然古文之法亡于韩"，[2]也是针对这一变化而言。唐宋散文的这些规矩绳墨，虽然繁复，但掌握并不难。一旦掌握，作者就可以自由变化

〔1〕罗万藻《此观堂集》卷一，齐鲁书社 1997 年《四库全书存目丛书》本，集部第 192 册，第 350 页。

〔2〕何景明《大复集》卷三十二《与李空同论诗书》，台北商务印书馆景印文渊阁《四库全书》本，第 291 页。

创造，出新意于规矩绳墨之外，从而不仅是无碍于、而且是有利于主观思想感情的自由表达。总之，学什么是次要的，是否注重表现独立的主体精神才是根本，前者是由后者决定的。

有人认为，唐宋派不满于复古派，乃是因为后者过于模拟。然而唐顺之《与洪方洲书》云：

> 盖文章稍不自胸中流出，虽若不用别人一字一句，只是别人字句，差处只是别人的差，是处只是别人的是也。若皆自胸中流出，则炉锤在我，金铁尽熔，虽用他人字句，亦是自己字句，如《四书》中引《书》引《诗》之类是也。[1]

可见模拟与否也是次要的，关键仍在于是否"自胸中流出"，即体现主体精神。若是则"用他人字句"也无妨，否则"不用别人一字一句"也无益。

唐顺之等既注重主体精神的自由表达，主张"直摅胸臆""开口见喉咙"等，又大讲文章的法度，似乎自相矛盾。但在唐宋派的文学观念中，两者是相互统一的。文章的抑扬开阖起伏照应等，实际上是作家思维习惯的体现。因此，从唐、宋时期开始，作家们就往往通过文章的抑扬开阖起伏照应的安排，来表现自己的思维个性以至整个人格特征。罗万藻所说的"出入有度，而神气自流"，即指此。韩愈、柳宗元、欧阳修、王安石、曾巩、苏洵、苏轼等人的文章的个性风格，在很大程度上即体现于他们的文章的抑扬开合起伏照应之法，如韩愈的纵横排荡、气盛言宜，欧阳修的纡徐委备，曾巩的平正整练，苏轼的如行云流水、姿态横生，等等。唐宋派作家对此有深入体会，在他们看来，法度不仅不是自由表达主体精神的桎梏，

---

[1] 唐顺之著，马美信、黄毅点校《唐顺之集》，浙江古籍出版社2014年版，第297—298页。

反而是展示主体精神的重要手段和工具。在一定程度上甚至可以说，"法"就等于主体精神。唐顺之《文编序》云：

> 圣人以神明而达之于文，文士研精于文以窥神明之奥。其窥之也有偏有全，有小有大，有驳有醇，而皆有得也，而神明未尝不在焉。所谓法者，神明之变化也。[1]

至于"自撼胸臆""开口见喉咙"与"抑扬开阖起伏照应"之"法"究竟怎样统一，唐顺之在《董中峰侍郎文集序》中打一个很形象的比方：

> 喉中以转气，管中以转声。气有湮而复畅，声有歇而复宣。阖之以助开，尾之以引首，此皆发于天机之自然，而凡为乐者，莫不能然也。最善为乐者则不然，其妙常在于喉管之交，而其用常潜乎声气之表。气转于气之未湮，是以湮畅百变，而常若一气；声转于声之未歇，是以歇宣万殊，而常若一声。使喉管声气融而为一，而莫可以窥，盖其机微矣。然而其声与气之必有所转，而所谓开阖首尾之节，凡为乐者莫不皆然者，则不容异也。使不转气与声，则何以为乐；使其转气与声而可以窥也，则乐何以为神？[2]

一方面，气息自然出于肺腑；另一方面，此气又不是直呼而出，而是"喉中以转气"，以成其悠扬转折之致。但这种转折回旋又必须与声气本身融为一体，不露痕迹。唐宋派的作家如唐顺之等，在创作中就特别注意讲究抑扬互节，分合照应，层层推进，潜气内转之类，力求由此见出作者的识见涵养。总之，唐宋派大讲所谓"开口见喉咙"等等，并不意味着他们

---

〔1〕唐顺之著，马美信、黄毅点校《唐顺之集》，浙江古籍出版社 2014 年版，第 450 页。
〔2〕同上，第 465—466 页。

忽视法度。恰恰相反，他们特别强调法度。不过，他们所强调的"法度"，是与"开口见喉咙"相一致的。他们强调"法度"的根本目的，仍在于更充分更自由地表达主体精神。

唐宋派倡导主体精神的自由表达，超越了复古派，突破了古典审美理想。在根本精神上，它成为明代中晚期浪漫文学思潮的先导。但是，它还仅仅是先导，而不可能构成浪漫文学思潮的高潮。这倒不是因为唐宋派作家倡导自由表达主体精神还不够彻底，应该说，他们强调"开口见喉咙"等等，态度是够坚决的了。问题在于他们所谓的"主体精神"本身，内容还相当贫乏、模糊。他们把"一段精神命脉骨髓""千古不可磨灭之见""古今只眼"等等叫得很响，但他们自己究竟有何种"千古不可磨灭之见"等等，却不甚了了。可以说是雷声很大，雨点稀小。反复阅读唐宋派的作品，呈现在我们面前的至多只是洒脱一些的理学家的面孔，而不是冲决罗网的斗士的姿态。像唐顺之的名作《竹溪记》《书〈蒹葭三章〉后》等，主要都是表达一种得道的气象，与一般理学家的见解没有什么区别。《信陵君救赵论》很受后世文法家推崇，《古文观止》的编选者几乎叹为观止，然而此文见解实属平庸，典型地体现了理学家"责人无已时"，死执纲常不知时势的痼习。总的来看，唐宋派对追求主体精神自由和个性解放的时代要求有所感悟，但还处于明而未融状态。对于人性、主体与客观世界的关系等关于主体精神的重要命题，还没有什么新颖的见解。

唐宋派主导倾向上的这种局限，仍是由它的思想来源即阳明心学决定的。阳明心学一方面强调"心即理"，重"良知"，显示出倡导主体精神独立自觉的倾向；一方面又大谈天理、纲常，以它为"心"（良知）中固有之物，使主体依然是负着传统伦理道德纲常沉重枷锁的主体，于是阳明心学倡导主体精神独立自觉的倾向便因自相矛盾而自行退缩了。唐宋派的思想状态，正与阳明心学肖似。因此我们可以说，阳明心学既孕育了唐宋派，又给它带来了先天不足，制约了它的生长发育。继阳明心学之后诞生的异端思想，则沿着理学特别是阳明心学倡导主体精神独立自觉的倾向继续推进，终于实现了理学性质的根本蜕变，获得了对主体本质的新认识，揭橥了情欲是人的自然本性，人追求情欲的满足是自然合理的，"天机只在嗜欲中"，"穿衣吃饭即是人伦物理"这一十分简单而又十分重大的命题。在当时历史条件下，这是当之无愧的"千古不可磨灭之见"。继唐宋派之后产生的以徐渭、汤显祖、李贽、公安三袁、冯梦龙、金圣叹等为代表的浪漫派文学家，以这种崭新的思想观念为武器，猛烈抨击虚伪陈腐的传统礼教，肯定人的自然情欲的合理性，倡导主体精神的自由，为美好的爱情、豪迈不羁的侠义精神等高唱赞歌，于是终于掀起了浪漫主义文学思潮的巨澜。一个时期的哲学思想，作为时代精神的集中体现，往往制约着这个时期其他意识形态领域的思想观念。反过来说，一个时代的文学思想，往往与整个时代精神特别是哲学思想的发展基本同步。明中叶阳明心学与唐宋派的关系及晚明异端思想与浪漫文学思潮的关系，又为此提供了一个典型例证。

三、阳明心学与唐宋派文学创作之得失

历来研究唐宋派的学者，都面临一种困惑，这就是，读唐顺之等人的文学批评论文，觉得他们见地高超，头头是道。待阅其自作诗文，却肤庸熟滥，殊不满人意；他们的散文作品中还有一些清新流畅、轻松自然的篇章，而诗歌则更不足道。以至竭力肯定他们的散文的批评家，如钱谦益等，也不得不否定他们的诗。而极端鄙弃他们的诗歌的批评家，如王世贞等，也不得不在一定程度上承认他们散文创作的成就。为什么会出现这种现象，这可以说是唐宋派研究中的一个谜。历来研究者都对上述事实做过详略不等的描述，但都似乎没有揭示其中的内在联系，从而对它们做出合理解释。

我认为，唐宋派文学理论与诗文创作这种利弊得失错综交织的现象，根本上是由唐宋派所处的特定文学史背景及阳明心学对唐宋派的双重影响决定的。要对这一现象做出合理的解释，仍然离不开对阳明心学与唐宋派相互关系的考察。

明代中晚期，是整个中国古代文学发展史上一个十分关键的时期。已经延续近两千年的与中国古代人们的生活方式、思想感情和语言习惯等相适应的古典审美理想和古典文学形态（包括题材、主题、体裁、语言和表现技巧等），从中唐开始随着中国君主专制社会走下坡路而逐步解体和蜕化，此时进一步趋于瓦解和衰落。而带有近代色彩的新的审美理想和新的文学形态，经过长期酝酿，此时终于如狂飙涌起，形成第一个高潮。前者力图复振，其代表人物是复古派"前、后七子"；后者则力图摆脱一切束缚，独领风骚，其代表人物即晚明浪漫派文学家。正因为两派之间的矛盾不是一般的风格之争，技法之争，而是两种审美理想的根本冲突，所以他们之间爆发了中国文学史上空前激烈的文学论战。唐宋派介于两者之间，也就是说，它正处于文学转型过程中一种十分特殊的位置。唐宋派追求主体精神的独立，倡导主体精神自由显豁的表达，往后看，它是浪漫文学思潮的先导，对浪漫文学思潮的兴起有利；往前看，它又是古典审美理想解体、主体与客观世界、情与理等分裂以及由此引发的古典诗文创作中理性化和俗化倾向的继续发展，对古典诗文的创作不利。唐宋派一身而兼二任，于是也就具有了合理与不合理的双重性质。唐宋派倡导新的审美理想，并推尚与之相适应的文学形式，如更加口语化的诗文、通俗小说等，[1]从文学发展的总趋势看，它无疑具有积极进步意义。但是，在当时，作为古典审美理想存在之基础的小农经济社会生产生活方式和政治体制等地位还相当稳固，古典审美理想的存在就还有一定的必然性和合理性。同时，与古典审美理想相适应的古典文学形态特别是古典诗歌，像人类文学艺术史上所

---

〔1〕 唐宋派及它所由脱胎的"嘉靖八才子"中的作家，是明中叶最早对通俗小说《水浒传》等予以肯定的文人。李开先《词谑》云："崔后渠（铣）、熊南沙（过）、唐荆川（顺之）、王遵岩（慎中）、陈后冈（束）谓《水浒传》委曲详尽，血脉贯通，《史记》而下，便是此书。且古来更无有一事而二十册者。倘以奸盗诈伪病之，不知序事之法、史学之妙者也。"审李开先语气，并考虑到他对戏曲的特殊嗜好，他本人也当是《水浒传》的喜爱者之一。见李开先著、卜键笺校《李开先全集》，上海古籍出版社2014年版，第1553页。

有文学形态和艺术样式一样，有它特定的审美规范，以及一系列体裁、法度、语言等方面的要求，其中一些基本原则非遵守不可，否则就不成其为古典艺术和古典诗歌了。唐宋派作家由于对自身的使命没有达到充分自觉，也没有明确意识到古典审美理想及古典文学形态与带有近代色彩的新的审美理想及新的文学形态之间的根本差别，他们在倡导新的审美理想及新的文学形态时，也把这种审美理想施加于古典诗文，以它为标准来衡量古典诗文，以它为指导来创作古典诗文，而忽视甚至是有意识地蔑弃古典诗文创作应遵循的审美规范及一系列体裁、法度、语言等方面的特殊要求，这好比将现代时装套在古代皇宫嫔妃身上，就未免荒谬了。

由于古典诗歌和散文审美要求的宽严程度不一，唐宋派此举在古典诗歌和古典散文领域中的效果也就不同。在散文领域，虽然唐宋派的出现使中国古代散文又发生一次重大变化，不仅秦汉散文，而且唐宋散文的风神格调也不可复睹，但唐宋派的散文不失为一种创新。在古典诗歌领域，唐宋派也力图推行他们的主张，其荒谬性便暴露无遗了。唐顺之《与王遵岩参政》云：

> 近来有一僻见，以为三代以下之文未有如南丰，三代以下之诗未有如康节者。然文莫如南丰，则兄知之矣；诗莫如康节，则虽兄亦且大笑。此非迂头巾论道之说，盖以为诗思精妙，语奇格高，诚未见有如康节者。知康节诗者莫如白沙翁，其言曰："子美诗之圣，尧夫更别传。后来操翰者，二妙罕能兼"，此犹是二影子之见。康节以锻炼入平淡，亦可谓"语不惊人死不休"者矣，何待兼子美而后为工哉？古今诗庶几康节者，独寒山、静节二老翁耳，亦未见如康节之工也。兄如以此言为痴迂，则吾近来事事痴迂，大率类此耳。[1]

---

[1] 唐顺之著，马美信、黄毅点校《唐顺之集》，浙江古籍出版社2014年版，第299—300页。

　　陈献章还只是把邵雍和杜甫并称，唐顺之则认为邵雍还在杜甫之上，其次则是"寒山、静节二老翁"，这真可谓"痴迂"之极了，然而它又确实是由唐宋派"直撼胸臆""开口见喉咙"的主张必然推导出的结论。

　　所谓阳明心学对唐宋派的双重影响，是指前者在思想倾向上对后者起积极引导作用的同时，又在思维方式上对后者造成危害。阳明心学是一种哲学，它以对人性及人生终极目的的抽象哲理思辨为旨趣。当唐宋派作家在阳明心学的诱导下也进入到对人性及人生终极目的的哲理思辨，并把这种思辨的心得看作是唯一有价值的思维成果时，他们便觉得把这种心得表述出来是唯一重要的事情，至于文章的文采、法度、技巧等便是次要的了。甚至认为领悟就是一切，连表述也是多余的，于是认为文章（包括文学）根本上就是不必要的了。因此，当唐宋派作家在阳明心学的影响下文学宗旨和风格发生转变后，他们便纷纷提出了重"道"轻"文"甚至废"文"的主张，在创作中也唯以说理为尚，对文学作品的情采和法度技巧等不复讲究，满口理学话头，一派"头巾气"，诗文俱作"语录体"。他们钻出了复古主义的迷雾，却又陷进了理性化倾向的泥坑。由于古典散文的写作并不排斥说理，说理文也一直是古典散文的重要一体，而古典诗歌则最忌直陈道理，所以唐宋派作家以说理为尚的倾向，施于古典散文和古典诗歌，效果也不一样。古典散文方面可以说是利弊兼得，古典诗歌方面则是受祸甚烈了。唐宋派创作诗不如文，这也是重要原因之一。更值得注意的是，受阳明心学的影响，唐宋派作家的人生态度和创作态度发生变化。他们往往以简尽情欲、收守心神、澄观静虑为幌子，实际上无所事事，陷溺于一种浑身涣散不可收拾的状态，几乎完全丧失关心世事和从事文学创作的兴致，艺术激情、想象能力及文字表达能力也日渐萎缩，这就不可能不严重影响到他们的诗文创作风尚和文学成就。

　　以上所论属于唐宋派作家的共性，如果我们对唐宋派几位主要成员的具体情况一一进行考察，则阳明心学对唐宋派的双重影响会显得更加清晰。晚年的唐顺之自称"将四十年前伎俩头头放舍，四十年前意见种种抹杀"（《答王遵岩》），[1]无疑是唐宋派作家群中受阳明心学影响最深的人物。在阳明心学启迪下，他对复古主义的弊端认识最深刻，批判最犀利，对倡导主体精神独立自觉和自由表达的新的文学主张体悟最敏锐，阐述最明豁。然而也正因此，唐顺之背离古典审美理想和古典诗文审美规范最彻底，晚年诗文创作的理性化和庸俗化倾向最严重，重"道"轻"文"以至废"文"的主张最突出。他在《寄黄士尚》中说："日课一诗，不如日玩一爻一卦；日玩一爻一卦，不如默而成之，此之谓反身，而又奚取于枝叶无用之词耶？"[2]在《答皇甫百泉郎中》中他又说："艺苑之门，久已扫迹。虽或意到处作一两诗，及世缘不得已，作一两篇应酬文字，率鄙陋无一足观者。其为诗也，率意信口，不调不格，大率似以寒山、《击壤》为宗，而欲摹效之，而又不能摹效之然者。其于文也，大率所谓宋头巾气习，求一秦字汉语，了不可得。凡此皆不为好古之士所喜，而亦自笑其迂拙而无成也。"[3]这些话语气近谑，所述却是实情。在《寄刘南坦》《答王遵岩》《与田巨山提学》《与薛方山郎中》《与王尧衢书》《答周约庵中丞》等文中，也有类似的自述。[4]在这种精神状况和创作态度下产生的诗文作品，其艺术质量和价值就可想而知了。王世贞曾指出："近时毗陵一士大夫（按即唐顺之），始刻意初唐精华之语，亦既斐然。中年忽窜入恶道，至有'昧为补虚一试肉，事求如意屡生嗔'；又'若过颜氏十四岁，便了王孙一裸身'；及《咏疾》则'几月囊疣是雨淫'；《阅箭》则'箭箭齐奔月儿里'；《角力》则'一撒满身都是手'；《食物》则'别换人间蒜蜜肠'等语，遂不减定山（庄昶）'沙

---

〔1〕唐顺之著，马美信、黄毅点校《唐顺之集》，浙江古籍出版社 2014 年版，第 275 页。

〔2〕同上，第 225 页。

〔3〕同上，第 256—257 页。

〔4〕同上，第 185—186、274—277、208—209、211、213—216、217—219 页。

边鸟共天机语，担上梅挑太极行'，为词林笑端。"[1]作为文坛上的对立面，王世贞对唐顺之的批评或不免偏颇，但他指出唐顺之的这些诗句（俱见于《唐顺之集》中）掺杂理学话头，语言过于浅俗，不符合古典诗歌的审美特征，则是不容置辩的事实。后人慑于唐之盛名，或根据他在文学理论方面的建树，推断他在唐宋派作家中创作成就最高，实属想当然。只是在他生命的最后两年，当他投身抗倭斗争时，他的心灵才摆脱那种"嘿坐""如愚"的状态，写下了一些"开口便是干戈抢攘之状"、情调慷慨激昂的好作品（见唐顺之《有感》诗"自跋"）。[2]但这一轻微变化不足以改变他整个晚年文学创作的总体状况。

　　王慎中的创作道路与唐顺之大体一致。钱谦益曾说，其"诗体初宗艳丽，工力深厚。归田以后，掺杂讲学，信笔自放，颇为词林口实，亦略与应德（唐顺之）相似云"。[3]但他与唐顺之同中有异，其间最主要的区别在于他受理学的影响不如唐顺之那样深。唐顺之念念不忘克除"荡情摇神之过"；王慎中则始终不否认情感的地位，承认"灭情之学真是空说，到头始知其不然"。[4]他坚持表情是诗歌的本质特征，还特别强调诗以写怨的功能，认为"才足以用于世，贱且贫焉，其怨也宜矣"；发而为怨愤不平之音，"亦其情之所不免"（《碧梧轩诗集序》《陈少华诗集序》《沈青门诗集序》），[5]这显然与他盛年放废的亲身感受有关。唐顺之以作为一个文人而自耻，发誓要断绝文字缘；王慎中则明确以文人自命，并对自己的创作能力和成就相当自信（《与蔡可泉》《与江午坡书一》《与江午坡书二》《寄

〔1〕陈田《明诗纪事》（戊签）卷九"唐顺之"条引《艺苑卮言》，上海古籍出版社1993年版，第三册，第1535页。按丁福保辑《历代诗话续编》本《艺苑卮言》无此条，万历十七年武林樵云书舍《新刻增补艺苑卮言》本卷四有此条。

〔2〕唐顺之著，马美信、黄毅点校《唐顺之集》，浙江古籍出版社2014年版，第105页。

〔3〕钱谦益《列朝诗集小传》丁集上"王参政慎中"条，上海古籍出版社1983年版，第374页。

〔4〕王慎中《遵岩集》卷二十三《与万鹿园》，上海古籍出版社1993年版，第543页。

〔5〕同上，卷九，第216、215、217页。

道原弟书七》)。[1]对复古派他也不像唐顺之那样全盘否定,有些主张还接近复古派(《吊李空同先生》《五子诗集序》《答邹一山书》)。[2]由于这些原因,王慎中在扬弃复古主义、揭橥唐宋派新的文学宗旨和风格方面,态度不如唐顺之鲜明,见解也不如唐顺之那样超前。然而也正因如此,他对古典审美理想和古典诗文审美规范的背弃不像唐顺之那样无所顾忌。在他的后期创作中,还有不少富有情采、法度整饬的好作品,如回忆亡妻陈氏音容笑貌及夫妇间深挚感情的《存悼篇》、描绘布衣诗人穷困潦倒不废吟咏的《朱碧潭诗序》、描写边塞生活和闺情的《古乐府诗》数十首等。[3]以古典审美理想和古典诗文的审美规范来衡量,王慎中后期诗文创作的成就实在唐顺之之上。

　　茅坤功名心极强,又沾沾自喜,性情外露。据说朋友们都称他"婴儿茅子",他也自比为朴野稚拙的海岛土著居民。[4]理学门徒往往自矜持重,深衷厚貌,茅坤情趣与之不合,自然不可能真正加入他们的圈子。所以他虽然也模仿唐顺之等拈扯几句心学话头,但始终契入不深。他勉力追随唐顺之等人的文学主张,主要是出于攀附名利的考虑。实际上他始终没有完全放弃早年的主张。晚年编定文集时,他将早年所作对唐顺之之说颇不以为然而持论与复古派观点相近的《复唐荆川司谏书》置于全编之首,以为压卷之作,即可见其微意。他还一直将诗文分论,文方面近崇王、唐,远尊欧、曾,诗方面则仍推李、何为正宗。[5]唐顺之等后期与复古派诸子壁垒森严,几乎断绝一切往来,茅坤则常常主动与复古派巨子王世贞、王世

〔1〕 王慎中《遵岩集》,上海古籍出版社 1993 年版,卷二十三,第 555、538—539 页;卷二十四,第 573—574 页。

〔2〕 同上,卷六,第 88 页;卷九,第 221—222 页;卷二十三,第 552 页。

〔3〕 同上,卷二十,第 494—496 页;卷九,第 220—221 页;卷七,第 120—124 页。

〔4〕 茅坤《岛人传》,见茅坤著,张梦新、张大芝点校《茅坤集》,浙江古籍出版社 2012 年版,第 817 页。

〔5〕 茅坤《与慎山泉侍御论文书》《与王敬所少司寇书》,见茅坤著,张梦新、张大芝点校《茅坤集》,浙江古籍出版社 2012 年版,第 259、293 页。

懋、徐中行、汪道昆等套套近乎，尽管这些人的态度都不冷不热（见《与王凤洲大参书》《与徐天目宪使论文书》《与徐天目书》《寄汪南明少司马书》等）。[1]"文如其人"这句话，用在茅坤身上可谓贴切不过。他的文章大多性情外溢，颇具"跌宕激射"之致，如《与沈青霞塞上书》《与沈青霞塞上第二书》《与查近川太常书》《青霞先生文集序》《与何吉阳司寇书》等。[2]这些作品立意或不尽高，但至少比较真诚地袒露了作者的个性，不像理学家的文章那样扭捏作态。茅坤还着意对人物景象及事件经过进行细腻描摹，时有生动传神之笔，如描绘西湖湖光山色的《大雅堂记》、写远洋海岛土著居民的《岛人传》等。[3]仅就文学性散文的创作成就而言，茅坤似亦超过了唐顺之。

归有光的情况稍有不同。他早年亦浸染理学，然得传于属崇仁学派的魏校，而非王学。[4]他对当时风靡于士大夫间的阳明心学的一些代表人物如欧阳德、聂豹、邹守益、罗洪先、唐顺之、周怡、杨爵等十分仰慕，却因地望隔绝，终生未曾谋面。[5]他似对阳明心学的某些基本观点也曾予以吸收，如云："夫圣人之道，其迹载于六经，其本具于吾心。本以主之，

---

〔1〕 茅坤著，张梦新、张大芝点校《茅坤集》，浙江古籍出版社 2012 年版，第 257、253、1290、283 页。

〔2〕 同上，第 233、234、238、433、259 页。

〔3〕 同上，第 612、816 页。

〔4〕 徐乾学《重刻震川先生全集序》，归有光著、周本淳校点《震川先生集》卷首，上海古籍出版社 2007 年版。另见黄宗羲《明儒学案》卷三《崇仁学案三》"恭简魏庄渠先生校"，中华书局 1985 年版，第 46 页。

〔5〕 归有光著、周本淳校点《震川先生集》卷二《戴楚望集序》："始，楚望先识增城湛元明。是时年甚少，已有志于求道。既而师事泰和欧阳崇一、聂文蔚。至如安成邹谦之、吉水罗达夫，未尝识面，而以书相问询。及其所交亲者，则毗陵唐应德、太平周顺之、富平杨子修，并一时海内有道高名之士。予读其所往来书，大抵从阳明之学。至于往复论难，必期于自得，非苟为名者。噫，道之难言久矣。有如前楚所为师友，皆以卓然自立于世，而楚望更与往来上其议论，则楚望之所自立者可知矣。……予与诸公生同时，间亦颇相闻，顾平日不知所以自信。……故黯黯以居，未敢列于当世儒者之林，以亲就而求正之。又怪孟子与荀卿同时，而终身不相遇。及是，而楚望之所与游，一时零谢尽矣。此予之所以为恨，而美楚望之获交于诸公间也。"上海古籍出版社 2007 年版，第 28—29 页。

迹以征之，灿然炳然，无庸言矣。心之蒙弗亟开，而假于格致之功，是
故学以征诸迹也；迹之著，莫六经若也。六经之言，何其简而易也。不
能平心以求之，而别求讲说，别求功效，无怪乎言语之支，而蹊径之旁
出也。"又曰："圣人之绪言"，"无非所以明修身、齐家、治国、平天下之
事，而出于吾心之理。夫取吾心之理而日夜陈说于吾前，独能顽然无慨于
中乎？""以吾心之理而会书之意，以书之旨而证吾心之理，则本原洞然，
意趣融液"。[1] 这些话中都明显有接受阳明心学影响的痕迹。但他的《性
不移说》中"人之性有本恶者……小人于事之可以为善者，亦必不肯为；
于可以从厚者，亦必出于薄。故凡与人处，无非害人之事。如虎豹毒蛇，
必噬必螫，实其性然耳"云云，则又与王学宗旨相悖。[2] 总之，归有光也
受到理学的影响，但程度远不如王慎中、唐顺之等人深。清代人修《明史》
时，由万斯同核定的《明史》四百十六卷钞本及三百十三卷《明史纪传》
钞本（俱藏北京图书馆）等，都曾将归有光列入《儒林传》。王鸿绪删定、
万斯同所核定《明史》，乃"抑之《文苑》"。后来通行本《明史》亦然。[3]
当以后出者为精当。

　　在理论上，归有光也曾有过重道轻文的主张。他为顾梦圭的诗文集作
序，原著者"自谓甫弱冠入仕，不能讲明实学，区区徒取魏、晋诗人之余，
摹拟锻炼以为工。少年精力，耗于无用之地，深自追悔，往往见于文字中，
不一而足。暇日以其所为文，名之曰《疣赘录》"。这是典型的重道轻文的
态度。归有光对原著者的意思加以引申："孔子曰：天下有道，则行有枝叶；
天下无道，则言有枝叶。夫道胜，则文不期少而自少；道不胜，则文不期
多而自多。溢于文，非道之赘哉？"这也是重道轻文的口吻。当然，归有

〔1〕归有光著、周本淳校点《震川先生集》卷七《示徐生书》《山舍示学者》，上海古籍出版社 2007
　　年版，第 150、151 页。
〔2〕归有光著、周本淳校点《震川先生集》卷四，第 101 页。
〔3〕黄爱平《〈明史〉稿本考略》，《文献》第 18 辑，1985 年。

光这样说，有尊重原著者的因素在内。至于他本人，则并不完全主张轻文废文。在上面引述的这段话之前他就还说："以为文者，道之所形也。道形而为文，其言适与道称，谓之曰：其旨远，其辞文，曲而中，肆而隐，是虽累千万言，皆非所谓出乎形，而多方骈枝于五脏之情者也。故文非圣人之所能废也。"[1]

在创作上，总的来看，归有光的诗文也有质俚之弊。古今诗一卷，古体居多。钱谦益评曰，"似无意求工，滔滔自运"，[2]由此即可见其文学宗旨和风格。患疟疾时所写的《题病疟巫言鬼求食》《题病疟医言似疟非疟》二诗，也是所谓"不调不格"，近于以诗为戏者。[3]唐宋八大家中，韩、柳、欧、苏都有许多情采斐然的美文，归有光集中却少有这样的篇章，其风格与曾巩最为近似。大量的应酬之作，率易之弊更为突出。方苞在《书归震川文集后》中说："震川之文，乡曲应酬者十六七，而又徇请者之意，袭常缀琐。虽欲大远于俗言，其道无由。"[4]钱谦益也不得不承认："其牵率应酬，或质而少文，或放而近易。"[5]不过，归有光不像唐顺之等人那样摆出"忘情""欲尽理还"的姿态，而是忠实地袒露自己的喜怒哀乐，尤其着意抒写家人父子夫妇间的骨肉之情，如《世美堂后记》《思子亭记》《项脊轩志》《寒花葬志》《先妣事略》等。这些作品，正像方苞《书归震川文集后》中所说的那样，"不俟修饰而情辞并得，使览者恻然有隐"，感人至深。归有光以得龙门家法自负。后来评论归有光散文成就者，也都肯定他得力于《史

---

〔1〕归有光著、周本淳校点《震川先生集》卷二《雍里先生文集序》，上海古籍出版社2007年版，第26页。

〔2〕钱谦益《列朝诗集小传》丁集中"震川先生归有光"条，上海古籍出版社1983年版，第559页。

〔3〕归有光著、周本淳校点《震川先生集》别集卷七，上海古籍出版社2007年版，第871页。前一首云："疟疠经旬太绎骚，凝冰焦火共煎熬。奴星方事驱穷鬼，那得余羹及尔曹。"后一首云："似疟非疟语何迂，医理错误鬼啸呼。我能胜之当自瘥，禹乎卢乎终始乎。"

〔4〕方苞《望溪集》卷五《书归震川文集后》，清咸丰元年戴均衡刻本。

〔5〕钱谦益《新刊震川先生文集序》，见归有光著、周本淳校点《震川先生集》卷首，上海古籍出版社2007年版。

记》。我认为归有光学《史记》最得力之处，并不在字法、句法、章法之类，而主要是如下两点：一是无论叙事、议论还是描写，笔锋都倾注主观感情，"欢愉惨恻之思，溢于言语之外"。[1] 二是注意细节描写，使人物的音容笑貌栩栩如生。[2] 归有光在强调主体精神的自由表达上与整个唐宋派保持一致，然注重写情而没有过分陷入理性化，这是他的散文创作成就超过唐顺之、王慎中等人的主要原因。

总之，唐宋派几位主要作家受阳明心学影响的深度，与他们文学理论方面的建树成正比，与他们古典诗文创作的成就则成反比。不从考察阳明心学对唐宋派的复杂影响入手，就无法解开唐宋派文学理论和诗文创作利弊得失错综交织之谜。

（原刊于《文学遗产》1996 年第 3 期）

---

[1] 王锡爵《明太仆寺寺丞归公墓志铭》，见归有光著、周本淳校点《震川先生集》附录，上海古籍出版社 2007 年版，第 981 页。

[2] 贝京《归有光研究》考察了今存归有光评点《史记》的有关文献后指出，归氏对《史记》所谓"字法、句法、章法"等的评点都非常琐碎，意义不大。商务印书馆 2008 年版。

晚明浪漫文学思潮美学理想的三个层次

　　如果把中国古代文学的发展比作悠悠长江，那么三峡以上约相当于六朝以前，这里涓涓细流，渐渐汇聚，要做的工作是仔细辨别众多源头，厘清其间如蛛丝马迹般的联系，而探索的乐趣也就在其中。三峡约略相当于唐宋，已成恢宏气势，但还不至于汗漫无边，足供人们观赏流连，赞叹描摹。元明以下则有如江到浔阳九派分，各种体裁并存，作家作品众多，体制宏大的叙事文学作品不一而足，不免使人生出望洋之叹。研究元明清时期的文学，不仅仍然需要细入毫发的微观辨析功夫和敏锐的审美感受力，更需要胸怀全局的宏观把握能力和深邃明晰的哲理思辨能力，以把握纷繁复杂的文学现象之间的相互联系，揭示隐藏在滔滔洪流之下的深层结构与趋向。换言之，中国古代各个时期的文学各有特点，研究的方法和要求应该相应有所不同。

　　但人们似乎受约定俗成的影响，被作为中国古典文学典型形态的唐诗宋词浸染太深，习惯于对一首诗、一首词、一个作家、一个流派、一种体裁做一丘一壑式的观赏品味，而对研究元明清文学所特别需要的宏观把握能力和哲理思辨能力准备不足，这一缺陷在对晚明浪漫文学思潮的探讨上也充分暴露出来。晚明浪漫文学思潮一直是近代以来明代文学研究以至整个中国古代文学研究的热点之一，研究论著不可谓不多，但往往是个别探讨多而总体把握少，感悟性的描述多而哲理分析不够，对晚明浪漫文学思潮本质特征的阐释缺乏系统性逻辑性，而逻辑把握乃是真正把握事物内在本质的标志。

　　本文尝试为弥补晚明浪漫文学思潮研究的上述缺陷稍尽绵力，对晚明浪漫文学思潮的美学理想提供一种阐释模型。晚明浪漫文学思潮是作为盛行于明中叶的复古主义的对立面出现的，复古主义的宗旨在于恢复古典美学理想，追求主体与客观世界、情与理、意与象的完美统一，在文学艺术活动中力求创造高尚典雅、含蓄蕴藉、浑朴圆融、渊穆流畅、华丽精致的古典美。晚明浪漫文学思潮则是当时人们的生产生活方式、社会结构、思维模式和语言习惯等发生一定变化的产物，它的美学理论已具有一定近代色彩，是中国近现代美学理想的先导。它的根本特征在于倡导主体与客观世界、主体的感性与理性、文学艺术创作中的意与象的分裂和对立，其内涵包括否定现实世界、张扬感性自我、追求主体精神的绝对独立、倡导以意役象和以意役法等层次。限于篇幅，本文对属于思想领域的前三个层次略做论述。

一

　　晚明浪漫文学思潮美学理想的第一个层次，就是倡导主体与客观世界的分裂与对立，强烈否定客观世界，这首先表现在对社会现实的丑恶阴暗面的极力暴露上。在古典美学理想盛行的时代，人们把主体和客观世界看成一个统一体，把主体看作客观世界的一分子，同时也把客观世界看作主体自身不可分割的一部分。他们用温情的目光观察整个世界，从中寻找和挖掘美好的事物，把它们当作自己的心爱之物予以歌颂，于是美丽的花草虫鱼、飞禽走兽、高山峻岭、小桥流水、平原大漠、蓝天白云、日月星辰，以及高尚的政治理想、古往今来的英雄豪杰、宏伟的宫殿园囿、盛大的军队、激烈悲壮的战争、繁华的青楼酒馆，还有真挚动人的父母子女骨肉之情、夫妻恋人之爱、朋友之谊、乡亲父老之怀、家国之思等，都成为古典时代文学艺术最常见的描写对象。古典文学的作家、艺术家们还对这些美好的事物加以精心的提炼修饰，使它们更带上一层诗意的理想的光辉。他们好像从这些精美的艺术品里看到了自己的身影，并把自己的爱意和希望都寄寓在其中了，因而对着它们露出喜悦的微笑。或许是当时的人们确实还没有学会后世人所具有的那么多虚伪狡诈、粗鄙贪婪，或是当时的文学艺术家们有意回避社会生活中那些黑暗丑陋的东西，反正在古典文学艺术里，人的外表上和内心里种种丑陋缺陷以及现实世界中种种肮脏污秽的东西是很少见到的。在晚明浪漫文学兴起的时代，情况就完全不同了。主体认为现实世界已变得丑恶不堪，再也不愿意做它的一分子，而是逃避犹恐不及；再也不把它看作自身不可分割的一部分，而是恰恰相反，对它进行无情揭露和辛辣嘲讽。于是，曾经在古典文学艺术里占有重要地位的美丽的自然景色被遗弃到了偏僻不起眼的角落，代替它们的是一幅幅庸俗猥琐、人欲横流的世俗众生相。简言之，古典美学理想是理想主义的，以美为美的；浪漫文学思潮的美学理想是写实主义的，以审丑为美的。

晚明浪漫文学思潮对丑恶社会现实的暴露，集中在下列两个方面：一是世人对色欲的疯狂追求，二是政治的黑暗和社会秩序的极度混乱。晚明文学的两个重要类别——色情文学和公案文学，盛行一时，绝不是偶然的。

色欲是人类最原始的情欲之一。当社会生产力得到一定的发展，人们的温饱基本得到保障之后，色欲更成了人们追求感官享乐的主要目标。明代中后期，随着政治的腐败和旧的伦理道德规范约束力的下降，整个社会上兴起了一股竞相追求色欲的狂潮。正德、嘉靖、隆庆、万历、天启几位皇帝无一不使用春药，连在位不满一月的光宗也是"一夜连御数女"，并因此丧命。官僚士大夫全不以好色为耻，纷纷互相传授房中术，交流使用春药的经验，下级借此取悦上级，连张居正这样的名相，戚继光、谭纶这样的名将也不例外。"见隆庆窑酒杯茗碗，俱绘男女私亵之状。"[1] 大量印制精美的春宫画在社会上广泛流行。与此相应，大量戏曲小说中都含有刻露的性描写段落，更出现了以《金瓶梅》为代表的一批以描写色欲为重要

〔1〕沈德符《万历野获编》卷二十六"瓷器"条，中华书局1959年版，第654页。

内容的作品。这些作品中的人物似乎活着就是为了追求色欲的满足，像《金瓶梅》中的西门庆，凡是他见到的像样一点的女人，上至名门贵妇，下及丫头、仆妇、妓女，固不问其有夫无夫，就是朋友之妻他也要不择手段弄到手。如果说西门庆在和他那班狗肉朋友交往时还多少表现出一点人性的亮色，那么《浪史》《绣榻野史》《肉蒲团》《一片情》等作品中的人物则连西门庆也不如，纯粹是一具具失去灵魂麻木不仁的性欲机器，只是出于动物性的本能到处追逐目标。当一般地追求色欲似乎已经不能对当时人产生刺激时，他们就纷纷追求变态的性欲满足，包括性虐待、同性恋、乱伦、人兽通奸等。

与淫风弥漫相交织的，乃是政治黑暗，社会秩序混乱，贪官污吏恶棍流氓横行无忌。翻开《包龙图判百家公案》《龙图公案》等，处处是谋财害命，谋夫夺妇，妻杀妾及其子，朋友亲戚间互相诈骗，强盗抢劫杀人等。虽然这里面一部分故事属世代累积型传说，源头在宋元时期抑或更早，但它们在明代引起广大读者的兴趣，无疑反映了明代人对所处社会现实的感受。另有大量公案小说都是直接写明代的，如《皇明诸司廉明公案》《皇明诸司公案》《郭青螺六省听讼录新民公案》《海刚峰先生居官公案传》《古今律条公案》，以及《江湖历览杜骗新书》和"三言""二拍"中的部分作品。其中对当世人心险恶的描写往往骇人听闻，匪夷所思。

人们对社会现实的否定还延伸到对历史的批判，对各种道德观念和价值标准的怀疑。人们总是根据对自己所处的特定社会现实的感受来审视历史、理解历史，因此不同时代的人们有着不同的历史观。对同一部历史，着眼点不同，评价也不同。在古典美学理想盛行的时代，人们对古代的圣君贤相英雄豪杰怀有深深的敬意，肯定忠、孝、节、义等道德观念和价值标准的意义，崇拜那些践履了这些观念的偶像人物。而在晚明浪漫文学思潮兴起后，人们似乎突然醒悟到，那些历来被罩上神圣光环的帝王将相忠臣义士等，也不过是些同样有着七情六欲的凡夫俗子。以《三国演义》为代表的大量历史小说、历史剧的出现和流行，实际上都顺应了一种具有时代特征的思想要求，即将过去看得那么神秘庄严的历史的帷幕揭开，将它的真相公之于世人，将历史人物世俗化。在这些作品中人们看到，所谓历史原来不过是一群群心狠手毒的无赖们共同欺骗民众而又相互倾轧的丑剧闹剧而已。一个个曾经君临天下的帝王们，他们发迹的历史竟是那样荒谬可笑（如《奇货记》中的秦始皇、《呼卢记》中的刘裕等），他们的品性竟是那样的恶劣（如刘邦、曹操），他们的才智竟是那样的低下（如蜀后主、晋惠帝），他们的私生活竟是那样污秽不堪（如商纣王、汉成帝、隋炀帝、唐高宗、武则天、唐玄宗、宋徽宗、金海陵王、明武宗等）。甚至对儒家学说奉为"圣君"老祖宗至高无上的唐尧、虞舜，浪漫文学思潮的作家也做了无情的揭露讽刺。吕天成《齐东绝倒》根据《孟子·尽心上》的一段话，把《竹书纪年》等典籍中与尧、舜有关的传说都集中起来，把尧、舜刻画为夺权、乱伦、枉法的罪魁祸首。

　　古代那些高人韵士、英雄美女等，曾令无数人为之倾倒，他们也因此成为古典文学艺术中经常歌咏的对象。晚明浪漫文学思潮的作家则将其一一抹倒，还其本来面目。徐渭讥讪孔子失官后惶惶不可终日（《马舜举〈放鹇留鹿〉、郭清狂〈饲雏引猿〉二图联卷》）；认为漂母为韩信供饭，只是出于仁慈，并非她慧眼识人（《漂母非能知人》）。他还指出，画家们将在胡地生活已久的王昭君画得很美，乃是"以意而为之"，不符合真实："朝风暮雪一万里，粉腮哪得娇如此。"（《昭君下嫁图》）东汉光武帝刘秀与严子陵的故事，曾被当作君主礼贤下士及士大夫清高不慕荣利的典范，引起过无数文人士大夫的叹羡。"云山苍苍，江水泱泱，先生之风，山高水长"，[1]不胜神往之至。徐渭、袁宏道则不约而同对他予以嘲弄。袁宏道一针见血地指出：严子陵并不是什么清高，只因自己没有真本事，又了解刘秀的为人，知难相处，姑以隐为托词。而刘秀也深知严子陵的心事，姑且

―――――――――――

〔1〕范仲淹《范文正公集》卷七《桐庐郡严先生祠堂记》，《四部丛刊》景明翻元本。

利用他，以博礼贤下士之名。原来两人各自心怀鬼胎，都在做戏，这只不过是一场骗局而已。[1]岳飞是著名民族英雄，他的业绩和悲惨遭遇，曾使每个有正义感的人都义愤填膺。可是，袁宏道在西湖游玩了多日，陶醉于青水碧波、深山古寺中，没有作一首专门凭吊岳飞祠的诗，只是在最后写的《湖上别同方子公赋》组诗中提到岳飞，仍是一副很不以为然的态度："望望鄂公坟，石龟与人齐。冢前方丈土，浇酒渥成泥。虽知生者乐，无益死者啼。如彼坟前马，张吻不能嘶。天地入晦劫，志士合鸾栖。曷为近汤火，为他羊与鸡。孤山梅处士，事业未曾低。西陵倡家女，松柏夹广蹊。红粉是活计，山花足品题。笑折苏公柳，策马度花堤。"[2]

深山密林中的佛寺道观，曾被看作是远离红尘的清净之地。古典文学艺术的作家、艺术家们，曾为之创作过无数具有"曲径通幽处，禅房花木深"（常建《题破山寺后禅院》）般美妙意境的作品，寄寓超凡脱俗的情怀。然而在晚明浪漫文学思潮的作家看来，佛门道观同样是情天欲海，甚至比世俗世界还要凶险丑恶。《僧尼孽海》三十六则专写僧尼私通，骗奸妇女和男子，为防止丑行败露往往杀人灭口。《古今律条公案》有"淫僧类"，《江湖历览杜骗新书》有"僧道骗""炼丹骗"。《醒世恒言》中的《赫大卿遗恨鸳鸯绦》《汪大尹火烧宝莲寺》，孟称舜的《死里逃生》等，都刻画了一群群面目狰狞可怖的僧尼道士形象。

像看待历史一样，每个时代的人们，也是从自己特定的现实感受出发，上升到对抽象的人性、人生、人世的哲理认识。处在上述荒谬的社会现实中，晚明浪漫文学思潮的作家们不禁对整个人生、整个世界产生一种强烈的荒诞感。他们觉得这个世界上没什么真，也无所谓假；没有是，也没有

---

〔1〕袁宏道著、钱伯城笺校《袁宏道集笺校》卷九《严子陵滩限韵同陶石篑方子公赋》，上海古籍出版社 2008 年版，第 397 页；徐渭《徐文长逸稿》卷四《严滩懊》，见《徐渭集》，中华书局 1983 年版，第三册，第 786 页。

〔2〕袁宏道著、钱伯城笺校《袁宏道集笺校》卷九《湖上别同方子公赋》，上海古籍出版社 2008 年版，第 410 页。

非。社会不过是一出戏，人生不过是一场梦。虞淳熙《解脱集题词》曰："大地，一梨园也；曰生、曰旦、曰外、曰末、曰丑、曰净，古今六词客也。"[1]袁宏道亦曰："天地一排场，谁分旦与丑。"[2]车任远《蕉鹿梦》用《列子》中寓言，写人世的虚幻；王元寿《将无同》《莫须有》写人间本无什么是非，不必认真；孟称舜《英雄成败》写黄巢造反为郑畋所杀，郑再造唐室为英雄，黄巢失败亦为英雄，世上本无所谓善恶之别。而将这种对社会历史人生的荒诞感表现得最为淋漓尽致的，还是徐渭的《四声猿》（相传亦为徐渭所作的《歌代啸》）、王衡的《真傀儡》《郁轮袍》、沈自征的《杜秀才痛哭霸亭秋》《杨升庵诗酒簪花髻》《傻狂生乔脸鞭歌妓》及董说的小说《西游补》等。它们都选择一些反常甚至怪诞的题材，以讽刺社会中黑白颠倒、贤愚不分、是非混淆的现象。如《歌代啸》所写的即是"没处泄愤的，是冬瓜走去拿瓠子出气；有心嫁祸的，是丈母娘牙疼灸女婿脚跟；眼迷曲直的，是张秃帽子教李秃去戴；胸横人我的，是州官放火禁百姓点灯"。

古典美学理想盛行的时代，作家、艺术家们也对现实生活中的种种矛盾和弊端进行揭露和批判，有时甚至给予尖锐的讽刺。但不管他们的态度多么愤激，他们都没有失去对正面理想的信仰。他们把现实看作是与自身互为一体的存在，为它的缺陷而焦虑，为它的危机而担忧。而在晚明浪漫文学思潮中，作家、艺术家们面对荒谬丑陋的现实，却往往显得异常平静。因为他们在观念里已经把自我与客观世界割裂，把客观现实看作与自我不相干的东西，将自己视作旁观者。他们似乎已根本失去拯救现实的热情和信心，只是把它当作嘲弄取笑的对象，似乎嘲弄越尖刻，就越能显示主体的睿智与超然。如袁宏道形容当时朝廷党争和援朝鲜之役道："近日事体，

---

[1] 虞淳熙《解脱集题词》，见袁宏道著、钱伯城笺校《袁宏道集笺校》附录三，上海古籍出版社2008年版，第1689页。

[2] 袁宏道著、钱伯城笺校《袁宏道集笺校》卷九《湖上别同方子公赋》，上海古籍出版社2008年版，第411页。

大约如人家方有大盗，而其妻妾尚在房中争床笫间事；又如隔壁人告状，而我卖田鬻子为之伸理，至于产尽力竭而犹不止，抑亦可笑之甚矣。"〔1〕这种尖刻辛辣的口吻笔调，在奉行"温柔敦厚"诗教的古典美学理想时代的作家笔下是很少见到的。

二

与否定现实的倾向互为表里，晚明浪漫文学思潮美学理想的第二个层次是张扬感性自我。在古典美学理想盛行的时代，人们把主体与客观世界看成一体，最高理想就是对客观世界有所作为，"济苍生"，"安社稷"，而主体的价值也就在客观世界上得到体现。而在晚明浪漫文学思潮的作家看来，现实是丑陋、荒诞、虚幻的，为它耗费心力是毫无意义的。世界上唯一真实的存在就是自我，唯一有价值的事情就是追求自我的满足。袁宏道认为人世间"真乐有五"，都是"目极世间之色，耳极世间之声，身极世间之鲜，口极世间之谭"之类，又谓"天下有大败兴事三，而破国亡家不与焉。山水朋友不相凑，一败兴也；朋友忙，相聚不及，二败兴也；游非其时，或花落山枯，三败兴也"。〔2〕这些话当然含有戏谑成分，但仍在一定程度上真实反映了当时知识分子的心态。

主体由感性与理性构成，主要以理性接受社会伦理道德规范的约束，通过它维护主体与客观社会的联系，并协调两者之间的关系。因此理性虽属于主体，却包含了许多非主体的因素。与理性相比，感性是主体更本位的组成部分。主体与客观世界的分裂与对立，主体对客观世界的否定，必

---

〔1〕袁宏道著、钱伯城笺校《袁宏道集笺校》卷二十一《答梅客生》，上海古籍出版社2008年版，第748页。
〔2〕袁宏道著、钱伯城笺校《袁宏道集笺校》卷五《龚惟长先生》、卷十一《吴敦之》，上海古籍出版社2008年版，第205、506页。

然导致主体内部感性与理性的分裂与对立、感性对理性的否定。在晚明浪漫文学思潮的作家看来，不仅整个客观世界是荒谬丑陋的，而且主体内部追求与客观世界保持协调的理性的一面也是荒谬丑陋的，只有主体本身的情感、欲望等感性内容才是真正实在有意义的东西。

　　古典美学理想也重情感，但那是与理性相统一的情感，是理性色彩很浓的情感，如高尚的友谊、纯洁的爱情、笃厚的忠诚、淡雅的情怀等。浪漫文学思潮作家所强调的情，则是摆脱了理性束缚的原原本本的情，如衣食日用、男女和合等。他们首先论述了人类自然情欲的合理性，如屠隆《与李观察》论色欲云：“父母之所以生我者以此，则其根也，根固难去也。”“若顿重兵坚城之下，云梯地道攻之，百端不破。”〔1〕袁宏道亦云：“夫世界有不好色之人哉？若果有不好色之人，尼父亦不必借之以明不欺矣。”〔2〕戏曲小说等叙事性文学作品，则通过对人物生活过程和心理活动的描述，更充分地揭示了人类的情欲是自然而生的，压制不了的。例如佛道两教以看破红尘、斩断情缘相标榜，而晚明大量描写僧尼道士生活的戏曲小说，都集中表达了一个主题，即道心不敌凡心，即使得道的高僧老道，也抵御不住感官欲念的诱惑。《五戒禅师私红莲》的故事，先后收入《清平山堂话本》《古今小说》《燕居笔记》《绣谷春容》等流行读物中，又被改编成《红莲债》（陈汝元）等戏剧。《张于湖记》写尼姑陈妙常与书生潘必正的爱情故事，被改编成《玉簪记》（高濂）等多种戏曲小说。冯惟敏《僧尼共犯》写僧惠明与尼惠朗私自结合，被邻人捉拿送官，被判为夫妇还俗，他们的行为最后实际上都得到肯定。在小说《飞剑记》中，吕洞宾是神通广大的道人，云游四方，沿途寻找可度成仙之人。但在金陵见一女游春，按捺不住凡心，遂降下云头，与其交会，女为白牡丹。事为黄龙禅师识破，收去吕洞宾雌

---

〔1〕　屠隆《白榆集》卷九，明万历龚尧惠刻本。
〔2〕　袁宏道著、钱伯城笺校《袁宏道集笺校》卷十《兰亭记》，上海古籍出版社 2008 年版，第 444 页。

雄二剑中的雄剑。又一日至江南戒严寺，吕洞宾以佩剑化一艳妇，寺僧俱意驰神荡，唯云堂中一僧跏趺而坐，目不斜视。吕洞宾正准备度他，谁知他竟溜到山门外调戏妇女。迨吕洞宾遍游天下毕，火龙真人问他度人多少，答道："人心不可测，对面九疑山，不曾度得一人。"后来仅度何仙姑一人。吕洞宾所遇皆非恶人，故这里不是有意写世俗之恶，而在揭示人们的自然情欲实难舍弃，包括吕洞宾本人亦然。当然，对这一点做了最深刻反映的，还是汤显祖的《牡丹亭》。杜丽娘并没有受到什么具体对象的诱惑，只是受《关雎》一诗和花园春光的引发，她对美好爱情的渴望就自然产生了，而且是那样的强烈，"情不知所起，一往而深。生者可以死，死可以生"。《牡丹亭》以前的一些描写青年男女追求自由爱情的戏曲小说，常常为男女主人公设下极其凑巧的机会，得以一见倾心，互通殷勤。这种爱情愿望的产生就带有偶然性。《牡丹亭》与它们不同，它深刻揭示了异性结合乃是人与生俱来的本能欲望，不管如何压制，有机会无机会，到适当年龄就会自然产生。它因此而达到了前所未有的思想高度。

晚明浪漫文学思潮张大感性自我的另一具体表现，就是对主体性格命运的关注。古典美学理想盛行时代的文学艺术也表现人物的性格和命运，但那时的主体是与客观世界相统一的主体，是感性与理性相统一的主体。主体的命运还没有从客观世界中独立出来，它往往与客观世界中某些历史事件的发展交织在一起。作家、艺术家更重视的一般还是客观世界中历史事件的发展，他们认为这是最重要最有意义的。至于个人的命运，只在叙述历史事件时附带得到表现。换言之，这时人们最重视的还是事，而不是人。同时，由于主体的感性与理性相统一，主体的性格往往都代表某种理性观念，如善良、侠义、忠贞、正直等。作家、艺术家着意表现的，乃是这种理性观念。至于真正属于主体个性的因素，往往只作为附属物点缀上去。在《三国演义》对曹操、关羽等人性格的刻画上，我们仍可看到这种审美观念的遗留。待到晚明浪漫文学思潮兴起，人们首先否定了客观世界的价值，把目光转向主体。过去被认为具有重大意义的朝政盛衰、国家兴亡等，现在遭到漠视；而主体的命运则被看作最实在最值得关注的对象。其次，人们也否定了主体理性中那些异己的部分，不相信超凡脱俗的人物存在，认为每个人的日常生活及种种喜乐哀愁的思想感情才是唯一真实有意味的东西。于是人们注意的目标，就从过去主宰天下兴亡、代表某种理性观念的英雄豪杰转向市井小民。人们的日常生活及种种复杂的心理活动和感情纠葛等，成为文学艺术乐于描写的对象，于是始有真实可信生动丰富的人物性格和人物形象出现。从这个角度来看，像《古今小说》中的《蒋兴哥重会珍珠衫》、《醒世恒言》中的《施润泽滩阙遇友》之类作品的出现，就具有特别重要的意义。后一篇小说写吴江盛泽镇的施复，家中开张织机，养蚕织绸。一日卖绸回家，拾到六两银子，便在路边等候，最后还给失主朱恩。此后施复养蚕顺利，增添了三四张织机，家境日渐饶裕。有一年桑叶缺乏，他到四十里外的滩阙购买，巧遇朱恩，朱正有多余桑叶，便赠给施复，并送他回家。两人友情甚笃，结为儿女姻亲。虽然这篇作品还没有完全摆脱施恩报恩传统理性观念的束缚，但它没有像古典美学理想盛行时期的传奇小说那样，为强化这种理性观念而设置不同寻常的情节。它基本上是原原本本地叙述了两个小人物之间非常普遍的一场交往，这表明普通人物的命运本身已成为文学关注的对象。在前一篇小说中，女主人公王三巧并不是不爱自己的丈夫，并不是有意偷情，但她又忍受不了丈夫长期在外带来的性饥渴的折磨和陈商的诱惑。蒋兴哥不是不痛恨妻子的失节，但设身处地为她着想，又觉得可以理解。这篇作品写陈商病死，蒋兴哥续娶的恰巧是陈的妻子等，同样没有摆脱善恶相报之类传统观念的影响。但任何一种新的美学观念的诞生，开始都是包裹夹杂在旧的美学观念的因素之中的。在这里，王三巧显然不能简单归于淫妇之列，这表明当时人们已意识到，抽象的理性观念并不能概括和评判所有的人物性格。也就是说，人们对人物性格的认识，已经突破了抽象的理性观念或曰类型化的水平，而涉及人物本身丰富复杂的心理活动内部。

　　与创作领域这种动向相呼应，晚明文学批评中关于人物性格的理论也有了明显发展。如前所述，古典美学理想盛行的时代，人们对人物的命运和性格并未特别关注，因此当时关于叙事文学的理论，重视的是对叙事技巧的探讨，对作品中表现的理性观念及其教戒意义的总结等。晚明浪漫文学思潮兴起后，文学批评也把人物性格问题摆到最重要的位置上。如金圣叹《读第五才子书法》说："别一部书，看过一遍即休。独有《水浒传》，只是看不厌，无非为他把一百八个人性格都写出来。"关于如何塑造人物性格，金圣叹提出了"忠恕""格物"说，即根据自己平常的观察和体验，设身处地为每个人物着想，就不难把握其心理活动和性格发展。这一见解是金圣叹最重要的理论贡献之一，而它是以下述观念为前提的，即世界上的人都有七情六欲，彼此之间没有根本区别。正因如此，作为其中之一的作家、艺术家，就完全可以认识体验包括所谓英雄豪杰、淫妇偷儿在内的所有人物的性格。这是中国古代关于人物性格理论的一个重大突破。

三

晚明浪漫文学思潮的作家否定客观社会现实，将关注的目光转向主体自身；又否定了主体中强调服从客观社会现实的理性方面，将关注的目光进一步转向作为主体的更本位部分的感性方面。这一系列心理趋向的目的只有一个，就是摆脱令人日益觉得难以忍受的客观现实世界，获得主体的独立与自由。然而，到此为止，这一追求过程并没有完成，它的目的还没有真正达到。因为感性的自我仍是一个活生生的存在，它仍然生活在客观社会现实中。人们为了维持感性自我的存在，为了追求种种感性欲求的满足，就不得不与客观社会现实发生联系，不得不受各种社会伦理道德规范的束缚。同时，当主体获得一定感官享乐之后，他也会迅速意识到这并不是人生真谛的全部，感性的自我并不是完整的自我，为了贪恋这点感官享乐而忍受主体精神的严重不自由实在不值得。于是他便把自己的感性存在和种种割不掉的感官欲求，看作是使自己陷入苦恼境地的罪恶根源。这时他只有一种选择，即在否定客观社会现实、否定主体理性的基础上再进一步，否定主体的感性存在，即完全否定自我人生，以达到对客观社会现实的彻底摆脱，获得主体精神的绝对独立。

思维的逻辑归根到底只是客观社会现实的发展在人们意识形态中的反映。晚明浪漫文学思潮的美学理想之所以呈现出这样的趋向，根本上还是由当时特定的社会历史条件决定的。主体与客观社会现实的分裂与对立，要么是客观社会现实趋于腐败，使主体不能忍受；要么是主体已得到新的丰富和发展，对旧的社会形态产生不满。一般情况下，两种现象往往同时发生。主体与客观社会现实分裂对立的最终结局，是打破旧的客观社会现实，建立与主体的新的丰富发展相适应的社会形态及伦理道德规范，从而在新的水平上重新达到主体与客观社会现实、主体的理性与感性的和谐统一。但这是一个漫长的历史过程。在这一历史过程的早期，人们还看不到丝毫建立新的社会形态的曙光，也不知道新的伦理道德规范是什么样子。他们看到的只是败坏之极而且还在日益败坏的社会现实，他们只能追求感性自我的享乐但又不满足于这种状态，于是他们唯一希望做的，就是进一步否定主体的感性存在，获得绝对的解脱与自由。

把握了晚明浪漫文学思潮作家们的心路历程，再来观察他们的种种言行和作品中的种种矛盾现象，问题就迎刃而解了。如晚明浪漫派作家几乎无一例外地在刚刚为主体的饮食男女等感性欲求高唱赞歌，肯定它们是唯一真实有意义的东西之后，马上又对它们做了否定，即对所倡导的重情的主张做了自我否定。如汤显祖在《牡丹亭》中对杜丽娘生生死死追求爱情的行动给予了热情赞扬，而在紧接着创作的《邯郸记》《南柯记》中，对"情"的看法就发生了很大变化。两部剧作通过描写淳于棼、卢生荒诞丑陋的发迹史，对客观社会现实予以否定。与此同时，作者还描写了淳于棼与瑶芳公主等、卢生与他的众多妻妾的淫乱关系，对人的感性欲求也进行了批判。最后卢生醒来，发现所谓功名富贵、纵情之乐等，不过黄粱一梦，遂悟破人生，随吕洞宾出家。淳于棼也醒悟过来，被契玄禅师超度出家。

这样，作品就对整个人生做了否定。在上述两重否定中，后者是超越前者并包括前者的，因此它更是作品的宗旨所在。有人认为汤显祖在这两部剧作中否定的只有"恶情"，而没有否定整个的情。然汤氏在《南柯梦记题词》中以"虚空蚁穴"为喻，否定的显然是整个人生，并没有善情恶情之分。[1]在晚年所作的《续栖贤莲社求友文》中，汤显祖更对自己平生"为情作使""为情转易"感到悔恨，以为"应须绝想人间，澄清觉路，非西方莲社莫吾与归矣"。[2]

袁宏道早年曾公开宣称自己好色，倡导率性恣情，然后来即渐渐感到这些还是累赘，对之产生厌倦，觉得只有割舍种种感性欲求及与自我的感性存在相关联的种种事物，如家庭、故乡、妻儿等，主体精神才能获得真正的独立和自由。他说："人岂虾蟆也哉，而思乡乎？夫乡者，爱憎是非之孔，愁惨之狱，父兄师友责望之薮也，有何趣味而贪恋之？""儿孙，块肉耳；田舍，邮也；身体手足，偶而已，皆不足安顿计较。"又致信李腾芳曰："弟往时亦有青娥之癖，近年以来，稍稍勘破此机，畅快无量。始知学人不能寂寞，决不得彻底受用也。回思往日孟浪之语最多，以寄为乐，不知寄不可常。今已矣，纵幽壑绝崖，亦与清歌妙舞等也。"[3]晚明浪漫文学思潮的其他重要作家，如徐渭、李贽、屠隆、袁宗道、袁中道、钟惺、谭元春、金圣叹等，也无不有深刻的幻灭意识。过去我们要么对这种意识予以否定，要么视而不见。然而这是晚明浪漫文学思潮的文学家的必然心理趋向，是晚明浪漫文学思潮美学理想的一个有机组成部分。有意回避或简单地对待它，不利于完整准确把握晚明浪漫文学思潮的实质。

幻灭的具体途径看来不外乎如下几种：一是专心学佛学道；二是在此

〔1〕汤显祖著、徐朔方笺校《汤显祖诗文集》卷三十三，上海古籍出版社1982年版，第1096页。

〔2〕同上，卷三十六，第1161页。

〔3〕袁宏道著、钱伯城笺校《袁宏道集笺校》卷十一《华中翰》、卷四十二《龚惟学先生》，李湘洲编修，上海古籍出版社2008年版，第498、1233页。

基础上再进一步，出家为僧为道；三是更进一步，即死亡，这无疑是最彻底的解脱。在现实生活中，自杀似乎难以做到，出家为僧为道的似乎也极少，于是晚明浪漫文学思潮的作家们的幻灭，基本上都选择了大肆谈禅说道这一途径。他们在谈禅说道或所谓静修中，努力给自己制造一种幻觉，似乎自己的肉体还存在，甚至种种感官欲求也还在追求满足，但精神已脱离肉体，已经与这些不相干，进入绝对独立自由的境界。这显然是他们的主观幻想。实际上，精神既然不能脱离肉体，就不得不寻求与它的调和；主体既然因此而不能摆脱客观社会现实，也就不得不寻求与它的调和。也就是说，主体既然不能彻底地摆脱客观社会现实，又无力改变它，就只能适应它。一方面，主体精神对主体的感性存在，主体对客观社会现实，都保持一定的独立和自由；另一方面，前者又寓于后者之内，尽量不与它发生冲突，这就是所谓"适世"。袁宏道曾说，"世间学道有四种人"：第一种是"出世者"，如达摩、马祖、临济、德山之属皆是，其人"以狠毒之心"，真正摆脱红尘。第二种是"玩世者"，如庄周、列御寇、阮籍等，他们敢于蔑弃礼法，这种人也不易得，"上下数千载，数人而已"。第三种是"适世者"，"口不谈尧、舜、周、孔之学，身不行羞恶辞让之事"，既不汩没于世俗，又"于世无所忤违"。第四种是"谐世者"，即孔子以下讲道德仁义、以入世救世为务者。袁宏道自称"出世""玩世"做不到，"谐世"则不屑为，因此最喜"适世"一路。[1]这是当时绝大多数浪漫文学思潮作家的共同自白。

　　既然行动上只能如此，他们就要为之寻找理论依据，于是有所谓"退即进"之说。明明是不得已而向现实妥协了，却说这是主体精神在追求独立和自由上又进了一步。如袁宏道云："往只以精猛为工课，今始知任运亦工课。"又说："此事只求安心，便作官也好，作农夫也好，作侩儿市贾

〔1〕袁宏道著、钱伯城笺校《袁宏道集笺校》卷五《徐汉明》，上海古籍出版社2008年版，第217—218页。

亦好。"[1]金圣叹也大谈什么"若到不得彼岸,实实彼岸竟是此岸;若到得,实实此岸竟是彼岸。而到之之法,并不用船筏桥梁等,但须菩萨具有大智慧光,能照见此岸即彼岸,即便到得矣";"圣人证到凡夫地位,始绝无退转。所谓'百尺竿头,更进一步'在此。进一步,非上去,竟是下来。妙"。[2]这就几乎是自欺欺人了。从主体本身而言,他可以此为借口,恣意追求感官享受,却说这与主体精神不相干。更重要的是,根据这种观念,主体就不需要对客观社会现实进行任何改造,甚至连抗议也没有必要了。晚明浪漫文学思潮的作家的心理趋向,就由追求幻灭以达到主体精神的绝对独立,经过一番观念转换,又回到与客观社会现实相妥协的状态了。晚明浪漫文学思潮的美学理想,通过否定客观现实世界、否定主体理性、否定整个主体,追求幻灭以达到主体精神的绝对独立,兜了一个圈,最后又回到适应、安于既存客观社会现实的状态。中国 16 世纪末至 17 世纪上半叶的浪漫文学思潮,因此也就没有带来应有的社会变革。

晚明浪漫文学思潮美学理想的三个层次如上所述。这里须补充说明的是,任何抽象概括都是以牺牲现象的丰富性为代价的,这里勾画的只是晚明浪漫文学思潮美学理想的基本理路,至于它在晚明浪漫文学思潮具体作家身上和具体作品中的表现要丰富复杂得多。首先,晚明浪漫文学思潮的美学理想是不彻底的,每一层次上都存在自我否定自相矛盾之处。如晚明浪漫文学思潮的作家对客观社会现实的否定就是不彻底的。他们毕竟深受中国传统伦理道德观念的熏陶,中国知识分子以天下为己任的传统信念在他们的意识中根深蒂固。即如他们之中最为潇洒飘逸的袁宏道,也不是对天下兴亡、民间疾苦毫不关心。因对社会现实极度失望,他们想不管,但

---

〔1〕 袁宏道著、钱伯城笺校《袁宏道集笺校》卷四十二《答陶周望》、卷四十三《黄平倩》,上海古籍出版社 2008 年版,第 1244、1259 页。
〔2〕 金圣叹《唱经堂语录纂》卷二,见金圣叹著、陆林辑校整理《金圣叹全集》,凤凰出版社 2008 年版,第六册,第 857、880 页。

又不能不管，而管又没有用，于是晚明浪漫文学思潮的作家常陷入严重的矛盾苦闷之中。他们对感性自我的张扬也是不彻底的，他们还不敢彻底扬弃传统伦理道德规范。像《五戒禅师私红莲记》《刎颈鸳鸯会》等作品，一方面写出了情欲的不可窒灭，一方面又带有浓厚的原罪、忏悔色彩。即使是《牡丹亭》这样出类拔萃的作品，在写到杜丽娘还魂后柳梦梅要求和她同居时，杜丽娘也以没有父母之命、媒妁之言加以推辞，说什么"鬼可虚情，人须实礼"。可见汤显祖并不完全否定传统礼教。许多歌颂青年男女坚贞爱情的作品，还把爱情的坚贞与守节的观念搅在一起，像《娇红记》这样比较出色的作品也不例外。至于在追求幻灭的层次，晚明浪漫文学思潮的作家们寻求与现实妥协甚至自欺欺人的局限性更突出了。

其次，晚明浪漫文学思潮美学理想的三个层次在具体作品中往往是相互交织在一起的。如某些作品在描写客观社会中色欲横流的丑恶现实并加以否定时，又往往包含有揭示传统伦理道德规范的虚伪，指出只有这种为情欲支配的现实生活才是真实的客观世界的意图，又包含有肯定自然情欲的合理性的倾向。正因为这两个层次交织在一起，有时作家对某些放纵情欲现象的描写，简直分不清是持否定还是欣赏的态度。他时而对这种现象进行谴责，来一大段说教，好像为人性的堕落、道德的沦丧痛心疾首；时而又情不自禁地尽刻画描摹之能事，津津乐道，似乎有意借此嘲笑虚伪的古典美学理想。如果上面所述属于浪漫文学思潮美学理想的第一个层次和第二个层次相互交织的情形，那么它的第二个层次与第三个层次相互交织的情形也同样存在。有的作品以张扬感性自我、肯定自然情欲的合理性为主题，但其中又包含了情缘不过如镜花水月的幻灭意识。有鉴于此，我们分析晚明浪漫文学思潮的众多作家作品，既要把握其美学理想的基本理路，以免为各种纷繁复杂的文学现象所迷惑，又要具体对象具体分析，充分揭示其美学理想及其表现的特殊形态，决不能削足适履。

（原刊于《浙江社会科学》1999 年第 2 期）

万历为文学盛世说

"明后期""晚明""明末"等等，是人们谈论明代历史和文化时经常使用的几个概念。关于它们所指时段的起点，各人意见不一，但说万历、泰昌、天启、崇祯四朝在它们所指涉的范围之内，一般没有异议。这四朝共70年左右，其中万历一朝长达48年，毫无疑问是所谓"晚明"的主体。

本文认为，整个晚明时期是中国古代文学史上文学活动最为繁盛、文学成就最为突出的时期之一。因为万历一朝是整个晚明的主体，晚明的文学活动相对集中于万历年间，因此万历年间可称为中国古代文学史上的盛世之一，可与人们经常提到的中国古代文学史上的另外几个黄金时期如建安年间、元嘉年间、开元至天宝年间、元和年间、元祐年间等媲美。[1] 我们在书写中国古代文学发展史时，应明确这一概念，在观察眼光、分析角度、评价标准等方面做出应有的调整。

一、称万历为文学盛世的理由

虽然我们探讨的是万历年间是否能称为文学的盛世的问题，但还是不

---

[1] 文学的发展具有连续性。万历朝的种种文学现象，萌生于嘉靖、隆庆年间，延续至天启、崇祯年间，有一些重要作家、作品和重要作品的重要版本等在天启、崇祯年间才出现。但万历朝文学无疑是晚明文学的高峰，此后的许多文学现象，主要是其惯性作用下产生的余波，而且还在某些方面呈现回归保守的倾向。因此，本文以万历朝文学作为晚明文学的代表，而在具体论述时，偶尔会涉及天启、崇祯年间的文学现象，就像人们探讨"建安文学"，会涉及曹丕、曹植等在黄初、太和年间的文学创作等一样。

得不首先讨论一下关于万历一朝的整体评价问题，因为这两个问题是相互关联的。过去人们之所以没有把万历年间确认为中国古代文学史上的盛世之一，很大程度上是因为历史上对万历一朝的总体评价不高，或者说很低。实际上这在很大程度上是一种偏见。

首先，在政治上，现在人们提到万历朝，马上想起的就是清人所修的《明史》等文献中所描绘的皇帝长期不上朝理政、朝廷党争激烈、官员多缺员也不及时补充、矿监税使四出的图景。这些基本上都是事实，但《明史》等文献的描述有夸大之嫌。如万历皇帝实际上一直保持与主要大臣的沟通，矿监税使专门针对商业和矿业，波及的范围也有限。更重要的是如何评价这些历史现象。如根据传统的君主专制政治观念，则这一系列现象固然是非常严重的问题。但如果从政治制度演化的角度来看，我们对这些现象的看法就会有所不同。万历皇帝不按规定上朝理政，使皇权相对弱化、虚化，对新的政治要素的兴起、新的思想观念的萌生、新的政治运作模式的滥觞，未始不是一件好事。正是在这种背景下，朝廷中的各种政治势力可以展开博弈，官员可以自由辞职，东林党的民间议政得以兴盛起来，民间舆论力量可以影响朝政走向和政治人物的进退，人们可以公开议论和尖锐批评朝廷和皇帝，社会的政治自由度、思想自由度大大增加。中国古代政治制度的最大弊端就在于权力高度集中，而且是愈来愈集中。万历一朝开始出现逆向的变化，从发展的眼光来看，是值得肯定的具有积极意义的动向。相比之下，进入清朝以后，皇权得到极大强化，权力高度集中，从当时来看也许具有一定的积极效果，但从长远看，则属于一种落后倒退。

万历朝的党争确实比较激烈。但官员结党相争是政治生活中的必然现象。纵观中国古代历史，包括所谓盛世如唐代开元至天宝年间、元和年间，北宋元祐年间等各朝，党争何尝不激烈？值得注意的是，晚明特别是万历年间的党争，已经显示出不同于以前党争的某些特点。各个党派在一定程度上代表了地区的利益，而西方近代以来的党派主要就起源于代表地区、行业、阶层的组织。不是说万历年间的政治党派具有了西方近代以来政党的性质，但两者之间并不一定有不可逾越的鸿沟，说晚明特别是万历年间的党争已具有某些近代政党的雏形，也许并不为过。

总之，万历年间的君主怠政、朝廷党争这类历史现象，具有双重性质。从传统政治观念来看，是朝廷腐朽的表现。而从政治制度演化的角度看，又具有积极意义。政治制度的演化不是一蹴而就的，也不是一帆风顺的。西方近代民主政治制度的形成也经历了一个漫长的过程。旧制度的腐朽，往往是新制度萌芽的前提条件。

从经济方面来看，万历年间可能是明代以至到那时为止整个中国古代历史上最繁荣的时期。万历前期张居正当政，实行一系列改革，取得显著成效。当时朝廷的财政盈余空前绝后。[1]万历年间实行"一条鞭法"，将所有税收、徭役折银征收，大大刺激了商品交换，提高了产品的边际效应；又从而大大促进了行业分工，提高了技术水平和生产效率；进而又带来了城镇的繁荣、市民队伍的扩大，以及人们的生活方式和生活观念的连锁性变化。

因为社会财富大大增加，无论是地主官员，还是普通市民农民，生活水平都大大提高。人们在衣、食、住、行、娱乐等方面，都打破原有的禁忌，争相追求奢华。人们的消费和享乐的欲望被充分激发出来，每个人都拼命追求财富，追求享乐。可以说这是一个人欲横流、充满活力的时代。在当时的地方志、文人别集等文献中，我们还可以看到大量这方面的记载，小说戏曲作品更给我们展现了当时人们日常生活的生动图景。但这些记载和描述一般都站在传统小农经济的立场，秉持"自给自足""节俭"等传统观念，对这些现象给予了负面评价。当时人用这样的眼光看问题可以理解，现在我们仍用这种眼光看问题就未免迂腐了。人类社会发展的根本目的是什么呢？不就是要使人们过上富裕、充实、自由、快乐的生活吗？人类难道要永远停留在

---

〔1〕《明史》卷二百十三《张居正传》："居正为政，以尊主权、课吏职、信赏罚、一号令为主。虽万里外，朝下而夕奉行。……太仓粟充盈，可支十年。互市饶马，乃减太仆种马，而令民以价纳，太仆金亦积四百余万。"

那种"小国寡民"、"鸡犬之声相闻，老死不相往来"、"茅茨不剪，采椽不斫"、粗衣恶食的状态吗？生产力水平提升，物质财富大大增加，人们的生活水平显著提高，人们追求更富裕舒适的生活，这有什么不好呢？

从军事上看，万历前期国防相当稳固。从明初以来，蒙古一直是明王朝的主要敌人。张居正等当政期间，对蒙古恩威并用，使它不再构成对明王朝的重大威胁。万历中期有所谓"三大征"，其中援朝征倭和平杨应龙的战争规模都很大，明朝都取得了胜利。直至万历四十六年（1618）明王朝在与满洲军队的萨尔浒大战中战败之前，明王朝的军事力量都是相当强大的。

从思想文化领域来看，万历年间是中国古代思想最为自由、最为活跃的时期之一。儒学内部，阳明心学的影响进一步扩大，而坚持程朱学说的东林党等也势头甚盛，狂禅思想又异军突起，西方的天主教也开始在中国各地传播。全社会流行讲学，探讨学术的风气非常浓厚，学术环境相当宽松。李贽被朝廷指为异端邪说，但这并不能阻止许多文人学子（包括许多在职和退职的官员如耿定理、焦竑、刘东星、马经纶等）信奉他的学说。当时一些思想家和学者标新立异的勇气和风采，令后世敬仰。

总之，万历一朝的社会状态，是一种客观存在的历史事实。具有不同的历史观念和眼光，就会对它做出不同的描述和评价。我们过去对它的观察和评价，实际上受到了传统的小农经济社会历史观念、政治观念、道德伦理观念的束缚。我们现在有必要转变历史观念和政治观念，把万历一朝放在整个中国社会历史发展的长河中，放在中西社会历史发展进程的比较中，对它的历史地位和意义进行重新审视和评价。我们不能否认这一时期政治的黑暗腐败、社会伦理道德的堕落等，但这只是事实的一个方面，我们还必须看到这个时期繁荣富庶、生机勃勃、充满活力、蕴含新的社会因素的一面。借用英国小说家狄更斯的话说："那是最好的岁月，那是最坏的

岁月。"〔1〕它的坏也就是它的好，它的好也就是它的坏。忽视其中任何一个
方面，都不可能对这个历史时期的真实状况和性质做出完整准确的评价。
我们也许可以说，就整体而论，万历一朝也是整个中国古代历史上的盛世
之一。我们不能因为它有腐败堕落的一面，它之后不久明王朝就倾覆了，
而否定它是一个盛世。中国古代最著名的所谓盛世，莫过于唐代的开元、
天宝年间，当时也确实是唐王朝的鼎盛时期，但它照样包含着腐败和堕落。
既有"忆昔开元全盛日，小邑犹藏万家室。稻米流脂粟米白，公私仓廪俱
丰实。九州道路无豺虎，远行不劳吉日出"（杜甫《忆昔》）、"九天阊阖开
宫殿，万国衣冠拜冕旒"（王维《和贾至舍人早朝大明宫之作》）的一面，
也有玄宗的荒嬉，李林甫、杨国忠的擅权腐败的一面，而且不久就爆发了
"安史之乱"。中国历史上的其他盛世的情况也差不多，基本上是盛世之后
不久就是衰世，甚至在盛世的末尾衰世就已经开始了。放眼世界，似乎也
莫不皆然，例如法国太阳王路易十四时，波旁王朝的强盛达到高峰，不久
后波旁王朝就陷入衰败。盛极必衰似乎是人类社会无法逃脱的宿命。

　　如果称万历一朝整体上是中国古代的盛世之一，可能会遇到较多质疑
的话，那么确认万历为中国古代文学发展的盛世之一，则有更充分的理由
获得更普遍的认可。

　　首先，万历年间的文学活动最为活跃。建安、天宝年间雅文学兴盛，
但民间俗文学相对逊色；元代前期俗文学蓬勃兴起，但文人雅文学相对沉
寂。万历时期文学发展的一个突出特点，是上层文人雅文学和下层大众通
俗文学同时兴盛并相互融合，从而呈现出文学全面繁盛的局面，这在中国
文学发展史上是少见的。经过两百多年的发展，明代文化至万历年间已非

---

〔1〕狄更斯《双城记》的开头："那是最好的岁月，那是最坏的岁月；那是智慧的时代，那是愚蠢的时
　　代；那是信仰的新纪元，那是怀疑的新纪元；那是光明的季节，那是黑暗的季节；那是希望的春
　　天，那是绝望的冬天；我们将拥有一切，我们将一无所有；我们直接上天堂，我们直接下地狱——
　　简言之，那个时代跟现代十分相似，甚至当年有些大发议论的权威人士都坚持认为，无论说那一
　　时代好也罢，坏也罢，只有用最高比较级，才能接受。"人民文学出版社1995年版，第1页。

常成熟。教育相当普及，科举考试制度吸引了广大民众读书应试，以至于原有的科举考试体制已难以容纳。从事文学活动的人数达到空前水平，表现之一是"山人"多于牛毛，北京、南京、苏州等文学艺术活动中心的诗社、文社及其他文学聚会异常频繁。[1]下层民间文学活动也达到前所未有的繁荣程度，通俗文学作品的刊刻与阅读、说话、演剧、民间诗社活动等都异常活跃。

万历年间是文学现象最为丰富多彩的时期。不同的文学流派、文学主张同时并起，争奇斗艳，互相争胜。以古典诗文为主体的传统文学形态仍然声势浩大，复古派"后七子"的领袖人物王世贞在隆庆末或万历初和万历十四年分别作"后五子""广五子""续五子""末五子""四十子"等，标榜复古派的阵容之壮。与此同时，古典诗文内部出现了追求新变的努力，李贽、汤显祖和以"三袁"为代表的公安派、以"钟、谭"为代表的竟陵派相继兴起，戏曲、小说等新的文学形式也迅速蔓延。这两个方面交织融汇，共同构成新兴文学形态，显示出勃勃生机。新旧两种文学形态发生激烈碰撞，不同文学流派之间爆发了激烈的文学争论。其理论之自觉、态度之激烈、言辞之犀利，在整个中国古代文学史上也是空前的。

万历年间文学创作形态发生重大转变，由过去的以文人抒情文学为主，转变为文人抒情文学与大众叙事文学并重的格局。元朝时作为大众叙事文学的戏曲就在文坛占有重要地位，是晚明这种文学格局的先导。晚明特别是万历年间这种格局变得更为完整和稳定。汤显祖等思想敏锐的文人，也曾力图重新恢复古典文学的兴盛景象。在经历失败后，汤显祖意识到这条路已走不通，转而自觉地从事戏曲小说创作，从而取得杰出成就。[2]

---

〔1〕沈德符《万历野获编》卷二十三："山人之名本重，如李邺侯仅得此称。不意数十年来，出游无籍辈，以诗卷遍贽达官，亦谓之山人。始于嘉靖之初年，盛于今上（万历）之近岁。""近来山人遍天下。"中华书局1959年版，第585、586页。

〔2〕汤显祖《答王澹生》："尝与友人论文，以为汉、宋文章，各极其趣旨，非可易而学也。学宋不成，不失类鹜；学汉文不成，不止不成虎也。因于鄘乡帅膳郎舍论李献吉，于历城赵仪部舍论李于鳞，于金坛邓孺孝馆中论王元美，各标其文赋中用事出处，及增减汉史唐诗字面处，见此道神情声色已尽于昔人，今人更无可雄，妙者称能而已。"见《汤显祖全集》，北京古籍出版社1999年版，第三册，第1303页。

有些文人还自觉地将自己的戏曲小说创作活动与文化市场结合起来，找到了新的依托和发展方向。随着文学总体格局的变化，文学创作的思想观念、反映的社会生活内容、艺术形式、语言风格等都发生重大转变。描写的对象由理想转到现实，由帝王将相才子佳人的传奇故事扩展到普通市井民众的日常生活，写作原则由唯美主义转向写实主义，语言风格由典雅精致转变为鲜活直白。总体上看，晚明特别是万历年间的文学，已开启中国古典文学形态向近现代文学形态转变的进程。周作人即把晚明文学视为五四以后中国新文学的先声。[1]这一转变在整个中国文学发展史上无疑具有重大意义。

中国古代文学发展史上的盛世，一般都在文体创新方面有重要突破。如建安时期对乐府诗的继承和对五言诗走向成熟的贡献，开元、天宝年间对古体诗特别是歌行体的继承与革新、对五七言律诗走向完善的贡献等。万历年间文体创新也取得巨大成就。作为中国古代文学重要文体的短篇白话小说和长篇白话小说，在万历年间才完全成熟。现存中国古代长篇白话小说如《三国志通俗演义》《水浒传》《西游记》《封神演义》《金瓶梅》等，起源都很早，都经历了一个漫长的演化过程，但只有在万历年间经过文学水平较高的文人比较认真的加工写定刊刻后，才达到完善，其体例、叙述方式、语言风格才基本定型。在对民间长期流传的种种短篇和长篇小说文本进行整理加工的基础上，当时文人还试图模仿它们，尝试进行相对独立的个人创作。万历二十六年（1598）问世的罗懋登著《三宝太监西洋记通俗演义》，可能是迄今可知的中国古代最早基本由作家个人独立创作的长篇小说。虽然它在故事情节、叙述方式等方面，还明显存在着对已有小说的依赖和模仿，显得相当幼稚，但这是中国古代长篇小说由世代累积型创作模式向作家个人独立创作模式发展过程中不可避免的现象。罗懋登敢于尝试和探索的勇气值得肯定。在短篇小说方面，"三言""二拍"特别是

---

[1]　见周作人《中国新文学的源流》，人文书店1932年版，第36、43、52页。

后者中的作品，作家个人创作的成分已占较大比例，艺术技巧则相对更为完善，表明作家个人独立创作短篇小说的艺术在晚明已臻成熟。在中国古代文学史上占有重要地位的明代传奇、小品文创作最兴盛的时期也在万历年间。

万历年间，文学理论的探讨也取得重大突破。复古派作家如王世贞、王世懋、胡应麟等力图恢复古典诗文兴盛景象的努力虽然归于失败，但他们对中国古典诗文特别是诗歌的发展历程进行了全面系统的考察，对中国古典诗文特别是诗歌的审美特征进行了深入细致的辨析，《艺苑卮言》《艺圃撷余》《诗薮》等著作为构建中国古典诗学理论体系提供了坚实基础。李贽提出"童心说"，袁宏道提出"性灵说"，强调主体的思想和情感的价值地位，突破了追求情与理、意与象完美统一的古典审美理想，具有重要创新意义。值得注意的还有金圣叹，他生于万历三十六年（1608），万历朝的最后一年也就是万历四十八年（1620）他才12岁，他的代表作贯华堂刊《水浒传》评点本第三序署"崇祯十四年（1641）"，其文学活动已在万历朝之后，但从思想源流、文学评点手法等方面看，他无疑是万历朝李贽等掀起的文学思潮的殿军，他的文学思想是万历朝文学思想进一步发展所结出的硕果。在很少有现存学术资源可以倚傍的情况下，他从中国古代儒家、道家、佛家学说和史传文学、古文理论、诗歌理论、绘画理论、八股文理论等中采撷学术资源，凭着他的天才的领悟力、想象力和创新能力，基本构建了中国叙事文学特别是小说文学理论体系的框架。他基于众生平等的观念而提出的"忠恕""格物""因缘生法"等说法，解决了叙事文学中虚构何以可能、何以可信这个关键问题，奠定了叙述文学、虚构文学理论的基石。[1]他关于人物性格、小说结构、叙述角度、叙述线索、叙述语

---

[1] 金圣叹"忠恕"说、"格物"说、"因缘生法"说，见《第五才子书施耐庵水浒传》序三、第四十二回回前批、第五十五回回前批。见金圣叹著、陆林辑校整理《金圣叹全集》，凤凰出版社2008年版，第三册，第20页；第四册，第769—772、998—999页。

言等方面的见解，也都富于创见。以金圣叹小说理论为代表的晚明叙事文学理论的创立，标志着在晚明时期，在整个中国文学已开始由古典文学形态向近现代文学形态转变的同时，中国文学理论也开始由古典文学理论形态向近现代文学理论形态转型。

万历年间，文学的传播活动非常活跃，文学作品的刊刻达到了前所未有的繁盛程度。出现了主要专门编刊文学书籍的书坊主，如著名的金陵世德堂、金陵周氏大业堂、余象斗三台馆、余氏双峰堂、毛氏汲古阁等。编著者、书坊主刊书售书的商品意识、著作权意识等，都开始形成。小说、戏曲的一些经典作品不断被刊刻，其他文学类书籍的编选、刊刻也非常活跃。[1] 很多具有较高文学水平和知名度的文人，也开始投入编书、刻书、卖书的行业，使文学书籍特别是通俗文学作品的编著和刊刻的水平迅速提高。最著名的自然

---

〔1〕 王清原、牟仁隆、韩锡铎编纂《小说书坊录》仅录得宋元小说书坊 3 家，明代嘉靖、隆庆以前共 6 家，而万历年间至少有 45 家以上。北京图书馆出版社 2002 年版，第 1—17 页。又，现在可确知的明代刊行古典小说的情况如下。万历以前，只有嘉靖元年《三国志通俗演义》、嘉靖三十一年《大宋中兴通俗演义》、嘉靖三十二年《唐书志传通俗演义》、隆庆三年《钱塘济颠禅师语录》等寥寥数种。进入万历年间，特别是在万历二十年以后，古典小说的刊行进入高潮，许多作品和许多作品的重要版本都刊行于这个时期。如万历九年《于少保萃忠全传》、十六年《全汉志传》、十七年《水浒传》、十九年《三国志通俗演义》《皇明开运英武传》、二十年《三国志传》《西游记》、二十一年《唐书志传通俗演义》《南北两宋志传》、二十二年《包龙图判百家公案》《忠义水浒志传评林》、二十四年《三国全传》《金瓶梅》、二十五年《包孝肃公百家公案演义》《国色天香》、二十六年《三宝太监西洋记通俗演义》《皇明诸司廉明公案》《万锦情林》、三十年《三国志传》《征播奏捷传通俗演义》《北方真武祖师玄天上帝出身志传》、三十一年《西游记》《铁树记》《咒枣记》《飞剑记》、三十二年《二十四尊得道罗汉传》《铁树记》、三十三年《两汉开国中兴传志》《三国志》《皇明诸司廉明公案》《郭青螺六省听讼录新民公案》、三十四年《列国志传》《杨家通俗演义》《续英烈传》《海刚峰先生居官公案传》、三十七年《三国志后传》、三十八年《三国志传》《忠义水浒传》、四十年《重刻西汉通俗演义》《东汉十二帝通俗演义》《东西晋演义》、四十三年《春秋列国志传》、四十四年《云合奇踪》、四十五年《金瓶梅》《江湖历览杜骗新书》、四十六年《南北两宋志传》、四十七年《隋唐两朝志传》、四十八年《唐书志传通俗演义》《平妖传》四十回本。另外可知刊于万历年间但不详具体年份的小说还有《平妖传》二十回本、《如意君传》《玉娇李》《绣榻野史》《绣谷春容》《素娥编》《春秋列国志传》《三国志传评林》《大宋中兴岳王传》《承运传》《咸南塘剿平倭寇志传》《唐三藏西游释厄传》《牛郎织女传》《达摩出身传灯传》《三教开迷归正演义》《古今律条公案》等。

是冯梦龙、凌濛初等人从万历末到崇祯年间对民歌、小说、戏曲作品的收集、整理、加工、创作和刊刻。万历四十四年（1616），乌程（今浙江湖州）闵氏刊刻朱墨套印本《春秋左传》十五卷，以后发展至三色、四色、五色套印，与其姻亲凌（濛初）氏共刊刻了一百多种书，包括许多通俗文学作品，使此前久已存在但一直没有得到充分运用的套印技术得到极大发展，并产生广泛影响。因为教育更为普及，民众文化程度提高，社会财富总量增长，人们用于精神娱乐的费用增加，加上出版业、演艺业的繁荣，文学艺术的受众大大增加，大量普通市民和农民都成为文学的消费者。根据现代传播学的观念，作品只有经过传播，才能产生作用，因此文学传播对文学具有重大意义。

总而言之，万历年间的文学活动极为活跃，文学现象空前丰富，出现了具有代表性的作家（王世贞、汤显祖、袁宏道）、文学理论家（李贽、金圣叹）、作品（《水浒传》《西游记》《金瓶梅》等小说作品，"临川四梦"等戏曲作品，公安派、竟陵派的诗歌与小品文等），在文体和文学理论创新方面有重要突破，在文学总体形态的演进方面发生了具有划时代意义的转变。毫无疑问，万历年间首先是明代文学的盛世，是整个明代文学史上最光彩夺目的篇章，同时也堪称整个中国古代文学史上的盛世之一。

二、万历一直未被确认为文学盛世的原因

万历时期应为中国古代的文学盛世之一，应该是不争的事实。因此罗列万历文学的种种成就，从而论证这一点，并无多大新意。有意思并值得分析的倒是，既然万历时期文学成就如此辉煌，过去人们却没有确认万历为文学盛世之一，其原因何在？

第一，与清王朝对明王朝特别是万历朝的贬低有关。清王朝建立后，因为自身是一个由边疆少数民族入主中原建立的政权，以数十万文化相对落后的满族人统治数千万文化相对发达的汉人，在政统、道统、文统等方面都缺乏自信，因此，除努力学习接受中原汉族文化外，要对它所取代的明王朝极

力贬低，以证明自身的合法性。努尔哈赤在万历年间起兵，因此清王朝尤其要重新书写万历一朝的历史事实，对万历一朝进行整体贬低，为清政权在万历年间的崛起提供合法依据。清王朝的统治者和御用学者极力描绘万历朝的种种乱象，夸大万历皇帝及其臣僚的懈怠、贪腐情形。万历年间本来是明王朝经济最繁盛、整个社会最富庶、民众生活水平最高的时期，尽管各种乱象确实在滋长，但社会的繁盛不容置疑，相当于唐代的开元、天宝年间，宋代的宣和年间。而经过清王朝的统治者和御用学者妖魔化的描绘，在后世人的心目中，万历一朝俨然就成了中国历史上最混乱、最黑暗的时期。

考察清王朝统治者和御用学者书写明代历史特别是晚明历史的策略，可以看出他们是做过精心设计的。他们一般把妖魔化明朝的重点放在万历朝，因为如前所述，努尔哈赤就是在万历朝起兵并发展壮大起来的。将万历一朝描绘得混乱不堪，就可以证明大清政权崛起是应天顺人，符合天命。而对明朝最后一个皇帝崇祯皇帝，他们的描述倒多有同情，多描述他如何宵衣旰食、力图挽大厦于将倾。这样描写有显而易见的好处：第一，崇祯皇帝是被李自成农民起义军逼死的，渲染崇祯皇帝的悲剧，就可以将推翻明朝的责任推到李自成农民起义军身上，有利于消除明朝遗民对清王朝的抵触情绪；第二，这样描写，可显示清王朝的大度公正，反过来又可证明清王朝对整个明代历史特别是万历一朝历史书写的客观可信；第三，描绘崇祯皇帝如何宵衣旰食、力图挽大厦于将倾，最后还是身死国灭，实际上就更能说明清王朝的兴起是天命所归，非人力所能改变。[1]

---

[1]《明史》卷二十一《神宗本纪》"赞"曰："神宗……既乃因循牵制，晏处深宫，纲纪废弛，君臣否隔。……溃败决裂，不可振救。故论者谓明之亡，实亡于神宗，岂不谅欤"同书卷二十四《庄烈帝本纪》"赞"曰："帝承神、熹之后，慨然有为。即位之初，沉机独断，刈除奸逆，天下想望治平。惜乎大势已倾，积习难挽。在廷则门户纷纭，疆场则将骄卒惰。兵荒四告，流寇蔓延，遂至溃烂而莫可救，可谓不幸也已。然在位十有七年，不迩声色，忧勤惕励，殚心治理。临朝浩叹，慨然思得非常之才，而卒罹其人，益以偾事。乃复信任宦官，布列要地，举措失当，制置乖方。祚讫运移，身罹祸变，岂非气数使然哉。"中华书局1974年版，第294—295、335页。

　　除在整体上贬低明代特别是万历一朝以外，清王朝的统治者和御用文人还重点抨击万历时期的文风、学风。万历年间，左派王学、狂禅学说和异端思想的发展达到高峰，对传统思想学术进行了颠覆，知识分子和广大民众的思想观念得到极大解放，达到前所未有的自由状态，这本来是值得肯定的。但清王朝出于强化思想统治的需要，同时也出于贬低明王朝特别是万历一朝的需要，对明代的学风特别是万历年间这种思想解放运动百般贬低，把明人对前代学术的怀疑、批判和否定描绘成空疏不学，把万历年间以李贽为代表的创新性思想家所作的理论探讨描绘成邪说盛行。明末清初顾炎武、王夫之等遗民出于对明王朝倾覆的伤痛对晚明特别是万历一朝思想文化所作的种种反思导源于前，清王朝通过编《明史》《四库全书》等大型文化工程及其他相关举措继武于后，发起了对明代特别是万历一朝学风持久不息的批判、否定、嘲笑。这种强大的围攻非常有效，反复的强调刻画造成了人们的思维定式，以至于现在的人还身陷于其中而不能自拔。于是出现了这样的情形：我们在书写明清思想史时，常常一方面肯定晚明思想解放的巨大积极意义，一方面又沿袭清人对明人特别是万历一朝思想家的种种责难，批评后者空疏不学等等，自相矛盾而浑然不觉。

　　清朝统治者及明末清初许多文人对晚明特别是万历年间的文学也极力贬斥。万历年间大众通俗文学的巨大成就，要么完全在他们关注的范围之外，要么因为思想内容离经叛道、语言风格通俗浅显而遭到他们的鄙视。至于万历年间的文人雅文学，清朝统治者及明末清初许多文人也评价极低。他们自然看不到李贽、金圣叹文学思想的深刻价值，看不到公安派、竟陵派文学理论和创作的重要意义。即使对复古派的文学理论主张和创作实践，他们也给予一种简单粗暴的评判，并不能理解揭示其内在本质。于是本来众声喧哗、多姿多彩的万历年间文坛，在他们眼里就成了一个榛芜丛生、一无可取的文学乱世。如王夫之就曾说："自李贽以佞舌惑天下，袁中郎、焦弱侯不揣而推戴之，于是以信笔扫抹为文字，而稍含吐精微、锻炼高卓者为咬疽呷醋。故万历壬辰(二十年)以后，文之俗陋，亘古未有。"[1]
在这方面，钱谦益起了更大作用。他作为清初最有影响的文学批评家和权
威的文学史书写者，在《列朝诗集》等著作中极端贬斥万历年间的文学，
对公安派多有微词，对复古派、竟陵派则极力丑化。钱氏既富于才藻，又
心地狭隘，赋性尖刻，评价作家作品时往往极尽形容夸张之能事。他对复
古派、竟陵派的刻毒攻击，给人们留下极为深刻的印象，在整个中外文学
批评史上都是少见的。[2]钱谦益虽然在死后遭到清朝乾隆皇帝的斥责，著
作被禁，但在明末清初，他作为东林领袖、文坛耆宿，在整个文坛特别是
东南地区文人士大夫中有广泛影响，他对明代历史、思想、学术特别是文
学的一系列看法，直接影响到《明史》《四库全书总目》的编写，对塑造
后世人们关于明代文学特别是明晚期文学的印象起了重要作用。

第二，与传统的文学观念和评价标准有关。中国古代占主导地位的文
学观念，奠基于孔子，而后得到进一步丰富发展，形成一个繁密的体系，
它根本上是小农经济社会和集权专制政治体制环境的产物。它特别关注文
学与道德、政治的关系，而相对忽略文学与个性、生活的关系。它向往政
治的太平稳定，而不喜欢社会的变革与多元化；力图回避和超越真实的世
俗众生相，而憧憬高雅优美的理想境界；向往宁静的庄园式生活场景，而
不喜欢热闹非凡的市井生活场景；崇尚清心寡欲、自我克制的生活态度，
而抵制生机勃勃、追求享乐的生活态度；喜爱精致细腻的艺术形式，而排

---

〔1〕 王夫之著、戴鸿森笺注《薑斋诗话笺注》，人民文学出版社1981年版，第224页。
〔2〕 钱谦益《列朝诗集小传》丁集上"李按察攀龙"条："经义寡稽，援据失当。瑕疵晓然，无庸抉
    谪。何来天地，我辈中原。矢口嚣腾，殊乏风人之致；易词夸诩，初无赠处之言。于是狂易成风，
    叫詷日盛。微吾长夜，于鳞既跋扈于前；才胜相如，伯玉亦簸扬于后。斯又风雅之下流，声偶
    之极弊也。"同书丁集中"钟提学惺"条："其所谓深幽孤峭者，如木客之清吟，如幽独君之冥语，
    如梦而入鼠穴，如幻而之鬼国。浸淫三十余年，风移俗易，滔滔不返。余尝论近代之诗，抉摘
    洗削，以凄声寒魄为致，此鬼趣也；尖新割剥，以噍音促节为能，此兵象也。鬼气幽，兵象杀，
    著见于文章，而国运从之。以一二轻才寡学之士，衡操斯文之柄，而征兆国家之盛衰，可胜叹
    悼哉！"上海古籍出版社1983年版，第429、571页。

斥穷形尽相的写实的艺术风格。这种文学观念源远流长，博大精深，对中华民族文学艺术观念和审美心理的影响根深蒂固。说到底，所谓中国古代文学传统或曰中国古代美学传统，就是指这种在小农经济社会和专制政治体制环境下形成的文学和美学传统。虽然中国现在已步入现代工商业社会，君主专制政治体制废止也已百年，但这种文学传统和美学传统的影响有很大的独立性和滞后性，不会随着社会生产方式和政治体制的改变而马上改变。尽管在这一百年中，中国接受了西方的文化，包括马克思主义的思想观念，它们似乎已成为当代中国占主导地位的思想，但中国的文学传统和美学传统仍隐藏在中华民族的意识深处，有时还借新的思想观念借尸还魂。如近代以来，我们的文学理论、文学批评和文学创作，就仍然特别关注文学与政治的关系，仍然特别重视对文学进行道德评价。这种状况在评价古代文学时表现得更明显。作为现代人的我们对古代文学各种现象的评价，往往与古代人如清代人的评价基本一致，很多时候就是以古人如清代人的评价为评价。

具体到对晚明文学特别是万历文学的评价，我们就没有摆脱传统文学观念的束缚，特别重视道德评价等等。例如对待晚明文学中描写人们的各种情欲的作品，我们虽然也肯定它们具有思想解放的意义，但对它们的文学价值始终不能给予充分的肯定。对于像《金瓶梅》这样刻露逼真地描写世俗众生相和赤裸裸的情欲的作品，我们一直不能给予充分的正面评价，不愿意给它以文学经典的地位，甚至还认为这些作品的存在是晚明文学的污点。这就势必影响到对晚明文学特别是万历文学的成就和价值的总体评价。

第三，与近代以来的学术研究体制有关。近代以来，随着国家学术研究体制和大学、中学教育体制的确立，文学研究越来越职业化，分工越来越细，逐步形成了古代文学、近现代文学和外国文学等几大领域。从此研究古代文学的人很少涉足近现代文学，研究近现代文学的人很少涉足古代文学。研究中国文学的人与研究外国文学的人之间的鸿沟更深。现在这种情形似乎还有愈演愈烈之势。这种分割的格局影响到研究者对文学史上许多时段的观照。

与西方文学的发展历程相比，中国的古典文学表现骄人，而近现代文学则发育不够充分，明显逊色于西方。中国近现代文学的发展道路坎坷崎岖，并不是连续性的，而是断续性的。它萌芽于唐宋，在元明时代特别是晚明曾达到一个高峰，此后虽然仍在发展，但遭到抑制。直到五四新文学运动以后，近现代文学才成为中国文学的主流。人们一般也都把五四以后的文学，看作近现代文学的代表。近代以来，受新的文学观念的影响，人们对元明以来特别是晚明时期具有近现代色彩的文学也比较重视了，但态度始终是游移不定的。观察古典文学的重点在汉魏唐宋，从中自然发现了建安、元嘉、开元、天宝、元祐等几个特别耀眼的环节；观察近现代文学的重点在五四以后，从中也自然遴选出了一些具有代表性的作家作品和节点。而作为古典文学与近现代文学相交错的明清文学，就相对不受重视。万历年间的文学虽然成就辉煌，但既不被视为古典文学的典范，也不被视为近现代文学的典范，万历年间自然就不可能被视为中国古代文学的黄金时期或曰文学盛世之一了。

进而论之，根据这种学科划分，将古代时期的文学划属古典文学，将近现代以来的文学划属近现代文学，会对某些文学史现象造成遮蔽。中国古代时期的文学起源甚早，发展历史特别漫长，实际上内部包含着两大传统，即古典文学的传统和近现代文学的传统。这两种文学传统的审美理想、文体特性、艺术风格等都很不一样。因此我们有必要区分中国古代文学与中国古典文学这两个概念。现在的学科划分体制既然把古代时期的文学都划属古典文学，那么其中的古典文学自然就占据了主导地位，古代时期的具有近现代色彩的文学则相对处于边缘。在标举中国古代文学发展史上的盛世时，只及诗歌、古文兴盛的时代，而不及戏曲、小说兴盛的时代，就是这种倾向性导致的结果。与此相类似，既然把近现代的文学都划属近现代文学，那么其中的近现代文学自然也占据绝对主导地位，而近现代时期的古典文学则处于非常边缘的位置。如果我们打破这种古典文学与近现代文学相互割裂的格局，将中国文学发展史看作一个整体，那么作为古典文学和近现代文学的汇聚点的万历间文学的地位就会得到凸显。

这种学科体制除造成古代文学研究和近现代文学研究的割裂外，还造成了雅文学研究和大众通俗文学研究的割裂。明代文学文体丰富多彩，远非建安、元嘉、开元、天宝、元祐几个时期主要只有诗歌、散文两种文体的情形可比。现有的研究分门别类，研究明代文人雅文学者很少涉足明代大众通俗文学研究，研究明代大众通俗文学者也很少涉足明代文人雅文学研究。各自孤立地进行探讨，见树不见林，于是对晚明文学特别是万历年间的文学缺乏整体观照，不能形成对它的总体看法，无力对晚明特别是万历年间的文学的总体成就进行总体评价，这也影响到对晚明特别是万历年间文学的看法。

这种学科体制将中国文学研究与外国文学研究隔绝开来，也使人们在评价中国或外国的具体文学现象时，缺乏参照系，评价结果往往畸高或偏低。如果将晚明万历年间的政治、思想、文学与英国、法国、德国十六、十七世纪社会状况相比较，我们不仅可以发现其间的根本性的差异，从而对晚明特别是万历时期的社会状况有更清晰准确的认识，也会发现其中颇多类似之处。近代欧洲的政治、思想、文学等等，在萌芽阶段也是相当幼稚混杂的。回过头来看晚明特别是万历年间的政治、思想、文学，我们的评价就会有所不同。

三、确认万历为文学盛世的意义

如前所述，以往研究者对以万历朝为主的晚明时期的思想文化也曾给予肯定的评价。较早有梁启超《中国近三百年学术史》、钱穆《中国近三百年学术史》、嵇文甫《晚明思想史论》等，认为明清之际的思想具有科学的精神、近代思想方法、思想解放的性质等。稍后有傅衣凌、侯外庐等从经济基础与上层建筑和意识形态的关系出发，认为晚明出现了资本主义的萌芽，在此基础上产生了类似西欧的文艺复兴、宗教改革和启蒙主义的思想。但上述研究都侧重于历史和思想，而不是文学；且将明末与清初并提，实际上关注的重点是清初以顾炎武、王夫之、黄宗羲等为代表的实学潮流。在文学方面，许多研究论著在分析具体的作家作品时，都对有关文学现象的思想解放倾向或在文学史上的创新意义给予了肯定，但缺乏对以万历朝文学为主的晚明时期文学的总体观照。近年卢兴基再次提出晚明实际上发生了一场类似欧洲"文艺复兴"的思潮，并对晚明时期的各种文学艺术现象进行了比较全面细致的分析，颇多新见，如认为《金瓶梅》中的西门庆是新兴商人的典型等。[1] 但其主旨在揭示晚明思想和文学的特质，而不是对晚明文学总体成就进行评价。而且它侧重于将晚明思想和文学与西欧的"文艺复兴"等进行横向比较，而没有特别注意将以万历朝为主的晚明时期的文学放在整个中国古代文学发展史的纵向坐标上进行定位。

因此，人们至今对以万历朝为主的晚明时期文学缺乏一个总体的判断。这影响到对晚明文学特别是万历文学总体成就的估量，也影响到对晚明特别是万历年间各个具体作家作品的分析评价。

确认万历为文学盛世，首先是对万历年间文学发展总体成就的一种肯定，凸显万历文学在明代文学以至整个中国古代文学中的重要地位。这将促使我们对晚明特别是万历年间的文学给予更多的注意，并努力去思考万历文学的总体特征，从而更完整准确地把握它。建安文学的总体特征是"建安风骨"，开元、天宝年间文学的基本特征是"盛唐气象"，那么万历文学是否也存在一种基本特征呢？如果有，那又该是什么呢？"众声喧哗"，"欲望的飨宴"，抑或"情感的沉醉"？

---

〔1〕 见卢兴基著《失落的"文艺复兴"——中国近代文明的曙光》，社会科学文献出版社 2010 年版，第 211 页。

　　确认万历为文学盛世，也有助于人们进一步认识整个中国古代文学的价值。中国古代文学根深叶茂，博大精深，代有发展。过去讲中国古代的文学盛世，往往只讲到建安、"三元"而止，似乎中国古代文学在最后一"元"即北宋"元祐"后，就已成强弩之末。虽然还出现了元杂剧、明清传奇、明清长短篇小说以及一些著名诗文作家、诗文流派，但它们（他们）相互之间都相距较长时间，都是散点式的存在，似乎再无时间相对集中的、大放异彩的辉煌篇章。其次，这样一种文学盛世说，实际上只关注了中国古代的文人雅文学，重点是诗歌。而中国古代文学除文人雅文学外，还有大众通俗文学；除诗歌外，还有古文、词、戏曲、小说等等。因此这样的文学盛世说是片面的，不能反映中国古代文学发展史的整体面貌。如确认万历年间为文学盛世，春秋战国、建安、"三元"等和万历，分别代表中国古代文学的上古时期、上古向中古过渡的时期、中古时期、中古向近代过渡时期文学发展的高峰，也兼顾到文人雅文学和大众通俗文学，中国古代文学发展的过程和脉络将因此而首尾完具，更加完整。

　　确认万历为文学盛世，有利于我们更清醒地意识到，所谓中国古代文学，因为它的发展历史非常漫长，实际上包含古典的文人抒情文学美学传统和具有近代色彩的大众叙事文学美学传统。充分意识到所谓中国古代文学的丰富性和复杂性，充分意识到古典传统和近代传统的不同，在认识其不同的同时又关注它们之间的内在联系。将两种文学美学传统区分开来，不以古典文学的标准来看待和评价具有近代色彩的文学家和文学作品。如徐渭、汤显祖、袁宏道等人的诗作，虽然外在的文体等还大体保持古典诗歌的形式，但内在精神情趣、艺术思维特征、美学追求等都已与古典诗歌有显著差别，已具有一定的近代色彩。它们追求的是主体理性精神的凸显，着力追求趣味，构思往往流走、闪断跳跃，意象语言往往精粗杂陈，以俗为雅，这些才是它们的特点和价值所在。但有些研究论著还在用所谓"情景交融""有意境"之类的标准和概念来观察和评价它们，显然就是隔靴搔痒了。

确认万历为文学盛世，有可能促使我们对习以为常的一些文学观念进行反思，比如文学与社会历史环境的关系。文学根本上要受社会历史环境的制约，社会历史环境发生变化，文学就会随之发生变化，但文学的发展并不一定与社会历史环境完全同步。政治上的太平盛世不一定是思想文学艺术的黄金时期，政治上的衰世和乱世却有可能是思想文化艺术的盛世。我们都知道这一道理，但在考察具体历史时期的文学现象时，又很难不受当时的整个社会历史环境给我们留下的印象的影响，对政治上的太平盛世则倾向于从正面去描述当时的思想文化艺术，对衰世和乱世则倾向于从负面去描述当时的思想文化艺术，结果是在一定程度上遮蔽了思想文化艺术史的真实面目。又比如，受小农经济和君主专制社会环境孕育的传统审美观念的影响，我们对优美的、平和的、守成型的文学艺术比较感兴趣，而不习惯于反映矛盾冲突、充满质疑挑战，因而也富于探索和创新精神的文学艺术。我们一直不能对明代特别是晚明思想文化艺术的特征和价值给予合理的评价，反而在很多地方堕入清人的话语陷阱而不自觉，就是一个典型的例子。这种观念和标准的偏差应该得到纠正。

确认万历为文学盛世，更深刻的意义还在于对万历文学内在基本精神的肯定。毫无疑问，万历文学中最有价值的部分，是其中的大众通俗性叙事文学。在当时的文人抒情文学中，较有价值的也是倾向于摆脱传统束缚的革新派的文学。这两者之间相互呼应，内在精神有相通之处。因此晚明特别是万历年间的文学，主要是一种享乐主义、消费主义的文学。它们共同的基本精神，就是对人的个性的张扬，对人类的自然情欲的肯定。过去我们虽然对这种精神所具有的思想解放倾向有所肯定，但对这种精神本身的评价却有很大保留。处于消费主义、享乐主义盛行的今天，我们回过头来审视晚明特别是万历年间的文学，对它多了一份理解。所有人类社会活动的终极目的，就是让所有的人过上幸福快乐的日子。那些最琐碎的衣食住行、婚丧嫁娶、家长里短、喜怒哀乐，实际上是人类社会最真实最重要的东西。我们有必要抛开道德家的眼光，抱同情之理解，用一腔更温润的情怀，更细腻地观察晚明特别是万历年间文学中所描写的人间种种景象，抉发其中的意义与价值。这样说来，调整对万历文学的评价，确认万历为文学盛世，还可能促使我们要对传统的社会价值观念进行反思，其意义就更加深远了。

（原刊于《文学评论》2013年第5期，中国人民大学《复印报刊资料》"中国古代、近代文学"2013年第12期全文复印）

汤显祖的文学史观与文体选择

　　无论是为了更深入地认识杰出文学艺术家的杰出作品的精深艺术世界，还是为了探索和总结文学艺术发展的历史经验，对一个伟大的文学艺术家及其作品，我们不仅要分析其如何伟大，也要分析其何以能成就伟大。汤显祖凭借不朽杰作"临川四梦"，成为中国古代最伟大的戏曲家之一，在文学史上享有崇高地位。他之所以能有此建树，自然与当时整个社会环境特别是以左派王学为代表的新思潮的影响有关，但也与他的文学史观和文体选择有关。迄今为止对汤显祖及其作品的研究，关于其思想和艺术水平的分析比较充分，对其何以能取得如此成就的原因探讨相对不足。在后一方面中，又略详于探讨当时整个社会环境特别是以左派王学为代表的新思潮对他的影响，而相对忽略汤显祖本人的文学史观及其文体选择的重要意义。实际上，汤显祖之所以从事戏曲创作，之所以能写出《牡丹亭》等杰出作品，其自觉的文学史观和主动的文体选择起了关键作用。汤显祖的文学史观的构建和对戏曲文体的选择，经历了一个长期的探索过程。他选择戏曲文体，不是一个偶然的举动，而是深思熟虑的结果。他对文学史观的思考和文体选择，领先于同时代其他最优秀的文学家，其价值不仅体现在他因此创作出了"临川四梦"等戏曲杰作，而且在整个中国古代文学发展进程中具有标志性意义，能给我们带来丰富的启示。

一

　　汤显祖自幼天资卓越，才华绝世，他对自己的才能非常自信，对自己在政治、道德、学术（理学、史学、子学）、文学等方面的成就抱有高度期许。他之所以不受在当时政坛上权势显赫的张居正的笼络，之所以不依附于在当时文坛上声望如日中天的王世贞兄弟，之所以敢上震动朝野的《论辅臣科臣疏》等等，都与他的这种个性和抱负有关。曾与汤显祖有过直接交往的钱谦益说："义仍志意激昂，风骨遒紧，扼腕希风，视天下事数着可了。"[1]《明史·汤显祖传》称他"意气慷慨"；[2]汤显祖本人在给当时内阁大臣余有丁的信中也说："某少有伉壮不阿之气，为秀才业所消，复为屡上春官所消，然终不能消此真气。观察颜色，发药良中，某颇有区区之略，可以变化天下，恨不见吾师言之。"[3]其平生之豪情壮采由此可见一斑。

　　正因为如此，在文学方面，他就不是随波逐流，人云亦云，而是具有强烈的文学史意识，对文学史的发展演变过程进行过认真的观察和思考，希望找到正确的途径，在文学上有新的建树，从而在文学史上占有一席之地。也正因为如此，他对自己的文学道路选择也具有高度自觉。他曾一遍又一遍地回顾和反省自己的文学创作经历，留下了反映其文学创作心路历程的大量文字（见后）。换言之，他是根据自己明确的文学观念和文学史观念进行创作的，这在古代作家中并不多见。

---

〔1〕钱谦益《列朝诗集小传》丁集中"汤遂昌显祖"条，上海古籍出版社1983年版，第563页。
〔2〕《明史》卷二百三十《汤显祖传》，中华书局1974年版，第6016页。
〔3〕汤显祖著、徐朔方笺校《汤显祖诗文集》卷四十四《答余中宇先生》，又卷八《三十七》诗："我辰建辛酉，肃皇岁庚戌。初生手有文，清赢故多疾。自脱尊慈腹，展转大母膝。剪角书上口，过目可帙。家君有明教，大父能阴骘。童子诸生中，俊气万人一。弱冠精华开，上路风云出。留名佳丽城，希心游侠窟。历落在世事，慷慨趋王术。神州虽大局，数着亦可毕。已此足高谢，别有烟霞质。何悟星岁迟，去此春华疾。陪畿非要津，奉常稍中秩。几时六百石，吾生三十七。壮心若流水，幽意似秋日。兴至期上书，媒劳中搁笔。常恐古人先，乃与今人匹。"上海古籍出版社1982年版，第1244、227页。

宋元以来，特别是入明以后，中国古典诗歌、散文等文体走向衰落，陷入低谷，这是摆在明清时期所有文学家面前的一个严峻的现实和重大挑战。问题出在什么地方，解决的方案是什么，是否有可能重现中国古典诗文的繁盛局面？自宋代到明清，每个具有独立思考精神的文学家都在探讨这些问题，严羽、杨载、高棅、李东阳、前、后七子等尤其做了努力探索，其中前、后七子所提出的复古主张影响最大。

以李梦阳、何景明为领袖的前七子复古运动正式兴起于弘治十五年（1502）左右，迅速风靡整个文坛。至嘉靖十二年（1533）前后遭到以王慎中、唐顺之为代表的所谓"唐宋派"的批评，势头有所消退。然自嘉靖二十六年（1547）左右开始，以李攀龙、王世贞为领袖的后七子重倡前七子的复古主张，其笼罩文坛的声势更盛于前七子。直到万历二十四年（1596）左右，以三袁为代表的"公安派"崛起，复古派的影响才逐渐减弱。

复古派认为中国古典诗文衰落的根本原因，是宋代以来的文学家受理学的影响，主理不主情，抛弃了古典诗文创作应该遵循的一系列体裁法度要求。因此他们强调诗歌的情感特征，主张超宋元而上，取法先秦两汉古文、汉魏古诗和初盛唐近体诗，追求古典诗文的格调，力图恢复古典诗文的审美特征，重现中国古典诗文的繁盛局面。

汤显祖生于嘉靖二十九年（1550），因为早慧，大约在嘉靖四十年（1561），即12岁左右，就开始了自己的文学活动历程。[1]上述文坛状况，构成了他探索自己的文学史观和文学道路的背景。也就是说，汤显祖是在后七子复古运动笼罩整个文坛的时候开始登上文坛的。后来研究汤显祖文学创作道路者，一般都说他一开始就对复古派表示不满，因而选择了与复古派不同的文学道路。这些说法基本上都以汤显祖本人的叙述为依据，如他在《答费学卿》中就说过："忆仆幼从徐子弼先生游，而辱忘年于惟审，

---

〔1〕 现存汤显祖最早的诗集《红泉逸草》刊刻于万历三年（1575），其中所收作品创作时间最早的作于嘉靖四十年。

因能研弄模写，长便习之。弱冠过敬亭，梅禹金见赏，谓文赋可通于时，律多累气，因学为律，粗以记游历，寄赠言怀，无与北地（李梦阳）诸君接逐之意。北地诸君，亦何足接逐也。"[1]"弱冠过敬亭"，指万历四年（1576）的宣城之游，时年他二十七岁。实际上，汤显祖的这类表述，多为他后来的追述。真实的情况是，汤显祖开始踏上文坛时，走的基本上就是复古派所倡导的道路。无论是汤显祖本人，还是当时了解他的朋友，都说他最初耽爱《文选》和六朝诗赋。如他在《答张梦泽》中说："弟十七八岁时，喜为韵语，已熟骚赋六朝之文。然亦时为举子业所夺，心散而不精。乡举后乃工韵语。"[2] 邹迪光《临川汤先生传》云："公于书无所不读，而尤攻汉魏《文选》一书。至掩卷而诵，不讹只字。于诗若文无所不比拟，而尤精西京六朝青莲少陵氏。然为西京而非西京，为六朝而非六朝，为青莲少陵而非青莲少陵。"[3] 而复古派中，本就有学六朝初唐一派。前七子复古运动初起时，古文主要学先秦两汉，尤以《史记》为楷模；在诗方面，古体学汉魏，近体学盛唐，而尤以杜诗为宗。但时间一久，不免风格单一，互相雷同，复古派阵营中就自然提出了拓展取法范围的要求。至正德末嘉靖初，前七子复古运动在诗歌方面便分化出了向前延伸主要学六朝初唐和向后延伸主要学中唐两种倾向。偏重学六朝的倾向最初出现在作为六朝故都的南京的复古派作家群中，当时李梦阳还在世，他对这种倾向有可能偏离复古派的宗旨表示了一定程度的担忧。[4] 如果说南京作家还只是在学汉魏盛唐的同时旁及六朝初唐之体，或者说是因为地域文化传统的影响而不自觉地趋于

---

〔1〕 汤显祖著、徐朔方笺校《汤显祖诗文集》卷四十八，上海古籍出版社 1982 年版，第 1376—1377 页。

〔2〕 同上，卷四十七，第 1365 页。

〔3〕 同上，附录"传"，第 1513 页。

〔4〕 李梦阳《章园钱会诗引》："今百年化成人士咸于六朝之文是习是尚，其在南都为尤盛。予所知者，顾华玉（璘）、升之（朱应登）、元瑞（刘麟）皆是也。南都本六朝地，习而尚之固宜。廷实（边贡）齐人也，亦不免，何也？"见《空同集》卷五十六，台北商务印书馆景印文渊阁《四库全书》本，第 1262 册，第 516 页。

六朝初唐，那么作为前七子复古运动之后劲的杨慎则是专门地、有意地推崇学习六朝初唐。杨慎才华富赡，学问渊博，又以风流倜傥自许，这是他对六朝初唐诗文产生兴趣的主观原因。他为倡导六朝初唐诗文做了大量工作，特别推崇《文选》，将它没有收录的诗辑为《选诗外编》《选诗拾遗》等，并编有骈体文选《群公四六》。杨慎迫于当时流行看法，往往不得不也说六朝初唐之作"盖'缘情绮靡'之说胜而'温柔敦厚'之意荒矣，大雅君子，宜无所取"。[1]实则他终生沉酣于六朝初唐诗文，几乎把它当成了最高典范和最完美境界。《升庵诗话》中评某人某诗"似六朝""有初唐风致"等，不仅不是贬语，而且也不是一般的赞语，而简直是最高的评价。他自己的诗文创作也以色泽秾丽、情辞斐然为特色。

在沉酣《文选》及六朝诗文这一点上，汤显祖与杨慎十分相似。其结果是汤显祖的作品特别是早年诗文表现出逞博使才、多用典故、色泽秾丽的特点。如作于万历元年（1573）二十四岁时的《壬申除夕邻火延尽余宅至旦始熄感恨先人书剑一首呈许按察》：

> 赤帝骄玄武，商丘被乌帑。禳灾朝玉鲜，辟火夜珠虚。大道文昌里，青门帝表闾。比邻风易绕，夜作水难储。云气皆烟火，虹霓出绮疏。尽拚羊酒谢，保及燕巢余。梁氏甾仍逸，徽之起不徐。焚轮吹翠鹊，沃火露池鱼。未反江陵雨，徒悲大火墟。龙文销故剑，鸟篆灭藏书。正旦成都酒，糜家好妇车。直将天作屋，真以岁为除。不慎炎洲草，俱焦藻井菓。郑玄惊火事，陶令爱吾庐。越俗须重构，林枯不自如。[2]

家中失火本是一件令人痛心的事情，可这首诗自始至终都在用典，写到什

〔1〕杨慎《升庵集》卷二《选诗外编序》，台北商务印书馆景印文渊阁《四库全书》本，第1270册，第22页。
〔2〕汤显祖著、徐朔方笺校《汤显祖诗文集》卷一，上海古籍出版社1982年版，第11—12页。

么东西，就用与之相关的典故，不能构成完整清晰的意象，分散了读者的注意力，结构上也因频繁使用典故而平铺直叙，不讲究起承转合之法，缺乏起伏和高潮。失火的经过、造成的后果、自己的伤痛等，都未能得到集中而深入的表达。这样的作品自然难称佳作，而这种情形在汤显祖前期的作品中比较普遍。

为了探寻古典诗歌的形式和表达技巧方面新的可能性，汤显祖还进行过一些小的实验。《问棘邮草》卷二收入《芳树》一诗，当作于万历五年到七年（1577—1579）之间，通篇都用顶针的手法：

> 谁家芳树郁葱茏，四照开花叶万重。翕霍云间标彩日，苓丽天半响疏风。樛枝顿里千寻蔓，偃盖全阴百亩宫。朝吹暮落红霞碎，雾开烟翻绿雨濛。可知西母长生树，道是龙门半死桐。半死半生君不见，春风陌上游人倦。但见云楼降丽人，俄惊月道开灵媛。也随芳树起芳思，也缘芳树流芳晒。难将芳怨度芳辰，何处芳人起芳宴。乍移芳趾就芳禽，却涴芳泥恼芳燕。不嫌芳袖折芳蕤，还怜芳蝶萦芳扇。惟将芳讯逐芳年，宁知芳草遗芳钿。芳钿犹遗芳树边，芳树秋来复可怜。拂镜看花原自妩，迴箫转唤不胜妍。射雉中郎蕲一笑，彫胡上客饶朱弦。朱弦巧笑落人间，芳树芳心两不闲。独怜人去舒姑水，还如根在豫章山。何似年来松桂客，雕云甜雪并堪攀。[1]

当时另一位著名文学家徐渭读到汤显祖的《问棘邮草》，大为赞赏。他模仿这首诗的句式，写了一首《渔乐图》，题下自注：“都不记创于谁，近见汤君显祖，摹而学之。”

---

〔1〕 汤显祖著、徐朔方笺校《汤显祖诗文集》卷四，上海古籍出版社1982年版，第117页。

一都宁止一人游，一沼能容百网求。若使一夫专一沼，烦恼翻多乐翻少。谁能写此百渔船，落叶行杯去渺然。鱼虾得失各有分，蓑笠阴晴付在天。有时移队桃花岸，有日移家荻芽畔。江心射鳖一丸飞，尾梢缚蟹双螯乱。谁将藿叶一筐提，谁把杨条一线垂。鸣榔趁獭无人见，逐岸追花失记归。新丰新馆开新酒，新钵新姜捣新韭。新归新雁断新声，新买新船系新柳。新鲈持去换新钱，新米持归新竹燃。新枫昨夜钻新火，新笛新声莫烟。新火新烟新月流，新歌新月破新愁。新皮渔鼓悲前代，新草王孙唱旧游。旧人若使长能旧，新人何处相容受。秦王连弩射鱼时，任公大饵割牛候。公子秦王亦可怜，祇今眠却几千年。鱼灯银海干应尽，东海腥鱼腊尽干。君不见近日仓庚少人食，一鱼一沼容不得。白首浑如不相识，反眼辄起相弹射。蛾眉入官骥在枥，浓愁失选未必失。自可乐兮自不怿。览兹图兮三太息，噫嗟嗟乐哉，愧杀青箬笠。[1]

有趣的是，远在滇中的杨慎，也写过一首句格相似的《题柳》诗：

垂杨垂柳挽芳年，飞絮飞花媚远天。金距斗鸡寒食后，玉蛾翻飞暖风前。别离江上还河上，抛掷桥边与路边。游子魂消青塞月，美人肠断翠楼烟。[2]

这种连花跗萼的句式，其实在《诗经》中的一些重章叠句、曹丕的《燕歌行》、南朝乐府诗《西洲曲》、唐初张若虚《春江花月夜》以及"初唐四杰"的一些歌行体作品中，已见雏形。复古派前七子的领袖人物之一何景明写的《津市打鱼歌》，其中句子如"大船峨峨系江岸，鲐鲂鳟鳟收百万。小

〔1〕徐渭《徐渭集·徐文长三集》卷五，中华书局1983年版，第135页。

〔2〕按此诗不见于台北商务印书馆景印文渊阁《四库全书》本《升庵集》，而见于胡应麟《诗薮》"续编"卷一，中华书局上海编辑所1958年版，第332页。

船取速不取多，往来抛网如抛梭。野人无船住水浒，织竹为梁数如罟。夜来水涨没沙背，津市家家有鱼卖"等[1]，语言之流走，风格之轻快，也与杨慎、汤显祖、徐渭等人之作相近。此处之所以不避烦琐予以征引，是想借此具体例证说明，当时力图有所创新的文学家，不约而同地都在探索和尝试古典诗歌新的形式和表达方式。

然而，这些作品的思想内涵比较贫乏，只不过形式上略见巧思而已。而且它们在形式上的创新性也有限，在很大程度上还变成了一种文字游戏。这类创新，对解决古典诗歌的根本出路问题，可以说杯水车薪，微不足道。因此汤显祖等人也只是偶尔为之。要寻找古典诗歌新的发展方向，显然必须另辟蹊径。

汤显祖曾多次强调，自己于古典诗歌曾"积精焦志"；"三变而力穷，诗赋外无追琢功"。[2]那么是哪"三变"呢？他的有关自叙及相关评论，都只提两个阶段。如果勉强要凑成三个阶段，那就只能把学六朝之前学骚赋的过程也算作一个阶段。但这个阶段为时很短，学骚赋与学六朝之间的差异也不是很明显。因此，汤显祖的诗文创作历程，主要包括两个阶段，即学习六朝的阶段和转而学香山、眉山之诗与南丰、临川之文的阶段。

万历十二年（1584），汤显祖到南京任太常寺博士，时年三十五岁。他的文学创作宗尚的转变可能就发生于此后一段时间内，其《与陆景邺》云："仆少读西山《正宗》，因好为古文诗，未知其法。弱冠，始读《文选》，辄以六朝情寄声色为好，亦无从受其法也。规模步趋，久而思路若有通焉，年已三十四十矣。前以数不第，展转顿挫，气力已减。乃求为南署郎，得稍读二氏之书，从方外游，因取六大家文更读之，宋文则汉文也。气骨代降，而精气满劲，行其法而通其机，一也。则益好而规模步趋之，思路益

---

[1] 何景明《大复集》卷十一，台北商务印书馆景印文渊阁《四库全书》本，第1267册，第86页。

[2] 汤显祖著、徐朔方笺校《汤显祖诗文集》卷四十七《答张梦泽》，上海古籍出版社1982年版，第1365页。

若有通焉，亦已五十矣。学道无成，而学为文；学文无成，而学诗赋；学诗赋无成，而学小词。学小词无成，且转而学道。犹未能忘情于所习也。"〔1〕这就是说，他到南京以后，"得稍读二氏书，从方外游"；又"取六大家文更读之"，领会到"宋文即汉文"，于是"思路益若有通焉"，因此文学宗旨和风格发生转变，由"沉酣六朝"变而为学宋或者说"似宋"。

就探寻中国古典诗歌的发展路径而言，杨慎、汤显祖等人学习六朝诗歌，相对于前七子复古派主要强调学盛唐、学杜甫的主张，算是避开大路走小路。但杨慎、汤显祖沿这种路径创作的作品都表面色泽秾丽，而意象含混，情感模糊，内容空洞，创作成就均不高，证明学六朝这条路实际上走不通。转而学宋之后，他放弃了多用典故、追求辞藻华丽的习惯，走入随意书写的路子。与复古派倡导诗学汉魏盛唐的主张相比，汤显祖这一转变和选择可谓放弃正路走偏路，或谓抛弃旧路走新路。那么这条路是否走得通呢？

汤显祖本来就想象力丰富，思维活跃，反应敏捷，饶有奇思妙想。在文学创作上，又特别崇尚怪怪奇奇的"灵气"和"天机"。其《合奇序》曰："予谓文章之妙，不在步趋形似之间，自然灵气恍惚而来，不思而至，怪怪奇奇，莫可名状，非物寻常得以合之。"〔2〕《答王弘阳阎卿》曰："列子、庄生，最喜天机。天机者，马之所以千里，而人之所以深深。"〔3〕所谓"灵气"与"天机"，基本上是相通的。

以往的研究者，多将汤显祖的这一主张与他的戏曲创作联系起来，实际上，这种尚奇、重奇的主张，是汤显祖的基本性格决定的，贯穿汤显祖的全部文学活动。他的诗文创作，也同样推崇这种"恍惚而来、不思而至、怪怪奇奇"的"灵气"。尚奇、重奇的对立面就是尚正、重法。终汤显祖一生，

〔1〕 汤显祖著、徐朔方笺校《汤显祖诗文集》卷四十七，上海古籍出版社 1982 年版，第 1338 页。
〔2〕 同上，卷三十二，第 1078 页。
〔3〕 同上，卷四十四，第 1237 页。

他都表现出对文学的"意趣神色"的偏重和对"法"的轻视。转而"学宋"或曰"似宋"以后，汤显祖的诗歌更加笔随意走，字随意生，意象往往跳跃不定，变化多端，使诗歌的内容缺乏完整性，而语言亦随意而出，粗俚间杂。试举作于万历十五年（1587）三十八岁时的《发落》为例：

> 草木根地阴，头颅向天阅。凛秋风落山，卷地吹长发。沐梳临朝阳，消飒去如拔。粗可试轻篦，省复下劲刷。星星幸未出，侧室在伺察。即知金附蝉，了非三十八。美鬓当时人，乱头且光滑。俯仰复何道，客至就巾抹。[1]

汤显祖也许认为这样的诗里面有"灵气"，有"天机"，然而，用古典诗歌浑朴圆融的审美特征来要求，这样的诗歌几乎不能给人以美感。此诗本来就带有游戏色彩，但未免过于油滑，也缺乏真正的幽默和文字的巧妙。

当时及后来推崇汤显祖的人，如帅机、屠隆、韩敬等，为了肯定汤显祖的为人和文学成就，就不得不肯定他的诗古文创作，因此都对汤显祖的诗古文多予溢美之词。这些评价都套用古代人赞美一个文学家的一般话语模式，说得天花乱坠，实际上缺乏真知灼见。在与汤显祖有过直接交往的人中，钱谦益比较懂得诗古文创作的内在奥秘，故而也颇知汤显祖诗歌创作之偏失，他在《列朝诗集小传》中对汤显祖的叙述颇堪玩味：

> 自王、李之兴，百有余岁，义仍当雾霾充塞之时，穿穴其间，力为解驳，归太仆之后，一人而已。义仍少熟《文选》，中攻声律。四十以后，诗变而之香山、眉山，文变而之南丰、临川。尝自序其诗三变而力穷，又尝以其文寓余，以谓"不蕲其知吾之所已就，而蕲其知吾

---

[1] 汤显祖著、徐朔方笺校《汤显祖诗文集》卷八，上海古籍出版社 1982 年版，第 241 页。

之所未就也"。于诗曰变而力穷，于文曰知所未就。义仍之通怀嗜学，不自以为能事如此。[1]

这篇"小传"主要叙述汤显祖的政治经历和为人。在诗文方面，则只是充分强调汤显祖对李攀龙、王世贞等复古派作家的批评，而没有对汤显祖本人的创作成就予以正面评价。而且还通过渲染汤显祖"尝自叙其诗三变而力穷""于诗曰变而力穷，于文曰知所未就"等等，委婉含蓄地指出了汤显祖诗古文创作之不足。

当时能明确指出汤显祖诗古文创作之缺陷的是沈际飞。沈际飞是汤显祖的崇信者，对汤显祖评价极高，对传播汤显祖的作品也做了不少事情，如他评选的《玉茗堂尺牍》影响就极为广泛。但他尖锐指出，汤显祖的诗歌创作总体上是不成功的。他在《玉茗堂选集》之"诗集题词"中说：

> 临川诗集独富，自谓乡举后乃工韵语，诗赋外无追琢功，于中万有一当，能不朽如汉魏六朝李唐名家。其教人则云：学律诗必从古体始，从律始，终为山人律诗耳；学古诗必从汉魏来，学唐人古诗，终为山人古诗耳。似临川于诗复有独诣。乃反复详揽，有不然者。全诗赠送酬答居多，惟赠送酬答，不能无扬诩慰恤，而扬诩慰恤不能切者，于是有沈称休文、扬称子云之类。称名之不足，则借乎楼颜榭额以为确然，而有时率意率笔以示确然，未能神来情来，亦非鄙体野体，徒见魔劣。盖靖节多俚，少陵多不成语，而未可以此少之者，其声律风骨气味，厚薄真伪不同故也。长律落敷衍联偶，犹是作赋伎俩。绝句佻易，便似下场小诗。律则河下舆隶矣。全诗非无风藻整栗、沉雄深远、高逸圆畅者，而疵累既繁，声价颇减。[2]

〔1〕钱谦益《列朝诗集小传》丁集中"汤遂昌显祖"条，上海古籍出版社1983年版，第563—564页。
〔2〕汤显祖著、徐朔方笺校《汤显祖诗文集》附录"诗集题词"，上海古籍出版社1982年版，第1529页。

　　只要通读汤显祖的诗集，就知道沈际飞的评价完全符合实际。汤显祖的诗作，赠送酬答诗所占比例极高，而登临怀古、感时伤事等方面的作品数量较少。古人作赠送酬答诗，也往往于酬答之中力为拓展，表达比较重要的思想见解，而汤显祖的赠送酬答诗中也少有这样的内容。写法上，则用典过多，意象组合不够自然贴切，意象不够清晰，情感不够鲜明，结构也比较平板。就汤显祖诗歌创作的总体成就来说，朱彝尊的评价是准确的："义仍填词，妙绝一时。……诗终牵率，非其所长。"[1]

　　在汤显祖之前，中国古典诗歌发展已非常完善，汤显祖又基本上走的是学习古人的老路子，而又不愿意规规矩矩地走，效果自然不伦不类。复古派诸子老老实实地学习汉魏初盛唐诗的做法，虽然模仿之迹宛然，但至少语言、结构、格调还略存古雅风貌；徐渭、袁宏道等人全面抛弃古典诗歌的体裁法度等方面的要求，另走新路，虽已丧失古典诗歌之审美特征，但还时有真率鲜活之趣。汤显祖的诗歌虽然不像复古派的作品那样模仿之痕迹宛然，但也没有徐渭、袁宏道等人作品的鲜活之趣；虽然不像徐渭、袁宏道等人的作品那样法度荡然，但也没有复古派的作品那样略存浑朴圆融风貌，于是成为一个怪异的存在。天资卓绝如汤显祖，不可能没有意识到自己古典诗歌创作方面的总体失败。直至晚年，他仍对自己的诗歌创作比较重视，如在《答许子洽》中说："不佞幼志颇钜，后感通才之难，颇事韵语，余无所如意。"[2]《答李乃始》中说："独自循省，为文无可不朽者。汉魏六朝李唐数名家，能不朽者，亦或诗赋而已。仆于诗赋中，所谓万有一当，为丈不朽者，过而异之。"[3]但这实际上是因为他为之耗费的心力太

---

〔1〕朱彝尊著、姚祖恩编、黄君坦校点《静志居诗话》卷十五"汤显祖"条，人民文学出版社1990年版，第461页。

〔2〕汤显祖著、徐朔方笺校《汤显祖诗文集》卷四十八，上海古籍出版社1982年版，第1374页。

〔3〕同上，卷四十九，第1424页。

多，同时也是明知自己享有盛誉的时文不可能久传，而与骚赋、古文等相比，他觉得自己在诗方面的成绩可能相对好一点。因此与其说他是对自己的诗歌创作成就有信心，还不如说是对自己多年付出的心血难以割舍，即所谓"犹未能忘情于所习也"。

真正能体现他对自己的诗文创作的看法以及对古典诗文的态度的，是《答王澹生》：

> 弟少年无识，尝与友人论文，以为汉宋文章，各极其趣者，非可易而学也。学宋文不成，不失类鹜；学汉文不成，不止不成虎也。因于鄜乡帅膳郎舍论李献吉，于历城赵仪郎舍论李于鳞，于金坛邓孺孝馆中论元美，各标其文赋中用事出处，及增减汉史、唐诗字面处，见此道神情声色，已尽于昔人，今人更无可雄，妙者称能而已。[1]

该信当作于王士骕（澹生）之父王世贞万历十八年（1590）去世之后、王士骕守丧期将满时，或即万历二十一年（1593），汤显祖时年四十四岁。在此之后，汤显祖的创作重心已转到戏曲创作上，晚年更是几乎放弃文学活动，因此他探寻古典诗歌创作路径的努力，主要就发生在这以前。经过数十年的实践和思考，他终于明白，当时人包括自己在内，无论如何努力，在古典诗歌上都已不可能有大的作为。"此道神情声色，已尽于昔人，今人更无可雄，妙者称能而已。"这就明确宣告了古典诗歌已经是一种过去的文体，生命力已基本枯竭，要重现古典诗歌的繁盛景象已不可能，再花过多精力于此道也是没有意义的了。

对汤显祖的这段话，过去人们一般从汤显祖否定复古派的角度来理解。这自然是不错的。但仅作这样的理解，就还没有把握汤显祖此信的深

---

〔1〕汤显祖著、徐朔方笺校《汤显祖诗文集》卷四十四，上海古籍出版社 1982 年版，第 1234 页。

层含义和重大意义。汤显祖自然是对复古派不以为然，但他不仅是对复古派不满，而且是对整个古典诗歌丧失信心。汤显祖自称诗歌创作"三变而力穷"，钱谦益只将之理解为汤显祖的"通怀嗜学，不自以为能事"，而不理解汤显祖这句话里实际上包含着古典诗歌创作已经不可能有大的作为的意思。与此情况类似的还有《复费文孙》一文。该信中说："仆少于文章之道，颇亦耳剽前识，为时文字所縻。弱冠乃倖一第，闭户阅经史几遍，急未能有所就。倖成进士，不能绝去杂情，理成前绪。亦以既不获在著作之庭，小文不足为也。因遂拓落为诗歌酬接，或以自娱，亦无取世修名之意。故王元美、陈玉叔同仕南都，身为敬美太常官属，不与往还。敬美倡为公宴诗，未能仰答。虽坐才短，亦以意不在是也。海内人士，乃稍有好仆文韵者。或以他故相好，或其智意未能远绝，因而借声。何至如门下所许，过其本情万万耶。然至士人谈此道者，欣然好之，盛欲有所禀承，尝以衰病捐去。"[1]过去人们一般都从汤显祖不肯依附复古派巨子"二王"兄弟的角度，来理解这封信。这自然也不错。但此时的汤显祖，实际上不仅对复古派的理论和创作不感兴趣，而且对整个古典诗文已经不感兴趣，已"无"借此"取世修名之意"，已"意不在是也"。

二

如果说汤显祖对自己的"韵语"即诗歌多少还有一点信心，或者说对其是否可传还抱有一丝希望或者说幻想，那么他对自己的古文创作就几乎完全没有信心，或者说几乎不抱任何幻想。至于造成这种结果的缘由，他的思路在开始时转了一个弯，即不是从自己的创作能力上找原因，也不是从古文文体之命运的角度来分析，而是将之归结于自己"不获在著述之

---

〔1〕 汤显祖著、徐朔方笺校《汤显祖诗文集》卷四十六，上海古籍出版社1982年版，第1306页。

庭"，即没能入翰林，登台阁，从而没有机会典朝廷大著作。这一点自然也是原因之一，但显然不是根本原因。汤显祖之所以在这一点上认识出现偏差，是因为他的主观意向和情绪在起作用。

诗歌主要是用于抒发自己的思想感情的文体，古往今来，政治上穷困潦倒而诗歌创作取得突出成就的例子屡见不鲜，以至有"诗穷而后工"的说法。因此个人政治上的得失穷通，不能成为诗歌创作是否取得成就的理由。而古文就不同了，它要叙事、说理，如果题目内容具有重大意义，事关国计民生等，文章就相对较有价值。于是古文创作是否取得成就，就似乎与个人的政治地位有关。汤显祖早有用世之志，一直把高登庙堂、典大著作、执掌国家大事作为自己的人生目标，他对此也有充分的自信。然而现实无比残酷，结果是他日益沦落，最后仅以一个小小的县令辞官里居，理想与现实的差距实在太过悬殊。他一直对此耿耿于怀，于是很自然地就把自己古文创作成就不高的原因，归结到自己名位不显、没有获得典朝廷大著作的机会上。与诗歌相比，古文的写作最基本的要素是道理和事件。汤显祖清楚地知道，在道理方面，自己已经很难有什么新的发明，因此，他把自己古文创作不能取得满意成就的原因，又聚焦在不能写大事件上面。汤显祖曾不止一次表达这种感慨，最集中的表达当数《答张梦泽》：

> 丈书来，欲取弟长行文字以行。弟平生学为古人文字不满百首，要不足行于世。其大致有五。弟十七八岁时，喜为韵语，已熟骚赋六朝之文。然亦时为举子业所夺，心散而不精。乡举后乃工韵语。三变而力穷，诗赋外无追琢功，不足行一也。我朝文字，宋学士而止。方逊志已弱，李梦阳而下，至琅邪，气力强弱巨细不同，等赝文尔。弟何人能为其真？不真不足行，二也。又其赝者，名位颇显，而家通都要区，卿相故家求文字者道便，其文事关国体，得以冠玉欺人。且多藏书，篡割盈帙，亦借以传。弟既名位沮落，复住临樊僻绝之路。间求文字者，多邨翁

寒儒小墓铭时义序耳。常自恨不得馆阁典制著记。余皆小文，因自颓废。不足行三也。不得与于馆阁大记，常欲作子书自见。复自循省，必参极天人微窈，世故物情，变化无余，乃可精洞弘丽，成一家言。贫病早衰，终不能尔。时为小文，用以自嬉。不足行四也。元以前文字，除名人外，不可多见。颇得天下郡县志读之，其中文字不让名人者，往往而是。然皆湮没无能为名，名亦命也。如弟薄命，韵语自谓积精焦志，行未可知。韵语行，无容兼取。不行，则故命也。故时有小文，辄不自惜，多随手散去。在者固不足行。五也。嗟夫梦泽，仆非衰病，尚思立言。兹已矣！微君知而好我，谁令言之，谁为听之。极知知爱，无能为报，喟然长叹而已。[1]

沈际飞眼光很犀利，已经读懂了汤显祖的心事。他在《玉茗堂选集》"文集题词"中指出，汤显祖认为自己因不能登庙堂、典大著作，所以古文创作成就不高，"自云名亦命也，韵语行，无容兼取，不行，则固命也。此又若士极愤懑不平，托之不可知之命以自解"。[2]

其实，古文可以表达的内容非常广泛，并非一定要典大著作、涉及朝廷重大制度和事件才有意义。汤显祖其实也在古文创作方面颇费心力，然而，因为古文这种文体同样已发展非常充分，汤显祖想要有所开掘已非常困难，或者说根本不可能。加上汤显祖为文总体上取径六朝，偏爱骈词丽藻，这就使他的古文创作不仅不能突破前人，即使与宋元以来名家相比，也未见出色。徐渭曾对汤显祖赞叹不置，许之为"真奇才"，"平生所未见"，

〔1〕汤显祖著、徐朔方笺校《汤显祖诗文集》卷四十七，上海古籍出版社1982年版，第1365页。
〔2〕同上，附录"文集题词"，第1532页。

并自称"执鞭今始慰平生"。[1]但他对汤显祖的古文也有尖锐批评。如他评论汤显祖的代表作之一《感士不遇赋》曰:

> 有古字无今字、有古语无今语时,却是如此。使汤君自注,如《事类赋》,将不得不以今字易却古字,以今语易却古语矣。此似汤君自为四夷语,又自为译字生也。今译字生在四夷馆中何贵哉?亦庸人习之,亦能优为之耳。道贵从朴尚素,故曰"君子中庸"。上古圣人非故奇也,亦不过道上古之常也。又云:"不过以古字易今字,以奇谲语易今语。如论道理,却不过只有些子。"[2]

这就是批评汤显祖该作品充斥大量"古字""古语",简直像外语翻译一样,创作时把"今字""今语"翻译过去,阅读时又要将它们再翻译过来,实在没有这个必要。徐渭甚至认为汤显祖这样做,等于是做四夷馆中译字生的事情,讽刺可谓辛辣。最要害处还在于,徐渭认为,汤显祖的这些作品,在铺张堆砌的古字、古语之下,实际上包含的"道理"即思想内容却很稀少。徐渭堪称汤显祖之净友。汤显祖的许多古文,确实充斥僻字冷词,斑斓满眼,而思想内容并不充实。

沈际飞对汤显祖赋的批评也颇为中肯。汤显祖之赋当时也享有盛名,沈际飞则认为其实际成就不高,主要是因为其大多"铺张扬厉","多僻字危险句",而"于风比兴雅颂之义,未之有获焉",即思想感情内容单薄:

---

[1]《徐渭集·徐文长三集》卷七《读〈问棘堂集〉》:"兰苕翡翠逐时鸣,谁解钧天响洞庭。鼓瑟定应召客骂,执鞭今始慰平生。即收《吕览》千金市,直换咸阳许座城。无限龙门蚕室泪,难偕书札报任卿。"又《徐渭集·徐文长三集》卷十六《与汤义仍》:"某于客所读《问棘堂集》,自谓平生所未尝见,便作诗一首以道此怀,藏此久矣。顷值客有道出贵乡者,遂托以尘,兼呈鄙刻二种,用替倾盖之谭。《问棘》之外别构必多,遇便倘能寄教耶?湘管四枝,将需洒藻。"中华书局1983年版,第251、485页。

[2] 汤显祖著、徐朔方笺校《汤显祖诗文集》卷五,上海古籍出版社1982年版,第150页。

玉茗堂赋有二体，一祖骚，如至方不能加矩，至圆不能加规，多
僻字危险句。一祖汉晋，感物造端，材智深美，洋洋洒洒，而浮曼浅
俚处亦不乏。大抵铺张扬厉，长于序述，于风比兴雅颂之义，未之有
获焉。盖善为赋者，情形于辞，故丽而可观。辞合于理，故则而可法。
有情有辞，有辞有理，故以乐而赋，读者跃然喜；以愁而赋，读者愀
然吁；以怒而赋，令人欲按剑而起；以哀而赋，令人欲掩袂而泣。动
荡乎天机，感发乎人心，然后得赋之神而合古之制。若士笔力豪赡，
体亦多变。但远于性情，如后山所谓进士赋体，林艾轩所谓只填得腔
子满。嗟乎，人各有能有不能，能填词或不能骚赋，而文章落官腔，
则又未免多一进士为之祟矣。[1]

沈际飞对汤显祖的诗古文评价都不高，独对他的尺牍评价最高，这是
很有眼光的。盖尺牍属于小品文的主要形式之一。小品文虽导源于魏晋，
中经唐宋文人发展，已取得较大成就，但毕竟还没有成为当时的重要文体。
中晚明文人无论在内容还是形式、风格方面，都对小品文做出了新的创造。
在这方面，汤显祖的建树尤其突出。沈际飞指出："汤临川才无不可，尺
牍数卷尤压倒流辈。盖其随人酬答，独摅素心，而颂不忘规，辞文旨远，
于国家利病处绸缪详言，使人读未卒篇，辄憬然于忠孝廉节。不则惝恍沉
滂，泊然于白衣苍狗之故，而形神欲换也。又若隽泠欲绝，方驾晋魏，然
无其简率；而六朝以还，议论滋多，不复明短长之致，则又非临川氏之所
与也。"[2]这个评价极其中肯。

也就是说，除新兴文体尺牍外，汤显祖的古文创作实际成就不高。这

---

〔1〕汤显祖著、徐朔方笺校《汤显祖诗文集》附录"赋集题词"，上海古籍出版社1982年版，第
　　1536页。
〔2〕同上，附录"尺牍题词"，第1536页。

同样不是因为汤显祖的实践和探索不努力，也不完全像汤显祖自己所认为
的那样，是因为他没有机会高登庙堂、典大著作，而是因为古文和诗歌一
样，作为一种古老文体已经过充分发展，已根本失去了生命力。当汤显祖
摆脱因人生失意而感慨的情绪状态，冷静思考古文的历史、现状和命运时，
他就明确指出，古文和古典诗歌一样，今人已难有作为。他首先认为，古
文创作比诗歌创作更难。《答马仲良》曰："不佞少颇能为偶语，长习声病
之学，因学为诗，稍进而词赋，想慕古人之为，久之亦有似者。总之，有
韵之文，可循习而似。至于长行文字，深极名理，博尽事势，要非浅薄敢
望。时一强为之，辄弃去，诚自知不类昔人之为也。"[1]他进而指出，古文
写作主要是叙事、说理两个方面。说理方面，儒释道三家之前贤已经把当
时能讲的道理讲尽，后人已难有真正发明；叙事方面，即使能典朝廷大著
作，"极其时经制彝常之盛"，在当时条件下，也不可能再写出前贤佳作那
样的文章。他在《答李乃始》中说：

> 　　仆年未及致仕，而世弃已久。平生志意，当遂湮灭无余。独丈每
> 见有暖仆之色，每闻有赏仆之言。仆万有一中，不无私念。秋柏之实，
> 枯落为陈，偶有异人过而餂之曰：此不死之饵也。则必有采而蓄之，以
> 传其人者。而自度清羸，恐一旦为秋柏之实，不能不倚丈为异人也。
> 　　独自循省，为文无可不朽者。汉魏六朝李唐数名家，能不朽者，
> 亦或诗赋而已。仆于诗赋中，所谓万有一当，为丈不朽者，过而异之。
> 文章不得秉朝家经制彝常之盛，道旨亦为三氏原委所尽，复何所厝言，
> 而言不朽？仆极知俗情之文必朽，而时官时人，辄干之不置，有无可
> 如何者。偶尔为之，实未尝数受朽人之请为朽文也。然思之亦无复能
> 不朽者。

---

〔1〕汤显祖著、徐朔方笺校《汤显祖诗文集》卷四十九，上海古籍出版社 1982 年版，第 1421 页。

仆观馆阁之文，大是以文懿德。第稍有规局，不能尽其才，久而
才亦尽矣。然令作者能如国初宋龙门，极其时经制彝常之盛，后此者
亦莫能为其文也。[1]

这里的反省是恳切真诚的。汤显祖不仅认为因"不得秉朝家经制彝常
之盛"，自己的古文"无复能不朽者"，而且通过自己的实践、探索和思考，
意识到在他所处的时代，即使能"极其时经制彝常之盛"，也不可能再写
出前贤所写的那样的佳作。对古文本身的生命力和前途，他同样做出了悲
观的判断。

三

汤显祖对古典诗文的前途和命运做出悲观判断，其直接后果之一，是
在他的文学创作生涯的后期，他在一定程度上放弃了以古典诗文为主要创
作文体，写作古典诗文的热情明显减退。上述文献中多次表示他晚年已对
古诗文丧失兴趣，只是因积习所好，而未能完全忘却，即是明证。然而做
出这一判断后最重要的效果，还是他因此做出了自觉的文体选择，即选择
戏曲作为自己新的用力方向，从而为中国文学史奉献出了"临川四梦"这
样的不朽之作。

汤显祖的戏曲创作始于万历五年（1577），当年春试失利后，他与同
县青年好友谢廷谅、吴拾芝、曾如海等诗酒唱酬之际，试作传奇《紫箫记》，
但这还只是风流才子一时兴起的游戏笔墨。因为并非认真为之，所以他几
乎完全没有考虑戏曲创作应遵守的规范，语言骈四俪六，结构拖沓累赘，
友人帅机评价"此案头之书，非台上之曲也"；[2]他自己也承认有"秾长之

---

[1]　汤显祖著、徐朔方笺校《汤显祖诗文集》卷四十九，上海古籍出版社1982年版，第1424页。
[2]　同上，卷三十三《紫钗记题词》，第1097页。

累"。^[1]这些都表明，他此时还并没有真正认真地从事戏曲创作。

他万历十五年（1587）所作《京察后小述》中，有"文章好惊俗，曲度自教作"的句子，^[2]当是指他在此前后将《紫箫记》改写成《紫钗记》。此时他从事戏曲创作的态度应已比较认真。这或与他此时比较闲暇有关，或与他欲借此有所寄托有关。前面已经提到，自万历十二年（1584）到南京任职后，他对古典诗文创作的态度有所转变，虽仍然有意探索新的路径，但已不像此前那样"积精焦志"。他此时重新涉足戏曲创作，或与此不无关联。

如前所述，汤显祖的《与王澹生》约作于万历二十一年，就在此后不久的万历二十六年以后，他便相继创作了《牡丹亭》，以及《南柯记》《邯郸记》，这应该不仅仅是一个巧合。他此时着手创作几部戏曲，主要原因自然是此时刚刚辞官归家，有了充裕的时间，而且多年来在官场沉浮积压的块垒，也急于一吐为快。但这也应该与他文学观念的发展变化有关。

汤显祖在《耳伯麻姑游诗序》中说："世总为情，情生诗歌，而行于神。天下之声音笑貌大小生死，不出乎是。因以憺荡人意，欢乐舞蹈，悲壮哀感鬼神风雨鸟兽，摇动草木，洞裂金石。其诗之传者，神情合至，或一至焉。一无所至，而必曰传者，亦世之所不许也。"^[3]诗以真情实感为本，这自然不错。但不同时代的不同文体，表达思想感情的方式方法是不一样的。就古典诗歌的创作而言，就还必须注意情感的节制。如果任凭感情充分宣泄，穷形尽相刻画人情物态，那么对追求浑朴圆融含蓄典雅审美特征的古典诗文的创作来说是不太适宜的。而将这种主张和才能运用于戏曲创作，便能大放异彩。王思任《批点玉茗堂牡丹亭叙》云："即若士自谓一生四梦，得

---

〔1〕　汤显祖著、徐朔方笺校《汤显祖诗文集》卷三十三《玉合记题词》，上海古籍出版社 1982 年版，第 1092 页。

〔2〕　同上，卷八，第 243 页。

〔3〕　同上，卷三十一，第 1050—1051 页。

意处惟在牡丹，情深一序，读未三行，人已魂销肌栗"；"其款置数人，笑者真笑，笑即有声；啼者真啼，啼即有泪；叹者真叹，叹即有气。杜丽娘之妖也，柳梦梅之痴也，老妇人之顿也，杜安抚之古执也，陈最良之雾也，春香之贼牢也，无不从筋节窍髓，以探其七情生动之微也"。[1]这里对《牡丹亭》刻画人物性格、表达人物感情方面的特点和成就的描写非常准确，这些都有赖于戏曲可以充分虚构、让人物直接上场充分表现自我等体裁特征，是诗、古文等传统文体几乎不可能达到的。汤显祖的文学主张与他在戏曲领域取得的艺术成就之间存在明显的对应关系。

金元时期，由于科举考试制度废止不行等原因，原有的社会分层结构在一定程度上被打破，文人雅文学与大众通俗文学一定程度上呈现合流的态势，许多高水平文人投身新兴文体戏曲的创作，铸就了中国古典戏曲的第一次辉煌。进入明代以后，由于科举制全面恢复等原因，原有的社会分层结构重新恢复，文人雅文学与大众通俗文学再度隔离。在明中叶以前，没有一流文人从事戏曲创作，只有朱权、郑若庸、赤玉峰道人（《五伦全备记》的作者）、邵灿、姚茂良、沈鲸、王济等下层文人和特殊文人专心从事戏曲创作。明中叶以后，康海、王九思、李开先、徐渭等一流文人开始从事戏曲创作，但他们仍以诗古文创作为主，戏曲创作只是偶尔为之。他们对戏曲的作用和价值给予了肯定，但主要还是从它们为"国风"之遗、"乐府"之流的角度立论，而没有意识到这种文体其实与已经被经典化的"国风""乐府"有本质不同，是一种新的文体。它反映的生活内容、生产方式、文体特性和社会效果，都与"国风""乐府"不一样。换言之，到明代中晚期，肯定戏曲的价值已经基本不是问题，关键是从什么角度来肯定。汤显祖之前的文学家，是在高度肯定古典诗文的前提下，通过把戏曲纳入古典诗文经典的源流，从它们作为古典诗文经典的附庸的角度，来对

---

〔1〕汤显祖著、徐朔方笺校《汤显祖诗文集》附录"批点玉茗堂牡丹亭叙"，上海古籍出版社1982年版，第1543页。

它们予以肯定。而汤显祖则是在判断古典诗文气数已尽的前提下，来肯定作为新兴文体的戏曲，并选择它作为自己的重要创作形式。

虽然汤显祖后期已将创作重心转移到戏曲上，但早年长期从事古典诗文创作的经历不可能完全忘却，必定会对他的戏曲创作产生重要影响。这主要体现在《牡丹亭》等作品的语言风格上。其中《牡丹亭》的语言尤其具有明显的诗化特征，华丽精警，美轮美奂。其下场诗全用唐诗集句，而且非常贴切，也反映了汤显祖在诗文方面的深厚积累和对诗词的喜爱。对《牡丹亭》的这种语言风格，历来评论者欣赏肯定者居多，如吴吴山三妇评本《牡丹亭》曰："《牡丹亭》之工……其妙在神情之际。试观记中佳句，非唐诗即宋词，非宋词即元曲，然皆若若士之自造，不得指之为唐、为宋、为元也。"[1]这乃是从传统诗文审美标准的角度来评价的。著名戏曲理论家李渔的评价就有所不同，他认为："曲文之词采，与诗文之词采非但不同，且要判然相反。何也？诗文之词采贵典雅而贱粗俗，宜蕴藉而忌分明。词曲不然，话则本之街谈巷议，事则取其直说明言。凡读传奇，而有令人费解，或初阅不见其佳，深思而后得其意之所在者，便非绝妙好词。不问而知为今曲，非元曲也。"他举《牡丹亭》为例：

> 即汤若士《还魂》一剧，世以配飨元人，宜也。问其精华所在，则以《惊梦》《寻梦》二折对。予谓二折虽佳，犹是今曲，非元曲也。《惊梦》首句云"袅晴丝吹来闲庭院，摇漾春如线"，以游丝一缕，逗起情丝，发端一语，即费如许深心，可谓惨淡经营矣。然听歌《牡丹亭》者，百人之中有一二人解出此意否？若谓制曲初心，并不在此，不过因所见以起兴，则瞥见游丝，不妨直说，何须曲而又曲，由晴丝而说及春，由春与晴丝而悟其如线也？若云作此原有深心，则恐索解人不

---

〔1〕 吴吴山三妇评本《牡丹亭》卷首《牡丹亭或问》十七条"其一"，见汤显祖著、徐朔方笺校《汤显祖诗文集》"附录"，上海古籍出版社 1982 年版，第 1558 页。

易得矣。索解人既不易得，又何必奏之歌筵，俾雅人俗子同闻而共见乎？其余"停半晌，整花钿，没揣菱花，偷人半面"，及"良辰美景奈何天，赏心乐事谁家园"，"遍青山，啼红了杜鹃"等语，字字俱费经营，字字皆欠明爽。此等妙曲，止可作文字观，不得作传奇观。至于末幅"似虫儿般蠢动，把风情搁"，与"不得肉儿般团成片也，逗的个日下胭脂雨上鲜"，《寻梦》曲云："明放着白日青天，猛教人抓不到梦魂前"，"是这答儿压黄金钏匲"，此等曲则去元人不远矣。而予最赏心者，不专在《惊梦》《寻梦》等折，谓其心花笔蕊，散见于前后各折之中。《诊祟》曲云："看你春归何处归，春睡何曾睡，气丝儿，怎度的长天日"；"梦去知他实实谁，病来只送得个虚虚的你。做行云，先渴倒在巫阳会"；"又不是困人天气，中酒心期，魆魆的常如醉"；"承尊觑，何时何日，来看这女颜回"。《忆女曲》云："地老天昏，没处把老娘安顿"；"你怎撇得下万里无儿白发亲"；"赏春香还是你旧罗裙"。《玩真》曲云："如愁欲语，只少口气儿呵"；"叫的你喷嚏似天花唾，动凌波，盈盈欲下，不见影儿那"。此等曲则纯乎元人，置之《百种》前后，几不能辨。以其意深词浅，全无一毫书本气也。[1]

　　李渔的话说得有点儿绝对。几百年来，人们非常欣赏《牡丹亭》，"袅晴丝"一曲唱遍大江南北，成为昆曲最经典的唱段，这是客观事实。但李渔的话并非没有道理，因为在他看来，戏曲本质上是一种表演艺术，是要"奏之歌筵"即在场上表演、"俾雅人俗子同闻而共见"的，因此必须"意深词浅"，让人一听就懂，而不能让人"深思而后得"。从戏曲艺术的这一根本特征出发，他的看法无疑根本上是合理的。汤显祖之所以这样写，在很大程度上就是因为他沉酣诗词文赋的时间较长，程度较深，又对"曲文

---

[1] 李渔《闲情偶寄》卷一"词曲部上·词采第二·贵浅显"，见《李渔全集》第三卷，浙江古籍出版社1992年版，第17—19页。

之词采，与诗文之词采非但不同，且要判然相反"缺乏充分认识。人们之所以激赏"袅晴丝"等曲，实际上还是欣赏诗文的传统审美习惯在起作用，是在把它们当作诗词来欣赏，而非当作戏曲来评价。

汤显祖将文学创作重心转移到戏曲后，全力投入，取得了杰出成就。他对自己的成就非常有信心，把它当作自己文学事业的重要组成部分，对戏曲文体也表现出了高度重视。其《七夕醉答君东》诗云："玉茗堂开春翠屏，新词传唱牡丹亭。伤心拍遍无人会，自掐檀痕教小伶。"[1]他对自己的戏曲作品的喜爱溢于言表。《与宜伶罗章二》云:《牡丹亭记》，要依我原本。其吕家改的，切不可从。虽是增减一二字以便俗唱，却与我原作的意趣大不同了。"[2]他对自己的戏曲作品的自信和珍惜可谓无以复加。又其《答李乃始》云:

> 良书娓娓，推挹深至，窅无俗情。弟妄议汉唐人作者，亦不数首而传，传亦空名之寄耳。今日傥得诗赋三四十首行，为已足，材气不能多取，且自伤名第卑远，绝于史氏之观，徒塞浅零诼，为民间小作，亦何关人世，而必欲其传。词家四种，里巷儿童之技，人知其乐，不知其悲。大者不传，或传其小者。制举义虽传，不可以久。皆无足为乃始道。吾望足下或他日代而张我，区区者何足为难。虽然，乃亦有未易者。宋人刻玉为楮，三年而成，成无所用。然当其刻画时不三年，三年而不专其精，楮亦未可得成也。恃足下知而爱我，屑屑言之。[3]

这里虽然还是根据当时世人的看法，说诗文是"大者"，戏曲是"小者"，但他已清醒地意识到，自己的时文不可能久传，诗、古文很可能不传，

---

〔1〕汤显祖著、徐朔方笺校《汤显祖诗文集》卷十八，上海古籍出版社1982年版，第735页。

〔2〕同上，卷四十九，第1426页。

〔3〕同上，卷四十八，第1384—1385页。

而相信"词家四种"或可传；同时他也表明，"词家四种"也是深有寄托的严肃认真之作，"人知其乐，不知其悲"；包括"词家四种"在内的所有著作，都"亦有未易者"，像宋人刻玉一样，都是费尽心血的作品，这充分体现了他对自己的戏曲作品的重视和珍惜。

关于汤显祖对待戏曲的态度，还有一个值得注意的现象。他在《答陆君启孝廉山阴有序》中叙述自己的文学道路时说："某学道无成，而学为文；学文无成，而学诗赋；学诗赋无成，转而学道，终未能忘情所习也。"[1]而在写给同一个人、应该也写于同时的尺牍《与陆景邺》中，这一段话作"学道无成，而学为文；学文无成，而学诗赋；学诗赋无成，而学小词；学小词无成，且转而学道。犹未能忘情于所习也"。[2]与前者相比，后者多出了"而学小词；学小词无成"这两句。"小词"毫无疑问应该是指当时已给汤显祖带来巨大声誉的戏曲作品。这种文字差异是如何形成的，难以确考。一般来说，古代文人对于自己的诗歌作品，写成后改动较少；而对于尺牍之类，写成后在编入文集时改动较多。又，古代文人写诗时，考虑公开性会多一些；而写作尺牍时，私人性会强一些。不管汤显祖是同时写定这一诗（含序）一尺牍，还是后来对尺牍作了加工，在尺牍中多出这两句话，都表明他在内心里已经将"小词"创作正式纳入自己的文学道路和文学成就之中了。

四

正是基于自己的文学史观，汤显祖自觉做出了文体选择，从而导致了"临川四梦"的诞生。他的文学史观的这一重要意义是显而易见的。实际上，他的文学史观，即对古典诗文前途和命运的判断，还具有更深远的文学史意义。

---

〔1〕 汤显祖著、徐朔方笺校《汤显祖诗文集》卷十六，上海古籍出版社1982年版，第631页。
〔2〕 同上，卷四十七，第1338页。

在汤显祖之前和同时，无论是唐宋派的作家还是公安派的作家，对复古派的批评都集中在学古上，或者说集中在复古派倡导的学古的方法上。他们都没有对古典诗文的前途命运本身产生怀疑。他们主张直摅胸臆，独抒性灵；批评复古派讲格调，否定宋以后诗文，限制了取法范围，认为一代有一代之诗，肯定宋以后诗文，主张取法要广，等等。总而言之，他们认为只要学习和创作的方法得当，就还能写出堪与秦汉古文和汉魏初盛唐诗歌媲美的作品，就能重现中国古典诗文的兴盛局面。

汤显祖的好友丘兆麟曾说："天下人厌王、李者思袁、徐，厌袁、徐者思先生。"[1]可见在当时人心目中，汤显祖与徐渭、袁宏道等人是不一样的。因为他一方面坚持文学必须表达真情实感的原则，另一方面又对古典诗文的创作有着丰富的实践和深入的探讨，知道古典诗文的审美特征之所在，懂得遵守古典诗文创作的一系列体裁法度的必要性和重要性，因此对复古派学古的主张在一定程度上是理解和认可的，其文学理论主张实际上介乎于李、王与徐、袁之间。以往研究者基本上将汤显祖与徐渭、袁宏道等等量齐观，是不太准确的。陈田在《明诗纪事》中也指出："万历中叶，王、李之焰渐熸，公安、竟陵狙起而击。然公安之失，曰轻，曰俳；竟陵之失，曰纤，曰僻。……若专与弇州为难者，江右汤若士，变而成方，不离大雅"；"义仍才气兀傲，不可一世。集中五古，清劲沉郁，天然孤秀，而时伤蹇涩，则矫枉之过也。……义仍与袁中郎善，舍七子而另辟蹊径，趣向则一。但义仍师古，较有程矩，尚能别派孤行。中郎师心自用，势不至舍正路而入荆榛不止。余论两家之得失如此，不得一概抹杀，致没作者苦心也"。[2]

丘兆麟和陈田的这种区分是准确的。汤显祖的文学主张确实与复古派

〔1〕汤显祖著、徐朔方笺校《汤显祖诗文集》附录"诗集原序"，上海古籍出版社1982年版，第1531页。

〔2〕陈田《明诗纪事》（庚签）序、（庚签）卷二"汤显祖"条，上海古籍出版社1993年版，第2233、2268—2269页。

有相近之处。他在《与幼晋宗侯》中说："高张杨徐诗，一过已快，都有矩格，蕴藉深稳，不漫作，大是以清气英骨为主。后辈李粗何弱，余固不能相如。"[1]这里评价诗歌的标准还是强调要有"矩格"，要"蕴藉深稳"，即遵守古典诗歌的体裁法度要求。在《孙鹏初遂初堂集序》中，他对复古派前、后七子特别是李梦阳、何景明的文学成就评价并不低，认为他们虽然各有缺陷，但比起那些"以神明自擅"、毁弃法度者，要更为可取：

> 国初大儒鼎彝之文，无所敢论。迨夫李献吉、何仲默二公，轩然世所谓传者也。大致李气刚而色不能无晦，何色明而气不能无柔。神明之际，未有能兼者。要其于文也，瑰如曲如，亦可谓有其貌矣，世宜有传者焉。间者文士好以神明自擅，忽其貌而不修，驰趣险仄，驱使稗杂，以是为可传，视其中，所谓反置而臆属者，尚多有之。乱而靡幅，尽而寡蕴，则之以李、何，其于所谓传者何如也？然而世有悦之者焉。华容孙公鹏初忧之，叹曰：李、何于斯文，为有起衰振溺功。王元美七子，已开弱宋之路。日已流遁，长此安极！[2]

这里或许不无迁就孙氏本人文学主张之意，但汤显祖不是一个随便附和别人的人，上述说法与汤显祖本人的观念也应相去不远。另有一种《玉茗堂评花间集》，其序署"万历乙卯（四十三年，1615）春日清远道人汤显祖题于玉茗堂"，其中云："自三百篇降而骚赋，骚赋不便入乐，降而古乐府；乐府不入俗，降而以绝句为乐府；绝句少宛转，则又降而为词。故宋人遂以为词者诗之余也。逎北地李献吉之言曰：诗至唐古调亡矣；然自有唐调可歌咏，犹足被管弦。宋人主理不主调，于是唐调亦亡。"[3]按此文

---

[1] 汤显祖著、徐朔方笺校《汤显祖诗文集》卷四十八，上海古籍出版社1993年版，第1377页。
[2] 同上，卷三十一《孙鹏初遂初堂集序》，第1060—1061页。
[3] 同上，附录"玉茗堂评花间集序"，第1477页。

是否可靠，有待考证。若真出汤显祖之手，则表明他在去世前一年仍在一定程度上服膺李梦阳之说。

他的《与喻叔虞》一信则真实性不存在问题，其中说：

> 叔虞有意成诗乎。学律诗必从古体始乃成，从律起终为山人律诗耳。学古诗必从汉魏来，学唐人古诗，终成山人古诗耳。叔虞力尚可为，如生老矣，尚能商量此道。恃爱言之，并以示我同好。[1]

这种说法就与复古派的主张如出一辙。按该尺牍中有"归来十载"之语，则此信写于汤显祖万历二十六年弃官归里之后十年，即万历三十六年（1608）左右。由此可见，即使到了晚年，汤显祖仍持这样的见解。

汤显祖一方面崇尚真情、灵气，好"奇"，与唐宋派、公安派的文学主张有相通之处。但他又深深知道，创作古典诗文，就必须遵守一系列体裁法度要求，才能保持古典诗文的审美特征，所以复古派的理论在一定程度上是合理的。因此他清醒意识到，像复古派那样刻意模仿古人，虽可能得其外貌之仿佛，但根本不真，是没有价值的；同时他也知道，像徐渭、袁宏道他们那样，倡导独抒性灵，不拘格套，抛弃古典诗文的体裁法度要求，虽能形成一时之尖新，但根本上不符合古典诗歌的审美特征，这条路也是行不通的。由此他终于意识到了这样一个事实：在他所处的时代，创作古典诗文，真则不美，美则不真；古典诗文文体与当时人的真实生活和思想感情已不相适应，中国古典诗文的创作和发展实际上已陷入深深困境。复古派和公安派等对古典诗文的前景所持态度都是乐观的。复古派前七子、后七子和明末以陈子龙为代表的云间派等，一直坚持学古的主张。而就在汤显祖万历二十一年左右写作《与王澹生》稍后的万历二十四年，

---

[1]　汤显祖著、徐朔方笺校《汤显祖诗文集》卷四十九，上海古籍出版社1993年版，第1448页。

袁宏道写作了《叙小修诗》，对复古派的文学主张提出了尖锐批判，同时倡导"独抒性灵，不拘格套"，该文可视为公安派的正式宣言。他宣称"唯夫代有升降，而法不相沿，各极其变，各穷其趣，所以可贵，原不可以优劣论也"，[1]对按照新的路径创作古典诗文抱有高度热情和信心，对自己选择的道路和预期成就充满自信。复古派和公安派等的具体主张有异，但都没有对古典诗文的前途命运产生根本怀疑，都还认为只要找到正确的途径，就能让古典诗文重返康庄大道，在这一关键问题上他们的意见是一致的。当时只有汤显祖对自己的探索、选择和成就几乎完全是失望的，对古典诗文的前途是悲观的，两者之间形成鲜明对照。在无数文学家还在为古典诗文创作到底该"拟议以成其变化"[2]，还是该"独抒性灵、不拘格套"争论不休，还在到底该"宗唐"还是"宗宋"的圈子里打转时，汤显祖在一定程度上已经宣告了中国古典诗文的终结。汤显祖的见解迥出流辈，显然更为深刻。

当然，受传统的影响和特定历史环境的局限，汤显祖虽有高度自觉的强烈的文学史意识，但他的文学史观总体上看还不够明确。他虽然做出了主动的文体选择，但他的文体选择也不是充分自觉的。他对自己的"韵语"即诗歌究竟是否可传，对戏曲文体的价值究竟有多大，都还存在犹疑之处。有些问题还看不清楚，有时还会回到传统的思路和观念上去。但就他已经表达的文学史观念和所作出的文体选择而言，他堪称那个时代头脑最清醒的文学家，达到了那个时代文学探索的最高水平。

令人感叹的是，在汤显祖的身后，从明末到清代，竟然还有那么多的文人乐此不疲地从事诗、词、古文、赋、骈文的写作。据估算，历经劫火之后，现存清诗总量仍不下数百万首，词不下数十万首，文不下百万篇。文学艺

---

〔1〕袁宏道著、钱伯城笺校《袁宏道集笺校》卷四《叙小修诗》，上海古籍出版社2008年版，第188页。

〔2〕何景明《大复集》卷三十二《与李空同论诗书》，台北商务印书馆景印文渊阁《四库全书》本，第1267册，第291页。

术的价值，无非来自于它所表现的生活内容和思想感情、艺术形式及表现手法等几个方面。直至鸦片战争之前，清代人的生活内容和思想感情与明代以前的人相比几乎没有什么变化，而且还不能说真话；[1] 在艺术形式方面，古典诗文的各种体裁明以前基本定型，自明代人使小品文这种体裁得到较大发展后，清代人没有开创什么新的文体；在表现手法方面，清代人也没有什么新的发明，只能在诗宗唐还是宗宋、词宗北宋还是宗南宋、古文学秦汉还是学唐宋、骈文和赋仿六朝还是仿唐宋中间左倚右靠。在这种情况下，清代人在诗词文赋等传统文体方面还怎么可能有新的突破或取得重大成就呢？因此，纵观清代汗牛充栋的诗、词、文、赋、骈文作品，虽然不能否认其中还有一些有价值的作品，但究竟有几篇还具有审美价值，能被后人所欣赏，能真正成为后人的精神财富呢？这不是耗费无穷精神和社会资源从事于基本无益之事吗？由此我们对中国清代以后文化发展之停滞、社会演化转型之艰难，又有了更深的体会。回过头来看汤显祖对中国古典诗文之命运的认识，我们更加佩服他独具千古只眼，更能看出他的文学史观的超前性。假如从明后期到整个清代，有更多优秀的文学家能像汤显祖一样，初步意识到古典诗文实际上已前途有限，转而从事戏曲、小说等新文体的创作，少几百万千篇一律的古典诗文，而多一些《牡丹亭》《娇红记》《笠翁十种曲》《桃花扇》《长生殿》、"三言二拍"《红楼梦》《儒林外史》《聊斋志异》这样的作品，不是更好吗？常言道历史不可以假设，但假设一下又何妨呢？

（原刊于《文学遗产》2016 年第 3 期）

----

[1]　鲁迅《无声的中国》："这不能说话的毛病，在明朝是还没有这样厉害的；他们还比较地能够说些要说的话。待到满洲人以异族侵入中国，讲历史的，尤其是讲宋末的事情的人被杀害了，讲时事的自然也被杀害了。所以，到乾隆年间，人民大家便更不敢用文章来说话了。所谓读书人，便只好躲起来读经，校刊古书，做些古时的文章，和当时毫无关系的文章。"见《鲁迅全集》第 5 卷，人民文学出版社 2014 年版，第 33 页。

《三宝太监西洋记通俗演义》主人公金碧峰本事考

罗懋登著《三宝太监西洋记通俗演义》(简称《西洋记》)是晚明的一部著名小说,历来颇受研究者重视。该书虽以明永乐、宣德年间郑和出使三十余国的经历为框架,但故事主体乃是神魔之争和种种奇闻逸事,所以人们都将之归入神魔小说,而不把它看作历史演义。与此相应,该书虽以郑和命名,但实际上最重要的人物是金碧峰(碧峰长老),他相当于《西游记》中的孙悟空,而郑和则近似于唐僧。根据鲁迅《中国小说史略》的概括,《西洋记》"第一至第七回为碧峰长老下生、出家及降魔之事,第八至十四回为碧峰与张天师斗法之事,第十五回以下则郑和挂印、招兵西征、天师及碧峰助之、斩除妖孽、诸国入贡、郑和建祠之事也"。[1]这种格局也与《西游记》前七回为孙悟空出世及大闹天宫、第八至十二回写取经缘起、第十三回以下才是唐僧师徒四人西天取经的结构机杼相同。在征服西洋各种妖魔鬼怪过程中,张天师也屡次出马,但常常陷入无可奈何境地,道力法术都远逊碧峰长老,只不过是后者的陪衬,有点像《西游记》中的猪八戒。碧峰长老则被写成是燃灯古佛(释迦牟尼的授记师父)临凡,有一徒弟名非幻,又有一徒孙名云谷。他神通广大,法力无边,是出使西洋

---

〔1〕鲁迅《中国小说史略》第十八篇《明之神魔小说下》。

取得成功的根本保障，因此是《西洋记》的真正主人公。

前辈研究者曾致力于对金碧峰人物原型的探讨。最早注意到《西洋记》的著名学者俞樾发现明代郎瑛《七修类稿》中有一条记载："太祖建都南京，和尚金碧峰启之，见《客座新闻》。"[1] 向达也是较早推毂《西洋记》的学者之一，他又在《图书集成·职方典》"江宁府"部中找到一条资料：

> 碧峰寺非幻庵有沉香罗汉一堂，乃非幻禅师下西洋取来者。像最奇古，香更异常。万历中有人盗其一，僧不得已，以他木雕成补之。后忽黑夜送回前像，罗汉之灵异可推矣。[2]

除此之外，鲁迅《小说旧闻钞》，赵景深《中国小说丛考》，孔另境《中国小说史料》，陆树崙、竺少华《〈三宝太监西洋记通俗演义〉前言》等，都只是辗转引述俞、向二氏发现的上述两条资料，没有取得新的进展。[3] 根据这两条资料，我们已可以推断金碧峰、非幻历史上都实有其人，而且约略知道他们与郑和下西洋之事有牵连。但是，金碧峰、非幻究竟是怎样的两个人，他们是怎样与下西洋之事发生关系的，罗懋登在《西洋记》中对他们的描写在多大程度上是根据史实，又在多大程度上是依凭民间传说和出于自己的虚构，我们仍然很不清楚，这就给准确分析评价《西洋记》造成了障碍。

笔者近来陆续翻检到一些有关金碧峰和非幻的资料，因不揣浅陋，作

---

〔1〕见俞樾《茶香室续抄》卷十七"金碧峰"条，清光绪二十五年刻春在堂全书本。按郎瑛《七修类稿》的这条记载见该书卷十"本朝定都"条，中华书局 1959 年版，第 155 页。又：《客座新闻》，沈周撰，《说郛续》弓十三（上海古籍出版社 1988 年版《说郛三种》本）、《五朝小说大观·皇明百家小说》（扫叶山房民国十五年石印本）皆收入，但其中没有《七修类稿》所引的这一条。

〔2〕见向达《唐代长安与西域文明·关于三宝太监下西洋的几种资料》，1929 年 1 月 10 日发表于《小说月报》。

〔3〕陆树崙、竺少华《〈三宝太监西洋记通俗演义〉前言》，见上海古籍出版社 1985 年版《三宝太监西洋记通俗演义》。

为考论如次，以求教于方家。

一

元朝皇帝多崇信释道，而元顺帝为尤甚。明太祖朱元璋早年做过和尚，登基后又热衷于神道设教，利用一些和尚道士的怪诞言行为自己制造君权神授的迷信。于是在整个元末明初，释道两教都相当活跃，并涌现了像周颠仙、铁冠道人张中、冷谦、张三丰这样一批后世家喻户晓的人物。金碧峰其实也是这个群体中的一员，当初他的名头并不亚于周颠仙等人，只不过因为某些特殊原因，关于他的故事流传不广。后来人们又不知道《西洋记》中的碧峰长老就是以他为原型，没有将两者挂起钩来，于是他便渐渐被世人淡忘了。明初著名文学家宋濂《宋学士文集·銮坡后集》卷五有一篇《寂照圆明大禅师壁峰金公设利塔铭》，比较详实地记载了金碧峰的生平，现抄录如下：

> 禅师讳宝金，族姓石氏，其号为壁峰，生于乾州永寿县之名胄。父通甫，宅心从厚，人号为长者。母张氏，亦嗜善弗倦。有乘门持钵乞食，以观音像授张，且属曰："汝谨事之，当生智慧之男。"未几果生禅师，白光煜煜然照室。幼恒多疾，缠绵衾枕间，父母疑之，曰："此儿感祥征而生，其宜归之释氏乎？"年六岁，依云寂温法师为弟子。既薙落受具足戒，遍诣诸讲肆，穷性相之学，对众演说，累累如贯珠，闻者解颐。已而抚髀叹曰："三藏之文，皆标月之指尔。昔者祖师说法，天华缤纷，金莲涌现，尚未能出离生死，况区区者耶。"即更衣入禅林。时如海真公树正法幢于西蜀晋云山中，亟往见之。公示以道要，禅师大起疑情，三二年间，寝食为废。偶携筐随公撷蔬于园，忽凝坐不动，历三时方寤。公曰："尔入定耶？"禅师曰然。曰："汝何所见？"禅师曰："有所悟尔。"曰："汝第言之。"禅师举筐示公，公非之。禅师置筐

于地，拱手而立，公又非之。禅师厉声一喝，公奋前搋其胸，使速言，禅师筑公胸，仆之，公犹未之许，笑曰："尘劳暂息，定力未能深也。必使心路绝，阻关透，然后大法可明耳。"禅师闻之，愈精进不懈。遂出参诸方，憩峨眉山，誓不复粒食，日采松柏啖之，胁不沾席者又三年。一念不生，前后际断，照体独立，物我皆如。自是入定或累日不起。尝跌坐大树下，溪水横溢，人意禅师已溺死。越七日水退，竞往视之，禅师燕坐如平时，惟衣湿耳。一日听伐木声，通身汗下如雨，叹曰："妙喜大悟十有八，小悟无算，岂欺我哉？未生前之事，吾今日方知其真耳。"急往求证于公，反复相辩诘甚力，至于曳倾禅榻而出。公曰："是则是矣，翼日重勘之。"至期，公于地上画一圆相，禅师以袖拂去之；公复画一圆相，禅师于中增一画，又拂去之；公再画如前，禅师又增一画成"十"字，又拂去之。公视之不语，复画如前，禅师于"十"字加四隅成"卍"字，又拂去之。公乃总画三十圆相，禅师一一具答，公曰："汝今方知佛法宏胜如此也。百余年间，参学有悟者，世岂无之？能明大机用者，宁复几人？无用和尚有云：坐下当出三虎一彪。一彪者岂非尔耶？尔宜往朔方，其道当大行也。"无用盖公之师云。

先是禅师在定中见一山甚秀丽，重楼杰阁，金碧绚烂，诸佛五十二菩萨行道其中，有招禅师谓曰："此五台山秘魔岩也，尔前身修道其中，灵骨犹在，何尔忘之？"既寤，遂游五台山。道逢蓬首女子，身被五彩弊衣，赤足徐行，一黑獒随其后。禅师问曰："子何之？"曰："入山中尔。"曰："将何为？"曰："一切不为。"良久乃没。叩之同行者，皆弗之见，或谓为文殊化身云。禅师乃就山建灵鹫庵，四方闻之，不远千里，负糇粮来献者，日缤纷也，禅师悉储之以食游学之僧，多至千余人，虽丁岁大俭，亦不拒也。

至正戊子冬，顺帝遣使者召至燕都，慰劳甚至。天竺僧指空久留燕，相传能前知，号为三百岁，人敬之如神。禅师往与叩击，空瞪视不答。及出，空叹曰："此真有道者也。"冬夕大雪，有红光自禅师室中起，上接霄汉，帝惊叹，赐以金纹伽黎衣，遣归。明年己丑，复召见延春阁，命建坛祷雨辄应，赐以金缯若干。禅师受之，即以赈饥之民。又明年庚寅，特赐寂照圆明大禅师之号，诏主海印禅寺，禅师力辞，名香法衣之赐，殆无虚日。自丞相而下，以至武夫悍将，无不以为依皈。已而恳求还山。

洪武戊申，大明皇帝即位于建业，明年己酉燕都平。又明年庚戌，诏禅师至南京，夏五月见上于奉天殿，且曰："朕闻师名久，以中州苦寒，特延师居南方尔。"遂留于大天界寺，时召入问佛法及鬼神情状，奏对称旨。又二年辛亥冬十月朔，上将设普济佛会于钟山，命高行僧十人莅其事，而禅师与焉。赐伊蒲馔于崇禧寺，大驾幸临，移时方还。明年壬子春正月既望，诸沙门方毕集，上服皮弁服，亲行献佛之礼。夜将半，敕禅师于圜悟关施摩陀伽斛法食，竣事，宠赍优渥。夏五月，悉鬻衣盂之资，作佛事七日，乃示微疾。上知之，亲御翰墨，赐诗十二韵，有"玄关尽悟，已成正觉"之言，天光昭回，人皆以为荣。时疾已革，不能诣阙谢。至六月四日，沐浴更衣，与四众言别，正襟危坐，目将瞑，弟子祖全、智信请曰："和尚逝则逝矣，不留一言，何以暴白于后世邪？"禅师曰："三藏法宝，尚为故纸，吾言欲何为？"夷然而逝，世寿六十五，僧腊五十又九。后三日，奉龛茶毗于聚宝山，倾城出送，香币积如丘陵。或恐不得与执绋之列，露宿以俟之。及至火灭，获五色舍利，齿舌数珠皆不坏，纷然争取，灰土为尽。

禅师体貌丰伟，端重寡言笑，福慧双足，所至化之。故其在山也，捧足顶礼者项背相望；其应供而出也，持香花击梵乐而迎者，在在而是，不啻生佛出现。其行事多可书，弟子散之四方，无以会其同。祖全等将以某年月建塔于某山，制掇其大略，请安次王普为状一通，征濂为之铭。上祀方丘，宿于斋居，濂与礼部尚书陶凯实侍左右。上出赐禅

师诗令观之，其称禅师之德为甚备……[1]

　　根据这篇《塔铭》，我们知道金碧峰俗姓石，名宝金，号碧峰。唐宋以后有一定文化水平的和尚，往往仿文人士大夫习尚，在释名之外还取一个或几个字和号。文人士大夫多以和尚释名的后一个字称之为"某公"，以表示尊敬。又有人将和尚释名的后一个字与其字或号连起来称呼。宝金也就是因为这个缘故被称为"金公""碧峰金公"或"金碧峰"。叫的人多了，普通民众遂以为"金"是他的姓（《西洋记》说金碧峰是金员外之子），这是一种误解。至于"碧峰"这个号，有可能是他住锡五台山秘魔岩时所取。其他资料均作"碧峰"，而宋濂撰《塔铭》独作"壁峰"，或是他初号"壁峰"，后来改号"碧峰"，因另外的资料中有"太祖高皇帝御赠号"之说（见后）；或是《宋学士文集》的刻印错误。

　　关于金碧峰的生卒年，《塔铭》说他卒于洪武壬子（五年，1372）六月四日，世寿六十五岁。由此逆推，他当生于元武宗至大元年（1308）。

　　关于他的籍贯，《塔铭》说他"生于乾州永寿县之名胄"。乾州永寿县明代属陕西西安府。记住这一点很重要，因为后来的记载多说金碧峰是"胡僧"，本"西域人"（见后），而陕西西安一带正是西域各族人聚居较密集的地区。

　　从《塔铭》所载金碧峰经历来看，他显然是一个机敏过人的和尚。他出家后先后游历过西蜀晋（缙）云山、峨眉山、西北五台山和大都（北京）、金陵（南京）等地，足迹遍至东南西北。他在晋（缙）云山中与如海和尚的两场打哑禅，实际上是师徒间的一种较量。聪明的徒弟不甘心长期居于门下，企图迫使师父认可自己，然后以此为资本在释门寻求自由发展。老谋深算的师父则不肯轻易放弃对徒弟的控制，于是双方都挖空心思，针锋相对，甚至不惜拳脚相向，这种场面曾在许多禅林师徒之间出现，就看哪

---

[1]　按此《塔铭》见《四部丛刊初编》本《宋学士文集》和《四部备要》本《宋文宪公全集》。文渊阁《四库全书》本宋濂《文宪集》及《未刻集》未收。

一方能出奇制胜。如海和尚本人早年也许经历过这种场面，因此不慌不忙，而金碧峰也是个不容易对付的角色。第一次挑战他不得不以认输告终，但在第二个回合中他终于达到目的，被允许远赴北方另创基业。他先后与元末明初两个皇帝有交往，并均受到宠信，可见他虽为出家人却处世有方。元顺帝对他崇礼有加，他却力辞海印寺主持之职，恳求还山，可能是因为他看到当时朝廷腐败，预感到元王朝已危机四伏，故不愿与之建立过于密切的关系，这又反映出他很有政治头脑。另外，他还有过淹没水下七日而不死、遇文殊菩萨化身之类的经历，这些显然是他精心设计编造出来的，也是佛道人物的惯用伎俩。

宋濂与金碧峰是同时人。洪武初年，两人在南京也许还有过直接交往。因此，这篇《塔铭》无疑是探讨金碧峰生平较可信的资料。一般来说，这篇《塔铭》中已记载的事实基本上是可靠的，但我们不能因此而忽视或轻易否定其他记载中与此《塔铭》不一致的地方。这是因为该《塔铭》不可能包罗金碧峰生平的所有细节，而且明太祖朱元璋生性多疑，当时文人往往因文字得罪，宋濂为金碧峰这样与朱元璋有过直接交往的和尚撰写《塔铭》就不可能没有顾忌，很可能要回避甚至故意掩盖某些细节。《塔铭》中所谓"行事多可书，弟子散之四方，无以会其同"云云，可能即是为此有意设置的托词。关于金碧峰与朱元璋的交往，该《塔铭》中只说洪武三年朱元璋诏金碧峰至南京，似乎他们此前只是闻名而未曾见面，其他记载就与此不同。万历五年《宁国府志》卷十九"外教"云：金碧峰"栖敬亭山西北石岩。太祖幸其地，趺坐不起，露刃临之曰：'汝知有杀人将军乎？'辄应曰：'汝知有不惧死和尚乎？'上异而谢之。间以向导，果决胜如其言。后召至金陵，居碧峰寺"。[1] 傅维鳞《明书》卷一百六十将金碧峰列于该

---

[1] 见台北成文出版社1984年出版《中国方志丛书·宁国府志》（据明万历五年刊本影印）。另：影印文渊阁《四库全书》本清代修《江南通志》卷一百七十五、清嘉庆十二年《宁国府志》卷三十一皆有相同记载，只有个别文字差异，当从万历五年《宁国府志》中转引而来。

书"异教传"之首，在宗泐、周颠、铁冠道人张中、张正常（天师）之前。他对朱元璋与金碧峰相识的经过有更详细的记载：

> 金碧峰，宣州僧也，姓石氏。六岁依云寂温法师为弟子，游峨眉山，绝粒啖柏。尝趺坐大树下，忽溪水横溢，人疑已死，越七日水退，趺坐如故。比归，即州治西草室静息焉。时太祖渡江，偶一元臣迎谓曰："今欲霸，我将财货纳赆。"上叱曰："我本顺天应人行王道，汝敢霸视我耶？"元臣曰："若笃行王道，可寻宣州胡僧金碧峰，必有所授。"上抵宣州访之，见一老僧端坐，太祖仗剑就问姓名，不对，因按剑视之，僧亦引颈就焉。上笑曰："可见杀人王道乎？"僧曰："可见不怕死和尚耶？"因相语甚洽。僧曰："而欲行王道，我有所指。"上推诚温询，僧曰："建康有地可王，此真帝王之居。"后遂定鼎云。乃设普济会居之。……金碧峰应对称旨，上欲求为建职司，（大理寺卿）李仕鲁三上章，谓今天下学校尚未建，儒风尚未振，而先为异端立赤帜，非所以训远也。上怒，仕鲁乞归，遂得罪以死。小说家传金碧峰事，奇幻诡谲多伪。[1]

万历五年《宁国府志》等只说金碧峰曾栖息于宁国敬亭山，《明书》则以金碧峰为宣州（即宁国府）人，或误以栖息地为原籍。从"胡僧"等说法来看，还是依宋濂《塔铭》以金碧峰为乾州永寿人为妥。金碧峰之卒年，也以依宋濂《塔铭》作洪武五年为妥。总之，傅维鳞《明书》晚出，且系私家修史，舛误疏漏在所难免。但该书引用了一些常人不经见的资料，记事亦多有据。它记载金碧峰与朱元璋交往始末，与郎瑛《七修类稿》所引

---

〔1〕见《畿辅丛书》本《明书》卷一百六十。傅维鳞，北直灵寿县人，崇祯壬午（十五年）举人，清顺治丙戌（三年）进士，官至工部尚书。康熙丁未（六年）夏五月卒于家。著有《明书》《四思堂集》。以上据《碑传集》卷九录《灵寿县志·傅维鳞传》。

沈周《客座新闻》相合，必有原始材料为依据。[1]从时间上看，据宋濂撰《塔铭》，金碧峰于元顺帝至正庚寅（十年，1350）从大都"恳求还山"，所谓"还山"泛指离开京城，并不一定指他回到原来栖息的五台山，很可能他此行即南下到了宁国，而朱元璋于至正十七年夏四月亲自率军攻取宁国（见《明史·太祖本纪一》），他们可能即在此时初次相遇。即使金碧峰至正十年是回了五台山，七年中也有可能来到宁国，而与朱元璋相遇。

如果万历五年《宁国府志》、傅维鳞《明书》等所载情况属实，那么宋濂撰《塔铭》为什么要掩饰这一经过，并有意造成朱元璋与金碧峰洪武三年以前没有见过面的假象呢？最可能的解释只有一个，那就是宋濂担心朱元璋不愿意别人提到他过去曾请教过金碧峰，并靠金碧峰参谋行军打仗，甚至鼎定国都这样重大的决策都源于一个和尚的建议。

二

对我们来说，宋濂所撰《塔铭》最值得注意之点，还在于其中没有提到金碧峰与下西洋有什么关系。现在能看到的最早提到金碧峰下过西洋的资料，是明代葛寅亮编的《金陵梵刹志》。[2]该书卷三十九"碧峰寺"条节录了宋濂撰金碧峰"塔铭"，另外还收录了一篇《碧峰寺起止纪略》，叙述了碧峰寺的历史。大意谓该寺始创于三国吴乙卯嘉禾四年（235），名瑞相院，以后历代都有兴废，累次重建。元辛巳至元十八年（1281）重建后更名铁索寺，以下叙及明代：

> 至国朝洪武五年壬子，敕工部黄侍郎督工重建。先是，禅师石姓

---

[1] 按沈周（1427—1509）为明成化、弘治间人，郎瑛（1487—1566）为明正德、嘉靖间人。

[2] 葛寅亮，钱塘（今浙江杭州）人。万历二十九年二甲十九名进士（据《明清进士题名碑录》），官至南京尚宝寺卿（据《金陵梵刹志》自序）。

讳金碧峰者奏上建寺请名，太祖高皇帝御赠号，因以题寺名。师弃发存须，得禅家玄窍，尤精阴阳术数。圣祖召问佛法鬼神及修炼语甚合。出使西洋，所经诸国，奇功甚多，授爵固辞，对云："不为荣利所拘。"弟子极重（众），得真传者四：宝衲头、广尚士、道衍、道永等。师尝谓衍曰："两眼旋光，眉间煞气，当为太平光头宰相。"衍即姚广孝也。永精于历数，授钦天五官灵台郎，封僧录阐教，兼住灵谷寺，二弟子皆成祖文皇帝用焉。时值旱久不雨，驾御承天门，语真人祷雨不应，乃召禅师至。圣祖谓："和尚祈得雨乎？"师应声："何难。"真人云："雨乃天意，非人力强为。"师即展钵见一小龙，形如金色，从钵飞腾。少顷，阴云四合，大雨，平地水深尺余，民困得苏。上喜曰："和尚真神也。"赐座，斋毕，驾送出西华门外，有"钵水溢蛟龙"御赞存焉。后真人不悦，密谮于上曰："胡僧妖术，请试之水火。"竟无损焉。上愈加敬厚。时有方士周颠仙、张三丰、铁冠道人、冷谦者，往来参谒，起坐甚恭。每与公卿士夫谈及正心诚意，皆可施行。弟子恭求法旨，但云："金刚唯心是一，何必他求。"一日，上问历数，对云："四夷宾服，海宇澄清，治称无为，又何问焉。"上嘉纳之。赐田庄固辞。久之，见上曰："臣本西域，今归故土。"赐金帛彩缎，辞弗受。且言"今日巳（巳）时辞陛下，午后出潼关。"上初以为谬，乃于是日贴上原赐袈裟等物于关守者，持赴京奏状，始前。洪武二十二年，圣旨复建碧峰塔建斋等事。后禅师圆寂，高皇帝深思不已，乃以宝衲头住持本寺，敕翰林学士宋濂状，其文有高皇帝御赞金碧峰禅师像曰："沙门号碧峰，五台山愈崇。固知业已白，本来石壁空。能不为禅缚，区区几劫功。处处食常住，善世语庞鸿。神出诸灵鹜，浩瀚佛家风。虽已成正觉，未入天台丛。一朝脱壳去，人言金碧翁。从此新佛号，钵水溢蛟龙。飞锡长空叫，只履挂高松。年逾七十岁，玄关尽悟终。果然忽立去，飘然凌苍穹。寄语碧峰翁，是必留禅宗。"其真像见存库焉。[1]

　　《金陵梵刹志》有葛寅亮天启七年（1627）自序，称此《志》辑成于二十年前，则该书实完成于万历三十五年（1607）左右，迟于《西洋记》出版（万历二十六年，1598）近十年。《金陵梵刹志》是否受到《西洋记》的影响？这种可能性似可排除。因为第一，葛寅亮深嗜佛道，除此《志》外还辑有道观志。据葛氏自序，他搜集的材料皆有所本，这一点似可相信。[2]试比较该书节录的宋濂撰《塔铭》与《四部丛刊初编》本所据以影印之侯官李氏观槿斋藏明正德（1506—1521）刊本《宋学士文集》所收该文，凡正德刊本错讹处，《金陵梵刹志》皆不误，可见葛寅亮所据宋濂文集的版本比正德刊本更可靠。第二，《金陵梵刹志》所收的这篇《碧峰寺起止纪略》后署"嘉靖元年（1522）孟春"，比《西洋记》问世早76年。总之，如果这篇《碧峰寺起止纪略》与《西洋记》有直接关系，那只能是前者影响了后者，而不是相反。

　　从这篇《纪略》可以看出，到嘉靖以前的明中叶，关于金碧峰的传说已越来越丰富，特别是与张天师斗法、钵出飞龙、一日之内由南京抵潼关等情节，尤富神异色彩。《纪略》中明确说金碧峰是西域人，并记载了金碧峰洪武初年与周颠仙、张三丰、铁冠道人、冷谦等人的交往，说他们对金碧峰"往来参谒，起坐甚恭"，这可与傅维鳞《明书》相印证，由此足见金碧峰当时在佛道名流中的地位。《纪略》没有明言金碧峰的生卒年月，它记叙金碧峰圆寂建塔的一段文字似有舛误，初读之，给人的印象是金碧峰卒于洪武二十二年（1389）以后，但细读之则不然。大约这篇《纪略》

---

〔1〕葛寅亮《金陵梵刹志》卷三十九，明万历刻天启印本。

〔2〕葛寅亮《金陵梵刹志》自序："予承乏祠曹，讨求故实，而矻矻于去籍之艰。乃广稽博考，御制之畀僧与法者，散于全录，恭绎而辑之。钦录集则各大寺藏本在焉。更搜之荒碑故牒中，得其梗概。"又"凡例"之一："寺碑僧志，遗自先朝，已一裔，搜其断简，实类寸金。至于当代撰著，自匪名家，难称完璧。"

是综合多种资料写成，作者在排比不同来源的资料时衔接不当，"后禅师圆寂，高皇帝深思不已，乃以宝衲头住持本寺，敕翰林学士宋濂状"一段，应该在"洪武二十二年，圣旨复建碧峰塔建斋等事"一段之前。因为宋濂卒于洪武十四年，倘若金碧峰卒于洪武二十二年之后，则宋濂不可能为他作"状"（或"铭"）；又所谓洪武二十二年"圣旨复建碧峰塔建斋"等，只能是金碧峰"圆寂"之后的事情。生前无所谓建塔，更说不上"复建"。至于《纪略》中所引朱元璋《金碧峰禅师像赞》谓金碧峰"年逾七十岁"，可能是言其大概。[1]

　　该《纪略》既说金碧峰曾"出使西洋，所经诸国，奇功甚多"，又说他曾归西域故土。据其语气，似以归西域在出使西洋之后。宋濂撰《塔铭》明确记载金碧峰洪武五年（1372）六月卒于南京，距郑和永乐三年（1405）首次出使西洋尚有33年，这就是说，从时间上看，金碧峰是根本不可能参与郑和下西洋活动的。但是，金碧峰虽不可能参与郑和下西洋之举，却不能排除他曾承担过另外的出使使命的可能性。明初对西域和西洋的外交活动并不始于永乐三年的郑和之行。在这之前，从洪武初年起，明太祖就曾多次派人出使西域和西洋。如洪武二年（1369），遣官以即位诏谕占城，随即又遣官赍玺书、《大统历》等偕其使者往赐其国王，未几复命中书省管勾甘桓、会同馆副使路景贤赍诏封阿答阿者为占城国王，三年又遣使往祀其山川，寻颁科举诏于其国，两年中凡四次遣使。洪武三年遣使臣郭征等赍诏抚谕真腊；同年命使臣吕宗俊等赍诏谕暹罗；洪武二年遣使以即位

〔1〕这篇《金碧峰禅师像赞》文渊阁《四库全书》本《明太祖文集》二十卷本未收，但《明太祖文集》历来有二十卷本、三十卷本等多种版本，四库馆臣"提要"中已叹其多有遗佚。《像赞》的相应字句与宋濂《塔铭》所引相符，它应属可信。又，关于金碧峰的晚景及年岁，万历四十三年《平阳府志》卷八下记载："金碧峰，襄陵县长老寺僧，尝游五台。太祖高皇帝召至阙廷，言论称旨，御制诗以赐之。后还，仍赐织金袈裟一袭，佛经一函，年余七十而化。"由此可知金碧峰栖息五台山前后还曾住锡襄陵县长老寺。襄陵县明时属山西平阳府。所谓"后还""年余七十而化"云云，或系传闻异辞，难以遽断。

诏谕爪哇，复遣使送其来使还国，三年又以平定沙漠颁诏其国；洪武三年遣行人赵述诏谕三佛齐（以上见《明史》卷三百二十四《外国五》）。洪武三年八月命御史张敬之、福建行省都事沈秩使浡泥；洪武二年命使臣刘叔勉以即位诏谕西洋琐里，三年平定沙漠，复遣使颁诏其国；洪武三年命使臣塔海帖木儿赍诏抚谕琐里（以上见《明史》卷三百二十五《外国六》）。洪武二年遣官赍诏招谕西番，当年复遣员外郎许允德招之，许当年还曾使朵甘；洪武三年遣使持诏招谕安定卫（以上据《明史》卷三百三十《西域二》、卷三百三十一《西域三》）。特别值得注意的是，明太祖和成祖很喜欢派和尚、宦官及出身为少数民族的人担任使节，这是因为西域和西洋诸国多信佛，少数民族家庭出身的人比较熟悉西域或西洋的语言和习俗。如洪武三年释克新曾奉诏招谕吐蕃（《列朝诗集小传·闰集》）。洪武四年"以日本习俗佞佛，可以西方教诱之也，乃命释祖阐、克勤等八人送其使者还国"，七年五月方还京（《明史》卷三百二十二《外国三》）。洪武十一年（1378），释宗泐率徒弟三十余人往西域求佛书，十五年方还朝（《列朝诗集小传·闰集》）。能仁寺僧智光，洪武、永乐间曾多次奉命出使尼八剌、乌斯藏等国（《明史》卷三百三十一《西域三》）。永乐中，郑和也因为是宦官，出身回族信伊斯兰教家庭，祖先为西域人，而被派充下西洋使节的。金碧峰是明太祖亲信的和尚，又本是西域人，他是完全有可能参加洪武初年某次出使西域或西洋活动的。如果宋濂撰《塔铭》所说朱元璋与金碧峰洪武三年才相遇不是事实，各种方志及《明书》等所载朱元璋攻克宣城时即与金碧峰相识、金碧峰后来一直跟随着他为可靠，那么这种可能性就更大。即使朱元璋与金碧峰果真在洪武三年才相识，也不能排除金碧峰在洪武三年至五年间奉命出使的可能性。宋濂撰《塔铭》不载金碧峰出使事，或仍是因为担心朱元璋不愿意提到他依赖金碧峰的情状，故将金碧峰其他有关国政的功绩一并削去了。

三

《金陵梵刹志》所收《碧峰寺起止纪略》只说金碧峰曾"出使西洋"，可见稍具学术性的著作都没有将金碧峰与永乐年间郑和下西洋之事扯在一起。后来传说或小说中将两者挂上钩，可能与金碧峰的徒弟非幻有关。

宋濂撰《塔铭》载金碧峰圆寂时守候在身边并料理后事的徒弟是祖全、智信等，同时又说"行事多可书，弟子散之四方，无以会其同"，则当时金碧峰的大弟子们多已散居四方，另立门户。《金陵梵刹志》所收《碧峰寺起止纪略》称"弟子极重（众），得其真传者四：宝衲头、广尚士、道衍、道永"；"（道）永精于历数，授钦天五官灵台郎，封僧录阐教，兼住灵谷寺，二弟子皆成祖文皇帝用焉"。该书还收录了一篇金实撰《非幻大禅师志略》：[1]

> 师字无涯，信安浮石乡人，入乌石山，从杰峰为僧。初入门，杰峰问何处来，师答云："虚空无向背。"指寺钟俾作颂，即口占偈云："百炼炉中滚出来，虚空元不惹尘埃。如今挂在人头上，撞着洪音遍九垓。"时年十二，杰峰大器之，即令祝发居坐下。躬服劳勚，弗懒于始。究竟积久，凝滞澌尽。游刃肯綮，所向无阂，遂受印可。永乐丁亥（五年，1407）初，太宗文皇帝有事长陵，廷臣有言师精于地理学者，征至，入对称旨意，大加宴赉，即授钦天监五官灵台郎，赐七品服，俾莅其事。事毕，将大用之，师恳求愿复为僧，遂擢僧录司右阐教，住南京碧峰寺。上（按指明仁宗）时在春宫，雅敬师之道，俾住持灵谷寺，恩遇益隆。

---

[1] 金实（1371—1439），字用诚，衢州开化人。永乐初以诸生上书言治道，成祖嘉之，对策复称旨，除翰林典籍，与修《太祖实录》《永乐大典》，选为东宫讲官，历左春坊左司直。仁宗立，除卫王府长史，正统初卒。以上据《明史》卷一百三十七。另《明一统志》卷四十三，《大清一统志》卷二百三十三，《浙江通志》卷一百八十九、卷二百八十，杨士奇《东里续集》卷三十六，杨荣《文敏集》卷二十均有传。

庚子（十八年，1420）闰正月二十八日示寂。时朝廷方于灵谷建大斋，礼官董其事甚严，师独若不经意，其徒怪问之，师笑曰："自家有一大事甚紧，无暇他及。"至是沐浴更衣，趺坐榻上，二僧捧纸至前，把笔大书偈云："生死悠悠绝世缘，蒙恩永乐太平年。这回撒手归空去，雪霁云消月正圆。"投笔而逝。同官启闻，有命停龛方丈十又三日，一再遣官致祭，颜面如生。荼毗之夕，祥烟弥布，舍利充满。[1]

显然，非幻（无涯）就是道永。《西洋记》第六回等处称非幻号无涯永禅师，看来不为无据。大约他释名智永，字无涯，号非幻。又影印文渊阁《四库全书》本《浙江通志》卷二百一：

> 无涯：弘治《衢州府志》：族姓吴，礼杰峰为师，明禅教，博通阴阳地理之书。永乐五年召赴京师，授僧录司右阐教，赐金襕袈裟。
>
> 非幻：正德《江山县志》：宝陀庵住僧，谙儒书，精地理。尝应诏相地天寿山，太宗奇之，赐以金紫。永乐十八年遣使者祭其墓，赠五官灵台郎、僧录寺右阐教。[2]

很明显，《浙江通志》是因为汇集的材料来源不同，而把一人当成了两人。综合上述几种资料，可知非幻为浙江衢州江山市人（信安即江山市），杰峰是他十二岁刚出家时的师父，[3]而金碧峰大约是他后来才拜的师

---

〔1〕葛寅亮《金陵梵刹志》卷三十九，明万历刻天启印本。

〔2〕清同治十二年刊《江山县志》卷九引《正德江山县志》与此同，唯"右阐教"作"左阐教"。

〔3〕《四部备要》本《宋文宪公全集》卷二十八《佛智弘辩禅师杰峰愚公石塔碑铭》略谓：杰峰俗姓余，释名世愚，号杰峰，衢州西安人。初出家兰溪显教禅寺，从孤岳嵩公。未几历参诸方。元至顺二年归西安乌石山，修复福慧古刹居之，不出山者一十六载。至正六年冬往主广德石溪兴隆禅寺，三年后还乌石山。洪武三年冬十二月圆寂，世寿七十，僧腊五十。得其传者慧观、慧进、德随等十五人，所度弟子存者慧实、道达等二十三人。没有提到非幻。

父，就像金碧峰前后也拜过云寂温法师和如海真公为师一样。他在何时何地始师事于金碧峰，现在不得而知。可能元末或明洪武初，他告别金碧峰，回到了故乡江山，然后于永乐五年应诏至北京，后往南京，住在金碧峰曾住过的碧峰寺，并兼领灵谷寺。[1]

金实这篇《志略》也没有提到非幻有下西洋的经历。前引《图书集成·职方典》"江宁府"部说他曾下过西洋，取来"沉香罗汉一堂"。如果确有其事，那么存在几种可能：一是他洪武初年随金碧峰一起出使过西洋或西域。胡祥翰《金陵胜迹志》卷下"碧寺"条下云：

> 在南门外。《金陵杂咏》："晋瑞相院，唐改翠灵，宋改妙果，元改铁索。明洪武敕建居金碧峰，故名。"《金陵城南诸刹记》："以碧峰师易今名。洪武中师出使西洋，今十八沉香罗汉，犹是西域物。"[2]

据此，则"十八沉香罗汉"或曰"沉香罗汉一堂"乃金碧峰出使时带回，而非幻与之同行。另一种可能是金碧峰下西洋在洪武初，非幻下西洋则在永乐中，是与郑和同往的。从时间上看，郑和七下西洋始于永乐三年（1405），止于宣德八年（1433），非幻完全有可能参与其中某一次或几次。如果后一种可能属实，那么后世的传说及《西洋记》将金碧峰与郑和下西洋扯到一起，就是以非幻为契机的。

四

罗懋登创作《西洋记》带有一定偶然性。该小说完成于万历二十五年

---

[1] 按明制，南京寺庙分为大寺、中寺、小寺三等，各有统属。灵谷寺为大寺，下辖碧峰寺等中寺，碧峰寺辖有小寺永福寺。见《金陵梵刹志》。

[2] 胡祥翰《金陵胜迹志》卷下"寺观·碧寺"条，南京翰文书店1933年版，第79页。

（1597），据罗氏自序，他是有感于当时中国与日本在朝鲜交战、倭患日亟的情形而创作此书的。看到堂堂天朝竟奈何不了一个蕞尔小邦，他不禁联想起明初国势盛大时郑和出使西洋、征服诸国、使其都来朝贡的历史，遂决定以此为题材编写一部小说，以抒写愤懑，寄托理想。

　　题材确定后，他找到了记叙郑和下西洋的两部著作：马欢的《瀛涯胜览》和费信的《星槎胜览》，它们提供了郑和所经诸国的名称、山川地貌和奇特物产名目。向达、赵景深等前辈研究者曾对《西洋记》和二书做过详细比较，证明《西洋记》很多地方即依据二书。[1]但这两本书所记非常简略，无法构成完整的故事情节，海外的生活景况又不比国内，罗懋登无法凭空揣拟，这就决定了他不可能写一部历史小说或世情小说，而只能走神魔小说的路子。要构成规模宏大的故事系统，他就不得不求助于神魔故事，这是因为，正如人们常说的，画人最难，画鬼最易。

　　《西洋记》万历二十五年刊本题"二南里人编次，三山道人绣梓"。罗懋登另外还作过一本《香山记》传奇，现存明刊本，上有罗氏万历二十六年所作序，题"金陵三山富春堂梓行"。黄文旸《曲海总目提要》根据"二南里人"这个号推测罗懋登可能是陕西人。但《西洋记》中多吴越一带方言，作者对杭州、南京一带非常熟悉，即使他确系陕西人，也应曾流寓吴越地区，万历二十五、二十六年前后一定住在南京。南京三山街富春堂唐氏是晚明著名的通俗小说戏曲出版家，所谓"三山道人"殆即其别署，则《西洋记》与《香山记》一样也为富春堂所刻，罗懋登与唐氏富春堂有着比较固定的合作关系。他很可能即住在唐氏家中，至少与唐氏来往颇密。据洪武年间刻本《洪武京城图志》，明朝时南京三山街在三山门内，位于南京西南隅；而碧峰寺在南京南面西侧聚宝门外，两地相距不远。罗懋登可能因某个偶然机会接触到碧峰寺中关于金碧峰、非幻的种种资料和有关传说，

---

〔1〕　见上海古籍出版社1985年版《三宝太监西洋记通俗演义》"附录"。

还可能看到了金碧峰的"真像"和"十八沉香罗汉"，遂将其运用到《西洋记》的写作之中。至于其间的具体过程，则有可能是罗氏先有了现实感慨和创作冲动，然后再接触到这些资料；也有可能是偶然接触到这些资料，而触发其现实感慨和创作冲动。

如前所述，在罗懋登创作《西洋记》之前，有关资料和传说已经有了金碧峰、非幻下西洋的说法，但它们是否已经将金碧峰、非幻与郑和下西洋之事联系起来，现在不得而知。《西洋记》第一百回末即全书结尾处提到"碧峰寺有篇《非幻庵香火记》可证"。这篇《非幻庵香火记》究竟包括哪些内容？它可证《西洋记》中的哪些部分？是仅仅证明碧峰寺的存在及其与金碧峰和非幻的关系呢，还是已经提到他们与郑和下西洋的关系？现在也不得而知。如果当时的资料和传说已经将金碧峰和非幻与郑和下西洋联系起来，则罗懋登就是直接利用了这些资料和传说，并进一步做了丰富加工；如当时的资料和传说尚未将金碧峰和非幻与郑和下西洋联系起来，则是罗懋登本人根据当时资料和传说中金碧峰、非幻下过西洋的说法，首次移花接木地将它嫁接到郑和下西洋之事上，从而为神魔故事的展开设置了主角。

不管怎样，罗懋登在创作《西洋记》时，搜集利用了当时有关金碧峰和非幻的种种资料和传说，以之作为生发虚构的基础，则是毫无疑问的。试比较《西洋记》与宋濂撰《塔铭》、《金陵梵刹志》所收《碧峰寺起止纪略》等，我们不难看出它们之间的联系，例如：

《西洋记》中说金碧峰是"碧眼胡僧"（第四回），这无疑是根据《塔铭》"生于乾州永寿县之名胄"及《碧峰寺起止纪略》中"臣本西域"等说法而来。

《西洋记》说金碧峰出生前有"街上化缘的阿婆，约有八九十岁，漫头白雪，两鬓堆霜，左手提着一个鱼篮儿，右手拄着一根紫竹的拐棒"，前来预告金碧峰出生的吉凶，霎眼间不见，原来她是观音大士化身（第三回）。《塔铭》中说："母张氏，亦嗜善弗倦。有乘门持钵乞食，以观音像授张，且属曰：'汝谨事之，当生智慧之男。'未几果生禅师。"前者显然脱胎于后者。

《西洋记》说金碧峰出生时，宅上"火光烛天，霞彩夺目"（第三回）。这显然从《塔铭》中禅师出身时，"白光煜煜然照室"而来。

《西洋记》说金碧峰出生时即父母双亡，被杭州净慈寺温云寂长老收养。《塔铭》中说他出生后"幼恒多疾"，"年六岁，依云寂温法师为弟子"。前者显然是对后者的强化。按温云寂应释名"×温"，"云寂"是他的字或号。他是何处和尚，金碧峰在何处随他出家，这又牵涉到金碧峰出生在何处，现在均不得而知。《西洋记》作者以金碧峰为杭州涌金门外金员外之子，以温云寂为杭州净慈寺中长老，很可能只是因为他很熟悉杭州的缘故。

《塔铭》中说金碧峰"既薙落受具足戒，遍诣诸讲肆，穷性相之学，对众演说，累累如贯珠，闻者解颐"。《西洋记》第四回描写金碧峰与滕和尚辩论禅机，以及在杭州灵隐寺讲经，耸动全杭州人。后者显然是对前者的具体化。

《碧峰寺起止纪略》载金碧峰"弃发存须"。《西洋记》第四回、五回对此大为渲染，说他是"削发除烦恼，留须表丈夫"。

《西洋记》写金碧峰曾往峨眉山、五台山追剿妖精，在五台山立法场，"万众皈依"（第八回），这显然是对《塔铭》中所载金碧峰在峨眉山从师如海和尚及在五台山秘魔岩立法场经历的改写。但《塔铭》中所载他与如海打机锋及没于水中七日而不死等情节，小说却没有采用。

《西洋记》第十二回写碧峰长老与张天师赌胜，金碧峰用紫金盂钵舀了一点水，暗运法力，就变成了南天门外的大水。潮头有三十六丈多高，淹了灵霄宝殿，险些儿撞倒了兜率诸天，致使张天师所召的神将忙于戽水，不能临坛，这显然是对《碧峰寺起止纪略》中张天师与金碧峰祈雨、金碧峰"钵水溢蛟龙"一段的改写。

《西洋记》第五十六、五十七回写张三峰（三丰）对碧峰长老执弟子礼，这也应源于《碧峰寺起止纪略》所载："时有方士周颠仙、张三丰、铁冠道人、冷谦者，往来参谒（金碧峰），起坐甚恭。"

《西洋记》第一百回写出使西洋完毕，众人回朝复命，皇帝升赏众将士，"加国师（金碧峰）官职，国师拜辞不受；加天师官职，天师拜辞不受；颁赏国师，国师拜辞不受；颁赏天师，天师拜辞不受；颁赏非幻禅师、云谷禅师，非幻、云谷拜辞不受。……奉圣旨：国师不受官职，着工部择地建立碧峰禅寺，以永祀事。"这显然由《碧峰寺起止纪略》中"出使西洋，所经诸国，奇功甚多，授爵固辞，对云：'不为荣利所拘'"及"太祖高皇帝御赠号，因以题寺名"两段而来。

除我们搜集到的上面这些资料外，当时肯定还保存流传着有关金碧峰、非幻的另外一些资料和传说，罗懋登有所取材，只是我们现在无由得知了。仅就已经掌握的材料而言，我们已可进一步确信，《西洋记》中的内容，除郑和下西洋之事有历史依据外，金碧峰、非幻等也确有其人，作者对他们神奇法力和经历的描绘，也有一定的资料和传说为基础，并非完全凭空虚拟。作为一部重要的神魔小说，《西洋记》在这一点上与《西游记》《封神演义》等非常相似。由此可见，以某种历史事件为基本框架，以某些历史记载和传说为基础生发想象虚构，确为中国古代神魔小说创作的共同规律。

但《西洋记》又与《西游记》《封神演义》等存在很大不同。尽管在罗懋登创作《西洋记》之前，已经有上面提到的及尚未提到的种种资料和传说存在，但可以肯定，当时有关郑和下西洋及金碧峰、非幻的资料和传说，远远不如有关《西游记》《封神演义》以及《三国演义》《水浒传》《杨家将》等的故事那样流传久远广泛并且丰富多彩。罗懋登可以利用的材料总的来说并不多，他要写这样一部八十多万字的长篇小说，就不得不主要依赖自己构撰情节。因此，该书在较大程度上属于作家个人创作，而不同于《西游记》《封神演义》《三国演义》等世代累积型集体创作。现在可知的在《西游记》问世之前刊行的长篇小说，基本上都属世代累积型集体创作。[1]与它大致同时成书的《金瓶梅》属于世代累积型集体创作抑或作家个人创作，研究者们至今意见不一。[2]因此，《西洋记》乃是现存中国古典长篇小说中确实可信的最早主要由作家个人创作的作品之一。从这个意义上来说，它理应受到研究者们高度重视。这是我们通过考察金碧峰的原型及《西洋记》利用已有资料和传说的情况而得出的又一个结论。

正因为《西洋记》是较早主要由作家个人创作的一部小说，由于罗懋登的想象力有限，加上当时作家个人创作长篇小说的艺术经验还相当贫乏，所以罗懋登就不得不东拼西凑，留下许多败笔。《西洋记》的构思大多模拟《西游记》《封神演义》《三国演义》等，几乎每一个比较重要的情节都可以在《西游记》等作品中找到蓝本，有时是依样画葫芦，有时是故意反其道而行之。《西洋记》还把许多与下西洋毫不相干的传说片断，如吕洞宾与白牡丹的故事、田洙与薛涛的故事、玉通禅师与红莲的故事、五鬼闹判的故事等，都拉扯进小说中。《西洋记》的语言也非常啰嗦，特别是滥用排比句，第七回写碧峰与妖精斗法，就是典型的例子。

在我看来，作者这样做的主要目的就是为了拉长篇幅。他既没有丰富的资料和传说可利用，想象力也有限，而且缺乏创作长篇小说的艺术经验，又要写一部洋洋巨著，就只好靠扯进一些不相关的情节来填塞，靠拉长句子来敷衍了。换言之，这些情况是中国古典长篇小说刚刚发展到作家个人创作阶段时必然要出现的现象，《西洋记》也就正好为我们认识中国古典长篇小说中较早由作家个人创作的作品的真实模样提供了一个标本。无

---

〔1〕　现在可知刊于万历二十六年以前的长篇小说有：《三国志通俗演义》（嘉靖元年）、《大宋中兴通俗演义》（嘉靖三十一年）、《唐书志传通俗演义》（嘉靖三十二年）、《钱塘济颠禅师语录》（隆庆三年）、《于少保萃忠传》（万历九年）、《全汉志传》（万历十六年）、《水浒传》（万历十七年）、《皇明开运英武传》（万历十九年）、《西游记》（万历二十年）、《南北两宋志传》（万历二十一年）、《包龙图判百家公案》（万历二十二年）。这些作品中，只有《于少保萃忠传》和《皇明开运英武传》个人创作的成分可能占较大比例。

〔2〕　袁宏道万历二十四年写给董其昌的信中首次提到《金瓶梅》的抄本，此前徐阶、王世贞、董其昌等已有抄本，《金瓶梅》至迟在此时已经成书。

独有偶,《金瓶梅》也存在大量利用已有故事传说和文学作品片断的现象。经过近年来许多学者的探源,人们已经发现,《金瓶梅》几乎"没有一个部分没有引文",包括在它之前的长篇小说、白话短篇小说、文言短篇小说、正史、戏曲、清曲、说唱文学等。它几乎成了"文学小古董的怪异集合",似乎"作者仰仗过去文学经验的程度远胜于他自己的个人观察"。[1]有的学者据此认定《金瓶梅》也经历了一个在民间长期流传的过程,那么多不同来源的故事传说和文学作品片断被拼合在一起就是这一过程的结果。因此《金瓶梅》也属于世代累积型集体创作,而非个人创作。但如果以几乎与它同时降生的姊妹作——属于作家个人创作的《西洋记》作为参照系,我们对《金瓶梅》中的上述现象就将做出不同的理解。总之,就艺术水平及给读者的阅读乐趣而言,《西洋记》不算是一部很成功的作品。但从考察中国古典长篇小说演进轨迹的角度来看,它却有着十分重要的地位和意义。

（原刊于《文献》1996 年第 1 期）

---

[1] 韩南《〈金瓶梅〉探源》,见徐朔方编选校阅《〈金瓶梅〉西方论文集》,上海古籍出版社 1987 年版,第 1—48 页。

《征播奏捷传》的成书方式和思想倾向

一

明末清初出现了一批描写当时重大事件的时事小说，这是明清小说史以至整个中国古代小说史上一个引人注目的现象。按出版时间先后，主要有如下作品：[1]

书名	作者	内容	问世或刊刻时间
征播奏捷传	栖真斋名衢逸狂	平播州杨应龙叛	万历三十一年
辽东传	佚名	明朝抗击后金事	天启四年前
七曜平妖传	沈会极	平白莲教徐鸿儒	天启四年
警世阴阳梦	长安道人国清	揭露魏忠贤劣迹	崇祯元年
魏忠贤小说斥奸书	吴越草莽臣	揭露魏忠贤劣迹	崇祯元年
皇明中兴圣烈传	西湖义士	揭露魏忠贤劣迹	崇祯初
近报丛谭平虏传	吟啸主人	后金犯京师事	崇祯三年
辽海丹忠录	平原孤愤生	辽东战事	崇祯三年
镇海春秋	佚名	辽东战事	崇祯间
剿闯通俗小说	西吴懒道人	李自成事	弘光元年
七峰遗编	七峰樵道人	明清鼎革之变	顺治五年

[1] 此表主要依据陈大康《明代小说史》，稍有改动。上海文艺出版社 2000 年版，第 634—635 页。

续 表

新世宏勋	蓬蒿子	明清鼎革之变	顺治八年
海角遗篇	漫游野史	明清鼎革之变	顺治十四年
樵史演义	江左樵子	明清鼎革之变	顺治间
梼杌闲评	或为李清	揭露魏忠贤劣迹	康熙、雍正间

从上表可以看出，记叙平播州杨应龙之叛事件的《征播奏捷传》是现在可知这类小说中问世最早的一部。该书国内久佚，日本现存两部，一藏尊经阁，一藏京都大学文学部。中华书局《古本小说丛刊》第十八辑第一种和上海古籍出版社《古本小说集成》均按京都大学文学部藏本影印，封面题"巫峡望仙岩藏板，万历癸卯秋，佳丽书林谨按原本重镌"，"癸卯"为万历三十一年（1603），佳丽书林为南京书坊。孙楷第《中国通俗小说书目》著录的是尊经阁藏本："明万历癸卯（三十年）蜀刻本。大型，插图，正文半页十一行，行二十六字，日本尊经阁。"[1]其中"癸卯"应为万历三十一年，则该本实与京都大学文学部藏本刊刻同一年。孙书所述尊经阁藏本的行款题识与京都大学文学部藏本也相同，孙先生判定该本为"蜀刻本"，不知有何依据。因尊经阁藏本无由得见，难以确认。如孙先生这一说法可靠，则尊经阁藏本很可能就是佳丽书林"重镌"所依据的"原本"，那么"原本"刊刻的同一年就"重镌"了，由此可见该书受欢迎的程度。

无论如何，京都大学文学部藏本既然是"按原本重镌"，则它的原刊本应更早于此时。即使是这个"重镌"本，也比问世时间仅次于它的《辽东传》（天启四年前）和《七曜平妖传》（天启四年，1624）早了约21年，可以说遥遥领先。称它是明末清初这类时事小说的发轫之作，毫不为过。而且该书共一百回，规模较为宏大，写作态度比较严肃认真，结构完整，

---

[1]　孙楷第《中国通俗小说书目》，人民文学出版社1982年版，第72页。

文风较为统一，叙述比较流畅生动，刻印的版式、字体、插图都比较精美。而后出的某些同类作品，作者纠缠于个人恩怨，创作动机不纯，成书仓促，将各种材料拼凑在一起，文风不统一，缺乏想象与虚构，刻印也大多比较粗糙。相比之下，《征播奏捷传》也堪称这类小说中的佼佼者。

但奇怪的是，这部小说一直没有受到应有的重视。中华书局 1991 年曾将该书影印，收入《古本小说丛刊》，书首有"前言"，略述该书版本信息。稍后上海古籍出版社也将该书影印，收入《古本小说集成》，笔者为之撰写了"前言"，也对该书做了简单介绍。迄今为止，国内似尚未有对该小说进行深入细致研究的论著出现。究其原因，首先自然是因为该书在国内早已失传，研究者寓目为难；二是如陈大康教授所说，以往学界对这类小说整体上关注不够，鲁迅《中国小说史略》、孙楷第《中国通俗小说书目》等重要论著，都将这类小说放在"明清讲史类小说"中，将之与《三国演义》等经典讲史小说一起论述，没有充分注意这类小说的成书方式和艺术规律方面的特点；[1] 三是近年来人们开始专门关注这类小说后，也将注意力集中在记叙魏忠贤事件、李自成事件、明清鼎革事件三种题材的作品上。这三大事件确实比较重要，相关作品数量较多，是明末清初时事小说的主体，因此比较引人注目。相比之下，征播之役虽然也曾震动全国，但毕竟不如上述三大事件影响深远；相关作品现存的也只有《征播奏捷传》一部，比较孤单，于是就易遭人们忽视了。例如陈大康教授《明代小说史》已指出《征播奏捷传》"是目前所知最早的时事小说"，但在讨论"时事小说的特色与价值"时，对该书仍是简单带过，分析的重点还是人们比较熟悉的《警世阴阳梦》《辽海丹忠录》等作品。[2] 其实《征播奏捷传》的成书方式很有特点。它一方面借鉴此前讲史小说的传统，另一方面采取汇集时事公文材料组成故事主干、外加道听途说的故事情节和虚构的细节的写

---

〔1〕陈大康《明代小说史》，上海文艺出版社 2000 年版，第 630 页。
〔2〕同上，第 642 页。

作方式，对时事小说的创作模式做了开拓性的探索，是我们考察此类小说的创作规律和艺术特点的一个典型样本。它的思想倾向尤其值得注意，它在批判"逆酋"杨应龙的同时，对他表示了一定同情，这是万历中后期思想环境比较宽松自由在小说创作中的反映。另外，征播之役与万历年间杨家将小说的集中刊刻之间有何关系，也值得探讨。

二

平播州与平哱拜、征倭寇并称"万历三大征"。平播之役从万历二十一年（1593）正月朝廷正式用兵，至二十八年（1600）六月平定，历时七年零五个月。战事结束之后，最多不到三年，《征播奏捷传》即已刊刻并"重镌"，在当时的条件下，创作和出版速度可谓迅捷。

小说署"清虚居古瞻仙客考正，巫峡岩道听野史纪略，棲真斋名衢逸狂演义，凌云阁镇宇儒生音诠"。有"后叙"，署"棲真斋玄真子撰"。"棲真斋玄真子"和"棲真斋名衢逸狂"应该是同一个人。书中又屡有"玄真子论曰……予因据义演之""玄真子演至此，作诗一首吊之"之类的话，则他就是该书的作者。从当时通俗小说、戏曲刊本的署名习惯看，他应当是一位比较落魄、参与编辑通俗书籍的下层文人。

如前所述，《征播奏捷传》是现在可知的明末清初时事小说最早的作品。虽然从嘉靖元年（1522）左右开始，就陆续有小说刊刻问世。到万历二十年（1592）以后，小说刊刻更进入高潮。但在《征播奏捷传》之前刊刻的小说，基本上都是讲史小说和神魔小说。稍有不同的仅有《皇明诸司廉明公案》[建邑书林逮泉堂刊本，首有万历二十六年（1598）余象斗序；又有同一年余象斗双峰堂刊本]，算是写比较近的事件的，但该书将各个公案故事片段汇集在一起，严格说来算不上真正的小说。从小说的编创方式来看，此前刊刻的小说，都是在早期说话艺术基础上整理而成，都属于世代累积型作品。与之不同的可能仅有万历二十六年（1598）罗懋登所撰的

《三宝太监西洋记通俗演义》，基本上是罗懋登独立写作而成，该书也就可能是中国古代第一部由作家个人创作的长篇小说。但也正因为如此，该书的写作技巧非常幼稚，故事东拼西凑，情节和叙述方式处处都有模仿经典名作的痕迹，艺术水平实在不敢恭维。[1]因此，无论从时事小说的写作来说，还是从作家个人创作的长篇小说来说，《征播奏捷传》都是一部重要的作品。也正因为这一点，它的成书方式具有一系列鲜明特点。

阅读《征播奏捷传》，人们的第一个强烈感受是，它也像《三宝太监西洋记通俗演义》一样，处处模仿此前已广为流行的《三国演义》《水浒传》《西游记》等经典作品，尤其是《三国演义》。它的卷首有"凡例"，即"播州方舆总论"，包含播州历史沿革、官府设置、关隘名目、山寨名目、杨应龙家属名目、杨应龙部将姓氏、播州所出土产名目，附"协征杨应龙宣慰司名"；又有"领目"，包含"历代总目诗""历代君祚考"（也是诗），以及玄真子"历代治乱总论"。这个模式，显然是模仿嘉靖元年刊本《三国志通俗演义》开头罗列三国人物姓氏等的做法，目的是造成一种历史感。

全书一百回，分成礼、乐、射、御、书、数六集，又别题为六卷，这种分集、分卷的方式，也应仿自嘉靖元年《三国志通俗演义》（分二十四卷）等。后来刊刻的长篇小说，就大多只分回，不分集、卷了。《征播奏捷传》每回的回目只有一句，但每两回的回目排在一起，而且对仗，正文中更是将两回的内容并在一起。这与早期的《三国志通俗演义》的二百四十则后来合并为一百二十回、早期的单句则目变成后期的双句对仗回目非常相似。既分卷、集，又已分回；回目为单句，又将两回回目并在一起，俨然形成双句对仗回目，相应地又将两回的内容并在一起，这些都生动反映了当时长篇小说的编创刊刻由前期形态向后期形态过渡的状态，也显示了早期作

---

[1]　参见本书《〈三宝太监西洋记通俗演义〉主人公金碧峰本事考》。

家个人创作的长篇小说既模仿此前的经典名著，又在进行新的探索和尝试的具体情形。

至于小说的内容，在叙述故事、刻画人物、发表评论等方面，也处处可见模范经典名著的痕迹。如书中充斥着大量以"诗曰""有诗为证""但见"引出的韵文；描写猛将，都有关羽、张飞、李逵等的影子；描写妖娆的美女，都有貂蝉、潘金莲的意味；描写风景、战阵、男欢女爱等场面，也都似曾相识。

总体上看，在思想观念、结构、叙事方式、语言风格等方面，《征播奏捷转》还是以沿袭、模仿早期讲史小说、神魔小说为主，总体形态未能超出这些经典作品的窠臼。在它前后问世的《金瓶梅》、"三言"、"二拍"等世情小说，题材、主题、叙事方式等都发生革命性的变化，标志着中国古典小说的创作进入一个新的时代。与之相比，时事小说虽在题材上有新的开拓，但基本创作理念和文体形态还是旧的，相对而言是落后的。造成这种情况的一个重要原因，是因为时事小说写的是重大历史事件，与讲史小说确实一脉相承，具有天然的相通之处。早期时事小说的作者，很容易由模仿、借鉴讲史小说，而钻入它的套路，不能自拔。因此我们对《征播奏捷传》等时事小说在中国小说演进史上的地位，既不能忽视，也不能评价过高。

但《征播奏捷传》毕竟是一部时事小说，又是一部由作家个人创作的小说，它的编创方式必然会有不同于此前讲史小说、神魔小说经典作品的特点，这首先体现在它搜集材料的方式上。此前的讲史小说和神魔小说经典作品的编创，主要靠搜集原有的故事底本，加以改编。时事小说写的是时事，自然没有长期流传的故事底本作基础。作者必须广泛搜集关于所写时事的公文材料，包括邸报、官府文牍等，加以整理，以之作为故事的主干。《征播奏捷传》的作者正是这样做的。该书卷首有"刻征播奏捷传引"，署"九一居主人撰"，其中说："玄真子性敏好学……偶自出庚子征播酋杨应龙事迹始末，辑成一帙，额曰《征播奏捷传》，嘱予序。予公余游阅，观其言事论略，皆有根由实迹，实同之蜀按院发刊《平播事略》，并秋渊野人《平西凯歌》、道听山人《平播集》等书中来，又非托虚架空者埒。"该小说书末有木记，称"西蜀省院刊有《平播事略》，备载敕奏文表，风示天下。道听子纪其耳聆目睹事之颠末，积成一帙，梓行坊中。不佞因合二书之所述事迹，敷演其义，而以通俗命名"。由这些说法，我们可知，《征播奏捷传》主要根据西蜀省院所刊《平播事略》、道听山人所撰《平播集》和秋渊野人《平西凯歌》演义而成。

上述材料为作者提供了比较丰富的素材，将这些时事公文的有关内容采用到作品中，便使作品显得非常充实，具备了时事小说应有的特点，即历史性、时事性、真实感。试举数例：第四十一、四十二回"陈总师申明军法，沅州城操练官兵"中，备列总兵陈璘所立十七条军法，这些内容作者很难凭空构撰，应该是采自有关公文；第四十七、四十八回，朝廷大军逼临，黄七设计，由孙时泰写古风一首，与上奏皇帝的表章一起，书于白牌，竖于阵前，表明杨应龙愿意归顺，以求瓦解官兵斗志，滞缓明军进攻，该古风称"不服不服真不服"，说朝廷是"弃着赤子保叛仆"，导致"三省苍生放声哭"。作者自注云："以上表辞俱载蜀刊《平播事略》。"第九十七、九十八回"改播州建设府县，普天下共乐升平"，备列播州平定后改设二府二州八县的名目，以及五十余位新任府、州、县官员的姓名籍贯，这也应该是直接采录自官府公文。

进而论之，《征播奏捷传》本质上是一部小说，因此不能只将有关公文材料汇集排列在一起了事，还必须有比较丰富生动的情节和细节。为了解决这个问题，作者一是将道听途说的一些故事吸收到小说中；二是借鉴经典作品的写法，进行虚构想象。将这些内容与从时事公文材料中得来的史实融合在一起后，作品就显得有血有肉了。有时可以利用的道听途说的故事实在有限，进行虚构想象的基础也没有，而根据叙述的需要，某些地方又绕不过去，作者便会把一些与本题材毫不相关的故事传说生拉硬拽地放进小说中。与它问世时间相近、也属作家个人创作的长篇小说《三宝太监西洋记通俗演义》同样存在类似现象，甚至更为突出。这里略举《征播奏捷传》中一例。

《征播奏捷传》第十七、十八回"西蜀二逆寇倡乱，朝廷两遣将剿除"，写杨应龙先后随明军征讨四川茂州五知子和柳州曹伦之乱，都是仅次于主帅的重要将领，起了重要作用。按，《明史》卷二百四十七《李应祥传》、《明史纪事本末》卷六十四"平杨应龙"等载杨应龙"从征喇嘛诸番、九丝、腻乃、杨柳沟等"，都在四川境内。所征诸番头领有湾仲、占柯、小粟谷、合儿结、安守五咱、王大咱、安四儿、白禄、撒假、杨九乍等名目，但无"五知子、曹伦"之名。柳州更远在四川之外，与回目中的"西蜀"自相矛盾。别的文献中倒有关于五知子、曹伦的零星记载，[1]但与杨应龙毫无关系。"五知子"可能是当时口耳相传的一个妖人形象，万历初年江西永丰著名讲学家梁汝元（何心隐）曾被诬陷为"五知子"，受迫害致死；曹伦则是万历

---

〔1〕《明神宗实录》卷九十五："己未。先是，江西永丰人梁汝元聚徒讲学，讥议朝政，吉水人罗巽亦与之游。汝元扬言江陵首辅专制朝政，必当入都昌言逐之。首辅微闻其语，露意有司，令简柙之。有司承风旨，毙之狱。已而湖广、贵州界获妖人曾光等，造为妖语，煽惑土司，事发，遂插入汝元、罗巽姓名于内，且号汝元为五知子，罗巽为纯一真人，云其惯习天文、遁甲诸书，欲因彗星见，共谋不轨。汝元已先死，罗巽亦继毙，狱竟不成。湖广抚臣但具爰书以闻，已下法司审讯，并曾光亦非真也，但据律发遣而已。"台北历史语言研究所校印本《明实录》，第1915—1916页。瞿九思《万历武功录》卷一"两京·北直隶"："王善别号后溪……仪封人杨廷友、新城人曹伦闻善精于黄白，并诣善。善与之语，一语连日夜不倦，遂迎善至其家，治黄白。久之，伦复师事祥符人李相，相尤精于金蝉业。其法亦立会，会或百余人，以子午卯酉日衣冠洗，击鼓膜拜，而礼四方。是时睢州人赵守荣能相，乃言相、伦之面，贵乃不可言，而善尤精日者，亦称乙未年庚辰月己未日乙丑时，伦其兴乎。其所期许论，皆侯王天子事如此。居顷之，会中遂拜伦为南岩祖师。"《续修四库全书》第436册，第103页。曹金《（万历）开封府志》卷三十（明万历十三年刻本）："盖寇贼奸宄，盛世不免。近世大者刘六、王堂（卷三十一作'镗'），小者师尚诏、高宠、曹伦辈，衅端一起，民有不胜其毒者，尚可泄泄而不为之所乎。"《四库全书存目丛书补编》第76册，第824页。许容《（乾隆）甘肃通志》卷三十五："周鉴字子明，平凉人，举嘉靖三十一年乡试第一，三十二年进士，授刑部主事。考最，升金事，督学四川、山东，其所品鉴，一时得士最盛，名士多出其门。升河南左布政使，迁右副都御史。鉴有政才，所至多风力，持法严，人不敢犯。虽藩府，每事必裁抑。妖贼曹伦起仪封，鉴擒斩之，所司具状上闻，为忌者所沮，抑竟未叙功。"台北商务印书馆景印文渊阁《四库全书》第558册，第341页。

初年河南新城的一个借法术发动叛乱者。《征播奏捷传》的作者把曹伦说成是柳州人，又容易使人联想到杨家将故事中杨文广征侬智高失陷柳州城的情节。作者可能听说了杨应龙曾随征松、茂诸番之事，但对具体过程并不了解（因为这一过程不属于征播的内容，在《平播事略》等书中可能没有相应素材可供利用），根据叙述的需要，这一环节又非写不可，于是他只好将万历前期社会上流传的关于妖人五知子和曹伦的事迹与传说拉扯在一起，可能还吸收了当时社会上广为流行的杨家将故事的某些因素，附会到杨应龙身上。如这一推断属实，则《征播奏捷传》的这两回故事，又是中国古代小说往往因种种偶然因缘将各种互不相干的故事素材拼接组合在一起的一个典型例证。

总之，《征播奏捷传》探索并开创了时事小说的一种编创模式，即时事公文材料加道听途说的故事和虚构想象的情节的模式。这种模式应该是编创时事小说比较合理的一种模式，所以它实际上成为后来的时事小说共同遵循的模式。如《剿闯通俗小说》成书过程更为仓促，尽管它也包含一些比较生动的故事，但对邸报等时事公文资料的依赖性更大，大量篇幅都是照抄邸报和文牍，在将时事公文资料与道听途说的故事和虚构想象的情节融为一体方面，做得远不如《征播奏捷传》完善。[1]往远处说，直到现在的时事小说，其编创也仍然基本遵循这个模式。从这一点来看，《征播奏捷传》的创新性和贡献是应该予以充分肯定的。

三

播州平定后，征播将士们忙于争夺功劳、捞取赏赐。为了陈述自己或其他某些人的功绩，或为了表达自己对这件事情的看法，社会上出现了不

---

[1] 参见廖可斌《剿闯通俗小说·前言》，上海古籍出版社《古本小说集成》本。

少记录这一事件的作品。除前面已经提到的西蜀省院刊《平播事略》、道
听山人所撰并梓行的《平播集》、秋渊野人的《平西凯歌》以及《征播奏
捷传》本身外，还有《四库全书总目》五十四《杂史类》存目三"平播始
末"条提到的郭子章的《黔记》、郭子章的《黔中平播始末》、李化龙的《平
播全书》、李应祥厚礼托张凤翼作的《平播记》传奇等。〔1〕

《四库全书总目》五十四《杂史类》存目三"平播始末"条云：

> 万历间，播州宣慰使杨应龙叛，（郭）子章方巡抚贵州，被命与李
> 化龙同讨平之。……子章亦尝有《黔记》，颇载其事。晚年退休家居，
> 闻一二武弁造作平话，左袒化龙，饰张功绩，多乖事实，乃仿记事本
> 末之例，以诸奏疏稍加诠次，复为此书，以辨其诬。〔2〕

但郭子章在《黔中平播始末》中是这样陈述他的撰写动机的：

> 乙卯嘉平，始释经，闻一二武弁无识，倩坊间措大作平话，类《水
> 浒传》，左袒逆龙。又或倩文士作《平播录》，饰张己功，浮夸没实。
> 予愤然曰："充国有言：'兵，国之大事，当为后法。'老臣岂嫌□一时事，
> 以欺明主哉？脱死，谁当复言之？"乃以诸奏疏稍加铨次，效古人作《通
> 鉴纪事本末》，名曰《黔中平播始末》。〔3〕

话说得很清楚，郭子章撰《平播始末》，并非针对李化龙，他的"辩诬"
对象首先是"一二武弁"请人撰写平话"左袒逆龙"，这个"逆龙"显然
只能是指杨应龙。晚明时期社会思想的多元化和当时文化舆论环境的宽松，

---

〔1〕 参见廖可斌《征播奏捷传通俗演义·前言》，上海古籍出版社《古本小说集成》本。
〔2〕 永瑢等《四库全书总目》，中华书局1965年版，第485页。
〔3〕 郭子章《黔中平播始末》，《四库全书存目丛书》集部第156册，齐鲁书社1997年版，第174页。

是身处清初高压政策下的四库馆臣们难以想见的。他们大概想象不到当时竟然还有人会"左袒"杨应龙，因此观念先入为主，想当然地认为郭子章写作此书的目的，就是为与共同从事征播之役的李化龙争功，因此把郭子章原文中的"左袒逆龙"记成了"左袒化龙"，诚所谓差之毫厘，谬以千里。后世以至当代学者征引这段话的很多，但辗转引用的都是《四库全书总目》的那段文字，以讹传讹。[1] 盖一是没有目验郭子章《黔中平播始末》其书；二是也想当然地认为郭子章写作此书的目的，就是为与共同从事征播之役的李化龙争功，因为这是官场常态；三是也同样没有想到，当时竟然还会有人敢于请人作平话"左袒逆龙"。

郭子章的这段话引出一系列问题：首先，这"一二武弁"是谁？其次，所谓"坊间措大"又是谁？第三，这个"类《水浒传》"的"平话"指什么作品？第四，"一二武弁"和"坊间措大"为什么要"左袒逆龙"？第五，这种"平话"里是如何"左袒逆龙"的？

郭子章将"坊间措大"作的"类《水浒传》"的"平话"与"文士"作的《平播录》分得很清楚，玄真子将《平播事略》《平播集》与自己"敷演其义，而以通俗命名"的《征播奏捷传》也分得很清楚。上面提到的所有作品中，只有《征播奏捷传》符合"类《水浒传》"的"平话"的标准。因此，从刊刻的时间、作者身份和文体类型上看，郭子章所说的"平话"，有可能就是指这部由下层文人创作的《征播奏捷传》。

至于郭子章所说的"倩坊间措大作平话，类《水浒传》，左袒逆龙。又或倩文士作《平播录》，饰张己功，浮夸没实"的"一二武弁"，嫌疑对象有好几位，排在第一位的应是征播时的四川总兵刘綎。他出身将门，使一柄一百二十斤重的大刀，号称"刘大刀"，是当时全国著名的猛将，在平播之役中战功第一。但他早年曾与杨应龙共同征讨四川等地的少数民族

---

[1]　如孙楷第《中国通俗小说书目》，人民文学出版社 1982 年版，第 72—73 页。

起义，交情深厚，结拜为兄弟。朝廷发起平播之役后，杨应龙向他行贿，他曾以播州地势险要为由，拒绝应命，遭到切责。战役进行过程中他又逗留不进，总督李化龙几次耐心督促激励他进兵。[1] 在当时大背景下，他不得不执行命令，并立下大功，但心中很可能并不以为然，甚至对盟兄弟杨应龙怀有歉疚。他与杨应龙的交情及他在平播之役中的立场，当时人尽皆知。事情过去之后，不排除他请"坊间措大"和"文士"编写作品，或"坊间措大"和"文士"主动编写作品，表达他在一定程度上"左祖逆龙"的态度，同时为他"饰张己功"。

另一位嫌疑对象是湖广总兵陈璘。《征播奏捷传》第三十九、四十回"朝廷遣将征应龙，总兵调兵往播地"称当朝宰辅赵志皋推荐陈璘为征播都总兵，位在诸总兵之上，这显然与事实不符。征播总督是李化龙，统有总兵刘綎、陈璘、李应祥、吴广、童元镇、马孔英等，并未任命其中某位总兵为都总兵。《明史》卷二百十九《赵志皋传》、卷二百二十八《李化龙传》、卷二百四十七《陈璘传》等皆未提到任命陈璘为都总兵事。按万历二十八

---

〔1〕《明史》卷二百四十七《刘綎传》："初，綎闻征播命，逗留，多设难以要朝廷，言官交劾，议调南京右府佥书。綎至是闻之，即辞任。总督李化龙以平播非綎不可，固留之，力荐于朝，綎乃复莅事"；"初，李化龙荐綎，言官谓綎尝纳应龙贿，宜夺官从军。部议谪为事官，戴罪办贼"。中华书局 1974 年版，第 6393—6394 页。《明史》卷二百二十八《李化龙传》叙明军攻至杨应龙的最后堡垒海龙囤时，李化龙还"以（刘）綎与应龙有旧，谕无通贼，綎械其人以自明"。同上，第 5985 页。《明史纪事本末》卷六十四"平杨应龙"："（刘）綎素有威名，其家丁良马，皆可决胜，然夙与应龙昵，人皆疑之。于是总督（李化龙）延入卧内，输心腹，且以危言激之，引其父（刘）显九丝功为比，綎大恸，愿誓死报效。"中华书局 1977 年版，第 998—999 页。《征播奏捷传》第十七、十八回"西蜀二逆寇倡乱，朝廷两遣将剿除"叙杨应龙随刘綎讨平柳州城曹伦之乱后，在杨应龙提议下，两人结为异姓兄弟；第三十九、四十回"朝廷遣将征应龙，总兵调兵往播地"云："刘总兵原与应龙结为兄弟，至是朝廷敕往征之，不忍加伐，遂以播州地势危险、曲径盘折、难以进兵为辞，上本具陈。皇王览表，降敕切责之。"

年六月六日，是陈璘率部首先攻入杨应龙的最后堡垒海龙囤。[1]但当时人均以刘綎为首功，陈璘可能感到委屈。《征播奏捷传》的上述描写，或属为他抱不平的"措大"或"文士"所为，正属于"饰张己功，浮夸没实"。

此外，另一总兵李应祥也有嫌疑。据郭子章《黔中平播始末》："万历间，蜀建昌蛮叛，蜀抚臣檄应龙以兵随总兵李应祥征之，颇立功。"则李应祥与杨应龙也颇有交情。征播之役初期，刘綎逗留不进，童元镇等"观望"，李应祥也"迟至而有规避"。[2]征播之役结束后，李应祥曾厚礼托张凤翼作《平播记》传奇。鉴于李应祥与杨应龙的关系及对征播之役的态度，他既然能托张凤翼作《平播记》传奇，也就有"倩坊间措大作平话，类《水浒传》，左袒逆龙。又或倩文士作《平播录》，饰张己功，浮夸没实"的可能。

当时为什么有人要"左袒逆龙"，这类作品又是如何"左袒逆龙"的？按关于杨应龙发动叛乱的性质，明、清人所撰正史站在朝廷的立场，斥之为逆谋作乱，固然是一面之词；现代人称之为少数民族被迫起义，也太空泛。它实际上是播州杨氏集团内部，播州杨氏土司与周边少数民族土司之间，播州土司政权与贵州、四川、湖广等地方政府之间，贵州、四川、湖广等地地方政府之间，播州土司与朝廷之间各种矛盾错综交织、互相激化而酿成的一场事变。它起因于杨应龙嬖爱小妾田雌凤，杀害了妻子张氏及其母。妻叔张时照与不满于杨应龙统治的播州五司七姓何恩、宋世臣等赴贵州，上告杨应龙造反。周边少数民族土司惮于播州杨氏土司力量强大，对自身构成威胁，也呼吁朝廷征讨。受命勘察的朝廷官员，乘机勒索播州

---

[1]《明史》卷二百四十七《陈璘传》："乃分兵六道，攻克大小三渡关，乘胜抵海龙囤下。诸将俱攻其前，独水西安疆臣攻其后，相持四十余日。其下受贼重赂，多与通，且潜以火药遗贼，故贼不备。其后璘知之，与监军者谋，令疆臣退一舍，贼移其处。……化龙初有令，诸将分日攻。六月六日，璘与吴广当进兵，璘夜四更衔枚上，贼酣睡，斩其守关者，树白帜，鸣炮，贼大惊溃散，应龙自焚，广军亦至，贼尽平。"中华书局1974年版，第6407页。

[2]郭子章《黔中平播始末》，《四库全书存目丛书》集部第156册，齐鲁书社1997年版，第174、181页。

杨氏，激起杨氏更大不满。朝廷中一部分官员主张招抚，而另一部分官员则主张进剿，其中四川和贵州两省官员的看法截然对立。《明史》卷三百十二《四川土司》二"播州宣慰司"条下云：

> 万历十八年，贵州巡抚叶梦熊疏论应龙凶恶诸事，巡按陈效历数应龙二十四大罪。时方防御松、潘，调播州土司兵协守，四川巡按李化龙疏请暂免勘问，俾应龙戴罪图功。由是川、贵抚、按疏辩，在蜀者谓应龙无可勘之罪，在黔者谓蜀有私暱应龙之心。……十九年，梦熊主议，播州所辖五司改土为流，悉属重庆，与化龙意复相左，化龙遂引嫌求斥。……梦熊请发兵剿之，蜀中士大夫悉谓三面临播，属裔以什佰数，皆其弹压，且兵骁勇，数征调有功，剪除未为长策。以故，蜀抚、按并主抚。朝议命勘，应龙愿赴蜀，不赴黔。[1]

贵州巡抚叶梦熊、巡按陈效及继任巡抚郭子章等之所以一再主张征讨，是因为播州杨氏地盘大部分在贵州境内，任其发展，则贵州受害较深；一旦征讨，贵州地势险要、兵微财薄，责任较轻；四川巡按李化龙等之所以主张招抚，是因为四川"三面临播"，一旦激变，则四川受害更深，且征讨的责任更重。而杨应龙此前屡从征调，都在四川，与四川军政官员交情匪浅。直到朝廷决计大举征讨后，官员们意见仍不统一，担负作战重任的武将们态度尤为暧昧，杨应龙也在继续尽力疏通拉拢，以至总督李化龙在奏本中不得不严词申明："文武各官，但有不安职守，妄生机械，投递揭帖，布散流言者，在内听科、道、在外听督、抚、按不时参论"；"恐有病狂丧心之辈，入其笼络，为之颠倒是非，荧惑耳目，要请天语申严开谕"。兵部尚书田乐也在李化龙的奏本上题曰："酋计最狡，酋谋最工，其利足以诱

---

[1]《明史》，中华书局1974年版，第8045页。

人，其贿足以污人。"〔1〕

战前及战争过程中的意见不一，为战后有人"左袒逆龙"埋下了伏笔。我们暂以《征播奏捷传》为例，发现书中的某些内容值得注意。

关于播州杨氏家族，《征播奏捷传》第七、八回"应龙盖造琉璃殿，朱敬引兵掠民财"说，杨应龙祖母貌美，赴京奏事袭爵时，明武宗"感玉墀莲花之瑞，幸焉，赐以鸾舆铁券回籍。杨氏子孙怙宠肆恶，胚胎于此"。按明武宗朱厚照无子亦无亲兄弟，由其堂弟即叔父兴王的世子朱厚熜入继皇位。如小说中所叙事出有因，则播州杨氏不仅可以"怙宠肆恶"，还存在着杨应龙本人和当时人认为他是武宗之后，是明朝皇位正宗继承人的可能。

关于杨应龙的相貌性格，郭子章《黔中平播始末》云"竖目戟须，专恣一方"；〔2〕《明史纪事本末》只说"生而雄猜，尤阻兵嗜杀"。〔3〕《征播奏捷传》第七、八回"应龙盖造琉璃殿，朱敬引兵掠民财"则写道："应龙负性刚狠，狙诈百出。袭职以来，不知世受国恩，包藏祸心，弁髦纪法，自号魁夷霸长。生得面如傅粉，目似流星，身长六尺，膀阔三停。胸中颇熟吕公韬，手内善飞双股剑。昂昂气宇，显金刚仗怪仪容；凛凛形躯，呈揭帝降魔气象。"虽然不无对杨应龙的指斥，这些描写也是通俗小说戏曲中的俗套，但就一个刚被镇压的造反者来说，这样的描写有点异乎寻常。

《明史纪事本末》载杨应龙"以从征喇嘛诸番、九丝、腻乃、杨柳沟等，多却敌先登，斩获无算，先后赐金币。万历十三年，进大木六十本助工，上特给大红飞鱼服，加职级。应龙窥蜀兵弱，每征讨，止调土司，而蜀将或从借级，渐骄蹇"。〔4〕如前所述，《征播奏捷传》第十七、十八回"西蜀二逆寇倡乱，朝廷两遣将剿除"写到杨应龙先后随明军征讨四川茂州五

---

〔1〕 郭子章《黔中平播始末》，《四库全书存目丛书》集部第156册，齐鲁书社1997年版，第181页。

〔2〕 同上，第174页。

〔3〕 谷应泰《明史纪事本末》卷六十四"平杨应龙"，中华书局1977年版，第993页。

〔4〕 同上，第993—994页。

知子和柳州曹伦之乱，都是仅次于主帅的重要将领，起了重要作用。

《明史纪事本末》载，万历二十三年五月，重庆知府王士琦往松坎查勘，"应龙果面缚道旁，泣请死罪，膝行前席，叩头流血。请治公馆，执罪人及罚金献廷中。……太守为请总督，乃遣赞画张国玺、刘一相及道、府诣安稳，应龙囚服，蒲伏郊迎，缚献黄元、阿羔、阿苗等十二人案验。抵应龙斩，以夷法得论赎，输四万金助采木，仍革职。子朝栋以土舍受事，次子可栋羁府追赎，黄元等枭斩重庆市。总督以闻。……应龙再及宽政，益怙终不悛。而次子可栋寻死重庆，则心益痛。促取尸棺，以勘报未完，不肯发，趣其完赎。大言曰：吾子活，银即至矣"。[1]这些描写给人的感觉，是杨应龙认罪态度比较诚恳，而朝廷的处罚稍显苛刻。更重要的是，相关官员借机勒索杨应龙，是酿成这一事变的重要原因，《征播奏捷传》对此做了充分反映。第二十五、二十六回"应龙勒骗五司官，奇栋赦转播州城"写道，杨应龙子奇栋代父为质，羁押重庆，应龙遣杨标携银百两去供奇栋使用，被聂乡宦派家丁抢走；又派朱敬携银二百两，去供奇栋贿赂沈乡宦等，沈乡宦等为上奏，奇栋乃得回播州。第三十一、三十二回"杨应龙遣使买盐，樊参帅激杀杨将"更写道，因播州缺盐，杨应龙派头目李可畏等前往四川简州购买。回到綦江时，樊参将以无盐引为由扣押，李可畏等诉系自用，非贩卖，樊参将以"拏获私盐，船货入官"的法律为依据，杀死李可畏等四人，"竟不禀明盐院，把盐尽盘入府中去了"。第三十三、三十四回"应龙计议兴兵马，朝栋攻破偏桥城"中，杨应龙认为朝廷和相关官员如此对待播州，"大明君臣明有灭绝我等之意也"。军师黄七、孙时泰陈述兴兵理由，也认为："主公昔为拘禁，盖谓有杀妻之罪，犹有说焉。但公子替狱，至周年犹不放回，是欲置公子于死地，此情难堪。然后用若干金银，始放宁家，则当事官员，明系勒骗，报仇宜矣。且今李可畏等买盐，并未

---

〔1〕谷应泰《明史纪事本末》卷六十四"平杨应龙"，中华书局1977年版，第996页。

犯法，而樊参将把盐盘去，复将彼等杀之。然不惟致李可畏等无辜受害，抱恨九原，且实有欺主公之心也。论此情深为可恶，据此仇尤当速报者也。"

《征播奏捷传》第四十三、四十四回"驿丞官捆打齐二，三省夫运米军营"描绘地方官如何强征民夫，运送军粮，写出此次战争给三省百姓带来的深重灾难。中国古代战争小说很少写到这一方面，这里明显表现出反战的立场："督粮官催促众夫，日在山中僻路里行，如蜂屯蚁聚一般。更兼感冒暑气，劳瘁成疾而死者无算，带疾不能行者不可胜计。举目旁观，但见尸骸遍野，秽气冲天。真个是：只为应龙一人，累死千千万万。"

《征播奏捷传》封面题"巫峡望仙岩藏板"，则它的初刻本出自巫峡，即出自当时的四川境内。它又是据西蜀省院发刊的《平播事略》及"巫峡岩道听野史""纪其耳聆目睹事之颠末"而成的《平播集》演义而成，则它在一定程度上应反映了蜀中人士对此事的看法。该书虽然按照当时流行的口径，总体上对杨应龙持否定态度，但书中对杨应龙及平播之役的某些描写颇堪玩味。其中对杨应龙的一些正面描写、多少含有为杨应龙称冤意味的那些内容，以及其中透露出来的一定的反战立场，肯定会让曾任贵州巡抚、曾为征讨杨应龙费尽周章的郭子章等人感到不快，甚至有可能被认为是"左祖逆龙"。虽然我们仍然不能确定《征播奏捷传》就一定是郭子章所称的"左祖逆龙"的"平话"，但从该书内容来源及其倾向性来看，我们有理由再次推断这种可能性是存在的。

四

播州杨氏本为当地世袭土司。播州，古夜郎且兰地，汉属牂牁，唐贞观中置播州。唐末，南诏陷播州，杨端应募复之，为播人所怀服，子孙世守其地。元设播州宣抚司。明置播州宣慰司。至万历二十一年（1593）杨应龙叛，二十八年（1600）被剿灭，分其地为遵义府（隶四川）和平越府（隶贵州），播州杨氏历二十九世，统治播州七百余年。

至迟在元末明初，播州杨氏就将自己与北宋名将杨业家族扯上关系。元末明初文学家宋濂撰《杨氏家传》云：

> 贵迁，太原人，与端为同族。其父充广，乃宋赠太师中书令业之曾孙，莫州刺史充本州防御使延朗之子。尝持节广西，与昭通谱。昭无子，充广辍贵迁为之后。自是守播者，皆业之子孙也。[1]

《杨氏家传》必定是宋濂根据播州杨氏家谱而写，而所谓"通谱"，也必定是杨氏家谱已有的说法。换句话说，至迟在元末明初，播州杨氏开始对外声称自己是杨家将后裔。王世贞相信这个通谱的说法，认为"充广"即《宋史》所记载的"文广"，"《家传》不言文广而云延（引按：当为'充'之误）广，盖以第三世复有文广，故讳之耳"。[2]然而据谭其骧先生考证，这是播州杨氏汉化后的依附虚构之辞。《杨氏家传》中"其先太原人"的说法，是宋末明初之间编造出来的，均不足征信。[3]

播州杨氏以杨家将后裔自命，播州杨氏征战事迹是否会与当时已广为传诵的杨家将故事结合起来，导致后者产生变异？常征《杨家将史事考》提出，现存杨家将故事中的重要人物穆桂英，不见于与北宋初杨家将有关的历史记载中，应是播州杨氏故事羼入杨家将故事的结果。穆桂英形象的原型，很可能来自宋濂《杨氏家传》所载的杨文广平老鹰砦獠穆族故事。[4]廖可斌《穆桂英形象形成过程试论》也探讨了这一问题。[5]日本学者小松

---

〔1〕宋濂《宋濂全集》，浙江古籍出版社 1999 年版，第 960 页。

〔2〕王世贞《弇州山人四部稿》，台北伟文图书出版社有限公司 1976 年影印本，第 7345 页。

〔3〕参看谭其骧《播州杨保考》《〈播州杨保考〉后记》两文，收入《长水集》，人民出版社 1987 年版，第 269—307、308—311 页。

〔4〕常征《杨家将史事考》，天津人民出版社 1980 年版，第 279 页。

〔5〕南京大学中文系、南京大学明清文学研究所"明清文学与性别国际学术研讨会论文集"，南京：2000 年 5 月。

谦推测，杨家将故事中的杨文广讨伐侬智高等情节，也来源于播州杨氏的故事："播州杨氏有文广这样的人物，贵迁讨伐侬智高，以及因叔父背叛而丧失性命等等，让人觉得这就是杨文广讨伐侬智高和身'陷南中'故事的原型了。"[1]小松谦仅作猜想而未展开论述，付爱民则进一步论证播州杨氏家族和杨家将故事的可能关联。他认为《杨家府演义》的后续两段故事（即征侬智高和征西番）属播州杨氏后人刻意附会之作，遵循这一思路，可以解释杨家将小说许多新增内容的来历。[2]关于播州杨氏与杨家将小说之间究竟有何关系，播州杨氏的某些征战故事是否渗入了杨家将小说，杨家将小说的某些人物和故事情节的来源是否与播州杨氏有关，暂时还难以做出肯定或否定的结论。

播州杨氏为杨家将后裔的说法，经过宋濂这样的著名文人书写传播，有明一代社会上应该相当流行。平播之役爆发后，播州杨氏成为举国谈论的焦点话题，人们很可能会提及这种说法。《征播奏捷传》的作者既然要写这样一部小说，必然要对播州杨氏家族的相关情况进行一番了解，在某种程度上成为一个关于播州杨氏问题的专家，他应该不会对这种说法毫无所知。然而，值得注意的是，尽管《征播奏捷传》的作者具有某种回护杨应龙的倾向，但他并没有直接将播州杨氏与太原杨家将挂上钩。该书卷首有"播州方舆总览"一篇，叙播州杨氏世系云：

> 名宦杨端，唐时领兵恢复州治，蛮人怀服，赠太师，子孙世袭其职。宋时灿、价皆封侯。端之十六世孙邦宪擒乱酋，追谥惠敏。生子汉英，征蛮有功，谥忠宣。迨我朝朱太祖君临天下，杨铿率先归附，太祖嘉之，厚赐赍，回籍，生子昇。相传二百余载，今应龙袭职。

---

〔1〕小松谦《中国历史小说研究》，东京汲古书院 2001 年版，第 204 页。引文由笔者译出。

〔2〕见付爱民《明代杨家将小说的发展与播州杨氏家族》，收入蔡向升、杜雪梅主编《杨家将研究·历史卷》，人民出版社 2007 年版，第 476—486 页。

　　这里并未采用宋濂《杨氏家传》中杨业曾孙杨充广让自己的儿子贵迁为播州杨昭之嗣子、"自是守播者，皆业之子孙也"的说法。连与太原杨家将人物关系缠扰不清的杨昭、杨文广等也不提及。更有意思的是，《征播奏捷传》第十七、十八回写杨应龙随征柳州城曹伦，在"柳州城"下作者小字自注云："宋杨文广征蛮，曾陷入此城，后得妹宜娘用计救出，事载《征蛮传》。"既然前述播州杨氏世系没有提到杨文广，则这里的杨文广应是指太原杨家将中的杨文广。杨文广征侬智高，陷入柳州城，被妹宜娘救出，正是现存《杨家府演义》末段故事的内容（宜娘一作宣娘，当因刻印造成歧异）。这段小字自注表明，《征播奏捷传》的作者看到过、至少知道描写太原杨家将的《征蛮传》（当为《杨家府演义》的一部分故事的另一种版本），他有条件将播州杨氏与太原杨家将联系起来，但他没有这样做，甚至似乎有意将两者区分开来，这是为什么？既然要将两者区分开，这条小字自注又特意提到太原杨家将的故事，这又是为什么，是否含有某种意图？这些都是待解的谜团。关于《征播奏捷传》作者回避播州杨氏与太原杨家将关系的做法，我们暂时或许只能做这样的推断：他想编写一本真实描写平播之役的近乎"实录"的作品，故撇开了有关播州杨氏与太原杨家将关系的传说。

　　与此相关的一个问题是，平播之役与万历年间杨家将小说的集中刊刻是否有联系？北宋初太原杨氏祖孙三代抵抗异族入侵的故事，惊天地而泣鬼神，因此当时即在民间迅速流传开来。欧阳修皇祐三年（1051）所作《供备库副使杨君墓志铭》曰："继业有子延昭……父子皆为名将，其智勇号称无敌，至今天下之士，至于里儿野竖，皆能道之。"[1]这时距杨（继）业雍熙三年（986）殉国仅65年。现在可知的宋人话本名目中有《杨令

〔1〕欧阳修著、李逸安点校《欧阳修全集》卷二十九，中华书局2001年版，第444页。

公》《五郎为僧》，金院本名目中有《打王枢密》，可以见到的元代和明代初年的杂剧剧本中有《昊天塔孟良盗骨》《谢金吾诈拆清风府》《开诏救忠》《活拿肖天佑》《破天阵》等。可以想见，当时关于杨家将的故事，肯定与"三国""水浒""西游记""岳家将"等的故事一样，有小说文本在民间流传和刊刻。明英宗正统年间（1436—1450）叶盛《水东日记》卷二十一记载：

> 今书坊相传射利之徒，伪为小说杂书。南人喜谈如汉小王光武、蔡伯喈邕、杨六使文广；北人喜谈如继母大贤等事甚多。农工商贩，抄写绘画，家蓄而人有之，痴騃文妇，尤所酷好，好事者因目为女通鉴。[1]

这部关于"杨六使文广"的小说，到了"农工商贩，抄写绘画，家蓄而人有之"的程度，可见当时何等流行。

现在可知的明代杨家将小说，有《北宋志传》和《杨家府世代忠勇通俗演义》（以下简称《杨家府演义》）两种。《南北两宋志传》的《北宋志传》部分第一回按语称该书乃是"收集《杨家府》等传"，"参入史鉴年月编定"，孙楷第、赵景深、周华斌等研究者都认为这里所说的《杨家府传》，是一个比现存《杨家府演义》《南北两宋志传》更早的杨家将故事文本，而且很可能就是后两种文本所依据的底本。但是，《杨六使文广》也好，《杨家府》等传也好，后来都失传了。明代嘉靖年间熊大木曾编撰刊刻《南北宋志传》，但也失传了。现在可见的两种杨家将小说的几种明刊本，都刊刻于万历年间，它们是：

《南北两宋志传》，建阳余氏三台馆刊本，首三台馆主人序。

---

[1] 叶盛《水东日记·外四种》，上海古籍出版社 1991 年版，第 130 页。

《南北两宋志传》，金陵唐氏世德堂刊、陈氏尺蠖斋评释本。《南宋志传》序后署"时癸巳长至泛雪斋叙"。《北宋志传》序署"时癸巳长至日叙"。"癸巳"为万历二十一年（1593）。

《南北宋传》，苏州叶崐池刊、玉茗堂批点本。《南宋传》序署"织里畸人书于玉茗堂"。《北宋传》序署"万历戊午玉茗主人题"。"戊午"为万历四十六年（1618）。

《杨家府世代忠勇通俗演义》，首"万历丙午秦淮墨客序"。"丙午"为万历三十四年（1606）。

这几种杨家将小说的明代刊本集中刊刻于万历年间，这自然与万历二十年以后古典小说的整理刊刻进入高潮的总体背景有关。但除此之外，是否还有别的原因呢？付爱民较早将这一现象与播州杨氏联系起来，提出一种推测："在这四本小说出版之前的不久——万历二十一年至二十九年，播州土司杨应龙因不堪四川地方官员的排挤、打压、被迫反明的事件，是促成这个出版高峰的直接导火索。"而对此前的杨家将小说早期版本没有一种留存下来，他又认为："只有一种解释能够说通，就是万历年间以前的刊本全都带有直白的追续播州杨氏的内容，在播州杨氏谋反事发以后，一并销毁。"显然，这两种说法在一定程度上是矛盾的。付爱民的解释是，《杨家府世代忠勇通俗演义》与《北宋志传》不同，更多掺入了播州杨氏的故事，它的编定者因为平播之役后直接描写播州杨氏事迹已成为忌讳，故通过改编《杨家府世代忠勇通俗演义》，影射播州杨氏，以"彰显播州杨氏的荣耀"。[1]他力图解答这一疑难问题的精神可嘉，但所作解释尚难称圆通。根据郭子章关于当时有"左祖逆龙"平话流行的记载，以及我们对现在唯一可见的关于平播之役的小说《征播奏捷传》中回护杨应龙的内容的分析，我们可以得知，即使在平播之役结束后，谈论杨应龙事件并未成为忌讳。

---

〔1〕付爱民《明代杨家将小说的发展与播州杨氏家族》，收入蔡向升、杜雪梅主编《杨家将研究·历史卷》，人民出版社 2007 年版，第 476—486 页。

既然袒护杨应龙的平话可以在坊间出现，万历以前的杨家将小说刊本也就没必要"一并销毁"。

真实的情况有可能是，由于宋濂《杨氏家传》的揄扬及播州杨氏的刻意攀附，播州杨氏乃杨家将后裔的说法当为明人所熟知。万历年间，朝廷征讨播州杨氏，人们因此关注平播的进展和播州杨氏的命运，书商因此抓住时机编撰、刊刻杨家将小说。现在可见的明刻本杨家将小说中，刊刻时间最早的是世德堂本，序作于万历二十一年（1593），恰是朝廷决定用兵播州的那一年。这和《征播奏捷传》在播州平定的第三年就刊行问世非常相似。明代书商对市场的快速反应，于此可见一斑。平播之役可能不是导致此前关于杨家将故事的被销毁，而恰恰是引发人们再度关注杨家将故事，刺激了杨家将长篇小说的编撰和刊刻，使这个一直在民间流传、在宋元时期曾经非常流行、入明后相对沉寂的故事，重新焕发活力，再度流行开来，并形成了新的面貌。

我们甚至还可以产生如下大胆猜想：史载杨应龙颇善于结交名流，制造和利用舆论。他在平播之前及其初期，是否赞助过杨家将小说的编撰和刊刻，利用杨家将的忠勇声誉为自己辩护，就像他的先祖在改朝换代之际对外自称杨家将后裔一样？或通过宣传杨家将的征战故事，达到激励士气的目的？万历二十一年世德堂本《杨家府演义》的刊刻，是否与他直接有关？

在没有得出结论之前，任何可能都是存在的；而在没有获得可靠的证据并做出充分的论证之前，猜测也终究只是猜测。

（原刊于《文学遗产》2015 年第 1 期）

《水浒》、明代的"《水浒》热"、金圣叹的《水浒》评点

文艺活动是一种流动过程，它的各个环节既相互制约又不断发展变化。例如，素材制约着创作，但创作并不为素材所限；作品制约着欣赏，但欣赏在某种意义上是一种再创造；初次创作对再创作有影响，早期的欣赏对后来的欣赏有影响，但后者都不等于前者。以上是就文艺活动这种流动过程的纵向状态而言的。从横向看，则不同的作者对同一素材可以进行各种各样的改造加工，不同的欣赏者对同一作品可以做出各种各样的理解评价。这些道理说起来十分简单，但在具体的研究实践中，我们却往往不自觉地将它们遗忘了。常见的失误是：在文艺活动的各个环节之间简单地画上等号，认为素材的性质是什么，创作和再创作所产生的作品的性质便都只能是什么；作品的内容如何，欣赏和再欣赏所获得的感受便都只能如何。由于忽视了文艺活动各个环节之间的差异，不仅常常以古绳今，还常常以今绳古，以为对于同一素材或同一作品，今人怎样理解评价，古人也就只能怎样理解评价，于是用现代人的思想观念去硬套古人。近几十年来关于《水浒》和明代人对《水浒》的评论的研究，便存在着这种弊病。

一

如果说北宋末年发生的宋江起义是一次农民起义，反映的主要还是地

主与农民之间的阶级矛盾的话，那么当它作为素材进入文学创作领域后，性质上便发生了第一次转化，或曰呈现一种二道分流的局面。一方面，广大下层人民，特别是贫苦农民，还在讲述宋江起义的故事，以表达对地主阶级的仇恨。从目前尚能搜集到的长期流传在山东等地农村的水浒英雄故事中，还可窥其一斑。这些故事的情节内容、思想倾向和审美趣味等，都带有浓厚的乡土气息。另一方面，在作为《水浒》主要来源的说话艺术的主要创作和流传场所——都市中，它则已逐渐演化为另一种形态，即渗透了许多市民意识，在很大程度上市民化了。如就《醉翁谈录》所载小说名目中可定为《水浒》故事的几种来看，"青面兽"属"扑刀局段"，"花和尚""武行者"属"捍棒之序头"，[1] 都不可能与农民起义有多大关系。

　　由于市镇生活的特点，市民们往往对公案、男女情私之类的话题感兴趣。当时的小说名目，即以这两类居多。同时，由于他们生活在作为政治中心的都市里，本身一般又有一定的文化水平，因此对国家政治比较关心，历史上特别是现实政治中有关用人的得失利害、英雄豪杰的荣辱际遇等，便成为市民日常议论和市民文艺中的另一类中心话题。由于受素材本身的制约，前面两类话题虽然也在《水浒》故事中有所表现，甚至构成了一些相当精彩的章节，如"王婆贪贿说风情""石秀智杀裴如海"等，但终究没有占主导地位，《水浒》也就终究没有成为一部狭邪小说或公案小说。人才问题则不同，它与宋江起义这一素材有较大的适应性，实际上成了《水浒》故事的主题，至少是主要内容之一，因此《水浒》主要是一部政治小说。

　　人才问题之所以成为《水浒》故事的主题或曰主要内容之一，还与当时特定的社会历史背景有关。宋代政治中有两个突出问题，其一是重文轻武。自宋太祖杯酒释兵权后，武官的地位大大下降。宋以前，兵、将、帅的关系比较固定，武官得以拥兵自重，甚至割据一方。宋代则兵、将、帅

---

[1]　罗烨《醉翁谈录》甲集卷一，古典文学出版社 1957 年版，第 4 页。

相离，打仗时才临时调拨，平时便萧散冷落之极，还往往要受文官的辖制。宋时朝廷军事力量受到严重削弱，燕云十六州长期不得收复，边患一直没有平息，堂堂大国而不断给辽、西夏、金等进贡。于是，武官空有一身本事，含屈忍辱，无从报效国家，便成为当时社会上广泛关心的问题。

宋代政治制度的另一重要变化，是更加严格官与吏的界限，重官轻吏。隋唐以前，州郡藩镇都可自辟幕府，吏随官走。由官的推荐，吏随时可以转官。唐代官、吏界限渐严，但少数能吏仍有转官机会，有的甚至位至卿相。宋代则限定官、吏不得相越，一旦投身作吏，便意味着终生沉沦吏流，永无飞黄腾达的希望。另一方面，为吏者多年盘踞一地，操此行业，刀笔精通，又利用官员必须随时迁转，很难熟悉当地情况的便利条件，私下从事各种市恩卖法的勾当。为此，统治者又不得不加强对吏的管制，对他们的罚责极为严厉。吏之中不乏龙藏虎卧之辈。他们与当地人非亲即故，也做了一些买名声的好事，赢得了人们的同情与尊敬。于是，吏的怀才不遇和受到不公正对待，也成为当时社会上普遍关心的问题。

另外，由于手工业技术水平的提高、坊市制被打破等原因，宋代都市经济高度繁荣，吸引了一大批人拥入城镇，包括开肉铺、酒店、打铁、卖膏药的小业主和一些无业游民，以及为出卖猎物经常出入城镇的猎户渔夫等。他们中的某些人往往学得一身武艺，或怀有某种绝技奇术，因此并不安于现状，可以说是被埋没的英雄豪杰的另一种类型。他们的境遇，构成了当时社会政治中人才问题的一个新的方面。

北宋末年，徽宗昏庸，任用群小。蔡京等人假借新党名号，结为朋党，非亲不取，非财不用。这就使由于社会经济及政治制度等的发展变化而日益严重的人才问题变得更加尖锐。

至此我们可以理解，《水浒》中的一百单八将，基本上都来自于中下级武官、刀笔小吏、城镇小业主和无业游民等，而尤以前两者为主，绝不是偶然的。如《水浒》中写关胜议取梁山泊之前，身边只有十数个关西汉。直到他受命挂帅出征后，他才能挑选宣赞、郝思文为将，"乞假精兵数万"，

"支取甲仗粮草"。这正是对宋代军事制度的准确写照。而从其他情节，如董平受程万里的气、花荣受刘高的气，以及林冲的困顿、鲁智深的落魄、杨志的偃蹇中，我们都不难体会到当时重文轻武的社会风气，以及中下层武官的悲惨处境。同样，从宋江"恰如猛虎卧荒丘，潜伏爪牙忍受"的痛苦呻吟中，从三阮兄弟"我们空有一身本事"，"若有识我们的，水里水里去，火里火里去！若能够受用得一日，便死了开眉展眼"的慷慨誓言里，我们都能强烈感受到当时沉沦吏流及其他行当的英雄豪杰们饱受沉屈之苦的满腔悲愤和不甘埋没的迫切愿望。早期上梁山泊的人，不是本领高强而反遭排挤打击者，便是身怀绝艺而不安于贫困者。后期上梁山泊的人，则大多是在宋江等人"如今奸臣当道，好人受气……"的言辞说服下加入山寨的。凡此种种都清楚地表明，受特定的社会历史背景的影响，受特定的创作和欣赏氛围的制约，作为市民文学的《水浒》故事中所写的宋江起义，是一起因朝廷不明、英雄失路而引起的四方豪杰聚集举事的反抗行动，所反映的主要是中国君主专制社会特别是宋代政治中的人才问题。

元代是一个汉族知识分子和其他人才在政治上备受歧视和压抑的时代。施耐庵将自己和众人的苦闷寄寓在《水浒》中，使它为才智之士鸣不平的特征愈加鲜明。

人才问题，从横向看，不仅是统治集团内部矛盾的一个重要方面，而且也影响着统治阶级与被统治阶级之间的关系。忠良在野而宵小得志，就势必给人民带来更深重的灾难。从纵向看，人才问题将与整个人类社会政治史共始终。英雄埋没、豪杰失意的现象，可以说无代不有。《水浒》之所以能够为不同时代、不同阶层的人们永久共同地欣赏，能引起无数热血男儿的强烈共鸣，它对人才问题的深刻而生动的反映，当是一个重要原因。

我认为，《水浒》在中国历史上的出现，不仅具有文学意义，实属一种文化现象。它对中国封建时代的社会生活及我们民族的传统文化心理做了高度概括的反映，反过来又对这种社会生活和文化心理的发展变化产生了非常深远的影响，其内涵和意义是极其丰富复杂的。这些方面还有待于我们不断地进行挖掘探索。把素材和作品之间的关系看成是一种直线式的关系，由《水浒》这部小说以历史上的宋江起义为本事，而判定它只是一部反映农民起义的小说，这即使不是歪曲，也至少是缩小降低了《水浒》的意义与价值。

二

重文轻武、重官轻吏现象的实质，是君主专制制度日益向高度集权统治发展。城镇小业主及无业游民等的出路，则是都市经济繁荣、市民阶层队伍扩大所带来的新问题。这两方面在明代都有进一步发展，因此，人才问题在明代也变得更加严重。

明太祖朱元璋登基后，制定了一系列加强集权统治的措施。他断然废去宰相，并告诫子孙永远不得复设此职。又借胡、蓝两案，把那些南征北战功勋累累的元老宿将几乎一网打尽。对待文学之士，朱元璋更是肆意加以凌辱诛戮。即使是为明王朝的建立立过汗马功劳的浙东文人如刘基、宋濂等，结局也十分悲惨。刘基受到朱元璋的猜忌，洪武四年便被迫告老还乡，后中胡惟庸之毒而死。宋濂因长孙宋慎卷入胡案，险些被处死，结果以七十余岁高龄谪戍茂州（今属四川），死于途中。当时因文字狱等原因被杀害的文士不计其数。朱元璋还定下廷杖之法，大小臣工违背他的意愿，当场便被打得血肉横飞。他又规定，士而不乐为王者用则皆可杀，这就堵死了广大才智之士的退路。凡此种种，都是为了把曾为帝王师、帝王友的人才变成帝王忠实驯服的奴才。总之，君权的极度强化，就意味着士阶层的地位下降和权利被剥夺。宋代尚有的那种对待官员特别是文职官员比较尊重优容的政策不复存在，明代广大知识分子和才智之士——不论是文是武、为官为吏——的命运与前途，一开始就被蒙上了一层浓厚的阴影。

朱元璋的子孙们效法乃父乃祖。正德年间谏南巡、嘉靖年间议礼、万历年间"争国本"等，都有许多官员被杖死。统治者任用群小，实行特务统治，作为皇帝家奴的宦官权势恶性膨胀。在朝官员都只能仰其鼻息，地方官员和边关武将更是无一不受内使监军的挟制。有明一代，特别是明中叶以后，朝内派系林立，互相攻讦。举凡考核大计，多为私人把持，正人君子在位则狺狺不休必令其去，干练之人任事则欲中毁其功而后快，终至国事决裂，社稷倾覆。 .

同时，明代统治者还加强思想上的统治。他们大力倡导程朱理学，以束缚广大知识分子的思想。他们还制定了一套呆板的科举考试制度，所取多竟利不学之辈，而大量有真才实学者则终生不得踏进仕途。明中叶后，随着东南地区手工业和商业的蓬勃发展，特别是资本主义生产关系萌芽的出现，社会生活中开始出现个性觉醒的呼声。许多才智之士敏锐地感受到了这一时代气息，开始追求思想和人生自由，在一定程度上摆脱了虚伪陈腐的程朱理学的束缚。统治集团对此极端仇视。他们宁愿任用那些迂腐冬烘、平庸无能之辈，以及口是心非、言清行浊之徒，而对有拯世济物之志、有才干但富有个性的人才，则予以排斥打击，甚至残酷杀害。

总而言之，在新的历史条件下，人才问题、知识分子问题等，都变得更加复杂起来。明代特别是明代中晚期的才智之士，内迫于建功立业和人身自由两种欲望，外承受政治上的打击和思想上的禁锢两种压力，他们与统治阶级当权集团的矛盾更加急剧，他们对怀才不遇受压抑被埋没的痛苦感受更加深刻，他们对施展抱负自由发展的呼唤也更加强烈！

正是在这种情况下，明代的知识分子和才智之士发现了《水浒》。其中展现的英雄沉屈、小人得志的社会现象，无疑正中他们胸中之块垒；而它所描绘的英雄豪杰不受羁勒、磊磊落落，最终为具眼所识、一吐豪气的壮观场面，无疑像天黑如墨的世界突然吹来的一股清新浩荡之风，使他们的满腔怨愤亦借一舒。于是，当时士大夫中迅速兴起了一股"《水浒》热"。胡应麟说："今世人耽嗜《水浒传》，至缙绅文人亦间有好之者。"其实岂止是"间有好之者"而已！他又说："嘉、隆间一巨公案头无他书，仅左置

《南华经》，右置《水浒传》各一部。”[1]徐复祚《三家村老委谈》亦载有友人问他：“宋江之事可复为乎？何近来士大夫誉之甚也？”[2]从这些记载中，我们不难窥见《水浒》在当时士大夫中广泛流传的消息。

这股热潮大约起于嘉靖初，至万历、天启、崇祯三代达到高峰。据李开先《词谑》记载，崔后渠（铣）、熊南沙（过）、唐荆川（顺之）、王遵岩（慎中）、陈后冈（束）等较早留意到《水浒》者，欣赏的主要是它“委曲详尽、血脉贯通”的“序事之法”。[3]其后的袁宏道等也仍从文法的角度来赞美《水浒》，对它的文字“奇变”[4]、“明白晓畅、语语家常”[5]特别感兴趣。当时还有一种说法是“看《水浒传》可长见识”（刘仕义《新刊玩易轩新知录》），[6]因为它涉及天文地理、人情世故等各方面的知识，包罗万象，“无所不该”（天都外臣《水浒》序）[7]。

这些士大夫之所以对《水浒》内容之丰富与文法之灵活感兴趣，是因为陈腐枯燥的理学说教与僵死呆板的八股文把他们折磨够了，他们渴望获得广博的知识以弥补自己的空疏，增长阅历以丰富自己的才情，摆脱程式以稍抒性灵。崔后渠等人的思想都比较活跃，唐顺之自言对王龙溪只少一拜，袁中郎更是深受李贽影响的人物。可见他们虽然表面上推重的是《水浒》的见闻与文法，意识深处则是倾倒于《水浒》英雄那种不受羁勒、任性而行的精神，蕴含着厌倦统治者的禁锢，力图摆脱程朱理学束缚的思想倾向。

---

〔1〕　胡应麟《少室山房笔丛》卷四十一《庄岳委谈》下，中华书局1958年版，第572页。

〔2〕　朱一玄编《〈水浒传〉资料汇编》，南开大学出版社2002年版，第196页。

〔3〕　李开先《词谑》“时调”条，见李开先著、卜键笺校《李开先全集》，上海古籍出版社2014年版，第1553页。

〔4〕　袁宏道著、钱伯城笺校《袁宏道集笺校》卷九《听朱先生说水浒传》，上海古籍出版社2008年版，第418页。

〔5〕　袁宏道《〈东西汉通俗演义〉序》，见甄伟《东西汉通俗演义》卷首，清宝华楼刊本。

〔6〕　朱一玄编《〈水浒传〉资料汇编》，南开大学出版社2002年版，第190页。

〔7〕　同上，第167—169页。

　　嘉靖至隆、万间的评论者，有的已涉及人才问题。李开先作《宝剑记》，以林冲为谏诤。天都外臣除赞赏《水浒》的见闻文法外还指出，《水浒》中的一百单八将各有所长，皆是可用之材；而宋江能"以一人主之"，则"必非庸众人也"，更应当"募之而起"，为朝廷效力。不过，当时士大夫的态度还比较保守。李开先改造《水浒》英雄以自寓，不等于直接歌颂《水浒》英雄本身。天都外臣仍是站在统治者或旁观者的角度，认为宋江等可为朝廷利用，并且认为他们不能厕于"韩忠武、梁夫人、刘、岳二武穆"之列，而只能作为"李全、杨氏辈"。[1]

　　这种情况至稍后的李贽便发生了根本性的变化。他的《忠义水浒传序》已是对《水浒》英雄的直接歌颂，径称之为"大力大贤有忠有义"之人。他已不再重视所谓见闻文法，认为"若夫好事者资其谈柄，用兵者藉其谋画"之类，都是没有领会此书之大旨者。什么是《水浒》的大旨呢？他说："《水浒传》者，发愤之所作也。"作者正是感于"宋室不竞，冠履倒施；大贤处下，不肖处上；驯至夷狄处上，中原处下"的现实而创作《水浒》的；《水浒》英雄正是因为不甘于以大贤役于小人，耻以大力缚于小力，从而被迫走上反抗道路的。他还认为，若是当权者肯读《水浒传》，能从中汲取教训，则像《水浒》英雄这样的人才就可以在君侧、在朝廷，皆为心腹干城之选。[2]这就表明，他认为《水浒》的大旨和意义即在反映人才问题。吴从先在《小窗自纪》中也坚决否认宋江是"贼"，并把宋江等与司马光等所谓"元祐党人"并称，以为虽死而不朽。[3]这显然比天都外臣等人进了一大步。这一转变，首先是由于万历中叶后朝政更加腐败，人才问题也越来越突出。其次与当时的进步思想潮流日趋高涨有关。

　　万历晚期，有叶昼托名李贽批评的容与堂本及李贽私淑弟子袁无涯等

〔1〕朱一玄编《〈水浒传〉资料汇编》，南开大学出版社 2002 年版，第 167—169 页。

〔2〕李贽《焚书》卷三《忠义水浒传序》，中华书局 1974 年版，第 303—307 页。

〔3〕朱一玄编《〈水浒传〉资料汇编》，南开大学出版社 2002 年版，第 193—195 页。

人整理的《忠义水浒全书》（以下简称容本和袁本）问世。它们都继承和发展了李贽的进步思想倾向，兼重人才问题与个性自由问题。当时正值"异端"思想发展至高潮，与保守落后势力的斗争进入白热化的时期，所以这两个评点本尤以猛烈抨击假道学，大力倡导率性为特色。它们也不讲什么见闻文法，认为那些堆垛卖弄处不仅不好，而且是累赘。它们的一些好似谈文法的评语，只是反反复复强调一个"真"字，仍是为宣传其思想主张服务的。叶昼极力推崇李逵这个角色，以为"梁山泊第一尊活佛"。他倾倒于鲁智深"吃酒打人，无所不为，无所不做，佛性反是完全的"，大骂"凡言辞修饰、礼数娴熟的，心肝倒是强盗"，大骂"假道学可恶可恨，可杀可剐"。与此相联系，他在强调人才问题时，也侧重于批判当权者及世人拘于形迹，不能容纳英雄豪杰的个性。叶昼愤愤不平地批道："如今世人都是瞎子，再无一个有眼的，看人只是皮相。"《水浒》写燕顺差一点错杀了宋江，因向他赔罪曰："小弟只把尖刀剜了自己的眼睛，原来不识好人。"叶昼批："若今人都如此剜起眼睛来，当成一片瞽世界也。"袁本倾向与容本基本相同。如武松故意对孙二娘说疯话，袁批云"可见论人的要看本心，要看究竟"等等。

　　到了国事愈不可支的崇祯朝，评论者的侧重点和心境再一次发生变化。感于满目疮痍、遍地狼烟的惨痛现实，他们基本上已不再为个性自由问题而嘲骂世人，也不再汲汲于个人的得失荣辱和恩怨，而是关注着整个民族的不幸，从国家和民族命运的角度来强调人才问题，笔调亦由狂放谐谑转为慷慨悲凉、沉痛呜咽。他们强烈地呼唤道："嘻！世无李逵、吴用，令哈赤猖獗辽东！每诵《秋风》，思猛士，为之狂呼叫绝。"（标名钟惺作《水浒》序）[1]他们悲愤地倾诉着："我人自无始以来，丐得些子真丹，深藏于识田中。遇喜成狂，遇悲成壮。无题之诗，脱口便韵；不泪之泣，对物

---

〔1〕朱一玄编《〈水浒传〉资料汇编》，南开大学出版社 2002 年版，第 200 页。

便鸣。况于笔花不吐，髀肉日生，晓风残月，撩人幽思，悲愤淋漓，无从寄顿。更东望而三经略之魄尚震，西望而两开府之魂未招。飞鸟尚自知时，嫠妇犹勤国恤，乃欲使七尺男儿销磨此嵚奇历落之致乎？……夫热肠既不肯自吞，而宇宙寥落，托胆复尔无人，则不得不取《水浒》《三国》诸人而尸祝之，聚大罍大白于前，每快读一过，赏爵罚爵交加，而且以正告于天下曰：此《英雄谱》也，庶有以夺毛锥子之魄，而鼓肝胆之灵乎？"（《熊飞〈英雄谱〉弁言》）[1]"惟地既非英雄抒泄之地，时又非英雄展布之时……则寒烟凉月凄风苦雨之下，焉必无英雄豪杰之士相与慷慨悲歌，以共吐其牢骚不平之气耶？又安在非不得已中之一快耶！"（杨明琅《〈英雄谱〉叙》）[2]

一部《水浒》，给许多人留下的印象都是一百单八个英雄好汉冲州闯府，啸聚山林；挥金杀人，除暴安良；互为兄弟，肝胆相照，是一种雄壮豪迈的风格，充满着浪漫色彩，洋溢着足以使少年之辈热血沸腾的勃勃生气。但是，叶昼等人却把它批成了一部揭露讽刺假道学，追求个性自由，嬉笑怒骂，带有玩世不恭情调的嘲世之作。总之，由于《水浒》本身某些特征的制约，特别是由于特定的社会现实和思想潮流的影响，明代中晚期的知识分子，主要是从人才问题和个性自由问题的角度来欣赏评论《水浒》的。他们把它当作一曲寄托被压抑痛苦的悲歌，当作一面反对旧礼教的旗帜；他们是将《水浒》时代化、士大夫化了。虽然也有田汝成等个别人攻击《水浒》，说它写"奸盗脱骗机械甚详，然变诈百端，坏人心术"[3]，但那只是小小支流。我们现代很多人看《水浒》，偏爱其中写阶级斗争之类的因素，自有其原因和理由。但由此而认定古人也像我们一样只着眼于此，以为李贽等人赞美《水浒》就是赞美农民起义等，则实在是一个误会。

---

〔1〕朱一玄编《〈水浒传〉资料汇编》，南开大学出版社 2002 年版，第 203—204 页。

〔2〕同上，第 204—205 页。

〔3〕田汝成《西湖游览志余》卷二十五《委巷丛谈》，上海古籍出版社 1998 年版，第 379 页。

三

当然，上面所述还只是问题的一面。由于历史条件的限制，无论在反对旧礼教方面，还是在人才问题上，明代中晚期进步士大夫的思想主张都还有较大的局限性，这种局限性在他们对《水浒》的评论中也得到了体现。他们揭露批判虚伪的程朱理学，倡导真性、直性，在一定程度上超出了传统伦理道德规范，但他们并没有自觉意识到这种倾向的深刻历史根源及其与传统伦理道德规范的根本矛盾，也没有对整个君主专制制度及伦理道德规范产生怀疑，反而以为他们自己的言行与"圣王之道"、与理想的传统伦理道德规范是完全吻合的。就其本心而论，确实也还保持对传统伦理道德规范的服从。特别是在民族危亡的关头，他们更真诚地希望为君主专制王朝效力。因此，他们最容易在《水浒》中的鲁智深这类艺术形象上产生共鸣，也希望有五台山智真长老式的统治者，看清自己触犯礼法、谑浪调笑的外表下面的真忠义、真才干，既能发挥其长处，又能容纳其个性。总之，他们还在寻求个性自由与君主专制社会制度及伦理道德规范之间的调和。

关于人才问题，明代中晚期进步知识分子在为失意豪杰鸣不平的同时，也总是为统治者没有利用这些人才而造成的灾难深表惋惜，因为他们的理想仍是被当权者赏拔任用。《水浒》描写了众英雄报国无门，被迫走上反抗道路的经过，设身处地，明代中晚期进步知识分子十分理解和同情英雄豪杰们泄愤的欲望和行为，并情不自禁地为之欢呼。然而一旦意识到这种泄愤很容易发展成与"强盗"的"犯上作乱"无异，意识到它将危及君主专制制度之根基时，他们的态度便马上转到统治集团这一边来，对英雄豪杰们大肆攻击。因此，明代中晚期进步知识分子对《水浒》的评论，始终充满了矛盾。例如，容本卷首所附《梁山泊一百单八将优劣》，一方面推反抗性最鲜明的李逵为"梁山泊第一尊活佛"，认为梁山好汉皆是"忠义之人";一方面又骂宋江等"不过梁山泊中一班强盗而已"。甚至说秦明、呼延灼等人投降了梁山泊,"不能杀身成仁,舍身取义,便是强盗耳。独卢俊义、李应在诸人中稍可原耳,亦终不如祝氏三雄、曾家五虎之为得死所也"。第四十一回,李逵大叫:"便造反怕怎地?晁盖哥哥便做了大皇帝,宋江哥哥便做了小皇帝……杀去东京,夺了鸟位,在那里快活,却不好!"容本又批道:"天上的言语。大皇帝、小皇帝都是不经人道语,正使晋人捉麈尾十年也道不出。李大哥当是不食烟火人。"如此等等,真可谓"狂"到相当程度了,但仍是有限度的。如二十二回,当柴进自称"兄长放心,便杀了朝廷的命官,劫了府库的财物,柴进也敢藏在庄里"时,容本即批道:"胡说。"类似的评语还随处可见。

也是由于这种矛盾,还产生了一很奇怪的现象:对黄文炳这个帮助官府迫害英雄豪杰的家伙,容本、袁本的评者都表示极为厌恶。但同时又反复强调:"凡地方利害,正赖有此等乡官发奸摘伏,以销隐忧。若畏事不言,第保全一身一家,朝廷安用此人,乡里亦安用此人,即当事相交亦安用此人。"并称赞黄文炳"有用之人""这个通判通""是国家大有用之人,如何叫他闲住在家,可惜可恨"。这些话亦庄亦谐,不可执着,但在容本、袁本的评语中已属比较认真的言论,亦不可忽视。当然,其下黄文炳硬要追究宋江是真疯还是假疯,容本又批曰:"什么要紧,大家风些好。"这些评论看起来颠三倒四,实际上其心迹不难捉摸。叶昼等人正是徘徊于对统治集团的嘲弄与服从及对英雄豪杰们的赞美与恐惧之间。故作戏谑,则正是其陷于一种不可自拔的思想矛盾之中而又力求摆脱的情状的反映。

总的来看,明代中晚期进步士大夫在对《水浒》的具体情节、具体形象的评论中,是赞美的言语居多,主要是站在失意豪杰这一边的。但在一些关键人物、重要关目、敏感话题上,在全书的开头结尾等地方,他们思想中的保守、落后的倾向便占了上风。如在全书结尾处,容本、袁本的评者一方面仍然赞成水浒英雄受招安,为朝廷所用,并许之为"忠义"。一方面又意识到,让这样的人受朝廷招安,成为国家栋梁,有可能损朝廷之尊而启来者之心。因此他们批道："人说宋江人马到征方腊时渐渐损折，不知此正是一百单八人幸处。不但死于王事为得死所，倘令既征方腊之后，一百八人尚在，朝廷当何以处之？即一百单八人亦何以自处？"（容本第九十一回）"施、罗二公真是妙手，临了以梦结局，极有深意。见得从前种种都是说梦。不然，天下哪有强盗生封侯而死庙食之理。只是借此发泄不平耳。读者认真，便是痴人说梦。"（容本第一百回）

　　然而，明代中晚期的进步知识分子果真就把被统治集团欺骗、残害至尽看作梁山英雄豪杰的理想结局吗？是又不然。因为他们矛盾思想的另一面，就是深深理解和同情这些英雄豪杰，对这些英雄豪杰寄予了无限的倾慕热爱，并在一定程度上把这些英雄豪杰当成了自己理想的化身。所以，明代中晚期的进步知识分子实际上很不情愿看到水浒英雄的这种悲惨结局。他们为水浒英雄设计的理想的出路，既不是走上反抗道路或将起义坚持到底，以与君主专制王朝相抗衡，也不是接受招安，最后成为统治集团残酷迫害的牺牲品，而是退隐。

　　其实《水浒》本身就有这种倾向。它为失意的英雄豪杰鸣不平，对他们被迫走上反抗道路也予以热情赞扬。但当一百单八人分别上梁山的故事已完，当时人们所敢于想象、能够理解的反抗水平已达到后，这支强大的武装力量向何处去，便成为一个在当时历史条件下无法解决的问题。当时人们还不敢从根本上怀疑和否定君主专制制度，甚至不敢倡导推翻某个君主专制王朝。因此他们只能让这群英雄受招安，成为国家的有用之材，去打别的"强盗"，去抵抗外族入侵者。但历史事实告诉他们，为广大民众所爱戴的忠臣义士，大多是不会为统治集团所容的。因此，他们怀着悲痛，写下了梁山英雄们最后被统治者陷害而死的场面。与此同时，《水浒》在写征方腊的过程中，插进了太湖费保等人一节。要说这是为了故事情节的发展，倒不如说它主要是为了与落入朝廷罗网的宋江等人相映照，寄托人们对于英雄豪杰之出路的一种理想。在一百单八将中，鲁智深最初是坚决不守佛门规矩的，最后却成了虔诚的佛教徒；武松当初是最有功名之心的，最后却灰了念头，宁愿终老塔院。公孙胜为劫生辰纲初次出场时，也是虎虎有生气的一个人物，到后来竟越来越灰心，坚意求去，一心学道。《水浒》还写了阮小七重新回家打鱼，邹润重上登云山打猎，柴进、李应等诈称风疾，更写了李俊等一行出海为王。凡此种种，都贯穿着一个"去"字。

明代中晚期进步知识分子十分赞赏《水浒》所包含的这种主张，并对之做了大量发挥。如容本批费保等人道："费保是个大聪明人。""费保四人不要做官，却有见识。"又批鲁智深只求出家得个囫囵尸首云："佛、佛、佛、佛。"对燕青飘然而去更是屡致赞叹："高！""更高！""更不可及，意者其犹龙乎！"对李俊、阮小七、柴进、李应、邹润等人的行为都以为"高"！"妙"！而批宋江念念不忘所谓臣节则曰："俗人只说俗话。"批卢俊义不听燕青之劝为"痴人不可与言，痴汉痴汉"。袁本评语大多同于容本。其批林冲患风瘫云："此后叙述收场，使人意消。"批燕青之去又云："一部书说至此，使人热肠愤气，一时俱消，并英雄忠义等字都应扫却。""阅此须阅《南华·齐物》等篇，始浇胸中块垒。"

容本、袁本等的评语中所体现的这种思想，反映了明代中晚期具有一定叛逆精神的知识分子的普遍意识。他们对腐败没落的明王朝极度失望，但同时个性觉醒的要求又还相当朦胧，社会基础也还非常薄弱，于是在牢骚不平之余，唯一能选择的人生道路，便是一个"去"字。这样，既不至于触犯君主专制王朝的根本利益，也在一定程度上保全了英雄豪杰们独立的个性与人格。翻开晚明小品集，几乎无人不骂"误尽平生是一官"，无人不表现出对田园山林、奇峰古刹的向往。这种心理既有积极抗争的一面，又有消极退避的一面，它多少包含了一些具有时代特色的新因素，但本质上仍属于中国历代知识分子及才智之士所共奉的"退隐"的传统。这表明，明代中晚期进步知识分子通过对《水浒》的评论所反映出来的对于本阶层前途命运的思考和探索，尚未取得根本性突破。

四

金圣叹究竟为什么评点《水浒》？学术界大致有两种意见。早在20世纪20年代胡适就提出，金圣叹是在看到明代末年李自成、张献忠等农民起义大爆发的现实后，觉得"盗贼"是不能纵容的，因此才评点并"腰斩"了《水浒》。接着鲁迅先生在《中国小说史略》中，又引述了胡适的观点。1949年后，人们注重用阶级斗争的观点去分析古代作品，对每一位文学家是同情、赞美还是反对农民起义特别敏感，于是上述看法引起了广泛注意，并实际上被普遍接受。绝大多数研究者都认为金圣叹是个"反动文人"，他评改《水浒》主要就是为了"恶毒攻击"农民起义。近年来，有人对金圣叹的评价又来了一个一百八十度的转弯，认为他的《水浒》评点"赞美""歌颂"了农民起义，认为他把一部宣扬投降的《水浒》，改造成了一部"鼓吹武装斗争到底、鼓舞人民走向团结和斗争的《水浒传》"。[1]

这两种意见貌似截然对立，它们的出发点却完全相同，那就是认定金圣叹也像现代人一样，对农民起义问题有浓厚兴趣；他评点《水浒》，主要就是为了表明自己对这一问题的态度。应该说这基本上是一个误会。

首先，文学作品本身的特征，制约着人们对它的欣赏和评论。上述两种观点，都以一种流行已久的说法为前提，即《水浒》本身是一部描写农民起义的书。然而如前所述，这个前提实际上靠不住。其次，从本文前面的叙述可以看出，金圣叹评点《水浒》，在当时并不是一个孤立的现象。明代中晚期知识阶层中实际上存在着一股欣赏和评论《水浒》的热潮，这一热潮又与当时总的进步思想潮流密切相关，或者说即是它的一个分支。它们构成《水浒》金评诞生的具体背景。考察《水浒》金评的思想倾向，不能脱离这一背景。最后，金圣叹本人直可称为明末异端思潮的殿军，他

---

〔1〕 张国光《金圣叹的志与才》，南京出版社1998年版，第20页。

的伦理政治思想的核心，就是所谓"遂性""遂欲"的主张。他希望所有统治者做到"忠恕"，即去假归真，自省本心，体会到人有七情六欲本是自然的、合理的、克灭不了的，从而做到"忠"于己，"恕"于人；见己欲，遂人欲，尽量满足人们的种种欲望和要求，以缓和日益加剧的社会矛盾。至于"遂性""遂欲"的具体内容，一方面，作为一个文学家和多情才子，金圣叹继承发展了明中叶以来进步思想家文学家"以情反理"的传统，肯定"男女之欲"的合理性；另一方面，他的目光又不再局限于男女之情的圈子里，而是转投到社会政治、经济、军事等一系列重大问题上。他亲眼看到了统治集团骄奢荒淫、横征暴敛，终于激起人民反抗的事实，也亲眼看到了统治者禁锢人才、摧残人才、用人不明、任人不专，终于导致人心瓦解、不可收拾的事实。因此，男女之情、人才问题、下层人民的温饱问题，便构成他"遂性""遂欲"伦理政治主张的三个分支。他最重要的三种文学评点，即《西厢记》评点、《水浒》评点、《杜诗解》，恰好分别对它们做了集中反映。

在金圣叹看来，天下人中的佼佼者，除与普通人一样有衣食男女之欲外，还有着施展本领、建功立业、留名青史的欲望，王者也应该"遂"之"成"之。"所以圣德合天者，只为群贤尽起，无有遗滞也。"[1]要做到这一点，统治者必须首先去掉自己的权力欲，做到"恭让""端拱居中"。"大君不要自己出头，要放普天下人出头"；"一个臣亦不要自己出头，要放有技彦圣出头"。[2]否则，才智之士们"自具一副才调"，本该腾身青云，享受荣华富贵，却陷于泥途、备遭穷困，且受小人之气，势必不能忍受。"外迫于王者，不敢自尽其调；内迫于乾元，不得不尽其调"，就不免唱出"别调"来。[3]

---

〔1〕金圣叹《贯华堂选批唐才子诗甲集七言律》卷四上"张九龄《奉和圣制早发三乡山行》"条，见金圣叹著、陆林辑校整理《金圣叹全集》，凤凰出版社 2008 年版，第一册，第 156 页。

〔2〕金圣叹《唱经堂语录纂》卷二，同上，第六册，第 867 页。

〔3〕金圣叹《唱经堂语录纂》卷一，同上，第六册，第 834 页。

　　金圣叹以一介秀才终生，自负却不浅。他"为儿时"即"自负大才，不胜侘傺，恰是自古及今，止我一人是大才"。[1]他自负的并不仅仅是学问和文学之才，主要还是治国治民的王佐之才。他不仅自负，而且急于用世，认为"儒者读书行道，致君泽民，立身显亲，扬名垂后，此则真我之事。若十二玉楼其说，胡为来哉？"[2]。然而统治集团始终没有给金圣叹一个机会，周围的人不仅不理解他，反而非笑百端。金圣叹就在这种理想与现实的矛盾中煎熬了几十年。他在批杜甫《蜀相》一诗时悲愤地说道："嗟乎！后世英雄，有其计与心而不获见诸事者，可胜道哉！在昔日为英雄之计、英雄之心，在今日皆成英雄之泪矣！"[3]正是在这种"尝欲有为"而不得为的情况下，他才借批书以为"消遣之法"并"聊赠后人"[4]。他推举和评点"六才子书"，可以说始终贯穿着人才问题这一线索。《离骚》《史记》表其怨，杜诗表其忠，《庄子》则为他提供了一个解脱之门。就连在风轻云淡、儿女情浓的《西厢记》评点中，他也时时情不自禁地要把这种感受一吐为快。如张生唱"才高难入俗人机，时乖不遂男儿愿"，他即批道："哀哉此言，普天下万世才子同声一哭！"张生赞叹黄河，他又说这是"反借黄河，快然一吐其胸中隐隐约约之无数奇事"等等。[5]洋洋大观的《水浒》评点，自然更成了他痛快淋漓地倾泻这种感受的渊薮。

　　金圣叹在《水浒》第二十回总批中说道："呜呼！天下之乐，第一莫若读书；读书之乐，第一莫若读《水浒传》，即又何忍不公诸天下后世之酒边灯下之快人恨人也！"所谓"酒边灯下之快人恨人"，显然也就是像

〔1〕金圣叹《唱经堂杜诗解》卷三"《黄鱼》"条，见金圣叹著、陆林辑校整理《金圣叹全集》，凤凰出版社 2008 年版，第二册，第 769 页。

〔2〕金圣叹《贯华堂选批唐才子诗甲集七言律》卷七下"曹邺《送进士下第归南海》"条，同上，第一册，第 485 页。

〔3〕金圣叹《唱经堂杜诗解》卷二"《蜀相》"条，同上，第二册，第 689 页。

〔4〕金圣叹《贯华堂第六才子书西厢记》卷一《序一曰恸哭古人》《序二曰留赠后人》，同上，第二册，第 847—853 页。

〔5〕金圣叹《贯华堂第六才子书西厢记》卷四，同上，第二册，第 896 页。

他这样怀才不遇的失意豪杰。这就清楚地表明了金圣叹是以怎样的心情来读《水浒》，用怎样的眼光来看《水浒》，为什么目的来批《水浒》。

《水浒》第六回林冲说："男子汉空有一身本事，不遇明主，屈沉在小人之下，受这般腌臜的气。"金批道："发愤作书之故，其号耐庵不虚也。"楔子中洪太尉说："他既是天师，如何这等猥獕？"金批道："此一句直兜至七十回皇甫端相马之后，见一部所列一百八人，皆朝廷贵官嫌其猥獕而失之于牝牡骊黄之外者也。"第六十九回批他重申此说："叙一百八人而终之以皇甫相马，嘻乎妙哉！此《水浒》之所以作乎！"这些都表明，在金圣叹看来，作者正是有感于小人得志而君子受气的现实而创作了《水浒》，反映人才问题是《水浒》的主旨。

金圣叹像明代中晚期其他评论者一样，对《水浒》中鲁智深一段感慨万千。智真长老能透过喝酒吃肉、相貌凶顽的外表，看出鲁智深"上应天星，心地刚直，虽然时下凶顽，命中驳杂，久后却得清净"的本质，处处以特殊之礼优容他，甚至在鲁智深打坏了半山亭子和山门金刚后也说："休说坏了金刚，便是打坏了殿上三世佛，也没奈何，只得回避他。"金圣叹对此赞叹不已，连批道："好长老，不枉是五七百人善知识"；"我做长老，亦必尔矣"；"真正善知识胸中便有丹霞烧佛境界"。

然而这纯粹是幻想！现实生活中的当权者不仅不能真正识别、尊重人才，反而是处心积虑压抑扼杀人才，现实中是屈辱多于希望，因此金圣叹《水浒》评点的大部分笔墨，也用在倾诉受压抑被埋没的痛苦上。《水浒》通过描写林冲的遭遇，对堂堂豪杰沉屈小人之下、含屈忍辱、步步被逼上绝路的现象揭示得最为深刻，金圣叹的悲愤至此也达到顶点。他批道："凡三段，皆极写英雄失路"；"犹如惊蛇怒笋，跳脱而出，令人大哭，令人大叫"；"一字一哭，一哭一血，至今如闻其声"；"写千载豪杰失意如画"；"写豪杰历历落落处，遂使读者目眦尽裂"；"如夜潮之一涌一落，读之欲哭欲叫"；"一字千泪"。

与明代中晚期其他评论者相比，金圣叹显然对水浒英雄的沉屈之苦体会得更为深刻。杨志卖刀一节，叶昼托名李贽评点的容与堂本和袁无涯等人整理的《忠义水浒全传》本皆不曾特别留意，对杨志只赞了一句"真豪杰"，对牛二的滑稽行径则似颇感兴趣，盖他们都没有看清这幕滑稽剧的严肃内涵，没有意识到牛二行径的典型意义——它实际上是整个社会凌辱豪杰现象的一个缩影。金圣叹则批道："一路写杨志软顺，并无半点刚忿，止为英雄失路一哭"；"二字不堪""极写不堪"；"英雄可怜"。并以为杨志杀牛二，与其说是豪举，毋宁说是悲愤之举。又如鲁达上了五台山后，"每到晚便放翻身体，横罗十字，倒在禅床上睡"。容本批曰："佛。"袁本批曰："得大自在。"金圣叹则批道："闷杀英雄，作者胸中血汁十斗。"后来鲁智深困倦已极，乃大踏步走出山门来，想到"这早晚怎地得些酒来吃也好"；又想到"好些时不曾拽拳使脚"，"且使几路看"。容本连连批"佛"，金圣叹则批道："写尽英雄失路，在此一句"，"即髀肉复生之叹"。

　　英雄豪杰之所以蒙冤受屈，乃是因为当权者昏聩腐朽。因此，金圣叹在为水浒英雄和自己的不幸遭遇鸣不平的同时，对压抑、摧残人才的当权者进行了猛烈抨击，这种抨击带有鲜明的时代色彩。如他批杨志谋复职道："文官升迁要钱使，犹可也；至于武臣出身亦要钱使，古今一叹，岂只为杨志痛哉！"接着金圣叹又指出：梁中书之所以要派老奶公和两虞候监视杨志，终于导致生辰纲之失，是因为他对杨志虽有"东郭骏迁之赏"，仍只"犹如饲鹰喂犬"，"非不极其恩爱"，但终不予信任。金圣叹批道："盖我读此书而不胜三致叹焉，曰：古之君子，受命于内，莅事于外，竭忠尽智以图报称，而终亦至于身败名丧，为世僇笑者，此其故，岂得不为之深痛哉！夫一夫专制，可以将千军；两人牵羊，未有不僵于路者也。……杨志其寓言也，古之国家以疑立监者，比比皆有，我何能遍言之。"联系明末特别是金圣叹批《水浒》时所处的崇祯一朝的历史来看，这段话对现实的指斥是太切实明白了。

　　金圣叹一生潦倒，受尽达官贵人的气，因此对那些高高在上、作威作福的官僚们无比痛恨，甚至对那"至尊无上"的天子也不客气。楔子中洪太尉说什么"我是朝廷贵官"，金批道："丑话！'朝廷贵官'四字，驱却无数英雄入水泊，此话却是此老说起。"他指斥徽宗朝君臣是"群小相聚"，当时衮衮诸公皆是"毛旁何物而居然自以为立人"者，他讽刺宋徽宗"浮浪子弟门风帮闲之事"，"无一般不晓"是"巍巍圣德"；"和小黄门在庭心踢球"是"贤士大夫，军国重事"。他还引申石勇的话，斥"赵官家老爷""亦脚底下泥"。可以肯定，既受统治集团残酷无情的压抑和打击，又受当时个性觉醒呼声的启发，像金圣叹这样一些知识分子，确已由对封建统治集团的极度失望，而产生了某种与之离心离德的倾向。如《水浒》第六十三回，关胜对宋江说："人生世上，君知我报君，友知我报友。今日既已心动，愿住部下为一小卒。"金圣叹对此啧啧赞赏，以为"凿凿名论"。在当时，敢于把"友知我报友"与"君知我报君"相提并论，把个人的知遇之恩放在忠君之责之上，肯定为报友人知己之恩便可叛君，这对所有浑浑噩噩的世人来说，不啻一声晴天霹雳。

总之，一部《水浒》在金圣叹的笔下被添上了一层浓郁的悲剧色彩，变成了一部控诉抨击当权者，极写英雄失路，如鸣如咽，使人黯然神伤的悲愤之书。我们读经过金圣叹评点的本子，与只读原文感受是大不相同的。

但是，由于历史的局限，金圣叹与晚明其他许多士大夫一样，在对待失意豪杰与君主专制王朝的关系的问题上，总的态度还是调和。他在为英雄豪杰鸣不平时，也总是为统治者没有利用这些人才而造成的灾难表示惋惜，因为他的理想仍是为当权者赏拔任用。而且因为他自命为君主专制王朝的真忠臣、真人才，他有时竟可以表现得比当时一般士大夫还要保守。有人为了拔高金圣叹的思想，只强调他的《水浒》评点中诸如"乃是别调""乱自上作"等内容，其实金圣叹在肯定"末世之民"唱出"别调"的必然性同时，也反复强调了这是"朋比讦告、弑父弑君"大逆不道的事情，在指出"不写一百八人先写高俅"，乃是表明"乱自上作"的同时，也表示不能"先写一百八人而后写高俅"，乃是因为"乱自下作，不可训也，作者之所必避也"。在他看来，人民主动起来向君主专制王朝挑战，乃是比奸臣当道迫使志士造反更为可怕的事。可见这个为人们常常提及的说法，本意并不如许多人理解的那样只是揭示了"官逼民反"的真相，主要还在分析《水浒》作者怎样写才能减少对君主专制王朝不利的客观效果，因此它实际上仍有保守落后的一面。

首先，金圣叹是力求寻找一种恰当的度，既对泄愤的失意豪杰予以一定肯定，又使君主专制王朝的地位不受侵犯。他曾拿三阮的名字做文章："小七是七，小二小五合成七，小五唤做二郎，又独自成七。三人离合，凡得三个七焉。筹亦三七二十一，为少阳之数也。""一百八人必自居于阳者，明非阴气所钟也；而必退处于少者，所以尊朝廷也。"这一段穿凿附会，可以说惟妙惟肖地反映了金圣叹在对待失意豪杰与朝廷关系上的矛盾心情，以及他力图调和的愿望。

然而这种矛盾是不可调和的。金圣叹要在《水浒》中寻求调和的依据，就只能玩弄上面这种把戏。他的《水浒》评点实际上处处充满了矛盾。在为全书作序和批楔子时他都说，作者给小说取名"水浒"，是因为"王土之滨则有水，又在水外则曰浒，远之也。远之也者，天下之凶物，天下之所共击也；天下之恶物，天下之所共弃也"，"恶之至，迸之至，不与同中国也"。但当他进入《水浒》内部，跟随英雄们的足迹，看到他们实在被逼得走投无路，只有在此中方得安生，方得舒眉展眼时，他的态度就完全变了。第三十四回秦明、花荣等初进梁山泊，金圣叹共二十多次赞叹山寨"精严之极""富贵气象""何等精严""何等富贵"。并总结道："以上一篇单表水泊雄丽精严，是全部书作身份处。"第十六回鲁智深、杨志初上二龙山，检看三座关口，金圣叹批道："看得是……即刻便是两位豪杰安身立命之处。……所以深慰后人不劳相念，实实鲁达、杨志已占有一座好窟穴也。"第七十回批他更赞梁山泊道："正如千里群龙一齐入海，更无丝毫未了之憾。"可见他对众英雄上山入泊，得到一个安身立命之处，乃是何等神往！这与前面"恶之至，迸之至"云云，又形成了何等鲜明的对照！

当他对梁山泊事业的起因、发展过程等作理智的分析时，他便意识到此门不可开，此风不可长。于是指责宋江私放晁盖为其"首罪"；指责柴进、李逵是"旋恶物聚于一处"，指责林冲奠定梁山基业为"恶之原"；指责晁盖上梁山、抵抗官军追捕是"倡聚群丑，祸连朝廷"。但在具体的评点中，在设身处地理解到这些都是英雄豪杰之所必为、沉屈之士泄愤之所必至者时，他便又啧啧称赞同样私放了晁盖、还私放了宋江的朱仝"真有过人之才"；赞柴进交豪杰于缧绁，"令闻广誉，诵之成响"，"好柴大官人"；又在李逵第一次露面时近似狂热地吹呼"李大哥来何迟也！真令读者盼杀也、想杀也！"。还赞美林冲尊晁盖为山寨之主"不是势利，不是威胁，不是私恩小惠，写得豪杰有泰山岩岩之象"，"定大计，立大业，林冲之功，顾不伟哉！"。并为各位豪杰在打败何涛、黄安的开山第一仗中第一次大显身手而兴高采烈。"不必尽用，妙！杀鼠岂须全力哉！""不必出自加亮，妙！割鸡乌用牛刀哉！"

像明中晚期其他《水浒》评点者一样，金圣叹在对《水浒》具体情节和形象的评论中，主要站在失意豪杰一边，对他们赞美的言辞居多。这些评论，伴随着《水浒》本身拉杂如火有声有色的情节和形象，具有很强的感染力，在金评总的艺术效果中占主导地位。但在一些重要人物、重要关目、敏感话题上，在每回的总批、全书首尾批，尤其是全书总序中，其保守落后的倾向便占了上风。因为它们都处在显眼位置，所以也给人们留下了很深的印象。不过，即使在这些地方，金圣叹也仍是处于矛盾之中而不是一边倒的。

例如在第一序中，金圣叹否定"水浒而忠义"之说，斥水浒英雄为"盗贼"，主张"有王者作，比而诛之，则千人亦快，万人亦快"；同时却又反复强调"盗之初，非生而为盗者也"，是因为"父兄失教于前，饥寒驱迫于后，而其才与其力，又不堪以郁郁让人"，才被迫走上反抗道路的。在第三十一回批中他又说："夫江等之终皆不免于窜聚水泊者，有迫之必入水泊者也。若江等生平一片之心，固皎然如冰在玉壶，千世万世莫不共见。"这意味着，金圣叹不知不觉又肯定了自己极力诋毁的"水浒而忠义"之说。

金圣叹对宋江确多所攻击。但要指出的是，首先，金圣叹虽然把评点《水浒》的重心转到人才问题上，但同时也继承了叶昼等人反假道学的传统。细读他对宋江的评语，大部分都是为抨击其假道学行径而发。因此他对宋江的否定中，实际上奇妙地纽结着进步与保守两种思想倾向。其次，金圣叹对宋江也不是一味地否定。对宋江那些为英雄豪杰干大事所不可缺少的权术策略，金圣叹就十分赞赏。如宋江为救晁盖蒙哄何涛，金圣叹就屡批道："宋江权术如此，读之真乃可爱"；"看他精到"；"真乃人中俊杰，写得矫健可爱"。对宋江的知人之鉴，金圣叹尤为倾服。如宋江对武松的赏识关怀，就屡使金圣叹为之心折。对宋江饱受沉屈之苦的遭遇和心境，金圣叹更是非常理解同情。例如，浔阳楼吟反诗，乃是《水浒》中表现宋江异志最明显之处。金圣叹虽然力图板起面孔，作极严冷之剖判，但由于他对"以非常之人，负非常之才，抱非常之志，对非常之景，每每露出圭角来"深有会心，他便不由自主地连呼："暗暗将'世间无比，天下有名'八个字，挑动宋江雄才异志，真是绝妙之笔"；"奇文突兀"；"突兀淋漓之极"。进而情不自禁地感叹："其言咄咄，使人欲惊"；"寒士真有此兴，写来欲哭"。

更重要也更引人注目的，还是水浒英雄的出路及《水浒》如何结局的问题。在这里，金圣叹思想中保守落后的倾向又占了上风。他不仅认为对梁山好汉不能轻易允降，否则就会启后世"盗贼"侥幸之心，而且还觉得"聚一百八人于水泊，而其书以终，不可训矣"。于是他另"幻出卢俊义一梦"，梦中梁山好汉全部被嵇叔夜捉杀，以为卒篇。然而，让自己心爱的英雄们就此烟消云散，金圣叹又是极不情愿的。如果他果真只是想把"强盗"们斩尽杀绝，尊朝廷而惩来者，他即使不像典型的封建卫道士俞万春那样足足写上一本书，至少也可以多写几回，把被斩杀的情况写得稍详细一些。但他只是在梁山泊英雄轰轰烈烈排座次之后，附带写上这么一段六七百字的文章，又只是顺手利用了所谓张叔夜招降的旧话题，而没有专门另撰情节。更值得玩味的是，卢俊义只是做了一个梦，后来是"微微闪开眼""醒来了"的。那么不等于是说，梁山英雄究竟被捉杀完了没有也不甚了了吗？凡此种种，不无从艺术上考虑的因素，但主要都是为了虚化英雄好汉们的悲惨结局，淡化自己为英雄豪杰惋惜的痛苦心情。

在金圣叹看来，招安封侯和斩尽杀绝都不是《水浒》英雄的理想结局。他为《水浒》英雄设计的真正理想的结局，乃是"神龙来去无迹"之说，即像乘云驾雾不受束缚的"神龙"一样，"来不见其首，去不见其尾"，既不触动君主专制王朝的根本利益，又保全了英雄们独立的个性和人格。他在第一回批中赞扬王进道："点名不到，不见其首也；一去延安，不见其尾也。无首无尾，其犹神龙与？""不见其首者，示人乱世不应出头也；不见其尾者，示人乱世决无收场也。"金圣叹为《水浒》英雄深深惋惜："诚使彼一百八人者尽出于此，吾以知其免耳，而终不之及也！"这种观点，与容本、袁本等的评语中所表现的思想也是基本一致的。

总之，包括《水浒》金评在内的明代中晚期知识分子对《水浒》的评论，与李贽的言论、汤显祖的戏剧、袁宏道的诗文等一样，是研究当时思想史的重要资料。过去对它的研究，由于没有把握其根本出发点，长期围绕着所谓对待农民起义态度如何的问题纠缠不休。现在应该把它们置回到当时特定的社会历史背景及思想潮流中去，着重从体现 16 至 17 世纪中国社会进步知识分子的矛盾痛苦心灵，反映中国早期思想启蒙运动及其转变轨迹的角度，来认识其深刻的历史意义。

（本文前半部分原以《〈水浒〉与明代的"〈水浒〉热"》为题，刊于《浙江学刊》1990 年第 1 期；后半部分原以《论〈水浒〉金评的时代主题》为题，刊于《明清小说研究》1991 年第 1 期）

爱佳人则爱　爱先王则又爱

——论金圣叹评点《西厢记》的矛盾心理

一

关于金圣叹对《西厢记》的评点，自 1949 年以来有两种相反的看法。占主导地位的观点认为金圣叹扼杀了《西厢记》的进步意义，金评是顽固维护传统礼教的典型。这显然是片面的。只要考察一下几百年来金评《西厢记》被广泛传诵的事实，它的积极意义就已不庸置辩。近年有的同志则过分夸大了这一点，以为它"大胆举起了捍卫爱情文学的旗帜，向正统儒家宣扬的所谓'发乎情止乎礼'，'好色不淫'的诗教宣战，矛头指向了大圣人周公、孔子以及具有绝对权威的圣经"等等。[1] 我们只要平心静气读一读金评文本，便会明显感觉到这种观点也是偏颇和令人难以接受的。

我们认为，保守落后和积极进步这两种倾向在《西厢记》金评中都存在，金评是一个矛盾的整体。这种矛盾，乃是金圣叹伦理观中的根本矛盾的具体体现，而后者又与当时特定的历史背景密切相关。

金圣叹可以说是明末异端思想阵营的殿军。他和当时许多进步知识分子一样，感受到社会生活中出现了一种新的生活要求，认识到正统理学"存天理、灭人欲"主张的不合理和虚伪，倡导"率性之谓道"，肯定欲的合

---

[1] 张国光《〈水浒〉与金圣叹研究》，中州书画社 1981 年版，第 293 页。

理性。金圣叹伦理观的基本主张就是"遂性""遂欲"。他要求人们，特别是统治者"忠"于己，"恕"于人；见己欲，遂人欲。但他还没有从根本上怀疑和否定整个传统伦理原则和道德规范，仍然把它当作永恒合理的模式。他也没有意识到自己提倡要"遂"的"性"与"欲"中，实际上已包含着某些超出传统伦理道德规范的新的因素，反而认为它们与完美的传统伦理道德规范是相容的，甚至认为只有"遂性""遂欲"，才符合理想的"圣王之道"。他一方面从现实感受出发，倡导"遂性""遂欲"的主张，不自觉地充当了当时种种新的生活要求的代言人；另一方面，他的主观意图又是为了整顿、维护传统伦理道德规范。两种完全对立的思想倾向，在金圣叹的思想中，就是这样奇妙地交织在一起。我们无论忽视了其中哪一方面，都不可能全面、准确把握金评的思想实质。

当然，这样两种倾向的统一，只能存在于金圣叹的幻想中。"遂性""遂欲"，就势必触犯传统伦理道德规范，而后者按其本性则是必然要求"遏欲""灭欲"的。因此，一遇到具体的事件和问题，便不得不陷入自相矛盾、迷惘困惑之中，金圣叹对《西厢记》的评点就突出地反映了这种情况。

二

按照"遂性""遂欲"的主张，遵循"忠"于己、"恕"于人的原则，金圣叹在一定程度上摆脱了传统礼教的束缚，对莺莺张生的美好爱情进行了实事求是的分析和赞美。金圣叹本是一个感情非常丰富的人，他的许多诗歌，特别是早年的诗作，都透露出他眷恋绮情的生活经历和气质。据《酬简》一折批中所叙自己作的"星河将半夜"一诗来看，他或许有过与张生类似的艳遇。因此，他对男女情爱的心理体会得极其真切。他描摹莺莺张生相爱的情状道："其切切思思，如得旦暮遇之，殆非一口之所得说，一笔所得写也。""此时则彼其一双两好之心头口头眼中梦中茶时饭时，岂不当有如云浮浮、如火爇爇、如贼脉脉、如春荡荡者乎。"（二之二《请宴》）

同时，金圣叹也懂得，如此炽热的爱情，是决不可能止于"如云浮浮、如火蓺蓺"之状态的。他分析莺莺爱上张生之后的迫切心情道："夫双文之于张生，其可谓至矣。""此诚不得一屏人之地，与之私一握手，低一致问也。诚得一屏人之地，与之私一握手、低一致问，此其时此其际，我亦以世间儿女之心，平断世间儿女之事。古今人其未相远，即亦何待必至于酬简之夕，而后乃令微闻芳泽哉！"（三之三《赖简》）所谓"以世间儿女之心，平断世间儿女之事"，即所谓"忠"也、"恕"也，即不从呆板虚伪的传统礼教的教条出发，而是从生活实际出发。这样来看，金圣叹便认为莺莺受爱情所驱使，终于主动与张生结合，从而"溢至于闲之外"，即冲破传统礼教的樊篱，也是"万万无已"之事，也是"人之恒情恒理，无足为多怪也"。（三之三《赖简》）他甚至还认为莺莺不必待酬简之夕方献身于张生。由此可见，金圣叹在为自由爱情唱赞歌的路上已经走得相当远了。

从这个角度出发，金圣叹不仅正面肯定了男女爱情的自然合理性，而且从反面否定了压制爱情的合理性，揭露了假道学的真实面目和佛教所谓"色空"之说的欺人本质。红娘指责莺莺心里明明爱张生，却又对红娘讲大话道："把似你使性子，休思量秀才，做多少好人家风范。"金批云："用笔真乃一鞭一条痕、一痕一条血，遂令举世口是心非言清行浊之徒诵之吃惊。"（三之二《闹简》）《酬简》折中，张生等莺莺来私会，等得苦了，不禁产生一丝灰心，他唱道："早知恁无明无夜因他害，想当初不如不遇倾城色。人有过，必自责，勿惮改。"金批云："道学先生闻张生欲改过，则必加手于额曰：赖有是也。一部西厢，只此一句，是非乃不谬于圣人。而殊不知正不然也，不惟张生欲改过是胡思乱想，凡天下欲改过者，一切悉是胡思乱想。"（四之一《酬简》）其言论不可谓不犀利。《闹斋》折中，莺莺上场，众僧俗皆为其惊人的美貌所吸引，祷告的忘了祷告，烧香的灭了香烛，敲木鱼的敲到了别的和尚的光头上。什么至尊至严神圣静穆的佛祖佛法，都被这真正之美逼射得无影无踪了。金圣叹戏谑地说，像老和尚那样能把脸儿蒙着，便称得上严净毗尼活佛菩萨了。至于众僧俗如此，张生也不得加以责备，因为"有诸己"方可"求之人"，"无诸己"方可"非之人"。（一之四《闹斋》）这里虽是戏语，但其内部实际上仍贯穿着"遂性""遂欲"的根本主张和"忠""恕"的原则。

总之，金圣叹对《西厢记》的评点中，确实存在着肯定男女自由爱情，揭露传统礼教之虚伪的进步倾向。这种倾向是以他整个思想中的进步因素为基础的。金圣叹根据自己的体验，运用流畅的文笔，对青年男女的美好爱情作了比原剧更大胆、更细腻、更动人的描绘，从而大大加强了《西厢记》的艺术感染力。正因如此，金本《西厢》能在几百年间压倒其他本子而广为流行，我们今天读金本，犹能获得不同于读别本所获得的感受。

但是，尽管他主张"遂性""遂欲"，却不敢从根本上怀疑和否定传统伦理道德规范，这就给金批带来了保守落后的一面，这首先表现在他对作为传统礼教代表人物的老夫人的态度上。在老夫人阻挠破坏莺莺张生自由爱情的几个关键地方，金圣叹没有一次展开过对她的正面批判。或者是表示理解，如《赖婚》；或者是表示同情，如《拷艳》。有时是责备，却是责备她执行传统礼教还不到家，如让莺莺到佛殿散心"抛露春妍"等。他还改动原作，如《拷艳》折中，他给张生加了一个"跪拜"的动作；《哭宴》折中，他把张生表示对功名充分自信的一段话改为讨好老夫人的念白等，都无非是为老夫人争名分。按金圣叹此时的意思，似乎必欲老夫人永远幽禁莺莺，让张生莺莺永远不得相见、不得相爱、不得成婚而后可。若果如是，则将置他所赞美、所陶醉的莺莺张生的美好爱情于何地？

在对莺莺这个主要人物形象的评点和改动中，更集中地反映了金圣叹思想的矛盾。他既要通过对莺莺形象的心理的分析，歌颂美好的爱情，体现他"遂性""遂欲"的主张；又力图把她改造成一个自觉秉礼的千金小姐，使之合于传统礼教，从而成为两种倾向完美统一的化身。他抓住寺警和老夫人许婚这一契机，认为莺莺张生在此前提下追求爱情便是合理合法的了，而对此前莺莺表示爱慕张生的言行则大加修改。金圣叹瞻前顾后，可谓煞费苦心，自以为达到了二者的统一，其实则不然。

首先，金圣叹根据传统礼教的标准来修改和解释莺莺形象的结果，是导致对"忠恕"原则和"遂性""遂欲"主张的自我否定。我们看到，金圣叹在"以世间儿女之心，平断世间儿女之事"的时候，其分析是那样入情入理；而从保守落后的主观观念出发做这种改动与解释时，则处处显得滞碍难通。莺莺第一次上场所唱"闲愁万种，无语怨东风"一曲，明明是表达其年已及笄，而终日为老母所幽禁的郁怨，为"临去秋波一转"埋下伏笔。以如此年龄之佳人，以本身有如此心情之莺莺，其猝然于佛殿相逢张生这样美好之人物，岂有不留意、不动心之理。金圣叹硬要说此时莺莺根本连看也没有看张生一眼，因此不曾"秋波一转"，这不是几近乎他所深恶痛绝的假道学之言吗？

金圣叹肯定莺莺经过一系列的接触，至兵围普救之前，已对张生产生了深深的爱慕。"张生已是莺莺心头之一滴血，喉头之一寸气。"既已如此，则诚如圣叹自己所说，必将"恨不得一屏人之地，与之私一握手，低一致问"。但金圣叹却硬要说莺莺此时唱"玉堂人物难亲近"，是因为"老夫人拘系得紧"，"小梅香服侍得勤"，"我但出闺门，你是影儿似不离身"等，不是怪她们对自己行监坐守，倒是怪她们不相信自己能自持，不折气分。他还引其友王斲山语道："若不如圣叹注，则莺莺不欲夫人提防，其意乃欲云何？此岂复成人语哉？"（二之一《寺警》）这本是情理之中的事情，圣叹却如此夸大其词，岂非不诚不忠不恕之甚耶！

其次，一旦遵循"遂性""遂欲"的主张和"忠恕"的原则，就必定违背传统礼教。金圣叹从寺警及夫人许婚开始，对莺莺张生的爱情甚至他们的私自结合直接赞美起来。倘若按先王之礼，则夫人赖姻仍是母亲之命，仍属先父遗言，岂可便执一时仓皇之诺而置常理于不顾？即使怀有怨望，至多也只能以肺腑之言求告于父母，岂可便私传书简，彼约此应，甚至夜去明来，停眠整宿？金圣叹要把这样一个女子树为千金秉礼小姐的楷模，岂非天大的笑话？传统礼教卫道士们从来就没有认可这一"楷模"，千千万万读了金评《西厢》的青年也没有变成自觉秉礼的才子佳人，而是恰恰相反。

总之，金圣叹固然不可能明确地认识到自由爱情及当时新的生活要求的真实性质，从而直接向传统礼教挑战，但他也不是在顽固地、一成不变地宣扬传统礼教，而是在某些方面不自觉地体现了新的时代潮流。我们既要注意到金圣叹主要在前几折中对自由爱情的攻击，也要重视他在后半部分中对它的宣扬赞美；既要认清他落后的主观意图及其带来的局限，又要对他的实际行为的客观意义予以充分估价。

三

过去的研究者，未尝没有注意到金圣叹那些赞美爱情的动人言词。大概是因为发现金圣叹在强调保守观点时装模作样，甚至恶语伤人，俨然比一般的传统礼教卫道士还要正统，觉得两者很难统一，于是给他下了传统礼教卫道士的定论。我们认为，金圣叹的这种举动显然是不正常的，而这种不正常状况的出现，恰恰只有用他的思想中确实存在着矛盾倾向这一事实才能做出解释。

我们知道，凡是处于两种思想倾向的激烈矛盾中的人，其评价事物的态度往往忽左忽右，并且总是易于流入偏激。由于思想上那些观念相互龃龉，他便不得不在其中精心划上一道曲曲折折的界线，以求它们之间得到调和。他的审美心理因而呈现出一种锯齿形态，外在事物很难与之相吻合。只要稍微超过了一点他所容忍的程度，客观事物便由包容肯定的对象变成锋刃所加的否定对象了。例如莺莺于酬韵之夜极赏张生才情，于道场之日绝叹张生神俊，这都是金圣叹明确予以肯定的。稍前一点的"临去秋波一转"，就因为关联到爱情的发端而被大肆斥责。这种锯齿形的审美心理，很容易表现为评价事物的模糊态度。由于他力图摆脱这种困境，以显示自己的明确，因此在强调其中某种观点时，就本能地走向极端。

其次，凡是处于新旧两种观念搏斗中的人，只要他宣扬了新的观念，即使他同时也强调了旧的观念，但由当时顽固不化的人看来，他就成了一个倡导异端的邪鬼。整个社会将挥舞着那些表面上看来还是神圣不可侵犯的教条向他扑来。而传统观念在他内心的控制力量，使他朦胧地产生一种犯罪感。一有机会，他便要通过报偿性的发泄以达到心理的平衡。思想家为了保护他所宣扬的新观念不被抵消，便不得不把这些集中倾泻在几个缺口上。同时，为了使人们相信他不是一个异端之尤，而是个持论公允的正人君子，他还有意识地加强保守言论的分量，显得比他的真实心理还要保守得多，才能引起人们的注意。因此他的态度就变得格外偏激。

最后，就思辨而言，还有整体和局部之分，理论的抽绎和具体的感受之分。金圣叹对于莺莺张生的爱情，开始时的态度和后面的态度，总的态度和具体分析是不一致的。开始，他不仅责怪老夫人不该让莺莺抛头露面，甚至还深文罗织，怪罪到老相国头上，说他不该出其堂俸于普救寺之旁造别院，以致后来有停丧、居住之事，又因而有佛殿相逢、闹道场诸事。好像张生莺莺相爱是造成了深重罪孽；接着又坚决否认莺莺有"临去秋波一转"的动作，大骂这样写、这样演的人是猪狗心肠。照这个架势，他几乎是非彻底否定张生莺莺爱情不可了。但随着他们动人爱情的发展，金圣叹的口气便越来越温和，感情越来越奔放。以至张生莺莺美满结合，红娘赞美他们"密爱幽欢恰动头，谁能够"时，圣叹情不自禁地叹道："用三个字作一篇，却动人无限感慨。只如圣叹，便是不能够也。"（四之二《拷艳》）那个板着卫道士面孔的金圣叹，便不知逃到哪里去了。这原因主要在于：具体的东西总是要超出于系统的东西。人们在作系统思考时，总是习惯性地向现存的理论体系上靠拢，因而受其束缚也较多。金圣叹在作总的评价时，外在的现存的思想体系对他的影响便占了上风。但一旦进入爱情王国中，便渐渐把这些教条淡忘了。

在上述几种情况下，金圣叹可以说主要是利用了寺警和许婚等契机，通过进此退彼、退此进彼的方法，避开了两种倾向的正面交锋，从而摆脱了困境。金圣叹的那枝生花妙笔，还能在其中蜿蜒曲折地一路挥洒。但终究有躲不脱的地方。人们不禁要问，如果张生莺莺已经相爱，却又没有发生寺警这一偶然事件，那又怎么办呢？是让爱情自由发展，还是遵守传统礼教抛弃爱情？"情"与"理"的矛盾便被直接提出来了，金圣叹的看法是："夫张生，绝代之才子也；双文，绝代之佳人也。以绝代之才子，惊见有绝代之佳人，其不辞千死万死而必求一当，此必至之情也。"佳人于才子亦然。但是，才子佳人的这种必至之情，但可藏之心中。即不得已而才子佳人为此必至之情而死，则其竟死，也不可私相倾吐。"何则？先王制礼，万万世不可毁也。""夫才子之爱佳人则爱，而才子之爱先王则又爱者，是乃才子之所以为才子；佳人之爱才子则爱，而佳人之畏礼则又畏者，是乃佳人之所以为佳人也。"（二之四《琴心》）金圣叹认识到了才子佳人之相爱乃是必至之情，因而肯定了产生这种爱的权利，还表示了对爱情的极度珍惜，以为可为之竟死。这与假道学的言论还是不同的。但他对上面所说的那个根本问题的回答，则是才子佳人即使毁灭生命与爱情，也不能违背先王之礼。这是他在根本问题的思考中，又被现存的思想体系的影响占了上风。不过，我们还不能以此作为金圣叹评点《西厢记》思想倾向的最后定案。正由于才子佳人因此互通情愫并有了美满结局，金圣叹才把如果没有寺警，则才子佳人竟死可也说得那么耸人听闻。倘若果真没有寺警，才子佳人果真殉情而死，以金圣叹的整个思想状况推之，他绝不可能作如此斩钉截铁之语。

　　"才子佳人"是金圣叹在他的所有著作中用得最多的一个概念。他自命为才子，批点的书叫才子书，他最欣赏的也是才子佳人。所谓才子，就是介乎于"道学先生""冬烘先生"与"忤奴""狂且""牧猪奴"之间的一类人。其根本特征便是所谓"爱佳人则爱，爱先王则又爱"。一方面是"普天下才子必普天下好色，必普天下有情，必普天下相思"。（二之四《琴心》）一方面又是"好色而不淫"，"发乎情，止乎礼义"。也就是说，他们能在一定程度上突破传统礼教的束缚，能追求包括自由爱情在内的某些生活自由。其要求解放的程度不一，侧重点也有所不同，但都不敢从根本上触动传统礼教。金圣叹曾说："夫才子，天下之至宝也；佳人，又天下之至宝也。"
天下莫大之快事，莫过于才子佳人得相配合。（二之四《琴心》）这是一个
富有时代特色的概念。它表明在社会生活中已出现某些新的时代因素，某
些新的生活意识开始萌生，在整个君主专制制度还占统治地位的时候，中
国知识分子追求一种适当的生活方式，已达到了一种特定境界。也由于当
时所谓新的生活现象和意识还非常微弱，当时知识分子所追求的这种境界
还不免有其落后甚至庸俗的一面。在明末某些作家的作品里，所谓"情"
多变质为赤裸裸的色欲，与剥削阶级腐朽堕落的生活方式合流。于是这些
自命风流的才子们，就与"被服儒雅，行若狗彘"的假道学没有什么两样
了。"才子"就是这样一个矛盾的概念。金圣叹自称才子，推崇才子佳人，
这正是他的思想充满矛盾的标志。

四

　　让我们继续来看金圣叹最终如何处理这一矛盾吧。《西厢记》之《酬
简》折中，对男女之欲作了大胆的描写。这是一个更为敏感的问题。由爱
情到肉欲，这是《西厢记》中违背传统礼教最突出的地方，也是道学家们
最忌讳之处。金圣叹不能回避，必须对此明确表态。他说："有人来说《西
厢记》是淫书，此人后日定堕拔舌地狱。何也？《西厢记》不同小可，乃
是天地妙文。自从有此天地，他中间便定然有此妙文。"（卷二《读第六才
子书西厢记法》）这里否定了道学家攻击《西厢》为淫书的说法，但并没
有正面肯定它写情写欲的合理性，而是不知不觉滑到一边去，模棱两可地
大讲《西厢》之妙文"了。

　　再进一步，他指出："人说《西厢记》是淫书，他止为中间有此一事耳。
细思此一事何日无之，何地无之。不成天地中有此一事，便废却天地耶？
细思此身自何而来，便废却此身耶？"他这里明确指出了此事的现实存在，
这在当时还是需要勇气的。不过，他仍只从反面说明了不能因为此一事就

废却《西厢》，仍没有从正面就此一事本身的合理性、《西厢记》写此一事的合理性予以论证。好像此一事还是一个累赘，只不过不足以抵消整个《西厢记》的价值而已。他接着又说："一部书有如许缠缠洋洋无数文字，便须看其如许缠缠洋洋是何文字，从何处来，到何处去……至于此一事，直须高阁起不复道。"（卷二《读第六才子书西厢记法》）这是又行故技，讲文法以回避矛盾。

第五本中，他大骂莺莺新婚离别半年之后思念张生是"一派淫哇之言"，"空床难守"，莺莺寄几件贴身东西给张生以表深情是"丑极"。虽他是为了否定第五本而故意讲过头话，但同时也是他那保守心理要借机发泄一下。这些都表明，他虽然大胆涉及了这个问题，并鼓着勇气走出了几步，但终于不敢理直气壮地为其辩护。还是羞羞答答，还在躲躲闪闪，有时甚至还退回到相当落后的水平上去。

金圣叹实际上在寺警之前就已意识到如果没有这一契机莺莺张生将怎么办的问题。他一方面认为莺莺即使深深爱上张生，"然而身为千金贵人，上奉慈母，下凛师氏"，其珠玉心地与莲花香口中不应念诵张生，一方面又说："然而作者则无奈何也，设使莺莺真以慈母师氏之故而珠玉心地中终不敢念，莲花香口终不敢诵，则将终《西厢记》乃不得以一笔写莺莺爱张生也乎？作者深悟文章旧有渐度之法……"（二之一《寺警》）又似乎否定了不应念诵的主张。这里如何写是次要的，莺莺究竟该怎么办才是主要的。金圣叹对根本问题说得不明不白，接着便大谈起"渐度之法"来。可见在没有契机可利用的情况下，他的唯一法宝便是谈文法以回避矛盾。

金圣叹本人就是一个"爱佳人则爱，爱先王则又爱"的"才子"，像有的同志说他"向正统儒家宣扬的所谓'发乎情止乎礼'，'好色不淫'的诗教宣战"，倒不如说他是最欣赏这一境界的。孔子这样讲，是重礼义而不废情，禁淫而承认好色。宋儒讲"存天理，灭人欲"，几乎把人的一切欲望都归于要灭之列，就比孔子要不合情理得多。因此明末清初的进步知识分子，曾以孔子言"情礼"不言"理欲"作为反对程朱理学的一大依据。

金圣叹也是希望运用这一原则，既可拒"伫奴""狂且"之无所底止，又以塞道学先生之口，也正因为他重视这一原则，才对之进行了非常严肃认真的思考：

> 古之人有言曰：《国风》好色而不淫。比者圣叹读之而疑焉……吾固殊不能解，好色必如之何者谓之好色，好色又必如之何者谓之淫，好色又必如之何谓之几于淫而卒赖有礼而得以不至于淫，好色又如之何谓之赖有礼得以不至于淫而遂不妨其好色。……信如《国风》之文之淫而犹谓之不淫，则必如之何而后谓之淫乎？信如《国风》之文之淫而犹望其昭示来许为大鉴戒而因谓之不淫，则又何文不可昭示来许为大鉴戒而皆谓之不淫乎？……人未有不好色者也，人未有好色而不淫者也，人淫未有不以好色自解者也。此其事内关性情，外关风化，其伏至细，其发至巨。故吾特因论《西厢》之次而欲一问之：夫好色与淫，相去则真有几何也耶？（四之一《酬简》）

自许"大才"的金圣叹，作文从来是设疑释疑，拟难解难，以显其不凡之身手的。他从来没有这样老实诚恳地提出过连自己也感到困惑的问题。他的困惑不仅来自于对旧的信仰的怀疑，也来自于对它的担忧；不仅来自于对新的生活观念的向往，也来自于对它的恐惧。按照"遂性""遂欲"的主张和"忠恕"的原则，他清醒地意识到人未有不好色者，好色未有不欲淫者，他终于发现两种倾向和要求是根本矛盾不相容的了。但面临这一矛盾，他不可能做出任何选择。紧接这一连串提问之后，金圣叹又转到所谓"事"与"文"的关系上去了。说什么作者只是借家家中之事，写吾一人手下之文，意在于文，不在于事，因此不必论其事，只须论其文。金圣叹在这里东扯西拉以图回避，显示出他实在已到了心劳力拙的地步。

　　总而言之，金圣叹无法解决，只能回避这一矛盾。在逼得实在无法躲避时，他终于把自己内心的困惑真诚地披露出来了。他虽然没有解决问题，但确实为反对传统伦理道德规范、为中国早期的思想启蒙运动建立了不可磨灭的功绩。所谓好色与不淫、情与礼的矛盾，实际上是当时萌生的种种新的生活要求与整个传统伦理道德规范的矛盾的集中反映。金圣叹的贡献就在于：在礼教卫道士们还在绝对强调传统伦理道德规范神圣不可侵犯，企图通过倡导"存天理、灭人欲"而压抑摧残种种新的生活要求的时候，在大部分进步知识分子虽然不自觉地强调了这种种新的生活要求的合理性，却仍然相信它们与理想的传统伦理道德规范相吻合的时候，他通过自己对现实的深刻感受和认真思考，终于意识到了自己也一直深信不疑的这种吻合是不存在的，它们是根本矛盾的。这标志着中国早期启蒙思想家对当时种种新的生活要求的自觉不自觉的感受和认识又向前迈进了一步。金圣叹的这一疑问，是中国早期思想启蒙运动中的一座丰碑。如果说《西厢记》及金评后来产生的客观积极效果超出了这一疑问的范围，那么金圣叹评点《西厢记》的思想态度及其本身的意义，确切地说还在于此。恩格斯在给敏·考茨基的信中说过："如果一部具有社会主义倾向的小说，通过对现实关系的真实描写，来打破关于这些关系的流行的传统幻想，动摇资产阶级世界的乐观主义，不可避免地引起对于现存事物的永世长存的怀疑，那么，即使作者没有直接提出任何解决办法，甚至作者有时并没有明确地表明自己的立场，但我认为这部小说也完全完成了自己的使命。"[1]导师的这段名言所体现的思想方法，我们必须永远铭记心中，即使在读文学批评和理论著作时也应如此。

（原刊于《中国文学研究》1986 年第 1 期）

---

[1] 恩格斯《致敏·考茨基》，《马克思恩格斯选集》第四卷，人民出版社 1995 年版，第 673 页。

谈明人对《琵琶记》的评改

有明一代，《琵琶记》一直盛行不衰，当时有许多种本子在社会上同时流传。[1] 保存至今的十多种明代版本，只不过是其中的一部分。这些版本理应成为我们研究的对象。但到目前为止，它们还未受到应有的重视，这可能与已故钱南扬先生的主张有关。他将清初陆贻典的钞校本径称为"元本"，并据以作《元本琵琶记校注》。为了推尊这一钞本，他对《琵琶记》的多种明代版本基本上完全否定。他认为明代人不谙曲学而又轻率粗疏：对南戏剧本的体格调式妄加改窜，使之"面目全非"；[2] 又认为明代人思想保守落后，改本往往削弱了原作的积极意义。[3] 由于钱先生是研究南戏的权威，这种说法似乎已成定论。但根据笔者的比勘，得出的结论与此不同。现试述如次。

一

这十多种明代版本各自改动而又交叉发生影响，要在它们之中理出一个十分明确的渊源关系几乎不可能。我们不妨换一个角度，根据其用途和

---

[1] 据玩虎轩刻《琵琶记》序，当时所见的就有七十多种版本。

[2] 高明著、钱南扬校注《元本〈琵琶记〉校注》前言，上海古籍出版社 1980 年版；钱南扬《戏文概论》，上海古籍出版社 1981 年版，第 39 页。

[3] 钱南扬《戏文概论》，上海古籍出版社 1981 年版，第 148、150 页。

成书形态，将它们分为三种类型。

一是主要用于演唱的本子。据凌氏刻朱墨本序，当时有所谓"昆本""浙本""徽本""闽本"等"坊本"，都按舞台演唱的要求做了较大改动，即所谓"断处完成绝处联，从此梨园皆可搬"。如凌刻本第三折尾注云："坊本增丑一白，（按，即惜春说：姐姐，你听那子规却是啼得好呢。）以引起'子规啼'句，此弋阳梨园恶套。"又第五折"尾犯序"曲上注："诸本'思省'下逐句增生问语，极似弋阳丑态。"凌氏偏爱昆腔而鄙视弋阳腔，其是非可置而不论。但他的这些记载却告诉我们：所谓"徽本""闽本"等具有鲜明的弋阳腔特色，可能就是弋阳腔的演出本。弋阳腔曾一度在南戏舞台上占主导地位，流传极为广泛，故当时这类演出本应该大同小异，而又各有特色，但后来都没有完整地保存下来。这是大多数戏曲民间演唱本的共同命运。一九五八年广东揭阳出土的抄本《蔡伯皆》正好填补了这一空白。它虽有"嘉靖"年号题记，证明是个较早的钞本，但并非就像某些研究者判断的那样，与现存的公认较接近高明原本的陆钞本"基本一致"，"是同属元本范畴的一种珍本"。[1]把它与陆钞本相比较，它比观存的其他任何一种明代版本的改动都要大得多。它夹有许多艺人的演唱处理符号，删去了许多累赘的关目，如夸马厩、夸宴、夸朝等，增添了不少富于舞台效果的科白，如凌刻本指出的"徽本"等所有的第五折"思省"下逐句增生问语等等。所以，这个抄本的主要价值，就在于它是现存的明代《琵琶记》演出本，反映了当时舞台演出的实际情况。

第二种是用于阅读的本子，包括标名李卓吾批评的容与堂本，标名汤海若批评的刘次泉刻本，标名陈继儒批评的《六合同春》本，以及《元本出相南琵琶记》等。这类本子往往聘请或假托名士作评，有的还附有释义和插图，这些都只有供阅读用才有必要，而抄刻剧本作为案头阅读之物，

---

〔1〕刘念兹《南戏新证》附录《嘉靖写本〈琵琶记〉校录后记》，文化艺术出版社2014年版，第380页。

在当时是一种相当普遍的现象。这几个本子不仅评语多相沿袭，原文也非常相近。后来比较流行的汲古阁《六十种曲》本虽无评语插图，但原文也与这几种评本很接近，可断定它们基本上同出一源。

第三种是戏曲专家和藏书家所收之本：如凌氏刻本所据"醒仙本"，陆贻典钞校本所据"元本"、巾箱本，钮少雅编纂《九宫正始》所据"元传奇蔡伯皆"本等。凌氏刻本过去一直不受重视，它自诩得到了明初"瞿仙本"不一定可靠，但它刻于陆贻典钞校本之前，而又与它很接近，其所据之本可能确实是一个较早的本子。《九宫正始》所据《元传奇蔡伯皆》本应与陆钞本所据之本相同。前者收《琵琶记》曲一百八十多支，与陆钞本基本一致。不同处只限于陆钞本中曲文多几个那、也、俺、你之类的字眼，《九宫正始》大概是根据曲律将它们去掉了。其他如《九宫正始》某句叠而陆钞本不叠，《九宫正始》特地标明某字该为某声并相应用了某声字而陆钞本与之不合等，也是出于同样的原因。上述这些本子都至明代末年才受到重视而重见于世。它们重在保留古貌，专取当行本色，评语按语也不涉及思想内容和艺术形式的其他方面，而着重考辨句格声律。

以上只是一种大致的分类，不能排除它们互相渗透，如演出本同时也供阅读的情况。现在一般都认为第三种版本在较大程度上保持了高明原作旧貌，但它们都经明人之手才得以保存下来。钱先生称为"元本"的陆钞本成于清，但来自明钱氏藏本，而钱氏藏本也并非元代原刻本，而是经过明中叶人翻刻和抄录的。所以，笼统地说明人把《琵琶记》改得面目全非，不符合事实。其次，高明改编《琵琶记》到底在元末还是在明初，《琵琶记》究竟有无元刊本，至今仍是一个问号。至少现存的只有明以下版本，并没有真正的"元本"。拿一种或两种明代版本当"元本"，又反过来据以否定一切明人版本，逻辑上也说不通。

对于戏曲专家和藏书家所收之本，钱先生是极力推崇的。一个古老的剧本，在演唱过程中自然不断会有所改动。因此，虽然各种演出本实际上"改窜"得最为严重，他却没有加以指责。他对《琵琶记》明代版本的非难，实际上只限于那几种供阅读用的评改本。

如果我们跳出一意证古的狭隘圈子，用一种较为通达的眼光，把《琵琶记》的多种版本当作一种文学或文化现象来审视，就不难看出它们各自的地位与作用。一部著名的文学作品，不同时代、不同层次的欣赏者自可以从不同角度、通过不同途径来欣赏研究它。戏曲专家和藏书家所收之本，主要用于研究，自有其价值。演出本主要用于演唱，服务对象是演员和广大观众；评改本主要用于阅读，服务对象是一般知识分子。它们既然未以保存原始面目、研究南戏的体格调式为己任，我们也就不能用这样的标准去要求它们。演唱本因演唱需要而改动可以受到称赞，阅读本因阅读需要而改动也就不该予以指责。评改者们将它分出、标目，以求版面整齐，段落了然；将某些方言古语改动或翻译成通行语言，并删节或增添某些部分，这有如后代之改编；他们在评改中表达自己的哲学思想和文学观点，犹如后代之评论。谁能说他们没有这个权力？谁又能否认他们的所作所为自有其特定的意义与价值？

如上述说法被认可，我们还要讨论的，就只是这些评改本的思想倾向，是否果真比相对接近高明原作旧貌的陆钞本等落后的问题了。

二

《琵琶记》的中心就是写五娘之“孝”。它既含有舍己利他、孝敬老人等传统美德的因素，又与传统伦理观念有内在联系。因此在写五娘之孝时，是否特别重视宣扬传统伦理观念，便成为衡量不同版本思想水平的一个标准。

如果说评改本对原文的某些改动，可能有艺术方面的考虑，因而还不宜作为判断其思想倾向的确切证据，那么评改者所加的评语，则应是直接反映其思想倾向的可靠材料。这些评语对读者的影响不可低估。

明代中晚期的进步知识分子，已初步认识到竭力鼓吹传统伦理道德的程朱理学的虚伪性。《琵琶记》作者在第一出中即表白道：“不关风化体，纵好也徒然。"标名李卓吾的容与堂本评语（以下简称李评）讽刺道："便装许多腔。"第四出蔡伯喈说"功名争似孝名高"，李评又批道："孝奈何说名，可笑可笑。"正因为对那些装腔作势、欺世盗名的假道学深恶痛绝，故他们对大谈忠孝的蔡公和张太公颇有微词，而对只要一家安乐，不理睬什么忠孝大义的蔡婆则赞不绝口，以为"蔡婆言语，寓有至理，即登坛佛祖，也没有这样机锋。可惜蔡公及张太公记得多少本头话，竟不入耳。可与言者真难其人。今人不可与言，只为多记本头耳"。第十二出媒婆做媒带着斧头，附会《诗经》胡说一通。李评云："后人解经，都是这媒婆矣。尝欲集媒婆讲章一部，以尽汉唐宋来诸家，未及也。"这种嘲讽不可谓不辛辣。又第九出赵五娘唱道："既受托了蘋蘩，有甚推辞。索性做个孝妇贤妻……休污了他的名儿，左右与他相回护。"后来论者欲为高明开脱，以为他笔下的赵五娘并不完全是一个逆来顺受的"贤孝妇"，而是有怨言的，是不得已而为之的，即以这里的"索性做个""左右与他"等词为依据。殊不知李评早已特为表出，它评道："都是传神妙语，读之情状如见。"可见评者十分理解赵五娘的心情，并没有把她当成一个纯粹的"贤孝"标本。

《琵琶记》就主体而论是一部宣扬传统伦理道德的作品，故明代的进步知识分子曾对之表示不满，如李贽在《杂说》中就指出："《拜月》《西厢》，化工也；《琵琶》，画工也"；"画工虽巧，已落二义矣"。这就是说，前二者是从现实生活和人的自然感情出发，后者却是从一套呆板甚至虚伪的教条出发。故高明虽"已殚其力之所能工，而极吾才于既竭"，《琵琶记》仍然"似真非真，所以入人之心者不深"。[1] 不过，《琵琶记》毕竟是一部诞生于民间的通俗文学作品，还不像正统文人的"阐经明道"之作那样迂腐，赵五娘之"孝"除了部分概念化的成分外，还包含着发自内心的真诚的感情因素。当时进步思想家为了抨击假道学，特别强调"童心""真心"。《琵

---

〔1〕李贽《焚书》卷三，中华书局1975年版，第96—97页。

琶记》与其有相合之处，故他们对之仍予以较大程度上的肯定，并加以评点游扬。唯其所取者在此，所以他们虽然也很强调"孝"，其含义却与一般道学家的观点有所不同，多是指与所谓"童心""真心"相近的自然真诚的感情。明白了这一点，我们也就会理解李评等为何往往赞美赵五娘为"圣妇"，盖此"圣"即有真、纯之含义；我们也就会明白，李评等为何在对张太公以至赵五娘的评价上出现某些貌似矛盾的现象。如张太公大谈"本头话"时，即评之曰"俗""太俗"；而他出于真诚帮助五娘一家时，便评为"仁人长者，难得难得"。又如评五娘吃糠道："圣妇，一字千哭，一字万哭。"评五娘尝药道："读至此而不哭者，非人也"。但当作者再进一步，企图把五娘神化成一个"求仁得仁又何怨"，几近于牛小姐之纯粹为"本头话"而活着的形象时，评者便也不客气了。同在吃糠处，蔡婆问五娘糠如何吃得，作者让她说了一段矫情的话："尝闻古贤书，狗彘食人食，也强如草根树皮。""啮雪吞毡，苏卿犹健；餐松食柏，倒做得神仙侣。"如果碰上假道学，于此不知要作何等摇首击节之状。李评则尖锐指出："可笑，不通"；"情不真，语不切"。

当时的进步知识分子，在揭露程朱理学虚伪性的同时，也开始认识到人的自然欲望要求的合理性。陆钞本中，牛小姐人还未上场，就从后台传来了"老姥姥，将我的《列女传》哪里去了""惜春，将我的针线箱儿哪里去了"的声音。照道学家看来，这是多么完美，这个出场又是多么巧妙啊！但评改本却毫不留情将其删去。惜春伤春一段，标名陈继儒的《六合同春》本评（以下简称陈评）道："生情"；"夫是之谓惜春"；"小姐不惜春乎？"惜春说："小姐，只怕你不常恁的（不动情）。"陈评道："解人解语。"经过评改者的妙手点化，本来是为了描绘牛小姐恪守传统礼教之德性，树立一个传统淑女楷模的这出戏，效果就大不一样了。蔡伯喈离家之际，陆钞本似只注意表现他对父母年老衰倦的担心，而对伯喈、五娘之间新婚之际的难分难舍之情缺乏充分描绘。评改本在这里都把伯喈"教卑人如何是得"之语改为"教卑人如何舍得"；给他安排了对五娘的三问，不仅活跃了舞台调度，也体现了他对五娘的关切；又加了四句下场诗："才斟别酒泪先流，郎上孤舟妾倚楼。片帆渐远皆回首，一种相思两处愁。"通过这样一些改动，夫妻之深情便表现得淋漓尽致了。另外，李评还在五娘"官人，你如何割舍得便去了"语上批道："妙甚。"在"如何教我割舍得眼睁睁"语上批道："妙！"并指出："公婆太公先去，夫妇复流连半晌，关目妙极。"陈评也批道："关目大有理致，令人潸然。'眼睁睁'三字如画，临行两嘱曲尽其情。"凡此种种，皆可见评改者兴趣之所在。道学家决不会如此。他们必定以为渲染了夫妻之爱，就势必削弱子孝妻贤。

古往今来人们看《琵琶记》，最受感动的就是作为中国古代妇女传统美德之优秀代表的赵五娘，在《糟糠自厌》《祝发买葬》《罗裙包土》等一系列催人泪下的情节中，所表现出来的惊人毅力和美好情操。作者对此做了生动细腻的描绘，这是一个不小的成功。剧中的其他人物和事件，包括所谓三不从、拐儿行骗、里正抢粮等，都主要是为了使这一点得到充分展开而设置的。至于造成这一悲剧的深刻社会原因是什么，我以为作者并未有意予以揭示。在他看来，这个悲剧确实带有一定的偶然性，或者说似乎天意如此。张太公是整个事件的见证人，从作者让他在最后几出多次发出的感叹中，我们不难窥见这一点。但过去的评论者往往撇开五娘之孝这个易触某些忌讳的实际问题，不惜穿凿附会地寻找《琵琶记》"揭露""控诉"之类的描写，并把它们当成了《琵琶记》的主题，以为必如是才能证明它思想水准如何高，价值如何大。这显然与曾经一度流行而至今仍未绝迹的庸俗社会学研究方法有关。

退一步说，我们也承认剧中对昏君权相、贪官污吏有所揭露，对科举制度、功名富贵思想有所批判，那么这些因素在明人评改中的遭遇又如何呢？

第一，元代的正直知识分子，在异族统治下受到排挤和压抑，因此向往田园生活。高明本人即是一例。《琵琶记》对此倾向有所反映，评改本则使之更加突出。如李评在第二出"真乐在田园，何必区区公与侯"语上批道："千古至言"；在"惟有快活是良谋"语上又批道："至言至言"。更值得注意的是，李评在黄门唱什么"譬如四方战争多征调，从军远成沙场草，也只是为国忘家怎惮劳"时，批道："放屁。"陈评在张太公大谈"学成文武艺，货与帝王家"之类时，也批道："臭腐之谈，可厌可厌。"明代中晚期的进步知识分子，已具有一定的个性解放意识。他们对统治者的牢骚与离心离德倾向要比元末高明辈强烈得多。

第二，《琵琶记》对科举制度的毒害有所揭露，评改本则于此倾注了更多笔墨，分量与力度明显增强。这集中体现在它们比陆钞本等增写了"科场选士"一出。其中嬉笑怒骂，把堂而皇之的进士考试描写得如同儿戏。李评还在试官自夸公道时指出："做戏便公道，当真又恐不公道了"；在丑角唱"才学无些子，只是赌命强"时批道："如今命强的，并'天地玄黄'也记不得，一般这样中了"。明代中晚期知识分子对揭露科举制度表现出前所未有的兴趣，几乎在他们所整理加工的每一种民间小说戏曲作品中，都要插进这方面的内容。这是因为科举制度在当时变得更呆板，更腐朽，给知识分子带来的痛苦也更大。

第三，评改本对统治者的批判更加大胆。如在蔡伯喈辞官时，李评、陈评都指出："当时若有圣君贤相，自当着他迎养，何有许多话说。"这等于指出当时君不圣，相不贤。皇帝遣使旌表蔡家，陈评道："乡愿皇帝。"如果说上述内容陆钞本通过艺术形象也表现出来了，因此难分高下的话，那么下面这些例子则显然超出了它的范围。牛丞相几日未回家，李评道："久留省中，不过干些自家身上事，难道肯为朝廷？"老姥姥劝牛相："休道朝中太师威如火，那更路上行人口似碑。"李评道："如今相公怕口碑的少。"这些近于借题发挥，熔铸了对明中晚期社会现实的深刻感受，无疑颇有现实意义。

第四，评改本更明确地强调了牛丞相在悲剧形成中的作用和应负的责任。评改本第十四出，牛相听说伯喈竟然拒婚，恼羞成怒。与陆钞本相比，他多说了如下的话："细思之，可奈他将人轻觑。我就写表奏与吾皇知，与他官拜清要地，务要来我处为门楣"；"自古道：杀人可恕，情理难容。我的声名，谁不钦敬。多少贵戚豪家，求为吾婿而不可得。叵耐一书生颠倒不肯，反要辞官家去……"。这就把牛相的骄狂蛮横刻画得如闻似见。第二十四出，陆钞本作："（生）：我如今要寄一封家书去，没个方便。我待使人去，又怕夫人知道。"评改本改末句为"又怕老相公知道"，这就更点明了责任所在。第三十九出，陆钞本作："（外）：不中，我的女孩儿，如何与别人带孝？""我不教女孩儿同去，又待怎的？"评改本则改为："（外）：（怒介）我的小姐，如何与别人带孝？""胡说！我不教女孩儿去，却待怎的？"究竟哪一种更能揭示牛相之骄横，无庸赘言。几乎凡是牛相执拗横蛮之处，评改者都要大骂一通。如"老牛""臭牛屁""老牛终不改狗骨"之类的话不绝于书。这种做法不见得可取，但至少表明了评改者的态度。

谈到元明文学作品的思想性，扬元抑明不是个别现象。人们心目中有这样一种印象，即元代人的思想比较自由，故创作了不少积极进步的作品。明代君主专制主义进一步加强，思想统治更为严密，故明人创作及其对前人作品的改编思想多趋于落后。这种看法不能说完全没有道理。但如果把它绝对化，当作一个简单的尺度来衡量元明两代所有的作家作品，便不免偏离事实了。

元代的知识分子实际上分两种情况。一种是在科举考试不常进行、失去进身之途的情况下，走向民间，其中有的人思想比较进步。另一种却在用不着揣摸科举之学的情况下，专心传习程朱理学，加强主观修炼，思想相当保守。作为中国君主专制社会后期官方哲学的程朱理学，虽兴起于宋代，但当时并未占统治地位。正是在元代，经过其后学的广泛传播与统治者的提倡，才正式成为儒学正宗。元前期和后期的情况也有所不同。前期的思想统治比较疏略，后来蒙古统治者逐步认识到思想统治的重要性，于是更广泛更迫切地征招儒士，尊崇儒学，企图借此维系教化，消弭人民的反抗情绪。一时理学名家纷出，如吴莱、柳贯、黄潜等。如果说明代初年是思想统治最严密、程朱理学最受推崇的时代，那么它恰恰是承元末余绪而来的。元末明初正统思想家之间的师承关系清楚地说明了这一点。明中叶以后，受社会生活中某些新因素的影响，思想领域产生了王学左派和异端，知识阶层一时靡然向风，正统思想受到了前所未有的冲击。这一转变，比元明易代所带来的思想领域的变化意义要深远得多。因此，划分元明思想发展的阶段，纯以朝代之更替为依据是不妥当的。我们或可以元前期为一个阶段，元末明初为一阶段，明中晚期再为一个阶段。

就戏剧文学的发展来看，似乎恰恰与此相应。元前期是杂剧繁盛的时代，出现了一大批优秀的作家作品。元末杂剧寝衰，不少知识分子转而注意到南戏，并纷纷对民间流传的作品予以加工改编。民间南戏原来很多都是婚变戏，元末改编者几乎都把它改成夫守义而妇守节的结局。明前期的戏剧虽有杂剧、南戏二途，但其思想倾向却表现出明显的一致性，都是以歌颂义夫节妇、孝子顺孙为主题。《诚斋乐府》与《五伦全备记》《香囊记》分别为其代表。明中叶后，戏剧文学大放异彩，诞生了《四声猿》《玉茗堂四梦》这样一些抨击传统礼教的杰作，以及《宝剑记》《浣纱记》《鸣凤记》等富有现实意义的作品，成为中国戏剧史上继元杂剧后又一光辉灿烂的时期。

高明不仅生活在元末，而且恰恰是理学名家黄溍的学生，以《春秋》经登进士第。踏入仕途后，醉心于申请旌表孝女之类。他对《琵琶记》的加工，是元末知识分子改编民间南戏作品的一个典型，并对明前期的戏剧创作产生了重大影响。朱有燉、丘濬、邵灿等都步其后尘。而明人对《琵琶记》的评改，也不是一个孤立的现象。它发生在明中叶以后，主持其事的多是当时进步思想潮流中的佼佼者，或者是其崇拜者和模仿者。他们与当时人评改《水浒》《西厢》等作品所表现的思想倾向甚至语气都非常接近，与当时整个进步思想潮流是一致的。钱先生强调《琵琶记》的改编者是元人，评改者是明人这一事实，以之作为论证后者的思想倾向一定落后于前者的前提，显然靠不住。

三

随着戏曲艺术创作的发展，明代中晚期人们对戏剧艺术特殊规律的认识也日趋深入，尤其是在戏剧结构与人物性格方面。他们对《琵琶记》的评改对此有所反映。

我国古典戏剧的起源和说唱文学有密切关系，并在很长一个时期内都保留着这种痕迹，如长段韵白等。《琵琶记》也不例外。这些连篇累牍的韵白往往千篇一律，味同嚼蜡，而又游离于本题之外，延缓了故事情节的发展和戏剧的节奏。广东出土的《蔡伯皆》抄本便根据舞台实践删去不少。评改者们也在一定程度上认识到这个问题，他们对那些累赘无谓的韵白都不加赞同。如李评、陈评都指出，院子咏踢球、斗草、打秋千的三首词"可厌"，"删去更好"。《杏林春宴》中夸马、夸宴以及人物自夸和颂时之词，《丹陛陈情》中黄门夸朝等，尤为冗长，它们也以为"不必"，"删其烦冗，便觉直捷可观"。陆钞本中，五娘在婆婆死时说了两联韵白："青龙共白虎同行，吉凶事全然未保"；"天有不测风云，人有旦夕祸福"。这些同样是早期戏剧的旧套。评改本中前一联皆已删去。李评以为后一联也不必保留。因按五娘当时的心情，必"无暇说此"。陆钞本中，张太公得知五娘请粮被抢，曾有一大段骂里正的韵白。当时里正早已跑得无影无踪了，张太公还煞有介事，这也是早期戏剧中"听我表白一番"之类老套的变相，评改本也将其删去了。

陆钞本中还有《牛相出京》一出，评改本都已删去。据凌刻本，此前还有一出伯喈等回陈留的过场戏。陆钞本无，或陆钞本所据之本的翻刻抄录者已将其删去了。盖《书馆悲逢》后，全剧高潮已过。所剩五出戏中，《张公遇使》和《李旺回话》都是过场戏，且属复述观众已知的内容，排场已有草率之感。若再加上两出过场戏，则更加平庸。

按照李渔的说法，以上大致属于所谓"立主脑""减头绪"。戏剧结构的另一要求是"密针线"。《琵琶记》是一出翻案戏，我们不能不肯定改编者在关目上煞费苦心，把隙漏减少到了最低限度。如他精心编出"三不从"这样一套颇为完整的理由作为翻案的根据，就比同样是翻案戏的《张协状元》等的改编者或写定者高明多了。但问题仍然不少。评改者受整个故事框架的限制，仍未能将这些情节全部安排妥帖，但确在这方面做了努力，例证如下：

《宦邸忧思》出，陆钞本作："（生）：来此赴选，本非我意。虽则勉强朝命，暂受职名，将谓三年之后，可作归计。谁知又被牛相公招为门婿，一向逗留在此，不能归去见父母一面。"这就是说，在牛相招婿之前，蔡伯喈就已作"三年之后"回家的打算。而据剧情，饥荒是在伯喈离家第二年就发生了。那么即使牛相不强婚，就按伯喈原来的计划，蔡家的悲剧也不可避免。当然，伯喈这样考虑，也是因为被强官的缘故。但整部《琵琶记》是以"重婚牛府"为主脑的，故这句话显然不妥。评改本改"三年"为"数月"，悲剧的责任便更明确而集中地归于牛相强婚了。

五娘牛氏初次见面，陆钞本作五娘一开始便如实讲出自己的丈夫是陈留蔡伯喈，牛氏及其仆人却回答说不认识这个人，教她走开，令人难以理解。评改本则改为五娘因"不知他意儿如何"，乃说自己的丈夫叫祭白谐，则误会似尚存在，牛氏之举似尚说得过去。其次，张太公在五娘上路时曾反复叮嘱她凡事谨慎小心，她自己对此行前景如何也屡屡表示忧虑。若按陆钞本，这种反复强调的关目全无照应，不免使观众缺乏逼真之感。当然，所谓"拆字法"也并不是高明的处理办法。因牛氏听到"祭白谐"这个名字，必已明白，误会实际上也就不存在了。评改者是看到了这一问题，却又未能找到更完善的处理办法，于是借用了民间戏剧中常用的一种比较原始的手段。

相比之下，评改本在重视人情物理，修改加工人物形象方面的成就比较突出。这方面的例证更多，前面实际上已有所涉及，下面再做些补充。

《书馆悲逢》出，伯喈得知父母双亡，决定立即辞官回家守孝。陆钞本作：

（生）：拚却巾帽，解却衣袍。（旦）：你急上辞官表，只这两朝。（贴）：我岂敢惮烦恼，岂敢惮劬劳。归去拜你爹、拜你娘、亲把坟墓扫也，与地下亡魂添荣耀。

评改本把"急上辞官表"二句改由牛氏说，把牛氏"与地下亡魂添荣耀"一句改为"使地下亡灵安宅兆"。盖五娘虽与伯喈、牛氏顺利相认，但毕竟新来乍到，且己为贫贱之女，牛氏为相国千金，她虽有教伯喈辞官回家的想法，必觉得有碍于牛小姐而不便说，而牛氏此时正觉得所有罪过尽在自身——"姐姐：你为我受波查，你为我路途遥。丈夫，是我误你爹、误你娘、误你名为不孝也，做不得妻贤夫祸少"。当伯喈提出辞官回家的想法后，她必然明白该轮到自己表态了。只做这样一点轻微的变动，两个人物形象便生色不少。同样，"添荣耀"一句，似有居高临下、自负富贵皆由我家得的意味，而牛氏却是一直没有恃富骄贫思想的，此时更处于负疚之中。经过改动，就显得朴实真诚多了。没有对人物性格心理的深入体会，就不可能做到这些。

戏剧的角色是在不断发展中丰富完备起来的。早期戏剧角色很少，且往往只注意表现主要人物，对次要角色的重要性认识不足；处理也比较草率，甚至只顾表现主要角色而不惜伤害次要角色，结果往往是给整个作品带来损害。《琵琶记》对张太公形象的处理就存在这种情况。例如《祝发买葬》出中，张太公答应帮助五娘葬送公公，五娘道谢。陆钞本作：

（旦）：公公收了这头发。（末）：我要这头发做什么？

张太公这句话似在赌气，又似乎不屑一顾，并且说完就下场了，殊不近情理。评改本改作"（末）：咳，难得难得，这是孝妇的头发，剪来断送公婆的。我留在家中，不惟传留做个话名，后日蔡伯喈回来，将与他看，也使他惶愧。"这样张太公的形象就富于人情味，可敬可爱得多了。而且，五娘剪发与吃糠、尝药等一样，是全剧的重点关目。那一束乌发，实际上是她舍己为人美好心灵的象征。于是它自然成为一件闪光的道具，成为观众所瞩目的焦点。如此重要关目，必须有始有终。若按陆钞本，则五娘之举动大受冷落，真不知演员在舞台上捧着这束头发将如何是好。前面的浓墨重彩没有着落，也不能餍观众之心。经过改动，情形便全然不同。

　　高明是力图把张太公塑造成一个"施仁施义"的高尚形象的。有些地方刻画还不够细致缜密，并不是他有意打折扣，而是用心未到或笔力未济。《一门旌奖》出，牛相提出以一锭金子酬谢张公。陆钞本中张太公稍作推辞便收下了。评改本则改为他坚决不收。我们知道，在全剧结尾这种关键性的地方，每个人物的一举一动，都带有最终亮相的性质。张太公受金，或以为未可厚非，但终不合于"救灾恤邻，万古之道""施恩而不望报"的传统道德观念，无疑有损于张太公的形象。而且，在全剧终场时，五娘之"孝"与张太公之"义"相互交融，读者和观众的情感都已被升华到一种崇高而神圣的道德感的境界之中。突然出现这样一个刺眼的情节，无疑也会减弱整个作品的艺术感染效果。故评改本的改动，十分重要。反过来，如果张太公拒受赠金之后，牛相、伯喈、五娘等便再无表示，则显得负恩无情太甚，又将损害这一组人物形象，同样不能为读者观众所接受。于是评改本给牛相补写了一段道白："贤婿，张公高义的人，不可再强。老夫回京，当奏请官职俸禄，以酬大恩便了。"

　　对我国古典戏曲理论的研究，已经取得了许多成果。但研究对象基本上还限于几部专门的戏曲论著。明清人对于戏曲的认识大多通过评点和改编前人作品的方式体现出来。这方面的资料极其丰富，但搜集和比勘为难，目前还很少涉及。考察明人对《琵琶记》的评改，有助于我们更清楚地把握明代戏曲理论发展的轨迹。

（原刊于《杭州大学学报》1988 年第 4 期）

晚明戏曲的"戏剧化"倾向
——以部分稀见剧本为例

一

戏剧是通过演员在舞台上演出以叙述故事的一种综合性文学艺术样式。由于受空间（舞台）、时间（表演长度）和直接面对观众（现场演出）等方面的制约，戏剧必须具有戏剧性。所谓戏剧性，主要指戏剧应包含矛盾冲突和巧合，这种矛盾冲突和巧合应尽可能激烈、曲折、奇妙，对它们的表现应尽可能紧张、细致、生动，富有吸引力。这是戏剧不同于诗歌、散文、小说等文学形式的最重要特征。

中国古代戏曲总体上属于戏剧，它自然符合戏剧艺术的一般规律和要求，自然具有戏剧性，历代戏曲家也一直在努力追求戏剧性。同时，中国古代戏曲又是一种具有鲜明民族特色的戏剧艺术形式，在追求和创造戏剧性方面具有一系列特点，包括各种优势和局限，并且经历了一个不断发展变化的过程。晚明时期，这种发展变化出现新的动向。

晚明戏曲的发展，前承明中叶以来以昆曲改良为核心的戏曲变革，后启清初戏曲的繁荣。在戏曲体制的演化方面，当时实际上是两种倾向并存。一种是规范化的倾向。自明中叶起，许多吴中文人参与对昆曲的改造，昆曲体制趋于完善，艺术水平显著提高，使昆曲在南戏各种声腔中脱颖而出，成为当时最流行的戏曲艺术形式。晚明和清初，相当多的戏曲家强调遵守昆曲已经非常完善的体制要求，强调戏曲创作的规范化，这是晚明到清初文人戏曲创作的主流，当时大多数著名戏曲家及大部分著名戏曲作品都属于这一主流。这些戏曲家一般都是比较知名的文人，这些戏曲作品的思想水平和语言、音律水平往往也比较高，总体上比较完美。但是，由于他们主要追求符合昆曲的艺术规范，在戏曲体制变革方面观念转为比较保守，创新性反而不足。

另有一部分戏曲家，特别是一些不那么知名的中下层戏曲家，则不太具有遵守既有戏曲传统和昆曲体制规范的意识，比较了解下层戏曲舞台演出的实际，反而有可能跟着感觉走，自然而然地意识到戏曲舞台演出的实际需要，自觉或不自觉地摸索加强戏曲舞台演出效果的办法，从而在加强戏曲的戏剧性方面做了非常有益的探索，具有较强的创新性。

此前我们研究晚明戏曲，一般只注意被汲古阁《六十种曲》《盛明杂剧》《古本戏曲丛刊》等大型曲籍收录的比较知名的戏曲家的比较知名的作品，观察未免出现偏差，未能全面把握晚明戏曲的总体状况。不仅对后一种倾向没有给予足够重视，而且因此对第一种倾向相形之下所显露出来的保守性也缺乏认识。近年来，我们编纂了《稀见明代戏曲丛刊》一书，即将由中国出版集团·东方出版中心出版。该书共收录明代杂剧42种，传奇38种，共计80种作品，另外还收录了230种剧目的佚曲。该书所收录的剧本中，至少有46种（杂剧22种、传奇24种）是海内孤本或某种版本的唯一存本，其余剧本也均属稀见作品和版本，其中有不少是人们过去所未知或未给予充分注意的中下层戏曲家的作品。当我们把这些戏曲作品也纳入观照范围时，我们对明代戏曲特别是晚明戏曲的看法就会发生一定变化。它们给人留下深刻印象的特点之一，就是有一部分戏曲家开始自觉意识到戏曲的戏剧性的重要性，力求对中国古代戏曲的传统体制有所突破，在追求和创造戏曲的戏剧性方面做了有益的探索和创新，我们将这种现象称为晚明戏曲的"戏剧化"倾向。

二

晚明戏曲的"戏剧化"倾向，首先表现在曲文明显减少，对白大大增加。

中国古代戏曲综合了歌唱、说白、舞蹈、武打等因素，是一种综合性的表演艺术，但一直以歌唱为主要表演手段，相应的剧本中也以唱词（曲）为主体。中国古代文献中先后称之为杂剧、传奇、剧、曲、戏、戏曲等。近代以来，一些日本学者受西方文学观念的影响，以西方戏剧（包括歌剧、舞剧、话剧）为参照，首先将其定名为"戏曲"，就是为了彰显它与西方戏剧的不同，突出它以唱（曲）为主的特征。[1]中国学者也逐步接受了这一定名，这一名称遂成为近代以来人们对中国古代戏曲的通行称法。人们之所以选择"戏曲"而不是"戏剧"来指称中国古代戏曲，就是因为这个名称比较准确地体现了中国古代戏曲既是"戏（剧）"又以"曲（唱）"为主体的特征。现在中国人和西方人一般都把继承中国古代戏曲传统的京剧等翻译成 OPERA（歌剧），仍然是强调中国传统戏曲与西方歌剧比较接近，以歌唱为主。

中国古代戏曲这种以"曲（唱）"为主体的特征，与对戏剧性的追求和创造的关系如何呢？首先，中国古代戏曲这种艺术形式，给观众带来的是诉诸视觉、听觉和思想、情感等的多样性、综合性的艺术享受，包括姿态各异的扮相、优美的曲词和演唱技巧、抑扬顿挫的念白、精妙的舞蹈和武功等，并不限于通过追求戏剧性而给观众带来的审美感受。在创造多样性、综合性、丰富性的审美愉悦方面，中国古代戏曲与西方比较严格地分门别类的话剧、歌剧、舞剧等相比有一定优势。

其次，如前所述，中国古代戏曲本质上属于戏剧，因此，戏曲家在以"曲（唱）"为主体的框架下，仍然努力追求戏剧性。曲（唱）虽以抒情、描绘为主，但也具有一定的叙事、对话功能，能构成戏剧冲突并推动其发

---

[1]　参见黄仕忠《借鉴与创新——日本明治时代中国戏曲研究对王国维的影响》,《文学遗产》2009
年第 6 期。

展。在戏曲的总体结构和语言风格等方面，戏曲家们也强调"传奇须奇，不奇不传"；应作"场上之曲"；应具"当行本色"；应重"关目"；等等。

再次，中国古代戏曲这种以"曲（唱）"为主，尤其又集中让主要角色唱的艺术表现形式，便于让人物特别是主要人物的思想感情得到淋漓尽致的表达，让人物内心的冲突及人物之间的深层矛盾得到充分揭示，而这些都有利于强化戏剧冲突，产生震撼人心的艺术感染力。因此可以说，在创造戏剧性的手段和效果方面，与西方的话剧、舞剧等相比，中国古代戏曲还有一定的独特之处。

但毋庸讳言，中国古代戏曲这种以"曲（唱）"为主体的特征，与对戏剧性的追求和创造之间存在一定矛盾。首先，中国古代戏曲既以"曲（唱）"为主体，则戏曲作家必然将主要精力集中在曲词的写作上。受中国古代强大的诗词传统的惯性影响，戏曲作家或自觉或不自觉地把曲词当诗词写，尽可能将曲词写得像诗词一样华丽精工，以显示自己的才华。这固然有利于使曲词更加精美，但也可能偏离曲词为叙述故事情节、表现戏剧冲突服务的宗旨。实际上，过于精美的曲词，与故事情节关系不够紧密，也给观众特别是普通观众的欣赏造成障碍，无助于、甚至削弱了戏曲的戏剧效果。

其次，让角色特别是主要角色长时间地进行大量抒情性、描绘性歌唱，将某种事件和情感反复描绘咏叹，徘徊回旋，难免延宕故事情节的发展，戏剧的矛盾冲突有时甚至基本处于停滞状态，也会冲淡戏剧冲突，影响戏剧效果。

再次，中国古代戏曲既以"曲（唱）"为主体，曲占了大部分篇幅，戏曲创作就不得不压缩对白、科诨的比例，尽可能简化故事情节。因为戏曲表演以歌唱和舞蹈为主，自然而然形成程式化的表演模式，反过来也迫使剧本简化故事情节。而简化故事情节最方便的手段，就是情节模式化。所有剧本都把故事情节简化到尽可能简单的程度，都只略存梗概，而这种梗概基本上属于一些大同小异的模式。中国古代戏曲这种故事情节简化和模式化的倾向，显然不利于戏曲矛盾冲突的曲折化、细致化、紧张化、生活化、多样化，因此不利于增强戏曲的戏剧性和戏剧效果。

需要说明的是，这里并不是简单地将西方话剧等与中国传统戏曲相比，以西方话剧等为标准来衡量中国传统戏曲，从而贬低中国传统戏曲的艺术价值。只是为了表明，中国传统戏曲既然本质上属于戏剧，自然就具有戏剧性。在如何创造戏剧性方面，自然可以与西方话剧等进行对比。就总体艺术效果而言，西方话剧等与中国传统戏曲可谓互有短长。中国传统戏曲自可保持自身的传统，发挥自身的优势。但就对戏剧性的追求和创造而言，以"曲（唱）"为主的中国传统戏曲，确实存在一定局限。人们观赏以唱为主的中国古代戏曲，通过欣赏精美的曲词和演唱技艺，获得审美享受，在一定程度上是以舍弃戏曲的部分戏剧效果、牺牲通过感受戏曲的戏剧性而可能获得的另外一些艺术享受为代价的。也就是说，以唱（曲）为主（体）的体制，在一定程度上是妨碍戏曲的戏剧性的。

晚明时期的一些戏曲家，已注意到这一事实。为了增强舞台演出效果，他们大大减少了曲（唱）的数量，曲词字数在剧本总字数中的比例显著下降；每折（出）中曲的支数减少；每支曲子唱的句数和字数也减少，往往只唱其中的几句；在一支曲子中插进大量夹白，作为"宾白"的白喧宾夺主，曲词反而成了点缀，地位相对下降。这里举《出师表》和《江天雪》两个剧本为例。无名氏撰《出师表》演沈炼弹劾严嵩事，本事见《明史·沈炼传》，亦见《情史》《智囊补》，《古今小说》中也有《沈小霞相会出师表》。该剧现仅存国家图书馆藏郑振铎原藏清钞本，但现在一般认为成书于顺、康间的《传奇汇考》已著录该剧。此事明嘉靖末至万历间广为人传，成为热门话题，既有相关小说，则当时出现描写这一题材的戏曲当属自然之事。该剧第六出中有"北虏"字样，第七出（残）中有"自古夷虏为中国大患"字样，清人一般不敢这样写。综合上述因素，该剧应可判定为晚明时期的作品。无名氏撰《江天雪》，演崔君瑞、郑月娘事，与元杨显之《潇湘雨》杂剧事迹相类。此剧仅存中国艺术研究院图书馆藏傅惜华原藏清至德书屋钞本。剧中第八出《驿圆》写仆人王卞有功，被赏七品散官，有"纱帽、圆领"，这是明代官员服饰，与元代、清代均不同。清前期黄文旸《曲海目》著录，此前曲目未见著录。《曲海总目提要》云明代人所作。[1]综合上述因素，该剧也应为晚明作品。从剧本的形态来看，这两个钞本很可能是演出本，即能更真实地反映当时舞台演出实际情形。兹将这两个剧本与元杂剧、明初南戏、明代传奇、清初传奇的四种代表作相比较，以见其减省曲词的情况。

部分戏曲作品曲白比例对照表[2]

剧本名	总字数	曲词字数	曲词字数占剧本总字数比例	总曲数	折（出）数	平均每折（出）曲数	平均每曲字数
西厢记	45508	20291（扣除"楔子"后为20026）	44.59%	324（扣除"楔子"后为319）	21	15.19	62.78
琵琶记	70808	25282	35.71%	412	42	9.81	61.36
牡丹亭	90377	28824	31.89%	435	55	7.91	66.26
长生殿	86132	31938	37.08%	399	50	7.98	80.05
出师表	39725	5428	13.66%	101	19	5.32	53.74
江天雪	21392	2653	12.40%	48	8	6	55.27

---

[1] 董康《曲海总目提要》卷十七"江天雪"条："明代人所作，不知谁手。乐府'江天暮雪'之曲，流传诵习，其来已久。演崔君瑞事，盖本元人杂剧，改头换面。"人民文学出版社2014年版，第820—821页。

[2] 按本表中《西厢记》据王春晓、张燕瑾评注，中华书局2015年版录入；《琵琶记》据钱南扬校注，中华书局1960年版录入；《牡丹亭》据徐朔方、杨笑梅校注，人民文学出版社2005年版录入；《长生殿》据徐朔方校注，人民文学出版社1983年版录入；无名氏《出师表》据国家图书馆藏郑振铎原藏清钞本录入；无名氏撰《江天雪》据中国艺术研究院图书馆藏傅惜华原藏清至德书屋钞本录入。具体统计方法为：曲牌和曲词（含衬字）统计为曲词；说白（含韵白、曲词中的夹白）、科介（含唱曲的提示如"末唱"等）统计为白与科介；几个曲牌的不同部分组合成一支犯曲，算作一支曲子；《西厢记》第二本"楔子"较长，相当于一折，故《西厢记》以21折计算；在计算《西厢记》的"总曲数""平均每折曲数""平均每曲字数"三项时，扣除其他四本的4个"楔子"中的曲文（共5支曲、265字），以319支、20026字计算；《出师表》按目录可能为38出，现存钞本存19出及第六出、第二十五出残出，两个残出不纳入统计范围；《江天雪》应为25出，现存8出，按8出统计。

从上表中可以看出，元杂剧、明初南戏、明代传奇、清初传奇的几种代表作，曲词占剧本总字数的比例，都在 30%—40% 之间，差别不太大。不过早期的杂剧《西厢记》中曲词所占比重最高，这反映中国早期戏曲以唱（曲）为主体的特征更为突出。到明初南戏《琵琶记》和明代晚期文人传奇《牡丹亭》，曲词所占比重逐步下降，可以视为当时戏曲家追求戏剧性的一种努力。而到清初传奇《长生殿》，曲词所占比重反而有较大幅度回升，这就是我们在前面提到过的当时追求昆曲规范化倾向的表现。而两种晚明戏曲演出本中曲词占剧本总字数的比例，则只有 13% 左右，下降幅度巨大，反差极为明显，不能不引起我们的注意。那么这种曲词所占比重下降的情形是否早已有之呢？是否是历来演出本的共同特点呢？由于古代戏曲特别是清中叶以前戏曲的演出本留存较少，鉴别通行本还是演出本也不太容易，所以很难找到可作比较的对象。仅从学术界公认可能比较接近民间演出实际的元末明初的《永乐大典戏文三种》（《张协状元》《小孙屠》《错立身》），和明初至明中叶的《明代潮州戏文五种》中的《刘希必金钗记》《蔡伯皆（喈）》等来看，这几个剧本的曲词在剧本总字数中的比重，总体上与《琵琶记》相近。这就表明，大量简省曲词，降低曲词在剧本总字数的比重，确实是晚明戏曲特别是当时在舞台演出的戏曲的一个新动向。

三

晚明戏曲的"戏剧化"倾向的另一重要表现，是曲、白特别是白的情景化、表演性显著增强。

早期戏曲的说白都是程式化的，因此戏曲作者往往不注重写说白，甚至不写说白，由艺人在现场根据程式表演，或临场发挥。正因为如此，刊刻者在刊刻戏曲作品时，也可能只刻曲词，省去说白；或遇到对话和舞台动作处，只用"见科""相见了"之类表示。而在晚明戏曲中，许多作者高度重视说白，不仅把说白写全，而且写得很多，把说白当作戏曲的主要组成部分。更值得注意的是，这些说白摆脱了程式化的窠臼，注意个人性、情景性、表演性，根据特定的人物、特定的情景，设置富于表演性的说白，大大加强了舞台演出效果。

如无名氏《出师表》，道白、舞台提示特别多，成为戏曲表演的主要手段，成为叙述故事、塑造人物、表达情感、造成舞台效果的主要方式，与现代话剧已经很接近。无名氏《江天雪》附有工尺谱，是一个演出本，对话占的比重较大，且非常活泼，富有舞台演出气息。薛旦《醉月缘》的道白的情景化特征也很明显。[1] 如第十一出"错访"中，男主角文波误以为陈参将之妾程婉扬就是他要寻找的才女陈宛娘，冲进其家门正欲相认时，陈参将回家，"（生作惊介）呀，不、不、不好了，有人来了，我只得躲在太湖石下"。第二十九出"赌婢"中，无赖卜自仁欲卖小妾小星还赌债，小星偷听得知后说："天杀的，你要卖我那、那里去？"都有意运用重复、打结的对白，表现人物在特定情景中的情态和语气。

傅一臣《苏门啸》杂剧中的说白更经常运用这种修辞手法。[2] 如《没头疑案》第二折"阻期"，徽商程序垂涎小酒店主李方之妻陈氏，李方贪

---

[1] 薛旦，明末清初人，生卒年不详。字既扬，一字季央，别署诉然子（一作昕然子），长洲（今苏州）人，后迁居无锡。明末曾中秀才。清顺治十一年（1654）曾游京师，怀才不遇。康熙年间卒，年八十七。寄情词曲，作有传奇十七种，其中《续情灯》《醉月缘》《齐天乐》《鸳鸯梦》和杂剧《昭君梦》今存。按《醉月缘》今存上海图书馆藏明末绣霞堂刊本。剧中内容全不见明清易代巨变痕迹。卷首餐英主人序谓"客应闻洪阳先生（张位）之于义仍（汤显祖）四梦乎。谓：君有此妙才，何不讲学？义仍答以此正是讲学。公所讲者是性，吾所讲者是情。抑又闻季重先生（王思任）之叙《西厢》也"云云；又该剧第九出"弹词"谓"近日杭州城里有一桩新闻事，叫作'薄命小青词'"；第十四出"海市"又谓"圣天子又差下司礼太监钮才，专督海市，收纳税银"。这些都是晚明士林著名话头。据上述种种因素判断，此剧应为明末作品。

[2] 傅一臣，字青眉，号无枝，别署西泠野史，杭州人。明末清初戏曲家，生卒年不详。平生好读书，然怀才不遇，一生坎坷。与内亲金堡及于野、汪大年、汪鸿渐相交。所撰杂剧集《苏门啸》，含作品十二种：《买笑局金》《卖情扎囤》《没头疑案》《截舌公招》《智赚还珠》《错调合璧》《贤翁激婿》《义妾存孤》《人鬼夫妻》《死生冤报》《蟾蜍佳偶》《钿合奇缘》。今存明崇祯十五年敲月斋刊本。

图程序金银，说服陈氏与之苟合，陈氏答应，程序喜不自禁，正准备赴会，他的一帮狐朋狗友来邀他去逛妓院，他不肯去，又不能说明缘由：

> （生）列位何来？（众）水口新到一个好表子，叫杨素娟，是南院来的，我每同去一看。兄素负高兴，特此相约。（生）小、小弟有事，不、不得奉陪。（众）兄有何事？（生）有、有事，去、去不得。

同剧第五折"拿僧"：

> （老旦连叫）和尚，还我头来！（净惊跌介）这、这、这根因，端的是前冤。小娘子，你、你的头，在、在、在上三家铺架之上，还、还你明白，不、不要来缠我。

又《截舌公招》第五折"执邮"，独孤生杀了拉皮条的般若航庵主蕴空和小尼定慧，准备嫁祸于谋奸自己妻子庾氏的邮隽之。第二天早晨，一个邻居来般若航院中井口挑水：

> （见尸，撒水桶惊喊介）阿呀，不好了，杀、杀人，杀、杀、杀人。列位快来，拏、拏、拏杀、杀人贼。[1]

傅一臣多次运用剧中人语无伦次这种修辞手段，证明他不是偶然为之，而是有意识地这样处理，是一种自觉追求对白舞台化、情景化的行为。

---

[1] 以上均见傅一臣《苏门啸》十二种，中国艺术研究院图书馆藏傅惜华原藏明崇祯十五年敲月斋刊本。

又如沈君谟《风流配》，对白的情景化、动作化倾向也非常显著。[1]第八折、第十折、第十三折、第十四折等尤其突出。如第八折，付（副）扮卖花老人张奉华，因天气太热，借了才女阮翠涛题了诗词的扇子，答应不给别人看，一定送还。生扮欧阳绮上：

> （付立起介）相公要买花么？（指担介）牡丹、芍药、水仙、草兰都有。总成，总成。（生）我偶然散步到此，买你的花，不便携取。（付）哦，既是相公不要，罢，我老人家再搬搬凉，做生意去。（付做攘臂大搧介，生定睛看介，背介）奇怪，你看他扇上的字，写得龙蛇飞动，不像个村汉手中之物，我且取来一看。（付背生作欲挑担走介）做生意去。（生从付背后抽付手中扇介。付）什么、什么。（生）借你扇儿一看。（付作夺介）相公还了我，看不得的。（生）不妨看一看，就还你。

付"攘臂大搧"的动作非常有意思。这既是因为天气热，也是因为张奉华向欧阳绮兜售花不果，不免有点懊恼，下意识地借这种动作驱除不快，摆脱尴尬，同时还可能是因为他已察觉到欧阳绮在注意他手中的扇子，产生警觉，因此用这种动作向欧阳绮发出拒绝的信号。然后他故意将背对着欧阳绮，防止他来取扇。一边口里自言自语"做生意去"，为自己找台阶下。欧阳绮偷偷夺扇后，张奉华"什么、什么"的对白，也情趣盎然。以前的戏曲作品，似乎未见对现场表演做出如此细致的设计。

---

〔1〕沈君谟，字苏门，吴江（今属江苏）人，生卒年不详。与戏曲家沈璟、沈自晋等同宗。所撰传奇五种：《风流配》今存，《一合相》《丹晶坠》《玉交梨》《绣凤鸳》已佚。散曲集《青楼冤》亦佚。《篆阁批评旧戏目》、姚燮《今乐考证》著录清人鹤苍子亦有《风流配》传奇。今存国家图书馆藏郑振铎原藏张玉森钞本《风流配》未署撰者。据沈自晋《南词新谱》卷首"古今入谱词曲传剧总目"之"一合相"条"沈苏门作"。又《风流配》《玉交梨》《绣凤鸳》未刻"云云，定为沈君谟作。据《南词新谱》卷首沈自晋"重订南词全谱凡例续记"，该书编纂始于清顺治二年（1645）仲春，完成于顺治四年（1647）秋七月，则《风流配》应为晚明作品（词隐先生编著、鞠通生重订《南词新谱》，中国书店1985年版）。

再如王昇《弄珠楼记》第十九出"谭夜",生(阮翰)与旦(旷霏烟)月夜闲步中庭,彼此有情,但旷霏烟仍有顾忌:

> (旦):正是。人都说牛郎织女星,不知在哪里?(生近旦,旦闪开介,生):这不是牛郎星?这不是织女星?他虽然对面,不能勾相会,岂不可怜?[1]

旦有意提起这个话题,生遂利用这个话题,欲推进两人的感情,旦又表现出犹豫回避。这与现代文学作品里年轻人谈恋爱调情的桥段几乎没有差别。

蒙春园主人《立命说》写袁黄中进士、任知县,又被抗倭援朝的经略宋应昌辟为赞画,子袁俨亦中进士。[2]第十四出"家修"中,袁黄以拔贡入国子监肄业回家,先拜见母亲,说道:"远游经累月,念母已多时。"母亲与他交谈,简单了解了袁黄入京后的情况。袁黄说:"孩儿还有话说。"母亲却说:"你许久才回,有话明日说。且和媳妇料理些家事,我也要往里面去。"遂起身离开,袁黄相送,母亲又说道:"不要进来,往媳妇房里去罢。"虽然这里远归的儿子仍是照例先拜母亲,母亲欲避开时儿子还要作起身相送状,但通过母亲的态度,委婉表达了时人对夫妻之情的重视。这

---

[1] 王昇《弄珠楼记》,北京大学图书馆藏马廉不登大雅文库原藏钞本。按王昇生卒年及《弄珠楼记》作年不详。然祁彪佳日记《役南琐记》载祁彪佳崇祯六年正月在京观剧:"十六日,赴吴俭育席……观《弄珠楼记》。"(祁彪佳著、张天杰点校《祁彪佳日记》,浙江古籍出版社2016年版,第117页)祁彪佳《远山堂曲品》已著录(祁彪佳著、黄裳校录《远山堂明曲品剧品校录》,上海图书公司1955年版,第72页)。又明末曲选《彩云乘新镌乐府遏云编》选了《弄珠楼记》"露盟"出的"南陌盈盈聊游"一章。该曲选有明末刊本,藏南京图书馆。则《弄珠楼记》为晚明剧作无疑。
[2] 蒙春园主人《立命说》,现存中国社会科学院图书馆藏清刊本,或称万春园主人作,撰者及作年不详。按该剧系据袁黄(1533—1606)《立命编》改编而成。董康《曲海总目提要》卷十六云"明时人所作"(第794—795页)。

一细节，既反映了当时个性解放思潮背景下人们的伦理道德观念的微妙变化，也体现出作者对人物心理活动的准确把握和细致刻画。不仅富于生活气息，也饶有戏剧效果。

该剧第三十二出"荣合"中，生扮袁黄，外扮宋应昌，小生扮大将李如松，末扮朝鲜国王李昖：

> （差官上）置邮传国名，飞马入边城。兵部差官见。（左右传介）（末）令进来。（差官见介）差官叩头。公文呈上。（外接介）外厢伺候。（差官应下）（外）既是公文，大家同观。（各起看，外念介）"兵部为知会事。该进士袁俨"。（生惊背介）怎么袁俨？（外）"奏前事，奉圣旨：朝鲜用兵，现经捷奏，"（末）原来捷音到了。（外）"有功将士，该部议叙外，"（顾小生介）将军定加封爵。（小生）不敢望此。（外）"经略宋应昌升兵部尚书。"（小生、生、末）恭喜进掌中枢。（外）愧当。（念介）"赞画袁黄升通政司参议。"（外、小生、末）又喜袁君授任银台。（生）小生无功。（外）"进士袁俨又奏，伊父袁黄"。（顾生介）原来袁俨是令郎。（生）小儿年未弱冠，何以能成进士？（小生、末）旨意明白。（外）"年老求归，准同宋应昌一路回京办事。"（笑介）老夫久已思归，又得良友并驾。（念介）"袁黄父母及妻，俱给应得诰命。袁俨授礼部主事，赐以冠带鼓吹，送归私第。该衙门知道。"（外、小生、末）此乃不世希荣，一发可贵。（生）愈增惶恐。[1]

这里充分注意舞台调度，让每个角色（包括扮李如松的小生和扮朝鲜国王的末）都有表演机会。说白富于表演性和情景化，与舞台表演动作互相衔接，如行云流水，舞台气氛非常活跃。

---

[1] 以上均见蒙春园主人《立命说》，中国社会科学院图书馆藏清刊本。

傅一臣《钿盒奇姻》中，主人公权次卿在佛堂遇到美女徐素娥，惊为天人。情节与《西厢记》张生遇莺莺相似，但《钿盒奇姻》的写法有所不同。待徐素娥离开后，权次卿先是模仿徐素娥脚步走路，然后又按照徐素娥走过的路线行走：“这搭是他走过的，那搭也是走过的……（走至佛前拜介）只这搭儿，是他恭身礼拜的所在，我也在此拜告佛灵，保佑我权次卿得娶这女子。”接着权次卿即假称素娥母亲白孺人之侄，住进其家。白孺人忽患心疼，权次卿以送药为由，潜入素娥卧室中：“（作看镜台介）去得慌了，镜台都未收。剩粉余膏馥馥紫，（又步看介）这是绣榻春深镜。（揭被嗅介）绮縠文绡拂体轻。香汗沾多少，不免拥抱一回，宛然贴身。”[1]描写青年男女相互爱慕如痴似醉的情态如此真切，富于感官效果，此前少见。

四

古代戏曲家历来注重科诨，以增强戏剧效果。而在晚明戏曲中，戏曲作家更加重视和依赖科诨，以之作为加强作品的戏剧性的重要手段。具体表现为科诨的密度增加；有些作品故事情节简单，作者有意识地大量穿插科诨。邓志谟的《八珠环记》内容非常平庸，但剧中科诨所占篇幅较大，充满生活气息。尤其是写丁拐儿的拐骗伎俩，匪夷所思，令人忍俊不住。[2]下面以无名氏撰《节孝记》为例，以见晚明戏曲大量运用科诨的情形。

《节孝记》，一名《黄孝子》传奇，徐渭《南词叙录·宋元旧篇》著录，

---

〔1〕傅一臣《苏门啸》十二种，中国艺术研究院图书馆藏傅惜华原藏明崇祯十五年啸月斋刊本。

〔2〕邓志谟《八珠环记》，国家图书馆藏《百拙生传奇四种》玉芝斋钞本。按邓志谟（1560—1625），字景南，号竹溪散人、百拙生，饶州饶安（今江西鄱阳）人。尝游闽，为建阳余氏塾师。余氏为闽中大书贾，故志谟所作，多为余氏刊行。所著《五局》传奇，一用骨牌名，名《八珠环记》；一用曲牌名，名《玉连环记》；一用鸟名，名《凤头鞋记》；一用药名，名《玛瑙簪记》；一用花名，名《并头花记》，并传于世。又有《山水争奇》《风月争奇》《梅雪争奇》《花鸟争奇》《童婉争奇》《蔬果争奇》等消遣性类书及《许旌阳得道擒蛟铁树记》《唐代吕纯阳得道飞剑记》《五代萨真人得道呪枣记》等小说传世。

题"《王（黄）孝子寻母》"。首都图书馆藏《节孝记》钞本卷首作"《节孝记》传奇目次，一名《黄孝子》传奇"。国家图书馆藏郑振铎原藏张玉森钞本"开场"前作"《黄孝子》传奇，一名《节孝记》，元阙名撰"。王季思主编《全元戏曲》收入，作元南戏。然《九宫正始》选《黄孝子》九曲，下注"明传奇"。董康《曲海总目提要》卷三十五谓："一名《黄孝子寻亲记》，明无名氏作，今存。"[1] 盖此故事为元明人所乐道，故戏曲演述不绝。现存首都图书馆藏钞本第九出有"向日元兵南下，搅扰得人离家破者甚多""你不知道，那年元兵作乱，失散了我母亲"等语，显然不是元人口气。从戏曲中存在的大量的称元兵为"胡""胡虏"之类内容，以及里面的地理名称如"江西省建昌府南城县""福建兴化府仙游县"等来看，这不应当是宋元时的作品，也不应是清代改本，而应当是明代改本。从体制、语言及思想内容等方面判断，属于晚明改本的可能性较大。

这个剧本写元代孝子黄觉经寻母二十五年，终得与母亲团圆事，主题本来比较严肃，情节也比较简单。为了避免过于单调乏味，作者加进了不少戏谑性的科诨，如第九出"脱骗"写骗子，第十九出"祈梦"写圣妃庙提典，科诨都几乎占了一整出的篇幅。第十二出"淖泥"写错认母亲，第十七出"投江"写黄觉经未婚妻曾庆贞守节自尽，情节本来都比较严肃，但这两出中都穿插了戏谑性科诨。如"淖泥"一出中，黄觉经得人指点，说中条山下虞返明家中有个江西妇女，为元兵掳掠至此，可能是他母亲。黄觉经寻到其地：

> （净上）操斧入山去，清晨去卖柴。（生）大哥，借问一声，虞返明家住在哪里？（净）我就是虞返明，你问他怎么？（生）大哥，我母亲在那宅上，特来访问。（净）可是一位江西妈妈么？（生）正是。（净）嫁了我了。（生）嫁了你了？好苦吓。（净）不要哭。要见你娘也不难，

---

[1] 董康《曲海总目提要》，人民文学出版社 2014 年版，第 650 页。

你随我来。（行介）这里是了。待我唤她出来。妈妈，快些出来。你今日也想儿子，明日也想儿子，如今你儿子寻你来了，快出来吧。（丑上）儿子在哪里？（生）母亲在哪里？【哭相思】自从被掳到河东，两地迢递信不通。（合）母子久抛离，今日重相逢。（净）快活，待我安排饭去。（下。生）娘吓，孩儿为寻母亲，行了多少路，寻到此地，才得相逢。（丑）儿吓，为娘的为你，无日不想。（生）母亲，方才他说母亲嫁了他了。（丑）是。（生）母亲，虽则如此，还是回去吧。（丑）不像我孩儿口声。我且问你，你是哪里人氏？（生）我是江西。（丑）哪一府？（生）建昌府。（丑）差了，我是吉安府。你是哪一县？（生）南城县清绥峰人氏。（丑）一发差了，我是雍辛县。你姓甚么？（生）我姓黄。（丑）又差了，我姓陆。你是几岁离娘的？（生）孩儿是五岁离娘的。（丑）差到底了。我的儿子七岁离我的。我晓得了，见我标致，认我做娘，要讨我的便宜。你一进门来，把我的两个乳头，捏住了不放。打这油嘴光棍，还不出去。（推生出介）待我进去骂这老入娘贼，你领的好儿子。（下）

第十七出中，曾庆贞不肯改嫁，被父亲曾有三赶出家门，只得投水，为上任途中的福建提举乐善所救。乐善与其妻女一起询问曾庆贞：

（小生）可曾适人否？（小旦）孩提许嫁黄郎为东坦。（丑）爹爹，什么叫东坦？（小生）女婿谓之东坦。（丑）爹爹，我也要个东坦。（小生）胡说。妇人，那黄家是何等人家？（小旦）也是宦门贵族。（小生）他家如何了？（小旦）伊家忽值兵戈乱。（小生）既遭兵戈之乱，他父母可在么？（小旦）他娘被掳，他父被残。（丑）什么叫残？（小生）人死谓之残。（丑）既如此，你爹爹几时得残？（小生）胡说。[1]

---

〔1〕以上均据首都图书馆藏《节孝记》钞本。

古今中外戏剧家都深谙在悲剧中设置喜剧性情节相反相成的奇妙效果。上述科诨的运用，必将对活跃舞台气氛产生积极作用。

五

晚明部分戏曲家着意追求和创造戏剧性，还体现在更加重视戏曲的结构，努力使戏曲结构更加有机化、合理化。

戏剧本质上是一种表演艺术，是要在舞台现场演出的。受空间（舞台）、时间（演出时长）和直接面对观众等要求的制约，必须结构严密，节奏紧凑，才能在有限的时间和空间里高度集中地叙述故事，表达思想感情，牢牢吸引观众，给观众带来强烈的艺术感受。如果结构松散，节奏缓慢拖沓，就不可能达到这样的效果。因此，相比于诗歌、散文、小说等文学样式，结构对戏剧具有更重要的意义。必须特别重视结构，成为戏剧文体的一个突出特征。中国古代戏曲作家也或自觉或不自觉地意识到戏曲文体的这一特殊要求，在加强戏曲结构的有机化、合理化方面做了许多努力。特别是与舞台演出实际结合比较紧密的元杂剧，一般都采用"四折一楔子"的结构形式，提炼戏剧情节发生、发展、高潮、结局等主要环节，予以高度浓缩的展现，结构非常简洁明快。南戏和传奇因为不受这种体制的限制，结构容易失控。特别是部分文人创作的传奇，往往不太考虑舞台演出的实际要求，只是一门心思要写出花团锦簇的文辞，不注意节制笔墨、压缩篇幅、安排结构。即使注意到结构问题，也往往用史传、散文等书面文学的结构观念来看待和处理戏曲的结构，讲究完整周到、起伏照应等等。这样的作品在案头上看结构似乎非常严密，搬到舞台上演出就完全不是那么一回事，往往显得拖沓累赘。李渔曾指出："然传奇一事也，其中义理分为三项：曲也，白也，穿插联络之关目也。元人所长者，只居其一，曲是也；白与关目，皆其所短。"[1]其实元杂剧还是比较注意结构（关目）的，结构拖沓累赘的情况更普遍地存在于明清传奇中。包括许多知名戏曲家的著名作品，往往也不免此弊。

南戏和传奇一般都采用双线结构，以往的南戏和传奇作品往往把两条线索上故事发展的每个环节都写齐，按部就班缓慢向前推进。前面已经表演过的情节，下次再提到时，也往往完整地再描述、介绍、回忆一遍。这样固然便于适应文化层次比较低的观众的欣赏习惯，但对文化层次稍高的观众来说，就显得重复累赘。部分晚明戏曲作品已摆脱这种状态，注意情节的跳跃和紧凑。有些环节能省则省，通过补叙一笔带过，避免因简单重复而使读者和观众感到厌倦。

如傅一臣《人鬼夫妻》中，崔生与兴娘私合，因惧暴露，提出有老仆金荣在吕城，可逃往暂住。第三折末崔生与兴娘定计，第四折开头已是一年之后，两人要告别金荣夫妇，回家探望兴娘父母。其间崔生、兴娘到金荣处相认、相处的过渡性环节，作者都省去了，结构因此更为紧凑。按傅一臣此杂剧本事源自明初瞿佑《剪灯新话》卷一《金凤钗记》。明代据《金凤钗记》改编的剧本尚有沈璟的传奇《一种情》。据云沈氏创作此剧，含有与汤显祖《牡丹亭》争胜之意，当属精心之作。《人鬼夫妻》是否根据《一种情》改编而成，难以判断。根据两个剧本的故事情节，它们都据《金凤钗记》改编的可能性较大。在《一种情》的第十三出"捉奸"中，崔生和兴娘私自结合，被兴娘家仆人行钱撞破，两人商议逃走。此后分别有第十四出"舟遁"（写两人乘船逃走）、第十五出"猜遁"（写兴娘父母和行钱的对话）、第十六出"投仆"（写两人到达居于吕城的仆人来富处）、第十七出"游庙"（写两人游览来富家附近的周王庙）、第十八出"魂释"（写兴娘鬼魂被神灵识破，因与崔生有一年夫妻之缘，被放回人间）、第十九

---

〔1〕李渔《闲情偶寄》，中国戏曲研究所编《中国古典戏曲论著集成》（七），中国戏剧出版社1959年版，第16页。

出"庆病"（写兴娘之妹庆娘在家病重）、第二十出"卢仙"（写卢二舅得道仙）、第二十一出"痛归"（写土地神催促两人回家）、第二十二出"别仆"（写两人与来富夫妇告别）、第二十三出"神嘱"（写兴娘家苍头奉命到周王庙祷告）、第二十四出"舟话"（写崔生、兴娘二人在归舟上对话）。按《一种情》为传奇，出数不限，可以铺展；《人鬼夫妻》为杂剧，折数有限，势必简化情节。简单比较两剧的结构，并不太合适。但《一种情》把每个环节都写到，难免拖沓。其中穿插周王、卢二舅、土地神等情节，尤显赘余。《人鬼夫妻》大大简化故事情节，特别是省去有关神仙的几个环节，集中于崔生与兴娘情缘主线，由此仍可见出作者"减头绪"的匠心。

傅一臣《截舌公招》中的男主人公郦隽之看上了独孤之妻庾氏，剧本第一折"尼奸"开头，即是郦隽之访般若航庵主蕴空问计。从他的叙述中可知，他此前已看到蕴空出入独孤家门，知其与庾氏有交往，剧本省略这一环节，只凭回叙交代，剧情节奏更快捷。

该剧第四折，独孤生闯入尼庵，杀了蕴空，为避免漏风，又去杀小尼定慧："（生下，急上）且喜两命都被我断送了。"把杀小尼的过程放在暗场处理，避免了重复杀人情节。同时，老尼之死可以说罪有应得，小尼则在很大程度上是冤死的。剧本这样处理，也减少了血腥气氛，可谓一举多得。

傅一臣《没头疑案》第一折，徽商程序上场自报家门，即慨叹"小生姓程……只为酒家这小娘子，茶饭俱荒，寝处皆废。昨虽歆李方以利，不知他与妻孥商量若何，今特怀现物饵之"。这样就把此前程序如何发现陈氏美貌又如何利诱其夫李方的过程全省略了。[1]

如果说傅一臣《苏门啸》诸剧因属杂剧体制，不能不压缩许多环节（其实这些杂剧都没有遵守四折一楔子的元杂剧旧规，折数自由），那么传奇作家也注意省略剧中的故事环节，就更能证明当时的戏曲家确实已在比较

---

[1] 以上均见傅一臣《苏门啸》十二种，中国艺术研究院图书馆藏傅惜华原藏明崇祯十五年敲月斋刊本。

自觉地追求戏剧结构的有机化、合理化。如明清传奇中几乎每一部作品都有千篇一律的"赴试""春闱""放榜"环节，令人望而生厌。而沈君谟《风流配》第二十七出，男主人公欧阳绮已中探花，就从小生鲁柯口中说出来，避免了科场考试、发榜的俗套。王异《弄珠楼记》第二十八出"春闱"，全出只用"照常科"三字了之，则可视为当时作者还不能完全无视当时戏曲的套式，但又已不愿意刻板遵守的态度的体现。

随着部分戏曲作家重结构、减头绪、省环节意识的增强，他们所创作的传奇作品的篇幅普遍变短，出数减少。明清时期其他传奇动辄四五十出，如《牡丹亭》为55出，《长生殿》为50出。但下面这些可以肯定或很有可能创作于晚明的传奇都在30出以内，如《东吴记》8出，《绿袍记》24出，《祥麟现》25出（一本作28出），《文渊殿》27出，《快活三》29出，《息宰河》《花眉旦》30出。[1]《江天雪》现存8出，按目录应为25出。其他很多剧本也在30出左右，如《折桂记》《一种情》31出，《弄珠楼记》《风流配》《剑丹记》《蝴蝶梦》《葵花记》32出，《双璧记》33出，《鸳鸯被》《异

---

[1] 无名氏《东吴记》，中国艺术研究院图书馆藏傅惜华原藏清乾隆年间百本张钞本。无名氏《绿袍记》，黑龙江大学张安祖教授家藏明万历后期至崇祯年间刻本，清焦循《剧说》以为当属明万历后期与《红梅记》等同时之作品。姚子翼《祥麟现》，中国艺术研究院图书馆藏杜颖陶原藏清初钞本。姚子翼，生平事迹不详，约天启、崇祯间在世。董康《曲海总目提要》卷十四"祥麟现"条下按语："此剧为明姚子翼撰。子翼一作子懿，字襄侯，号仁山，浙江秀水人。所作传奇四种，《上林春》《遍地锦》今存，《白玉堂》《祥麟现》佚。"（人民文学出版社2014年版，第650页）无名氏《文渊殿》，哈佛燕京学社图书馆藏清钞本，"玄"字缺笔，应为清康熙年间钞本。剧中提到"文渊殿""东、西厂"等明代之事，作于晚明的可能性较大。张大复《快活三》，北京大学图书馆藏明崇祯年间钞本。张大复（1554—1630），字元长，自号病居士，昆山（今属江苏）人。少为诸生，四十眼疾失明。著有《嘘云轩文字》《梅花草堂笔谈》等。沈嵊《息宰河》，南京师范大学图书馆藏明末且居刻本。沈嵊（？—1645），字孚中，仁和（今浙江杭州）人。为人不拘小节，越礼惊众。清兵南下，力主抵抗。因误传兵事，为乡人所毙。撰有传奇三种：《宰戍记》《息宰河》《绾春园》，后两种尚存。范文若《花眉旦》，安徽省芜湖市图书馆藏阿英原藏清钞本。范文若（1586—1634），字香令，一字更生，初号景文，又号吴侬荀鸭、吴侬檀郎，松江（今属上海）人。明万历四十七年（1619）进士。撰有传奇16种。沈自晋《南词新谱》卷首"古今入谱词曲传剧总目"之"花眉旦"条下注："范香令未刻稿。"

梦记》《盐梅记》《续情灯》34 出等。[1] 按照舞台演出的实际情形，大约十余出适合一个演出单位时间（半天或一个晚上）演出，三十余出适合两个演出单位时间演出。当时凡是超出这个长度的剧本，即使像《牡丹亭》这样的名作，也很难连续全部搬演，往往会被节略一些出目，以便于演出（另外一种处理办法就是折子戏）。上述这些剧本，就比较适宜一个或两个演出单位时间演出，因此比较符合舞台演出的实际要求。

所谓戏剧结构的有机化、合理化的含义，并不仅指简化头绪、减省环节，还包括在经过简化提炼的戏剧结构中，尽可能使故事情节曲折多变，跌宕起伏，引人入胜。传统戏曲作品因为以"曲（唱）"为主体，作者的注意力一般都集中在写作曲词上，故事情节往往相当简单，而且大多数情况下都遵循一个固定的模式，缺乏曲折性、新颖性。一个剧本一般只有一

---

〔1〕无名氏《折桂记》，日本京都大学图书馆藏明万历间唐振吾广庆堂刊本。沈璟（1553—1610）《一种情》，北京大学图书馆藏马廉不登大雅文库原藏近代姚华据康熙年间王献若钞本过录本。王异《弄珠楼记》，北京大学图书馆藏马廉不登大雅文库原藏钞本，为晚明曲（参见前第 363 页注）。沈君谟《风流配》，国家图书馆藏郑振铎原藏张玉森钞本，应为晚明戏曲（参见前第 362 页注）。纪振伦《剑丹记》，上海图书馆藏明万历间金陵广庆堂刻本。陈一球《蝴蝶梦》，浙江省温州市图书馆藏清光绪十七年（1891）跋钞本。陈一球（1601—？），字非我，号蝶庵，浙江乐清人。自幼好学多才，慷慨国事，指斥贪官污吏。娶妻杨氏，夫妻不睦，分居二十余年。官史勾结其妻党诬诬告其所著《悟空篇》为"左道"，传奇《蝴蝶梦》为"谤书"，罗织成狱，充军福建，后放归故里。甲申国变，参与抗清，曾被福王授予中书舍人之职。明亡隐居不仕以卒。则《蝴蝶梦》尤其在明末所作。高一苇《葵花记》，国家图书馆藏明万历间金陵广庆堂刻本。明末祁彪佳《远山堂曲品》已著录（祁彪佳著、黄裳校录《远山堂明曲品剧品校录》，第 95 页）。高一苇，钱塘（今浙江杭州）人，生平事迹不详。无名氏《双璧记》，天津市图书馆藏钞本。按明末祁彪佳《远山堂曲品·杂调》已著录《双璧记》（祁彪佳著、黄裳校录《远山堂明曲品剧品校录》，第 133 页）。明末启圣汇辑、书林熊稔寰绣梓《新锓天下时尚南北新调尧天乐》亦选录《双璧记》一出，则该剧为晚明作品。王元寿《鸳鸯被》，中国艺术研究院图书馆藏傅惜华原藏钞本。王元寿《异梦记》，国家图书馆藏明末师俭堂刊本。按王元寿，字伯彭，陕西合阳人，生卒年不详。与祁彪佳（1602—1645）同时，并为好友。祁氏《远山堂曲品》收录王元寿所作传奇剧目二十余种，其中有《鸳鸯被》《异梦记》（祁彪佳著、黄裳校录《远山堂明曲品剧品校录》，第 47 页），则两剧均为晚明作品。青山高士《盐梅记》，日本山口大学图书馆藏漱玉山房刻本。明末祁彪佳《远山堂曲品》已著录（祁彪佳著、黄裳校录《远山堂明曲品剧品校录》，第 87 页），则为晚明作品。薛旦《续情灯》，上海市图书馆藏明末绣霞堂刊本（薛旦生平见前第 360 页注）。

个关键情节，如悲剧性作品中主人公一般都为一次灾难所困，整个剧本都在敷衍这一事件，高潮太少，显得平淡沉闷。晚明有些戏曲作品则摆脱了这种状况，如张大复撰《快活三》对海外的想象颇为新奇，关目极富传奇色彩。《文渊殿》《出师表》等作品故事情节也都环环相生，惊心动魄。

为了使故事情节曲折多变，增强吸引力，许多晚明戏曲家不约而同地采用误会和错认情节。薛旦《醉月缘》中女主人公和女配角姓名相近（陈宛娘、程婉扬）。王昇《弄珠楼记》中男主人公阮翰与小人阮瀚姓名相近。傅一臣《蟾蜍佳偶》中男主人公名凤来仪，又随其舅姓金；女主人公名杨寿妆，又随外婆家姓冯。几个剧本都借此造成一系列误会和错认，关目设计非常巧妙。过于依赖误会和错认，刻意追求误会和错认造成的戏剧效果，有走向卖弄技巧的形式主义和庸俗化的危险。但运用误会和错认作为构撰戏剧情节的基本框架，是中外戏剧的通例。因此，从探索戏剧艺术表现手法的角度看，晚明戏曲家的这种尝试和努力还是值得肯定的。

六

晚明戏曲"戏剧化"的动向，还体现在当时戏曲家越来越重视舞台设计，以有利于烘托舞台气氛，加强演出效果。以往戏曲作家一般不太考虑舞台设计，晚明部分戏曲作家则越来越留心于此。如傅一臣《人鬼夫妻》第七折"荐亡"，写吴防御和崔生、庆娘一起追荐兴娘：

（净）请相公、小姐执幡捧主，导引亡过小姐兴娘灵魂升仙桥。（净披袈裟、持锡杖，众执乐器前。生执幡，小旦捧主，旦覆魂帕垂手，随小旦后走。中以二凳作桥，先俱绕旁，后乃过。）

如此精细的舞台设计和演出提示，在以前的戏曲剧本中是少见的。它有利于创造一种特定的舞台氛围，对演员的演出给予明确的引导。又其《卖情扎囤》第一折"窥帘"，男主人公对邻居女子（实为女骗子）生情，两人相见，舞台提示："两椅缚帐为帘，以蔽内外，旦上，小旦扮姣童随后。"《钿盒奇姻》第一折"买盒"开场，舞台提示："设四条桌，杂扮卖货三四人，一持段，一书，一画，一杂货，参差错上"；"桌列两行，四人各摆一桌，外、末、小生、丑各样扮法、儒、商、僧、道看市人上"；"左右各自看，净扮内相从随上"；"生冠服乘马，从长班执掌扇随上，扇柄贴'翰林院'字样"。这些舞台布置提示和动作设计都很详细具体。

傅一臣的《义妾存孤》，在安排道具上颇具匠心。该剧写朱某就任四川，其子同往，娶得一妾福姝，夫妇恩爱，已有身孕。朱某离任回家时，以路途不便为由，不让福姝同行。福姝产一子，依托母家，以绩麻为生，艰辛度日。朱公子返乡后病死，其正妻无出，朱某得知福姝有子，派家人赴蜀中接回。临行收拾行李，唯有一个绩麻的麻筐："（小旦）你看我家徒四壁，有甚行装。（指麻筐）只此是我母子二人的良田了。"出门前其幼子道："娘的麻筐，待孩儿拿了去，与公公看。"[1] 这个道具非常生活化，又具强烈象征意味，不同于以往戏曲中常见的已成烂熟套式的金钗、玉璧之类，比较质朴感人。

晚明王骥德等戏曲理论家已提出重结构等主张。明末清初，以李玉为代表的苏州剧作家群和杰出戏曲艺术家李渔等在戏曲理论和戏曲创作上都取得了突破性成就。他们的戏曲创作重视情节设计，喜用误会和错认关目，富于传奇性；结构紧凑，便于舞台演出；曲辞和说白比较贴合人物性格；注重科诨，演出气氛活跃。李渔《闲情偶寄》将这些艺术实践经验加以总结，强调戏曲必须重结构、重宾白、重科诨，提出了"立主脑""脱窠臼""减头绪""密针线""贵浅显""重机趣""语贵肖似"等具体主张。

---

[1] 以上均见傅一臣《苏门啸》十二种，中国艺术研究院图书馆藏傅惜华原藏明崇祯十五年啸月斋刊本。

从本文所提及的这些稀见明代戏曲作品可以看出，虽然晚明时期的大多数戏曲家，包括很多中下层的戏曲家，都还在沿袭戏曲传统，遵循昆曲的体制规范，但稍早于李玉、李渔等人，或几乎同时，已经有一些不太知名的戏曲家实际上都在做新的探索，其趋向与苏州剧作家群和李渔的理论和实践是一致的。由此可见，苏州剧作家群和李渔的戏曲理论和戏曲创作取得重要突破不是孤立的、偶然的现象，而是当时戏曲艺术总体发展趋势的必然结果。通过考察这些比较稀见的晚明戏曲，我们就可以对当时戏曲发展的整体状况获得更全面的认识，更准确地把握当时戏曲发展的动向。

由此我们还不禁产生一种猜想。中国古代戏曲总体上是一种综合艺术，既以歌唱为主，主体上相当于西方的歌剧，又有话剧、舞剧的因素。但其内部实际上也在分化发展，其中的一个支流就是减少歌、舞的成分，加重话的成分，以求增强戏剧性。如果不是后来引进西方话剧，话剧、歌剧、舞剧分门别类，照明末清初戏曲"戏剧化"的趋势发展下去，中国古典戏曲内部是否有可能继续发生分化，形成歌、舞、话分流的局面，即有的继续以歌为主，但仍兼有舞、话的成分；有的以舞为主，仍兼有歌、话的成分；有的则以话为主，而兼有歌、舞的成分，从而形成具有中国特色的戏剧体系。当然，这只是一种推测。

（原刊于《文学遗产》2018 年第 4 期）

关于文学思潮史的写法

——以明代文学思潮史为例

一

文学思潮史与一般的文学史、文学理论批评史等一样，属于广义的文学史的一种类型。所有文学史研究的根本宗旨，都在于展现一个民族、一个国家以至整个人类文学发展的真实面貌和历史过程，揭示人类心灵的基本构成及其变迁轨迹。文学史本质上就是心灵史，这已经成为人们的共识。但不同类型的文学史，在展现文学发展的真实面貌和历史过程、揭示人类心灵的基本构成及其变迁轨迹方面，角度和侧重点有所不同。一般的文学史，其主要目标是尽可能完整地展现文学发展的真实面貌，因此它关注的重点，应该是作为文学史之主体的作家和作品，包括作家的生平经历、创作过程，以及文体、题材、主题、风格、表达技巧等。文学理论批评史的主要任务，是揭示人们对重要文学理论问题的思考及种种文学观念发生和变迁的历程，因此它必须在文学领域中，侧重向内部、向深处推进，挖掘、提炼和分析人们对重要文学理论问题的思考，关注的重点是人们的种种文学观念。文学思潮史，顾名思义，其主要功能应该是展现文学发展的整体运动过程，因此它应立足于文学史的基本内容即作家和作品，结合文学理论与批评，侧重向文学的外部，即人们的文学活动、文学风尚以及文学与社会环境的关系拓展和延伸，重点关注的应该是人们的文学活动和文学风尚。

当然，这种区分是相对的。几种不同类型的文学史之间，涉及的内容有所交叉，但它们的大致分野总体上是清楚的。一般的文学史研究，过去是，现在是，将来也应该是文学史研究的主体。但文学理论批评史、文学思潮史等，也是必要和有益的补充。它们从不同的维度，对文学发展的历史进行观察和分析，综合起来，即可帮助人们对文学史的内部结构、整体面貌和历史过程获得更全面、深入、准确的认识。

单就文学思潮史本身而言，既以此命名，就必须遵循文学思潮史研究的一般原则，但又不能套用一个固定的模式，因为不同国家、不同民族在不同历史时期甚至不同历史阶段的文学思潮发展演变的具体情形都是不一样的。文学思潮史的演进有时主要体现为历时性的不同环节的兴衰嬗替，有时则主要体现为共时性的多个文学组团的相互冲突对立和渗透交融，更多的时候是这两种情形同时存在，纵向的嬗替演变与横向的相互影响缠绕在一起。就文学的内部因素与外在社会环境的作用而言，有时是内部某种因素如重要作家、文体、主题、题材、表达技巧的变化带来整个文学系统的变化，有时则是外部环境的某个方面如政治、经济、军事、学术、宗教、技术的变化造成了文学领域内的连锁反应。文学思潮的重大转变，有时集中体现为重要文学社团及其文学主张的出现，有时又集中体现为重要文体或代表性作品的问世，有时还体现为某种与文学有关的重大标志性事件的发生。

在影响文学思潮发展变化的诸多外部因素中，从长远的角度看，经济因素无疑起着决定性作用，但其他因素的作用也不可忽视。尤其是在某个特定的历史阶段内，社会生产力和生产关系的变化往往并不显著，社会环境中的政治、军事、科技、学术、宗教等方面的变化，都有可能对文学思潮的发展变化起到决定性作用，这就是马克思、恩格斯在阐述历史唯物主义学说时一再强调的"平行四边形原理"。[1]我们在考察文学思潮发展变化的外部社会历史条件时，就不必遵循一种固定的模式，按照某种固定的顺序，始终将经济因素放在首要位置，然后面面俱到。因为这样做不仅使文学思潮史千篇一律，而且真正最重要的因素往往遭到遮蔽。我们应该按照历史发展的本来面目，在特定的历史阶段内，哪种因素起了最直接、最重要的作用，就把哪种因素放在首要位置加以考察和陈述。总之，我们必须根据研究对象本身的特点，选择有利的观察角度，设置合理的理论框架，采取相应的叙述策略。

二

如上所述，注重对文学活动的考察，是文学思潮史研究的一个特点。所谓文学活动，主要指文学家的文学活动，同时也指社会上的文学生活现象。文学家的文学活动，包括文学家提出各种文学理论主张、进行创作实践、相互交流、探讨和批评等等，集中体现为种种文学流派和文学社团现象，因此文学思潮史在一定程度上就是各种文学流派和文学社团形成、演化和嬗替的历史。丹麦学者勃兰兑斯的《十九世纪文学主潮》是文学思潮史研究的经典著作，他在序言中即表明："在如今这部著作里，我的意图是，

---

〔1〕恩格斯《致约·布洛赫》："根据唯物史观，历史过程中的决定性因素归根到底是现实生活的生产和再生产。无论马克思或我都从来没有肯定过比这更多的东西。如果有人在这里加以歪曲，说经济因素是唯一决定性的因素，那么他就是把这个命题变成毫无内容的、抽象的、荒诞无稽的空话。经济状况是基础，但对历史斗争的进程发生影响并且在许多情况下主要是决定着这一斗争的形式的，还有上层建筑的各种因素……否则把理论应用于任何历史时期，就会比解一个最简单的一次方程式更容易了……历史是这样创造的：最终的结果总是从许多单个的意志的相互冲突中产生出来的，而其中每一个意志，又是由于许多特殊的生活条件，才成为它所成为的那样。这样就有无数互相交错的力量，有无数个力的平行四边形，而由此产生出一个总的结果，即历史事变，这个结果又可以看作一个作为整体的、不自觉地和不自主地起着作用的力量的产物。"中共中央马克思恩格斯列宁斯大林著作编译局编译《马克思恩格斯选集》第四卷，人民出版社1995年版，第695—697页。

由研究欧洲文学某一些主要的集团和运动,探寻出十九世纪前半期的一种心理学的轮廓。"该书即以探寻法国流亡者文学、德国浪漫派、法国文学的反动、英国的自然主义、德国的浪漫派、青年德意志六个主要文学流派的兴衰、嬗替和相互影响、渗透,作为考察十九世纪欧洲文学思潮的主线,他认为这些文学流派"是完全具有戏曲性质的形式的一个历史运动。成为我研究对象的六个个别的文学集团,完全等于一篇伟大戏曲的六幕"。[1]

　　文学流派和文学社团两个概念的内涵既有交叉也有区别。文学流派可能是文学家主动自觉形成的,也可能不是文学家主动自觉形成的,而是后代文学评论家经过研究总结追认命名的;文学社团则是文学家们在世时主动自觉形成的。一个文学流派可能具有明确的文学主张,也可能只是在文学创作的文体、题材、主题、艺术风格上相同或相近;一个文学社团有可能是因为社团成员之间有共同的文学主张,或在文学创作的文体、题材、主题、艺术风格上相同或相近而形成的,也有可能主要是仅仅因为他们之间具有地域、家族、科甲、官职、年龄等方面的联系而形成的。一个文学流派可能由一个或几个文学社团构成,也可能没有文学社团支撑;一个或几个文学社团也许构成一个文学流派,也许不构成一个文学流派。因此有时候一个或几个文学社团等于一个文学流派,有时候则不相对应。既形成了比较严密的文学社团组织形式,又构成了一个文学流派的文学社团,才是具有较高水平的文学社团,它们是文学思潮史研究必须重点考察的对象。当然,对没有形成社团的文学流派,和不构成文学流派的文学社团,文学思潮史研究也要予以关注。

　　这里必须指出,文学流派和文学社团并不能包含所有文学活动。在任何时候,不属于文学流派和文学社团的文学活动都是存在的。但在比较成熟的文学形态中,文学流派和文学社团已是一种比较普遍的现象,绝大部

─────────────

〔1〕 该奥尔格·勃兰戴斯著,侍桁译《十九世纪文学主潮》,人民文学出版社1958年版,序言第1、4页。

分文学活动都已汇入文学流派和文学社团之中，也就是说，文学流派和文学社团已经成为文学活动的主流。即使不属于文学流派和文学社团的文学活动，也往往会或直接或间接或正面或反面地受到文学流派和文学社团即主流文学活动的影响。一般的文学史研究力求尽可能完整地展现文学发展的面貌，因此对一些存在于文学活动主流之外而又具有比较重要价值的文学现象，它也不应遗漏。而文学思潮史研究以考察文学发展的总体潮流为职志，因此它以文学流派和文学社团为主要关注对象就是合理的。

与以前各个朝代情形相比，明代文学发展的一个突出现象，就是文学流派和文学社团众多。重要的文学流派就有明初吴中派、浙东派、台阁体、茶陵派和明中叶吴中派、前七子复古派、唐宋派、后七子复古派、公安派、竟陵派、云间派等。至于文学社团，则现在可考的就还有数百个之多。[1]明代文学特别是文人文学的发展历程，基本上就由一个接一个的文学流派的兴衰和嬗替构成。中国古代早期文学发展过程中，文学家们总体上是分别进行文学活动，文学格局呈散点分布状态。因此各种文学史描述明以前各个朝代的文学发展过程，一般都以时代来划分，这表明当时的文学家之间，主要只存在时间上的外部联系，而没有其他更紧密的内在联系。近代以来的文学史在描述明以前各个朝代的文学时，也提出了一些文学流派的概念，如"山水田园诗派""边塞诗派""婉约词派""豪放词派"等，但这些都是由后人总结归纳出来的，当时的文学家都没有自觉的流派意识。明以前还有一些所谓文学流派，往往以一个代表人物的名字或郡望命名，如"江西诗派"，并不是说有一个江西的诗派，实际上"江西"就是指黄庭坚，所谓"江西诗派"就是指"黄庭坚一派"，即在一定程度上尊奉黄庭坚诗歌理论主张的那些诗人。直到明代的"茶陵派"，在一定程度上也还属于这种状况。所谓"茶陵派"，并不是说有一个非常紧密的文学团体。

----

〔1〕　何宗美《文人结社与明代文学的演进》（上、下编）考列明代（含元末）文人结社 680 余例，人民出版社 2011 年版，第 9 页。

"茶陵"就是指李东阳，"茶陵派"就是指围绕在李东阳周围，在一定程度上支持和追随他的文学家群体。严格地说，上述两类"派"，都还不完全是现代文学理论概念上的文学流派。人们用种种流派的概念来指称它们，主要是为了叙述的方便。至于后人因此把它们当成真正的文学流派来看待，则基本上属于以后律前造成的一种误会。

明代为什么会出现这么多的文学流派和文学社团？经济的发展，市镇的繁荣，交通的便利，教育和文化的普及，刻书业的发展和文学传播快捷等，都是促成这种流派纷呈、社团蜂起现象的重要原因。但更重要的原因，还在于文学本身的发展带来文学理论观念的自觉。也就是说，文学流派和文学社团众多只是外在的表现，而文学理论观念的自觉才是内在的实质。明代的大多数文学流派，特别是前、后七子和云间三子复古派、公安派和竟陵派等，都是一群文学家们在具有相当明确且基本一致的文学主张的前提下形成的。这些文学家具有强烈的流派意识，具有高度自觉的文学观念，并在这种文学观念的指导下进行文学理论的思考和文学创作实践，因此已完全符合现代文学理论中文学流派的概念。可以说，只有到了明代，中国古代文学才出现了真正的文学流派，才达到了文学理论观念的充分自觉。而这一切，毫无疑问是中国古代文学发展已进入高度成熟阶段的标志。

由于明代文学流派和文学社团已成为文学活动的重要场域，文学家们提出种种文学主张，投入创作实践，相互交流、探讨与批评等，基本上都在文学流派和文学社团的框架下进行，众多文学流派和文学社团的兴起、蜕变、衔接和嬗替，已构成文学思潮演进的主体脉络，而整个社会上的文学生活现象，如文学作品的刊刻出版、广大读者的阅读风尚和批评取向等，一方面对文学家的文学活动产生反馈作用，一方面也受文学家文学活动的主导。因此考察明代各个文学流派和文学社团的形成和演化过程，以及它们之间相互冲突、相互激发、相互渗透、相互嬗替的关系，就成为考察这一历史时期的文学活动以至整个文学思潮史的重要角度。

三

　　文学思潮史研究力图沟通文学与其外部社会环境之间的关系，以对文学发展的总体态势做出整体性描述，文学发展的外部社会环境以及它与文学发展之间的互动关系，就成为文学思潮史研究必须予以特别关注的另一个重要领域。一般的文学史以及文学理论批评史，也都要考察文学或文学理论批评发展的外部社会环境及其对文学或文学理论批评的影响，但一般仅仅把它们当作文学或文学理论批评发展的背景予以勾勒。文学思潮史的研究与此有所不同，直接影响文学发展的外部社会环境因素如政治、经济、军事、学术、宗教等方面的变化，以及它们与文学发展之间的互动关系，在一定程度上成为需要直接面对和重点描述的对象。简言之，一般的文学史的主体是文学本身的发展史，文学理论批评史的主体是文学理论批评本身发展的历史，而文学思潮史在一定程度上乃是文学本身（包括文学思想、文学创作）与外部社会环境之间互动关系的历史。正是文学本身与外部社会环境种种因素之间互相生发、互相挟裹、共同推进的过程，构成了文学思潮发展史云卷浪飞、起伏奔涌的生动景观。

　　研究中国古代文学发展的历史，我们会发现文学与政治的关系特别密切，这是中国古代文学的一个显著特点。我们长期生活在中国的历史和现实环境中，可能对这一特点已习以为常、习焉不察。但如果我们有比较的视野，将中国文学与世界上其他国家和民族的文学相比，这一特点就会特别凸显出来。这一特点的形成，与作为文学创作活动之主体的中国古代士大夫的特殊身份有关。西方曾长期处于封建社会阶段，权力为各个诸侯、贵族所垄断，知识分子很少能够染指，因此他们大多从事宗教、文学、艺术、技术、商业活动。西方的文学艺术家，从贵族、经院学者、贵族的门客到靠版税维持生活的现代作家、艺术家，专业化程度一直比较高。与此相应，西方文学艺术与政治的关系一直不是特别密切，对文学艺术影响最深远的以前是宗教，进入现代工商业时代后，再加上资本和市场。中国则自秦汉以后，随着大一统中央集权的君主专制政治体制的形成，权力高度集中，贵族阶层日渐式微，最高统治者需要有一大批出身平民阶层而又具有一定文化修养的人才协助其管理庞大国家，于是旨在培养、选拔、任用这些人才的一系列教育、选举、职官制度也应运而生并日渐完善。在这种体制下，作为"士"即有知识有文化的人的人生目标，就是成为"大夫"即做官。于是，与君主专制相适应，一个庞大的士大夫阶层逐步形成。这是一个身份特殊的群体，它的名称就很奇妙：作为有知识有文化的人之指称的"士"，与作为官员之指称的"大夫"连在一起。但在长达两千年的中国古代社会里，这却是最普遍、最稳定、最正常的现象。于是从秦汉之际开始，相对独立从事思想文化事业的"士"阶层基本不再存在，而成为官僚阶层的附庸，总体上进入政治体制内。这是中国古代社会结构的一个重要特点，西方社会似不存在这样一个阶层。由于这一群体在中国古代社会政治、经济、文化等方面曾发挥重要作用，因此考察这一群体的身份定位、心理结构和社会功能，是考察中国古代种种社会现象和历史进程的一个重要角度。[1]

中国古代文学家基本上都属于士大夫群体，只是有的处于其上层或中层，有的处于其下层而已。中国古代文学家很多都做过不大不小的官，与西方文学史相比，这一点显得特别突出。西方人觉得很新鲜，于是他们翻译编纂的关于中国古代文学的书籍，在介绍李白、杜甫、韩愈、柳宗元、欧阳修、王安石、苏轼等时，都会注明是"官员、文学家"，而对此习以为常、觉得不言自明的我们，反而又会觉得很奇怪。进入士大夫群体上层或中层的文学家，多兼官员和学者、作家多重身份，多进入仕途，有的甚至在宦海沉浮了一辈子。处于下层者内心的自我定位也把自己设定为这样的身份。他们中很少有人把自己看成是纯粹的文学艺术家，几乎都热衷于政治。从

---

[1]　余英时《士与中国文化》"自序"："中国史上有一个源远流长的'士'阶层似乎更集中地表现了中国文化的特性，也似乎更能说明中西文化的异质之所在。"上海人民出版社 2013 年版，第 3 页。

高处说，他们都把"修身齐家治国平天下"作为自己的人生理想。从低处说，在政治上光宗耀祖对他们具有极大的诱惑力，功名利禄子女玉帛之奉也毕竟是人生中最实在的东西。于是他们就自然要卷入官场的角逐，政治便成为他们的整个生活——包括文学创作和其他文学活动——中起支配作用的因素。文学家们以文学作为参与政治的工具，描绘政治理想，抒写政治抱负，阐述政治见解，展示政治态度，发泄政治上失意的苦闷，揭露社会黑暗，表达对民生疾苦、国家命运的担忧等等。政治始终是中国古代文学的轴心，因此现实主义始终是中国古代文学的主流。当然，这一文学传统有得有失，相对来讲，中国古代文学对人性、个人自由、爱情、自然、幻想世界等的探索和描写就不够细致深入。我们研究中国古代文学，就必须特别注意它的这一特点，特别注意观察它与政治的互动关系。

政治对文人和文学的影响大致包括两个层面，一是重大社会变革或总的政治氛围对文人和文学的影响；二是某些政治制度的确立，某种政治事件的发生，甚至某个重要政治人物的进退对文人与文学的影响。我们在这里要着重强调的是后一层面。因为以前的文学史研究并非没有关注政治与文学的关系，但大多停留在对前一个层面的一般性描述上。如果我们对每个历史环节文学与政治的关系进行深入具体的考察，许多文学现象将会得到更透彻的说明。

明代文学与政治的关系尤其密切，往前看也似乎只有宋代文学与政治关系的密切程度可与之相比，这是因为宋、明两代士大夫的政治参与度更高、在政治上发挥的作用更大。明代文学思潮演进的每一个环节，几乎都与当时的政治环境有直接关系。元末明初文学思潮的变迁，很大程度上即体现为依附张士诚集团的元末吴中派与追随朱元璋集团的明初浙东派之间在文坛上主导地位的嬗替，而这与元明易代和朱元璋集团消灭张士诚集团直接相关。继明初浙东派而起的台阁体垄断明前期文坛长达百年，这又是洪武、永乐两朝实行高压的知识分子政策和文化政策以及朱元璋废除宰相、建立内阁制度及翰林院庶吉士制度等政治事件的直接结果。前七子复古运动的兴起和发展，与明孝宗相对开明的政治行为及明武宗初年发生的宦官刘瑾擅权事件有密切联系。嘉靖年间后七子复古运动卷土重来，又与当时反严嵩的政治斗争紧密联系在一起。而与之抗衡的唐宋派作家，则与严嵩集团比较接近。从嘉靖、隆庆到万历年间，唐宋派、后七子等文学流派的此消彼长，竟与张璁、夏言、严嵩、徐阶、高拱、张居正等首辅大臣的升沉进退息息相关。[1]明末复社、几社等文学社团，又积极投身到反对魏忠贤"阉党"余孽和抗清救明的政治斗争之中。即使是一些看起来与政治斗争关系不那么紧密的文学家和文学现象，其实与政治之间也存在盘根错节的复杂关系。如归有光的政治命运，在很大程度上即取决于徐阶、高拱的暗中操纵；严嵩的盛衰决定了胡宗宪的荣辱，而后者又决定了徐渭一生的遭际。只要读一遍《汤显祖诗文集》，就知道汤氏曾怀有多么远大的政治理想和人生抱负，在关注朝中是非、朝臣起落和自己的进退上花了多少心事。上《论辅臣科臣疏》一事决定了他的人生走向，如果这件事情没有发生，他将会走一条怎样的人生道路，是否还会写出不朽之作"临川四梦"，都是一个问号。而他之上此疏，乃是受张居正、申时行相继执政期间朝政的刺激。不了解这些文学家们所处的政治背景及所参与的政治事件，要准确把握其文学活动和文学创作的复杂动机和真实意义是根本不可能的。

四

作为中国古代文学活动之主体的士大夫群体的另一重要特征，就是关

---

[1] 明末吴应箕《东林本末》总结明中晚期朝廷党争的情况时指出："张江陵（居正）以前，嗣相位者必反前人之政，进其所忌，退其所曜。"见《东林始末》，上海书店出版社1982年《中国历史研究资料丛书》本，第14页；陈懿典《郭张虚诗稿序》云："永陵（嘉靖）中，李历城（攀龙）、王娄东（世贞）六七人执牛耳而号海内，海内靡然向风。当其时，分宜（严嵩）秉重，自以为作者。所推毗陵（唐顺之）、晋江（王慎中）皆一时名流，而竟不能夺王、李六七人之气而拔其帜。"见黄宗羲《明文海》卷二百七十一，中华书局1987年影印清涵芬楼钞本，第2835页。

注超越性哲理思考，倾心于对"道"（包括天地之道、政治之道、人伦之道、人生之道）的探索和实践。一方面，在政治统治占绝对中心地位的中国古代社会，宗教的作用相当有限，引导社会思想和伦理道德的职责，主要靠士大夫群体来承担；另一方面，大一统的中央集权的君主专制几乎拥有绝对权力，士大夫群体只能通过对"道"的思考和实践，以求构建高于政统的道统，对君主专制的绝对权力予以一定的制约。此外，士大夫群体作为一个具有特殊身份和责任的阶层，也必须形成自身的世界观、价值观、伦理道德原则、人格范式和人生理想，构建自身的精神世界。因为这些原因，中国古代士大夫从来都非常重视对"道"的思考和实践；都追求立德、立功、立言"三不朽"，其中"立德"还排在最前面；都信奉"朝闻道，夕死可矣"。很少有士大夫把文学事业当成自己唯一的人生目标，甚至有"士当以器识为先，一号为文人，无足观矣"的说法。[1]几乎所有文学家都既是文学的创作者、政治的参与者，也是"道"的思考者和探索者。在中国古代文人看来，文学创作活动与对"道"思考和实践本身就是密不可分的，可说是一体两面，必须相互渗透，甚至融为一体。每个文人的身份或其创作可以有所侧重，但"道"不能离文，"言之不文，行之不远"；文不能离"道"，必须载"道"，否则就于世道人心无补甚至有害。虽然魏晋以后人们对文学的特征及文学与历史、学术之间界限的认识日渐加深，但因为古代士大

---

[1]《宋史》卷三百四十《刘挚传》："每曰：'士当以器识为先，一号为文人，无足观矣！'"中华书局 1977 年版，第 10858 页；顾炎武《日知录》卷十九"文人之多"条："唐宋以下，何文人之多也！固有不识经术，不通古今，而自命为文人者矣。……而宋刘挚之训子孙，每曰：'士当以器识为先，一号为文人，无足重哉！'"《顾炎武全集》第 19 册，上海古籍出版社 2011 年版，第 745 页。按中国古代文人还有不少类似言论，如《汉书》卷六十二载司马迁《报任安书》："仆之先，非有剖符丹书之功，文史星历，近乎卜祝之间，固主上所戏弄，倡优所蓄，流俗之所轻也。"中华书局 1962 年版，第 2732 页；扬雄《法言·吾子》："或问：'吾子少而好赋？'曰：'然。童子雕虫篆刻。'俄而曰：'壮夫不为也。'"《四部丛刊》影宋本《法言》卷二；《旧唐书》卷一百九十上《王勃传》："（裴）行俭曰：'士之致远，先器识而后文艺。'"中华书局 1975 年版，第 5006 页。

夫群体的社会角色和自我定位没有发生根本改变，他们追求"三不朽"的目标和理想就没有变，重视对"道"的思考和实践的传统没有变，其文学理论和创作特别重视伦理道德的特征也就没有变，这是中国古代文学的又一个重要特点。近代以来，在西方学术观念的强大影响下，我们遗忘了中国古代文化自身的传统，将古代文人分别划分为思想家或文学家，在一定程度上割裂了他们的整体精神世界，忽视了他们对"道"的思考和实践与其文学活动之间的内在联系；用西方纯文学的观念来评判中国古代文学作家作品的得失和优劣，对比较注重对"道"的思考和实践的文学理论和作品持批评和否定的态度，现在有必要对这种做法进行反思。

明代文人特别重视对道的思考和实践，明代文学与文人对道的思考和实践关系非常紧密，这集中体现在明代的理学、心学和佛学与文学的密切关系上。且不说宋濂、杨士奇、唐顺之、王慎中、李贽等重要文学家与理学、心学和佛学瓜葛甚深，就是李梦阳、何景明、王廷相、徐渭、汤显祖、袁宏道、金圣叹等与理学、心学和佛学的关系也非同一般。作为明代理学、心学史的《明儒学案》，其中人物与明代文学史大面积重合。就这一点而论，在整个中国古代，也似乎只有宋代的文人与文学能与之相比，这自然同样主要是因为明代文人与宋代文人一样，社会地位较高，自我身份意识更强。

自宋到明理学和心学相继兴起，文人化佛学禅宗兴盛，原因是多方面的，其本身的性质充满内在矛盾，其对文学的影响也极为复杂。作为宋代以后中华民族理论思维主要载体的理学和心学，其根本宗旨就是倡导主体理性精神的独立自觉。如果说孔子的学说意味着中华民族作为一个类的觉醒，那么理学和心学的诞生则代表着中华民族内部每个独立的个体的觉醒，标志着中华民族主体理性精神的独立自觉达到了一个新的高度。源于这一基本性质，理学和心学对宋代以后特别是明代的文学产生了深远影响，可以说是制约着明代文学诸多文学现象产生和蜕变的巨大魅影，也是

明代文学发展过程中一系列重大突破的内在的深层的原动力。[1]明前期
浙东派和台阁体的文学风尚,虽然主要是由当时特定的政治环境决定的,
但也与理学的影响密切相关。稍后还出现了阵容颇大、影响不小的以薛
瑄、陈献章、庄昶等为代表的力图直接将理学与文学融为一体的理学家诗
派。明中叶复古派虽以批评理学对文学的影响为重要文学主张,但它与阳
明心学几乎同时兴起,实际上都是当时社会思想意识形态发生重大变化的
表现。虽然彼此追求的目标和路径不同,但它们相互呼应,内在精神有相
同之处。唐宋派作家最初均为复古派的追随者,都是在左派王学的引导下
文学宗尚发生转向。明晚期的徐渭、李贽、汤显祖、袁宏道、金圣叹等作
家,更是直接在王学左派和异端思想及狂禅思潮的启发下,提出了"童心
说""性灵说""忠恕说"等一系列新的文学主张,掀起了晚明文学革新运
动。以往对明晚期文学革新运动的研究,都强调其反理学和心学的一面,
不免简单和偏颇。心学与理学一脉相承,是它的延伸和新变;晚明文学革
新运动又是心学直接催生的产物。要说它有反理学和心学的一面,也是在
理学和心学的启发和引导下反对理学和心学,其间的关系错综复杂,远非
一句反理学和心学可以概括,思想史的真实景观就是如此混沌而奇妙。总
之,我们必须摆脱近代以来对理学和心学与文学关系的简单看法的影响,
揭示明代理学和心学与文学关系密切的历史事实,深入探讨它们之间的内
在联系,才能展现明代文学思潮演变的历史真相。

五

作为文学活动之主体的士大夫的特殊身份,也使明代文学的发展与科

---

〔1〕 参见拙著《理学与文学论集》中《思想的基本形态、现实形态和可能形态——探讨理学创造性
    转化和创新性发展之可能性的一种思路》《理学的二重性及其对文学影响的复杂性》等文。东
    方出版社 2015 年版,第 2—18、54—66 页。

举考试制度密切相关。科举考试几乎是明代士子进入社会上层的唯一途径。无论是他们想实现立德、立功、立言的人生理想，还是要改变自己的身份地位和生活条件、光宗耀祖，都必须通过科举考试这一关，于是科举考试就成为他们的人生道路中的一个关键环节和重要内容，对他们的整个生活包括文学活动产生深刻影响。

明代科举考试制度对文学的影响大致体现在如下几个方面：第一，明代科举考试制度的确立，从总体上影响了明代文学的基本特征。明代科举考试制度臻于完备，"沿唐、宋之旧，而稍变其试士之法，专取四子书及《易》《书》《诗》《春秋》《礼记》五经命题试士。盖太祖与刘基所定。其文略仿宋经义，然代古人语气为之，体用排偶，谓之八股，通谓之制义"。[1]明代士子一生的命运系于一第，因此在完成这件头等大事之前，都不能心有旁骛。即使对文学艺术产生爱好，父祖师友一般都要加以限制和禁止。从童年时代开始直到青年、中年，有些甚至是终其一生，都在揣摩八股文的写作。这首先是极大地磨损消耗了明代文人的时间精力和聪明才智，使他们不能将之更多地投入文学创作，从而影响了明代文学的总体成就。从归有光、徐渭、汤显祖、袁中道等重要文学家的自述中，我们可以看到科举之途不顺给他们带来了多么深重的伤害。[2]其次是长期揣摩八股文的经历使明代文人形成了相对固定的基本知识结构和思维习惯。及至他们后来从事文学写作，这种基本知识结构和思维习惯的影响也根深蒂固，挥之不去。宋代科举考试制度总体上偏重策论，因此宋代的诗、文中都有策论的痕迹。明代科举考试专重八股文，于是明代的文学创作中往往都能看到八股文的

---

[1]《明史》卷七十《选举志》二，中华书局1974年版，第1693页。

[2] 仅以汤显祖为例。汤显祖《答余中宇先生》："某少有伉壮不阿之气，为秀才业所消，复为屡上春官所消"；《与陆景邺》云："仆少读西山《正宗》，因好为古文诗……前以数不第，展转顿挫，气力引减"；《答张梦泽》："弟十七八岁时，喜为韵语，已熟骚赋六朝之文。然亦时为举子业所夺，心散而不精"。见汤显祖著、徐朔方笺校《汤显祖诗文集》卷四十四、卷四十七、卷四十七，上海古籍出版社1982年版，第1244、1338、1365页。

影子。作为明代最优秀的古文家，归有光的古文中"时文境界间或阑入"，就是一个典型例证。[1]关于汤显祖，有他教人用写戏曲的手法写八股文的传说，可见在当时人心目中，写八股文与创作其他类文学作品有相通之处。明代最杰出的文学理论批评家金圣叹评点《水浒传》、《西厢记》、唐诗，都借鉴八股文的文法，都以有助于士子学习写八股文相标榜，这些也都是人们耳熟能详的例子。

第二，明代科举考试制度的一系列具体制度设计和举措，对文学发展产生了直接影响。如因为科举在明代士子人生道路上占有特殊地位，因此科举考试中形成的师生、同年关系成为他们一生中最重要的社会关系。出于利益和情感的考虑，师生、同年不仅在政治上互相提携、相互利用，而且往往在文学事业上也相互呼应。明代文学思潮史上的重要文学流派如台阁体、茶陵派、前、后七子复古派、唐宋派、公安派等的形成，无一不以师生、同年关系为重要纽带。以至明代文学思潮史上的几次重大转向，几乎都以某届特定的科举考试为标志。又如选拔和培养翰林院庶吉士是明代科举考试制度的一项创举，它对明前期台阁体的形成和兴盛起了重要作用。台阁体的领袖人物是人数有限的内阁大臣，而创作队伍的主体则是为数众多的翰林院庶吉士。明代以翰林院官员和庶吉士作为内阁大学士的后备人选，这一制度安排使翰林院官员和庶吉士特别关注自己的政治前途，在从事文学创作时小心翼翼，不敢越雷池一步，从而制约了整个台阁体的诗文风尚。[2]内阁大臣和翰林院官员掌握了当时科举考试录取的主要权力，他们根据自己的爱好取舍，通过科举考试这一杠杆，将自己的文学主张推向整个社会，从而使本来属于内阁和翰林院专有文体的"台阁体"成为当

〔1〕黄宗羲《明文案序》："议者以震川为明文第一，似矣。试除去其叙事之合作，时文境界间或阑入。"见沈善洪主编《黄宗羲全集》，浙江古籍出版社2005年版，第十册，第18页。

〔2〕钱谦益《列朝诗集小传》丁集中"少师孙文正公承宗"条："凡史官在禁近者，皆媛媛姝姝，俯躬低声，涵养相体，谓之女儿官。"上海古籍出版社1983年版，第553页。

时全国性的文体。再如弘治十五年（1502），明孝宗朱祐樘亲自将所撰殿试策"脱去近习，上追汉魏"的康海点为状元，这一事件对前七子复古运动迅速高涨的重大推动作用绝不可低估。[1]另如万历三年（1575）五月，张居正上言："近郡县入学太滥，宜敕学臣量加裁省。"朝廷随即下令"沙汰生员"，各地督学官奉行太过，有的州县一次只录取一名生员，推荐参加乡试的人数也相应大大减少。[2]于是大量读书人成不了秀才，大量秀才得不到推荐参加乡试。他们失去了进身之途和生活依靠，又不想回去务农或经商，于是在社会上到处奔波，投靠皇族、官员、富商等，以做幕僚代撰应用文字、写作歌功颂德的应酬诗文为生。他们大多自称"某某山人"，于是社会上遍地山人，作为晚明重要文学现象之一的所谓"山人文学"应运而生。[3]

　　第三，对旨在展现文学发展整体风貌的文学思潮史研究来说，关于科举对文学的影响，可能更值得关注的还是科举文风与诗文创作风尚的相互作用。人情喜新厌旧，恶故好变，在长达两百七十余年的明代科举考试史上，士子撰写八股文和考官评判八股文的风尚不可能不一变再变。由于科举考试及八股文体在当时社会上的特殊地位，八股文风的变化必然影响到诗古文的创作风尚。反过来，文学领域创作风尚的变化，也会引起八股文风尚的变化。明代前期，台阁体作家同时垄断文坛和科举考试的权力，评判八股文以醇正雅驯为标准，当时的诗古文创作也就一以雍容典雅为宗。正统、天顺、成化年间，八股文写作一度出现好险好怪的风尚，诗文领域

---

[1] 张治道《翰林院修撰对山康先生状》："是时孝宗皇帝拔奇抡才，右文兴治……曰：我明百五十年无此文体，是可以变今追古矣。遂列置第一。而天下传诵则效，文体为之一变。"见黄宗羲《明文海》卷四百三十三，中华书局1987年影印清涵芬楼钞本，第4545页。

[2] 谷应泰《明史纪事本末》卷六十一"江陵柄政"条，中华书局1977年版，第945页。参见《明史》卷六十九《选举志》一，中华书局1974年版，第1687页。

[3] 沈德符《万历野获编》描绘当时山人状况颇详，中华书局1959年版，第434、584—587、630、638页等。

也同时出现了"景泰十子"和部分吴中文人好奇好艳的倾向。及至前、后七子复古派和唐宋派相继风靡文坛，八股文写作也出现了"以古文为时文"的风气，尽管所师法的古文榜样有秦汉和唐宋之别。万历中后期，公安派、竟陵派相继崛起，八股文领域也相应出现了崇尚"机趣"之风。明末复社、几社最初本来都主要是为探讨八股文写法而结成的文社，只不过后来都向政治、文学、学术领域延伸了。张溥、陈子龙等人重倡前后七子的文学复古主张，与他们倡导"宗经学古"的八股文风尚是相辅相成的。[1]总之，明代科举考试及八股文在当时社会上特别是士子心目中的重要地位，它们与文学的密切联系，是后世人一般难以想象的。

六

　　明代文学思潮的演变，还与地域文化的发展、市镇经济的繁荣及雅俗文化的交融有关。之所以把这三个方面放在一起论述，是因为它们之间有着密切的内在联系。

　　中国自古幅员辽阔，不同地域文化的风格特征和发展水平存在较大差异。秦代以前，因为诸侯并峙，东西南北各地的文化发展各有特色。秦汉时期大一统的中央集权制国家建立后，随着政治权力的集中，文化也向中

---

[1] 商衍鎏《清代科举考试述录》第七章论明代八股文源流，其略曰：明洪武、建文两朝，刘基、方孝孺、黄子澄、解缙皆有传文，然不多觏，固由风气之朴，亦散佚者多也。永乐、宣德、正统、景泰、天顺间，若于谦、邱濬、商辂、李东阳辈，蝉联鹊起。邱、李屡任文衡，体制渐开。成化、弘治间无不极力推崇王鏊，整号守溪……谓前此风会未开，守溪无所不有；后此则流屡变，守溪无所不包。理至守溪而实，气至守溪而舒，神至守溪而完，法至守溪而备，称为时文正宗。余如吴宽、邵宝、钱福、顾清、唐寅、王守仁等，一时崛起，所作悉明体达用，文质得中。钱福……与守溪齐名，因有"钱、王"之称……洎乎正德、嘉靖间，名手辈出，要以唐顺之、归有光为大家……皆深于经史，能以古文为时文者，时号"归、唐"。余如薛方山应旂、瞿昆湖景淳，皆能别树一帜……有"王、钱、唐、瞿"四家之目。后去钱而易以薛，于是复有"王、唐、瞿、薛"之名……隆、万继嘉靖后，易方为圆，渐尚机法。万历以后积习难返，及于末年，文体靡丽，佛经、语录尽入于文。三联书店 1958 年版，第 238—241 页。

心城市特别是长安、洛阳、建康等都市汇聚，其他地区文化的发展出现相对停滞和萎缩。主要文学活动都发生在主要都市，其他地区的文学活动几乎可以忽略不计。直到六朝特别是隋唐以后，因为大量北方移民南下、京杭大运河开通、北方经历安史之乱等原因，南方得到长足开发，经济、文化的发展重新呈现南北东西多中心分布的格局，除长安、洛阳之外，扬州、杭州、成都、荆州等地的文学活动也纷纷渐成气候。进入宋代以后，经济、文化、政治中心由西向东、由北向南转移的趋势日益明显。随着农业生产技术的进步，南方粮食生产水平提高，使相当一部分社会成员可以转而从事手工业生产和文化教育事业，这又带来了商业交换的频繁和市镇经济的繁荣，社会基层的教育和文化水平得到很大提高，地方文化、市井文化得到快速发展，整个社会文化逐步形成多元、多层的形态。元代由于蒙古统治者不重视文化，作为文化交流重要纽带的科举考试也长期废置不行，于是各个地方文化分头发展。作为这一历史过程的结果，元末明初，全国的文化（包括学术和文学、艺术等）相对集中于吴中、浙东、江西、安徽、福建、广东等几个区域。

入明以后，因为中央集权制度加强，明王朝实行重农抑商政策，南北两京以外其他地区的文化又曾一度相对沉寂。及至明中叶，吴中地区的经济与文化率先复苏，其他各地特别是环太湖地区的经济与文化日渐兴盛，文人文学艺术和民间文学艺术蓬勃发展，至晚明时期达到高峰。明代文学思潮发展变化的每一个环节，几乎都有地方文化和文学的因素在起作用。元末明初文学思潮的变迁，主要由浙东文人取代吴中文人在文坛上的主导地位而得以实现。台阁体作家队伍一直以江西文人为核心。景泰年间最早突破台阁体文风的作家大都来自于环太湖地区，茶陵派作家也以南方作家为主体。前七子复古运动由中原作家主导，取而代之的唐宋派则基本由南方作家组成。后七子复古运动呈现南北文学家合作协调的色彩。公安派主要由三袁的荆楚同乡、袁宏道任职吴中和游历吴越时交往的吴中文人及他和兄长袁宗道在北京任职时结识的官员组合而成，竟陵派代表人物钟、谭则都是竟陵人。晚明通俗文学创作、整理、出版、评论的高潮，主要由环太湖地区的文人徐渭、沈璟、王骥德、臧懋循、凌濛初、祁彪佳、金圣叹等推动，明末的复古运动第三次高潮也主要由环太湖地区的文人所发起，与之针锋相对的则是继承唐宋派主张的江西作家群体。各个地域文人群体或主动竖起文学旗帜，掀起文学运动，或被动卷入到文学潮流之中。每股文学潮流都带有特定的地域文化背景和明显的地域色彩。不对各种地域文化的特征和作用进行详细考察，我们就不能清楚了解每股文学潮流兴起的原因和过程，也不能准确把握其内部构成和复杂特征。

　　商品交换本非资本主义所专有，因此商品经济并不是一定要到所谓资本主义的萌芽诞生时才出现。人类几乎从成为人类的时候开始就有商品交换，从先秦到宋元商品交换也一直没有停止，只不过到了手工业和商业得到进一步发展的中晚明时期，商品交换变得更为频繁，众多市镇因此兴起，它们对人们的生活包括文化的影响变得更重要了而已。所谓明中晚期商品经济的繁荣和市镇的兴起，实际上限于以环太湖地区为中心的东南沿海一带很狭小的一个区域，而没有成为一种全国性的普遍现象。因此它实际上属于该区域地方文化发展的一种特色，它对当时文学的作用可以纳入地方文化的发展对文学的影响的框架中进行叙述。

　　商品经济发展和市镇繁荣对文学的影响是多方面的。在雅文学领域，部分文人通过与商人的交往，通过感受商品经济和市镇生活，思想观念、审美意识和诗文创作风尚发生微妙变化。出版业的发达，交通的便利，新的阅读群体的出现，新的文学场域的形成，对文学风尚的演变、文人结社和文学潮流的兴起等都有直接影响。但商品经济发展和市镇繁荣对文学的重要影响，主要还是体现在通俗文学领域。在民间方面，它提高了普通民众特别是市民的教育程度和文化水平，改变了他们的生活观念和欣赏文学艺术的审美趣味，促成了整个社会上阅读欣赏通俗文学作品风气的形成。同时许多商人或文人而兼商人者见民间通俗文学的编写出版有利可图，乃从事小说、戏曲、民歌等通俗文学的编撰、评论和出版传播，从而造成了民间通俗文学繁盛的局面。在文人方面，它促进了文人与民间通俗文学的结合，雅文学与民间通俗文学的交融，这一点在中国古代文学发展史上尤其具有特别深远的意义。

　　至迟从唐代开始，说话、戏曲等民间通俗文学就很发达，唐宋文人也注意到它们的存在，甚至从中吸取诗歌、古文、传奇创作的素材，但他们很少直接参与说话、戏曲本身的创作。元代因为科举长期废置不行，蒙古统治者在选拔任用官吏上实行民族歧视政策，广大汉族知识分子失去进身之途，部分具有较高文化艺术修养的文人被迫投身戏曲创作，便点铁成金，使早已存在但一直处于较低水平的戏曲艺术发生奇迹般的变化，创造了中国戏曲史上的第一个高峰。入明以后，由于科举考试制度恢复等原因，文人及雅文学总体上与民间通俗文学再度隔离，于是在元代曾取得突飞猛进发展的戏曲、小说等通俗文学的创作再度陷入沉寂。及至明中晚期，如前所述，商品经济的发展和市镇的繁荣带来了民间通俗文学前所未有的兴盛。这种现象引起了部分比较敏锐的文人，特别是一些在科举考场和官场上不如意而思想又相对活跃的文人的关注。他们或接受书坊主的邀请，或主动参与，加入到通俗文学的编撰、出版、评点和研究中，又一次使这些文体迅速发生神奇的变化。戏曲方面南戏演变为传奇，小说方面话本、文言传奇演变为章回体小说、中篇小说、短篇小说，民歌得到整理加工，它们的文体演进取得突破性进展，艺术水平大大提高。这反过来又大大增强了民间通俗文学的吸引力，从而推动了民间通俗文学热潮的进一步高涨，创作、传播与接受形成了正反馈机制。以文人与通俗文学的结合为主要纽带，文人雅文学的发展与通俗文学的发展之间形成了并行、交融甚至在一定程度上合流的态势。明中晚期文人雅文学领域复古派、公安派、竟陵派等的兴起，都在通俗文学领域引起回应。许多通俗文学作品，都以李攀龙、王世贞、李贽、徐渭、汤显祖、袁宏道、钟惺等评点相标榜。戏曲、小说等通俗文学的创作不仅与诗、古文等雅文学的创作在势头上平分秋色，共同构成了整个中晚明文学空前繁荣的景象，而且它们在思想观念、审美趣味上相互影响渗透，趋向基本一致，呈现出同步共振景观。[1]这是中国古代文学发展史上从来没有出现过的现象，这标志着当时文学的发展已在一定程度上打破两千多年社会等级界限森严、雅俗文学彼此悬隔的局面，开启了向雅文学与通俗文学齐头并进、相互交融的近代文学形态转移的征程，为文学的发展开辟了新的康庄大道，可惜这种趋势在明清易代之后几乎中止。总之，无论是明代中晚期通俗文学及整个文学的全面繁荣，还是包含在其中更值得注意的雅俗文学并行、交融以至在一定程度上合流的态势，都是明中晚期文学思潮发展史上最重要的现象，而它们都与地域文化的发展、商品经济的兴盛和市镇的繁荣有密切关系。

七

文学社团及其文学观念的高度自觉，政治、理学和心学及佛学、科举等与文学的互动关系，地域文化、商品经济和市镇繁荣对文学的影响等，在我看来，这些就是我们考察明代文学思潮史应重点关注的方面。做出这样的选择，一是遵循文学思潮史研究的一般要求，二是基于明代文学思潮史本身的特点。别的方面，如不同国家之间的文化交流等，在研究其他民族或中国历史上其他时期如近代和当代的文学思潮史时，应该是重要甚至是主要方面之一。勃兰戴斯的《十九世纪文学主潮》，在横向上就是以研究德国、法国、英国、丹麦等国之间多种文学思潮的相互交流影响为主要线索。但在中国明代，中外文化交流非常有限，主要只发生在中国与东北亚和东南亚地区之间，而这种交流基本上是一种纯输出关系。虽然晚明时期天主教传教士来华，在部分地区和少数文人圈中也产生了一定影响，但总体上还只是在这个古老而庞大的帝国里激起了非常微弱的一丝涟漪，对

---

[1] 参见本书《万历为文学盛世说》。

当时文学的影响更是微乎其微，因此我们暂时可以从略。

对上述诸多方面的考察，基本上还属于历史现象的层面。正如本文开头曾经阐明的，文学史本质上是心灵史，文学史研究的宗旨就是揭示特定民族在特定历史阶段里心灵的基本构成及其变迁轨迹，也就是说不能只停留在历史现象的层面，而必须深入到逻辑与规律的层面。对文学思潮史研究来说尤其应该如此，因为它将揭示这种逻辑和规律视为本身的首要职责，这也是文学思潮史与一般文学史的区别所在。只罗列大量与文学有关的现象，而没有揭示特定民族在特定历史阶段心灵的基本构成和变迁轨迹，一般文学史如此，就不能算是高质量的文学史，但可能还不无一定价值；一部文学思潮史如此，则几乎没有存在的必要。

所谓"心灵"还是一个比较笼统的概念，有必要加以解析。我认为，它主要就是指人们的审美理想，包括对客观世界特别是社会现实的态度、社会理想、人生旨趣等。它们可以归纳为人类与自然的关系、主体与客观社会现实的关系、主体的感性与理性的关系等。这样，"心灵"便成为可把握、可分析的对象了。不同民族，在不同时代，人们对上述问题的看法都不一样，就形成各种审美理想。在特定的历史时期内，随着社会生活现实的变化，人们对特定审美理想的感受认识也不一样，呈现出和谐、矛盾、对立等各种状态，这就构成所谓"心态"。它作为客观社会现实与文学之间的中介，一方面受社会经济、政治、科技、文化、宗教、军事等因素的影响，一方面决定着文学创作的观念、题材、主题、体裁、技法、风格的变化，以及文学理论的论争、文学社团流派的消长、文学的传播等。也就是说，它主导着文学思潮史的发展，是文学思潮史的内在血脉。

明代文学思潮史演进的内在血脉，同样是这一历史时期内人们审美理想的变迁。只不过这时人们审美理想的变迁正处于一个特定阶段，即在中国古代长期占据主导地位的古典审美理想与带有一定近代色彩的审美理想并峙且发生相当激烈冲突的阶段。明代审美理想和文学思潮的发展变迁因此形成了自身的特质，并在整个中国审美理想和文学思潮发展史上具有了特殊的地位和意义。有明一代文学流派之纷繁，文学论争之激烈，文坛动荡之迅猛，在整个中国古代文学思潮史上是少见的。郭绍虞先生归因于明人学风都有一股"霸气"，[1]可谓妙于形容，然知其然而不得其所以然，仍属皮相之论。我认为，造成这种种情形的根本原因，就是古典审美理想及传统文学形态与带有近代色彩的新的审美理想和新的文学形态的对立与冲突。这不是一般的风格之争、技法之争，而是两种审美理想之间的搏杀，因此明代文坛论战之激烈，就超过了此前大量的文坛论争。文学流派风起云涌、文坛动荡迅猛异常等，也正是审美理想和文学形态发生重大转变时期必然出现的现象。往后看，似乎也只有"五四运动"前后文坛的激烈论战和动荡比明代文坛有过之而无不及，而它恰恰也是新旧两种思想观念激烈交锋的时代。而且早就有学者指出了它与明代文学思潮之间遥远而又脉络宛然的渊源联系，[2]它在一定程度上可以说是后者在新的历史条件下的继续。

　　古典审美理想追求主体与客观世界统一、主体感性与理性统一、文学

---

[1]　郭绍虞《明代文学批评的特征》："我总觉得明人的文学批评，有一种泼辣辣的霸气。他们所持的批评姿态，是盛气凌人的，是抹杀一切的。"见《照隅室古典文学论集》，上海古籍出版社1983年版，第513页。

[2]　参见周作人《中国新文学的源流》："公安派……的主张很简单，可以说和胡适之先生的主张差不多。所不同的，那时是十六世纪，利玛窦还没有来中国，所以缺乏西洋思想。假如从现代胡适之先生的主张里面减去他所受到的西洋的影响，科学、哲学、文学以及思想各方面的，那便是公安派的思想和主张了。而他们对于中国文学变迁的看法，较诸现代谈文学的人或者还更要清楚一点。理论和文章都很对很好，可惜他们的运气不好，到清朝他们的著作便都成为禁书了，他们的运动也给乾嘉学者所打倒了"；"那一次的文学运动，和民国以来的这次文学革命运动，很有些相像的地方。两次的主张和趋势，几乎都很相同。更奇怪的是，有很多作品也都很相似。胡适之、冰心和徐志摩的作品，很像公安派的，清新透明而味道不甚深厚。好像一个水晶球样，虽是晶莹好看，但仔细地看多时就觉得没有多少意思了。和竟陵派相似的是俞平伯和废名两人，他们的作品有时很难懂，而这难懂却正是他们的好处。同样用白话写文章，他们所写出来的，却另是一样，不像透明的水晶球，要看懂必须费些功夫才行。然而更奇怪的是俞平伯和废名并不读竟陵派的书籍，他们的相似完全是无意中的巧合。从此，也更可见出明末和现今两次文学运动的趋向是怎样的相同了。"华东师范大学出版社1995年版，第22—23、28页。

艺术中意与象统一、诗与乐统一。近代审美理想则倾向于否定现实，张大自我；否定理性，张大感性；在文学艺术中破坏意与象、诗与乐的统一，打破平衡、和谐，凸显矛盾、对立；打破共性，凸显个性。在明代，因为古典审美理想赖以存在的整个社会环境没有发生根本变化，古典审美理想就仍具有较大的合理性，仍占主导地位，但已逐步解体；因为社会生活中一些新因素的出现，更因为现存社会环境的腐败堕落，在这种土壤上近代审美理想之花已经萌生并发育到了一定水平，在人们的社会生活中已产生相当重要的影响，开始向古典审美理想形成猛烈冲击，于是两种审美理想之间发生相当剧烈的冲突。如果说明前期以浙东派、台阁体、理学家诗派为主导的文学思潮的基本倾向是古典审美理想的解体，那么从明中叶开始，便分化出两种倾向：一是力图恢复古典审美理想的倾向，体现为茶陵派和复古运动的第一、第二、第三次高潮；一是具有一定近代审美理想色彩的浪漫主义倾向，体现为唐宋派、公安派、竟陵派和中晚明通俗文学高潮等。复古主义与浪漫主义的对峙，构成明代文学思潮的基本格局；古典审美理想的逐步解体、力图复振和不自觉蜕变，以及浪漫文学思潮的长期酝酿、如狂飙涌起、又遽然回拨，构成明代文学思潮演进的基本轨迹；古典审美理想及与之相适应的传统文学形态向具有一定近代色彩的新的审美理想和新的文学形态转移徘徊，构成明代文学思潮发展总的态势。行文至此，我不禁回忆起勃兰兑斯《十九世纪文学主潮》"自序"中的一段话："从这一世纪的开头到中叶的一段时期展开了一幅图卷，包含了许多分散的和显然不相连接的文学上的努力和现象。然而细心观察文学主潮的人，可以看出他们的运动全被一个有时高涨有时衰落的伟大的主导运动所制约，也便是：前一世纪的观念和感情逐渐在衰落和消灭，进步的观念在愈来愈高涨的新的波浪里卷土重来。"[1]相差数百年、相隔两万里的两个不同的时间

---

〔1〕 该奥尔格·勃兰戴斯著、侍桁译《十九世纪文学主潮》，人民文学出版社1958年版，自序第1页。

和空间里的文学思潮的演进，竟然呈现出某种异体同构的现象，不能不引起我们很多的联想。

　　文学思潮史力求描绘出人们审美理想演进的逻辑结构，但这种逻辑结构是非常简括的。而且它勾画出的只是人们审美理想发展变化的基本轨迹，而具体的文学思潮演变过程因受种种偶然因素的影响，实际显现的是一条与这种基本轨迹大致吻合但又曲折复杂得多的曲线。因此，对人们审美理想演进的逻辑结构的把握，不能代替对文学思潮发展过程的具体考察。我们必须回到当时的历史场景，进入历史过程，探寻历史细节，充分了解和展示文学思潮发展过程的丰富性和复杂性。研究者必须从具体上升到抽象，又从抽象回到具体。这样，文学思潮史才既不是各种文学现象的杂乱堆砌，也不是一道简单枯燥的公式。历史与逻辑的统一，是文学思潮史研究的最佳境界。

（原刊于《北京大学学报》2016 年第 5 期）

关于明代文学与清代文学的关系
——以诗学为中心的考察

关于明代文学与清代文学的关系，清代特别是清前期的学者往往把它完全描述成一种拨乱反正的过程，认为明代文学误入歧途，几乎一无是处；清代文学彻底改弦易辙，才使文学重回正轨；明代文学与清代文学之间界若鸿沟，只存在断裂与对立的关系。[1] 后来研究明代文学的人，可以说总体上一直都被清代文学家的这些观点所笼罩，视之为定评，直到今天仍在不断征引，在很大程度上仍以清代人的意见为意见。近些年来，学术研究中学科越分越细，造成了人为的隔阂。研究明代文学和清代文学的学者，往往各说各的，缺乏沟通交流。清代学者的上述看法，就没有得到应有的讨论辨析。本文力图跳出清代人当时难以避免的局限，摆脱其说法的影响，以诗学为重点，还原明代文学与清代文学之间相因相革关系的真实图景，揭示明代文学对清代文学的复杂影响，以有助于对明代文学和清代文学的历史地位做出更合理的评价，同时也算是沟通明代文学研究与清代文学研

---

[1]《四库全书总目提要》三十八《集部·总集类五》之"《钦定四书文》提要"云："有明二百余年，自洪、永以迄化、治，风气初开，文多简朴。迄于正、嘉，号为极盛。隆、万以机法为贵，渐趋佻巧。至于启、祯，警辟奇杰之气日盛，而驳杂不醇、猖狂自恣者，亦遂错出于其间。于是启横议之风，长倾诐之习，文体庞而士习弥坏，士习坏而国运亦随之矣。我国家景运聿新，乃反而归于正轨。列圣相承，又皆谆谆以士习文风勤颁诰诫，我皇上复申明清真雅正之训。"这里虽然说的是用于科举考试的四书文，但清人对明代文学与清代文学的关系的基本看法也是如此，那就是明代文学几乎一无是处，到清代文学才"归于正轨"。商务印书馆 1933 年版，第4225 页。

究的一种尝试。

一、关于清人对明代文学的批评

中国古代文化的发展有一个规律性的现象，即后起的朝代一定要否定其前面朝代的文化，以证明自己的合法性。在政治文化上是"改服色，易正朔"等等，在思想文化上则是指斥前朝之失，获得优越感，并在对前一个朝代文化的否定批判中确定自身的发展方向，凸显自身的特色。前一个朝代的江山社稷及风流人物已被埋葬在历史的坟墓中，因此这基本上是一场被告缺席的指控和判决。而前一个王朝既然灭亡了，它本身特别是它的末期肯定有很多失误，正好为后一个朝代否定它提供了靶子。按此惯例，清代特别是清前期的文学家对明代文学进行了猛烈批判和彻底否定，形成了一股强烈程度前所未有的指斥、嘲笑的声浪，至今仍在历史的时空中回荡。后来清朝也灭亡了，人们也要否定清朝。但这时中国社会已发生根本变化，从古代走进现代，人们要否定的是整个中国古代及古代的文化，所以清朝本身的文化反而侥幸地被否定得较少，清人在某种程度上成了中国古代后起的王朝否定前一个王朝这种游戏的最后一个发言者。清人的很多说法，包括对明代历史文化的看法，就没有被后来的否定所抵消，而对后世持续发生影响。

清朝特别是清初对明代文学的批判之所以空前激烈，影响深远，是几种因素机缘巧合共同作用的结果。这种批判最初起于一批明朝遗民文人，他们的目的倒不是否定明朝，恰恰是为明朝的覆灭而感到痛心。他们痛定思痛，力图总结明代覆亡的原因，找出明代文人、文学、文化与明朝覆亡之间的内在联系，反思文人、文学、文化应承担的历史责任和应吸取的惨痛教训。此前其他朝代的遗民也会做类似的反思和批判，但其力度、深度和强度都远不能与清初的明朝遗民的反思和批判相比。这首先是因为，在明代中后期，在阳明心学特别是其左派和异端及狂禅思想的影响下，社会上兴起了一股强烈的富于质疑和批判精神的学术风尚。人们批判某种现象或观点，必嬉笑怒骂、入骨三分，表达某种见解也往往极其犀利、富于感染力。这种学风虽经明清鼎革，但未骤然消歇，流风余韵延及清代前期，尤为当时坚守明朝遗民身份不与新王朝合作的一部分文人士大夫所继承。他们的思想和文章仍然保持了明代中后期的凌厉激越的风格。其次是因为，明清易代的过程之急遽，上至帝后下至庶民受祸之悲惨，整个社会动荡之剧烈，都超过以前的各个王朝更替之际。受这种空前的沧桑巨变的刺激，遗民文人对明代历史文化的反思就异常痛切深刻，批判就异常猛烈尖锐。紧接他们而兴起的清朝前期的文学家，大多是明朝遗民文人的晚辈，深受他们的影响，可以说就是在对明代文学和文化进行反思和批判的文化氛围中成长起来的，对明代历史文化的批判成了他们的基本常识和习惯动作。同时，清朝是由满族统治者建立起来的，他们在文化方面本来比较落后，越落后就越不自信，越不自信就越需要通过否定明朝及其文化以抵消自己的不自信并借此获得自信，尽管它实际上几乎全部继承了明朝制度文化、精神文化中对它有利和有用的所有内容。因此清朝在靠武力统一全国后，即开始通过一系列举措，对明代历史文化进行清算和批判，许多御用文人和普通文人都加入到这一运动中去，调门极其高亢而夸张。这样，清初明遗民的反省性批判与清朝统治者的政治性批判，官方的批判与民间的批判，就前后衔接、二水合流了。因此，我们现在能看到的清朝对明代历史文化的口诛笔伐，可谓声势浩大，给人的印象极为深刻，在很大程度上左右了后世人对明代历史文化的看法。

关于清人对明代文学与学术的总体性批判，阎若璩的说法颇具有代表性："前明三百年文章学问不能远追汉唐及宋元者，其故盖有三焉：一坏于洪武十七年甲子定制以八股时文取士，其失也陋；再坏于李梦阳倡复古学，而不原本六艺，其失也俗；三坏于王守仁讲致良知之学，而至以读书为禁，其失也虚。"[1]这可能是清代以来否定明代文学和学术者的共识。但这种说法根本经不起推敲。

关于八股取士，这是中国政治文化（包括考试文化）发展的结果，自有其历史必然性和合理性。它确实给明代文学和学术带来了诸多不利影响，但清代不是仍然继续沿用这套办法吗？在史学家孟森看来，清代统治者沿用八股取士制度，比明朝统治者用心更为险恶："明一代迷信八股，迷信科举，至亡国时为极盛，余毒所蕴，假清代而尽泄之。盖满人旁观极清，笼络中国之秀民，莫妙于中其所迷信。始入关则连岁开科，以慰蹭蹬者之心，继而严刑峻法，俾怏求之士称快。丁酉之狱，主司、房考及中式之士子，诛戮及遣戍者无数。其时发难者汉人，受祸者亦汉人。汉人陷溺于科举至深且酷，不惜假满人以为屠戮，以泄多数侥幸未遂之人年年被摈之愤，此所谓'天下英雄入我彀中'者也。"[2]可见清代士人受八股文之毒害有过于明代士人，何以见得清代的文学学术没有因八股取士而坏，明朝的文学学术就因八股取士而坏呢？或者说，何以见得明朝的文学学术因八股取士而坏，清朝的文学学术就没有因八股取士而坏呢？关于李梦阳等倡复古学，在这之前，明代文坛被毫无生气的台阁体所笼罩，正是李梦阳等发起复古运动，明代文学才焕发生机，并引发了明中后期文坛的一系列新变。难道没有复古运动，明代文学继续沿袭台阁体的轨辙，就能取得辉煌成就吗？关于阳明心学，我们现在知道，这是明代思想文化最重大的贡献。它不仅带来了明中晚期思想界生机勃勃的局面，催生了明中后期雅文学领域和通俗文学领域多姿多彩的景象，也沾溉了明末清初学术界富于批判精神的思考和探索。直到今天，它对我们倡导主体理性精神的独立自觉，提升整个民族的素质，仍具有巨大的潜在的积极意义。如果没有复古运动和阳明心学，明代文学和学术还能在历史上留下什么东西呢？

---

[1] 阎若璩《潜邱札记》卷一，台北商务印书馆景印文渊阁《四库全书》本，第859册，第407页。

[2] 孟森《明清史论著集刊·科场案》，台湾世界书局1980年版，第391页。

　　具体到从清初开始的对明代文学的批判，蒋寅《清代诗学史》第一卷指出，清初人批评明代诗歌的三大弊端是：模拟之风、门户之见和应酬之习。[1]关于应酬之习，其实不止明代存在，在唐宋以来就存在，严羽就曾严厉批评唐代元白韩孟、宋代苏黄等连联斗押，宋代文人以诗为交际工具，认为这些给诗歌带来了严重危害。明代前、后七子、云间派的诗人，都强调诗文必须有为而作，对应酬之风给予过猛烈抨击。若说以诗为应酬之具，清人的行为毫无疑问比明人严重得多，汗牛充栋的清人诗文集，应酬之作所占比例绝不会低于明人创作。

　　关于门户之见，这确实是明代人论诗论文的一个特点。所谓门户，一是指某种文学主张，或某种文学主张确定的取法范围和标准；二是指诗文作家因文学主张等原因而形成的文学派别。这两个方面是相互联系的，文学派别的形成一般以共同的文学主张为基础，当然人际关系、名利等因素也难免会渗透到门户之见中。文学而有门户，可以说是文学发展的必然现象。门户之见有利有弊。狭隘的门户之见，或纯粹出于利益的门户之见，自然对文学的发展不利。明代人之所以有比较强烈的门户之见，主要是因为他们有鲜明的文学主张。茶陵派、前、后七子、唐宋派、吴中派、公安派、竟陵派等，文学主张都大为不同。甚至同一个文学流派内部，不同群体、不同个人的文学主张也不一样。有门户就有主张，就有争论，这体现了明代文学家在文学理论方面的高度自觉。而不同的文学观念的冲突和交融，正是文坛充满活力的表现。清代诗、词、文等也分种种流派，也都有各自的信从群体，有各自的主张和取法范围。有清一代的文学，也就是由种种流派、门派组成的。清代文学的成就，也是借各种流派、门派的存在而呈现的。因此文学而有门户，不足为怪。至于那种纯粹为了名利而标榜门户，借吹捧文学派别的领袖而抬高自己，过于刻板地强调某种风格流派、取法对象，而肆意贬低其他风格流

〔1〕 蒋寅《清代诗学史》第一卷，中国社会科学出版社 2012 年版，第 78 页。

派、取法对象的行为，明人也已经察觉，并给予猛烈抨击。且不说基本上一直不为叠相主导文坛的文学流派所牢笼的吴中派文人对文坛上的门户习气有过多么辛辣的讽刺，即使是复古派领袖如王世贞等，一方面为扩大自己文学主张的影响而广招同侪，一方面也对这种陋习深表不满，他曾说："大抵世之于文章，有挟贵而名者，有挟科第而名者，有挟他技如书画之类而名者，有中于一时之好而名者，有依附先达假吹嘘之力而名者，有务为大言树门户而名者，有广引朋辈互相标榜而名者，要之非可久可大之道也。迩来狙狯贾胡，以金帛而买名；浅夫狂竖，至用詈骂谤讪，欲以胁士大夫而取名。噫，可恨哉！"[1]历览清人对文学界恶劣门户现象的批评，其刻画之逼真，指斥之痛切，似未有超过王世贞这段话者。

关于模拟之习，文学贵在创新，简单模拟前人，自是文学大弊，明代文学家不可能连这个简单的道理也不懂。李、何、王、李等复古派作家主张学古，但他们的目标是"拟议以成变化"，即通过认真揣摩学习古人优秀作品，熟练掌握诗文创作法度技巧，在此基础上自由变化，形成自身的特色。模拟只是手段，不是目的，独创才是目的。而文学创作的实践告诉我们，模拟学习前代优秀作家的优秀作品，实际上是文学创作必须经历的一个过程。复古派作家强调揣摩学习古人的作品，是符合创作实践的一种合理主张。从来没有哪一位复古派作家认为模拟就是目的，把模拟当作创作。相反，他们对简单模拟的现象也提出了严肃批评。即如最强调"拟议"的李梦阳，也反复申明"拟议"的目的是"自成一家之言"，对那种"窃古之意，盗古形，剪截古辞以为文"的做法不予认可，称"谓之影子诚可"。[2]徐祯卿早年浸染吴中诗风，后来在李梦阳等引导下转而学古，又似乎走向另一个极端，即太重模拟古人，太重体格法度，而自由变化则略

---

〔1〕王世贞著、罗仲鼎校注《艺苑卮言校注》卷八，齐鲁书社1992年版，第425页。

〔2〕李梦阳《空同集》卷六十二《驳何氏论文书》，台北商务印书馆景印文渊阁《四库全书》本，第1262册，第566页。

显欠缺。徐祯卿年仅三十三岁因病早逝，李梦阳为他的《迪功集》作序，对他提出批评并表示惋惜："夫追古者未有不先其体者也。然守而未化，故蹊径存焉。"[1] 至于唐顺之等所谓唐宋派作家、袁宏道等公安派作家以及徐渭、汤显祖等，对剽窃模拟更进行过严厉指斥。徐渭称当时复古派特别是其末流的诗文创作剽窃模拟，有如"鸟之为人言"；[2] 袁宏道《叙小修诗》等文中对复古派末流"剿袭模拟、影响步趋"的现象作了尖锐批判，[3] 其言论就更为人们所熟知了。

综上所述，清人对明代文学与文化的批评，大致分成几种情况：一种批评是合理的，如对八股取士制度和诗歌创作应酬之习的批评，但在这两方面清代人与明代人并无二致，或者说还变本加厉了。不必因此就说清人没有资格批评明人，但至少这肯定不是明代文学的成就比不上清代文学的原因。另一种批评属于误解，如清人对明代文学的门户之见和模拟之风的批评。清人未能完整准确地把握明代人关于门户问题和学古问题的理论见解，不了解明代文学家具有强烈门户意识背后的深刻原因与积极意义，也不理解明人强调学习古人的真实意图及其合理性，不能对其进行辩证的分析，因此这种批评就比较肤浅，似是而非。还有一种批评是从保守的思想观点出发的，如对整个复古运动和阳明心学的看法，我们自然更不应该盲目信从。总之，清人对于明代文学与文化的批评，未能完整准确地把握其历史面貌，因此既没有充分认识其重要价值，也没有真正抓住其根本缺陷。

二、明代诗学理论与清代诗学理论的关系

明清时期，戏曲、小说等通俗文学实际上已成为主要的文学形式，也

---

[1] 李梦阳《空同集》卷五十二，台北商务印书馆景印文渊阁《四库全书》本，第1262册，第476页。
[2] 《徐渭集·徐文长三集》卷十九《叶子肃诗序》，中华书局1983年版，第519页。
[3] 袁宏道著、钱伯城笺校《袁宏道集笺校》卷四，上海古籍出版社1981年版，第188页。

是当时成就最高的文学形式。但对当时绝大多数传统的文学家来说，它们都不值得一提。他们所重点关注的，还是传统的诗、词、文。因此，对文人雅文学来说，明代文学与清代文学的关系，主要体现为明代诗、词、文与清代诗、词、文的关系，又尤其集中在诗歌领域。

清初诗学针对明代诗学的弊端而倡导的正面主张，蒋寅《清代诗学史》第一卷也作了精当的归纳，认为包含四大主题，即复兴诗教，奠定诗学的伦理基础；重整诗统，拓展诗史视野；崇尚真诗，明确创作理念；原本学问，安顿诗学的知识基础。

关于所谓"诗教"，不同时代、不同学术立场的人，对它的理解各有侧重。但它的基本含义，应是重视诗歌反映社会现实又反过来作用于社会现实的功能。明代复古派恰恰是针对台阁体诗文既不反映重大社会现实问题，也不表达真情实感的状况，倡导诗歌是"兴观群怨"之体，强调诗歌的社会功能，提高诗歌的品格。复社、几社诗论家尤其强调诗歌的社会功能，清初诗论家只不过承其余绪而已。而且，与明代诗论家强调诗歌"兴观群怨"的多重功能相比，清初诗论家倡导"诗教"，侧重于强调所谓"温柔敦厚"，批判精神明显减弱。如钱谦益说："诗人之志在救世，归本于温柔敦厚。"[1]朱彝尊说："凡可受诗人之目者，类皆温柔敦厚而不愚者也。"[2]对"诗教"内涵的理解趋于狭窄。具有讽刺意味的是，清代初年最喜欢谈论所谓"温柔敦厚"之"诗教"的，是一班降清的官僚。在南方有钱谦益等人，在京师有以王铎、刘正宗等为代表的一批降清文人，他们倡导所谓"诗教"的真实意图值得质疑。顾炎武当时就曾愤而指斥道："今有颠沛之余，投身异姓，至摈斥不容，而后发为忠愤之论，与夫名污伪籍而自托乃

---

〔1〕钱谦益《牧斋有学集》卷十七《施愚山诗集序》，上海古籍出版社 1996 年版，第 761 页。

〔2〕朱彝尊《曝书亭集》卷三十八《高舍人诗序》，台北商务印书馆景印文渊阁《四库全书》本，第 1318 册，第 84 页。

心，比于康乐、右丞之辈，吾见其愈下矣。"[1]

从文学理论发展史的角度看，特别值得指出的是，鉴于宋代以来理学家文论、诗论过于强调"文以载道"给文学特别是诗歌带来的巨大危害，明代文学家在强调诗文的社会功能时，一直保持一种审慎的态度。他们一方面非常强调诗文的社会功能，一方面又批评过于实用主义的主张，强调诗文的审美特性，以寻求这两个方面之间的平衡。在这一点上，他们比清初文人简单重弹所谓"温柔敦厚"之"诗教"的老调，考虑得更深，观点也更为合理。在明代公安派、竟陵派诗风流行之后，作为对它过度个人化倾向的一种反拨，后起者重新提倡以"温柔敦厚"为核心概念的"诗教"，并不奇怪；特别是在遭受国破家亡的沧桑巨变之后，重新强调诗歌抚慰人心、整顿和维持社会秩序的功能，也可以理解。但明中晚期复古派、公安派、竟陵派等倡导诗歌摆脱宋代以来以理学家文学观为代表的"文以载道"文学观念的束缚，倡导诗歌表达自我的功能，强调诗歌的审美特性，探讨古典诗歌的审美特征，是中国古代诗学理论的重要发展。与之相比，强调"诗教"的清初诗学，总体上属于诗学观念的倒退。

关于"重整诗统，拓展诗史视野"。针对明代诗坛占主导地位的宗唐风尚，以及复古派强调以汉魏盛唐为法的主张，清初诗论家首先提出宋诗不可废，然后扩展到认为六朝初唐诗、中唐诗、元诗都自有其地位与价值，对这些阶段的诗歌做出了比较理性的评价，同时也拓宽了诗歌创作取法的范围，这自有合理和可取的一面。最早大力鼓吹宋诗的是钱谦益，后来王士禛也加入这一行列，他们的主张产生了广泛影响，以至学宋诗成为一时风气。王士禛《鬲津草堂诗集序》比较集中地表达了他们拓展诗史视野的主张："唐有诗，不必建安、黄初也；元和以后有诗，不必神龙、开元也；

---

[1]《顾炎武全集》第十九册《日知录》卷十九"文辞欺人"条，上海古籍出版社 2011 年版，第 749 页。

北宋有诗，不必李、杜、高、岑也。"〔1〕

其实明代复古派推崇汉魏古诗和初盛唐近体诗，是为了确立取法的最高典范，凡是有过诗歌创作实践经验或对诗歌创作规律有所了解的人都知道，学习古代优秀诗人的优秀作品，必须以高水平的诗人的高水平作品为典范，因为"取法乎上，仅得其中；取法乎中，得斯下矣"。在清代，凡是能够在一味否定明人诗学理论的狂潮中保持清醒的诗学理论家，都会实事求是地肯定明代复古派理论的合理性。如李因笃就指出，"学《三百》而得苏李，学苏李而得曹阮鲍谢，学曹阮鲍谢而得开元、天宝诸公，是真能学者矣。是故湛于《三百》而后为苏李，学苏李未能为苏李也"；"溯洄从之，必自《三百》，所谓登山而诣其极，道水而穷其源也；溯流从之，必自盛唐。否则欲入而闭之门，升高而去其梯，恶乎可"；"故曰效法于唐也，至盛唐止矣；然盛唐诸公所用掌故，率于汉魏六朝，下此其文不雅驯，并其衣冠笑貌非矣，遑问其人，故曰取材于《选》也。知斯二者，拟之议之，久之变化生焉。神而明之，与古为徒矣"；〔2〕"窃谓学诗有三候：从事既久，己以为佳，人亦以为佳，顾置之唐人集中未类，则姑舍之，而益孜孜焉；久而己以为唐，人亦以为唐，顾置之盛唐集中未类，则仍舍之，而益孜孜焉；久而己以为盛唐，人亦以为盛唐，顾其声调是矣，而矩矱不无参差，又进而加详焉。所云效法于唐，拟议日新之功渐濡既深，而后水乳融洽"。〔3〕这些看法就与严羽、前、后七子等人的"取法乎上"的观点完全一致。

至于一般地评论诗歌，明代复古派作家并没有完全否定六朝、中、晚唐和宋、元。如胡应麟《诗薮》就对六朝诗、中唐诗、宋元诗都做了前所

〔1〕 王士禛《蚕尾文集》卷一，见王士禛著、袁世硕主编《王士禛全集》，齐鲁书社2007年版，第1799页。

〔2〕 李因笃《续刻受祺堂文集》卷一《许伯子苜斋诗序》，上海古籍出版社《清代诗文集汇编》第124册影印道光十年刻本，第139页。

〔3〕 李因笃《受祺堂文集》卷三《钮明府玉樵诗集序》，上海古籍出版社《清代诗文集汇编》第124册影印道光七年刻本，第74页。

未有的细致辨析,揭示它们在诗歌发展史上的重要地位和作用。[1]至于其他明代文学家,就更不曾简单否定宋元诗等。如李东阳就提出过"宋诗深,却去唐远;元诗浅,去唐却近"的著名论断。[2]杨慎推崇六朝、初唐诗,几乎到了无以复加的程度。[3]唐顺之、王慎中、茅坤、归有光等都对宋代诗文给予了很高评价。至袁宏道则更指出:"初、盛、中、晚自有诗也,不必初、盛也;李、杜、王、岑、钱、刘,下迨元、白、卢、郑,各自有诗也,不必李、杜也。赵宋亦然,陈、欧、苏、黄诸人,有一字袭唐者乎? 又有一字相袭者乎?"[4]王士禛的话与此十分接近。在创作实践方面,早在前七子复古运动后期,当时的诗人如顾璘、高叔嗣、薛蕙、杨慎等就已经意识到,如果所有人都学汉魏盛唐,势必造成千喙一声。每个人可以根据自己的质性和爱好,选择取法的榜样。他们因此转而学习六朝、初唐和中唐,以至形成一时风气,并遭至复古派领袖李梦阳的不满。[5]公安派更是以白居易、苏轼为取法的主要榜样。

　　关于"崇尚真诗"。清初诗论家都倡导"真诗",这一概念"成为回旋在当时的诗学言说中统摄一切诗歌观念的最强音"。[6]如钱谦益说:"人之情真,人交斯伪。有真好色,有真怨诽,而天下始有真诗";[7]"文章途辙,千途万方,符印古今,浩劫不变者,唯真与伪二者而已。……真则朝

〔1〕 胡应麟《诗薮》外编卷二、卷五,上海古籍出版社1979年版,第143—162、206—245页。

〔2〕 李东阳著、李庆立校释《怀麓堂诗话校释》,人民文学出版社2009年版,第33页。

〔3〕 杨慎《升庵集》卷二《五言律祖序》《选诗外编序》《选诗拾遗序》《群公四六序》等,台北商务印书馆景印文渊阁《四库全书》本,第1270册,第21—23页。

〔4〕 袁宏道著、钱伯城笺校《袁宏道集笺校》卷六《丘长孺》,上海古籍出版社1981年版,第284页。

〔5〕 李梦阳《章园饯会诗引》:"今百年化成人士咸于六朝之文是习是尚,其在南都为尤盛。予所知者,顾华玉(璘)、升之(朱应登)、元瑞(刘麟)皆是也。南都本六朝地,习而尚之固宜。廷实(边贡)齐人也,亦不免何也?"《空同集》卷五十六,台北商务印书馆景印文渊阁《四库全书》本,第1262册,第516页。

〔6〕 蒋寅《清代诗学史》第一卷,中国社会科学出版社2012年版,第117页。

〔7〕 钱谦益《牧斋有学集》卷十七《季沧苇诗集序》,上海古籍出版社1996年版,第759页。

日夕月，伪则朝华夕槿也；真则精金美玉，伪则瓦砾粪土也"。[1]尤侗《吴虞升诗序》："诗无古今，惟其真耳。有真性情然后有真格律，有真格律然后有真风调。勿问其似何代之诗也，自成其本朝之诗而已；勿问其似何人之诗也，自成其本人之诗而已。"[2]再如魏象枢《庸言》："古人之诗出于性情，故所居之地，所处之时，所与之人，所行之事，所历之境，所见之物，至今一展卷了然者，真诗也。若今人之诗，亦曰性情物耳，然而不真者颇多。即如极富而言贫，极壮而言老，极醒而言醉，极巧而言拙，失其真矣。且功名之士，故发泉石之音；狂悖之徒，饰为忠孝之句，尤不真之甚者也。学者宜以真诗为法哉。"[3]

但熟悉明代诗学理论的人都知道，与"诗教""宋诗"等概念相比，"真诗"这个概念明人提得更多。无论是前、后七子和云间派，还是唐宋派、公安派和竟陵派，以及一些不属于这些流派的文学家如徐渭、李贽、汤显祖等，都以这一概念作为他们诗学主张的核心。李梦阳有"今真诗乃在民间。而文人学子，顾往往为韵言，谓之诗"的重要见解；[4]徐祯卿《谈艺录》深入系统探讨了真情与诗歌的关系；谢榛《四溟诗话》卷二："今之学子美者，处富有而言穷愁，遇承平而言干戈，不老曰老，无病曰病，此模拟太甚，殊非性情之真也。"[5]这与上述魏象枢的话十分接近。李贽提出了"童心说"；袁宏道主张"不拘格套，独抒性灵"；等等。总之，明人一直在强调"真诗"。朱东润先生指出："此种求'真'之精神，实弥漫于明代之

〔1〕钱谦益《牧斋有学集》卷三十九《复李叔则书》，上海古籍出版社1996年版，第1345页。

〔2〕尤侗《西堂杂俎》二集卷三，北京出版社《四库禁毁书丛刊》集部第129册，第216页。

〔3〕魏象枢《寒松堂集》卷十，商务印书馆1936年《丛书集成初编》本，第343页。

〔4〕李梦阳《诗集自序》，见《明文海》卷二百六十二，上海古籍出版社1994年版，第四册，第67页。

〔5〕见丁福保《历代诗话续编》下册，中华书局1983年版，第1165页。

文坛。"〔1〕与明人极力强调"真诗"的气魄和力度相比，清人真可谓小巫见大巫。

　　实际上，明代的诗论家，特别是复古派的诗论家，对诗歌必须表达真情实感这一问题作过更深入的思考。他们知道，不真绝不可能有好诗，但只讲真也不能保证就有好诗。要写出好的古典诗歌，除了性情必真这个基本前提外，还必须重视诗歌的法度技巧，还应该有对品格、境界的追求，否则，即使是真性情的流露，也有可能流入鄙俗。明代赵宧光（凡夫）即指出："情真、景真，误杀天下后世。不典不雅，鄙俚叠出，何尝不真？于诗远矣。古人胸中无俗物，可以真境中求雅；今人胸中无雅调，必须雅中求真境。如此求真，真如金玉；如彼求真，真如砂砾矣。"〔2〕清代诗论家中，也有见及于此者，如冯武就说过："盖诗之为道，固所以言志，然必有美辞秀致，而后其意始出。若无字句衬垫，虽有美意，亦写不出。于是唐人必

---

〔1〕 朱东润《述钱谦益之文学批评》："明代人论诗文，时有一'真'字憧憬往来于胸中。惟其知'真'之可贵，故不忌常俗而一味求之于俚歌野语之中。李空同，复古派之领袖也，而自序诗集，称王叔武之言，谓诗为天地自然之音，途咢而巷讴，劳呻而康吟，一唱而群和者为真诗，因自嫌其诗之非真。牧斋《王元昌北游集序》曰：'昔有学文于熊南沙者，南沙教以读《水浒传》；有学于李空同者，空同教以唱《琐南枝》。'空同之意可见矣。至袁中郎而后，其言益显著。《答李子髯诗》曰：'当代无文字，闾巷有真诗。却沽一壶酒，携君听竹枝。'其议论可见。钟伯敬之论诗，流入孤僻，然序《诗归》，则谓当求古人真诗所在，而认'真'者精神所为，其语不谬。牧斋之言梦呓病吟、春歌溺笑，与空同之诐谈。故自此诗文贵真，一点以论，非独牧斋不误，空同、中郎、伯敬皆不误也。自其相同者言之，此种求真之精神，实弥漫于明代之文坛。空同求真而不得，则赝为古体以求之；中郎求真而不得，则貌为俚俗以求之；伯敬求真而不得，则探幽历险以求之。其求之之道不必正，而其所求之物无可议也。犹昏夜独行，仰视苍穹，大熊煌煌，北极在上，而跬步所指，横污行潦，断汉绝港，杂出其左右，虽一步不可复前，其方向固不谬。明人或以赝求真，其举措诚可笑，然其所见，论真诗，论诗本，论各言其所欲言，不误也。自明而后，迄于清代，论者言及明人，动辄加指责，几欲置之于不问不闻之列而后快，此三百年来覆盆之冤，不可不为一雪者也。"《中国文学论集》，中华书局1983年版，第88—89页。

〔2〕 许学夷《诗源辨体》卷三十二引，人民文学出版社1987年版，第309页。

先学修辞，而后论命意，其取材又必拣择取舍。"〔1〕

总之，在明人大量强调真诗的言论之后，清人反反复复强调性情必真，在理论上可谓无甚新意。在简单粗暴否认明代文学的大气候下，清人不能心平气和地对待明代人的见解，不理解明人对既真又美的完美之诗的追求，对明人强调诗歌必须表达真情的大量言论和为求诗歌表达真情实感而做出的巨大努力视而不见，甚至似乎认为明人连诗歌必须表达真情实感这一最基本常识都不懂，乃是厚诬明人。当然，因为明人虽然强调"真诗"，努力追求"真诗"，但他们力求将性情之真与诗歌之格高、调美结合起来，于是在诗歌创作中，为了追求格高、调美，比较重视诗歌的外在形式和风格等，有时就不能坚持"性情之真"，甚至写出一些徒有其表的不真之诗。在这种情况下，清人重新强调"真诗"，也就有一定的针对性，倒也并非毫无意义。

关于"原本学问：安顿诗学的知识基础"。清人对明人最有自信心的批评，就是明人"空疏不学"。如何看待所谓明人"空疏不学"与清人注重学术这一差异，我们后面再做讨论。此处只想指出，明人论诗确实比较重性情，而不像清人那样重学问。但文学创作与所谓学问的关系，本就是一个复杂的问题。严羽《沧浪诗话·诗辩》对这一问题作了最精到的阐释："夫诗有别材，非关书也；诗有别趣，非关理也。然非多读书、多穷理，则不能极其至。"〔2〕严羽只是强调诗歌必须以性情趣味为本，性情趣味与学问不是一回事，不能依赖学问来做诗。但他并没有否认读书穷理即具备学问的重要性，相反他强调了要想达到诗歌创作的最高水平，就必须多读书、多穷理。清人因批评明代诗文理论特别是复古派的理论，连带对严羽展开猛烈抨击，根本不理会严羽的原话，认定严羽主张诗人不读书，硬把这顶帽子戴在

---

〔1〕 冯武《二冯先生评阅〈才调集〉凡例》，见《四库全书存目丛书》集部第 288 册影印清康熙四十三年垂云书屋刻本，齐鲁书社 1997 年版，第 633 页。

〔2〕 严羽著、郭绍虞校释《沧浪诗话校释》，人民文学出版社 1983 年版，第 26 页。

他的头上，说了很多慷慨激昂实际上是无的放矢的话。清人总说明人不尊重古人，对古人意见轻为扫除，简单抹杀，清人自身何尝没有这样的毛病？

诗歌本以道性情，所谓学问确实可能对诗歌创作有利有弊。如以学问填塞作品中，"以学问为诗"，就会走到性情之真的反面。李贽曾指出："学者既以多读书、识礼仪障其童心。"[1]袁宏道也指出："夫趣得之自然者深，得之学问者浅。"[2]唐代诗歌创作的成就超过宋人，但与宋人相比，唐人就显得不读书，没有学问。王国维曾指出，李后主的词是一流的文学作品，但李后主很像没有读过什么书，也不懂人情世故。清人诗歌创作的成就超过明人，但这与清人学问多没有什么直接联系。清代比较优秀的诗人如王士禛、陈维崧、纳兰容若、黄景仁、吴嘉纪、龚自珍等，也都不是靠学问把诗写好的。清代最有学问的考据学者，并没有谁同时能以诗见长。即使其中有些人的诗文创作还算当行，也不是靠学问做到的。

诗学知识也算是学问之一端，但诗学知识与诗歌创作不是一回事。早有学者指出，唐人会写诗，但基本不作诗话之类的东西，愿意作的也都是一些二三流甚至不入流的诗人。宋人倒喜欢作诗话教人，但宋人诗远不如唐人的。诗学的根本宗旨和主要价值在于指导创作。纯粹作为知识的诗学，自然需要有知识基础，但这样的诗学意义有限。即使是这种知识性的诗学，或曰诗学知识，明人也不见得就亚于清人。王世贞读遍四部，杨慎博览群书，胡应麟的《诗薮》，也是在对历代诗歌文献逐字逐句认真研读的基础上写成的。清人对诗学史的研究，所下功夫未必超过他们。

由此可见，清初文学家所倡导的主要诗学理论，基本上都是继承明代文学家的观点而来。关于"诗教"，明人的见解更具有批判性和创新性；关于"真诗"，明人的见解比清人更深刻；关于诗史视野，明人与清人的

---

[1]　李贽《焚书》卷三《童心说》，中华书局1975年版，第98页。

[2]　袁宏道著、钱伯城笺校《袁宏道集笺校》卷十《叙陈正甫会心集》，上海古籍出版社2008年版，第463页。

看法没有根本区别，只是着眼点有所不同。明代复古派关注的是取法的最高标准，清人则是一般评论各个时代诗歌的特色与成就；关于学问及诗学知识与诗歌创作之间的关系，明人的观点更符合文学艺术创作的实际。

三、明代文学理论对清代诗歌创作的影响

清代诗歌理论和创作的成就，主要体现为神韵派、格调派、性灵派和宋诗派的诗学理论和创作，它们也都与明代诗歌理论和创作有着密切的联系。

其中王士禛的"神韵说"，内容比较丰富。他和他的追随者力图将它塑造成一个含蕴深广的具有完整系统性的诗学理论体系。但要言之，它只是一种诗歌的审美风格，或曰一种境界。从诗歌发展史来看，它显然倾向于学习唐诗，而非宋诗；从诗歌的风格分类来看，它显然偏于清空一路，而非质实一路。王士禛《鬲津草堂诗集序》云："昔司空表圣作《诗品》，凡二十四，有谓冲淡者，曰遇之匪深，即之愈稀；有谓自然者，曰俯拾即是，不取诸邻；有谓清奇者，曰神出古异，澹不可收：是三者品之最上。"[1]这就清楚表明了"神韵说"的宗尚所在。严羽在《沧浪诗话》中曾提出："诗者，吟咏性情也。盛唐诸人，惟在兴趣，羚羊挂角，无迹可求。故其妙处，透彻玲珑，不可凑泊。如空中之音，相中之色，水中之月，镜中之象，言有尽而意无穷。"[2]王士禛的"神韵说"，基本内涵不出严羽诗歌理论之范围。"神韵说"与前、后七子关于诗歌格调的理论也有内在联系。"格调"是对古典诗歌审美理想的整体性体认和追求，"神韵"则是其中的重要目标或曰路径之一。必须通过追求高古之格、宛亮之调，才有可能臻于有神韵的审美境界，舍格调则无从达至神韵。也就是说，"神韵派"与明代复

---

〔1〕 王士禛《蚕尾文集》卷一，见王士禛著、袁世硕主编《王士禛全集》，齐鲁书社 2007 年版，第 1799 页。

〔2〕 严羽著、郭绍虞校释《沧浪诗话校释》，人民文学出版社 1983 年版，第 26 页。

古派前面走过的主干道都是相同的，只是到了最后阶段，复古派继续向前走，神韵派则岔上一条幽径中去了而已。王小舒《明清主流诗学的转移——论王渔洋对明代七子派的继承》说得非常好："王渔洋所继承的不是七子派的主流一脉，而是崇尚古淡的非主流一支。"[1]正因为"格调"与"神韵"之间存在内在联系，所以在以"格调"为宗旨的胡应麟《诗薮》中，"神韵"已是常见的、最重要的概念之一。[2]也正因为"神韵说"与明代复古派诗歌主张一脉相承，所以王士禛被吴乔称为"清秀李于鳞"。[3]

　　明代前、后七子和云间派等倡导格调，主张学习汉魏初盛唐诗，力图全面继承中国古典诗歌的美学传统，全面恢复古典诗歌的审美理想。在汉魏初盛唐诗歌中，他们又更集中地学习杜甫，一方面是因为杜甫本身是中国古近体诗歌的集大成者，"尽得古今之体势，而兼昔人之所独专"，[4]学汉魏初盛唐诗，自然不能回避杜甫，自然会以他为主要学习目标。另一方面，前、后七子和云间派倡导的复古，并不仅仅是诗歌和文学的复古。他们是希望通过诗文的复古，全面兴复古学、古道，从而促进整个社会臻于三代和汉唐盛世的局面。因此他们强调诗文必须有用于世，有裨治道，诗人必须关注社会现实，反映社会问题。在这一方面，杜甫无疑堪称典范。所以无论从艺术主张来说，还是从思想宗旨来说，他们虽然也有对杜甫诗歌的反思和批评，但总体上都特别推崇杜甫，以及以李白、杜甫等为代表的盛唐诗歌中雄浑高迈、沉郁顿挫的主流。

　　王士禛则避开了以李、杜为代表的唐诗主流，选择了唐诗中王、孟、韦、

〔1〕 王小舒《明清主流诗学的转移——论王渔洋对明代七子派的继承》，《文史哲》2005 年第 5 期。

〔2〕 如胡应麟《诗薮》内编卷四论李白等人诗"神韵超玄，气概闳逸"；内编卷五论贾至《早朝大明宫》等诗"气象神韵，迥自不同"；同卷论岑参诗"词胜意，句格壮丽，而神韵未畅"等。上海古籍出版社 1979 年版，第 66、82、83 页。

〔3〕 吴乔《答万季野诗问》，见丁福保辑《清诗话》上册，上海古籍出版社 2015 年版，第 26 页。

〔4〕 元稹著、周相录校注《元稹集校注》卷五十六《唐故工部员外郎杜君墓係铭》，上海古籍出版社 2011 年版，第 1361 页。

柳一派，这是很讨巧的一种选择。一方面，王、孟、韦、柳一派确实是唐诗以至整个中国古典诗歌中的重要流派之一，学习这一流派，确实也能在一定程度上继承和恢复中国古典诗歌的审美理想。另一方面，学习王、孟、韦、柳这一流派，可以专注于对诗歌艺术境界的追求，不太关心社会现实。在清初高压的民族政策、知识分子政策和文化政策背景下，这无疑是一种比较可行的选择。另外，以李、杜为代表的唐代诗歌的主流，作为明代复古派推崇和模仿的主要对象，已经为人们所熟悉。复古派追摹李、杜各家，模拟的痕迹太明显，已经饱受诟病。与李、杜各家的诗作风格鲜明、章法井然相比，王、孟、韦、柳一派的诗歌，含蓄精致，空灵缥缈，即使追摹，模仿的痕迹也不是那么明显。王士禛等有鉴于此，避开大路走小路，学习王、孟、韦、柳一派，便能避免这种批评指责。

与以王士禛为代表的"神韵派"相比，以沈德潜为代表的"格调派"和明代诗学特别是复古派诗学的关系更为密切。王士禛实际上继承复古派的格调理论而微加调整，但本人不愿意公开承认。沈德潜本人则不掩盖他的诗歌理论与明代复古派诗论的关系。他编选《明诗别裁集》，主要参照陈子龙的《皇明诗选》，也以复古派诗歌创作为明代诗歌的主流和正宗。[1]

值得指出的是，明代前、后七子和云间派讲格调，具有现实关怀和理想追求，其所谓"格调"的内涵极其丰富深厚。所谓"高古"之格，意味着作者必须具有高尚的人格和品味、高远的胸襟、远大的理想和深切的现实关怀。他们的诗学理想，与他们的政治理想、道德理想、社会理想是相关联的，与他们的个人生活、现实作为也是相关联的。正因为如此，前、后七子和云间派的文学家，对社会抱有高度的责任感，具有强烈的参与精神，先后投身于反对刘瑾宦官集团、严嵩集团的活动和抗清斗争。而沈德潜的格调论，更多的是从艺术角度着眼，偏重强调诗歌的章法、语词和音

---

〔1〕见《明诗别裁集》沈德潜"序"、周准"序"，上海古籍出版社 1979 年版，第 1、3 页。

律效果等。在诗歌的思想内容和总体风格上，则偏重于温柔敦厚，缺乏对现实积极关注、热情参与和强烈批判的精神，与明代复古派的"格调说"相比，内涵就单薄得多。

以袁枚为代表的性灵派，在乾隆中后期风行一时，在清代诗歌史上占有重要地位。其对清代诗歌创作的实际影响，可能只有王士禛为代表的神韵派可与之相比。性灵派的诗歌理论，来源于明代以公安派、竟陵派为代表的性灵派，是众所周知的事实。值得指出的是，晚明文学理论家讲的"童心、性灵、趣"等，与古代文学理论中讲的"情""性情"有关系，但不是一回事。受左派王学思想的启发，晚明文学家讲的"童心、性灵、趣"等，更带有人的自然本性的哲理性特征。在对"童心、性灵、趣"的强调中，包含有对个人自由的追求，富有深刻的思想史意义。相比之下，袁枚所倡导的"性灵"，主要是一种日常生活情趣，思想性有所减弱。[1]

性灵派之后，在嘉庆、道光年间，清代诗学和诗歌创作进入相对沉寂的时期，没有重要的诗歌流派出现。道光初程恩泽等重新提倡宋诗，以矫性灵派末流绮靡之习，开"同光体"之先河。虽然明代也有一部分人推崇宋诗，但始终不成气候，因此很难说清代的宋诗派与明代的诗文理论和创作有何种直接联系。鸦片战争以后，特别是咸丰以后，内外忧患交侵，社会矛盾空前剧烈。在这种环境下，无论是讲究空灵缥缈的神韵派，讲究温柔敦厚的格调派，还是讲究适情自娱的性灵派，都已不合时宜。适合纪事、议论的宋诗，再度成为人们追摹的榜样，"同光体"的宋诗风此时占主导地位。同时，诗坛还出现了以自我表现为旗帜的"诗界革命"思潮，诗歌重新开始发挥其干时讽世的社会功能，呈现出新的面貌。陈衍《近代诗学

---

〔1〕张健《清代诗学研究》曾论述公安派与袁枚"性灵说"的差异："袁枚的性灵尽管在诗学的范围内与公安的性灵说有相通之处，但是在其所由以立论的理论来源上却与公安派不同。袁枚的性灵是由才性论引出来的理论命题，而不是从心学引出的理论命题。所以在袁枚没有像李贽、公安派那样排斥权威、排斥经典的精神，相反，他在提出自己的命题时也还是寻求权威、经典作为自己立论的前提依据。"北京大学出版社 1999 年版，第 730 页。

论略》:"道光之际,盛谈经济之学。未几,世乱蜂起,朝廷文禁日弛,诗学乃盛。故《近代诗钞》断自咸丰之初年。是时之诗,渐有敢言之精神耳。"[1]同、光以后,"蕲向杜、韩,为变风变雅之后,益复变本加厉。言情感事,往往以突兀凌厉之笔,抒哀痛逼切之辞。甚且嬉笑怒骂,无所于恤。矫之者则为钩章棘句,僻涩聱牙,以至于志微噍杀,使读者悄然而不怡"。[2]袁嘉谷《卧雪诗话》卷一:"康、乾之际,诗家类少言时事,殆鉴高启、袁凯之辙。咸、同来,国势日岌,始鲜顾忌,而有关史乘之章,风涌云起。广州、台湾、高丽诸役,海内吟咏者众。"[3]由于鸦片战争标志着中国社会的巨大转折,中国自此面临前所未有的危机,也迎来了前所未有的发展机遇。这种历史环境和历史机遇是明人无法比拟的。所以此后文学发展变化的情形,与明朝文学已经没有可比性了。

　　总之,虽然清代诗论家大都以明人为口实,以批判、否定、嘲笑明代诗歌理论和诗歌创作为家常便饭,但清代诗歌理论和诗歌创作的主要建树,都离不开明代人的贡献。神韵、格调、性灵这几个清代诗学最重要的概念,都是明朝人提出来或做过重点论述的。清人在对相关诗学理论主张的细化和深化方面做了不少工作,但与明代人提出"格调"诗学的开创性、揭橥"性灵诗学"的思想深度相比,这些都是细枝末节。而且清代人在重新申述"神韵""格调""性灵"等明人开创的诗学概念时,受特定政治环境和思想氛围的限制,实际上大大削弱甚至阉割了这些概念原有的重要思想内涵。

四、清代诗学理论与诗歌创作的转向

　　如前所述,清代诗歌理论与明代诗歌理论相比,并无明显超越之处,

---

〔1〕见陈仲联编校《陈衍诗论合集》,福建人民出版社1999年版,第1086页。

〔2〕陈衍《小草堂诗集叙》,陈衍撰、陈步编《陈石遗集》,福建人民出版社2001年版,第684页。

〔3〕见《袁嘉谷文集》第二册,云南人民出版社2001年版,第462页。

甚至在很多方面都有所倒退。但我们又不得不承认，在诗歌创作方面，清代人的成就总体上超过明代人。为什么出现这样的悖论？明代诗文理论和创作的根本问题出在哪里，或者说它包含的根本内在矛盾是什么？清代诗歌创作成就反而高于明代诗歌的原因又是什么呢？

我认为，明代文学理论和创作的成就与清代文学理论和创作的成就之间的这种悖论，与明代文学理论和创作的内在矛盾是相互关联的。后者是指，中国古代文学发展到明代，已进入古典文学形态向具有一定近代色彩的文学形态转型的过渡时期，以传统诗、词、文、赋为主体的古典文学形态已经走向末路。但受历史的局限，明代文学家特别是复古派作家还没有意识到这一点，他们还抱有全面恢复中国古典诗歌审美特征的宏伟理想，力图重现先秦两汉古典散文、汉魏初盛唐古典诗歌兴盛的局面，因此要以第一流的汉魏古诗和初盛唐近体诗为取法的榜样，力图达到它们的水平。他们对中国古典诗歌审美特征的把握是准确的，如要写出像汉魏古诗和初盛唐近体诗那样完美的诗歌，遵循他们倡导的一系列体裁法度要求也是完全必要的。从这个角度看，他们提出的一系列具体主张都是基本合理的，真要达到这个目标，就必须像他们所说的那样做。但明代的历史环境与先秦汉魏初盛唐迥然不同，人们的社会生活、思想感情、思维方式、语言习惯等都已发生重大变化，明代文学家要实现他们的理想又是根本不可能的，如强行为之，就只能写出一些徒有其表而无其实的作品，甚至走到剽窃模拟的泥潭中。从这个角度讲，他们的文学主张又是根本不合理的，他们的努力也是注定要失败的。清代安徽籍文人黄生，虽名位卑微，却独具只眼，见识迥超众口一词简单指斥甚至粗暴谩骂明代复古派的一时名流，对明人的诗学抱负及其失误有难得的比较准确的分析："宋人学识，大概肤陋，故于古人得其皮毛，不得其神髓。又言论风旨，动师前辈，虽有隽才，亦难自拔。诗道不振，职此故也。明人之才，实远胜宋人，故不肯自安卑近，力追汉魏、盛唐，次犹撷芳六朝，希声大历。其蔽也，才为法缚，情为才掩，骨体具矣，神髓犹未。后来者，又以翻案为奇，另趋险仄一路，尖新小巧，生梗空疏，以语古人，仅云影响，并皮毛亦无之矣。"[1]

　　清代文学家实际上同样没有认识到这一点，他们总体上仍在沿袭明代文学家的思路，以为找到了正确的学诗和作诗的道路和方法，就能重现先秦两汉古典散文、汉魏初盛唐古典诗歌兴盛的局面，而清代文学特别是诗文创作的实际成就表明，他们同样没有也根本不可能做到这一点。但清人拥有明人所没有的先天优势，那就是他们生活在明人之后，可以借鉴明人失败的教训。明人的悲剧就是清人的幸运。中国古典诗歌经历汉魏盛唐的高峰和宋元以来的衰落之后，人们必然不肯就此放弃，因此必然还会出现一个力图振兴的过程。而当人们为此付出了巨大努力仍然归于失败之后，后起者才会知难而退。清人鉴于明人一再努力一再失败的历史教训，自觉不自觉地在诗歌创作的追求上实现了重大转向，调整了理论和创作策略，那就是退而求其次，不再追求第一等好诗，不限于学习第一等的楷模，而是广览博取，根据每个人的质性和爱好，写出自己的诗。从理想上看，这种策略选择是退步；但从现实可行性而言，这又是明智合理的。明人为求第一等好诗，分出诗歌的正变原委，是非分明，以决定取舍。清人则放弃这样的努力，不作这样的分别。赵执信《谈龙录》："青莲推阮公、二谢，少陵亲陈王，称陶、谢、庾、鲍、阴、何，不薄王、杨、卢、骆，彼岂有门户声气之见而然，惟深知甘苦耳。至宋代始于前辈有过情之论，未若明人之动欲扫弃一切也。今则直汩没于俗情积习中，非有是非矣。"[2]对明人和清人诗学立场上的差别，此语可谓深中肯綮。

　　在明清易代之际，最早彻底打破明代文学家特别是复古派关于诗文源流正变的理论体系，推崇宋诗以否定明代文学家特别是复古派追摹汉魏初盛唐诗的风尚，即实际上放弃追求第一等好诗的理想，转而倡导因任质性自由创作的，是钱谦益。在钱谦益之前，明代归有光、汤显祖、袁宏道、

---

〔1〕黄生《诗麈》卷二，见《黄生全集》，安徽大学出版社 2009 年版，第 351 页。
〔2〕见丁福保辑《清诗话》上册，上海古籍出版社 2015 年版，第 321 页。

袁中道等已提出类似的主张，因此钱谦益的诗学理论表面上看是对明代诗学理论的颠覆，实际上与明代诗学之间有着内在的继承关系。[1]但归有光、汤显祖的理论在当时没有产生多大影响，公安派作家在否定复古派的诗学理论体系后，着重强调"独抒性灵"这一种路数，实际上又形成了新的格套。及至其发展演变为"竟陵派"，更趋于"幽情单绪、孤行静寄"一路，路径比复古派更为狭窄，不可能为诗歌创作开辟康庄大道和广阔天地。钱谦益作为这一流变过程的见证人，深知其弊，故对复古派、公安派和竟陵派都提出了尖锐批评，转而正面倡导气象相对博大丰赡的宋诗。客观地说，钱谦益主张学宋，其意不在于不学唐，而在于不专学唐；其意也不在于专学宋，而在于自《诗三百》至元明诗皆可学。这样就能摆脱当时流行的学唐之风，为清代诗歌的取法范围和创作路数打开了开放的大门。他意识到明代复古派、公安派、竟陵派的路子都走不通，放弃了明人追求第一等好诗的理想，定下了广览博取、各依其性、但求小就的学习和创作策略，从整体上改变了明末清初诗坛上众说纷纭、莫衷一是的局面，扭转了诗歌发展的总方向，使清代诗歌避免陷入像明代诗歌那样画虎不成反类犬的境地，实际上变为只求画犬，结果至少还真像犬，从而取得了一定成就。虽然钱谦益并没有像后起的王士禛、沈德潜、袁枚等那样提出建设性的诗歌理论，但他对明代诗论和诗歌创作的批判，终结了明代诗学和诗歌创作的走向，为清代诗学理论和诗歌创作的发展开辟了广阔空间，清人正是在此基础上探讨新的诗学理论主张，尝试新的诗歌创作路径，所以钱谦益是明清之际诗学理论和诗歌创作转折的枢纽人物，他的这一历史作用和功绩是值得肯定的。

---

[1] 朱东润《述钱谦益之文学批评》："钱谦益之说，得之于震川之门人，得之于汤义仍，得之于袁小修，而融会贯通，大振力出，则又有其自己之见解者"；"(牧斋)《安雅堂集序》自称强仕以后，受教于乡先生长者之流，闻震川、公安之绪言，诗之源流利病，知之不为不正。盖牧斋师友学问渊源如此，知此而其文学批评论之背景可知矣"。《中国文学论集》，中华书局1983年版，第73、76页。

冯班是钱谦益诗学理论的亲炙者，他对钱谦益鼓吹宋诗的原因是这样理解的："图骥裹之形，极其神骏，若求伏辕，不免驾款段之驷；写西施之貌，极其美丽，若须荐枕，不如求里门之姬。万历间王、李盛学盛唐、汉魏之诗，只求之声貌之间，所谓图骥裹、写西施者也。牧斋谓诗人如有悟解处，即看宋人亦好，所谓款段之驷、里门之姬也。遂谓里门之姬胜于西施，款段之驷胜于骥裹，岂其然乎？"[1]冯班又告诫其子曰："汝学诗不必慕高，但得体格成就，理不背于《诗》《骚》，言之成文，便足名家。"[2]冯班可谓深得钱谦益诗学理论之神髓。稍后叶燮也指出："吾愿学诗者，必从先型以察其源流，识其升降。读《三百篇》而知其尽美矣，尽善矣，然非今之人所能为；即今之人能为之，而亦无为之之理，终亦不必为之矣。继之而读汉魏之诗，美矣，善矣，今之人庶能为之，而无不可为之；然不必为之，或偶一为之而不必似之。又继之而读六朝之诗，亦可谓美矣，亦可谓善矣，我可以择而间为之，亦可以恝而置之。又继之而读唐人之诗，尽美尽善矣，我可尽其心以为之，又将变化神明而达之。又继之而读宋之诗、元之诗，美之变而仍美，善之变而仍善矣，吾纵其所如，而无不可为之，可以进退出入而为之。此古今之诗相承之极致，而学诗者循序反覆之极致也。"[3]冯班、叶燮的话，如实总结、也和盘托出了清人学习借鉴古典诗歌的策略，简言之，就是退而求其次，无可无不可。虽不可能达到最高水平，但也因为不刻意追求最高水平，避免了模仿有余变化不足，虽无大成，却有小就。明代复古派想驾骏马，娶西施，心高气傲，目标远大，结果是完全落空；清人鉴于明人的教训，非常现实，结果驾着普通的马，娶了个小家碧玉，日子过得还挺滋润。

---

〔1〕 冯武《二冯先生评阅〈才调集〉凡例》，见《四库全书存目丛书》集部第 288 册影印清康熙四十三年垂云堂刻本，齐鲁书社 1997 年版，第 634 页。

〔2〕 冯班《钝吟杂录》卷七《诫子帖》，商务印书馆 1937 年《丛书集成初编》本，第 93 页。

〔3〕 叶燮著、蒋寅笺注《原诗笺注》，上海古籍出版社 2014 年版，第 224—225 页。

　　总之，清代诗歌创作之所以能取得一定成就，与借鉴明代人的经验教训分不开。明代人在诗学理论上的开创性建树，为清代人的进一步探索打下了基础；明代人的大胆探索和悲壮失败，为清代人提供了前车之鉴，使他们选择了新的策略和路径，不再走弯路并陷入泥潭。我们既要肯定清人在诗歌理论与诗歌创作方面取得的成就，肯定他们在一定程度上改弦易辙的合理性，又要揭示明代诗学理论和诗歌创作实践对清代诗歌理论和诗歌创作的积极作用，以期对两者之间的复杂关系做出辩证合理的分析。

五、明代文学与清代文学成就之比较

　　以上集中讨论了明代诗歌理论和诗歌创作与清代诗歌理论和诗歌创作的关系。那么推展到整个文学理论领域以至整个文学界，情形又如何呢？蒋寅《清代诗学史》第一卷认为，清代文学理论和批评取得巨大成就，堪称"有清一代之胜"。该书开卷在引述元代虞集、明代叶子奇、王思任、卓人月、清代顾彩、焦循和王国维等关于"一代有一代之胜"的说法后说："令人沮丧的是，直到明代人们还可以举出八股文或民歌为一代之胜以自豪，而到清代，论者竟举不出什么可引为骄傲的创造"；"文学理论、文学批评和文学研究的确是文学领域内足以让清人引以为豪的贡献"；"真正促使我将文学批评推崇为有清一代之胜的，是其著作数量之众，涉及面之广，方法之丰富多样，达到成就之高。像金圣叹、毛宗岗、张竹坡的戏曲小说批评，李渔、李调元、焦循的剧论，王渔洋、叶燮、沈德潜的诗学，万树、凌廷堪、方成培的词律研究，最后是王国维的文学理论，无不跻攀中国古代文学理论、批评的顶峰，闪耀着古代文学理论、批评和研究最夺目的光彩"。[1]

---

[1] 蒋寅《清代诗学史》第一卷，中国社会科学出版社 2012 年版，第 2—3 页。

　　清代文学理论以至整个文学和学术带有总结性和集大成性质，其成就不容否定。然而第一，明代文学理论和学术也具有鲜明的特点，并取得了巨大成就；第二，清代文学理论以至整个文学和学术与明代文学理论以至整个文学和学术之间具有密切联系，这两点同样不能否定。以往许多学者为了抬高清代文学和学术的地位，往往以贬低明代文学和学术的成就为前提，这样既不利于揭示清代文学和学术与明代文学和学术之间的内在联系，也不利于对两者的成就、地位和意义做出准确评价。

　　在诗歌理论方面，如前所述，王士禛的神韵说来源于严羽和明代复古派；沈德潜的格调说更是直接继承复古派前、后七子和云间派的诗歌理论；袁枚的性灵说，也不过是明代李贽、袁宏道等人"性灵说"的变种。王、沈、袁等对这些理论都有所深化和细化，但创作权属于明代人。至于后世评价甚高的叶燮的诗歌理论，实际上有如刘勰《文心雕龙》，确实体大思精，具有总结性质，但缺乏理论创新。[1]无论是它的变仍相因的诗史观，还是才、胆、识、力的诗人论，理、事、情的作品论等，都是综合前人意见。比如他的诗歌史观，就与胡应麟在《诗薮》中的表述差别不大。

　　实际上，中国古代诗学理论，先秦到汉代已确定基本宗旨，魏晋到唐宋不断丰富，南宋严羽作了重要理论概括提升，到明代出现了《麓堂诗话》《谈艺录》《艺苑卮言》《艺圃撷余》《四溟诗话》《诗薮》《诗源辨体》《文体明辨》等著作，已基本构建中国古代诗学理论体系。蒋寅《清代诗学史》第一卷指出："在诗学发展的初期，由于创作经验积累有限，当然谈不上深入的研究。即便是在唐代诗歌取得辉煌成就之后，宋元时代因时间较近，积累尚少，也还来不及大面积地开拓和深化，深入诗学的内核。直到明代格调派对唐诗技法的细致揣摩，才使诗歌艺术研究逐渐深入诗学的内核。遗憾的是明人学风空疏，观念偏狭，泛论诗史流变，往往大言欺人。清代

---

〔1〕　如郭绍虞先生仅从作为"批评的批评"或曰"建立批评的标准"来论述《文心雕龙》的价值，见《中国文学批评史》，上海古籍出版社 1979 年版，第 55—61 页。

诗论家不像明人那样喜欢大而化之地泛论诗史，他们更多地致力于对专门问题持续进行深入的研究，如诗人传记考证、语词名物训释、声调格律研究、修辞技巧分析。前人研究诗学，主要是为自己的创作，而清人研究诗学，却常出于纯粹的学术兴趣。一些很专门的问题，会引起学界的共同关注，群起而讨论之，并长久地吸引学者投入研究。"[1]除其中对明代诗学的评价或尚可商榷外，这里对中国古代诗学发展史轮廓的描述是非常准确的。相比之下，该书的另一段表述可能更为公允："纵观中国古代诗学著述的流变，从南北朝时期的文体论、创作论、品第论，到唐代的诗格、宋代的诗话，关于诗歌本体论、创作论、风格论、修辞学以及诗人、诗史批评的各方面都有相当的积累。到明代已出现王世贞《艺苑卮言》、胡应麟《诗薮》等内容全面、结构严谨的诗学专著……可以说，中国古代诗学的理论框架到明代已告完成，清代诗学的贡献主要在于内容的专门化、细节的充实和深描，其成就不是基于一种创造性的冲动，而是一种征实的学术精神。清代诗论家不再满足于将自己对诗的理解、期望和判断表达为一种主张，而是努力使之成为可以说明的，可以从诗歌史上获得验证的定理。"[2]这里对明清两代诗学理论之特点的分析非常全面，但创造性显然是更重要的判断标准，而且明代诗论家李东阳、王世贞、谢榛、胡应麟、许学夷等，实际上也已在做"细节的充实和深描"的工作了。其中胡应麟的研究尤其系统而细密，许学夷评价云："胡元瑞《诗薮》，自三百篇、骚赋、汉、魏、六朝以至唐、宋、昭代之诗，靡不详论，最为宏博，然冗杂寡绪。内编十得其七，外编、杂编夸多炫博，可存其半。其论汉、魏、六朝五言，得其盛衰；论唐人歌行、绝句，言言破的"；"试观六朝人论诗，多浮泛迂远，精切肯綮者十得其一，而晚唐宋元则又穿凿浅稚矣。沧浪号为卓识，而其说混沦，至元美始为详悉。逮乎元瑞，则发覆中窍，十得其七。继元瑞而起者，合

〔1〕蒋寅《清代诗学史》第一卷，中国社会科学出版社2012年版，第21页。
〔2〕同上，第19页。

古今而一贯之，当必有待也。"[1]

万树之《词律》，实在是一种简单排比工作。《四库全书总目提要》论当时词谱的编纂方法曰："今之词谱，皆取唐宋旧词，以调名相同者互校，以求其句法、字数；取句法、字数相同者互校，以求其平仄；其句法、字数有异同者，则据而注为又一体；其平仄有异同者，则据而注为可平可仄。"[2]这里明白指出了这种工作的学术性非常薄弱。实际上，唐宋词人按照当时传唱的词调创作，每个词调的段数、句数、字数，每个字的平仄、押韵等，既有相对稳定的格式，又有一定的灵活度。后人已不知词的唱法，只按照文字格律填词，遂认为某种词调的格律一定只能是某种模式，在相当大程度上属于刻舟求剑，限制了词的创作的自由。至于凌廷堪之《梅边吹笛谱》、方成培之《香研居词尘》等对词律的研究，对词的创作和词学研究的影响都有限。

清代词的创作取得了一定成就，但词的复兴，是从明代复古派重新梳理词史、探讨词体的文体特征开始的。在历经元代和明前期词的衰微和词与诗、曲的边界模糊之后，杨慎、王世贞、胡应麟、陈子龙等明代复古派文学家，在梳理和探讨中国古代诗、赋、文等文体的发展流变和文体审美特征的同时，也对词的发展流变和文体审美特征进行了系统深入的考察和体认，重新树立唐末五代和宋代词为词体文学之典范，并确认"要眇宜修"为词体文学之基本审美特征，为明末以至清代词的发展开辟了正确的道路。明末以陈子龙为代表的云间词派，更是清代词创作兴盛的直接先导。从"云间三子"到"西泠十子"，直至王士禛的《衍波词》、彭孙遹的《延露词》，都可见出陈子龙的深刻影响。[3]顺便指出，纳兰容若的词在清代

〔1〕 许学夷《诗源辨体》，人民文学出版社 1987 年版，第 348 页。

〔2〕《四库全书总目提要》四十《集部·词曲类二》之《钦定词谱》提要"，商务印书馆 1933 年版，第 4467 页。

〔3〕 参见张仲谋《明词史》，人民文学出版社 2002 年版，第 21、287、289 页。

词坛出类拔萃，在现代仍有众多喜爱者，但耿传友等人的研究表明，他的很多词的构思、意象和词句都借鉴、模拟自明代艳情诗人王彦泓的《疑雨集》，[1] 而清代人对王彦泓几乎是一片骂声。纳兰容若的词与王彦泓的诗之间的这种关系，是清代人一方面大骂明人、一方面又暗自因袭明人的一个典型例证。

清代最重要的古文流派是"桐城派"，方苞、刘大櫆、姚鼐、曾国藩等总结中国古代散文写作的经验，提出了"义法""神理气味声色格律""阳刚阴柔""雅洁"等一系列理论概念。桐城派的古文理论具有中国古代文章学集大成的性质，以桐城派古文理论为代表的清代古文理论，成就确实远远超过明代的古文理论，但桐城派的文学理论与明代之唐宋派、归有光以及明末嘉定文派等实有渊源关系。[2]

在散文创作方面，清代桐城派号称古文正宗，清代骈文号称中兴，作品数量委实不少，但真正可圈可点的佳作寥寥无几。主要原因是清人只能在字句、典故和章法等方面花功夫，在文体上只会追摹前人，缺乏创新。更重要的是，由于特定政治思想环境保守封闭，清人在思想上缺乏批判性和创新性，而思想感情内容毕竟是决定文学作品价值的根本因素。清人李祖陶就曾一针见血地指出，在高压政治和文化政策的淫威之下，清代士大夫都不敢面对社会现实，不敢思考重要问题，其诗文缺乏思想内容和现实关怀，成就根本不能与包括明朝在内的以前各个朝代相比："本朝古文不及前朝者，非陶一人之私言也，见近人文集中者指不胜屈。而其所以不如之故，亦不仅在考据、骈体之为弊也。夫文者所以明道，亦所以论事也。朝廷之上，有直言极谏之臣，故贾谊、陆贽之徒，往往痛哭流涕于章疏；草野之间有盱衡抵掌之士，故苏明允、陈同甫、唐荆川、艾千子辈，或指时政之阙失，或伤学术之偏颇，或痛文运之迁流，亦往往举其抑塞磊落者，

---

〔1〕耿传友《王次回：一个被文学史遗忘的重要诗人》，《中国韵文学刊》2006 年第 3 期。
〔2〕参见黄霖主编《归有光与嘉定四先生研究》，上海古籍出版社 2007 年版。

确凿指陈于论策书札序记之间。其大者可为万世蓍龟，其小者足为一时药石。延至康熙中叶，此风未尝少衰。此古人之文所以盛也。今则伈伈伣伣，如在云雾之中。始而朝廷之上避之，继而草野之间亦避之；始而章疏之文避之，继而序记碑志之文亦避之。其初由一二公之忌克，借语言文字以倾人；其后遂积为千万人之心传，各思敛笔惜墨以避祸。士之负聪明才力者，无以发抒，遂各爬梳经义，将古人成说已定者，仍复颠之倒之，甚至旁引博征，说'曰若稽古'至三万字。而应酬之文不可以以塞白，遂各骈四俪六以相夸……盖古人之文，一涉笔必有关系于天下国家。今人之文，一涉笔唯恐触碍于天下国家。此非功令实然，皆人情望风觇景，畏避太甚，见鳝而以为蛇，遇鼠而以为虎，消刚正之气，长柔媚之风。"[1]

明代复古派的散文创作步入拟古误区，造成的后果比诗歌领域更严重，因此乏善可陈。明代散文比较可取的有三个支派：一是李贽等人的杂文，嬉笑怒骂，汪洋恣肆，思想性与艺术性均属上乘。李贽文风与后来的鲁迅颇为相似，堪称明代的鲁迅。二是归有光等人描写家人父子日常生活的散文，从古文传统中脱胎而出，在一定程度上开启了以称颂忠臣烈士、伦理道德为主的古典散文向以描写日常生活和普通人思想感情为主的近代散文转移的新路，在中国古代散文发展史上具有重要意义。在清代，直到沈复《浮生六记》等问世，这一文脉才重新接上，至五四新文学诞生后乃发展为散文创作的主流。三是以徐渭、汤显祖、屠隆、李维桢、袁宏道、袁中道、王思任、陈继儒、张岱等人的创作为代表的小品文，这可能是明代散文最主要的成就所在。小品文这种文体历来就有，源头至少可上推到六朝王羲之等人的创作，至宋代文人手中而蔚为大观。中晚明文人思想自由，个性鲜明，文风活泼，给这一文体注入了强大活力，使其大放光华。在鸦片战争以前的清代散文中，只有袁枚、蒋士铨等人的若干作品略得明

---

[1] 李祖陶《迈堂文略》卷一《与杨蓉渚明府书》，上海古籍出版社《清代诗文集汇编》第519册影印同治戊辰（七年）刻本，第545页。

代小品文之仿佛，而思想水平和艺术水平都明显逊色。只要我们摆脱清代以来一些既定文学史观念的束缚，以思想性、艺术性、创新性为标准来衡量，我们就不得不承认，明人在散文创作方面的成就和贡献，总体上高于清人。

金圣叹是中国古代通俗叙事文学理论的开创者。他在几乎很少有理论资源可以直接倚傍的情况下，从中国古代儒家经典、史传文学理论、佛教学说、八股文理论等中吸取理论营养，凭着天才的领悟力、想象力和创新能力，基本构建了中国叙事文学特别是小说文学理论体系的框架，这是明代文学理论最重要的收获之一。他基于众生平等的观念而提出的"忠恕""格物"说，解决了叙事文学中虚构何以可能这个关键问题。他关于人物性格、小说结构、叙述角度、叙述线索、叙述语言等方面的见解，也都富于创见。但他最重要的文学成果是《第五才子书水浒传》评点，刊刻于崇祯十四年（1641）。他的《西厢记》评点刊刻于顺治年间，应与《水浒》评点一样，属于明后期通俗文学繁荣兴盛、文化思想空前活跃的产物。清初毛宗岗、张竹坡等基本上是将金圣叹的一套理论和方法运用于《三国演义》和《金瓶梅》，虽对具体的作品的分析有精到见解，但理论和方法的创新性与金圣叹不可同日而语。

在小说创作方面，明代是中国古代小说发展史上最重要的时期。明人对前代流传下来的小说文本《三国演义》《水浒传》《西游记》等进行了全面的整理，并整理和创作了《金瓶梅》等长篇小说和"三言""二拍"等优秀短篇小说，正式奠定了长篇章回小说、短篇白话小说的类型。小说的题材、人物也实现了从英雄人物、重大历史题材、神魔故事向日常生活、普通人物的转变，为小说的进一步发展开辟了宽广道路。清代的小说创作，正是沿着明代小说开辟的道路而发展的。

李渔《闲情偶寄》的戏曲部分是中国古代最重要的戏曲理论著作，它刊于康熙十一年（1672），但它是在晚明王骥德《曲律》的基础上形成的，其中最重要的"立主脑""减头绪"等关于戏曲结构的见解，在《曲律》的"论章法""论剧戏"中已有所涉及。[1]除《曲律》外,明代还有李开先《词谑》、徐渭《南词叙录》、何良俊《曲论》、王世贞《曲藻》、沈德符《顾曲杂言》、祁彪佳《曲品》《剧品》等也是重要的戏曲理论著作。在戏曲格律研究方面,明前期有朱权的《太和正音谱》,属于开创性的工作。后有魏良辅《曲律》、沈宠绥《弦索辨讹》《度曲须知》等。明末钮少雅参稽汇订《南曲九宫正始》始于天启五年(1625),至崇祯十五年(1642)脱稿,清顺治六年(1649)又重订谱稿,至八年(1651)夏修订完成;李玉编《北词广正谱》,系增订徐于室、钮少雅北词谱而成,卷首题"华亭徐于室原稿,茂苑钮少雅乐句,吴门李玄玉更定,长洲朱素臣同阅"。徐于室崇祯九年(1636)已去世;沈自晋的《南词新谱》刊于顺治初年,是在明代蒋孝《旧编南九宫谱》、沈璟《南九宫十三调曲谱》的基础上增订而成。因此,上述曲律研究著作主要应该属于明末的学术成果。至于李调元的剧论,与他的诗文理论著作一样,既没有提供比较重要的史料信息,也缺乏理论创见,价值很有限。焦循的《剧说》一方面记录前人关于戏曲的言论,以明代人为主;一方面记录前人剧作之本事,也以明代剧作为主。他的《花部农谈》简略记录了清中叶花部兴起这一戏曲史现象,贡献不超过明代署名徐渭记叙宋元南戏源流的《南词叙录》。至于戏曲的理论方面,并无新的建树。综合来看,无论是关于戏曲文学、戏曲表演还是戏曲格律,清代的戏曲研究基本上是继续明朝戏曲研究的余绪。

戏曲创作领域,明人对南戏的改造,正式确立了传奇的类型,创作了"玉茗堂四梦"等优秀作品。清代前期的传奇创作,也是沿着明代传奇的创作道路继续发展的。直到清中叶花部兴起,京剧形成,中国戏曲才进入一个新的时代。

王国维主要的文学理论著作,《红楼梦评论》1904年6—8月连载于《教

---

[1] 王骥德著,陈多、叶长海注释《曲律注释》,上海古籍出版社 2012 年版,第 159—160、20 页。

育世界》杂志,《人间词话》1908 年在《国粹学报》上公开发表,1910 年经作者删定为一卷;《宋元戏曲考》于 1912 年成书,1915 年商务印书馆初版时更名《宋元戏曲史》。无论从这些著作撰写发表的时间来看,还是从它们的思想内涵和研究方法来看,它们都应该已是近现代文学理论研究的成果。

总之,在文学领域,就可能为清代最值得骄傲的文学理论和批评而言,清人的成就实际上有限。诗歌理论、小说理论、戏曲理论的开创性建树都不如明人。古文理论的建树超过明人,但也受到明人的启发。在文学创作领域,在戏曲、小说创作方面,明人的成就总体上应该超过清人,至少不逊色于清人,而这是明清文学中最重要的部分。在诗、词创作方面,清人的成就总体上应超过明人,不过都受到明人的深刻影响,在散文创作方面,明人的成就和贡献则超过清人,至少是各有千秋。

我们在这里主要讨论明代文学与清代文学的关系,但不妨顺便提一下明清两代学术之比较。因为与强调清代的文学理论以至整个文学的成就超过明代的观点相比,更为流行的看法是清代学术的成就远超明代,清代学术仿佛是清人足以傲视古今的看家本钱。梁启超的《清代学术概论》影响广泛,他认为清代文学艺术成就微不足道,但清代学术"价值极大",可与欧洲文艺复兴媲美。[1]这种观点几乎被后来的学术界奉为不刊之论。

按国人所谓"学术"内涵颇为含混,大致包括思想研究、知识考订和文献整理三个方面,当然三者之间又互相交叉。在思想研究方面,明代王守仁、李贽的思想具有鲜明的创新性和深远的历史意义,清代鸦片战争以前没有产生可与之相比的思想成果。

---

[1] 梁启超《清代学术概论》:"前清一代学风,与欧洲文艺复兴时代相类甚多,其最相异之一点,则美术、文学不发达也。清之美术虽不能谓甚劣于前代,然绝未尝向新方面有所发展,今不深论。其文学,以言夫诗,真可谓衰落已极。……要而论之,清代学术,在中国学术史上,价值极大;清代文艺美术,在中国文艺史、美术史上价值极微,此吾所敢昌言也。"中华书局 2010年版,第 153—154 页。

考据学是清人的独特贡献，它由晚明经世学派发展而来。明代陈第的音韵学、朱载堉的音律学、茅元仪的军事学、徐宏祖的地理地质学、李时珍的医药学、徐光启的农学和数学、陈子龙的经世学、宋应星的工艺学等，已开启考据学和经世致用之学。清代学术最有活力的时期和最有价值的部分，是清初黄宗羲、顾炎武、王夫之等人对重大历史问题、社会问题、文化问题的思考和探索。学术文化事业的发展，往往具有连续性和延续性。前一阶段的成果，会对后一阶段的成果产生重要影响。换言之，后一阶段的成果，在相当大程度上是前一阶段发展成果的结晶。因此顾、黄、王等的独立思考和学术研究成果，实际上是明代中叶以来大胆的怀疑批判精神和晚明经世致用学术思想相结合的结果，而不是清代学术的收获。包括他们的学术的弊端，如不脱门户之见、好恶太甚、好走极端、好为大言等，也是明代学术的流风余韵。大胆的怀疑批判精神激发了他们敢于独立思考、敢于创新的勇气，晚明的经世致用学风又使他们面向现实，走向沉潜。两种学风相互碰撞，遂迸发出了耀眼而深沉的思想和智慧的光芒。

乾隆以后，受清朝高压政策的影响，明中叶以来富于批判精神的学风归于消歇，经世济用之学转变为考据学。除戴震《孟子字义疏证》等个别著作，以及一部分语言文字学家、史学家的研究成果外，清代考据学研究大多辗转注解，缺乏思想创见。其实真正最有价值的对古典的研究，是像王守仁、李贽、黄宗羲、戴震等那样，开辟新的思路，挖掘古代经典中有价值的核心成分，使古典焕发出新的活力和生机，对时代的发展起到推动作用。清代考据学以知识性见长，但许多知识未必能算是真正的知识。试看汗牛充栋的清人经解著作，特别是大量辨析古代明堂、乐律之类的著作，越说越糊涂，当时到底有什么意义，现在到底有多少学术价值？这是一种繁琐的经院学术，是特定的历史大背景（中国君主专制社会已经入末期总结阶段）和小背景（清代高压的民族政策、文化政策）下的特殊产物。清代出现这么多钻故纸堆缺乏创新性的所谓学术，恰恰是一种不健康的扭曲的现象。这是因为一种封闭凝固的制度，扼杀了大量社会成员的创造力，使他们别无出路，虚掷于一种毫无意义的事情上。就像清代人在毫无意义的鼻烟壶、镂空雕花瓷器等上面做的无效劳动一样，是对人力与智慧的一种极大浪费，联想到中国近代以来落后挨打的惨痛经历，看到这些现象，我们不能不感慨以之。

清人一头钻进故纸堆，在文献整理方面确实取得了较高成就，其中具有代表性的成果是《十三经注疏》和《四库全书》。但《十三经注疏》经历了一个长期演变过程。南宋绍熙年间就已有将唐宋之前最具权威性的"十三经"注、疏合刊在一起的文本问世，后复有十行本。明代《十三经注疏》曾屡次刊刻。明嘉靖时期有闽本，据十行本重刻；万历间有监本，据闽本重刻；崇祯时期有毛氏汲古阁本，据监本重刻。虽然明代时期的监本和汲古阁本，因辗转翻刻，讹谬较多，但它们也对《十三经注释》的传承起了作用。清初有武英殿本，嘉庆年间著名学者阮元主持重刻《十三经注疏》，裒辑宋本重刊，以十行本为主，并广校唐石经等古本，撰《校勘记》附于诸经卷末，号为善本。但因成于众手，阮元作为总负责人也未能全面把关，其中实际上讹误不少，现代学者正在对其进行校订。所以，我们不能矮子观场，随声附和，对该书给予过高的不符合事实的评价。同时也要肯定宋明以来学者和刻书者对该书的贡献，不能把功劳都归于清人。《四库全书》是中国现存规模最大的一套古籍，共收书3500多种，约7亿字，对传承中国文化确实起到了较大作用。但明初编纂的《永乐大典》，汇集古今图书7000余种，约3.7亿字，规模也很宏大。就对到当时为止所有书籍全面收录的程度而言，《永乐大典》实际上胜过《四库全书》。更重要的是，明人编《永乐大典》，还没有什么限制，未曾禁收哪些书，更未借机焚毁什么书，也未曾有意改动书籍原文。而清朝统治者在编《四库全书》时"寓禁于征"，对凡是不符合其政治需要的书籍不仅不予收录，而且大肆予以销毁和改窜，对中国古籍造成了极其严重的毁坏。据统计，光销毁的书籍就将近3000余种，六七万卷以上，种数几与《四库全书》所收书相埒。所收书籍多遭到改窜，丧失本来面目。这里仅举《明文海》为例。《明文海》

是黄宗羲编成的一部明代文章总集，成书于康熙三十二年（1693），共收作家800余人，文章4000余篇。《四库全书》本《明文海》已经被大肆删改。它著录为480卷，似乎比目前保存最完整的浙江省图书馆藏抄本（存473卷）还全，实际上浙江省图书馆藏抄本所缺的"书""墓志"8卷它也缺，它只是将其他卷中的文章分出若干篇来填充空卷，形成不缺的假象。如无浙江省图书馆藏抄本，后人很可能会认为《明文海》的原貌就是这样。据童正伦《〈明文海〉的编纂与传本》统计，与浙江省图书馆藏抄本相比，文渊阁《四库全书》本被删改的作家达141人，约占总数的五分之一，其中约90位作家的文章全部被删；删掉的文章达1100余篇，约占总数的四分之一。只要哪位作者有某种书被列入《全毁书目》，《四库全书》本《明文海》便将他的所有文章全部删除。[1]可见在清政府文字狱的威吓下，四库馆臣采取了宁严勿宽以避祸的做法。它还改动了许多文章的字句，删去了黄宗羲的评语。经过这样的删改，《四库全书》本《明文海》已远非黄宗羲所编《明文海》的原貌，文献价值大大降低，而成为清朝政府编纂《四库全书》时借保存文化之名毁灭文化的典型例证之一。

就文学文献整理而言，明代在古文方面有梅鼎祚《历代文纪》、张燮《七十二家集》、张溥《汉魏百三名家集》等；在骈文方面有王志坚《四六法海》等；在诗歌方面有冯惟讷《古诗纪》、高棅《唐诗品汇》、胡震亨《唐音统签》、季振宜《唐诗》等；在词方面有吴讷《唐宋名贤百家词》、陈耀文《花草萃编》、毛晋《宋六十名家词》等；在戏曲方面有陈与郊《古名家杂剧》、赵琦美《脉望馆钞校古今杂剧》、臧懋循选编《元曲选》、孟称舜《古今名剧合选》、沈泰《盛明杂剧》、毛晋汲古阁《六十种曲》等。清代文学文献整理的代表性成果，可举《全唐诗》《全唐文》《全上古三代秦汉三国六朝文》为例，其中严可均编《全上古三代秦汉三国六朝文》主要以梅鼎

---

〔1〕童正伦《〈明文海〉的编纂与传本》，《文献》2003年第3期。

祚《历代文纪》和张溥《汉魏百三名家集》为依据；《全唐诗》之初盛唐部分以季振宜《唐诗》为蓝本，季书以钱谦益所编唐诗稿本为基础，钱书实际上又以明代万历年间吴琯所编《唐诗纪》一百七十卷为基础，中晚唐部分则多吸收了胡震亨《唐音统签》的成果。《全唐诗》的编者却既不提季书，也不提吴书。[1]顺便指出，在戏曲这种重要文体的文献整理方面，清人因为文学观念比较保守，总体上不够重视，虽也有姚燮《复庄今乐府选》等，但其历史地位远不能与明代臧懋循《元曲选》、赵琦美《脉望馆钞校古今杂剧》、毛晋汲古阁《六十种曲》等相比。

　　总而言之，我们对清代文献整理取得较大成就应该给予充分肯定，但同时必须指出的是，明代人在古籍整理方面也做出了重要贡献，而且在很多方面为清人的工作奠定了坚实基础。虽然明代人的文献整理存在诸多不足，清人拥有时代优势，在很多方面后出转精，但明代人的很多工作都具有开创性，其价值不容忽视。特别是冯惟讷的《古诗纪》、梅鼎祚的《历代文纪》、季振宜的《唐诗》、胡震亨的《唐音统签》等，都打破了自《昭明文选》等以来选优性文学总集的编纂方式，开创了全录式文学总集的体例，实现了中国古代文学总集编纂方式的重大突破，为清代诸种全录式文学总集的编纂道夫先路，其意义尤其不容低估。那种为了抬高清人在文献整理方面的成就，而过分贬低明代人在古籍整理方面的贡献的观点，不符合历史事实，有失公允。

六、对关于明清两代文学和文化之评价的反思

　　我们以往对明清两代文学和文化的评价，一般印象是明人多谬误，而清人多正确，因此多抑明而扬清。这种印象，首先自然是受大量清人言说

---

〔1〕　周勋初《叙全唐诗成书经过》，《文史》第 8 辑，1980 年 3 月。

影响的结果，但也与我们传统的思想观念和思维习惯有关。总的来说，中国人历来比较重视知识，而不太注重思想；比较重视知识的传承积累，而不太重视独立思考和创新。对思想自由和离经叛道的思想不够重视，对所谓"异端邪说"缺乏包容，于是造成了评价历史的偏差。

在中国历史上，明代是一个多种社会因素并兴并存的时代，是一个充满矛盾冲突的时代，是一个躁动不安的时代，是巨大的压抑与强烈的创新精神相互作用的时代，是一个不断尝试冲击和悲壮失败的时代。它既充满种种夸张和怪诞，也充满激情与活力。与之相比，清代文学和文化总体上是一个停滞总结的时代，是一个比较沉闷平庸的时代，缺乏批判性和创新性。两个时代的文学与文化各自具有比较鲜明的特色，并形成巨大反差。鲁迅曾经这样总结明清两代文学与文化的特点：

> 这不能说话的毛病，在明朝是还没有这样厉害的；他们还比较地能够说些要说的话。待到满洲人以异族侵入中国，讲历史的，尤其是讲宋末的事情的人被杀害了，讲时事的自然也被杀害了。所以，到乾隆年间，人民大家便更不敢用文章来说话了。所谓读书人，便只好躲起来读经，校刊古书，做些古时的文章，和当时毫无关系的文章。[1]

明清两代文学与文化各自的特点，决定了它们在近代以来的命运和作用。近代以来，凡是整个社会及思想文化处于急剧变革的时期，明代的文学与文化就比较受重视，王阳明、李贽、袁宏道等的学说和著作就比较受推崇，而清代文学与文化往往会受到抨击；反之，凡是整个社会及思想文化比较保守凝固的时期，明代文学与文化就会遭到冷落，清代文学与文化例如考据学之类则会受到青睐。甚至在一个不太长的历史时期内，因

---

[1] 鲁迅《无声的中国》，见《鲁迅全集》（编年版）第5卷，人民文学出版社2014年版，第33页。

为某些特殊的原因，对明清两代文学与文化的评价的风向也会发生微妙的变化。

中国曾经历两千多年的小农经济与君主专制时代，社会长期处于相对停滞的超稳定状态，导致了后来的落后。近代以来，在巨大的外来压力和冲击下，中国开始艰难迈向现代化的道路，至今也不过一百多年。漫长的历史既留下了丰厚的文化遗产，也遗留下来了沉重的历史负担。从物质生产、社会制度到思想文化，必须进行脱胎换骨的转变，变革、创新和发展在相当长的历史时期内都应该是社会的主题，任务还异常艰巨，道路还非常漫长。为了实现中华民族的伟大复兴，我们必须实现中华文化的伟大复兴。但现在部分人对中华文化复兴这个概念的理解出现偏差，以为中华文化复兴就是过去的中国文化卷土重来。实际上复兴决不等于复古，并不意味着只是将旧的文化重新抬上桌面。文化复兴本质上是文化兴旺，没有文化兴旺就谈不上文化复兴，而古今中外文化发展的历史经验告诉我们，文化的兴旺固然要以继承本民族的传统文化为基础，因此清代的文学和学术遗产也值得重视。但文化的兴旺更要以广泛吸收外来先进文化、对传统文化进行创造性转换和创新性发展为前提。在此大背景下，我们有必要反思观察历史的观念和标准，对明代的文学与文化的历史地位和当代意义做出更合理的评价。

（原刊于《文学评论》2016 年第 5 期）